CORAZÓN DE TINTA

Corazón de Tinta

CORNELIA FUNKE

Ilustraciones de la autora

Traducción del alemán de
Rosa Pilar Blanco

SCHOLASTIC INC.

New York Toronto London Auckland Sydney
Mexico City New Delhi Hong Kong Buenos Aires

First published in Germany as *Tintenhertz* by Cecilie Dressler Verlag,
Hamburg, 2003
Translated by Rosa Pilar Blanco

ISBN 13: 978-0-545-07914-3
ISBN 10: 0-545-07914-4

12 11 10 9 8 7 6 5 4 3 2 1 8 9 10 11 12 13/0

Printed in the U.S.A.
First Spanish Scholastic printing, December 2008

Book design by Elizabeth B. Parisi

Para Anna,
que abandonó El Señor de los Anillos
para leer este libro.
(¿Qué más se puede pedir a una hija?)

Y para Elinor,
que me prestó su nombre, a pesar de que
no lo utilicé para una reina elfa.

Vino, vino.
Vino una palabra, vino,
a través de la noche vino,
deseando brillar, deseando brillar.

Ceniza.
Ceniza, ceniza.
Noche.

Paul Celan, «Stretto»

1

UN EXTRAÑO EN LA NOCHE

La luna brillaba en el ojo del caballo balancín y en el ojo del ratón cuando Tolly lo sacó de debajo de la almohada para contemplarlo. El reloj hacía tictac, y en medio del silencio él creyó oír unos piececitos descalzos corriendo por el suelo, luego risas contenidas y cuchicheos y un sonido como si estuvieran pasando las páginas de un libro grande.

Lucy M. Boston, *Los niños de Green Knowe*

Aquella noche llovía. Era una lluvia fina, murmuradora. Incluso años y años después, a Meggie le bastaba cerrar los ojos para oír sus dedos diminutos tamborileando contra el cristal. En algún lugar de la oscuridad ladraba un perro y Meggie no podía conciliar el sueño, por más vueltas que diera en la cama.

Guardaba debajo de la almohada el libro que había estado leyendo. La tapa presionaba su oreja, como si quisiera volver a atraparla entre las páginas impresas.

–Vaya, seguro que es comodísimo tener una cosa tan angulosa y dura debajo de la cabeza –le dijo su padre la primera vez que descubrió un libro debajo de su almohada–. Admítelo, por las noches te susurra su historia al oído.

–A veces –contestó Meggie–. Pero sólo funciona con los niños pequeños –como premio, Mo le pellizcó la nariz.

Mo. Meggie siempre había llamado así a su padre.

Aquella noche –en la que tantas cosas comenzaron y cambiaron para siempre– Meggie guardaba debajo de la almohada uno de sus libros predilectos, y cuando la lluvia le impidió dormir, se incorporó, se despabiló frotándose los ojos y sacó el libro de debajo de la almohada. Cuando lo abrió, las páginas susurraron prometedoras. Meggie opinaba que ese primer susurro sonaba distinto en cada libro, dependiendo de si sabía lo que le iba a relatar o no. Sin embargo, ahora lo fundamental era disponer de luz. En el cajón de su mesilla de noche escondía una caja de cerillas. Su padre le había prohibido encender velas por la noche. El fuego no le gustaba.

–El fuego devora los libros –decía siempre, pero al fin y al cabo ella tenía doce años y era capaz de controlar un par de velas.

A Meggie le gustaba leer a la luz de las velas. En el antepecho de la ventana tenía tres fanales y tres candeleros. Cuando estaba aplicando la cerilla ardiendo a una de las mechas negras, oyó pasos en el exterior. Asustada, apagó la cerilla de un soplido –¡con qué precisión lo recordaba todavía muchos años después!–, se arrodilló ante la ventana mojada por la lluvia y miró hacia fuera. Entonces lo vio.

La oscuridad palidecía a causa de la lluvia y el extraño era apenas una sombra. Sólo su rostro brillaba hacia Meggie desde el exterior. El pelo se adhería a su frente mojada. La lluvia chorreaba sobre él, pero no le prestaba atención. Permanecía inmóvil, los brazos cruzados contra el pecho, como si de ese modo pretendiera entrar en calor. El desconocido no apartaba la vista de su casa desde el otro lado.

«¡Tengo que despertar a Mo!», pensó Meggie. Pero se quedó sentada, con el corazón palpitante, los ojos clavados en la noche, como si el extraño le hubiera contagiado su inmovilidad. De pronto, el desconocido giró la cabeza y a Meggie le dio la impresión de que la miraba de hito en hito. Se deslizó fuera de la cama con tal celeridad que el libro abierto cayó al suelo. Echó a correr descalza y salió al oscuro pasillo. En la vieja casa hacía fresco, a pesar de que estaba finalizando el mes de mayo.

En la habitación de su padre aún había luz. Él solía permanecer despierto hasta bien entrada la noche, leyendo. Meggie había heredado de él la pasión por los libros. Cuando después de una pesadilla buscaba refugio a su lado, nada le hacía conciliar el sueño mejor que la tranquila respiración de su padre junto a ella y el ruido que producía al pasar las páginas. Nada ahuyentaba más deprisa los malos sueños que el crujido del papel impreso.

Pero la figura que estaba ante la casa no era un sueño, era real.

El libro que Mo leía aquella noche tenía las tapas de tela azul pálido. Meggie también se acordaría de eso más adelante. ¡Qué cosas tan triviales se quedan adheridas a la memoria!

–¡Mo, hay alguien en el patio!

Su padre levantó la cabeza y la miró con aire ausente, como siempre que interrumpía su lectura. Solía costarle unos momentos encontrar el camino desde el otro mundo, desde el laberinto de las letras.

–¿Que hay alguien? ¿Estás segura?

–Sí. Está mirando fijamente nuestra casa.

Su padre apartó el libro.

–¿Qué has estado leyendo antes de dormirte? *¿El Dr. Jekyll y Mr. Hyde?*

Meggie frunció el ceño.

–¡Por favor, Mo! Ven conmigo.

No le creía, pero la siguió. Meggie tiraba de él con tanta impaciencia que en el pasillo se golpeó los dedos de los pies con un montón de libros. ¿Con qué si no? Los libros se amontonaban por toda la casa. No sólo estaban en las estanterías como en otras casas, no, en la suya se apilaban debajo de las mesas, sobre las sillas, en los rincones de las habitaciones. Había libros en la cocina, en el lavabo, encima del televisor, en el ropero, en montoncitos, en grandes montones, gordos, delgados, viejos, nuevos... Los libros recibían a Meggie con las páginas abiertas sobre la mesa del desayuno en un gesto invitador, ahuyentaban el aburrimiento en los días grises... y a veces tropezaba con ellos.

–¡Está ahí quieto, sin más! –susurró Meggie mientras arrastraba a su padre hasta su habitación.

–¿Tiene la cara peluda? En ese caso podría ser un hombre lobo.

–¡Calla de una vez! –Meggie lo miró con severidad, a pesar de que las bromas de su padre disipaban su miedo. Ella misma creía ya que aquella figura en medio de la lluvia era obra de su imaginación... hasta que volvió a arrodillarse delante de su ventana–. ¡Ahí! ¿Lo ves? –musitó.

Su padre miró hacia el exterior, a través de las gotas de lluvia que caían, pero no dijo nada.

–¿No juraste que jamás vendría un ladrón a nuestra casa porque no hay nada que robar? –susurró Meggie.

–Ése no es un ladrón –respondió su padre, pero su rostro estaba tan serio cuando se apartó de la ventana que el corazón de Meggie latió más deprisa–. Vete a la cama, Meggie –le aconsejó–. Esa visita es para mí.

Y antes de que Meggie pudiera preguntarle qué demonios de visita era aquella que se presentaba en mitad de la noche, abandonó la habitación. La niña lo siguió, inquieta. Desde el pasillo oyó cómo soltaba la cadena de la puerta de entrada, y al llegar al vestíbulo vio a su padre plantado en el umbral.

La noche irrumpió, oscura y húmeda, y el fragor de la lluvia tronó amenazador.

–¡Dedo Polvoriento! –gritó Mo en dirección a la oscuridad–. ¿Eres tú?

¿Dedo Polvoriento? ¿Qué nombre era ése? Meggie no recordaba haberlo oído jamás, y sin embargo le resultaba familiar, como un recuerdo lejano que no acabase de tomar forma.

Al principio en el exterior persistía el silencio. Sólo se oía el rumor, los cuchicheos y susurros de la lluvia, como si la noche hubiera adquirido voz de repente. Pero luego unos pasos se aproximaron a la casa, y el hombre que permanecía en el patio surgió de la oscuridad. Su largo abrigo se le pegaba a las piernas, empapado por la lluvia, y cuando el desconocido irrumpió en la luz que se escapaba de la casa, durante una fracción de segundo Meggie creyó ver sobre su hombro una cabecita peluda que se asomaba para fisgonear fuera de su mochila y volvía a desaparecer en el acto en su interior.

Dedo Polvoriento se pasó la manga por la cara mojada y tendió la mano a Mo.

–¿Qué tal te va, Lengua de Brujo? –preguntó–. Hace ya mucho tiempo.

Mo, vacilante, estrechó la mano que le tendía.

–Sí, mucho –respondió mientras acechaba más allá del visitante, como si estuviese esperando que otra figura surgiese de la noche.

–Entra, que vas a pillar una pulmonía. Meggie dice que llevas un buen rato ahí fuera.

–¿Meggie? Ah, sí, claro.

Dedo Polvoriento siguió a Mo al interior de la casa. Examinó a Meggie con tanto detenimiento que, de pura timidez, la niña no sabía dónde fijar la vista. Al final se limitó a clavar sus ojos en el desconocido.

–Ha crecido.

–¿Te acuerdas de ella?

–Por supuesto.

Meggie observó que su padre cerraba dando dos vueltas a la llave.

–¿Qué edad tiene ahora? –inquirió sonriendo Dedo Polvoriento.

Era una sonrisa extraña. Meggie no acertó a decidir si era sardónica, condescendiente o simplemente tímida. Ella no se la devolvió.

–Doce –contestó Mo.

–¿Doce? ¡Cielo santo!

Dedo Polvoriento se apartó de la frente el pelo empapado. Le llegaba casi hasta los hombros. Meggie se preguntó de qué color sería cuando estuviese seco. Alrededor de la boca, de labios finos, los cañones de la barba eran rojizos como la piel del gato callejero al que Meggie dejaba a veces una tacita de leche delante de la puerta. También brotaban en sus mejillas, ralos como la barba incipiente de un joven. No lograban ocultar las cicatrices, tres largas cicatrices pálidas que suscitaban la impresión de que en algún momento habían roto y recompuesto la cara de Dedo Polvoriento.

–Doce años –repitió–. Claro. Por entonces contaba... tres, ¿no es cierto?

Mo asintió.

–Ven, te daré algo que ponerte –arrastró a su visitante consigo, lleno de impaciencia, como si de repente tuviera prisa por ocultarlo a los ojos de Meggie–. Y tú... –dijo lanzando a su hija una mirada por encima del hombro–, tú vete a dormir, Meggie.

Acto seguido, sin más palabras, cerró tras de sí la puerta del taller.

Meggie se quedó allí, frotándose los pies fríos uno contra otro. «Vete a dormir». A veces, cuando se había hecho demasiado tarde, su padre la tiraba en la cama como si fuera un saco de patatas. Otras, después de cenar, la perseguía por toda la casa hasta que ella, sin aliento por la risa, se ponía a salvo en su habitación. Y algunas se sentía tan cansado, que se tendía en el sofá y su hija le preparaba un café antes de acostarse. Pero nunca, nunca la había mandado a la cama como hacía un momento.

Un presentimiento, pegajoso por el miedo, se instaló en su corazón: con ese desconocido cuyo nombre sonaba tan extraño y sin embargo tan familiar, había irrumpido en su vida algo amenazador. Y deseó –con tal vehemencia que ella misma se asustó– no haber ido a buscar a Mo y que Dedo Polvoriento se hubiera quedado fuera hasta que se lo hubiese llevado la lluvia.

Cuando la puerta del taller se abrió de nuevo, la niña se estremeció, sobresaltada.

–¿Pero aún sigues aquí? –preguntó su padre–. Vete a la cama, Meggie, enseguida.

Su padre mostraba esa arruguita encima de la nariz que sólo aparecía cuando algo le preocupaba de verdad, y la miró con aire ausente, como si sus pensamientos vagaran muy lejos de allí. Un presentimiento creció en el corazón de Meggie y desplegó sus alas negras.

–¡Dile que se vaya, Mo! –exclamó mientras él la conducía hacia su habitación–. ¡Por favor, dile que se vaya! Me resulta insoportable.

Su padre se apoyó en la puerta abierta.

–Mañana, cuando te levantes, se habrá ido. Palabra de honor.

–¿Palabra de honor? ¿Sin cruzar los dedos? –Meggie lo miró fijamente a los ojos. Ella siempre se daba cuenta de cuando su padre le mentía, por mucho que él se esforzara en disimularlo.

–Sin cruzar los dedos –respondió él levantando ambas manos como prueba.

A continuación salió y cerró la puerta, a pesar de saber que a ella no le gustaba. Meggie pegó la oreja a la puerta y aguzó el oído. Oyó el tintineo de la vajilla. Vaya, al barbudo le estaban dando un té para que entrase en calor. «Espero que coja una pulmonía», pensó Meggie. Aunque no tenía por qué morirse de ella, como la madre de su profesora de inglés. Meggie oyó silbar la tetera en la cocina y a Mo regresando al taller con una bandeja repleta de vajilla tintineante.

Después de haberse cerrado la puerta, la niña aguardó unos segundos por precaución, aunque le costó lo suyo. Luego volvió a deslizarse sigilosamente hasta el pasillo.

En la puerta del taller de Mo colgaba un letrero, una delgada placa de hojalata. Meggie se sabía de memoria las palabras que figuraban en él. A los cinco años se había ejercitado en la lectura con aquellas letras puntiagudas pasadas de moda:

Algunos libros han de ser paladeados,
otros se engullen,
y sólo unos pocos se mastican
y se digieren por completo.

Por entonces, cuando aún tenía que encaramarse a un cajón para descifrar el letrero, había creído que lo de masticar se decía en sentido literal, y se había preguntado, horrorizada, por qué precisamente Mo había colgado en su puerta las palabras de un profanador de libros.

Ahora, con el paso del tiempo, sabía lo que querían decir, pero esa noche las palabras escritas no le interesaban. Quería entender las palabras habladas, susurradas, pronunciadas en voz baja, casi inaudibles, que los dos hombres cruzaban detrás de la puerta.

–¡No lo subestimes! –oyó decir a Dedo Polvoriento.

Qué distinta sonaba su voz a la de Mo. Ninguna voz sonaba como la de su padre. Con ella Mo era capaz de pintar cuadros en el aire.

–¡Él haría cualquier cosa por conseguirlo! –ése era de nuevo Dedo Polvoriento–. Y cualquier cosa, créeme, significa cualquier cosa.

–Jamás se lo daré –ésa era la voz de su padre.

–¡Pero él lo conseguirá de un modo u otro! Te lo repito: te siguen la pista.

–No sería la primera vez. Hasta ahora siempre he conseguido quitármelos de encima.

–¿Ah, sí? ¿Y cuánto tiempo crees que podrás todavía? ¿Qué será de tu hija? ¿O acaso pretendes convencerme de que le gusta trasladarse continuamente de la ceca a la meca? Créeme, sé de lo que estoy hablando.

Detrás de la puerta se hizo tal silencio que Meggie casi no se atrevía a respirar por miedo a que ambos hombres la oyeran.

Su padre comenzó a hablar de nuevo, aunque con cierta vacilación, como si le costase articular las palabras.

–¿Y qué... qué debo hacer en tu opinión?

–Acompañarme. ¡Yo te llevaré con ellos! –una taza tintineó. Una cucharilla golpeó contra la porcelana. Cómo se engrandecen los sonidos en medio del silencio–. Ya sabes que Capricornio tiene en alta estima tu talento. ¡Seguro que se alegrará si se lo ofreces tú mismo! El nuevo que ha entrado a sustituirte es un chapucero terrible.

Capricornio. Otro de esos nombres extraños. Dedo Polvoriento lo había soltado como si el sonido fuese capaz de partirle la lengua a mordiscos. Meggie movió los helados dedos de sus pies. El frío le llegaba ya a la nariz y no entendía mucho de lo que hablaban los dos hombres, pero intentaba grabar en su memoria cada palabra.

En el taller reinaba de nuevo el silencio.

–No sé... –dijo su padre al fin. Su voz sonaba tan cansada que a Meggie se le encogió el corazón–. Necesito reflexionar. ¿Cuándo estimas que llegarán aquí sus hombres?

–¡Pronto!

La palabra cayó en el silencio como una piedra.

–Pronto –repitió Mo–. Bien. Siendo así me decidiré de aquí a mañana. ¿Tienes un lugar donde dormir?

–Oh, eso siempre se encuentra –respondió Dedo Polvoriento–. Con el paso del tiempo he aprendido a apañármelas muy bien, a pesar de que todavía me resulta todo demasiado vertiginoso –su risa no sonó alegre–. No obstante, me gustaría conocer tu decisión. ¿Te parece bien que vuelva mañana? ¿A eso del mediodía?

–De acuerdo. Recojo a Meggie a la una y media en el colegio. Ven después.

Meggie oyó cómo corrían una silla. Regresó a su cuarto a toda prisa. Cuando se abrió la puerta del taller, estaba cerrando la suya tras de sí. Acostada y con la manta estirada hasta la barbilla, aguzó los oídos para oír a su padre despidiéndose de Dedo Polvoriento.

–Bueno, gracias de nuevo por la advertencia –le oyó decir.

Después, los pasos de Dedo Polvoriento se alejaron, lentos, vacilantes, como si le costara marcharse, como si aún no hubiese dicho todo lo que deseaba decir.

Pero al final se marchó. La lluvia seguía tamborileando con sus dedos mojados contra la ventana de Meggie.

Cuando Mo abrió la puerta de su habitación, cerró rápidamente los ojos e intentó respirar despacio, como si estuviese sumida en el más profundo e inocente sueño.

Pero su padre no era tonto. A veces, desde luego, era francamente listo.

–Meggie, saca un pie fuera de la cama –le dijo.

De mala gana asomó por debajo de la manta los dedos de un pie, todavía fríos, y los puso en la mano caliente de Mo.

–Lo sabía –dijo él–. Has estado espiando. ¿Es que no puedes obedecerme ni siquiera una sola vez?

Con un suspiro volvió a deslizar el pie bajo la manta, deliciosamente cálida. Acto seguido Mo se sentó en la cama a su lado, se pasó las manos por el rostro fatigado y miró por la ventana. Su pelo era oscuro como piel de topo. El cabello de Meggie era rubio como el de su madre, a la que sólo conocía por unas cuantas fotos descoloridas.

–Alégrate de parecerte a ella más que a mí –decía siempre su padre–. Mi cabeza no quedaría nada bien sobre un cuello de niña.

A Meggie, sin embargo, le habría gustado asemejarse más a él. No había ninguna cara en el mundo que ella amase más.

–De todas formas no he entendido nada de lo que habéis hablado –murmuró.

–Bien.

Mo no apartaba la vista de la ventana, como si Dedo Polvoriento continuara en el patio. Después se levantó y se aproximó a la puerta.

–Intenta dormir un poco –le aconsejó.

Pero a Meggie no le apetecía dormir.

–¡Dedo Polvoriento! ¿Pero qué nombre es ése? –inquirió–. ¿Y por qué te llama Lengua de Brujo?

Mo no respondió.

–Y luego está ése que te anda buscando... lo escuché cuando lo dijo Dedo Polvoriento... Capricornio. ¿Quién es?

–Nadie que debas conocer –repuso su padre sin volverse–. Creía que no habías entendido ni una palabra. Hasta mañana, Meggie.

Esta vez dejó la puerta abierta. La luz del pasillo caía sobre su cama, mezclándose con la negrura de la noche que se filtraba por la ventana, y Meggie se quedó allí tumbada, esperando a que la oscuridad desapareciera de una vez y se llevase consigo la sensación de alguna desgracia inminente.

Sólo mucho más adelante comprendió que la desgracia no había nacido aquella noche. Tan sólo había regresado a hurtadillas.

2

Secretos

–¿Qué hacen esos niños sin libros de cuentos? –preguntó Neftalí.

Y Reb Zebulun replicó:

–Tienen que apañarse. Los cuentos no son como el pan. Se puede vivir sin ellos.

–Yo no podría vivir sin ellos –dijo Neftalí.

Isaac B. Singer, *Neftalí, el narrador, y su caballo Sus*

Al amanecer, Meggie se despertó sobresaltada. La noche palidecía sobre los campos, como si la lluvia hubiera desteñido el borde de su vestido. En el despertador faltaba poco para las cinco, y Meggie se disponía a darse media vuelta y seguir durmiendo, cuando de repente sintió que había alguien en la habitación. Se incorporó asustada y vio a Mo parado ante su armario ropero abierto.

–Buenos días –saludó mientras depositaba en una maleta su jersey preferido–. Lo siento, ya sé que es muy temprano, pero hemos de salir de viaje. ¿Te apetece un cacao para desayunar?

Meggie asintió, borracha de sueño. En el exterior, los pájaros trinaban con brío, como si llevasen horas despiertos.

Mo guardó dos de sus pantalones en la maleta, la cerró y la transportó hasta la puerta.

–Ponte algo abrigado –le advirtió–. Fuera hace frío.

–¿Adónde vamos? –preguntó Meggie, pero él ya había desaparecido.

Aturdida, echó una mirada hacia el exterior. Casi esperaba ver allí a Dedo Polvoriento, pero en el patio sólo brincaba un mirlo sobre las piedras húmedas por la lluvia. Meggie se puso unos pantalones y se encaminó a la cocina andando a trompicones. En el pasillo había dos maletas, una bolsa de viaje y la caja con las herramientas de Mo.

Su padre estaba sentado a la mesa de la cocina preparando bocadillos. Provisiones para el viaje. Cuando ella entró, alzó la vista unos instantes y le dedicó una sonrisa, pero Meggie percibió su preocupación.

–¡No podemos irnos de viaje, Mo! –le dijo–. ¡Las vacaciones no empiezan hasta dentro de una semana!

–¿Y qué? Al fin y al cabo no es la primera vez que tengo que marcharme por un encargo sin que haya acabado el colegio.

En eso tenía razón. Sucedía incluso con frecuencia: cada vez que algún librero de libros antiguos, un bibliófilo o una biblioteca necesitaba un encuadernador, Mo recibía el encargo de liberar de moho y polvo a un par de valiosos libros antiguos o cortarles un traje nuevo. A Meggie le parecía que el calificativo de «encuadernador» no le hacía justicia al trabajo que realizaba su padre, por eso hacía unos años le había confeccionado un rótulo para su taller en el que se leía: «Mortimer Folchart, médico de libros». Y ese médico de libros jamás acudía a visitar a sus pacientes sin su hija. Así había sido siempre en el pasado y así seguiría siendo en el futuro, dijeran lo que dijesen al respecto los profesores de Meggie.

–¿Qué hay de la varicela? ¿He utilizado esa justificación alguna vez?

–La última. Cuando tuvimos que ir a casa de ese tipo horrible de las Biblias –Meggie escrutó el rostro de su progenitor–. Mo, ¿tenemos que irnos por... por lo de anoche?

Durante un instante pensó que él iba a contarle todo lo necesario. Pero su padre negó con la cabeza.

–¡Qué disparate, no! –repuso metiendo en una bolsa de plástico los bocadillos que acababa de preparar–. Tu madre tenía una tía. La tía Elinor. Estuvimos una vez en su casa, siendo tú muy pequeña. Ella desea desde hace tiempo que arregle sus libros. Vive junto a uno de los lagos de Lombardía, siempre olvido su nombre, pero es un sitio precioso, y dista a lo sumo seis o siete horas de viaje de aquí –no la miró mientras hablaba.

¿Por qué tiene que ocurrir precisamente ahora?, deseaba preguntar Meggie. Pero se calló. Tampoco preguntó si había olvidado su cita de la tarde. Le atemorizaban demasiado las respuestas... y que su padre volviera a mentirle.

–¿Es igual de rara que los demás? –se limitó a preguntar.

Mo ya la había llevado a visitar a algunos parientes. Su familia y la de la madre de Meggie eran muy nutridas y estaban dispersas por media Europa, al menos así le parecía a Meggie.

Mo sonrió.

–Un poquito rara sí que es, pero te entenderás con ella. Posee libros que son una maravilla.

–¿Cuánto tiempo estaremos fuera?

–Puede que bastante.

Meggie dio un sorbo al cacao. Estaba tan caliente que se quemó los labios. Presionó con presteza un cuchillo frío contra su boca.

Su padre apartó la silla.

–Aún tengo que empaquetar un par de cosas en el taller –le informó–. Pero no tardaré mucho. Seguro que estás muerta de sueño, pero ya dormirás luego, en el autobús.

Meggie se limitó a asentir con una inclinación de cabeza y atisbó por la ventana de la cocina. Era una mañana gris. La niebla estaba suspendida sobre los campos que se extendían hasta las colinas cercanas, y a Meggie le pareció que las sombras de la noche se habían escondido entre los árboles.

–¡Guarda las provisiones y llévate lectura en abundancia! –le gritó Mo desde el pasillo.

Como si ella no lo hiciera siempre. Años atrás él le había construido una caja para guardar sus libros favoritos durante todos sus viajes, cortos y largos, lejanos y cercanos.

–Es agradable disponer de tus libros en lugares extraños –acostumbraba a decir su padre. Él mismo se llevaba siempre media docena como mínimo.

Mo había lacado la caja en color rojo amapola, la flor preferida de Meggie, cuyos pétalos se secaban de maravilla entre las páginas de un libro y cuyo pistilo estampaba el dibujo de una estrella en la piel. En la tapa, Mo había escrito con unas espléndidas letras entrelazadas «Caja del tesoro de Meggie» y la había forrado por dentro con un brillante tafetán negro. Sin embargo, casi no se veía porque los libros favoritos de Meggie eran muchos. Y siempre se añadía alguno más, durante un nuevo viaje, en cualquier otro lugar.

–Si te llevas un libro a un viaje –le había dicho Mo cuando introdujo el primero en la caja– sucede algo muy extraño: el libro empezará a atesorar tus recuerdos. Más tarde, te bastará con abrirlo para trasladarte al lugar donde lo leíste por vez primera. Y con las primeras palabras recordarás todo: las imágenes, los olores, el helado que te comiste mientras leías...

Créeme, los libros son como esas tiras de papel matamoscas. A nada se pegan tan bien los recuerdos como a las páginas impresas.

Seguramente tenía razón. Pero Meggie se llevaba en cada viaje sus libros también por otro motivo. Eran su hogar cuando estaba fuera de casa: voces familiares, amigos que nunca se peleaban con ella, amigos inteligentes, poderosos, audaces, experimentados, grandes viajeros curtidos en mil aventuras. Sus libros la alegraban cuando estaba triste y disipaban su aburrimiento mientras su padre cortaba el cuero y las telas y encuadernaba de nuevo viejas páginas que se habían tornado quebradizas por los incontables años y dedos que habían pasado sus hojas.

Algunos libros la acompañaban siempre; otros se quedaban en casa porque no se adecuaban a la finalidad del viaje o porque tenían que dejar sitio para una nueva historia aún desconocida.

Meggie acarició los lomos abombados. ¿Qué relatos debía llevarse esta vez? ¿Qué historias eran un buen remedio contra el miedo que la noche anterior se había infiltrado dentro de casa? «¿Qué tal una historia de mentiras?», pensó Meggie. Mo le mentía, a pesar de saber que ella se lo notaba siempre en la nariz. «Pinocho», pensó Meggie. No. Demasiado inquietante. Y demasiado triste. Tendría que llevarse algo emocionante, algo que ahuyentase todos los pensamientos de su mente, incluso los más sombríos. Las brujas, claro. Se llevaría algo sobre las brujas calvas que convertían a los niños en ratones... y Ulises con el cíclope y la maga que convertía a los guerreros en cerdos. Más peligroso que ese viaje no podía resultar el suyo, ¿o sí?

A la izquierda del todo había dos libros ilustrados con los que Meggie había aprendido a leer –contaba cinco años por entonces, la huella de su diminuto y ambulante dedo índice aún se percibía en las páginas– y en el fondo, ocultos debajo de todos los demás, estaban los libros que había hecho la propia Meggie. Se había pasado días enteros recortando y pegando, pintando imágenes siempre nuevas bajo las que Mo tenía que escribir lo que veía en ellas: «Un ángel con cara feliz, de Meggi para Mo». Su nombre lo había escrito de su puño y letra, por entonces siempre se comía la *e* final. Meggie contempló las letras desmañadas y volvió a depositar el librito en la caja. Como es lógico, su padre la había ayudado a encuadernarlo y había provisto a todos los libros hechos por ella de tapas de papel con dibujos de colores, y para los demás le había regalado un sello que estampaba su nombre y la cabeza de un unicornio en la primera página, a veces con tinta negra, otras roja, según le apeteciera a Meggie. Mo, sin embargo, jamás le había leído sus libros en voz alta. Ni una sola vez.

Su padre la había lanzado al aire, muy alto, la había llevado a hombros por toda la casa o le había enseñado cómo confeccionar un marca páginas con plumas de mirlo. Pero nunca le había leído en voz alta. Ni una sola vez, ni una sola palabra, por mucho que ella le pusiera los libros en el regazo. Así que Meggie había tenido que aprender sola a descifrar los negros signos, a abrir la caja del tesoro...

Se incorporó.

En la caja aún quedaba algo de sitio. A lo mejor su padre le ofrecía algún libro nuevo que ella pudiera llevarse, uno muy gordo y maravilloso...

La puerta de su taller estaba cerrada.

–¿Mo?

Meggie presionó el picaporte. La larga mesa de trabajo estaba limpia y reluciente, sin un solo sello, sin una cuchilla.

Mo realmente lo había empaquetado todo. Así pues, ¿le había mentido?

Meggie entró en el taller y acechó a su alrededor. La puerta de la cámara del oro estaba abierta. En realidad era un simple trastero, pero Meggie había bautizado así ese cuartito porque su padre guardaba allí sus materiales más valiosos: la piel más fina, las telas más bellas, papeles jaspeados, sellos con los que estampaba dibujos dorados sobre el cuero... Meggie asomó la cabeza por la puerta abierta... y divisó a Mo envolviendo en papel un libro. No era muy grande, ni tampoco demasiado grueso. La encuadernación de tela verde pálido parecía gastada por el uso, pero Meggie no acertó a ver nada más, pues su padre, apenas reparó en su presencia, ocultó apresuradamente el libro a su espalda.

–¿Qué haces aquí? –le preguntó con tono áspero.

–Yo... –durante unos instantes Meggie se quedó sin habla del susto, tan sombrío era su rostro– yo sólo quería preguntarte si tenías un libro para mí... los de mi cuarto ya me los he leído todos y...

Mo se pasó la mano por la cara.

–Claro. Seguro que encontraré algo –respondió, pero sus ojos seguían diciendo: «Vete. Vete, Meggie». Y a su espalda crujía el papel de embalar–. Iré a verte enseguida –le aseguró–. Sólo me queda empaquetar un par de cosas, ¿vale?

Al poco rato le llevó tres libros. Pero el que había envuelto en papel de embalar no figuraba entre ellos.

Una hora más tarde lo sacaron todo al patio. Al salir, Meggie se estremeció. Era una mañana fría como la lluvia de la noche pasada, y el sol colgaba pálido del cielo como una moneda que alguien hubiera perdido allí arriba.

Hacía apenas un año que vivían en la vieja granja. A Meggie le gustaba la panorámica de las colinas circundantes, los nidos de golondrina debajo del alero, el pozo seco que te bostezaba negrura en la cara como si bajase derecho hasta el corazón de la Tierra. La casa le había parecido siempre demasiado grande, con demasiadas corrientes y habitaciones vacías en las que moraban arañas gordas, pero el alquiler era ventajoso y Mo disponía de espacio suficiente para sus libros y el taller. Además, al lado de la casa había un gallinero, y el granero, en el que ahora estaba aparcado su viejo autobús, era óptimo para albergar unas vacas o un caballo.

–A las vacas hay que ordeñarlas, Meggie –le dijo su padre un día que Meggie le propuso probar al menos con dos o tres ejemplares–. Muy temprano, al despuntar la mañana. Y todos los días.

–¿Y un caballo? –inquirió la niña–. Hasta Pippi Calzaslargas tiene uno, y ella ni siquiera dispone de establo.

También se habría dado por satisfecha con unas cuantas gallinas o con una cabra, pero a estos animales también había que darles de comer a diario, y ellos salían de viaje con excesiva frecuencia. Así que a Meggie sólo le quedaba el gato de color naranja que acudía furtivamente a veces, cuando se había cansado de pelearse con los perros en la granja de al lado. El viejo campesino gruñón que vivía allí era su único vecino. En ocasiones, sus perros soltaban unos aullidos tan lastimeros que Meggie se tapaba los oídos. El pueblo más próximo, a cuyo colegio ella acudía y en el que vivían dos de sus amigas, distaba veinte minutos en bici, pero su padre solía llevarla en coche, porque era un camino solitario y la estrecha carretera serpenteaba a lo largo de los campos entre árboles de denso follaje.

–Cielos, ¿qué has metido aquí dentro? ¿Ladrillos? –preguntó Mo mientras sacaba de casa la caja de libros de su hija.

–Tú siempre dices lo mismo: los libros tienen que pesar porque el mundo entero está encerrado en ellos –respondió Meggie... haciéndolo reír por primera vez aquella mañana.

El autobús, que estaba aparcado en el destartalado granero como un animal moteado de colores, le resultaba más familiar a Meggie que todas las casas en las que había residido con su padre. En ninguna parte dormía a pierna suelta como en la cama que él le había construido en el autobús. Como es natural, también disponía de una mesa, un rincón para cocinar y un banco, bajo cuyo asiento, al levantarlo, aparecían guías de viaje, mapas de carreteras y libros de bolsillo gastados de tanto leerlos.

Sí. Meggie amaba el autobús, pero aquella mañana titubeó antes de subir. Cuando su padre volvió a retroceder hasta la casa para cerrar la puerta, le embargó la súbita sensación de que nunca regresarían, de que ese viaje sería distinto a todos los demás, de que continuarían viajando sin cesar para huir de algo sin nombre. Al menos Mo no se lo había revelado.

–¡Bueno, al sur! –se limitó a decir cuando se acomodó detrás del volante. Y se pusieron en camino... sin despedirse de nadie, a una hora demasiado temprana en una mañana que olía a lluvia.

Dedo Polvoriento los esperaba junto al portón.

3

Al sur

–Más allá del Bosque empieza el Ancho Mundo –dijo la Rata–. Y eso es algo que no importa, ni a ti ni a mí. Yo nunca he estado allí, y jamás voy a ir, ni tú tampoco, si tienes una pizca de juicio.

Kenneth Grahame, *El viento en los sauces*

Dedo Polvoriento debía de haber estado aguardando en la carretera, detrás del muro. Meggie había hecho equilibrio sobre él cien veces o más, recorriéndolo hasta los goznes oxidados del portón para luego volver atrás con los ojos firmemente cerrados y ver con más claridad el tigre de ojos amarillos como el ámbar que acechaba al pie del muro, entre el bambú, o los rápidos que espumeaban a su izquierda y a su derecha.

Ahora el único que estaba allí era Dedo Polvoriento. Pero ninguna otra visión habría hecho latir más deprisa el corazón de Meggie. Apareció tan bruscamente, vestido con un jersey, los brazos ateridos ciñendo el torso, que Mo estuvo a punto de atropellarlo. Su abrigo debía de estar todavía húmedo de la lluvia, aunque el pelo se le había secado. Rubio rojizo, se erizaba sobre el rostro marcado por las cicatrices.

Mo profirió una maldición ahogada, apagó el motor y se apeó del autobús. Dedo Polvoriento esbozó su extraña sonrisa y se apoyó en el muro.

–¿Adónde te proponías ir, Lengua de Brujo? –preguntó–. ¿No teníamos una cita? Ya me diste plantón una vez de este modo, ¿lo recuerdas?

–Sabes de sobra que tengo prisa –contestó Mo–. La razón es la misma de entonces.

Seguía de pie junto a la puerta abierta del vehículo, esperando impaciente a que Dedo Polvoriento se apartase al fin de su camino.

Pero éste simulaba no apercibirse de la impaciencia de Mo.

–¿Puedo saber adónde te diriges ahora? –preguntó–. La última vez me pasé cuatro años buscándote, y con un poco de mala suerte los hombres de Capricornio te habrían encontrado antes que yo.

Miró a Meggie y la niña le devolvió la mirada con expresión hostil.

Mo calló un instante antes de contestar.

–Capricornio está en el norte –dijo por fin–. Así que nos dirigimos hacia el sur. ¿O es que mientras tanto ha plantado sus tiendas en otro lugar?

Dedo Polvoriento contempló la carretera. La lluvia caída la noche anterior brillaba en los baches.

–No, no –repuso–. Continúa en el norte. Esto es lo que se oye, y ya que evidentemente has decidido no darle lo que busca, lo mejor será que yo también me encamine sin demora hacia el sur. Sabe Dios que no me gustaría ser el que dé la mala noticia a las huestes de Capricornio. Así que si quisierais llevarme un trecho con vosotros... ¡Estoy listo para partir!

Sacó a rastras de detrás del muro dos bolsas que parecían haber dado la vuelta al mundo una docena de veces. Aparte de ellas, Dedo Polvoriento sólo llevaba consigo una mochila.

Meggie apretó los labios.

«¡No, Mo!», pensó. «¡Que no venga con nosotros!» Pero le bastó mirar a su padre para saber que respondería lo contrario.

–¡Vamos, hombre! –exclamó Dedo Polvoriento–. ¿Qué les voy a contar a los hombres de Capricornio si llego a caer en sus manos?

Plantado allí, parecía tan perdido como un perro abandonado. Y por más que Meggie se esforzaba por descubrir algo sospechoso en él, nada pudo encontrar a la pálida luz de la mañana. A pesar de todo, no deseaba que los acompañase. Así lo decía claramente la expresión de su rostro, pero ninguno de los dos hombres le prestaba atención.

–Créeme, no podría ocultarles mucho tiempo que te he visto –prosiguió Dedo Polvoriento–. Y además... –vaciló antes de terminar la frase– además... todavía estás en deuda conmigo, ¿no?

Mo agachó la cabeza. Meggie vio cómo su mano se cerraba agarrando con fuerza la puerta abierta del coche.

–Si quieres considerarlo así –dijo–. De acuerdo, lo admito, estoy en deuda contigo.

En el rostro de Dedo Polvoriento, surcado por las cicatrices, se dibujó una expresión de alivio. Rápidamente se echó la mochila al hombro y se dirigió con sus bolsas hacia el autobús.

–¡Esperad! –gritó Meggie cuando Mo salía a su encuentro para echarle una mano con las bolsas–. Si va a venir con nosotros, quiero saber primero por qué huimos. ¿Quién es ese tal Capricornio?

Mo se volvió hacia su hija.

–Meggie... –empezó a decir en un tono que conocía más que de sobra: «Meggie, no seas tonta». «Venga, Meggie...»

La niña abrió la puerta del autobús y saltó fuera.

–¡Meggie, maldita sea! Vuelve a subir. ¡Tenemos que irnos!

–Subiré cuando me lo hayas contado.

Mo se dirigió hacia ella, pero Meggie se le escapó de entre las manos, cruzó el portón y salió corriendo a la carretera.

–¿Por qué no me lo dices? –gritó.

La carretera estaba tan solitaria como si fueran los únicos habitantes del mundo. Se había levantado un viento suave que acarició el rostro de Meggie e hizo susurrar las hojas del tilo que se erguía junto a la carretera. El cielo continuaba lívido y gris, sencillamente se negaba a aclararse.

–¡Quiero saber qué ocurre! –gritó Meggie–. Quiero saber por qué hemos tenido que levantarnos a las cinco de la mañana y por qué no tengo que ir al colegio. ¡Quiero saber si volveremos y quién es ese tal Capricornio!

Al pronunciar ese nombre, Mo miró a su alrededor como si ese desconocido al que tanto temían ambos hombres estuviera a punto de salir del granero vacío, tan de improviso como había surgido Dedo Polvoriento desde detrás del muro. Pero el patio estaba vacío y Meggie se sentía demasiado furiosa como para temer a alguien de quien sólo conocía el nombre.

–¡Tú siempre me lo has contado todo! –le gritó a su padre–. Siempre.

Pero Mo callaba.

–Todo el mundo guarda un par de secretos, Meggie –dijo al fin–. Y ahora, sube de una vez. Tenemos que irnos.

Dedo Polvoriento lo escudriñó primero a él y luego a la niña con expresión incrédula.

–¿Que no le has contado nada? –le oyó preguntar Meggie en voz baja.

Mo negó con la cabeza.

–¡Pero algo tienes que decirle! Es peligroso que no sepa nada. Al fin y al cabo ya no es una niña.

–También es peligroso que lo sepa –replicó Mo–. Y no cambiaría nada.

Meggie seguía en la carretera.

–¡He escuchado todas vuestras palabras! –gritó–. ¿Qué es peligroso? No subiré hasta enterarme.

Mo continuaba en silencio.

Dedo Polvoriento lo miró indeciso durante un momento, después volvió a depositar sus bolsas.

–De acuerdo –dijo–. Entonces seré yo quien le hable de Capricornio.

Se acercó despacio a Meggie. La niña sin querer retrocedió un paso.

–Tú ya te has encontrado con él –le refirió Dedo Polvoriento–. Hace mucho tiempo, no lo recordarás, aún eras muy pequeña –precisó colocando la mano a la altura de su rodilla–. ¿Cómo voy a explicarte cómo es? Si te obligasen a ver cómo un gato se zampa a un pajarillo, seguro que llorarías, ¿no es verdad? O intentarías ayudarlo. Capricornio daría el pájaro como comida al gato con la única finalidad de contemplar cómo lo destroza con sus garras, y los chillidos y pataleos del pequeño animal le sabrían más dulces que la miel.

Meggie retrocedió otro paso, pero Dedo Polvoriento no continuó acercándose a ella.

–No creo que te divierta aterrorizar a las personas hasta que les tiemblan tanto las rodillas que son casi incapaces de mantenerse en pie, ¿verdad? –inquirió–. A Capricornio no le complace otra cosa. Y probablemente tampoco creerás que puedes coger sin más todo lo que se te antoje, sin importar el cómo, ni el dónde. Capricornio sí lo cree. Y tu padre, por desgracia, posee algo que él desea arrebatarle a toda costa.

Meggie dirigió una mirada a Mo, pero él se limitaba a permanecer inmóvil, mirándola.

–Capricornio no sabe encuadernar libros como tu padre –prosiguió Dedo Polvoriento–. No es experto en nada, excepto en una sola cosa: infundir miedo. En eso es un maestro. Vive de ello. A pesar de todo creo que ni él mismo sabe qué se siente cuando el miedo te paraliza los músculos y te humilla. Sin embargo, conoce a la perfección el modo de provocarlo y difundirlo, en las casas y en las camas, en los corazones y en las mentes. Sus hombres reparten el miedo como una misiva negra, lo deslizan por debajo de la puerta y en los buzones, lo pintan con pincel en los muros y en las puertas de los establos, hasta que se propaga de manera completamente espontánea, silencioso y hediondo como la peste –Dedo Polvoriento se encontraba ahora muy cerca de Meggie–. Capricornio tiene muchos secuaces –musitó–. Casi todos lo siguen desde que eran niños, y si Capricornio ordenase a uno de ellos que te cortase una oreja o la nariz, obedecería sin pestañear. Les gusta vestirse de negro como los grajos, su jefe es el único que lleva una camisa blanca debajo de la chaqueta negra como el hollín, y si alguna vez te tropiezas con uno de ellos, hazte pequeña, muy pequeña para que quizá no se fijen en ti. ¿Entendido?

Meggie asintió. Su corazón latía con tanta fuerza que casi le impedía respirar.

–Comprendo que tu padre no te haya hablado nunca de Capricornio –prosiguió Dedo Polvoriento volviéndose a mirar a Mo–. Yo también preferiría hablarles a mis hijos de gente amable.

–¡Yo sé que no hay sólo gente amable! –Meggie no pudo evitar que su voz temblase de rabia. A lo mejor también latía en ella una pizca de temor.

–¿Ah, sí? ¿Y cómo? –de nuevo afloraba su sonrisa enigmática, triste y arrogante al mismo tiempo–. ¿Acaso has tenido que vértelas alguna vez con un verdadero malvado?

–He leído sobre ellos.

Dedo Polvoriento soltó una carcajada.

–Caramba, es cierto, es casi lo mismo –reconoció. Su sarcasmo escocía como el veneno de las ortigas. Se inclinó hacia Meggie y la miró a los ojos–. A pesar de todo, te deseo que eso quede reducido a la lectura –dijo en voz baja.

Mo colocó las bolsas de Dedo Polvoriento en la parte trasera del autobús.

–Confío en que no lleves dentro nada que pueda volar alrededor de nuestras orejas –dijo mientras Dedo Polvoriento se sentaba detrás del asiento de Meggie–. Con tu oficio, no me extrañaría.

Antes de que Meggie pudiese preguntar de qué oficio se trataba, Dedo Polvoriento abrió su mochila y sacó con cuidado un animal que parpadeaba, medio dormido.

–Como es evidente que nos espera un largo viaje juntos –le dijo a Mo–, me gustaría presentar alguien a tu hija.

El animal era casi del tamaño de un conejo, pero mucho más esbelto, con un rabo tupido como una estola de piel que presionaba contra el pecho de Dedo Polvoriento. Mientras observaba a Meggie con ojos brillantes como botones negros, clavó las finas garras en su manga y, al bostezar, descubrió unos dientes aguzados como alfileres.

–Ésta es Gwin –explicó Dedo Polvoriento–. Si quieres, puedes rascarle las orejas. Ahora está amodorrada, así que no te morderá.

–¿Muerde? –preguntó Meggie.

–Por supuesto –contestó Mo mientras se acomodaba detrás del volante–. Si yo fuera tú, alejaría los dedos de esa bestezuela.

Meggie, sin embargo, no podía mantener los dedos lejos de ningún animal, aunque tuviese unos dientes tan afilados.

–¿Es una marta o algo parecido, verdad? –preguntó mientras acariciaba, cautelosa, una de las orejas redondas con las puntas de los dedos.

–Algo por el estilo.

Dedo Polvoriento hundió la mano en el bolsillo del pantalón e introdujo un trozo de pan seco entre los dientes de Gwin. Meggie rascó la cabecita de la marta mientras masticaba... y las puntas de sus dedos se toparon con algo duro bajo la piel sedosa: unos cuernos diminutos, justo al lado de las orejas. Retiró la mano, asombrada.

–¿Tienen cuernos las martas?

Dedo Polvoriento le guiñó el ojo y dejó que Gwin trepara de regreso a la mochila.

–Ésta sí –contestó.

Meggie observó desconcertada cómo ataba las correas. Aún creía sentir bajo sus dedos los cuernecitos del animal.

–Mo, ¿sabías que las martas tienen cuernos? –preguntó.

–Qué va, ésos se los pegó Dedo Polvoriento a ese diablillo mordedor. Para sus representaciones.

–¿Qué representaciones?

Meggie miró inquisitiva primero a Mo y después a Dedo Polvoriento, pero su padre se limitó a poner en marcha el motor y Dedo Polvoriento se despojó de las botas, que parecían haber aguantado un viaje tan largo como sus bolsas, y, con un profundo suspiro, se estiró en la cama de Mo.

–Ni una palabra, Lengua de Brujo –advirtió antes de cerrar los ojos–. Yo no revelaré ninguno de tus secretos, pero a cambio tú tampoco chismorrearás los míos. Además, para eso es preciso que haya oscurecido.

Meggie se pasó una hora entera devanándose los sesos para intentar averiguar el significado de esa respuesta. Sin embargo, había otra cuestión que le preocupaba más.

–Mo, ¿qué quiere de ti ese... Capricornio? –preguntó cuando Dedo Polvoriento comenzó a roncar detrás de ellos. Al pronunciar el nombre bajó la voz, como si de esa forma pudiera arrabatarle algo de su carácter ominoso.

–Un libro –respondió Mo sin apartar la vista de la carretera.

–¿Un libro? ¿Y por qué no se lo das?

–Imposible. Te lo explicaré pronto, pero no ahora. ¿De acuerdo?

Meggie miró por la ventanilla del autobús. El mundo que desfilaba ante sus ojos le parecía extraño... Casas extrañas, calles extrañas, campos extraños, hasta los árboles y el cielo le parecían extraños, pero Meggie estaba acostumbrada. Todavía no se había sentido nunca realmente en casa en ningún sitio. Su hogar era Mo, Mo y sus libros y quizá también ese autobús que los trasladaba de un lugar a otro, a cada cual más extraño.

–Esa tía a cuya casa nos dirigimos, ¿tiene niños? –preguntó mientras atravesaban un túnel interminable.

–No –contestó su padre–. Y me temo que tampoco le gustan demasiado. Mas, como ya he dicho, harás buenas migas con ella.

Meggie suspiró. Recordaba a algunas tías, y con ninguna se había entendido demasiado bien.

Las colinas se habían convertido en montañas, las pendientes a ambos lados de la carretera se tornaban cada vez más escarpadas, y en cierto momento las casas no sólo le parecieron extrañas, sino distintas. Meggie intentó distraerse contando los túneles, pero cuando se los tragó el noveno y la oscuridad parecía no tener fin, se durmió. Soñó con martas, con chaquetas negras y con un libro envuelto en papel de embalar marrón.

4

UNA CASA ATIBORRADA DE LIBROS

–Mi jardín es mi jardín –dijo el gigante–. Ya es hora de que lo entendáis, y no voy a permitir que nadie más que yo juegue en él.

Oscar Wilde, *El gigante egoísta*

El silencio despertó a Meggie.

El zumbido regular del motor, que la había arrullado hasta dormirla había enmudecido, y el asiento del conductor estaba vacío. Meggie necesitó cierto tiempo para recordar por qué no estaba en su cama. En el parabrisas aparecían pegadas diminutas moscas muertas, y el autobús se había detenido ante una puerta de hierro. Su aspecto inspiraba temor con todas aquellas puntas de brillo mate, una puerta de lanzas que sólo esperaba a que alguien intentase saltarla y se quedase colgando de ella agitándose. Su visión le recordó uno de sus cuentos favoritos, el del gigante egoísta que no quería tener niños en su jardín. Justo así se había imaginado siempre su puerta.

Mo estaba en la carretera acompañado por Dedo Polvoriento. Meggie bajó y corrió hacia ellos. La carretera lindaba a la derecha con una ladera densamente arbolada que caía, empinada, hasta la orilla de un enorme lago. Al otro lado, las colinas surgían del agua como montañas que se hubieran ahogado. El agua era casi negra. La noche ya se extendía por el cielo y se reflejaba, oscura, en las olas. En las casas emplazadas junto a la orilla se encendían ya las primeras luces, como luciérnagas o estrellas caídas.

–¿Es bonito, verdad? –Mo pasó el brazo por los hombros de su hija–. A ti te gustan las historias de bandidos. ¿Ves las ruinas de ese castillo? En él moró un día una cuadrilla de ladrones tristemente célebre. Tengo que preguntarle a Elinor. Ella lo sabe todo sobre ese lago.

Meggie se limitó a asentir y apoyó la cabeza en el hombro de su padre. Se sentía muerta de cansancio, pero el semblante de Mo, por primera vez desde su partida, ya no estaba ensombrecido por la preocupación.

–Bueno, ¿pero dónde vive? –preguntó la niña reprimiendo un bostezo–. No será detrás de esa puerta de pinchos, ¿eh?

–Pues sí. Ésa es la entrada de su finca. No resulta muy acogedora, ¿verdad? –Mo se rió y cruzó la carretera con su hija–. Elinor se siente muy orgullosa de esa puerta. La mandó construir expresamente de acuerdo con la ilustración de un libro.

–¿La ilustración del jardín del gigante egoísta? –murmuró Meggie mientras atisbaba por entre los barrotes de hierro artísticamente entrelazados.

–¿El gigante egoísta? –Mo soltó la risa–. No, creo que era otro cuento. A pesar de que le pegaría mucho a Elinor.

La puerta limitaba a ambos lados con altos setos cuyas ramas espinosas impedían atisbar lo que había tras ellos. Pero tampoco por entre los barrotes de hierro pudo descubrir Meggie nada prometedor, salvo amplios macizos de rododendros y un ancho sendero de gravilla que desaparecía enseguida entre ellos.

–Esto tiene pinta de parentela acaudalada, ¿no? –susurró Dedo Polvoriento al oído de Meggie.

–Sí, Elinor es muy rica –asintió Mo apartando a su hija de la puerta–. Pero lo más probable es que tarde o temprano acabe empobrecida como un ratón de iglesia, porque gasta todo su dinero en libros. Me temo que vendería su alma al diablo sin vacilar si éste le ofreciera a cambio el libro adecuado –abrió la pesada puerta de un empujón.

–¿Qué haces? –preguntó Meggie alarmada–. No podemos meternos ahí a la fuerza.

El letrero situado junto a la puerta aún se leía con claridad, aunque algunas letras desaparecían tras las ramas del seto. PROPIEDAD PRIVADA. PROHIBIDO EL PASO A TODA PERSONA AJENA. Aquello, la verdad, no le sonaba a Meggie muy acogedor.

Pero su padre se limitó a reír.

–No os preocupéis –dijo mientras empujaba la puerta un poco más–. En casa de Elinor, lo único protegido con una alarma es su biblioteca. A ella le da igual quién cruce su puerta para darse un paseo. No es lo que se dice una mujer medrosa. De todos modos, tampoco recibe muchas visitas.

–¿Y qué hay de los perros? –Dedo Polvoriento echó una ojeada al jardín desconocido con expresión preocupada–. Esta puerta tiene pinta de albergar como mínimo tres perros feroces del tamaño de terneros.

Mo, sin embargo, negó con la cabeza.

–Elinor detesta los perros –contestó mientras regresaba al autobús–. Y ahora, subid.

La finca de la tía de Meggie tenía más aspecto de bosque que de jardín. Poco después de la puerta, el camino describía una curva, como si quisiera coger impulso antes de seguir subiendo por la cuesta. Después se perdía entre los oscuros abetos y castaños que lo bordeaban tan tupidos que sus ramas formaban un túnel. Meggie creía que nunca terminaría cuando, de improviso, los árboles quedaron atrás y el camino desembocó en una plaza cubierta de gravilla, rodeada de rosaledas cuidadas con esmero.

Una furgoneta gris estaba aparcada sobre la gravilla, delante de una casa que era más grande que la escuela a la que había asistido Meggie el curso anterior. Intentó contar las ventanas, pero desistió enseguida. Era un edificio precioso, pero, al igual que la puerta de hierro de la carretera, resultaba poco acogedor. A lo mejor el revoque amarillo ocre sólo parecía tan sucio durante el crepúsculo. Y quizá las contraventanas verdes estaban cerradas porque la noche se acercaba ya por detrás de las montañas circundantes. Meggie, sin embargo, habría apostado a que incluso durante el día se abrirían en contadas ocasiones. La puerta de entrada, de madera oscura, parecía tan ominosa como una boca apretada, y Meggie, sin querer, cogió la mano de su padre cuando se encaminaron hacia ella.

Dedo Polvoriento los seguía con cierta indecisión, al hombro la mochila cerrada donde Gwin a buen seguro seguía durmiendo. Cuando Mo y Meggie llegaron a la puerta, él se detuvo unos metros detrás de ellos y observó con desazón los postigos cerrados, como si sospechara que la señora de la casa los espiaba desde alguna de las ventanas.

Al lado de la puerta de entrada se veía una ventanita enrejada, la única que carecía de contraventanas verdes. Debajo colgaba otro cartel.

SI PRETENDE HACERME PERDER EL TIEMPO CON FRUSLERÍAS, LO MEJOR SERÁ QUE SE MARCHE INMEDIATAMENTE

Meggie lanzó una mirada de preocupación a su padre, pero éste se limitó a hacerle una mueca de ánimo y llamó al timbre.

Meggie oyó su repiqueteo dentro de la enorme casa. Luego, durante unos momentos, nada sucedió. Una urraca salió aleteando furiosa de uno de los rododendros que crecían alrededor del edificio, y unos gorriones gordos picoteaban bulliciosamente en la gravilla buscando insectos invisibles. Meggie les estaba arrojando unas migas de pan que aún conservaba en el bolsillo de la chaqueta –del picnic al que asistió un día ya olvidado–, cuando la puerta se abrió con brusquedad.

La mujer que apareció era mayor que Mo, bastante mayor... a pesar de que, en lo tocante a la edad de los adultos, Meggie nunca estaba muy segura. Su cara le recordó la de un bulldog, pero quizá eso se debiera más a la expresión que al rostro en sí. Llevaba un jersey de color gris ratón y una falda cenicienta, un collar de perlas ceñido alrededor del cuello y zapatillas de fieltro en los pies, como las que tuvo que ponerse Meggie un día en un palacio que visitó en compañía de su padre. Elinor llevaba recogido el pelo que ya encanecía, pero por todas partes le salían mechones, como si se hubiera peinado deprisa, consumida por la impaciencia. Elinor no tenía pinta de pasar mucho tiempo delante del espejo.

–¡Cielo santo, Mortimer! ¡Caramba, menuda sorpresa! –exclamó sin perder el tiempo en saludos–. Pero ¿de dónde vienes? –su voz sonaba áspera, pero su expresión no podía ocultar del todo su alegría al ver a Mo.

–Hola, Elinor –contestó Mo, colocando su mano sobre el hombro de su hija–. ¿Te acuerdas de Meggie? Ha crecido mucho, como puedes comprobar.

Elinor dirigió a Meggie una fugaz mirada de irritación.

–Sí, ya veo –respondió–. Pero al fin y al cabo, es propio de los niños crecer, ¿verdad? Si no recuerdo mal, en los últimos años no os he visto ni a tu hija ni a ti. ¿Qué me depara precisamente hoy el inesperado honor de tu visita? ¿Vas a apiadarte por fin de mis pobres libros?

–Tú lo has dicho –Mo asintió–. Uno de mis encargos se ha aplazado, el de una biblioteca. Ya sabes, las bibliotecas siempre andan escasas de dinero.

Meggie lo observaba inquieta. Ignoraba que fuera capaz de mentir con tanta convicción.

–Debido a las prisas –prosiguió Mo–, no he conseguido alojar a Meggie en ninguna otra parte, por eso la he traído conmigo. Ya sé que no te gustan los niños, pero Meggie no embadurna los libros con mermelada, ni arranca sus páginas para envolver ranas muertas con ellas.

Elinor soltó un gruñido de desaprobación y examinó a Meggie como si la creyera capaz de cualquier infamia, a despecho de lo que dijera su padre.

–La última vez que la trajiste, por lo menos podíamos encerrarla en un andador –afirmó con voz gélida–. Ahora, creo que eso ya no es posible –volvió a observar a Meggie de la cabeza a los pies, como si fuese un animal peligroso que tuviera que soltar en su casa.

Meggie sufrió un ataque de ira y notó que su cara se enrojecía. Deseaba regresar a casa o al autobús, adonde fuera, excepto permanecer en casa de esa mujer abominable que la miraba de hito en hito con sus fríos ojos de pedernal.

Los ojos de Elinor se apartaron de ella y fueron a posarse en Dedo Polvoriento, que permanecía con timidez en segundo plano.

–¿Y ése? –miró a Mo inquisitiva–. ¿Lo conozco?

–Es Dedo Polvoriento, un... amigo mío –quizá sólo Meggie reparó en la vacilación de Mo–. Se dirige más al sur. ¿No podrías alojarlo esta noche en una de tus innumerables habitaciones?

Elinor se cruzó de brazos.

–Sólo a condición de que su nombre no guarde relación alguna con su modo de tratar los libros –repuso ella–. De todos modos tendrá que darse por satisfecho con un alojamiento muy precario en la buhardilla, pues en los últimos años mi biblioteca ha crecido mucho y ha devorado casi todas mis habitaciones para huéspedes.

–Pero ¿cuántos libros tiene usted? –preguntó Meggie.

La niña se había criado entre pilas de libros, pero ni con su mejor voluntad lograba imaginar que todas las ventanas de aquella casona tan enorme ocultasen libros.

Elinor volvió a observarla, ahora con franco desprecio.

–¿Cuántos? –repitió–. ¿Crees acaso que los cuento como si fueran botones o guisantes? Muchos, muchísimos. Acaso en cada habitación de esta casa haya más libros de los que leerás en toda tu vida... y algunos son tan valiosos que te pegaría un tiro sin vacilar si te atrevieses a tocarlos. Pero dado que, como asegura tu padre, eres una chica lista, doy por sentado que no lo harás, ¿eh?

Meggie no contestó. En lugar de eso se imaginó que se ponía de puntillas y le escupía tres veces en la cara a esa vieja bruja.

Su padre, sin embargo, se echó a reír.

–No has cambiado, Elinor –constató–. Sigues teniendo una lengua tan afilada como una navaja barbera. Pero te prevengo: como se te ocurra pegarle un tiro a Meggie, haré lo mismo con tus libros predilectos.

Elinor frunció los labios y esbozó una sonrisita.

–Buena respuesta –replicó mientras se apartaba–. Veo que tú tampoco has cambiado. Pasad. Te enseñaré los libros que precisan tu ayuda. Y algunos más.

Meggie siempre había creído que Mo poseía muchos libros. Tras conocer la casa de Elinor, desterró de su mente para siempre esa idea.

No había pilas de libros por todas partes, como en casa de Meggie. Era obvio que cada libro ocupaba su lugar. Elinor había colocado estanterías donde otras personas tienen papel pintado, cuadros o sencillamente un trozo de pared vacía. En la sala de entrada por la que los condujo en primer lugar, las estanterías blancas se extendían hasta el techo; en el cuarto que cruzaron después eran negras como los baldosines del suelo, igual que en el pasillo que seguía a continuación.

–Esos de ahí –proclamó Elinor con ademán despectivo mientras pasaba junto a los lomos densamente apretados de los libros– se han acumulado con el correr de los años. No son muy valiosos, la mayoría de calidad menor, nada extraordinario. Si ciertos dedos pierden el control y en cierto momento sacan uno de ellos –dirigió a Meggie una breve ojeada– no acarrearán graves consecuencias. Siempre que esos dedos, después de haber saciado su curiosidad, vuelvan a colocar cada libro en su lugar y no dejen en su interior algunos de esos antiestéticos marca páginas –y tras estas palabras, Elinor se volvió hacia Mo–. ¡Puedes creerlo o no! –exclamó–. En uno de los últimos libros que he comprado, una primera edición espléndida del siglo XIX, encontré de hecho una loncha reseca de salami para señalar las páginas.

A Meggie se le escapó una risita, lo que le acarreó ipso facto otra mirada poco amistosa.

–No es cosa de risa, jovencita –le advirtió Elinor–. Algunos de los libros más maravillosos que se han impreso jamás se perdieron porque algún pescadero cabeza hueca los deshojó para envolver pescados apestosos con sus páginas. En la Edad Media se destruyeron miles de libros para recortar suelas de zapato de sus tapas o calentar baños de vapor con su papel –el recuerdo de vilezas tan increíbles, aunque acaecidas hacía ya muchos siglos, hizo resoplar a Elinor–. Bien, dejemos eso –farfulló–. Si no, me altero demasiado, y de por sí ya tengo la tensión demasiado alta.

Se había detenido delante de una puerta. Sobre la madera blanca se veía un ancla pintada, alrededor de la cual saltaba un delfín.

–Ésta es la divisa de un famoso impresor –explicó Elinor mientras acariciaba con el dedo el afilado hocico del delfín–. Es lo más adecuado para la entrada de una biblioteca, ¿no os parece?

–Lo sé –medió Meggie–. Aldus Manutius. Vivió en Venecia. Imprimió libros con el tamaño justo para meterlos sin dificultad en las alforjas de sus clientes.

–¿Ah, sí? –Elinor frunció el ceño irritada–. Eso no lo sabía. En cualquier caso, soy la feliz propietaria de un libro impreso por su propia mano. Concretamente en el año 1503.

–Querrá decir que procede de su taller –corrigió Meggie.

–Pues claro.

Elinor carraspeó y dirigió a Mo una mirada cargada de reproches, como si él y sólo él tuviera la culpa de que su hija conociera detalles tan extravagantes. Después puso su mano sobre el picaporte.

–Por esta puerta no ha pasado todavía ningún niño –explicó mientras apretaba el picaporte con unción casi religiosa–, pero ya que tu padre seguramente te ha inculcado cierto respeto a los libros, haré una excepción. Pero con una condición: que te mantengas de las estanterías a una distancia mínima de tres pasos. ¿Aceptas esta condición?

Por un instante, Meggie estuvo tentada de rechazarla. Le habría encantado dejar boquiabierta a Elinor castigando a sus valiosos libros con el desprecio. Pero no fue capaz. Su curiosidad era demasiado poderosa. Casi le parecía escuchar los cuchicheos de los libros por la puerta entreabierta. Le prometían mil historias desconocidas, mil puertas hacia miles de mundos inéditos. La tentación fue mayor que el orgullo de Meggie.

–Acepto –murmuró cruzando las manos a la espalda–. Tres pasos –sentía un hormigueo en sus dedos de pura avidez.

–Una niña lista –repuso Elinor con un tono tan despectivo que Meggie estuvo en un tris de cambiar de opinión.

Acto seguido penetraron en el sanctasanctórum de Elinor.

–¡La has reformado! –oyó decir Meggie a su padre.

Él añadió algo más, pero ya no lo escuchaba. Se limitaba a contemplar los libros, embelesada. Las estanterías donde reposaban olían a madera recién cortada. Llegaban hasta arriba, hasta el techo de color azul celeste del que pendían lámparas diminutas como estrellas encadenadas. Ante las estanterías se veían estrechas escaleras de madera provistas de ruedas, dispuestas para llevar a cualquier lector ansioso hasta los estantes más altos. Había atriles sobre los que descansaban libros abiertos, atados con cadenas de latón dorado. Había vitrinas de cristal en las que libros con páginas manchadas por el tiempo mostraban a todo aquel que se acercase las estampas más maravillosas. Meggie no pudo evitarlo. Un paso, una mirada apresurada a Elinor, que por suerte le daba la espalda, y se encontró delante de la vitrina. Se inclinó tanto sobre el cristal que lo golpeó con la nariz.

Unas hojas puntiagudas se enroscaban alrededor de letras marrón pálido. Una diminuta cabeza roja de dragón escupía flores sobre el papel manchado. Caballeros sobre caballos blancos miraban a Meggie como si apenas hubiera transcurrido un día desde que alguien los había pintado con minúsculos pinceles de pelo de marta. Junto a ellos había una pareja, de novios quizá. Un hombre con un sombrero rojo como el fuego observaba a ambos con hostilidad.

–¿Eso son tres pasos?

Meggie se volvió asustada, pero Elinor no parecía muy enfadada.

–¡Sí, el arte de decorar libros! –dijo–. Antes sólo los ricos sabían leer. Por eso a los pobres les ofrecían imágenes que acompañaban a las letras para que pudieran entender las narraciones. Como es natural, no se pensaba en proporcionarles placer, los pobres estaban en el mundo para trabajar, no para ser felices o contemplar bellas ilustraciones. Eso estaba reservado a los ricos. No, qué va. Se pretendía instruirlos. Casi siempre con historias bíblicas bien conocidas por todo el mundo. Los libros se exponían en las iglesias, y cada día se pasaba una página para enseñar una nueva estampa.

–¿Y este libro? –quiso saber Meggie.

–Oh, yo creo que nunca estuvo en la iglesia –respondió Elinor–. Debió de servir más bien para complacer a un hombre muy rico, pues tiene casi seiscientos años –era imposible pasar por alto el orgullo que dejaba traslucir su voz–. Un libro como éste ha provocado crímenes y asesinatos. Por fortuna yo sólo he tenido que comprarlo.

Al pronunciar la última frase se giró de repente y miró a Dedo Polvoriento, que los había seguido, sigiloso como un gato que sale de caza. Por un momento, Meggie pensó que Elinor iba a mandarlo otra vez al pasillo, pero Dedo Polvoriento permanecía ante las estanterías con una expresión tan respetuosa, las manos cruzadas a la espalda, que no le dio ningún motivo, así que se limitó a lanzarle una postrera mirada de desaprobación y se giró de nuevo hacia Mo.

Éste se encontraba ante uno de los atriles, con un libro entre las manos cuyo lomo pendía de unos cuantos hilos. Lo sostenía con sumo cuidado, igual que a un pájaro que se hubiera partido un ala.

–¿Y bien? –preguntó Elinor preocupada–. ¿Puedes salvarlo? Sé que está en un estado lamentable, y los otros me temo que tampoco están mucho mejor, pero...

–Todo tiene remedio –Mo dejó el libro a un lado y examinó otro–. Pero creo que necesitaré como mínimo dos semanas. Siempre que no tenga que encargar materiales adicionales. Eso podría alargar el plazo algo más. ¿Soportarás tanto tiempo nuestra presencia?

–Por supuesto –Elinor asintió, pero Meggie reparó en la ojeada que lanzó a Dedo Polvoriento.

Éste seguía aún ante las estanterías emplazadas justo al lado de la puerta y parecía enfrascado en la contemplación de los libros; a Meggie, sin embargo, le dio la impresión de que no se le escapaba nada de cuanto se hablaba a sus espaldas.

En la cocina de Elinor no había libros, ni uno solo, pero allí tomaron una cena excelente, sentados a una mesa de madera que, según aseguró Elinor, procedía del escriptorio de un monasterio italiano. Meggie lo dudaba. Por lo que sabía, los monjes trabajaban en los escriptorios de los monasterios en mesas con superficies inclinadas, pero decidió que era mejor reservarse ese conocimiento. En lugar de eso cogió otro trozo de pan y se estaba preguntando si estaría rico el queso depositado sobre la presunta mesa de escriptorio, cuando observó que Mo cuchicheaba algo a Elinor. Los ojos de ésta se abrieron codiciosos, y Meggie dedujo que sólo podía tratarse de un libro, lo cual trajo en el acto a su memoria el papel de embalar, unas tapas verde pálido y la voz enfurecida de su padre.

A su lado, Dedo Polvoriento hizo desaparecer un trozo de jamón en su mochila sin que lo vieran: la cena de Gwin. Meggie percibió un hocico redondo que asomaba por la mochila olfateando, con la esperanza de lograr otras exquisiteces. Dedo Polvoriento sonrió a Meggie al reparar en su mirada y le dio un poco de tocino a Gwin. El cuchicheo de Mo y Elinor no parecía extrañarla, pero Meggie estaba segura de que los dos estaban planeando algún negocio secreto.

Unos instantes después, Mo se levantó y salió. Meggie preguntó a Elinor dónde estaba el lavabo... y la siguió.

Se sentía rara espiando a su padre. No recordaba haberlo hecho jamás... excepto la noche de la llegada de Dedo Polvoriento. Y cuando intentó averiguar si Mo era papá Noel. Se avergonzaba de seguir sus huellas. Pero la culpa era suya. ¿Por qué le ocultaba ese libro? Y ahora a lo mejor pretendía entregárselo a la tal Elinor... ¡un libro que le impedía ver! Desde que Mo lo había escondido apresuradamente detrás de la espalda, a Meggie ya no se le había ido de la cabeza. La niña había llegado incluso a buscarlo en la bolsa que contenía las pertenencias de su padre, antes de meterla en el autobús, pero no había conseguido hallarlo.

¡Necesitaba verlo antes de que quizá desapareciera en alguna de las innumerables vitrinas de Elinor! Tenía que saber por qué era tan valioso para su padre como para haberla arrastrado hasta allí por su causa...

En el vestíbulo, Mo volvió a acechar en torno suyo antes de salir de la casa, pero Meggie se agachó a tiempo detrás de un arcón que olía a bolas de alcanfor y a lavanda. Decidió permanecer en su escondite hasta el regreso de su padre. Fuera, en el patio, seguro que la habría descubierto. El tiempo transcurrió con desesperante lentitud, como suele suceder siempre que se espera algo con el corazón palpitante. En las estanterías blancas los libros parecían observar a Meggie, pero callaban, como si percibieran que en ese momento la niña sólo podía pensar en un único libro.

Su padre regresó al fin con un paquetito envuelto en papel marrón en la mano. «¡A lo mejor sólo desea esconderlo aquí!», pensó Meggie. ¿Dónde se podía ocultar mejor un libro que entre miles y miles más? Claro. Mo lo dejaría allí y ellos regresarían a casa. «Pero me gustaría verlo una vez», pensó

Meggie, «solamente una vez antes de que esté en un estante al que sólo puedo acercarme a tres pasos de distancia».

Mo pasó tan cerca de ella que Meggie habría podido rozarlo, pero él no la vio. «¡No me mires así, Meggie!», decía a veces su padre. «Vuelves a adivinarme el pensamiento». Ahora parecía preocupado, como si no estuviera seguro de que lo que se proponía fuese correcto. Meggie contó despacio hasta tres antes de seguirlo, pero Mo se detuvo tan bruscamente en un par de ocasiones, que estuvo a punto de chocar con él. Su padre no regresó a la cocina, sino que se dirigió directamente a la biblioteca. Sin volverse a mirar, abrió la puerta que ostentaba la divisa del impresor veneciano y la cerró con absoluto sigilo tras él.

Allí estaba ahora Meggie, entre todos aquellos libros silenciosos, preguntándose si debía seguirlo... si debía pedirle que le enseñase el libro. ¿Se enfadaría mucho? Justo cuando se disponía a hacer acopio de todo su valor para seguirlo, oyó pasos... unos pasos presurosos, decididos, precipitados, impacientes. Sólo podía ser Elinor. ¿Qué podía hacer?

Meggie abrió la puerta siguiente y se deslizó dentro. Una cama con dosel, un armario, fotos con marco de plata, una pila de libros sobre la mesilla de noche, un catálogo abierto sobre la alfombra, las páginas cubiertas con reproducciones de libros antiguos. Había ido a parar a la alcoba de Elinor. Con el corazón palpitante aguzó los oídos, oyó los pasos enérgicos de Elinor y a continuación la puerta de la biblioteca se cerró por segunda vez. Meggie salió con cautela y sigilo al pasillo. Mientras permanecía, indecisa, ante la biblioteca, una mano se apoyó de pronto en su hombro por detrás. Una segunda ahogó su grito de susto.

–¡Soy yo! –le susurró al oído Dedo Polvoriento–. Calma, mucha calma o nos llevaremos los dos un disgusto, ¿comprendes?

Meggie asintió con la cabeza y Dedo Polvoriento apartó despacio la mano de su boca.

–Tu padre pretende entregar el libro a esa bruja, ¿verdad? –musitó–. ¿Fue a buscarlo al autobús? Dímelo. ¿Lo llevaba consigo, verdad?

Meggie lo apartó de un empujón.

–¡No lo sé! –farfulló enfurecida–. Además... ¿a usted qué le importa?

–¿Que qué me importa? –Dedo Polvoriento soltó una risita ahogada–. Bueno, quizá te cuente algún día lo que me importa. Pero ahora sólo quiero saber si tú lo has visto.

Meggie negó con la cabeza. Ignoraba por qué mentía a Dedo Polvoriento. Quizá porque su mano había presionado su boca con demasiada fuerza.

–¡Meggie, escúchame! –Dedo Polvoriento la miró con insistencia cara a cara.

Sus cicatrices parecían rayas pálidas que alguien hubiera dibujado en sus mejillas, dos rayas en la izquierda, ligeramente arqueadas, una tercera en la derecha, aún más larga, desde la oreja hasta la aleta de la nariz.

–¡Capricornio matará a tu padre si no consigue el libro! –le informó en voz baja Dedo Polvoriento–. Lo matará, ¿comprendes? ¿No te he explicado cómo es? Quiere el libro, y él siempre consigue todo lo que se propone. Es ridículo creer que aquí estará a salvo de él.

–¡Mo no piensa eso!

Dedo Polvoriento se incorporó y clavó sus ojos en la puerta de la biblioteca.

–Sí, lo sé –musitó–. Ése es el problema. Y por eso mismo... –puso ambas manos sobre los hombros de Meggie y la empujó hacia la puerta cerrada– por eso mismo tú entrarás ahí dentro haciéndote la inocente y averiguarás lo que pretenden hacer esos dos con el libro. ¿De acuerdo?

Meggie intentó protestar. Pero en un abrir y cerrar de ojos Dedo Polvoriento abrió la puerta y empujó a la niña hacia el interior de la biblioteca.

5

UNA SIMPLE ESTAMPA

Para aquel que roba, o pide prestado un libro y a su dueño no lo devuelve, que se le mude en sierpe en la mano y lo desgarre. Que quede paralizado y condenados todos sus miembros. Que desfallezca de dolor, suplicando a gritos misericordia, y que nada alivie sus sufrimientos hasta que perezca. Que los gusanos de los libros le roan las entrañas como lo hace el remordimiento que nunca cesa. Y cuando, finalmente, descienda al castigo eterno, que las llamas del infierno lo consuman para siempre.

Inscripción en la biblioteca del monasterio de San Pedro en Barcelona, citada por Alberto Manguel

Habían desempaquetado el libro, porque Meggie vio el papel de embalar tirado en una silla. Ninguno de los dos se dio cuenta de su entrada. Elinor se inclinaba sobre uno de los atriles, con Mo a su lado. Ambos daban la espalda a la puerta.

–Inconcebible. Pensaba que ya no existía ni un solo ejemplar –decía Elinor–. Corren historias muy peculiares sobre este libro. Un librero al que suelo comprar a menudo me contó que hace años le robaron tres ejemplares justo el mismo día. He escuchado de labios de dos libreros una historia muy parecida.

–¿De veras? ¡Es realmente extraño! –exclamó su padre, pero Meggie conocía lo suficiente su voz para darse cuenta de que su asombro era fingido–. Bueno, de todas maneras aunque no sea un libro raro, para mí es muy valioso y me agradaría saber que está a buen recaudo durante cierto tiempo, hasta que vuelva a recogerlo.

–En mi casa cualquier libro está a buen recaudo –respondió Elinor con tono de reproche–. Lo sabes de sobra. Son mis hijos, mis hijos negros de tinta, y yo los cuido con cariño. Mantengo la luz del sol lejos de sus páginas, les limpio el polvo y los protejo de la voraz carcoma de los libros y de los mugrientos dedos humanos. Este de aquí merecerá un lugar de honor y nadie lo verá hasta que tú me pidas que te lo devuelva. De todos modos, en mi biblioteca los visitantes no son bien recibidos, pues dejan en mis pobres libros huellas de dedos y cortezas de queso. Además, como ya sabes, dispongo de una instalación de alarma carísima.

–Sí, eso resulta muy tranquilizador –la voz de Mo sonó aliviada–. Te lo agradezco, Elinor. Te lo agradezco mucho, de veras. Y si en los próximos tiempos alguien llama a tu puerta y te pregunta por el libro, por favor compórtate como si nunca hubieras oído hablar de él, ¿de acuerdo?

–Por supuesto. ¿Qué no haría yo por un buen encuadernador? Además, eres el marido de mi sobrina. ¿Sabes que a veces la echo de menos? Bueno, creo que a ti te sucede lo mismo. Tu hija parece apañárselas muy bien sin ella, ¿no?

–Apenas la recuerda –musitó Mo.

–Bueno, eso es una bendición, ¿no te parece? A veces resulta muy práctico que nuestra memoria no sea ni la mitad de buena que la de los libros. Sin ellos seguramente ya no sabríamos nada. Todo se habría olvidado: la guerra de Troya, Colón, Marco Polo, Shakespeare, toda esa ristra infinita de reyes y dioses... –Elinor se volvió... y se quedó petrificada–. ¿Acaso no te he oído llamar a la puerta? –preguntó dirigiendo a Meggie una mirada tan hostil que la niña tuvo que hacer acopio de todo su valor para no dar media vuelta y retornar al pasillo a toda prisa.

–¿Cuánto tiempo llevas ahí, Meggie? –le preguntó su padre.

Meggie adelantó el mentón.

–¡*Ella* puede verlo, pero a mí me lo ocultas! –repuso la niña. La mejor defensa seguía siendo un buen ataque–. ¡Tú jamás me has ocultado un libro! ¿Qué tiene éste de especial? ¿Me quedaré ciega si lo leo? ¿Me arrancará los dedos de un mordisco? ¿Qué atroces misterios encierra que yo no puedo conocer?

–Tengo mis razones para no enseñártelo –contestó su padre.

Había palidecido. Sin más palabras se acercó a su hija e intentó arrastrarla hacia la puerta, pero Meggie se soltó.

–¡Oh, qué testaruda es! –constató Elinor–. Eso casi la hace simpática. Recuerdo que antes su madre era igual. Ven aquí –se apartó a un lado y le hizo a Meggie una seña para que se aproximara–. Comprobarás que no hay nada especialmente emocionante en ese libro, al menos para tus ojos. Pero convéncete tú misma. Uno siempre cree más lo que ve con sus propios ojos. ¿O tu padre tiene algo que oponer? –inquirió lanzando a Mo una mirada inquisitiva.

Mo vaciló... y, resignándose al destino, negó con un movimiento de cabeza.

El libro estaba abierto sobre el atril. No parecía muy antiguo. Meggie conocía el aspecto de los libros realmente antiguos. En el taller de Mo había visto algunos cuyas páginas estaban manchadas como la piel de un leopardo y casi igual de amarillentas. Recordaba uno cuyas tapas habían sido atacadas por la carcoma. Las huellas de su voracidad le parecieron minúsculos orificios de bala, y Mo había desprendido el cuerpo del libro y había vuelto a encuadernar las páginas con esmero, dotándolas de un nuevo traje, como él solía decir. Un traje que podía ser de cuero o de tela, sin adornos o provisto de un estampado que Mo confeccionaba con sellos diminutos, a veces incluso de oro.

Ese libro tenía pastas de tela de un tono verde plateado, semejante a las hojas de un sauce. Los cantos estaban ligeramente gastados y las páginas eran tan claras que las letras destacaban, nítidas y negras, en el papel. Sobre las páginas abiertas había una fina cintita de lectura roja. En el lado derecho se veía un dibujo. Mostraba a mujeres suntuosamente ataviadas, un escupefuego, acróbatas y un hombre que parecía un rey. Meggie continuó pasando las páginas. No contenía muchas ilustraciones, pero la letra inicial de cada capítulo era en sí misma un cuadro en miniatura. Sobre algunas letras se veían animales; alrededor de otras trepaban plantas; una B ardía por los cuatro costados. Las llamas parecían tan auténticas que Meggie pasó un dedo por encima para asegurarse de que no quemaban. El capítulo siguiente comenzaba por una N. Se esparrancaba como un guerrero, en su brazo estirado se sentaba un animal de rabo peludo. *Nadie lo vio salir a hurtadillas de la ciudad,* leyó Meggie, pero Elinor cerró el libro delante de sus narices antes de conseguir ensamblar otras palabras.

–Creo que con eso es suficiente –dijo metiéndoselo debajo del brazo–. Tu padre me ha pedido que le guarde este libro en un lugar seguro, y es lo que voy a hacer a continuación.

Mo volvió a coger de la mano a su hija. Esta vez la niña lo siguió.

–¡Por favor, Meggie, olvida ese libro! –le dijo en susurros–. Trae desgracia. Te conseguiré muchos otros.

Meggie se limitó a asentir. Antes de que Mo cerrase la puerta tras ellos, consiguió echar una última ojeada a Elinor, que, erguida e inmóvil, contemplaba el libro con tanta ternura como cuando Mo la miraba a veces a ella por la noche y remetía la manta por debajo de su barbilla.

Acto seguido, la puerta se cerró.

–¿Dónde lo va a guardar? –preguntó Meggie mientras seguía a su padre por el pasillo.

–Oh, ella tiene un par de escondites maravillosos para estas ocasiones –respondió evasivo–. Pero, como es natural, son secretos. ¿Qué te parece si ahora te enseño tu habitación? –intentaba que su voz sonara despreocupada, pero no le salía muy bien–. Parece una habitación cara de hotel. Qué digo, mucho mejor.

–Suena bien –murmuró Meggie y miró a su alrededor pero no se veía ni rastro de Dedo Polvoriento.

¿Dónde se había metido? Tenía que preguntarle algo sin tardanza. No podía pensar en otra cosa mientras su padre le enseñaba la habitación y le contaba que ahora todo estaba arreglado, que se limitaría a concluir su trabajo y a continuación regresarían a casa. Meggie asentía y fingía escucharle, pero en realidad la pregunta que deseaba plantear a Dedo Polvoriento no se le iba de la mente. Le quemaba tanto en los labios que se asombraba de que Mo no la viera allí aposentada. En medio de su boca.

Cuando la dejó sola para ir a recoger el equipaje del autobús, Meggie corrió a la cocina, pero tampoco encontró allí a Dedo Polvoriento. Miró hasta en el dormitorio de Elinor, pero por más puertas que abría en la enorme mansión, Dedo Polvoriento continuaba desaparecido. Al final se sintió demasiado cansada para seguir buscando. Su padre se había acostado hacía rato y también Elinor se había retirado a su habitación. Así que Meggie se fue a su cuarto y se tumbó en la enorme cama. Se sentía completamente perdida en ella, casi enana, como si hubiera encogido. «Igual que Alicia en el País de las Maravillas», pensó acariciando la ropa de cama con estampado de flores. Por lo demás, el cuarto le gustaba. Estaba atestado de libros y de cuadros. Contaba incluso con una chimenea, aunque parecía que nadie la había utilizado desde hacía más de cien años. Meggie se levantó y se acercó a la ventana. Fuera ya había oscurecido y cuando empujó las contraventanas, abriéndolas, un viento fresco acarició su rostro. Lo único que podía distinguir en la oscuridad era la plaza cubierta de gravilla situada delante del edificio. Un farol arrojaba su luz mortecina sobre las piedras de un blanco grisáceo. El autobús a rayas de Mo permanecía aparcado junto a la furgoneta gris de Elinor como una cebra que se hubiera extraviado yendo a parar a unas caballerizas. Su padre pintó las rayas sobre la laca blanca después de regalar a su hija *El libro de la selva.* Meggie recordó la casa que habían abandonado tan precipitadamente, su habitación y el colegio en el que ese día su asiento habría quedado vacío. No estaba segura de sentir nostalgia.

Al acostarse, dejó los postigos abiertos. Mo había colocado su caja de libros junto a la cama. Cansada, sacó uno e intentó construirse un nido con las palabras familiares, pero no lo lograba. El recuerdo del otro libro difuminaba una y otra vez las palabras; Meggie veía las letras iniciales ante sus ojos, grandes y policromas, rodeadas de figuras cuya historia desconocía porque el libro no había tenido tiempo de contársela.

«He de encontrar a Dedo Polvoriento», pensó somnolienta. «¡Tiene que estar aquí!» Pero luego el libro se le escurrió de entre los dedos y se durmió.

A la mañana siguiente la despertó el sol. El aire aún evocaba el frescor nocturno, pero el cielo estaba despejado y cuando Meggie se asomó a la ventana divisó a lo lejos, entre las ramas de los árboles, el brillo del lago. La habitación que le había asignado Elinor estaba ubicada en el primer piso. Mo dormía tan sólo dos puertas más allá, pero Dedo Polvoriento había tenido que conformarse con un cuarto en la buhardilla. Meggie lo había visto el día anterior cuando estaba buscándole. Sólo contaba con una cama estrecha, rodeada de cajas de libros que se apilaban hasta el entramado del tejado.

Cuando Meggie entró en la cocina para desayunar, su padre ya estaba sentado a la mesa con Elinor, pero de Dedo Polvoriento no se veía ni rastro.

–Oh, él ya ha desayunado –comentó Elinor, mordaz, cuando Meggie preguntó por él–, concretamente en compañía de un animal de dientes afilados que estaba sentado encima de la mesa y me ha bufado cuando he entrado en la cocina sin sospechar nada. Le he aclarado a vuestro extraño amigo que las moscas son los únicos animales que tolero encima de la mesa de mi cocina, y a continuación ha salido fuera con el peludo animal.

–¿Qué quieres de él? –preguntó su padre.

–Oh, nada en especial, yo... sólo deseaba preguntarle algo –contestó Meggie. Y tras engullir a toda prisa media rebanada de pan, y beber unos sorbos del cacao preparado por Elinor, de un amargor repugnante, corrió hacia el exterior.

Encontró a Dedo Polvoriento detrás de la casa, en una pradera en la que, junto a un ángel de escayola, había una solitaria tumbona. De Gwin no había ni rastro. Unos pájaros discutían en el rododendro de flores rojas, y Dedo Polvoriento, con expresión ensimismada, practicaba juegos malabares. Meggie intentó contar las pelotas de colores: cuatro, seis, ocho, eran ocho. Él las recogía con tanta rapidez en el aire que la niña se mareó sólo con verlo. Las atrapaba manteniéndose sobre una pierna, indiferente, como si ni siquiera necesitase mirar. Al descubrir a Meggie, se le escapó de las manos una pelota que rodó hasta los pies de la niña.

Meggie la recogió y se la devolvió a Dedo Polvoriento.

–¿Cómo es que sabe hacer eso? –preguntó–. Era... maravilloso.

Dedo Polvoriento hizo una reverencia burlona. Ahí estaba de nuevo su enigmática sonrisa.

–Me gano la vida con eso –explicó–. Con eso y con un par de cosas más.

–¿Cómo se puede ganar dinero así?

–En los mercados. En las fiestas. En los cumpleaños. ¿Has estado alguna vez en uno de esos mercados donde parece que la gente todavía vive en la Edad Media?

Meggie asintió. Un día visitó uno en compañía de su padre. Había cosas preciosas, extrañas, como si hubieran surgido no de otra época, sino de otro mundo. Mo le compró una caja adornada con piedras de colores y con un pequeño pez de metal de brillos verdes y dorados, la boca muy abierta y una bolita en la barriga hueca que, al sacudir la caja, sonaba como una campanita. El aire olía a pan recién horneado, a humo y ropa húmeda, y Meggie había contemplado la forja de una espada y se había escondido de una bruja disfrazada tras la espalda de su padre.

Dedo Polvoriento recogió sus pelotas y las devolvió a su bolsa. Estaba abierta tras él, sobre la hierba. Meggie caminó despacio hacia ella y atisbó en su interior. Vio botellas, algodón en rama y un paquete de leche, pero antes de que pudiera descubrir nada más, Dedo Polvoriento la cerró.

–Lo siento –se disculpó–. Secreto profesional. Tu padre entregó el libro a la tal Elinor, ¿verdad?

Meggie se encogió de hombros.

–Puedes contármelo con toda tranquilidad. Ya lo sé. Estuve escuchando. Él está loco por dejarlo aquí, qué le vamos a hacer.

Dedo Polvoriento se sentó en la tumbona. Al lado, sobre la hierba, yacía su mochila. Un rabo espeso asomó.

–He visto a Gwin –dijo Meggie.

–¿Ah, sí? –Dedo Polvoriento se reclinó y cerró los ojos. A la luz del sol su pelo parecía más claro–. Yo también. Está en la mochila. Es su hora de dormir.

–La he visto en el libro.

Meggie no apartaba la vista del rostro de Dedo Polvoriento mientras hablaba, pero nada dejó traslucir. Dedo Polvoriento no llevaba sus pensamientos escritos en la frente como Mo. El rostro de Dedo Polvoriento era un libro cerrado, y Meggie tenía la impresión de que le daría un papirotazo en los dedos a cualquiera que intentase leerlo.

–Estaba encima de una letra –prosiguió la niña–. En una N. Vi los cuernos.

–¿De veras? –Dedo Polvoriento ni siquiera abrió los ojos–. ¿Sabes en cuál de sus mil estantes lo colocó esa chalada por los libros?

Meggie hizo caso omiso a la pregunta.

–¿Por qué se parece Gwin al animal del libro? –preguntó ella–. ¿Le ha pegado usted los cuernos?

Dedo Polvoriento abrió los ojos y parpadeó.

–Vaya, ¿lo hice? –preguntó mirando al cielo.

Unas nubes cruzaron por encima de la casa de Elinor. El sol desapareció tras una de ellas y la sombra cayó sobre la hierba verde como una fea mancha.

–¿Suele leerte tu padre en voz alta, Meggie? –preguntó Dedo Polvoriento.

La niña lo observó con desconfianza. Después se arrodilló junto a la mochila y acarició el rabo sedoso de Gwin.

–No –contestó–. Pero me enseñó a leer a los cinco años.

–Pregúntale por qué no te lee en voz alta –le dijo Dedo Polvoriento–. Pero no le permitas que te despache con cualquier excusa.

–¿A qué se refiere? –Meggie se incorporó irritada–. No le gusta, eso es todo.

Dedo Polvoriento sonrió. Inclinándose fuera de la tumbona, deslizó la mano dentro de la mochila.

–Ah, esto parece una barriga llena –afirmó–. Creo que la caza nocturna de Gwin ha tenido éxito. Ojalá no haya vuelto a saquear un nido. ¿O serán sólo los panecillos y los huevos de Elinor? El rabo de Gwin se agitaba de un lado a otro, casi como el de un gato.

Meggie observó la mochila, desazonada. Se alegraba de no ver el hocico de Gwin. A lo mejor aún llevaba sangre adherida.

Dedo Polvoriento volvió a recostarse en la tumbona de Elinor.

–¿Quieres que te enseñe esta noche para qué sirven las botellas, el algodón y todos los demás objetos misteriosos de mi bolsa? –inquirió sin mirarla–. Pero para eso tiene que estar oscuro, oscuro como boca de lobo. ¿Te atreves a salir fuera de la casa en plena noche?

–¡Por supuesto! –respondió Meggie ofendida, a pesar de que una vez oscurecido le gustaba cualquier cosa excepto salir al exterior–. Pero primero dígame usted por qué...

–¿Usted? –Dedo Polvoriento soltó una carcajada–. Dios mío, dentro de nada me llamarás señor Dedo Polvoriento. No puedo soportar que me traten de «usted», así que olvídalo, ¿vale?

Meggie se mordió los labios y asintió. Tenía razón... el usted no le pegaba nada.

–Bueno, ¿por qué le pegaste los cuernos a Gwin? –inquirió–. ¿Y qué sabes del libro?

Dedo Polvoriento cruzó los brazos detrás de la cabeza.

–Conozco un montón de cosas sobre él –contestó–. Acaso algún día te las cuente, pero ahora nosotros dos tenemos una cita. Esta noche, a las once, en este mismo lugar. ¿De acuerdo?

Meggie levantó la vista hacia un mirlo que se desgañitaba cantando encima del tejado de Elinor.

–Sí –respondió–. A las once.

Acto seguido echó a correr para entrar en la casa.

Elinor había propuesto a Mo instalar su taller justo al lado de la biblioteca. Allí había una pequeña estancia en la que guardaba su colección de pequeñas guías de animales y plantas (por lo visto Elinor coleccionaba libros de todo tipo). Esta variedad se encontraba en estanterías de madera clara del color de la miel. En algunos estantes, vitrinas de cristal con escarabajos pinchados en agujas sujetaban los libros, lo que incrementaba la antipatía que Meggie sentía por Elinor. Ante la única ventana había una mesa, preciosa, de patas torneadas, aunque apenas la mitad de larga que la que poseía su padre en el taller de su casa. Seguramente por eso maldecía en voz baja cuando Meggie asomó la cabeza por la puerta.

–¡Mira qué mesa! –exclamó él–. Aquí uno puede clasificar su colección de sellos, pero no encuadernar libros. Esta estancia es demasiado pequeña. ¿Dónde voy a colocar la prensa, dónde dejaré las herramientas...? La última vez trabajé arriba, en la buhardilla, pero con el paso del tiempo las cajas de libros se apilan por doquier, incluso allí.

Meggie acarició los lomos de los libros, colocados pegaditos unos a otros.

–Dile simplemente que necesitas una mesa más grande.

Con sumo cuidado sacó un libro del estante y lo abrió. Reproducía los insectos más singulares: escarabajos con cuernos, con trompa, uno contaba incluso con una auténtica nariz. Meggie deslizó el índice por encima de las ilustraciones de colores desvaídos.

–Mo, en realidad, ¿por qué no me has leído nunca en voz alta?

Su padre se volvió tan bruscamente que a Meggie casi se le cae el libro de las manos.

–¿Por qué me lo preguntas? ¿Has hablado con Dedo Polvoriento, verdad? ¿Qué es lo que te ha contado?

–¡Nada! ¡Nada en absoluto! –la propia Meggie ignoraba por qué mentía.

Volvió a introducir el libro de escarabajos en su sitio. Le daba la impresión de que alguien estaba tejiendo una red finísima alrededor de los dos, una red de secretos y mentiras que poco a poco se volvía más tupida.

–Creo que es una buena pregunta –dijo mientras cogía otro libro. Se titulaba *Maestros del camuflaje.* Los animales de sus páginas parecían ramas u hojas secas vivas.

Mo le dio de nuevo la espalda. Comenzó a extender sus herramientas sobre la mesa demasiado pequeña: a la izquierda del todo las plegaderas, después el martillo de cabeza redonda con el que golpeaba los lomos de los libros para darles forma, el afilado cortapapeles...

Habitualmente solía silbar en voz baja, pero ahora guardaba un obstinado silencio. Meggie se dio cuenta de que sus pensamientos vagaban muy lejos de allí. Pero ¿dónde?

Al final se sentó sobre el borde de la mesa y miró a su hija.

–Es que no me gusta leer en voz alta –contestó como si no hubiera nada menos interesante en el mundo–. Lo sabes de sobra. Sencillamente es así y punto.

–¿Y por qué no? Tú me cuentas historias. Sabes contar unas historias maravillosas. Sabes imitar todas las voces, y hacerlo emocionante y divertido...

Mo cruzó los brazos ante el pecho, como si quisiera esconderse detrás.

–Podrías leerme *Tom Sawyer* –propuso Meggie–, o *Cómo adquirió sus arrugas el rinoceronte.*

Ése era uno de los cuentos favoritos de Mo. Cuando era más pequeña, jugaban a veces a que en sus vestidos había también muchas migas, igual que en la piel del rinoceronte.

–Sí, ésa es una historia espléndida –Mo volvió a darle la espalda, depositó en la mesa la carpeta donde guardaba sus papeles para guardas, y los hojeó con aire ausente. «Todos los libros deberían empezar con un papel así», le dijo a su hija en cierta ocasión. «Preferiblemente de tono oscuro: rojo oscuro, azul oscuro, según sean las tapas del libro. Luego, al abrirlo, ocurre como en el teatro: primero te encuentras el telón. Pero lo apartas a un lado, y comienza la función»–. ¡Meggie, ahora tengo que trabajar, en serio! –le dijo sin volverse–. Cuanto más deprisa termine con los libros de Elinor, antes regresaremos a casa.

Meggie colocó en su sitio el libro con los animales disfrazados.

–¿Qué pasaría si no le hubiera pegado los cuernos? –preguntó.

–¿Qué?

–Los cuernos de Gwin. ¿Qué pasaría si Dedo Polvoriento no se los hubiera pegado?

–Pero se los pegó –Mo acercó una silla a la mesa demasiado corta–. Hablando de otra cosa, Elinor ha salido a comprar. Si te mueres de hambre antes de que regrese, hazte unas tortitas. ¿De acuerdo?

–De acuerdo –musitó Meggie. Durante un momento pensó en contarle la cita nocturna con Dedo Polvoriento, pero al final decidió no hacerlo–. ¿Crees que podría llevarme a mi habitación algunos de estos libros? –preguntó.

–Seguro. Siempre que no los escamotees en tu caja.

–¿Como ese ladrón de libros del que me hablaste? –Meggie se puso tres debajo del brazo izquierdo y cuatro bajo el derecho–. ¿Cuántos había robado? ¿Treinta mil?

–Cuarenta mil –respondió su padre–. Pero al menos no asesinó a la propietaria.

–No, eso lo hizo ese monje español, me he olvidado de su nombre –Meggie se aproximó a la puerta arrastrando los pies y la abrió con la punta del zapato–. Dedo Polvoriento dice que Capricornio sería capaz de matarte para conseguir el libro –procuró que su voz sonara indiferente–. ¿Lo haría, Mo?

–¡Meggie! –su padre se volvió y le hizo un gesto amenazador con el cortapapeles–. Túmbate al sol o mete tu preciosa nariz en esos libros, pero ahora déjame trabajar. Y dile de mi parte a Dedo Polvoriento que lo cortaré en lonchas muy finas con este cuchillo si continúa contándote semejantes disparates.

–¡No has respondido a mi pregunta! –exclamó Meggie y se deslizó hasta el pasillo con su montón de libros.

Una vez en su habitación, extendió los libros sobre la enorme cama y comenzó a leer sobre escarabajos que se mudaban a conchas de caracol abandonadas igual que las personas a una casa vacía; sobre ranas con forma de hoja y orugas con púas de colores; sobre monos de barba blanca, sobre osos hormigueros a rayas y sobre gatos que escarban en la tierra en busca de batatas. Parecía haber de todo, cualquier ser que Meggie fuese capaz de imaginar y muchos más aun que ni siquiera se le habían pasado por la imaginación.

Sin embargo, en ninguno de los eruditos libros de Elinor halló una sola palabra sobre martas con cuernos.

6

Fuego y estrellas

Allí aparecieron ellos con osos bailarines, perros y cabras, monos y marmotas, corrían sobre el alambre, daban volteretas hacia delante y hacia atrás, lanzaban espadas y cuchillos y se arrojaban sobre sus puntas y filos sin herirse, tragaban fuego y trituraban piedras con los dientes, practicaban juegos de prestidigitación bajo abrigos y sombreros, con vasos mágicos y cadenas, obligaban a los títeres a batirse entre sí, trinaban como el ruiseñor, chillaban como el pavo real, silbaban como el corzo, luchaban y bailaban al son de la flauta.

Wilhelm Hertz, *El libro del juglar*

El día transcurrió con lentitud. Meggie sólo vio a su padre por la tarde, cuando Elinor regresó de la compra y media hora después les sirvió espaguetis con una salsa prefabricada.

–Lo siento mucho, pero no tengo paciencia para cocinar, me resulta tedioso –reconoció mientras colocaba los platos sobre la mesa–. Por casualidad, ¿sabe cocinar nuestro amigo del animal peludo?

Dedo Polvoriento se limitó a encogerse de hombros apesadumbrado.

–No, en eso no puedo ayudaros.

–Mo lo hace de maravilla –informó Meggie mientras removía la salsa aguada con los espaguetis.

–Él que restaure mis libros y se deje de cocinar –contestó Elinor con tono áspero–. ¿Y tú qué tal?

Meggie se encogió de hombros.

–Sé hacer tortitas –informó–. ¿Pero por qué no consigue unos libros de cocina? Tiene libros de todas clases. Seguro que le servirían de ayuda.

A Elinor la sugerencia no le pareció digna de respuesta.

–Ah, por otra parte, una regla más para la noche –dijo ella al ver que todos permanecían callados–. En mi casa no permito las velas. El fuego me pone nerviosa. Le gusta demasiado alimentarse de papel.

Meggie tragó saliva. Se sintió pillada en falta. Como es lógico, había traído consigo unas velas que ya estaban encima de su mesilla de noche. Seguro que Elinor las había visto.

Sin embargo, Elinor no miraba a Meggie, sino a Dedo Polvoriento, que jugueteaba con una caja de cerillas.

–Espero que también cumpla usted esa regla –dijo–, pues es evidente que vamos a seguir disfrutando de su compañía una noche más.

–Gracias por permitirme abusar un poco más de su hospitalidad. Mañana temprano me iré, se lo prometo.

Dedo Polvoriento seguía sosteniendo las cerillas en la mano. La mirada desaprobadora de Elinor parecía traerle sin cuidado.

–Creo que aquí hay alguien que tiene una imagen muy equivocada del fuego –prosiguió–. Admito que puede ser un animalito mordedor, pero es posible domesticarlo –y tras estas palabras sacó una cerilla de la caja, la prendió y se introdujo la llama en la boca abierta.

Cuando sus labios se cerraron alrededor del palito ardiendo, Meggie contuvo el aliento. Dedo Polvoriento volvió a abrir la boca, sacó la cerilla apagada y la depositó sonriendo sobre su plato vacío.

–¿Se da cuenta, Elinor? –le dijo–. No me ha mordido. Es más fácil de domesticar que un gatito.

Elinor se limitó a fruncir el ceño, pero Meggie, de pura admiración, apenas era capaz de apartar la vista de Dedo Polvoriento.

A Mo el pequeño truco del fuego no pareció haberle sorprendido, y a una mirada de advertencia suya, Dedo Polvoriento, obediente, hizo desaparecer la caja de cerillas en el bolsillo de su pantalón.

–Por supuesto que cumpliré la regla de las velas –dijo a renglón seguido–. Sin problemas. En serio.

Elinor asintió.

–Bien –repuso–. Pero hay una cosa más: si esta noche vuelve usted a salir nada más oscurecer como hizo ayer, le aconsejo que no regrese demasiado tarde, porque a las nueve treinta en punto conectaré mi dispositivo de alarma.

–Oh, entonces ayer por la noche tuve suerte de verdad –Dedo Polvoriento hizo desaparecer unos espaguetis en la bolsa sin que Elinor reparase en ello, aunque sí Meggie–. Lo admito, me gusta salir a pasear de noche. Entonces el mundo me agrada más, está más tranquilo, casi sin gente y desde luego más misterioso. Aunque esta noche no tenía previsto dar ningún paseo, le rogaría que conectase ese dispositivo fabuloso un poco más tarde.

–¿Ah, sí? ¿Y me es lícito preguntar por qué?

Dedo Polvoriento guiñó un ojo a Meggie.

–Bueno, he prometido a esta jovencita una pequeña función. Comenzará cosa de una hora antes de medianoche.

–¡Ajá! –Elinor se limpió un poco de salsa de los labios con unos toques de la servilleta–. Una función. ¿Y por qué no la realiza de día? Al fin y al cabo la jovencita sólo tiene doce años y debería estar en la cama a las ocho.

Meggie apretó los labios. Había dejado de acostarse a esa hora desde su quinto cumpleaños, pero no se molestó en explicárselo a Elinor. En vez de eso, admiró la tremenda indiferencia con que Dedo Polvoriento reaccionaba a las miradas hostiles de Elinor.

–Bueno, de día los trucos que deseo mostrarle a Meggie no desplegarían su efecto en todo su esplendor –explicó reclinándose en su silla–, pues por desgracia requieren el negro manto de la noche. Pero ¿no le gustaría asistir también a usted? Así entendería por qué todo debe desarrollarse a oscuras.

–Acepta la oferta, Elinor –le aconsejó Mo–. El espectáculo te gustará. Quizá después el fuego ya no te resulte tan inquietante.

–No me resulta inquietante. ¡Me disgusta, eso es todo! –precisó Elinor impasible.

–Además él también sabe hacer juegos malabares –se le escapó a Meggie–. Con ocho pelotas.

–Con once –la corrigió Dedo Polvoriento–. Pero los juegos malabares se practican durante el día.

Elinor recogió un espagueti del mantel y miró primero a Meggie y después a Mo con expresión enfurruñada.

–De acuerdo. No quiero ser una aguafiestas –anunció–. Yo, al igual que todas las noches, me acostaré a las nueve y media con un libro y antes conectaré la alarma, pero cuando Meggie me avise, antes de marcharse a esa función, la desconectaré durante una hora. ¿Es suficiente?

–De sobra –respondió Dedo Polvoriento con una reverencia tan profunda que la punta de su nariz estuvo a punto de chocar contra el borde del plato.

Meggie reprimió la risa.

Cuando llamó con los nudillos a la puerta de la alcoba de Elinor eran las once menos cinco.

–¡Adelante! –oyó decir a Elinor y, al asomar la cabeza por la puerta, la vio sentada en su cama, muy inclinada sobre un catálogo del grosor de una guía de teléfonos–. Caro, muy caro, carísimo –murmuraba–. Recuerda mi consejo: nunca te entregues a una pasión que tu dinero no sea capaz de colmar. Eso te corroe el corazón igual que la carcoma los libros. ¡Tomemos como ejemplo este de aquí! –Elinor golpeó con tal energía la página izquierda del catálogo con el dedo, que a Meggie no le habría asombrado que hubiera hecho un agujero–. Una edición magnífica y en muy buen estado. Llevo quince años deseando comprarla, pero es muy cara, demasiado cara.

Elinor cerró el catálogo suspirando, lo arrojó sobre la alfombra y levantó las piernas para salir de la cama. Para sorpresa de Meggie llevaba un camisón largo con estampado de flores. Con él parecía más joven, casi una niña que una buena mañana se hubiera despertado con arrugas en la cara.

–Bueno, de todos modos tú seguramente nunca llegarás a estar tan loca como yo –refunfuñó mientras embutía los pies desnudos en un par de gruesos calcetines–. Tu padre no es propenso a las locuras y tu madre tampoco lo era. Al contrario, nunca conocí a nadie con la cabeza más fría. Mi padre, en cambio, estaba al menos tan majareta como yo. He heredado de él más de la mitad de mis libros, ¿y de qué le sirvieron? ¿Acaso lo preservaron de la muerte? Al contrario. Sufrió un ataque de apoplejía durante una subasta de libros. ¿No es ridículo?

Meggie no supo qué contestar.

–¿Mi madre? –inquirió–. ¿La conoció usted bien?

Elinor resopló como si le hubiera planteado una pregunta inadmisible.

–Por supuesto que sí. Tu padre la conoció en esta casa. ¿Es que no te lo ha contado?

Meggie negó con la cabeza.

–No habla mucho de ella.

–Bueno, tal vez sea mejor así. ¿Por qué hurgar en las viejas heridas? De todos modos tú no la recordarás. El símbolo de la puerta de la biblioteca lo pintó ella. Pero ahora acompáñame o te perderás la función.

Meggie siguió a Elinor, que recorría el pasillo sin iluminar. Por un instante, sin embargo, la acometió la delirante sensación de que su madre saldría por una de las numerosas puertas y le sonreiría. En aquella enorme casa había pocas luces encendidas, y en un par de ocasiones Meggie se golpeó la rodilla contra una silla o una mesita que no había visto debido a la oscuridad.

–¿Por qué aquí está todo tan oscuro? –preguntó en el vestíbulo cuando Elinor tanteó buscando el interruptor de la luz.

–Porque prefiero gastar mi dinero en libros a hacerlo en electricidad superflua –respondió Elinor lanzando una mirada furibunda a la lámpara que volvió a encenderse, como si opinara que ese estúpido chisme podía ser más ahorrativo con la luz. Luego arrastró los pies hacia una caja metálica que colgaba polvorienta de la pared junto a la puerta de entrada, oculta tras una gruesa cortina.

–Supongo que habrás apagado la luz de tu cuarto antes de venir a buscarme, ¿verdad? –preguntó mientras abría la caja.

–Claro –aseguró Meggie, aunque no era cierto.

–¡Date la vuelta! –ordenó Elinor antes de comenzar a manipular la instalación de alarma con el ceño fruncido–. Cielos, qué montón de botones, espero no haber vuelto a equivocarme en algo. Avísame en cuanto haya terminado el espectáculo. Y no se te ocurra aprovechar la ocasión para deslizarte a hurtadillas en la biblioteca y coger un libro. Piensa que estoy aquí al lado y tengo el oído más fino que un murciélago.

Meggie se tragó la respuesta que ya pugnaba por salir de sus labios. Elinor le franqueó la puerta de entrada. La niña pasó a su lado en silencio y salió. Era una noche templada, repleta de aromas extraños y del canto de los grillos.

–Oye, ¿y con mi madre también te mostrabas siempre igual de amable? –preguntó cuando Elinor se disponía a cerrar la puerta tras ella.

Elinor se la quedó mirando un momento, petrificada.

–Creo que sí –le contestó–. Sí, seguro. Y ella era siempre tan descarada como tú. Que te diviertas con el comecerillas –y a continuación cerró dando un portazo.

De pronto, cuando Meggie cruzaba corriendo el oscuro jardín situado detrás de la casa, escuchó música. Invadió la noche de repente, como si esperase su llegada: era una música extraña, un extravagante revoltijo de cascabeles, pífanos y tambores, alborozado y triste a la vez. A Meggie no le habría extrañado encontrarse con todo un enjambre de saltimbanquis esperándola en la pradera de detrás de la casa de Elinor, pero sólo encontró a Dedo Polvoriento.

Esperaba en el mismo lugar donde Meggie lo había visto esa mañana. La música procedía de un radiocasete depositado en la hierba junto a la tumbona. Dedo Polvoriento había colocado un banco de jardín al borde del césped para su espectadora. A izquierda y derecha del banco ardían dos antorchas clavadas en el suelo. Otras dos, en el césped, dibujaban en la noche sombras temblorosas que bailaban sobre la hierba como sirvientes de un mundo misterioso a los que Dedo Polvoriento hubiera convocado para la ocasión.

Él tenía el torso desnudo y su piel palidecía a la luz de la luna, suspendida justo sobre la casa de Elinor, como si también ella hubiera acudido expresamente a presenciar la función de Dedo Polvoriento.

Cuando Meggie surgió de la oscuridad, Dedo Polvoriento le hizo una reverencia.

–Tome asiento, por favor, bella señorita –exclamó en medio de la música–. La estaba esperando.

Meggie, turbada, se sentó en el banco y miró en torno suyo. Encima de la tumbona reposaban las dos botellas de vidrio oscuro que había visto en la bolsa de Dedo Polvoriento. Dentro de la de la izquierda se percibía un fulgor blanquecino, como si Dedo Polvoriento la hubiera llenado con un poco de luz de luna. Entre los travesaños de madera de la silla había introducido una docena de antorchas con cabezas de algodón blanco, y junto al radiocasete se veía un cubo y una enorme vasija panzuda que, si a Meggie no le fallaba la memoria, procedía del vestíbulo de la casa de Elinor.

Durante unos instantes su mirada vagó hacia arriba, hacia las ventanas de la casa. En la habitación de Mo no había encendida luz alguna, seguramente continuaba trabajando, pero un piso más abajo Meggie divisó a Elinor de pie tras su ventana iluminada. En cuanto Meggie la miró, corrió la cortina, como si hubiera reparado en su mirada, pero su sombra oscura siguió dibujándose tras la cortina amarillo pálido.

–¿Te das cuenta del silencio que hay? –Dedo Polvoriento apagó el radiocasete.

El silencio nocturno se depositó como algodón en los oídos de la niña. No se agitaba ni una hoja, sólo se oía el chisporroteo de las antorchas y el canto de los grillos.

Dedo Polvoriento volvió a conectar la música.

–He hablado ex profeso con el viento –anunció–, pues hay una cosa que debes saber: cuando el viento se obstina en jugar con el fuego, ni yo mismo puedo domeñarlo. Pero me ha dado su palabra de honor de que esta noche se mantendrá en calma y no nos estropeará la diversión.

Tras estas palabras agarró una de las antorchas que estaban metidas en la tumbona de Elinor. Tomó un sorbo de la botella que contenía luz de luna y escupió algo blanquecino en la enorme vasija. Después sumergió en el cubo la antorcha que sostenía en la mano, volvió a sacarla y acercó su cabeza goteante envuelta en algodón a una de sus ardientes hermanas. El fuego llameó tan súbitamente que Meggie se sobresaltó. Dedo Polvoriento se llevó la segunda botella a los labios y se llenó la boca hasta que sus mejillas con cicatrices se hincharon. Luego, cogió aire profunda, muy profundamente, tensó el cuerpo como un arco y escupió lo que llevaba en la boca sobre la antorcha ardiendo.

Una bola de fuego colgó sobre el césped de Elinor, una bola de fuego de intenso resplandor, que devoraba la oscuridad como si fuera algo vivo. Y era grande, tan descomunal que Meggie estaba segura de que un instante después todo cuanto la rodeaba, todo, la hierba, la silla y hasta el mismo Dedo Polvoriento, estallaría en llamas. Pero éste giró a su alrededor, alborozado, bailando como un niño, y volvió a escupir fuego. Lo proyectó muy alto hacia el cielo, como si pretendiera incendiar las estrellas. Acto seguido encendió una segunda antorcha y se acarició con la llama los brazos desnudos. Parecía feliz como un niño jugando con su animal favorito. El fuego lamía su piel como si fuese algo vivo, un ser que ardía en llamas cuya amistad se había granjeado, que lo acariciaba, que bailaba para él ahuyentando la noche. Lanzó la antorcha muy alto en el aire, allí donde momentos antes aún ardía la bola de fuego, la atrapó de nuevo, prendió otra, hizo juegos malabares con tres, cuatro, cinco antorchas. El fuego remolineaba a su alrededor, bailaba con él sin morderle: Dedo Polvoriento, el domador de llamas, el escupechispas, el amigo del fuego. Hizo desaparecer las antorchas como si la oscuridad se las hubiera tragado y se inclinó, sonriente, ante la atónita Meggie.

La niña permanecía allí sentada, en el duro banco, hechizada, sin hartarse de ver cómo se acercaba una vez más la botella a la boca para escupir sin cesar fuego al rostro negro de la noche.

Más tarde Meggie no supo decir por qué había apartado sus ojos de las antorchas remolineantes y de las chispas que centelleaban para fijarlos en la casa y en sus ventanas. Quizá la presencia de la maldad se perciba en la piel como un calor o un frío repentinos... pero tal vez sus ojos captaron la luz que se filtró de repente por las contraventanas de la biblioteca, cayendo sobre los rododendros que presionaban sus hojas contra la madera.

Creyó oír voces, más altas que la música de Dedo Polvoriento, voces de hombre, y la acometió un miedo atroz, tan tenebroso y desconocido como la noche en la que Dedo Polvoriento había aparecido fuera, en el patio de su casa.

Al levantarse de un salto, a Dedo Polvoriento se le escapó de las manos una antorcha ardiendo y cayó sobre la hierba. Él apagó deprisa el fuego a pisotones, antes de que se propagara. Luego siguió la mirada de la niña y alzó también la vista hacia la casa sin decir palabra.

Meggie echó a correr. Mientras se apresuraba hacia el edificio, la gravilla rechinaba bajo sus zapatos. La puerta estaba entreabierta, en el vestíbulo no había luz, pero Meggie oyó voces altas que resonaban por el pasillo que conducía a la biblioteca.

–¿Mo? –gritó, y el miedo la invadió de nuevo, clavando el pico corvo en su corazón.

También la puerta de la biblioteca estaba abierta. Meggie se disponía a entrar cuando dos manos vigorosas la agarraron por los hombros.

–¡Silencio! –siseó Elinor arrastrándola hasta su alcoba. Meggie observó que al cerrar la puerta con llave sus dedos temblaban.

–¡Suelta eso! –Meggie tiraba de la mano de Elinor, intentando girar la llave de nuevo. Deseaba gritar que tenía que ayudar a su padre, pero Elinor, tapándole la boca con la mano, la arrastró lejos de la puerta, por más puñetazos y patadas que Meggie soltaba en todas direcciones. Elinor era fuerte, mucho más fuerte que ella.

–¡Son demasiados! –le susurró mientras Meggie intentaba morderle los dedos–. Cuatro o cinco tipos grandes, y van armados –arrastró consigo a la pataleante Meggie hasta la pared, junto a la cama–. ¡Me he propuesto cien veces comprarme uno de esos malditos revólveres! –susurró mientras apretaba el oído contra la pared–. ¡Qué digo cien, mil veces!

–¡Pues claro que está aquí! –Meggie oyó la voz incluso sin necesidad de pegar la oreja a la pared. Era áspera, como la lengua de un gato–. ¿Quieres que traigamos a tu hijita del jardín para que nos lo enseñe? ¿O quizá prefieres encargarte de ello tú mismo?

Meggie intentó de nuevo apartar la mano de Elinor de su boca.

–¡Cálmate de una vez! –le siseó Elinor al oído–. Sólo conseguirás ponerlo en peligro. ¿Me oyes?

–¿Mi hija? ¿Qué sabéis vosotros de mi hija? –ésa era la voz de Mo.

A Meggie se le escapó un sollozo. Los dedos de Elinor volvieron a posarse sobre su rostro.

–He intentado llamar a la policía –le cuchicheó al oído–, pero no hay línea.

–Oh, nosotros sabemos lo que necesitamos saber –ahí estaba de nuevo la otra voz–. De modo que contesta: ¿dónde está el libro?

–¡Os lo daré! –la voz de su padre sonaba fatigada–. Pero os acompañaré, porque deseo recuperar el libro en cuanto Capricornio ya no lo necesite más.

Os acompañaré... ¿A qué se refería con esas palabras? Su padre no podía marcharse por las buenas. Meggie quiso acercarse a la puerta, pero Elinor la sujetó. La niña intentó apartarla de un empujón, pero Elinor la rodeó con sus poderosos brazos y volvió a presionar los dedos contra sus labios.

–Mejor que mejor. De todos modos teníamos que llevarte con nosotros –dijo una segunda voz que sonaba tosca y ampulosa–. No puedes imaginarte lo mucho que ansía Capricornio escuchar tu voz. Tiene una gran confianza en tus habilidades.

–Sí, el sustituto que encontró para ocupar tu puesto es un chapucero terrible –decía de nuevo la voz de gato–. Fíjate en Cockerell –Meggie oyó ruido de pies en el suelo–. Cojea, y la cara de Nariz Chata también tenía mejor aspecto. A pesar de que nunca ha sido una belleza.

–Déjate de charlas, que no disponemos de toda la eternidad. Basta. ¿Qué tal si nos llevamos también a su hija? –otra voz diferente: sonaba como si alguien le tapase la nariz al hablante.

–¡No! –replicó Mo con tono áspero–. Mi hija se queda aquí, o no os entregaré el libro jamás.

Uno de los hombres se echó a reír.

–Oh, sí, Lengua de Brujo, claro que lo harás, pero no te preocupes. No se nos dijo que la llevásemos con nosotros. Una niña sólo nos retrasaría y Capricornio lleva ya demasiado tiempo esperándote. De manera que ¿dónde está el libro?

Meggie apretó la oreja contra la pared con tanta fuerza que se hizo daño. Oyó pasos y luego como si corriesen algo.

Elinor, a su lado, contenía el aliento.

–¡No es mal escondite! –dijo la voz de gato–. Guárdalo, Cockerell, y vigílalo bien. Tú primero, Lengua de Brujo. Andando.

Se marcharon. Meggie, desesperada, intentó retorcerse para librarse del brazo de Elinor. Oyó cerrarse la puerta de la biblioteca, alejarse los pasos, hasta que se apagaron. Después se hizo el silencio. Elinor la soltó al fin.

Meggie se precipitó hacia la puerta, la abrió sollozando y corrió por el pasillo hacia la biblioteca.

Estaba vacía. Ni rastro de su padre.

Los libros estaban bien ordenados en sus estantes, sólo se veía un hueco, ancho y oscuro. Meggie creyó percibir entre los libros, bien escondida, una trampilla abierta.

–¡Increíble! –oyó que decía Elinor a sus espaldas–. Es cierto, sólo buscaban ese libro.

Meggie la apartó de un empellón y corrió por el pasillo.

–¡Meggie! –gritó Elinor–. ¡Espera!

Mas ¿a qué iba a esperar? ¿A que los extraños se marcharan con su padre? Oyó a Elinor correr tras ella. Sus brazos quizá fueran más fuertes, pero las piernas de Meggie eran más veloces.

El vestíbulo seguía en tinieblas. La puerta de entrada estaba abierta de par en par y una corriente de aire frío salió al encuentro de Meggie cuando, sin aliento, se sumergió en la noche dando trompicones.

–¡Mo! –gritó.

Creyó ver faros de coche encendiéndose. Allí, donde el camino se perdía entre los árboles, un motor se puso en marcha. Meggie corrió hacia ese lugar. Tropezó en la gravilla, húmeda por el rocío, y se produjo una herida en la rodilla. La sangre recorrió, cálida, su pantorrilla, pero no le prestó atención y continuó su carrera cojeando y sollozando hasta que llegó abajo, ante la descomunal puerta de hierro.

Pero la carretera estaba vacía.

Y su padre había desaparecido.

7

LO QUE ESCONDE LA NOCHE

**Es mejor tener mil enemigos fuera de casa
que uno dentro.**

Proverbio árabe

Dedo Polvoriento se ocultaba tras el tronco de un castaño cuando Meggie pasó corriendo ante él. La vio detenerse junto a la puerta y mirar fijamente la carretera. La oyó gritar con voz atiplada el nombre de su padre. Sus gritos se perdieron en la oscuridad, apenas más fuertes que el canto de un grillo en aquella noche inmensa y negra. Y de improviso, se hizo un silencio sepulcral y Dedo Polvoriento vio la delgada figura de Meggie petrificada, como si nunca más fuese capaz de volver a moverse. Parecía que sus fuerzas la habían abandonado y que la siguiente ráfaga de aire la arrastraría.

Permaneció inmóvil tanto tiempo que en cierto momento Dedo Polvoriento cerró los ojos para no verla. Pero de repente la oyó llorar y su cara ardió por la vergüenza, como si el viento proyectase contra ella el fuego con el que acababa de jugar hacía un rato. Se quedó allí sin proferir palabra, con la espalda apretada contra el tronco del árbol, esperando a que la niña regresara a la casa. Pero Meggie seguía sin moverse.

Por fin, cuando tenía las piernas completamente entumecidas, Meggie se volvió como una marioneta a la que han cortado algunos hilos y regresó a la casa. Al pasar junto a Dedo Polvoriento, ya no lloraba, sólo se pasaba la mano por los ojos para enjugarse las lágrimas, y durante un instante terrible él se sintió apremiado a correr hacia ella para consolarla y explicarle por qué se lo había contado todo a Capricornio. Pero para entonces Meggie ya había pasado de largo. La niña apretó el paso, como si recuperase las fuerzas. El ritmo de su carrera aumentó hasta desaparecer entre los árboles negros como ala de cuervo.

Dedo Polvoriento salió de detrás del árbol, se echó la mochila a la espalda, cogió las dos bolsas con sus pertenencias y caminó presuroso hacia la puerta aún abierta.

La noche se lo tragó como a un zorro ladrón.

8

SOLO

–Cariño –dijo ella al fin–, ¿estás seguro de que no te importa ser un ratón el resto de tu vida?

–No me importa en absoluto –afirmé–. Da igual quién seas o qué aspecto tengas mientras alguien te quiera.

Roald Dahl, *Las brujas*

A su regreso, Meggie encontró a Elinor en la puerta de entrada, intensamente iluminada. Se había puesto un abrigo encima del camisón. La noche era cálida, pero soplaba un viento frío procedente del lago. Qué desesperada parecía la niña... qué desvalida. Elinor recordó esa sensación. No la había peor.

–¡Se lo han llevado! –la rabia y la impotencia casi estrangulaban su voz. Meggie la miró con hostilidad–. ¿Por qué me sujetaste? ¡Podíamos haberlo ayudado! –tenía los puños cerrados, como si estuviera deseando pegarle.

Elinor también recordaba esa sensación. A veces te apetecía pegar al mundo entero, pero no servía de nada, de nada en absoluto. Eso no mitigaba el dolor.

–¡Deja de decir disparates! –replicó con tono áspero–. ¿Qué podíamos hacer? También te habrían llevado a ti. ¿Le habría gustado eso a tu padre? ¿Le habría servido de algo? No. Así que deja de comportarte como una estatua y entra en casa.

La niña, sin embargo, no se movió.

–¡Se lo llevan con Capricornio! –musitó, tan bajo que Elinor casi no logró entenderla.

–¿Con quién?

Meggie se limitó a menear la cabeza y se pasó la manga por el rostro humedecido por las lágrimas.

–La policía llegará enseguida –informó Elinor–. Les he avisado por el móvil de tu padre. Nunca he querido comprarme un chisme de esos, pero ahora creo que lo haré. Ellos cortaron el cable.

Meggie seguía inmóvil. Temblaba.

–¡De todos modos hace mucho que se han ido! –musitó.

–¡Por Dios, ya verás como no le sucede nada! –Elinor se ciñó más el abrigo. El viento arreciaba. Traería lluvia, con toda seguridad.

–¿Y tú por qué lo sabes? –la voz de Meggie temblaba de rabia.

«Cielo santo, si las miradas matasen», pensó Elinor, «ahora estaría más tiesa que una momia».

–¡Porque quiso irse con ellos voluntariamente! –contestó malhumorada–. Tú también lo oíste, ¿no?

La niña agachó la cabeza. Claro que lo había oído.

–Cierto –musitó–. Le preocupa más el libro que yo.

Elinor no supo qué responder. Su padre siempre había defendido con firmeza la opinión de que había que ocuparse más de los libros que de los hijos. Y cuando de repente murió, ella y sus dos hermanas tuvieron la impresión durante años de que él continuaba en la biblioteca quitándole el polvo a sus libros, como solía hacer siempre. Sin embargo, el padre de Meggie era distinto.

–¡Qué desatino, pues claro que se preocupa por ti! –exclamó–. No conozco a ningún padre que esté ni la mitad de loco por su hija que el tuyo. Ya lo verás, pronto regresará. ¡Y ahora, entra de una vez! –tendió la mano a Meggie–. Te prepararé leche caliente con miel. ¿No se da algo parecido a los niños desgraciadísimos?

Pero Meggie ni siquiera se fijó en la mano. De repente se dio la vuelta y echó a correr. Como si se le hubiera ocurrido una idea.

–¡Eh, espera! –Elinor, despotricando, embutió los pies en sus zapatos de jardín y salió tras ella dando traspiés.

Esa boba corría hacia la parte posterior de la casa, al lugar donde el comefuegos le había ofrecido su función. Pero, como es lógico, la pradera estaba vacía. Sólo las antorchas consumidas seguían hincadas en el suelo.

–Vaya, el señor tragacerillas también parece haberse ido, –dijo Elinor–. Desde luego, en casa no está.

–A lo mejor los ha seguido –la niña se acercó a una de las antorchas consumidas y acarició su cabeza carbonizada–. ¡Justo! Vio lo que pasaba y los ha seguido –miró a Elinor, esperanzada.

–Seguro. Así ha debido de suceder.

Elinor se esforzó de verdad por no parecer sarcástica. «¿Cómo crees que los siguió? ¿A pie?», continuó diciéndose a sí misma. Pero en lugar de expresarlo en voz alta, puso una mano sobre los hombros de Meggie. Dios santo, la niña seguía tiritando.

–¡Vamos! –le dijo–. Pronto llegará la policía y por el momento nosotras, a decir verdad, no podemos hacer nada. Ya lo verás, tu padre aparecerá dentro de unos días, y a lo mejor tu amigo que escupe fuego estará con él. Pero hasta entonces tendrás que quedarte conmigo.

Meggie se limitó a asentir y se dejó conducir hasta la casa sin oponer resistencia.

–Me queda otra condición –dijo Elinor cuando llegaron ante la puerta de entrada.

Meggie la miró llena de desconfianza.

–Mientras estemos aquí solas las dos, ¿podrías dejar de mirarme continuamente como si estuvieras deseando envenenarme? ¿O quizá es pedir demasiado?

En la cara de Meggie apareció furtivamente una sonrisa desvalida.

–Creo que no –contestó.

Los dos policías que aparecieron en el patio cubierto de gravilla hicieron muchas preguntas, pero ni Elinor ni Meggie acertaron a responderlas. No, Elinor no había visto nunca a esos hombres. No, no habían robado dinero ni tampoco ninguna otra cosa de valor, salvo un libro. Los dos hombres cruzaron una mirada divertida mientras Elinor les contaba lo sucedido. Malhumorada, les dio una conferencia sobre el valor de libros raros, pero aquello sólo empeoró la situación. Cuando Meggie dijo por fin que, si descubrían a un tal Capricornio, seguro que encontrarían a su padre, ambos la miraron como si la niña hubiera afirmado con absoluta seriedad que a su padre se lo había llevado el lobo feroz. A continuación, se marcharon. Elinor condujo a Meggie hasta su cuarto. Esa tonta volvía a tener los ojos llenos de lágrimas y Elinor no tenía ni la menor idea de cómo consolar a una niña de doce años, así que se limitó a decir:

–Tu madre también dormía en esta habitación –quizá la frase más equivocada que podía haber pronunciado. Por eso añadió a renglón seguido–: Si no te puedes dormir, lee algo –carraspeó un par de veces y acto seguido se dirigió hacia su cuarto por la casa oscura y vacía.

¿Por qué de repente le parecía tan inmensa y vacía? En los numerosos años que llevaba viviendo allí sola, nunca le había molestado que detrás de cada puerta sólo la esperasen libros. Había transcurrido mucho tiempo desde que jugaba al escondite con sus hermanas por las habitaciones y los pasillos. Con cuánto sigilo se deslizaban entonces hasta la puerta de la biblioteca...

En el exterior, el viento agitaba los postigos. «Señor, no podré pegar ojo», pensó Elinor. Pero luego, al recordar el libro que la aguardaba junto a su cama, desapareció en el interior de su alcoba con una mezcla de alegría anticipada y mala conciencia.

9

UN MAL CAMBIO

Una fuerte, amarga enfermedad del libro inunda el alma. Qué ignominia estar atado a esta pesada masa de papel, a lo impreso y a los sentimientos de hombres muertos. ¿No sería mejor, más noble y más valiente, dejar la basura donde está y salir al mundo... como un libre, desinhibido y analfabeto Superman?

Solomon Eagle

Meggie no durmió en su cama aquella noche. En cuanto se extinguió el eco de los pasos de Elinor, corrió a la habitación de su padre.

Él aún no había deshecho el equipaje, la bolsa permanecía abierta junto a la cama. Sólo sus libros y una tableta de chocolate empezada reposaban sobre la mesilla de noche. A Mo le chiflaba el chocolate. Ni siquiera un Papá Noel de chocolate rancio estaba seguro ante él. Meggie partió un trozo de la tableta y se lo introdujo en la boca, pero no sabía a nada. Salvo a tristeza.

La colcha de la cama de Mo estaba fría cuando se deslizó debajo, y tampoco la almohada olía a él, sino a suavizante y a detergente. Meggie introdujo la mano debajo. Sí, ahí estaba: no era un libro, sino una foto. Mo siempre la guardaba debajo de su almohada. Cuando era pequeña, Meggie creía que su padre se había limitado a inventarse una madre porque pensaba que a su hija le habría gustado tenerla. Él le contaba unas historias maravillosas al respecto.

–¿Me quería? –preguntaba siempre Meggie en esas ocasiones.

–Mucho.

–¿Y dónde está?

–Tuvo que irse cuando tenías tres años.

–¿Por qué?

–Porque tuvo que irse.

–¿Y se fue lejos?

–Muy lejos.

–¿Está muerta?

–No, te aseguro que no.

Meggie estaba acostumbrada a las extrañas respuestas de su padre a ciertas preguntas. Y a los diez años ya no creía que Mo se había inventado una madre, sino que sencillamente ella se había marchado. Esas cosas sucedían. Y mientras Mo estuvo a su lado, la verdad es que tampoco había echado mucho de menos a una madre.

Pero ahora él se había ido.

Y ella se había quedado sola con Elinor y sus ojos de pedernal.

Sacó el jersey de Mo de la bolsa y lo apretó contra su rostro. «La culpa la tiene el libro», pensaba una y otra vez. «Ese libro es el único culpable». ¿Por qué no se lo dio a Dedo Polvoriento? A veces, cuando uno no sabe qué hacer, un buen enfado ayuda. Pero después, pese a todo, retornaron las lágrimas y Meggie se durmió con un sabor salado en los labios.

Se despertó de repente, con el corazón latiendo con fuerza y el pelo empapado de sudor, y en el acto recordó lo sucedido: los desconocidos, la voz de su padre y la carretera vacía. «Saldré en su busca», pensó Meggie. «Sí, eso es lo que haré». Fuera, el cielo se teñía de rojo. Pronto saldría el sol. Era preferible marcharse antes de que amaneciera.

La chaqueta de su padre colgaba de la silla situada bajo la ventana, como si acabara de quitársela. Meggie sacó el monedero, tal vez necesitase dinero. Después se encaminó a su habitación para recoger unas cuantas cosas, las imprescindibles: algo de ropa... y una foto de ella y de Mo, para poder preguntar por él. Como es natural, no podría llevarse la caja. Primero se le ocurrió esconderla debajo de la cama, pero después decidió redactar una nota para Elinor.

«Querida Elinor», escribió a pesar de que creía que no era el tratamiento adecuado para Elinor... y lo siguiente que se preguntó era si debía tutearla o seguir tratándola de usted. «Vamos, anda, a las tías se las tutea», pensó, «además es más fácil». «Tengo que ir a buscar a mi padre», siguió escribiendo. «No te preocupes», por descontado que no lo haría, «y por favor, no le digas a la policía que me he ido o seguro que empezarán a buscarme. En la caja están mis libros favoritos. Por favor, cuídamelos, vendré a recogerlos en cuanto haya encontrado a mi padre. Gracias, Meggie».

«P. D.: Sé exactamente cuántos libros contiene la caja».

Tachó la última frase, sólo enfadaría a Elinor y cualquiera sabe lo que haría entonces con sus libros. A lo mejor los vendía. Al fin y al cabo, Mo había encuadernado cada uno de ellos con mimo y esmero y eran especialmente bellos. Ninguno tenía una encuadernación de piel: mientras leía, Meggie no quería imaginarse que habían despellejado a un ternero o a un cerdo para sus libros. Por fortuna, su padre la comprendía perfectamente. Hacía muchos cientos de años, le había contado cierto día a su hija, los libros muy valiosos se encuadernaban con la piel de terneros nonatos: *Charta virginea non nata,* un nombre maravilloso para un acto nefando.

–Y esos libros –le había dicho Mo– encerraban luego un torrente de palabras inteligentes sobre el amor, la bondad y la compasión.

Mientras Meggie llenaba su bolsa, intentaba con todas sus fuerzas no pensar, pues sabía que eso plantearía la pregunta de dónde pensaba buscar. Una y otra vez ahuyentaba de su mente ese pensamiento, pero en cierto momento sus manos se tornaron más torpes y al final, junto a la bolsa atiborrada, ya no pudo ignorar más la cruel vocecilla que sonaba en su interior. «Vamos, Meggie, suéltalo de una vez: ¿dónde piensas buscar?», cuchicheaba. «¿Irás a la izquierda o a la derecha de la carretera? Ni siquiera eso sabes. ¿Hasta dónde crees que llegarás antes de que la policía te eche el guante? Una niña de doce años con una bolsa en la mano y una historia disparatada sobre un padre desaparecido y sin una madre a la que devolverla...»

Meggie se apretaba los oídos con las manos, pero de qué servía eso contra una voz que salía de su mente, pues ¿de dónde si no? Se quedó parada un buen rato. Luego sacudió la cabeza hasta que la voz enmudeció al fin y arrastró la pesada bolsa hasta el pasillo. Pesaba mucho, demasiado. Meggie la abrió de nuevo y devolvió todo su contenido a la habitación. Sólo conservó un jersey, un libro (lo necesitaba, al menos uno), la foto y el monedero de Mo. Así podría transportar la bolsa tan lejos como fuera preciso.

Se deslizó sigilosa escaleras abajo, la bolsa en una mano, la nota para Elinor en la otra. El sol de la mañana se introducía ya furtivamente por las rendijas de los postigos, pero en la enorme casa reinaba un silencio sepulcral, como si hasta los libros durmiesen en sus estantes. A través de la puerta de la alcoba de Elinor se oían unos leves ronquidos. En realidad Meggie pretendía pasar la nota por debajo de la puerta, pero fue imposible. Tras titubear unos momentos, presionó el picaporte. En el dormitorio de Elinor había luz a pesar de los postigos cerrados. La lámpara junto a su cama estaba encendida, era obvio que Elinor se había dormido mientras leía. Estaba tumbada de espaldas y roncaba, la boca ligeramente entreabierta en dirección a los ángeles de escayola que colgaban en el techo de la habitación por encima de ella. Apretaba un libro contra su pecho. Meggie lo reconoció en el acto.

Con un par de pasos llegó junto a la cama.

–¿De dónde lo has sacado? –gritó arrancándole a Elinor el libro de sus brazos, pesados por el sueño–. ¡Este libro pertenece a mi padre!

Elinor se despertó sobresaltada, como si Meggie le hubiera echado agua caliente a la cara.

–¡Lo has robado! –gritaba Meggie fuera de sí–. Y tú llamaste a esos hombres, justo, claro que sí. ¡Tú y ese tal Capricornio estáis confabulados! ¡Tú hiciste que se llevaran a mi padre y quién sabe lo que habrás hecho con el pobre Dedo Polvoriento! ¡Tú querías poseer el libro desde el principio! Vi cómo lo mirabas... ¡como si fuera algo vivo! Seguramente vale un millón, o dos, o tres...

Elinor, sentada en su cama, clavaba la vista en las flores de su camisón y guardaba silencio. Aprovechó que Meggie cogía aliento para dar señales de vida.

–¿Has terminado? –preguntó–. ¿O pretendes seguir dando gritos por aquí hasta que te mueras? –su voz sonaba arisca, como de costumbre, pero además dejaba traslucir otra cosa... remordimientos de conciencia.

–¡Se lo diré a la policía! –balbució Meggie–. Les contaré que robaste el libro y que te pregunten a ti por el paradero de mi padre.

–¡Yo ... te ... he ... salvado ... a ... ti ... y ... a ... este ... libro!

Elinor salió de la cama, se aproximó a la ventana y abrió los postigos.

–¿Ah, sí? ¿Y qué hay de Mo? –la voz de la niña subió de tono–. ¿Qué ocurrirá cuando se den cuenta de que les ha entregado el libro equivocado? Si le causan algún daño, tú tendrás la culpa. Ya lo advirtió Dedo Polvoriento: Capricornio lo matará si no le entrega el libro. ¡Lo matará!

Elinor asomó la cabeza por la ventana y respiró hondo. Después, se volvió.

–¡Eso es un disparate! –repuso enfadada–. Das demasiado crédito a las palabras de ese comecerillas. Y es evidente que tú has leído demasiadas novelas de aventuras malas. ¡Matar a tu padre, por Dios, ni que fuera un agente secreto o algo parecido! ¡Es restaurador de libros antiguos! ¡Desde luego, ésa no es una profesión que entrañe peligro de muerte! Yo sólo pretendía examinar el libro con calma. Sólo por eso lo cambié. ¿Acaso podía adivinar yo que esos personajes siniestros iban a aparecer aquí en plena noche para llevarse a tu padre junto con el libro? A mí tan sólo me contó que un coleccionista medio loco llevaba años acosándolo por ese libro. ¿Cómo iba a saber yo que ese coleccionista no se iba a detener ni siquiera ante el allanamiento de morada y el rapto? Ni a mí se me ocurrirían ideas tan peregrinas. Salvo quizá por uno, o puede que dos libros en el mundo entero.

–Pero Dedo Polvoriento lo advirtió. ¡Dijo que lo mataría!

Meggie mantenía el libro aferrado con fuerza, como si fuera el único modo de impedir que provocase más desgracias. Le parecía como si la voz de Dedo Polvoriento resonase en sus oídos.

–Y los chillidos y pataleos del pequeño animal le sabrían más dulces que la miel.

–¿Cómo? ¿Pero qué estás diciendo? –Elinor se sentó al borde de la cama y tiró de la niña para sentarla a su lado–. Ahora vas a contarme todo lo que sabes de este asunto. Empieza.

Meggie abrió el libro. Pasó las hojas hasta que volvió a encontrar la N mayúscula, en la que aparecía el animal que tanto se asemejaba a Gwin.

–¡Meggie! ¡Eh, estoy hablando contigo! –Elinor la sacudió por los hombros con rudeza–. ¿De quién estabas hablando?

–Capricornio –Meggie se limitó a musitar el nombre. Cada una de sus letras parecía advertir del peligro.

–Capricornio. ¿Y qué más? Ya te he oído pronunciar ese nombre unas cuantas veces. Pero ¿quién es, por los clavos de Cristo?

Meggie cerró el libro, pasó la mano por la cubierta y lo examinó por todas partes.

–No figura el título –murmuró.

–No, ni en la tapa ni en el interior –Elinor se levantó y fue hacia el ropero–. Hay muchos libros en los que no te enteras en seguida del título. Al fin y al cabo, consignarlo en la cubierta es una costumbre relativamente moderna. Cuando todavía se encuadernaban los libros de forma que el lomo se curvaba hacia dentro, el título solía figurar fuera, sobre el canto, y en la mayoría de los casos sólo se encontraba al abrir el libro. Sólo cuando los encuadernadores aprendieron a hacer lomos redondos el título se desplazó allí.

–¡Sí, lo sé! –contestó Meggie con tono de impaciencia–. Pero éste no es un libro antiguo. Yo sé cómo son los libros antiguos.

Elinor le dirigió una mirada sarcástica.

–¡Ay, perdona! He olvidado que eres una auténtica experta. Sin embargo, tienes razón: este libro no es muy antiguo. Se publicó hace treinta y ocho años exactamente. ¡Una edad ridícula para un libro! –Elinor desapareció tras la puerta abierta del armario–. Pero a pesar de todo, tiene título, por supuesto: *Corazón de Tinta*. Sospecho que tu padre, con toda deliberación, lo encuadernó de forma que no se percibiese en la tapa de qué libro se trata. Ni siquiera dentro, en la primera página, figura el título y, si observas con atención, te darás cuenta de que él quitó esa página.

El camisón de Elinor cayó sobre la alfombra, y Meggie observó cómo sus piernas desnudas se deslizaban con parsimonia dentro de unos pantis.

–Ahora tenemos que acudir a la policía –anunció.

–¿Para qué? –Elinor lanzó un jersey sobre la puerta del armario– ¿Qué piensas decirles? ¿No te fijaste en cómo nos miraron ayer esos dos? –Elinor desfiguró la voz–: ¿Ah, sí? ¿Cómo fue eso, señora Loredan? Alguien irrumpió por la fuerza en su casa después de que usted, muy amablemente, desconectase el sistema de alarma. Luego, esos ladrones tan habilidosos robaron un único libro, a pesar de que su biblioteca alberga ejemplares por valor de muchos millones, y se llevaron al padre de esa niña, aunque, todo hay que decirlo, después de que él hubiera aceptado acompañarlos. Ah, ya. Muy interesante. Y al parecer esos hombres trabajaban para un hombre llamado Capricornio. ¿No era eso un signo del zodíaco? ¡Por lo que más quieras, niña!

Elinor volvió a salir de detrás de la puerta del armario. Vestía una horrible falda a cuadros y un jersey de color caramelo que le confería la palidez de la pasta de levadura.

–Todos los que viven a orillas de este lago me consideran una loca, y si acudimos a la policía con esta historia, correrá la voz de que Elinor Loredan está majareta del todo. Lo que a su vez sería la prueba de que la pasión por los libros es cosa muy perniciosa para la salud.

–Te vistes como una abuela –comentó Meggie.

Elinor se miró de arriba abajo.

–Muchas gracias –dijo–. Pero los comentarios sobre mi aspecto me desagradan. Además, podría ser tu abuela. Con un poco de esfuerzo, desde luego.

–¿Has estado casada?

–No. ¿Para qué? Y ahora, por favor, ¿serías tan amable de dejar de plantear preguntas personales? ¿No te ha enseñado tu padre que eso es de mala educación?

Meggie calló. Ella misma desconocía por qué había hecho esas preguntas.

–¿Es muy valioso, verdad? –inquirió.

–¿*Corazón de Tinta*? –Elinor tomó el libro de las manos de Meggie, acarició la tapa y se lo devolvió–. Sí, eso creo. A pesar de que no encontrarás un solo ejemplar en ninguno de los catálogos e inventarios existentes de libros valiosos. Con el correr de los años he averiguado ciertas cosas sobre este libro. Algún que otro coleccionista le ofrecería a tu padre mucho, pero que mucho dinero, si se divulgara que posee quizá el único ejemplar. A fin de cuentas, dicen que no sólo es un libro raro, sino también un buen libro. Yo nada puedo comentar al respecto, ayer por la noche apenas conseguí leer una docena de páginas. Cuando apareció la primera hada, me dormí. Las historias de hadas, enanos y toda esa parafernalia nunca me han interesado demasiado. A pesar de que no me habría importado tener unas cuantas en mi jardín.

Elinor volvió a desaparecer tras la puerta del armario: era evidente que se estaba mirando al espejo. El comentario de Meggie sobre su indumentaria parecía darle que pensar.

–Sí, creo que es muy valioso –repitió con voz meditabunda–. A pesar de que con el paso del tiempo ha sido relegado al olvido. Casi nadie parece saber ya de qué trata y poca gente lo ha leído. Ni siquiera en las bibliotecas se encuentra. Pero de vez en cuando se siguen oyendo esas historias sobre él: que ya no queda ningún ejemplar porque todos los existentes fueron robados. Seguramente es un desatino. No sólo desaparecen animales y plantas, también los libros desaparecen. Por desgracia no es un fenómeno infrecuente. Seguro que podrían llenarse hasta el techo cien casas como ésta con todos los libros que han desaparecido para siempre –Elinor volvió a cerrar la puerta del armario y se ahuecó el pelo con los dedos–. Por lo que sé, el autor vive todavía, pero es obvio que nunca ha tomado medidas para que su libro se reedite... lo cual me resulta extraño, pues al fin y al cabo uno escribe una obra para que la gente la lea, ¿o no? En fin, a lo mejor ya no le gusta su historia o simplemente se vendió tan mal que no halló una sola editorial dispuesta a reeditarlo. ¡Qué sé yo!

–A pesar de todo, no creo que lo hayan robado sólo por su valor –murmuró Meggie.

–¿Ah, no? –Elinor se echó a reír–. Ay, Señor, realmente eres una digna hija de tu padre. Mortimer tampoco pudo imaginarse nunca que la gente cometiera cualquier bajeza por dinero, ya que para él significaba poco. ¿Tienes idea de lo que puede valer un libro?

Meggie la miró irritada.

–Pues claro. Pero a pesar de todo creo que ése no es el motivo.

–Bueno, pues yo sí. Y Sherlock Holmes pensaría lo mismo. ¿Has leído sus libros? Son espléndidos. Sobre todo en los días de lluvia.

Elinor se calzó sus zapatos. Para ser una mujer tan robusta tenía los pies curiosamente pequeños.

–A lo mejor encierra algún secreto –musitó Meggie acariciando ensimismada las páginas impresas.

–Ah, ya, te refieres a mensajes invisibles escritos con zumo de limón, o al mapa de un tesoro oculto en alguna de las ilustraciones –la voz de Elinor sonó tan burlona que a Meggie le habría gustado retorcerle su corto pescuezo.

–¿Por qué no? –volvió a cerrar el libro y se lo metió debajo del brazo–. ¿Por qué si no se han llevado a Mo? Con el libro habría sido suficiente.

Elinor se encogió de hombros.

«Como es lógico, ella se niega a admitir que no se le había ocurrido esa idea», pensó Meggie llena de desprecio. «Cree que siempre tiene razón».

Elinor la miró como si hubiera adivinado sus pensamientos.

–¿Sabes una cosa? Léetelo sin más –le aconsejó–. A lo mejor encuentras algo que en tu opinión no pertenezca a la historia. Un par de palabras superfluas por aquí, un par de letras inútiles por allá... y hallarás el mensaje secreto. El plano hacia el tesoro. Quién sabe cuánto tardará tu padre en regresar, y con algo tendrás que matar el tiempo.

Antes de que Meggie contestara, Elinor se agachó a recoger la nota depositada sobre la alfombra al lado de su cama. Era la carta de despedida de Meggie, debió de caérsele cuando descubrió el libro entre los brazos de Elinor.

–¿Qué significa esto? –preguntó Elinor tras leerla con el ceño fruncido–. ¿Pretendías salir en busca de tu padre? ¿Dónde, por todos los santos? Estás más loca de lo que pensaba.

Meggie estrechó contra sí *Corazón de Tinta.*

–¿Quién lo buscará si no? –inquirió.

Empezaron a temblarle los labios. No podía evitarlo.

–Bueno, lo buscaremos juntas si es necesario –respondió Elinor con aspereza–. Pero primero démosle la oportunidad de regresar. ¿O crees acaso que le gustaría comprobar a su vuelta que tú has desaparecido para salir en su busca por los rincones de este vasto mundo?

Meggie negó con la cabeza. La alfombra de Elinor se difuminó ante sus ojos y una lágrima resbaló por su nariz.

–¡Bueno, entonces, aclarado! –gruñó Elinor mientras le ofrecía un pañuelo de tela–. Límpiate la nariz y luego desayunaremos.

No permitió que Meggie saliera de casa antes de haber deglutido con esfuerzo una rebanada de pan y un vaso de leche.

–El desayuno es la comida más importante del día –anunció mientras se untaba la tercera rebanada–. Y además no quiero arriesgarme a que le cuentes a tu padre a su regreso que te he matado de hambre. Ya sabes, como esa cabra del cuento.

Meggie se tragó la respuesta que tenía en la punta de la lengua junto con el último bocado de pan, y salió corriendo al exterior con el libro.

10

La cueva del león

Escuchad. (Que los adultos omitan este párrafo, por favor.) No quiero contaros que este libro acaba trágicamente. Ya dije en la primera frase que es mi libro favorito. Pero a continuación acontecen un montón de cosas malas.

William Goldman, *La princesa prometida*

Meggie se sentó en el banco de detrás de la casa, junto al que seguían clavadas las antorchas consumidas de Dedo Polvoriento. Nunca había vacilado tanto a la hora de abrir un libro. Tenía miedo a lo que le deparaba. Era una sensación completamente nueva. Jamás había tenido miedo de lo que iba a contarle un libro; al contrario, casi siempre se sentía tan ansiosa por sumergirse en un mundo inexplorado, inédito, que empezaba a leer en las ocasiones más inoportunas. Ella y Mo acostumbraban a leer durante el desayuno, y más de una vez él la había llevado al colegio con retraso por haberse distraído con la lectura. También había leído alguna vez bajo el pupitre, en las paradas de autobús, durante las visitas de los parientes, muy tarde por la noche debajo de la manta, hasta que su padre la apartaba y la amenazaba con desterrar cualquier libro de su habitación para que durmiera lo suficiente. Su padre nunca habría hecho algo parecido, faltaría más, y él sabía que ella lo sabía, pero durante unos días, tras esas amonestaciones, a eso de las nueve introducía a pesar de todo su libro debajo de la almohada y lo dejaba seguir susurrando en sueños, para que Mo creyera que era un padre realmente estupendo.

Ese libro, sin embargo, no lo habría deslizado bajo su almohada por miedo a lo que pudiera susurrarle. La desgracia que les había sobrevenido en los últimos tres días parecía proceder de sus páginas. ¿Y si fuese apenas una sombra de lo que aún le deparaba su contenido?

A pesar de todo necesitaba leerlo. ¿Dónde si no iba a buscar a Mo? Elinor tenía razón, era absurdo salir corriendo sin más ni más. Tenía que intentar hallar el rastro de su padre entre las páginas de *Corazón de Tinta.*

Sin embargo, apenas hubo abierto la primera página, oyó pasos a su espalda.

–Si sigues así sentada a pleno sol, pillarás una insolación –dijo una voz familiar.

Meggie se volvió sobresaltada.

Dedo Polvoriento le hizo una reverencia. Como es natural, acompañada de su típica sonrisa.

–¡Ah, fíjate, menuda sorpresa! –dijo inclinándose sobre el hombro de Meggie y mirando el libro abierto en su regazo–. Así que aún sigue aquí. Lo tienes *tú.*

Meggie contemplaba atónita su rostro surcado por las cicatrices. ¿Cómo era capaz de comportarse como si nada hubiera sucedido?

–¿Dónde estabas? –le increpó–. ¿No te llevaron con ellos? ¿Y qué ha sido de Mo? ¿Adónde lo han llevado? –no lograba pronunciar las palabras con la suficiente rapidez.

Dedo Polvoriento se tomó tiempo para responder. Observaba con atención los arbustos de alrededor, como si jamás hubiera visto algo parecido. Llevaba puesto su abrigo, a pesar de que el día era caluroso, tan caluroso que tenía la frente cubierta de pequeñas perlas brillantes de sudor.

–No, no me llevaron con ellos –dijo al fin girando la cabeza hacia Meggie–. Pero vi cómo se marcharon con tu padre. Salí corriendo tras ellos atravesando la maleza. En un par de ocasiones pensé que iba a romperme la crisma en esa maldita pendiente, pero logré llegar a tiempo abajo, a la puerta, para comprobar que se alejaban en dirección al sur. Naturalmente los reconocí en el acto. Capricornio había enviado a sus mejores hombres. Basta figuraba entre ellos.

Meggie no apartaba los ojos de sus labios como si así pudiera hacerle hablar más deprisa.

–¿Y? ¿Sabes dónde se han llevado a Mo? –su voz temblaba de impaciencia.

–Al pueblo de Capricornio, creo. Pero quería asegurarme, de modo que... –Dedo Polvoriento se despojó del abrigo y lo colgó encima del banco– corrí tras ellos. Sé que suena ridículo, ir a pie detrás de un coche –adujo cuando Meggie frunció el ceño, incrédula–, pero es que me sentía tan furioso. Todo había sido en vano: haberos prevenido, venir hasta aquí... En cierto momento detuve un coche que me llevó hasta el próximo pueblo. Allí habían repostado gasolina cuatro hombres vestidos de negro y con cara de pocos amigos. No hacía mucho que se habían marchado. Así que... tomé prestado un ciclomotor e intenté perseguirlos. No me mires así, puedes estar tranquila, más tarde lo devolví. No era muy rápido, pero por suerte en estos parajes las carreteras describen muchísimas curvas y un poco más tarde conseguí divisarlos abajo del todo, en el valle, mientras yo me torturaba aún bajando por aquella serpenteante carretera. Entonces tuve la seguridad de que se llevaban a tu padre al cuartel general de Capricornio. No a uno de los escondites más al norte, sino directamente a la cueva del león.

–¿A la cueva del león? –repitió Meggie–. ¿Dónde está eso?

–A unos... trescientos kilómetros al sur de aquí –Dedo Polvoriento se sentó a su lado en el banco y al mirar al sol parpadeó–. No lejos de la costa –echó otro vistazo al libro que seguía sobre el regazo de Meggie–. Capricornio no se alegrará de que sus hombres le lleven el libro equivocado –anunció–. Sólo cabe esperar que no descargue su indignación sobre tu padre.

–¡Pero Mo no sabía que era el libro equivocado! ¡Elinor lo cambió a escondidas! –allí estaban otra vez las malditas lágrimas. Meggie se limpió los ojos con la manga.

Dedo Polvoriento frunció el ceño y la miró como si no creyera en sus palabras.

–¡Dice que solamente quería mirarlo! Lo tenía en su dormitorio. Mo conocía el escondite en el que ella lo había guardado, y como estaba envuelto en papel de embalar, él no se dio cuenta de que era el libro equivocado. Y los hombres de Capricornio tampoco lo comprobaron.

–Pues claro que no, y además ¿para qué? –la voz de Dedo Polvoriento sonaba despectiva–. Ellos no saben leer. Para ellos todos los libros son iguales, simple papel impreso. Además están acostumbrados a conseguir lo que desean.

La voz de Meggie se tornó estridente debido al miedo.

–¡Tienes que llevarme a ese pueblo! ¡Por favor! –miró suplicante a Dedo Polvoriento–. Yo le explicaré todo a Capricornio. Le entregaré el libro y él dejará libre a Mo. ¿Vale?

Dedo Polvoriento parpadeó.

–Sí, seguro –contestó sin mirar a Meggie–. Ésa es la única solución...

Antes de que continuase hablando, la voz de Elinor resonó desde la casa.

–Caramba, ¿pero a quién tenemos aquí? –gritó asomándose por su ventana abierta. La cortina amarillo pálido se hinchaba al viento como si un espíritu se hubiera escondido dentro–. ¡Juraría que es el tragacerillas!

Meggie se levantó de un salto y corrió por encima de la hierba hacia ella.

–¡Elinor, él sabe dónde está Mo! –vociferó.

–¿Ah, sí? –Elinor se apoyó en el antepecho de la ventana y contempló a Dedo Polvoriento con los ojos entornados–. ¡Vuelva a dejar el libro ahí! –exclamó a voz en grito–. Meggie, quítale el libro.

Meggie se volvió, desconcertada. En efecto, Dedo Polvoriento sostenía *Corazón de Tinta* en la mano, pero cuando Meggie lo miró volvió a depositarlo deprisa en el banco. Después, con una mirada furibunda a Elinor, hizo una seña a la niña para que se acercara.

Meggie regresó vacilante a su lado.

–De acuerdo, te llevaré junto a tu padre, aunque eso acarree cierto peligro para mí –le susurró–. Pero ella... –con la cabeza hizo un gesto disimulado señalando a Elinor– ella se quedará aquí, ¿entendido?

Meggie miró, insegura, hacia la casa.

–¿Quieres que adivine lo que te ha dicho en voz baja? –gritó Elinor por encima de la hierba.

Dedo Polvoriento lanzó a Meggie una mirada de advertencia, pero la niña no reparó en ella.

–¡Quiere llevarme con Mo! –chilló.

–¡Estupendo, pues que lo haga! –respondió Elinor a voz en grito–. ¡Pero yo os acompañaré! Aunque vosotros dos quizá renunciaríais de buen grado a mi compañía.

–Desde luego que lo haríamos de mil amores –susurró Dedo Polvoriento dedicando una inocente sonrisa a Elinor–. Pero, quién sabe, quizá podamos cambiarla por tu padre. Seguro que Capricornio necesitará otra sirvienta. No sabe cocinar, es cierto, pero a lo mejor sirve para lavar la ropa... aunque eso no se aprenda en los libros.

Meggie no pudo reprimir la risa. Sin embargo, no acertó a vislumbrar en el rostro de Dedo Polvoriento si hablaba en serio o en broma.

11

COBARDE

¡El hogar! ¡Eso era lo que significaban aquellos reclamos acariciadores, aquellos suaves toques traídos por el aire, aquellas manos gráciles, invisibles, que tiraban y tiraban de él siempre en la misma dirección!

Kenneth Grahame, *El viento en los sauces*

Dedo Polvoriento se dirigió primero a la habitación de Meggie cuando estuvo completamente seguro de que dormía. La niña había cerrado su puerta con llave. Seguro que Elinor la había convencido de que lo hiciese, porque no confiaba en él y porque Meggie se había negado a entregarle *Corazón de Tinta.* Dedo Polvoriento sonrió mientras introducía en la cerradura el delgado alambre. A pesar de haber leído tantos libros, ¡qué tonta era esa mujer! ¿Creía de verdad que una de esas cerraduras de puerta corrientes y molientes constituía un obstáculo para él?

–Sí, quizá lo sería para unos dedos tan torpes como los tuyos, Elinor –susurró mientras abría la puerta–. Pero a los míos les gusta jugar con fuego, y eso los ha hecho ágiles y muy habilidosos.

El afecto que sentía por la hija de Lengua de Brujo era un obstáculo más serio, y sus remordimientos de conciencia tampoco le facilitaban precisamente la labor. Sí, a Dedo

Polvoriento le remordía la conciencia cuando se deslizó dentro de la habitación de Meggie... a pesar de que no se proponía nada malo. No pretendía en modo alguno robarle el libro, aunque Capricornio, como es natural, seguía queriéndolo: el libro y la hija de Lengua de Brujo, ésa era la nueva misión que le había asignado. Pero eso tenía que esperar. Esa noche Dedo Polvoriento acudía por un motivo diferente. Esa noche llevaba a la habitación de Meggie algo que le corroía el corazón desde hacía años.

Se detuvo junto a la cama y observó a la niña dormida, meditabundo. No le había costado delatar a su padre a Capricornio, pero con la niña las cosas transcurrían de otra forma. A Dedo Polvoriento su rostro le recordaba otro, aunque la pena aún no había dejado sombras oscuras en el de la niña. Qué curioso, cada vez que ella lo miraba, él sentía el ansia de demostrarle que no merecía la desconfianza en sus ojos. Siempre había en ellos un poso de desconfianza, incluso cuando le sonreía. A su padre lo miraba de forma muy distinta... como si él pudiera preservarla de todo lo malo y siniestro del mundo. ¡Qué estúpida, que idea tan estúpida! Nadie podría protegerla de eso.

Dedo Polvoriento se pasó la mano por las cicatrices de su rostro y frunció el ceño. Tenía que ahuyentar todos esos pensamientos inútiles y llevarle a Capricornio lo que ansiaba, la niña y el libro. Mas no esa noche.

Gwin se agitaba encima de su hombro, intentando quitarse el collar. Le gustaba menos que la cadena de perro que Dedo Polvoriento había sujetado al collar. Quería salir de caza, pero Dedo Polvoriento no la soltó. La última noche, mientras hablaba con los hombres de Capricornio, la marta se le había escapado. Basta aún aterrorizaba al pequeño diablo peludo. Dedo Polvoriento lo comprendía de sobra.

Meggie dormía como un tronco, la cara apretada contra un jersey gris. Seguro que pertenecía a su padre. Murmuraba algo en sueños, pero Dedo Polvoriento no logró entenderlo. De nuevo los remordimientos de conciencia conmovieron su corazón, pero ahuyentó esa molesta sensación. No le serviría para nada, ni ahora ni más tarde. La niña le traía sin cuidado, y con su padre ya estaba en paz. Sí, en paz. No tenía razón alguna para sentirse un infame malvado de lengua viperina.

Buscando, acechó a su alrededor en la oscura habitación. ¿Dónde diablos guardaba el libro? Al lado de la cama de la niña había una caja lacada en rojo. Dedo Polvoriento levantó la tapa. Al inclinarse hacia delante, la cadena de Gwin provocó un suave tintineo.

La caja estaba repleta de libros, libros maravillosos. Dedo Polvoriento sacó la linterna de debajo del abrigo y alumbró el interior.

–¡Caramba! –musitó–. ¡Pero qué beldades! Parecéis unas damas espléndidamente ataviadas para el baile de algún príncipe.

Seguramente Lengua de Brujo había vuelto a encuadernar cada uno de ellos después de que los dedos infantiles de Meggie hubieran estropeado las viejas tapas. Claro, allí estaba su distintivo: la cabeza de un unicornio. Cada libro la llevaba sobre su vestido, y cada uno estaba encuadernado en un tono diferente. La caja encerraba todos los colores del arco iris.

El libro que buscaba Dedo Polvoriento estaba abajo del todo, parecía sencillo, con sus pastas verde plateado, casi un mendigo entre los demás engalanados señores.

Dedo Polvoriento no se asombraba de que Lengua de Brujo le hubiera dado a ese libro un ropaje tan insignificante. Seguro que el padre de Meggie lo odiaba tanto como lo amaba Dedo Polvoriento. Lo sacó con cuidado de entre los demás. Hacía casi nueve años que lo había tenido en sus manos por última vez. Por entonces aún exhibía una encuadernación de cartón y una envoltura protectora de papel que estaba rota por debajo.

Dedo Polvoriento levantó la cabeza. Meggie suspiró y se dio la vuelta. Qué desgraciada parecía. Seguro que la asaltaba una pesadilla. Sus labios temblaban y sus manos aferraban el jersey como si buscase un asidero en algo... o en alguien. Sin embargo, en los malos sueños uno casi siempre se encuentra solo, terriblemente solo. Dedo Polvoriento recordó muchas pesadillas, y por un instante estuvo tentado de alargar la mano para despertar a Meggie. Pero estaba hecho un botarate más blandengue que la mantequilla.

Dio la espalda a la cama. Ahuyentó de sus ojos, de su mente, la figura de la niña. Después abrió el libro a toda prisa, antes de que cambiara de idea. Le costaba respirar. Pasó las primeras páginas, leyó, siguió pasando páginas y más páginas. Pero a medida que las pasaba sus dedos se tornaban más vacilantes hasta que cerró el libro de golpe. La luz de la luna se filtraba por entre las rendijas de los postigos. No tenía ni idea de cuánto tiempo llevaba así, los ojos perdidos en ese laberinto de letras. Todavía era un lector muy lento...

–¡Cobarde! –susurró–. ¡Oh, pero qué cobarde eres, Dedo Polvoriento! –se mordió los labios hasta hacerse daño–. ¡Venga, hombre! –musitó–. Ésta es quizá la última ocasión, majadero. En cuanto el libro caiga en poder de Capricornio, seguro que ya no te permitirá echarle una ojeada.

Abrió de nuevo el libro, pasó las hojas hasta la mitad... y volvió a cerrarlo de golpe con tal fuerza que Meggie se sobresaltó en sueños y escondió la cabeza debajo de la manta. Dedo Polvoriento aguardó inmóvil junto a la cama hasta que la respiración de la niña se apaciguó; después, con un profundo suspiro, se agachó nuevamente junto a su caja del tesoro y depositó el libro junto a los demás.

Cerró la tapa con absoluto sigilo.

–¿Lo has visto? –le susurró a la marta–. No me atrevo y punto. ¿No preferirías buscarte un señor más valeroso? Piénsatelo bien.

El animal chilló bajito junto a su oído, pero en el caso de que eso fuera una respuesta, Dedo Polvoriento no logró entenderla.

Permaneció unos instantes observando la respiración tranquila de Meggie, al cabo de los cuales volvió a deslizarse hacia la puerta.

–Qué más da –murmuró de nuevo en el pasillo–. ¡Quién sabe cómo acabará todo...!

Acto seguido subió a la buhardilla que le había asignado Elinor y se tumbó en la cama estrecha alrededor de la cual se apilaban cajas y cajas de libros. Pero no logró conciliar el sueño hasta el amanecer.

12

Y MÁS HACIA EL SUR

El Camino sigue y sigue
desde la puerta.
El Camino ha ido muy lejos,
y si es posible he de seguirlo
recorriéndolo con pie decidido
hasta llegar a un camino más ancho
donde se encuentran senderos y cursos.
¿Y de ahí adónde iré? No podría decirlo.

J. R. R. Tolkien, *El señor de los anillos*

A la mañana siguiente, después de desayunar, Elinor desplegó un mapa arrugado sobre la mesa de la cocina.

–Así que a trescientos kilómetros al sur de aquí –dijo lanzando una mirada de desconfianza a Dedo Polvoriento–. Entonces enséñenos el lugar exacto en el que tenemos que buscar al padre de Meggie.

La niña miró a Dedo Polvoriento con el corazón palpitante. Se le notaban profundas ojeras, como si la noche anterior hubiera dormido fatal. Titubeante, se acercó a la mesa y se frotó la barbilla sin afeitar. Acto seguido se inclinó sobre el mapa, lo contempló durante un instante interminable y puso al fin el dedo encima.

–Aquí –anunció–. Justo aquí está el pueblo de Capricornio.

Elinor se puso a su lado y miró por encima de su hombro.

–Liguria –dijo–. Ajá. ¿Y cómo se llama ese pueblo, si me es lícito preguntarlo? ¿Capricornia?

Observaba la cara de Dedo Polvoriento como si quisiera repasar sus cicatrices con la vista.

–No tiene nombre –Dedo Polvoriento respondió a la mirada de Elinor con franca aversión–. Debió de tenerlo en un pasado remoto, pero ya se había olvidado antes de que Capricornio se instalase allí. Usted no lo encontrará en este mapa ni en ningún otro. Para el resto del mundo el pueblo sólo es un montón de casas derruidas al que conduce una carretera indigna de ese nombre.

–Hmm... –Elinor se inclinó un poco más sobre el mapa–. Nunca he estado en esa región. En cierta ocasión visité Génova. Allí le compré a un librero de libros antiguos un ejemplar muy bello de *Alicia en el País de las Maravillas,* bien conservado y por la mitad de su valor –escudriñó con la mirada a Meggie–. ¿Te gusta *Alicia en el País de las Maravillas?*

–No mucho –respondió la niña clavando sus ojos en el mapa.

Elinor meneó la cabeza ante tamaña insensatez y volvió a dirigirse a Dedo Polvoriento.

–¿A qué se dedica ese tal Capricornio cuando no está robando libros o raptando padres? –preguntó–. Si no he entendido mal a Meggie, usted lo conoce muy bien.

Dedo Polvoriento rehuyó su mirada y siguió con el dedo el curso de un río que serpenteaba, azul, por la zona verde y marrón pálida.

–Bueno, somos del mismo pueblo –explicó–. Pero aparte de eso, tenemos poco en común.

Elinor le dirigió una mirada penetrante como si quisiera taladrar su frente.

–Es extraño –dijo ella–. Mortimer quería poner *Corazón de Tinta* a salvo de ese Capricornio. Entonces ¿por qué trajo el libro a mi casa? ¡De ese modo Mortimer prácticamente cayó en sus manos!

Dedo Polvoriento se encogió de hombros.

–Bueno, a lo mejor consideraba su biblioteca el escondite más seguro.

En la cabeza de Meggie se agitó un recuerdo, primero muy vago, pero después, de repente, se acordó de todo con absoluta claridad, como si fuese la ilustración de un libro. Vio a Dedo Polvoriento plantado junto a su autobús, a la puerta de su casa, y casi le pareció estar oyendo su voz...

Lo miró espantada.

–¡Tú le dijiste a Mo que Capricornio vivía en el norte! –exclamó–. Él volvió a preguntártelo expresamente y dijiste que estabas completamente seguro.

Dedo Polvoriento se miraba las uñas.

–Bueno, eso... eso también es cierto –contestó sin mirar a Meggie ni a Elinor.

Se limitaba a examinar sus uñas. Al final se las frotó contra el jersey, como si necesitara eliminar alguna horrible mancha.

–No me creéis –dijo con voz ronca, sin mirar a nadie–. Ninguna de las dos me creéis. Yo... lo comprendo, pero no he mentido. Capricornio tiene dos cuarteles generales y algunos otros escondrijos secundarios, por si en alguna parte el suelo se torna resbaladizo bajo sus pies o alguno de sus hombres necesita desaparecer durante cierto tiempo. Por lo general, pasa los meses cálidos arriba, en el norte, y sólo en octubre viaja al sur. Este año, sin embargo, es obvio que también pretende pasar abajo el verano. ¡Yo qué sé! ¿Habrá tenido problemas con la policía en el norte? ¿Existe alguna cuestión en el sur de la que desea ocuparse en persona? –su voz sonaba ofendida, casi como la de un chico al que se ha acusado sin razón–. ¡Sea lo que sea, sus hombres se han dirigido al sur con el padre de Meggie, lo comprobé con mis propios ojos, y cuando está en el sur, Capricornio resuelve los asuntos importantes siempre en ese pueblo! Allí se siente seguro, más seguro que en ningún otro lugar. Allí nunca ha tenido problemas con la policía y puede comportarse como un reyezuelo, como si el mundo le perteneciera. Él dicta allí las leyes, determina el curso de los acontecimientos, y hace y deshace a su antojo, de eso se han encargado sus hombres. Creedme, son expertos en esa labor.

Dedo Polvoriento sonrió. Era una risa amarga. «¡Si vosotras supiérais!», parecía decir. «Pero no sabéis nada, ni entendéis nada».

Meggie sintió cómo aquel miedo negro, provocado no por lo que decía Dedo Polvoriento, sino por lo que callaba, volvía a atenazarla.

Elinor también pareció percibirlo.

–¡Por todos los santos, no se exprese con tanto misterio! –su voz áspera le cortó las alas al pánico–. Se lo preguntaré otra vez: ¿a qué se dedica el tal Capricornio? ¿Con qué se gana la vida?

Dedo Polvoriento se cruzó de brazos.

–De mi boca no saldrá ni un solo dato más. Pregúnteselo usted misma. El mero hecho de llevarla a su pueblo me puede costar el cuello, pero ya no pienso mover ni un dedo y menos hablarle de los negocios de Capricornio –sacudió la cabeza–. ¡De ninguna manera! Se lo advertí al padre de Meggie, le aconsejé que le llevara el libro a Capricornio por su propia voluntad, pero se negó a escucharme. De no haberle advertido, los secuaces de Capricornio habrían dado mucho antes con él. ¡Pregúntele a la niña! Ella estaba delante cuando lo previne. De acuerdo, no le conté todo lo que sabía. Bueno, ¿y qué? Hablo de Capricornio lo menos posible, evito incluso pensar en él y, créame, cuando lo conozca, hará usted lo mismo.

Elinor arrugó la nariz, como si semejante suposición fuera demasiado ridícula para perder el tiempo en ella.

–Seguro que tampoco podrá decirme por qué persigue ese libro con tanto ahínco, ¿verdad? ¿Es un coleccionista?

Dedo Polvoriento recorrió con el dedo el borde de la mesa.

–Sólo le diré lo siguiente: ansía el libro, y en consecuencia debería entregárselo. En cierta ocasión presencié cómo sus hombres pasaron cuatro días y sus noches ante la casa de un hombre, sólo porque a Capricornio le gustaba su perro.

–¿Y lo consiguió? –preguntó Meggie en voz baja.

–Por supuesto –respondió Dedo Polvoriento mirándola meditabundo–. Créeme, nadie duerme a pierna suelta si los hombres de Capricornio montan guardia delante de su puerta y se pasan la noche mirando su ventana... o la de sus hijos. Casi siempre consigue lo que desea a los dos días como mucho.

–¡Demonios! –exclamó Elinor–. Con mi perro no se habría quedado.

Dedo Polvoriento volvió a examinarse las uñas y sonrió.

–¡No sonría de ese modo! –le bufó Elinor–. ¡Recoge un par de cosas! –ordenó a Meggie–. Partiremos dentro de treinta minutos. Ya va siendo hora de que recuperes a tu padre. Aunque no me guste entregarle a cambio el libro a ese como-se-llame. Odio que los libros caigan en malas manos.

A pesar de que Dedo Polvoriento prefería el autobús de Mo, irían en la furgoneta de Elinor.

–Tonterías, jamás he viajado en un cacharro así –dijo Elinor poniendo en los brazos de Dedo Polvoriento una caja de cartón llena de provisiones para el viaje–. Además, Mortimer dejó el autobús cerrado con llave.

Meggie se percató de que Dedo Polvoriento tenía una respuesta en la punta de la lengua, pero él se abstuvo de plantearla.

–¿Y si tenemos que hacer noche? –preguntó mientras llevaba las provisiones al coche de Elinor.

–Cielo santo, ¿a quién se le ha ocurrido semejante idea? Pretendo estar de regreso mañana temprano como muy tarde. Odio dejar solos a mis libros más de un día.

Dedo Polvoriento alzó los ojos al cielo, como si allí pudiera hallar más comprensión que en la mente de Elinor y se dispuso a subir al asiento trasero, pero Elinor se lo impidió.

–Alto, alto. Es mejor que conduzca usted –le dijo entregándole la llave del coche–. Al fin y al cabo es el que mejor conoce nuestro destino.

Dedo Polvoriento, sin embargo, le devolvió la llave.

–No sé conducir –adujo–. Bastante desagradable es tener que viajar en un chisme semejante, y no digamos conducirlo.

Elinor recogió la llave y se sentó al volante meneando la cabeza.

–¡Qué tipo tan raro es usted! –comentó mientras Meggie se sentaba en el asiento contiguo–. Confío de veras en que conozca el paradero del padre de Meggie, pues de no ser así comprobará que ese tal Capricornio no es el único que puede resultar aterrador.

Cuando Elinor puso en marcha el motor, Meggie bajó su ventanilla y giró la cabeza para echar un vistazo al autobús de su padre. Le daba mala espina dejarlo allí; era peor que marcharse de cualquier casa, la que fuera. Por extraño que le pareciese un lugar, el autobús les había proporcionado a su padre y a ella un cierto calor hogareño. Ahora también eso quedaba atrás y ya nada le resultaba familiar salvo la ropa de su bolsa de viaje. Había guardado un par de prendas para Mo... y dos de sus libros.

–¡Una elección interesante! –exclamó Elinor al prestar a Meggie una bolsa para guardar los libros, un objeto pasado de moda de piel oscura que se podía llevar colgado del hombro–. Así que has elegido al rey Arturo y los caballeros de la Tabla Redonda y a Frodo y sus ocho compañeros. Dos relatos muy largos, justo lo adecuado para un viaje. ¿Los has leído ya?

La niña asintió.

–Muchas veces –musitó acariciando de nuevo las tapas antes de introducir los libros en la bolsa.

De uno de ellos recordaba incluso con suma exactitud el día en que Mo lo había encuadernado de nuevo.

–¡No pongas esa cara tan sombría! –le dijo Elinor, preocupada–. Ya lo verás, nuestro viaje no será ni la mitad de malo que el de los pobres hobbits y mucho más corto.

A Meggie le habría alegrado estar tan segura. El libro que constituía el motivo de su viaje iba en el maletero, bajo la rueda de repuesto. Elinor lo había guardado dentro de una bolsa de plástico.

–¡No dejes que Dedo Polvoriento sepa dónde está! –le encareció antes de ponerlo en sus manos–. Sigo sin fiarme de él.

Meggie, sin embargo, había decidido confiar en Dedo Polvoriento. Deseaba confiar en él. Necesitaba confiar en él. ¿Quién si no la guiaría hasta su padre?

13

El pueblo de Capricornio

Pero a la última pregunta contestaba:
–Probablemente voló más allá de las Regiones Oscuras, allá donde la gente no va, ni el ganado se adentra, donde el cielo es de cobre, la tierra de hierro y donde las fuerzas malignas viven bajo techos de setas y en los túneles que los topos abandonan.

Isaac B. Singer, *Neftalí, el narrador, y su caballo Sus*

El sol ya estaba alto en el cielo sin nubes cuando emprendieron la marcha. Muy pronto el ambiente dentro del coche de Elinor se caldeó tanto que a Meggie la camiseta empapada de sudor se le pegaba a la piel. Elinor abrió su ventanilla y les ofreció una botella de agua. Vestía una chaqueta de punto abrochada hasta la barbilla, y Meggie, cuando dejó de pensar en su padre o en Capricornio, se preguntó si Elinor no se habría derretido hacía rato debajo de la chaqueta...

Dedo Polvoriento se mostraba tan silencioso en el asiento trasero que casi se olvidaron de su presencia. Había sentado a Gwin en su regazo. La marta dormía mientras las manos de Dedo Polvoriento acariciaban sin descanso su piel. Casi siempre iba mirando por la ventanilla, ajeno a todo, como si sus ojos taladrasen las montañas y los árboles, las casas y las pendientes rocosas que desfilaban por el exterior. Su mirada parecía vacía y lejana, y en una ocasión en que Meggie se giró para observarlo, había tal tristeza en ese rostro surcado por las cicatrices que volvió a mirar deprisa hacia delante.

A ella también le habría gustado llevar un animal en el regazo durante ese larguísimo viaje. A lo mejor habría ahuyentado los pensamientos sombríos que con tanta tozudez se instalaban en su cabeza. Fuera, el mundo se plegaba formando montañas cada vez más altas; a veces parecían querer aplastar la carretera entre sus pétreas laderas grises. Sin embargo, los túneles eran aun peor que las montañas. En ellos acechaban imágenes que ni siquiera el cálido cuerpo de Gwin habría podido disipar. Parecían haberse escondido en la oscuridad con el único fin de aguardar allí a Meggie: imágenes de su padre en un lugar tenebroso, frío, y de Capricornio... Meggie sabía que era él a pesar de que cada vez presentaba un rostro diferente.

Durante un rato intentó leer, pero pronto se dio cuenta de que no retenía en la memoria ni una sola palabra, así que al final desistió de la lectura y se limitó a mirar por la ventanilla, igual que Dedo Polvoriento. Elinor conducía por carreteras secundarias, poco transitadas («De lo contrario, este viaje sería, lisa y llanamente, demasiado aburrido», decía). A Meggie le daba igual. Sólo ansiaba llegar a su destino. Observó impaciente las montañas y las casas en las que otros tenían su hogar. A veces captaba al vuelo por la ventanilla de un coche que se aproximaba la visión de una cara desconocida que desaparecía en el acto, como un libro que abres y vuelves a cerrar en seguida. Al atravesar un pueblecito vieron al borde de la carretera a un hombre que colocaba una tirita en la rodilla herida de una niña. Le acarició el pelo con un gesto de consuelo y Meggie no pudo evitar pensar cuántas veces había hecho lo mismo su padre, cómo a veces había recorrido toda la casa porque no encontraba una sola tirita, y el recuerdo hizo que se le saltaran las lágrimas.

–¡Cielo santo, esto está más silencioso que la cámara funeraria de una pirámide! –exclamó en cierto momento Elinor (Meggie opinaba que repetía con excesiva frecuencia «cielo santo»)–. ¿No podría al menos decir alguien de vez en cuando: «¡Oh, qué hermoso paisaje!». O bien: «¡Ah, qué soberbio castillo!». Con este silencio sepulcral me quedaré dormida al volante antes de media hora.

Todavía no se había desabrochado ni un solo botón de la chaqueta.

–No veo ningún castillo –murmuró Meggie.

Sin embargo, Elinor no tardó en descubrir uno.

–Siglo dieciséis –anunció cuando aparecieron en una ladera los muros caídos–, una historia trágica. Amores prohibidos, persecución, muerte, corazones dolientes –Elinor relató una batalla que se había desencadenado justo en ese lugar entre triviales paredes de roca hacía más de seiscientos años–. Si cavas entre esas piedras, seguro que encuentras unos cuantos huesos y yelmos abollados –por lo visto, conocía la historia de cada campanario. Algunas eran tan extrañas que Meggie fruncía el ceño con desconfianza–. ¡Sucedió exactamente así, créeme! –decía entonces Elinor sin desviar la vista de la carretera. Por lo visto le encantaban sobre todo las historias truculentas: narraciones de desdichadas parejas de enamorados a los que habían decapitado, y príncipes a los que habían emparedado vivos–. Claro, ahora todo parece muy pacífico –afirmaba cuando Meggie palidecía al escuchar uno de sus relatos–, pero te lo aseguro, todos ocultan en alguna parte algo tenebroso. En fin, hace unos cuantos cientos de años los tiempos eran más emocionantes, justo es reconocerlo.

Meggie no sabía qué tenía de emocionante una época en la que la gente, de dar crédito a las palabras de Elinor, sólo podía elegir entre morirse de peste o a manos de soldados que vagaban de un lado a otro. Sin embargo, al contemplar un castillo reducido a cenizas, el rostro de Elinor adquiría manchas rojas de excitación, y en sus ojos, habitualmente fríos como el pedernal, surgía un brillo romántico cuando hablaba de príncipes sedientos de guerra u obispos ávidos de oro que en otros tiempos trajeron el miedo y la muerte a aquellas montañas ahora surcadas por carreteras bien asfaltadas.

–Querida Elinor, es obvio que usted parece haber nacido en la historia equivocada –dijo en cierto momento Dedo Polvoriento. Eran las primeras palabras que pronunciaba desde su partida.

–¿En la historia equivocada? Querrá usted decir en la época equivocada. Sí, yo también lo he pensado con frecuencia.

–Llámelo como quiera –repuso Dedo Polvoriento–. En cualquier caso, debería entenderse a las mil maravillas con Capricornio. A él le gustan las mismas historias que a usted.

–¿Pretende ofenderme? –preguntó Elinor agraviada.

La comparación debió de darle que pensar, pues a continuación guardó silencio durante casi una hora, de forma que a Meggie ya nada volvió a distraerla de sus sombríos pensamientos. Las horrorosas imágenes volvían a esperarla en cada túnel.

Comenzaba a anochecer cuando las montañas retrocedieron y detrás de las verdes colinas surgió de repente el mar, vasto como un segundo cielo. El sol, muy bajo, lo hacía relucir como si fuera la piel de una hermosa serpiente. Hacía mucho que

Meggie había visto el mar. Fue un mar frío, de un gris pizarroso y pálido por el viento. Este mar era distinto, completamente distinto.

A Meggie, sólo con verlo, la reconfortaba, pero desaparecía con demasiada frecuencia detrás de aquellos edificios feos y de gran altura que proliferaban por doquier en la estrecha franja de tierra que se extendía entre el agua y las abundantes colinas. Pero a veces las colinas no dejaban sitio a las casas y se extendían mucho, agolpándose hasta llegar al mar para dejar que lamiera sus verdes pies. Y allí yacían a la luz del sol poniente como olas acurrucadas en la tierra.

Mientras seguían la sinuosa carretera de la costa, Elinor comenzó a relatar de nuevo algo sobre los romanos que, por lo visto, habían construido precisamente esa carretera por la que viajaban, y sobre su miedo a los salvajes moradores de esa estrecha franja de tierra...

Meggie escuchaba sin demasiada atención. Al borde de la carretera crecían palmeras de cabezas polvorientas y espinosas. Entre ellas florecían agaves gigantescos de hojas carnosas, acurrucados como arañas. El cielo tras ellos se teñía de rosa y amarillo limón mientras el sol iba hundiéndose cada vez más en el mar, y desde lo alto un azul oscuro se filtraba hacia abajo como tinta derramada. La vista era tan hermosa que estremecía.

Meggie se había imaginado el lugar donde vivía Capricornio completamente distinto. La belleza y el miedo son casi irreconciliables.

Atravesaron una pequeña localidad, pasando frente a casas multicolores, como si las hubiera pintado un niño. Eran naranjas, rosas, rojas y, muy a menudo, amarillas: amarillo claro, amarillo tostado, amarillo arenoso, amarillo sucio, con persianas verdes y tejados marrón rojizo. Ni siquiera la progresiva oscuridad podía arrebatarles el colorido.

–Esto no parece muy peligroso –afirmó Meggie mientras pasaba ante sus ojos a toda velocidad otra de esas casas rosas.

–¡Porque todo el rato te limitas a mirar a la izquierda! –le dijo Dedo Polvoriento detrás de ella–. Pero siempre hay una faceta clara y otra oscura. Fíjate a la derecha.

Meggie obedeció. Al principio también vio únicamente las casas de colores, que se alzaban pegaditas al borde de la carretera, apoyadas unas en otras como si se abrazasen. Pero después las casas desaparecieron de repente, y las laderas escarpadas en cuyos repliegues ya anidaba la noche bordeaban la carretera. Sí, Dedo Polvoriento tenía razón, su aspecto era inquietante, y las pocas casas parecían ahogarse en la oscuridad que se iba extendiendo.

La oscuridad aumentó con rapidez, en el sur la noche cae deprisa, y Meggie se alegró de que Elinor transitase por la muy iluminada carretera de la costa. Finalmente Dedo Polvoriento le indicó que se desviara por una carretera que se alejaba de la costa, del mar y de las casas de colores para adentrarse en la oscuridad.

La carretera se internaba en las colinas serpenteando, a veces subiendo, otras bajando, hasta que las pendientes al borde de la carretera se hicieron cada vez más empinadas. La luz de los faros caía sobre retamas y vides asilvestradas, sobre olivos encorvados al borde del camino como ancianos.

Sólo se cruzaron con dos coches. De vez en cuando surgían de la oscuridad las luces de un pueblo. Pero las carreteras que Dedo Polvoriento indicaba a Elinor se alejaban de todas las zonas iluminadas para sumergirse cada vez más profundamente en la noche. En varias ocasiones la luz de los faros cayó sobre los restos derrumbados de una casa, pero Elinor no supo referir nada de ninguno de ellos. Entre esos muros miserables no habían vivido príncipes, ni obispos de capa roja, sino tan sólo campesinos y braceros cuyas historias nadie había escrito, y ahora habían desaparecido bajo el tomillo silvestre y las prolíficas euforbiáceas.

–Supongo que no nos habremos perdido –murmuró en cierto momento Elinor, como si el mundo que los rodeaba fuera demasiado silencioso para hablar en voz alta–. ¿Cómo va a haber un pueblo en estos terrenos yermos dejados de la mano de Dios? Seguramente hemos tomado el desvío equivocado como mínimo en dos ocasiones.

Pero Dedo Polvoriento se limitó a mover la cabeza.

–Vamos bien –contestó–. En cuanto subamos esa colina de ahí divisaremos las casas.

–¡Eso espero! –gruñó Elinor–. Por el momento apenas acierto a distinguir la carretera. Cielo santo, no sabía que pudieran existir tales tinieblas en algún lugar del mundo. ¿No podría haberme dicho lo lejos que quedaba esto? Habría llenado el depósito. No sé si la gasolina nos permitirá retornar a la costa.

–¿De quién es el coche? ¿Mío? –replicó irritado Dedo Polvoriento–. Ya le dije que no me interesan nada estos artefactos. Y ahora mire hacia delante. Enseguida aparecerá el puente.

–¿El puente? –Elinor tomó la curva siguiente y pisó bruscamente el freno.

En medio de la carretera, iluminada por dos lámparas de las que se utilizan en las obras, una valla les impedía el paso. El metal parecía oxidado, como si la valla llevara años allí.

–¿Lo veis? –exclamó Elinor cruzando las manos sobre el volante–. Nos hemos equivocado. ¡Ya lo decía yo!

–De eso, nada.

Dedo Polvoriento apartó a Gwin de su hombro y se apeó. Mientras se dirigía despacio hacia la valla, acechó en torno suyo. Luego la arrastró hasta la cuneta.

Meggie casi no pudo contener la risa al ver la expresión estupefacta de Elinor.

–¿Pero es que se ha vuelto loco de remate ese tipo? –susurró–. No creerá que con esta oscuridad voy a bajar por una carretera cerrada al tráfico.

A pesar de todo, cuando Dedo Polvoriento, impaciente, le hizo una seña para que siguiera, puso el motor en marcha. En cuanto pasó a su lado, volvió a arrastrar la valla hasta la carretera.

–¡No me mire así! –exclamó mientras subía de nuevo al coche–. Esa valla siempre está ahí. Capricornio la mandó poner para ahuyentar a los visitantes indeseados. Pocas veces se atreve alguien a venir hasta aquí. La mayoría de la gente se mantiene lejos por las historias que corren sobre el pueblo de Capricornio, pero...

–¿Qué historias? –lo interrumpió Meggie a pesar de que en realidad no deseaba escucharlas.

–Historias terroríficas –respondió Dedo Polvoriento–. Las gentes de aquí son supersticiosas, como en todas partes. La historia más popular afirma que detrás de esa colina de allí mora el diablo en persona.

Meggie se enfadó consigo misma, pero no logró apartar la vista de la oscura cumbre de la colina.

–Mo dice que el diablo lo inventaron los seres humanos –adujo la niña.

–Bueno, es posible –Dedo Polvoriento volvió a exhibir en sus labios su enigmática sonrisa–. Pero tú querías saber lo que se cuenta. Se dice que a los hombres que viven en ese pueblo no pueden matarlos las balas, que son capaces de atravesar las paredes y que cada noche de luna nueva cogen a tres chicos a los que Capricornio les enseña a robar, saquear y asesinar.

–¡Cielos! ¿Pero quién se ha inventado todo eso, la gente de la región o el propio Capricornio? –Elinor se inclinaba mucho sobre el volante. La carretera estaba llena de baches y tenía que circular muy despacio para que el coche no se quedase atascado.

–Ambos –Dedo Polvoriento se reclinó en el asiento y dejó que Gwin le mordisqueara los dedos–. Capricornio premia a todo aquel que urda una nueva historia. El único que nunca participa en ese juego es Basta, pues es tan supersticioso que se aparta de los gatos negros.

Basta. Meggie recordaba ese nombre, pero Dedo Polvoriento continuó hablando antes de que pudiera preguntar. La narración parecía divertirle.

–¡Ah, sí! ¡Se me olvidaba! Por supuesto, todos los que viven en el pueblo maldito echan el mal de ojo, incluso las mujeres.

–¿El mal de ojo? –Meggie lo miró.

–Sí. Con una simple mirada suya caes enfermo de muerte. Y antes de los tres días estiras la pata.

–¿Y quién se cree semejante estupidez? –murmuró Meggie volviendo a mirar hacia delante.

–Los pazguatos.

Elinor volvió a pisar el freno. El coche derrapó sobre la grava. Ante ellos apareció el puente del que había hablado Dedo Polvoriento. Las piedras grises brillaban pálidas a la luz de los faros, y el abismo que se abría debajo parecía no tener fin.

–¡Siga, siga! –dijo con tono impaciente Dedo Polvoriento–. Aunque no lo crea, aguantará.

–Parece como si lo hubieran construido los antiguos romanos –gruñó Elinor–. Y además para burros, no para coches.

Pero a pesar de todo siguió adelante. Meggie cerró los ojos y no volvió a abrirlos hasta que oyó de nuevo rechinar la grava de la carretera bajo las ruedas.

–Capricornio estima mucho este puente –comentó Dedo Polvoriento en voz baja–. Un solo hombre bien armado basta para hacerlo infranqueable. Pero por fortuna no todas las noches monta guardia aquí un centinela.

–Dedo Polvoriento... –Meggie se volvió vacilante hacia él mientras el coche de Elinor se martirizaba subiendo las últimas colinas–. ¿Qué responderemos cuando nos pregunten cómo hemos encontrado el pueblo? Seguro que no será bueno que Capricornio se entere de que nos lo has contado tú, ¿verdad?

–Pues no, en eso tienes razón –murmuró Dedo Polvoriento sin mirar a la niña–. Aunque al fin y al cabo le traemos el libro.

Agarró a Gwin, que trepaba por el respaldo del asiento trasero, de modo que no pudiera soltarle un mordisco y atrajo el animal hasta la mochila con un trozo de pan. Desde que había oscurecido, la marta se mostraba inquieta. Ansiaba salir de caza.

Habían llegado a la cresta de la colina. A su alrededor el mundo había desaparecido, tragado por la noche, pero no muy lejos, en medio de la oscuridad, se dibujaban un par de pálidos cuadrados. Ventanas iluminadas.

–Ahí está –dijo Dedo Polvoriento–. El pueblo de Capricornio. O, si lo preferís, el pueblo del diablo –añadió con una risita.

Elinor se volvió enfadada hacia él.

–¡Déjelo ya! –le ordenó con rudeza–. Veo que esas historias le encantan. Quién sabe, a lo mejor las ha inventado usted mismo y el tal Capricornio no es más que un coleccionista de libros un tanto extravagante.

Dedo Polvoriento, en lugar de responder, se limitó a mirar por la ventanilla con esa enigmática sonrisa que a Meggie le habría gustado borrar de su boca en algunas ocasiones. También en ésta parecía significar una sola cosa: «¡Qué tontas sois!».

Elinor apagó el motor. El silencio que los rodeó a continuación era tan absoluto que Meggie apenas se atrevía a respirar. Miró hacia abajo, a las ventanas iluminadas. Siempre había juzgado acogedoras las ventanas claras en medio de la noche, pero éstas parecían más amenazadoras que la oscuridad que los envolvía.

–¿Y ese pueblo tiene también habitantes normales? –preguntó Elinor–. Abuelitas inofensivas, niños, hombres que no tengan nada que ver con Capricornio...

–No, Capricornio y sus secuaces son sus únicos habitantes –musitó Dedo Polvoriento–, y las mujeres que se encargan de cocinar para ellos, de limpiar y de cualquier otra cosa que surja.

–De cualquier otra cosa que surja... ¡Maravilloso! –Elinor soltó un resoplido de aversión–. El tal Capricornio me resulta cada vez más antipático. En fin, acabemos cuanto antes. Quiero regresar a mi casa, con mis libros, con una iluminación como es debido y una buena taza de café.

–¿De veras? Creía que añoraba usted la aventura.

«Si Gwin pudiera hablar», pensó Meggie, «tendría la misma voz que Dedo Polvoriento».

–Yo prefiero que luzca el sol –le replicó Elinor con acritud–. Cielo santo, cómo odio esta oscuridad, pero si nos quedamos aquí sentados hasta el amanecer, mis libros estarán mohosos antes de que Mortimer pueda ocuparse de ellos. Meggie, ve atrás y trae la bolsa. Ya sabes.

La niña asintió. Se disponía a abrir la puerta cuando una luz intensa la deslumbró. Delante de la puerta del conductor, alguien cuyo rostro no se distinguía iluminaba el coche con una linterna de bolsillo. Acto seguido golpeó con ella rudamente el parabrisas.

Elinor, asustada, dio tal respingo que se golpeó la rodilla contra el volante, pero recuperó enseguida la presencia de ánimo. Maldiciendo, se frotó la pierna dolorida y abrió su ventanilla.

–¿Qué significa esto? –increpó al desconocido–. ¿A qué viene darnos este susto de muerte? Es muy fácil que te atropellen si te dedicas a deambular de noche por ahí como un ladrón.

Por toda respuesta, el desconocido introdujo por la ventanilla abierta el cañón de una escopeta.

–¡Esto es una propiedad privada! –masculló. Meggie creyó reconocer la voz de gato que había escuchado en la biblioteca de Elinor–. Y es muy fácil que te peguen un tiro si te dedicas a deambular de noche por una propiedad privada.

–Puedo explicarlo –Dedo Polvoriento se inclinó sobre el hombro de Elinor.

–¡Caramba, a quién tenemos aquí! ¡Dedo Polvoriento! –el desconocido retiró el cañón de la escopeta–. ¿Por qué te has presentado aquí en plena noche?

Elinor se volvió y lanzó a Dedo Polvoriento una mirada de recelo.

–Ignoraba que tuviera usted tanta confianza con estos supuestos diablos –afirmó.

Dedo Polvoriento, sin embargo, ya había descendido del coche. A Meggie también le extrañaba la familiaridad con la que cuchicheaban ambos hombres. Recordaba todavía muy bien lo que Dedo Polvoriento le había contado sobre los hombres de Capricornio. ¿Cómo podía hablar así con uno de ellos? Por más que Meggie aguzaba los oídos, no entendía una palabra de lo que ambos decían. Tan sólo captó una cosa: Dedo Polvoriento llamaba Basta al desconocido.

–Esto no me gusta –susurró Elinor–. Fíjate en esos dos. Están charlando como si nuestro amigo comecerillas entrara y saliera de aquí como Pedro por su casa.

–Seguramente sabe que no le harán nada porque traemos el libro –musitó Meggie sin quitar los ojos de encima a ambos hombres.

El desconocido traía consigo dos perros pastores. Los canes olfateaban las manos de Dedo Polvoriento y le daban empellones con el hocico en el costado mientras movían el rabo.

–¿Lo ves? –siseó Elinor–. Hasta los malditos perros lo tratan como si fuera un viejo amigo. ¿Qué...?

Antes de que pudiera seguir hablando, Basta abrió la puerta del conductor.

–Fuera las dos –ordenó.

Elinor salió de mala gana del coche. Meggie también y se situó a su lado. Estaba sobrecogida. Nunca había visto a un hombre con escopeta. Bueno, en televisión sí, pero no en la realidad.

–¡Oiga, no me gusta su tono! –increpó Elinor a Basta–. Hemos hecho un viaje en coche poco grato y sólo hemos venido a este paraje yermo para darle a su jefe, o capo, o como lo llamen, algo que desea poseer hace mucho tiempo. Así que haga el favor de ser amable.

Basta le lanzó una mirada tan despectiva que dejó a Elinor boquiabierta y Meggie se cogió de su mano sin darse cuenta.

–¿De dónde has sacado a ésta? –preguntó Basta volviéndose de nuevo a Dedo Polvoriento, que permanecía inmóvil con expresión de indiferencia, como si todo aquello no fuera con él.

–La casa es suya, ya lo sabes... –Dedo Polvoriento habló en voz baja, aunque Meggie llegó a oír sus palabras–. Yo no quería traerla, pero es más testaruda que una mula.

–¡No hace falta que lo jures! –Basta volvió a mirar a Elinor de hito en hito, luego se giró hacia Meggie–. Entonces ésta debe de ser la hijita de Lengua de Brujo, ¿no? Pues no se le parece mucho.

–¿Dónde está mi padre? –preguntó Meggie–. ¿Cómo se encuentra? –eran las primeras palabras que lograba pronunciar. Tenía la voz ronca, como si llevara mucho tiempo sin utilizarla.

–Oh, está bien –respondió Basta lanzando una mirada a Dedo Polvoriento–. A pesar de que por el momento habría que llamarlo más bien Lengua de Plomo, por lo poco que habla.

Meggie se mordió los labios.

–Venimos a buscarlo –anunció. Su voz sonaba aguda y débil, a pesar de que se esforzaba con toda su alma por parecer adulta–. Tenemos el libro, pero Capricornio sólo lo conseguirá si deja en libertad a mi padre.

Basta se volvió de nuevo hacia Dedo Polvoriento.

–En cierto modo sí que me recuerda a su padre. ¿Ves su forma de apretar los labios? Y luego su mirada. Sí, el parentesco es evidente.

Hablaba con tono burlón, pero cuando volvió a mirar a Meggie su expresión no lo era. Tenía un rostro afilado, anguloso, con los ojos muy juntos, que entornaba ligeramente como si de ese modo viese mejor.

Aunque Basta era un hombre de mediana estatura y estrecho de hombros como un joven, Meggie contuvo el aliento cuando dio un paso hacia ella. Nunca una persona le había inspirado tanto temor, y eso no se debía a la escopeta que empuñaba. Había algo en él, algo furioso, cáustico.

–Meggie, saca la bolsa del maletero –Elinor se interpuso al darse cuenta de que Basta intentaba agarrar a la niña–. ¡No contiene nada peligroso! –exclamó irritada–. Sólo aquello que nos ha traído aquí.

En respuesta, Basta se limitó a apartar los perros del camino de un tirón brutal. Los canes soltaron un gañido.

–Meggie, escúchame con atención –le susurró Elinor cuando abandonaron el coche y, siguiendo a Basta, descendían por un empinado sendero que conducía hacia las ventanas iluminadas–. No sueltes el libro hasta que veamos a tu padre, ¿entendido?

Meggie asintió y apretó con fuerza la bolsa de plástico contra su pecho. Por otra parte, ¿cómo iba a sujetar el libro si Basta intentaba arrebatárselo? Pero por precaución no llegó a concluir este pensamiento...

Era una noche calurosa. Sobre las negras colinas, el cielo estaba tachonado de estrellas. El sendero pedregoso por el que Basta las conducía estaba sumido en tal oscuridad que Meggie apenas acertaba a ver sus pies. Sin embargo, cada vez que tropezaba una mano, la sujetaba la de Elinor, que caminaba pegadita a ella, o la de Dedo Polvoriento, que la seguía sigiloso como si fuera su sombra. Gwin continuaba dentro de la mochila y los perros de Basta no paraban de levantar el morro venteando, como si llegara hasta sus narices el olor acre de la marta.

Las ventanas iluminadas fueron aproximándose poco a poco. Meggie distinguió casas, viejas casas de piedra gris toscamente tallada, sobre cuyos tejados se alzaba, pálida, la torre de una iglesia. Muchas parecían deshabitadas cuando pasaron por delante de ellas, por unas callejuelas tan estrechas que Meggie sintió cierto agobio. Algunas carecían de tejados, otras eran poco más que un par de muros medio derruidos. El pueblo de Capricornio estaba sumido en las tinieblas, sólo unos cuantos faroles encendidos colgaban de arcos de mampostería sobre las callejas. Al final desembocaron en una pequeña plaza. En un lateral se alzaba el campanario que habían divisado desde la lejanía, y no muy distante de allí, separada por un callejón angosto, se levantaba una casa grande de dos pisos que no tenía nada de ruinosa. La plaza estaba más iluminada que el resto del pueblo, nada menos que cuatro faroles dibujaban sombras amenazadoras sobre el empedrado.

Basta los condujo directamente a la casa grande. Detrás de tres ventanas del piso superior se veía luz. ¿Estaría Mo allí? Meggie escuchó en su interior, como si pudiera encontrar allí la respuesta, pero los latidos de su corazón sólo le hablaban de miedo. De miedo y de preocupación.

14

MISIÓN CUMPLIDA

–No tiene sentido buscarlo –gruñó el castor.
–¿Qué significa eso? –preguntó Suse–. ¿No puede estar muy lejos! ¡Tenemos que encontrarlo! ¿Por qué sostiene usted que no tiene sentido buscarlo?
–Porque su paradero está fuera de toda duda –respondió el castor–. ¿Es que no lo entendéis? Se ha ido con ella, con la Bruja Blanca. ¡Y nos ha traicionado!

C. S. Lewis, «El rey de Narnia»,
vol. 2 de *Las crónicas de Narnia*

Desde el momento en que Dedo Polvoriento le había hablado de Capricornio, Meggie se había imaginado cientos de veces su rostro: en el trayecto a casa de Elinor, cuando Mo todavía se sentaba a su lado; en la cama gigantesca, y finalmente también durante el viaje hasta allí. Había intentado imaginárselo cien veces, qué digo, mil, invocando para ello la ayuda de todos los personajes malvados que había encontrado en sus lecturas: Hook, de nariz torcida y flaco; Long John Silver, siempre con una sonrisa taimada en los labios; el indio Joe con su cuchillo y su grasiento pelo negro, con quien se había topado en tantas pesadillas...

Sin embargo, Capricornio era completamente distinto.

Meggie desistió enseguida de contar las puertas que atravesaron antes de que Basta se detuviera al fin ante una de ellas. Pero sí contó a los hombres vestidos de negro. Eran cuatro y permanecían quietos en los pasillos con cara de aburrimiento. Cada uno tenía a su lado una escopeta apoyada en la pared enfoscada de blanco. Ataviados con aquellos estrechos trajes negros parecían grajos. Sólo Basta llevaba camisa blanca, de la blancura del jazmín, como había asegurado Dedo Polvoriento, y en el cuello de su chaqueta lucía una flor roja, a modo de advertencia.

La bata de Capricornio también era roja. Cuando Basta entró con los tres visitantes nocturnos estaba sentado en un sillón, y ante él se arrodillaba una mujer que le cortaba las uñas de los pies. El sillón aparentaba ser demasiado pequeño para él. Capricornio era un hombre alto y enjuto, parecía como si hubieran tensado su piel sobre los huesos. Su tez era pálida como el papel, y llevaba el pelo cortado a cepillo. Meggie no habría acertado a decir si era gris o rubio claro.

Cuando Basta abrió la puerta, alzó la cabeza. Sus ojos eran casi tan pálidos como su piel, incoloros y claros como monedas de plata. La mujer que estaba a sus pies también levantó brevemente la cabeza cuando entraron, pero después volvió a concentrarse en su trabajo.

–Perdonad, pero la ansiada visita ha llegado –informó Basta–. Pensé que querríais hablar enseguida con ellos.

Capricornio se reclinó en el sillón y lanzó una fugaz ojeada a Dedo Polvoriento. A continuación, fijó sus ojos inexpresivos en Meggie. La niña, sin querer, estrechó aun más fuerte contra su pecho la bolsa de plástico. Capricornio clavó sus ojos en la bolsa como si conociese su contenido. Hizo una seña a la mujer que estaba a sus pies. Ella se incorporó de mala gana y mientras alisaba su vestido negro como el carbón lanzó una mirada poco amistosa a Elinor y a Meggie. Con su pelo gris recogido en un austero moño y la nariz puntiaguda que desentonaba en su rostro arrugado parecía una urraca vieja. Tras inclinar la cabeza ante Capricornio, abandonó la habitación. Era una estancia grande. No contenía muchos muebles, sólo una mesa larga con ocho sillas, un armario y un pesado aparador. No había una sola lámpara en todo el cuarto, sólo velas, docenas de velas en pesados candelabros de plata. A Meggie le parecía que, en lugar de iluminar la estancia, la llenaban de sombras.

–¿Dónde está? –preguntó Capricornio. Sin querer, Meggie retrocedió un paso cuando él empujó el sillón hacia atrás–. No me digáis que esta vez sólo me habéis traído a la chica –su voz impresionaba más que su rostro. Era dura y tenebrosa y Meggie la odió desde que pronunció la primera palabra.

–Ella lo ha traído. Está en la bolsa –Dedo Polvoriento contestó antes que Meggie. Mientras hablaba, sus ojos vagaban inquietos de una vela a otra, como si sus llamas danzarinas fueran lo único que le interesase–. Su padre de hecho ignoraba que tenía el libro equivocado. Esa a la que llama su amiga –Dedo Polvoriento señaló a Elinor– lo cambió sin que él lo supiera. Creo que ella se alimenta de letras. Toda su casa está abarrotada de libros. Ella los prefiere claramente a la compañía de las personas –las palabras brotaban a raudales de la boca de Dedo Polvoriento, como si tuviera prisa por librarse de ellas–. Me resultó insoportable desde el principio, pero ya conocéis a nuestro amigo Lengua de Brujo. Él siempre piensa bien de la gente. Confiaría hasta en el mismo diablo en persona si le sonriera con amabilidad.

Meggie se volvió hacia Elinor, que parecía haberse tragado la lengua. Llevaba escritos con toda claridad en la frente sus remordimientos de conciencia.

Capricornio respondió con un leve gesto de asentimiento a las explicaciones de Dedo Polvoriento. Tras ceñirse con más fuerza el cinturón de la bata, cruzó los brazos a la espalda y se aproximó despacio a Meggie. Ésta se esforzó con toda su alma por no retroceder, por mirar fijamente y sin temor esos ojos incoloros, pero el miedo le hacía un nudo en la garganta. ¡Menuda cobarde estaba hecha! Intentó acordarse de alguno de los héroes de sus libros con el que pudiera identificarse para sentirse más fuerte, más grande, más temeraria. ¿Por qué mientras la observaba Capricornio sólo se le ocurrían historias de terror? Con lo fácil que le solía resultar desaparecer en otros lugares, deslizarse en animales y personas que sólo existían sobre el papel... ¿Por qué no ahora? Porque tenía miedo. «Y es que el miedo lo mata todo», le había dicho su padre en cierta ocasión, «la inteligencia, el corazón y, en cualquier caso, la fantasía».

Mo... ¿Dónde estaba? Meggie se mordió los labios para que no le temblasen, pero sabía que llevaba prendido el miedo en los ojos y que Capricornio lo percibía. Deseó tener un corazón de hielo y sonreír en lugar de temblar como una niña a la que le habían robado el padre.

Capricornio se encontraba justo delante de ella, observándola con atención. Nunca la habían mirado así. Se sentía como una mosca pegada en una de esas tiras aceitosas, esperando que la maten de un golpe.

–¿Cuántos años tiene? –preguntó Capricornio a Dedo Polvoriento, como si creyera a la niña incapaz de responder por sí misma.

–¡Doce! –contestó ella en voz alta. No le resultó fácil hablar con los labios temblorosos–. Tengo doce años. Y ahora quiero saber dónde está mi padre.

Capricornio hizo caso omiso de la última frase.

–¿Doce? –repitió con una voz tenebrosa que se colaba en los oídos de Meggie–. Dos o tres años más y será una cosita útil y bonita. Aunque habría que alimentarla mejor.

Apretó su brazo con sus largos dedos. Llevaba anillos de oro, nada menos que tres en una mano. Meggie intentó soltarse, pero Capricornio la sujetaba mientras la examinaba con sus ojos pálidos. Como a un pez. Un pobre pez retorciéndose.

–¡Deje en paz a la niña!

Por primera vez Meggie se alegró de que la voz de Elinor sonase tan ruda. De hecho, Capricornio soltó su brazo.

Elinor se situó detrás de ella con gesto protector y le puso las manos encima de los hombros.

–No sé lo que está ocurriendo aquí –le espetó con aspereza a Capricornio–. No sé quién es usted ni a qué se dedican todos esos hombres armados con escopetas en este pueblo dejado de la mano de Dios, y tampoco me interesa. Estoy aquí para que esta niña recupere a su padre. Le entregaremos el libro que tanto le interesa... aunque me duela en el alma. Lo tendrá en cuanto el padre de Meggie esté sentado en mi coche. Y si por alguna razón deseara quedarse aquí, tendremos que oírlo de sus propios labios.

Capricornio le dio la espalda sin pronunciar palabra.

–¿Por qué has traído a la mujer? –preguntó a Dedo Polvoriento–. La niña y el libro, ésas fueron mis órdenes. ¿Qué diablos voy a hacer con la mujer?

Meggie miró a Dedo Polvoriento. Las palabras resonaban como un eco en su cabeza, una y otra vez. «La niña y el libro, ésas fueron mis órdenes». Meggie intentó mirar a los ojos a Dedo Polvoriento, pero él rehuía su mirada como si quemase. Le dolía sentirse tan tonta. Tan terriblemente tonta.

Dedo Polvoriento se sentó en el borde de la mesa y apagó con los dedos una de las velas encendidas con desesperante lentitud, como si esperase el dolor, el pequeño mordisco de la llama.

–Ya se lo expliqué a Basta: no conseguimos disuadir a la querida Elinor de que se quedase –informó–. Se negaba a permitir que la niña viajase sola conmigo, y el libro sólo lo soltó muy, pero que muy a disgusto.

–¿Y qué? ¿Acaso no tenía razón? –la voz de Elinor se volvió tan estridente que Meggie dio un respingo–. ¡Escucha, Meggie, a este comecerillas de lengua viperina! Tendría que haber llamado a la policía cuando reapareció. Sólo fue por el libro, sólo por eso.

«Y por mí», pensó Meggie. «La niña y el libro».

Dedo Polvoriento parecía dedicar todas sus energías a quitarse un hilo de la manga de su abrigo. Pero sus manos, por lo general tan hábiles, temblaban.

–¡Y usted! –Elinor apuntó con el índice al pecho de Capricornio.

Basta dio un paso adelante, pero Capricornio lo detuvo con un ademán.

–La verdad es que tratándose de libros he visto de todo. A mí misma me han robado algún que otro ejemplar, y no puedo afirmar que todos los de mis estantes hayan llegado allí por caminos legales... quizá conozca usted el dicho «todos los bibliófilos son buitres y depredadores», pero, a decir verdad, usted parece el más loco de todos. Me asombra no haber oído nunca hablar de usted. ¿Dónde está su colección? –recorrió con la vista la enorme estancia–. No veo ni un solo libro.

Capricornio hundió las manos en los bolsillos de su bata y le hizo una seña a Basta.

Antes de que Meggie supiera cómo, le arrancó de las manos la bolsa de plástico. Tras abrirla, atisbó en su interior con desconfianza, como si sospechara que pudiera contener una serpiente o cualquier otra cosa peligrosa, y luego sacó el libro.

Capricornio lo cogió. Meggie no pudo distinguir en su rostro ni un ápice de la ternura con la que Elinor o su padre contemplaban un libro. No, el rostro de Capricornio únicamente dejaba traslucir repugnancia... y alivio.

–¿Estas dos no saben nada? –inquirió Capricornio abriendo el libro: lo hojeó... y volvió a cerrarlo de golpe.

Era el auténtico, Meggie lo notó en su expresión. Era justo el libro que buscaba.

–No, ellas no saben nada. La niña, tampoco –Dedo Polvoriento miraba con denuedo por la ventana, como si hubiera algo que ver aparte de la noche, negra como ala de cuervo–. Su padre no le ha contado una palabra. Así que ¿por qué iba a hacerlo yo?

Capricornio asintió.

–¡Llevaos a las dos atrás! –ordenó a Basta, que continuaba a su lado con la bolsa vacía en la mano.

–¿Qué significa esto? –empezó a decir Elinor, pero Basta ya las arrastraba a ambas consigo.

–Significa que os voy a encerrar en una de nuestras jaulas para pasar la noche, lindos pajaritos.

–¿Dónde está mi padre? –gritó Meggie; su propia voz sonó estridente en sus oídos–. ¡Ya tiene el libro en su poder! ¿Qué más quiere de él?

Capricornio caminó despacio hacia la vela que había apagado Dedo Polvoriento, acarició la mecha con el índice y se contempló el hollín de la yema del dedo.

–¿Que qué quiero de tu padre? –dijo sin volverse hacia Meggie–. Mantenerlo aquí, ¿qué otra cosa si no? Tú pareces desconocer su extraordinario poder. Hasta ahora se ha negado a ponerlo a mi servicio por mucho que Basta intentó convencerlo de que lo hiciera. Pero ahora, una vez que Dedo Polvoriento te ha traído hasta aquí, hará todo lo que le exija. Estoy seguro.

Cuando Basta alargó las manos para cogerla, Meggie intentó apartarlas de un empujón, pero él la agarró por el cuello igual que a una gallina a la que quisiera retorcer el pescuezo. Elinor intentó acudir en su ayuda, pero él apuntó con indiferencia el cañón de su escopeta contra su pecho y empujó a la niña hacia la puerta.

Al girarse, vio que Dedo Polvoriento seguía apoyado en la enorme mesa. Él la miró, pero esta vez no sonreía. «¡Perdona!», parecían decir sus ojos. «Tuve que hacerlo. ¡Ya te lo explicaré todo!»

Pero Meggie se negaba a entender. Y menos aun a perdonar.

–¡Espero que te mueras! –gritó mientras Basta la arrastraba fuera de la habitación–. ¡Espero que te quemes! ¡Espero que te ahogues con tu propio fuego!

Basta rió mientras cerraba la puerta.

–¡Hay que ver cómo habla esta gatita! –exclamó–. Creo que debo mantenerme en guardia contigo.

15

FELICIDAD Y DESDICHA

Era en mitad de la noche; Bingo no podía dormir. El suelo era duro, pero estaba acostumbrado a eso. Su manta estaba sucia y desprendía un olor hediondo, pero también estaba acostumbrado a eso. Una canción le rondaba por la cabeza, y no podía ahuyentarla de su mente. Era la canción de triunfo de los Wendel.

Michael de Larrabeiti, *Los Borribles,* tomo 2:
«En el laberinto de los Wendel»

Las jaulas, como las había denominado Basta, que Capricornio ponía a disposición de sus invitados poco gratos estaban situadas detrás de la iglesia, en una plaza asfaltada en la que había contenedores de basura y bidones junto a montañas de escombros. Un ligero olor a gasolina se cernía en el aire, y las mismas luciérnagas que revoloteaban sin rumbo en la noche parecían no saber qué las había llevado hasta ese lugar. Más allá de los contenedores y de los escombros se alzaba una hilera de casas medio derruidas. Las ventanas eran simples agujeros en los muros grisáceos. Unos cuantos postigos podridos pendían tan torcidos de sus goznes que daba la impresión de que la próxima ráfaga de aire los arrancaría de cuajo. Sólo las puertas de la planta baja habían recibido, poco tiempo atrás, era obvio, una mano de pintura de un marrón sucio, sobre el que habían garabateado un número con torpeza, como si fuese obra de un niño. La última puerta, según Meggie pudo comprobar en la oscuridad, ostentaba el número siete.

Basta obligó a Elinor y a ella a dirigirse a la número cuatro. Por un momento, Meggie respiró aliviada al comprobar que no era una jaula de verdad, a pesar de que la puerta en el muro carente de ventanas no parecía precisamente acogedora.

–¡Todo esto es ridículo! –despotricaba Elinor mientras Basta abría con la llave y corría el cerrojo de la puerta.

Basta se había traído refuerzos de la casa, un chico enjuto que vestía el mismo traje negro que los hombres adultos del pueblo de Capricornio y que blandía, a todas luces con agrado, su escopeta con aire amenazador contra el pecho de Elinor cada vez que ésta abría la boca. Ese gesto, sin embargo, no la hacía callar.

–¿A qué os dedicáis aquí? –refunfuñó sin apartar la vista del cañón del arma–. He oído decir que estas montañas han sido siempre un paraíso para los bandidos, ¡pero vivimos en el siglo XXI, hombre! Nadie empuja a las visitas con una escopeta, y mucho menos un jovenzuelo como éste...

–Por lo que sé, en este magnífico siglo es todo igual que en el anterior –respondió Basta–. Y este jovenzuelo tiene la edad perfecta para ser nuestro aprendiz. Yo era aún más joven –abrió la puerta de un empellón. Tras ella, la oscuridad era más negra que la noche.

Basta introdujo de un empujón primero a Meggie, luego a Elinor, y cerró de un portazo.

Meggie oyó girar la llave en la cerradura. Basta farfulló algo y el chico rió. Luego sus pasos se alejaron. La niña alargó las manos hacia un lateral hasta que las puntas de sus dedos rozaron un muro. Sus ojos eran inútiles como los de un ciego, ni siquiera era capaz de percibir dónde se encontraba Elinor. Pero la oyó despotricar en algún lugar situado a su izquierda.

–¿No hay en este agujero al menos un miserable interruptor de la luz? Maldita sea mi estampa, me siento como si hubiera aterrizado en una de esas malditas, insufribles y mal escritas novelas de aventuras, en las que los malos llevan antifaz y lanzan cuchillos.

A Elinor le encantaba maldecir, Meggie ya se había apercibido de ello, y cuanto más se enfadaba más maldiciones mascullaba.

–¿Elinor? –la voz procedía de algún lugar de la oscuridad.

Alegría, susto, sorpresa, todas esas sensaciones provocó esa única palabra.

Meggie casi tropezó con sus propios pies al volverse con un gesto brusco.

–¿Mo?

–¡Oh, no, Meggie! ¿Cómo has llegado hasta aquí?

–¡Mo! –Meggie, al dirigirse hacia el lugar de donde procedía la voz de su padre, tropezó en la oscuridad. Una mano la cogió del brazo y unos dedos recorrieron su rostro.

–¡Vaya, por fin! –colgada del techo lucía una bombilla desnuda y Elinor, satisfecha, apartó los dedos de un interruptor polvoriento–. La luz eléctrica es verdaderamente un invento fabuloso –comentó–. Al menos es un claro progreso en comparación con otros siglos, ¿no os parece?

–¿Qué hacéis aquí, Elinor? –preguntó Mo mientras estrechaba a su hija contra él–. ¿Cómo has podido permitir que la trajeran aquí?

–¿Que cómo he podido permitirlo? –a Elinor casi se le quebró la voz–. Yo no solicité interpretar el papel de niñera de tu hija. Sé cómo cuidar libros, pero con los niños, maldita sea, las cosas cambian. ¡Además estaba muy preocupada por ti! Quería salir en tu busca. ¿Y qué hace la tonta de Elinor en lugar de quedarse cómodamente en su casa? No puedo permitir que la niña vaya sola, pensé. ¡Pero esto es lo que he conseguido con mi nobleza! He tenido que escuchar maldades, permitir que me pusieran una escopeta delante del pecho y ahora, para colmo, soportar encima tus reproches...

–¡Está bien, está bien! –Mo apartó un poco a su hija y la contempló de los pies a la cabeza.

–¡Estoy bien, Mo! –le informó Meggie, aunque con la voz un poco temblorosa–. En serio.

Mo asintió y miró a Elinor.

–¿Le habéis traído el libro a Capricornio?

–Claro. Tú también se lo habrías dado si yo... –Elinor se ruborizó y miró sus zapatos polvorientos.

–Si tú no lo hubieras cambiado –concluyó Meggie. Y cogiendo la mano de su padre, la estrechó con fuerza. Le parecía increíble tenerlo de nuevo a su lado, sano y salvo excepto por el arañazo sangriento de su frente, que casi desaparecía bajo su pelo oscuro–. ¿Te han pegado? –y, preocupada, deslizó su dedo índice por la sangre reseca.

Mo no pudo evitar una sonrisa, a pesar de que con toda seguridad no le apetecía.

–Oh, no es nada. Estoy bien. No te preocupes.

Meggie pensó que no le había respondido, pero no insistió.

–¿Cómo habéis llegado hasta aquí? ¿Es que Capricornio volvió a enviaros a sus hombres?

Elinor negó con la cabeza.

–No hizo falta –contestó con amargura–. Ese amigo de lengua babosa, hipócrita y adulador se encargó de eso. Menuda serpiente metiste en mi casa. Primero te traicionó a ti, y después le sirvió en bandeja a ese tal Capricornio el libro y a tu hija. «La niña y el libro», acabamos de oírle decir al propio Capricornio, ésa fue la misión del comecerillas. Y él la ha cumplido a plena satisfacción.

Meggie se pasó por los hombros el brazo de su padre y ocultó el rostro en su costado.

–¿La niña y el libro? –Mo volvió a estrechar a su hija contra él–. Claro. Ahora, Capricornio estará seguro de que haré cuanto me pida –se dio media vuelta y caminando despacio se encaminó a la paja depositada en un rincón. Con un suspiro se sentó encima, apoyó la espalda contra el muro y cerró los ojos unos instantes–. Bueno, ahora Dedo Polvoriento y yo estamos en paz –anunció–. A pesar de todo, me pregunto qué le pagará Capricornio por tamaña traición. Lo que desea Dedo Polvoriento no puede dárselo.

–Estamos en paz. ¿A qué te refieres? –Meggie se sentó a su lado–. ¿Y qué tienes que hacer *tú* por Capricornio? ¿Qué quiere de ti, Mo?

La paja estaba húmeda, no era un buen sitio para dormir, pero seguía siendo preferible al desnudo suelo de piedra.

Mo calló durante un instante que pareció eterno. Contempló las paredes desnudas, la puerta cerrada, el suelo sucio.

–Creo que es hora de contarte la historia entera –dijo por fin–. A pesar de que en realidad no deseaba referírtela en un lugar tan desolador como éste, ni antes de que fueras algo más mayor...

–¡Ya tengo doce años, Mo!

¿Por qué creen los adultos que los niños soportan mejor los secretos que la verdad? ¿Es que no saben nada de las tétricas historias que uno urde para explicarse los secretos? Sólo muchos años después, cuando la propia Meggie tuvo hijos, comprendió que existen verdades que llenan el corazón de desesperación y que no agrada hablar de ellas, y menos aun a tus hijos, salvo que se disponga de un escudo contra la desesperanza.

–Siéntate, Elinor –dijo Mo ladeándose un poco–. Es una larga historia.

Elinor suspiró y se instaló con mucha parsimonia en la paja húmeda.

–Todo esto no es real –murmuraba–. Todo esto no puede ser real.

–Eso mismo pienso yo desde hace nueve años, Elinor –repuso Mo. Y a continuación comenzó su relato.

16

Por aquel entonces

Sostuvo en alto el libro.
–Te lo leeré en alto. Como distracción.
–¿En él también hay deporte?
–Esgrima. Luchas. Tortura. Veneno. Amor verdadero. Odio. Venganza. Gigantes. Cazadores. Malas personas. Buenas personas. Mujeres bellísimas. Serpientes. Arañas. Dolores. Muerte. Hombres valientes. Hombres cobardes. Hombres fuertes como osos. Persecuciones. Fugas. Mentiras. Verdades. Pasiones. Milagros.
–Suena bien –repliqué.

William Goldman, *La princesa prometida*

—Tú acababas de cumplir tres años, Meggie –comenzó Mo–. Aún recuerdo cómo celebramos tu cumpleaños. Yo te había regalado un libro de estampas. El de la serpiente de mar que tiene dolor de muelas y se enrosca en un faro...

Meggie asintió. Aún continuaba en su caja y había recibido ya en dos ocasiones un vestido nuevo.

–¿Celebramos? –preguntó.

–Tu madre y yo –Mo se quitó unas briznas de paja del pantalón–. Por entonces, yo era incapaz de pasar de largo ante una librería. La casa donde vivíamos era muy pequeña... la llamábamos la caja de zapatos, la ratonera, le dábamos muchos nombres... Ese día yo había comprado otra caja llena de libros en una librería de viejo. A Elinor –sonrió dirigiéndole una mirada–, algunos le habrían encantado. El libro de Capricornio figuraba entre ellos.

–¿Era suyo? –Meggie miró asombrada a su padre, pero éste negó con la cabeza.

–No, no, aunque... Bueno, vayamos por partes. Tu madre, al ver los libros nuevos, suspiró y preguntó dónde íbamos a meterlos, pero acabó desempaquetándolos, conmigo claro. En aquella época yo siempre le leía en voz alta por las noches.

–¿Que le leías en voz alta?

–Sí. Todas las noches. A tu madre le encantaba. Aquella noche escogió *Corazón de Tinta.* A ella siempre le han gustado las novelas de aventuras, llenas de esplendor y de seres tenebrosos. Era capaz de enumerar todos los nombres de los caballeros del rey Arturo y lo sabía todo de Beowolf y Grendel, de los dioses antiguos y de héroes no tan antiguos. También le gustaban las historias de piratas, pero lo que prefería por encima de todo era que apareciese un caballero, un dragón o al menos un hada. Además, siempre se ponía de parte de los dragones. Éstos, por lo visto, brillaban por su ausencia en *Corazón de Tinta,* que en cambio rebosaba esplendor y tinieblas y hadas y duendes... Los duendes también le gustaban mucho a tu madre: los brownies, los bookas, los fenoderes, los folletti con sus alas de mariposa, los conocía a todos. Total, que te entregamos un montón de libros ilustrados, nos instalamos cómodamente a tu lado sobre la alfombra e inicié la lectura.

Meggie apoyó la cabeza en el hombro de su padre y clavó la vista en la pared desnuda. Se vio a sí misma sobre el blanco sucio con el aspecto que conocía por las fotos antiguas: pequeña, con las piernas regordetas, el pelo rubio muy claro (se había oscurecido desde entonces), hojeando grandes libros ilustrados con sus cortos deditos. Cuando Mo le relataba algo, siempre sucedía lo mismo: Meggie veía imágenes, imágenes vivientes.

–La historia nos gustó –prosiguió su padre–. Era emocionante, estaba bien escrita y poblada de los seres más extraños. A tu madre le gustaba que un libro la condujera a lo desconocido, y el mundo en el que la sumergía *Corazón de Tinta* era por completo de su agrado. A veces resultaba demasiado tenebroso, y cada vez que se ponía demasiado emocionante, tu madre se colocaba el índice sobre los labios y yo leía más bajo, aunque confiábamos en que estuvieses demasiado ocupada con tus propios libros como para escuchar una historia sombría cuyo sentido no habrías comprendido. Fuera había oscurecido hacía rato, me acuerdo como si fuera ayer, era otoño y el aire se colaba por las ventanas. Habíamos encendido el fuego, la caja de cerillas no disponía de calefacción central, pero sí de una chimenea en cada habitación, y yo comencé el capítulo séptimo. Entonces ocurrió...

Su padre enmudeció. Miraba ensimismado, como si se hubiera perdido en sus propios pensamientos.

–¿Qué? –susurró Meggie–. ¿Qué pasó, Mo?

Su padre la miró.

–Que salieron –dijo–. Aparecieron ahí de repente, en la puerta que daba al pasillo, como si hubieran entrado desde el exterior. Cuando se giraron hacia nosotros se oían crujidos... como si alguien desdoblase un trozo de papel. Yo aún tenía sus nombres en los labios: Basta, Dedo Polvoriento, Capricornio. Basta agarraba a Dedo Polvoriento por el pescuezo como a un perro joven al que sacudes por haber hecho algo prohibido. Por entonces a Capricornio ya le gustaba vestir de rojo, pero era nueve años más joven y no estaba tan delgado como en la actualidad. Llevaba una espada, yo nunca había visto una de cerca. Basta también portaba otra al cinto, y una navaja, mientras que Dedo Polvoriento... –Mo sacudió la cabeza–. Bueno, él, como es lógico, sólo llevaba consigo a la marta con cuernos, gracias a cuyas habilidades se ganaba la vida. No creo que ninguno de los tres comprendiera lo sucedido. Yo mismo tardé mucho tiempo en comprenderlo. Mi voz los había arrancado del relato como si fueran marcapáginas que alguien ha olvidado entre las hojas. ¿Cómo iban a comprenderlo?

»Basta apartó de sí con tal rudeza a Dedo Polvoriento que éste se cayó y Basta intentó desenfundar la espada, pero sus manos, pálidas como el papel, evidentemente carecían de la fuerza necesaria. La espada se deslizó entre sus dedos y cayó sobre la alfombra. La hoja parecía tener sangre reseca adherida, pero quizá se debiera simplemente al fuego que se reflejaba en ella. Capricornio permanecía quieto escudriñando a su alrededor. Parecía mareado, se tambaleaba como un oso amaestrado que ha dado vueltas demasiado rato. Seguro que eso nos salvó, al menos así lo ha afirmado siempre Dedo Polvoriento. Si Basta y su señor hubieran estado en posesión de toda su fuerza, seguro que nos habrían matado. Pero aún no habían llegado por completo a este mundo, y yo cogí esa horrenda espada que yacía sobre la alfombra, en medio de mis libros. Era pesada, mucho más pesada de lo que imaginaba. Con ese chisme debía de tener una pinta ridícula. Es probable que lo aferrase como una aspiradora o un palo, pero cuando Capricornio se me acercó tambaleándose y yo le presenté el acero, se detuvo. Yo balbuceaba, intentaba explicarle lo sucedido, a pesar de que ni yo mismo lo entendía, pero Capricornio se limitaba a clavar en mí sus ojos pálidos como el agua mientras Basta, a su lado, la mano en su navaja, parecía esperar a que su señor le ordenase rebanarnos el pescuezo a todos nosotros.

–¿Y el comecerillas? –también la voz de Elinor sonaba ronca.

–Seguía tendido en la alfombra, como desmayado y sin proferir el menor sonido. A mí no me preocupaba. Si abres una cesta y salen dos serpientes y un lagarto, tú te ocupas primero de las serpientes, ¿no?

–¿Y mi madre? –preguntó Meggie en susurros, no estaba acostumbrada a pronunciar esa palabra.

Mo la miró.

–¡No la descubría por ningún sitio! Tú continuabas arrodillada entre tus libros, observando estupefacta a los desconocidos, plantados con sus pesadas botas y sus armas. Yo sentía un miedo atroz por vosotras, pero para mi alivio, ni Basta ni Capricornio te prestaban la menor atención. «¡Se acabó la charla!», dijo finalmente Capricornio mientras yo me enredaba cada vez más en mis propias palabras. «Me trae sin cuidado cómo he venido a parar a este miserable lugar, llévanos de vuelta ahora mismo, maldito brujo, o Basta te cortará tu lengua parlanchina». Sus palabras no sonaban muy tranquilizadoras que digamos y yo ya había leído lo suficiente en los primeros capítulos sobre ambos para saber que Capricornio no bromeaba. Sentí vahídos, y sumido en la desesperación me devané los sesos para hallar el modo de poner fin a esa pesadilla. Levanté el libro, quizá si leía de nuevo ese pasaje... Lo intenté. Mis palabras salían atropelladas mientras Capricornio me miraba de hito en hito y Basta extraía la navaja del cinto. Nada sucedió. Los dos seguían ahí, en mi casa, y no parecían dispuestos a regresar a su relato. De repente me asaltó la certeza de que iban a matarnos. Dejé caer el libro, ese libro infausto, y recogí la espada que había dejado sobre la alfombra. Basta intentó anticiparse, pero fui más rápido. Tenía que sujetar ese maldito chisme con las dos manos, todavía recuerdo la frialdad de la empuñadura. No me preguntéis cómo, pero logré expulsar a Basta y a Capricornio al pasillo. Mientras tanto se rompieron muchas cosas, tan violentos mandobles di con la espada, y tú te echaste a llorar. Yo deseaba volverme hacia ti para decirte que todo aquello no era más que una pesadilla, pero estaba ocupadísimo manteniendo lejos de mí la navaja de Basta y la espada de Capricornio. Ha sucedido, me repetía sin cesar, ahora estás metido en medio de un relato, como siempre has deseado, y es espantoso. El miedo tiene un sabor completamente distinto cuando no se lee sobre él, Meggie, e interpretar el papel de héroe no resultaba ni la mitad de divertido de lo que me figuraba. Esos dos seguro que me habrían matado si no hubieran sentido todavía una cierta debilidad en las piernas. Capricornio vociferaba, los ojos casi se le salían de las órbitas por la rabia. Basta maldecía y amenazaba y me propinó un feo corte en el brazo, pero después la puerta de casa se abrió de repente y ambos desaparecieron en la noche, tambaleándose como beodos. Yo casi no logro echar el cerrojo, tanto temblaban mis dedos. Apoyado en la puerta, agucé los oídos, pero lo único que capté fueron los latidos desbocados de mi propio corazón. Después te oí llorar en el salón y recordé que aún quedaba el tercero. Regresé dando trompicones, empuñando todavía la espada, y encontré a Dedo Polvoriento en medio de la habitación. No portaba armas, sólo la marta encima de su hombro, y, cuando me dirigí hacia él, retrocedió, la cara pálida como un cadáver. Debí ofrecer un aspecto espantoso, la sangre corría por mi brazo y todo mi cuerpo temblaba, no habría podido decir si de miedo o de ira. «¡Por favor!», musitó él, «¡por favor, no me mates! No tengo nada que ver con ellos, sólo soy un pobre saltimbanqui, un escupefuegos inofensivo. Puedo demostrártelo». «Vale, vale, está bien. Sé que eres Dedo Polvoriento», le contesté. Entonces él se inclinó lleno de respeto ante mí, ante el mago omnisciente que lo conocía todo de él y lo había arrancado de su mundo como a una manzana de un árbol. La marta bajó por su brazo, saltó a la alfombra y corrió hacia ti. Tú dejaste de llorar y alargaste la mano hacia ella. «Cuidado, muerde», advirtió Dedo Polvoriento y la espantó alejándola. Yo no le prestaba atención. De repente noté la calma que reinaba en la habitación. Lo silenciosa y vacía que estaba. Vi el libro tirado en la alfombra, abierto, tal como yo lo había dejado, y el cojín en el que se había sentado tu madre. Pero ella no estaba. ¿Dónde se había metido? Grité su nombre una y otra vez. Recorrí todas las habitaciones. Pero había desaparecido.

Elinor, sentada más tiesa que una vela, no apartaba los ojos de él.

–Pero, por el amor de Dios, ¿qué estás diciendo? –balbució–. ¡Tú me contaste que emprendió uno de esos estúpidos viajes de aventura y ya no regresó!

Mo apoyó la cabeza contra el muro.

–Algo tenía que inventar, Elinor –adujo–. Porque no podía contar la verdad, ¿no crees?

Meggie acarició el brazo de su padre con la mano, justo en la zona donde la camisa ocultaba la cicatriz pálida.

–Siempre me has dicho que te cortaste el brazo trepando por una ventana rota.

–Claro. La verdad era demasiado fantástica, ¿no te parece?

Meggie asintió. Su padre tenía razón, ella habría considerado esa explicación otro de sus cuentos.

–¿Y ella nunca volvió? –musitó a pesar de que ya conocía la respuesta.

–No –contestó su padre–. Basta, Capricornio y Dedo Polvoriento salieron del libro y ella entró en él, junto con nuestros dos gatos que siempre se sentaban en su regazo mientras yo leía. Seguramente a cambio de Gwin también desapareció otra criatura, una araña quizá, o una mosca o cualquier pájaro que aletease en ese momento alrededor de casa... –Mo calló.

A veces, cuando inventaba un cuento tan estupendo que Meggie lo consideraba verídico, de pronto sonreía y decía: «Te lo has tragado, Meggie». En su séptimo cumpleaños, por ejemplo, cuando le contó que fuera había descubierto hadas entre los crocos. Pero esta vez la sonrisa no asomó a sus labios.

–Cuando hube buscado en vano a tu madre por toda la casa –prosiguió– y regresé al salón, Dedo Polvoriento había desaparecido junto con su cornuda amiga. Lo único que seguía allí era la espada y era tan real al tacto que decidí no dudar de mi sano juicio. Te llevé a la cama, creo que te dije que tu madre ya se había acostado, y acto seguido comencé a leer *Corazón de Tinta* de nuevo. Me leí el maldito libro de cabo a rabo hasta que me quedé ronco y fuera salió el sol, pero lo único que saqué fue un murciélago y una capa de seda con la que más tarde forré tu caja de libros. Durante los días y noches posteriores lo intenté en innumerables ocasiones, hasta que me ardieron los ojos y las letras bailaban por las páginas como borrachas. No comía, no dormía, inventaba para ti historias siempre nuevas sobre el paradero de tu madre y procuraba que nunca estuvieras en la misma habitación cuando yo leía, por miedo a que también tú desaparecieses. No me preocupaba mi propia persona; era curioso, pero tenía la sensación de que como lector estaba a salvo de desaparecer entre las páginas. Ignoro hasta la fecha si sucede realmente así –Mo espantó un mosquito de su mano–. Leía en voz alta hasta que ya no era capaz de oír mi propia voz –prosiguió–, pero tu madre no regresó, Meggie. En cambio el quinto día apareció en mi salón un extraño hombrecillo transparente, como si fuera de cristal, y desapareció el cartero que en ese momento echaba unas cartas en nuestro buzón. Desde entonces supe que ni paredes ni puertas cerradas te mantendrían a salvo de desaparecer también a ti o a otras personas. Y decidí no volver a leer jamás un libro en voz alta. Ni *Corazón de Tinta* ni ningún otro.

–¿Y qué fue del hombre de cristal? –preguntó Meggie.

Su padre suspiró.

–Se hizo añicos apenas unos días después, cuando un camión pasó por delante de nuestra casa. Es evidente que cambiar de mundo por las buenas sienta bien a poca gente. Ambos sabemos la felicidad que te puede reportar sumergirte en un libro y vivir su historia unos momentos, pero salir fuera de un relato y encontrarte de repente en el mundo real no parece traer demasiada felicidad. A Dedo Polvoriento le rompió el corazón.

–¿Pero tiene corazón? –preguntó Elinor con tono de amargura.

–Mejor le iría si no lo tuviera –contestó Mo–. Transcurrió más de una semana hasta que reapareció delante de mi puerta. Era de noche, claro está, su hora favorita. Yo estaba haciendo las maletas. Había decidido que lo más seguro era marcharse, pues no quería volver a tener que echar de mi casa con una espada a Basta y Capricornio. Dedo Polvoriento confirmó mis preocupaciones. Apareció mucho después de medianoche, pero de todos modos yo no podía conciliar el sueño –Mo pasó la mano por los cabellos de su hija–. Tú tampoco dormías bien por aquel entonces. Tenías pesadillas, por mucho que yo intentase ahuyentarlas con mis relatos. Estaba en mi taller recogiendo mis herramientas cuando llamaron a la puerta casi sin hacer ruido, casi a hurtadillas. Dedo Polvoriento surgió de la oscuridad tan de sopetón como hace cuatro días, cuando se plantó ante nuestra casa por la noche. ¿De verdad hace sólo cuatro días de eso? Por aquel entonces, cuando reapareció, parecía como si llevase mucho tiempo sin comer: estaba flaco como un gato vagabundo y tenía los ojos muy vidriosos. «Llévame de vuelta, por favor», balbuceaba. «¡Te lo ruego, llévame de vuelta! Este mundo me está matando. Es demasiado vertiginoso, demasiado repleto y demasiado ruidoso. Si no muero de añoranza, será de hambre. No sé de qué vivir. No sé nada de nada. Soy como un pez fuera del agua...» Sencillamente se negaba a creer que yo no podía hacerlo. Deseaba ver el libro e intentarlo en persona, a pesar de que apenas sabía leer, pero, como es lógico, yo no podía dárselo. Habría sido como desprenderme de lo último que aún poseía de tu madre. Por suerte lo había escondido bien. Le permití a Dedo Polvoriento dormir en el sofá, y cuando bajé a la mañana siguiente, todavía continuaba registrando los estantes. Durante los dos años siguientes apareció en numerosas ocasiones; fuese donde fuese, nos seguía, hasta que me harté y me marché en secreto al amparo de la noche. Después no volví a verlo. Hasta hace cuatro días.

Meggie lo miró.

–Él todavía te da pena –le dijo.

Su padre calló.

–A veces –contestó al fin.

–Estás más loco de lo que creía –comentó Elinor con un resoplido de desprecio–. Ese bastardo es el responsable de que estemos encerrados en este agujero. Por su culpa puede que nos rebanen el pescuezo, ¿y te da pena?

Mo se encogió de hombros y levantó la vista hacia el techo, donde unas polillas aleteaban alrededor de la bombilla desnuda.

–Seguro que Capricornio le prometió que lo llevaría de vuelta –dijo Mo–. Al contrario que yo, él se dio cuenta de que Dedo Polvoriento haría cualquier cosa si le prometía eso. Regresar a su relato, eso es lo único que anhela. ¡Ni siquiera pregunta si termina bien para él!

–Bueno, eso no es distinto en la vida real –afirmó Elinor con expresión sombría–. Tampoco se sabe si terminará bien. En nuestro caso por el momento todo habla a favor de un final desdichado.

Meggie estaba sentada, rodeándose las piernas con los brazos, el rostro apoyado en sus rodillas, con la vista clavada en las paredes de un blanco sucio. Veía la N ante sus ojos, la N en la que se sentaba la marta cornuda, y sentía como si su madre se asomara por detrás de la letra mayúscula, su madre con el aspecto que tenía en la foto pálida oculta bajo la almohada de Mo. Así que no se había escapado. ¿Cómo le iría allí, en el otro mundo? ¿Se acordaría todavía de su hija? ¿O eran Meggie y Mo para ella una imagen que se desvanecía? ¿Sentía también nostalgia de su propio mundo, igual que Dedo Polvoriento?

¿Sentía nostalgia Capricornio? ¿Era eso lo que quería de Mo? ¿Que le hiciera volver? ¿Qué sucedería cuando Capricornio se diera cuenta de que Mo no tenía ni idea de cómo conseguirlo? Meggie se estremeció.

–Al parecer Capricornio dispone de otro lector –prosiguió Mo como si hubiera adivinado sus pensamientos–. Basta me ha hablado de él, seguramente para dejar claro que no soy en modo alguno imprescindible. Por lo que sé ya ha sacado más de un ayudante útil para Capricornio con la lectura de un libro.

–¿Ah, sí? ¿Entonces qué espera de ti? –Elinor se incorporó y, gimiendo, se frotó el trasero–. No entiendo nada. Confío en que todo esto sea una de esas pesadillas de las que te despiertas con dolor de cabeza y mal sabor de boca.

Meggie dudaba de que Elinor albergase de verdad esa esperanza. La paja húmeda y el muro frío contra su espalda eran demasiado reales. Lamentaba haber leído tan sólo una línea de *Corazón de Tinta.* Desconocía por completo el relato en el que había desaparecido su madre. Sólo conocía los cuentos de Mo sobre lo que mantenía lejos a su madre, todos esos cuentos que le había narrado durante los años que estuvieron solos, historias de aventuras que ella vivía en países lejanos, con enemigos terribles que impedían continuamente su regreso a la patria, y acerca de una caja que ella llenaba sólo para Meggie depositando en su interior algo nuevo y maravilloso de cada lugar encantado.

–Mo, ¿crees que le gustará vivir en esa historia? –preguntó Meggie.

Su padre necesitó un buen rato para responder.

–Las hadas seguro que le gustan –contestó al fin–, a pesar de que son pequeños seres caprichosos, y, a juzgar por lo que la conozco, seguro que alimenta a los duendes con leche. Sí, creo que todo eso le gustará...

–¿Y... qué es lo que no le gustará? –Meggie lo miró preocupada.

Mo vaciló.

–El mal –repuso al fin–. En ese libro suceden un montón de cosas atroces y ella nunca supo que la historia acaba más o menos bien, al fin y al cabo nunca terminé de leérsela... Eso no le gustará.

–No, seguro que no –intervino Elinor–. Pero ¿cómo puedes saber que la historia no ha cambiado? A fin de cuentas tú trajiste a Capricornio y a su amigo de la navaja leyendo en voz alta. Ahora esos dos nos están dando la lata a nosotros.

–Cierto –reconoció Mo–, pero a pesar de todo a lo mejor siguen también en el libro. Creedme, lo he leído muchas veces desde que lo abandonaron. El relato aún versa sobre ellos... sobre Dedo Polvoriento, Basta y Capricornio. ¿No significa eso que nada ha cambiado? ¿Que Capricornio continúa allí mientras nosotros nos peleamos aquí con su sombra?

–Para ser una sombra es bastante aterradora –opinó Elinor.

–Sí, eso es cierto –reconoció Mo suspirando–. A lo mejor todo eso ha cambiado. A lo mejor la historia impresa oculta otra historia mucho mayor que se transforma igual que lo hace nuestro mundo, ¿no? Y las letras nos van revelando lo mismo que una mirada por el agujero de una cerradura. A lo mejor no son más que la tapa de una cazuela que contiene mucho más de lo que podemos leer.

Elinor soltó un gemido.

–¡Cielos, Mortimer! –exclamó–. ¡Calla de una vez, me está entrando dolor de cabeza!

–Créeme, a mí también me ocurrió lo mismo cuando empecé a reflexionar sobre el asunto –respondió Mo.

Después los tres enmudecieron durante un buen rato, cada uno de ellos enfrascado en sus propios pensamientos. Elinor fue la primera en tomar la palabra, aunque dio la impresión de que hablaba consigo misma.

–Ay, santo cielo –murmuró mientras se quitaba los zapatos–. ¡Cuántas veces he deseado introducirme en uno de mis libros favoritos! Sin embargo, lo bueno de los libros es que puedes cerrarlos siempre que se te antoja.

Suspirando, movió los dedos de sus pies y comenzó a caminar de un lado a otro. Meggie tuvo que reprimir la risa. Sencillamente Elinor tenía un aspecto de lo más gracioso mientras caminaba insegura con sus pies doloridos de la pared a la puerta y de la puerta a la pared, de acá para allá, como un juguete al que acaban de darle cuerda.

–¡Elinor, terminarás volviéndome loco de remate, siéntate! –dijo Mo.

–¡Ni lo sueñes! –replicó iracunda–. Porque si me siento seré yo la que enloquezca.

Mo torció el gesto y pasó el brazo por los hombros de su hija.

–¡Bueno, dejémosla correr! –le dijo al oído–. Cuando haya andado diez kilómetros, se desplomará. Ahora deberías dormir. Te cedo mi cama. No es tan mala como parece. Si cierras los ojos con fuerza puedes imaginarte que eres Wilbur, el cerdo, tumbado cómodamente en su cuadra...

–O Wart, durmiendo en la hierba con los gansos salvajes.

Meggie no pudo evitar un bostezo. Cuántas veces habían jugado ella y Mo a ese juego: «¿Qué libro se te ocurre? ¿Cuál hemos olvidado? ¡Oh, sí, ése; hacía mucho tiempo que no lo recordaba...!». Cansada, se tendió sobre la paja.

Mo se despojó del jersey y la tapó con él.

–Porque, aunque seas un cerdo o un ganso salvaje, necesitas una manta –precisó.

–Pero tú pasarás frío.

–Bobadas.

–¿Y dónde vais a dormir Elinor y tú? –a Meggie se le escapó otro bostezo. No se había dado cuenta del cansancio que arrastraba.

Elinor continuaba caminando con paso cansino de pared a pared.

–¿Quién habla de dormir? –dijo–. Montaremos guardia, por supuesto.

–Vale –murmuró Meggie hundiendo la nariz en el jersey de su padre.

«Vuelve a estar aquí», pensaba mientras el sueño abatía sus párpados. «Todo lo demás carece de importancia». Y luego se dijo: «Si al menos pudiera leer el libro hasta el final...». Pero *Corazón de Tinta* estaba en poder de Capricornio... y ahora no quería pensar en él, pues de lo contrario jamás lograría conciliar el sueño. Jamás...

Más tarde, no supo cuánto tiempo había dormido. A lo mejor la despertaron sus pies fríos o la paja punzante bajo su cabeza. Su reloj de pulsera marcaba las cuatro. Nada en la estancia sin ventanas permitía adivinar si era de día o de noche, pero a Meggie le resultaba inconcebible que la noche ya hubiera transcurrido. Mo estaba sentado junto a la puerta con Elinor. Ambos parecían cansados y preocupados, y conversaban en voz baja.

–Sí, todavía me consideran un mago –decía su padre en ese momento–. Ellos me dieron ese nombre ridículo, Lengua de Brujo. Capricornio está convencido a pie juntillas de que soy capaz de repetirlo en todo momento con cualquier libro.

–¿Y... eres capaz? –preguntó Elinor–. ¿Porque antes no lo contaste todo, verdad?

Mo permaneció un buen rato en silencio.

–¡No! –contestó al fin–. Porque no quiero que Meggie me tome por un mago o algo parecido.

–De modo que no es la primera vez que consigues sacar algo leyendo en voz alta, ¿eh?

Mo asintió.

–A mí siempre me ha gustado leer en voz alta, desde que era un crío. Un día, leyendo *Las aventuras de Tom Sawyer* a un amigo, de repente apareció un gato muerto sobre la alfombra, más tieso que la mojama. Hasta más tarde no me di cuenta de que a cambio había desaparecido uno de mis animales de peluche. Creo que los dos estuvimos a punto de sufrir un ataque al corazón, nos juramos que jamás le hablaríamos a nadie del gato y sellamos el juramento con sangre, como Tom y Huck. Más tarde, lo intenté una y otra vez a escondidas, sin testigos, pero al parecer nunca sucedía cuando yo deseaba. Por lo visto no existía ninguna regla en absoluto, salvo que sólo acontecía con los relatos que me gustaban. Como es lógico, conservé todo lo que salió, salvo el pepino hediondo que me deparó el libro del gigante amable. Y es que olía demasiado mal. Cuando Meggie era aún muy pequeña, salía a veces algo de sus libros ilustrados, una pluma, un zapato diminuto... siempre guardamos las cosas en su caja de libros, pero no le revelamos su procedencia. Seguro que no habría vuelto a tocar un libro en su vida por miedo a que saliera la serpiente gigantesca con dolor de muelas o cualquier otro ser aterrador. Pero nunca, Elinor, nunca salió algo vivo de un libro. Hasta aquella noche... –Mo se contempló las palmas de las manos como si vislumbrase en ellas todas las cosas que su voz había arrancado de los libros–. Y si tenía que pasar, ¿por qué no pudo ser alguien simpático, alguien como... Babar, el elefante? Meggie se habría quedado extasiada.

«Oh, sí, por descontado que sí», pensó la niña. Se acordó del zapato pequeño y también de la pluma. Era de color verde esmeralda, como las plumas de Polynesia, el papagayo del doctor Dolittle.

–Sí, bueno, pero las cosas también podrían haber ido peor.

Era típico de Elinor. Como si no fuera ya bastante malo estar lejos del mundo encerrados en una casa en ruinas, rodeados de hombres vestidos de negro con caras de aves de presa y cuchillos al cinto. Pero era obvio que Elinor podía concebir algo peor.

–Imagínate que Long John Silver apareciera de pronto en tu salón, dispuesto a asestar un golpe mortífero con su muleta de madera –le dijo en susurros–. Creo que prefiero a Capricornio. ¿Sabes una cosa? Cuando regresemos a casa, a la mía quiero decir, te daré uno de esos libros encantadores, *Winnie el osito,* por ejemplo, o quizá Wilde-Kerle. En realidad yo nada tendría que objetar a un monstruo así. Te dejaré mi sillón más cómodo, te prepararé un café, y después leerás en voz alta. ¿De acuerdo?

Mo soltó una risita ahogada y por un momento la preocupación desapareció de su rostro.

–No, Elinor, no lo haré. A pesar de que resulta muy tentador. Me juré a mí mismo que no volvería a leer en voz alta. A saber quién desaparece la próxima vez. Y puede que incluso el libro del oso Winnie oculte un malvado al que hemos pasado por alto. ¿Qué sucedería si sacara al propio Pooh? ¿Qué haría él aquí sin sus amigos y sin el bosque de los cien acres? Su ingenuo corazón se partiría en pedazos, como le ha sucedido a Dedo Polvoriento.

–¡Qué va! –replicó Elinor con un gesto de impaciencia–. ¿Cuántas veces tendré que decirte que ese bastardo no tiene corazón? Pero en fin... Pasemos a otra cuestión cuya respuesta me interesa mucho –Elinor bajó la voz y Meggie tuvo que esforzarse muchísimo por entenderla–. En realidad, ¿quién era el tal Capricornio en su historia? Seguramente el malo, claro, pero ¿no podría saber algo más de él?

Sí, también a Meggie le habría gustado conocer más datos de Capricornio, pero de repente el laconismo de su padre aumentó.

–Cuanto menos sepáis de él, mejor –se limitó a contestar.

Acto seguido enmudeció. Elinor insistió un rato, pero Mo eludió todas sus preguntas. Parecía no tener ninguna gana de hablar de Capricornio. Sus pensamientos vagaban por otros parajes muy distintos, Meggie lo veía reflejado en su cara. En cierto momento, Elinor se adormiló enroscada sobre el frío suelo, como si quisiera darse calor a sí misma. Mo continuó sentado, la espalda apoyada contra la pared.

Sus ojos contemplaron a Meggie cuando volvió a dormirse. Apareció en sus sueños como una luna oscura. Abría la boca y salían de ella figuras saltarinas: gordas, delgadas, grandes, chicas, que se alejaban dando saltos formando una larga hilera. Pero en la nariz de la luna, apenas más que una sombra, bailaba la figura de una mujer... y de repente la luna esbozó una sonrisa.

17

El traidor traicionado

Era un auténtico placer contemplar cómo algo era devorado, cómo se volvía negro y se convertía en *algo distinto.* [...] le habría encantado colocar una salchicha ensartada en las brasas mientras los libros, aleteando como blancas palomas, morían pasto de las llamas delante de la casa. Mientras, los remolinos de chispas pulverizaban los libros y un viento ennegrecido por el incendio los dispersaba.

Ray Bradbury, *Fahrenheit 451*

Antes de amanecer, la bombilla que con su luz pálida les había ayudado a pasar la noche comenzó a temblar. Mo y Elinor dormían justo al lado de la puerta cerrada, pero Meggie yacía con los ojos abiertos en medio de la oscuridad y sintió que el miedo brotaba de los muros fríos. Oía la respiración de Elinor y de su padre deseando tan sólo una vela... y un libro que mantuviera a raya al miedo. Un miedo que parecía estar en todas partes, un ser maligno, incorpóreo, que había esperado a que se apagara la bombilla para aproximarse furtivamente a ella en la oscuridad y estrecharla entre sus gélidos brazos. Meggie se incorporó, respirando con dificultad y se arrastró a cuatro patas hasta su padre. Se enroscó a su lado, igual que hacía antes, en su más tierna infancia, y esperó a que la luz de la mañana se filtrase por debajo de la puerta.

Con la luz llegaron dos de los hombres de Capricornio. Mo acababa de incorporarse, cansado, y Elinor se frotaba la espalda dolorida mientras soltaba imprecaciones, cuando oyeron los pasos.

No era Basta. Uno de los hombres, grande como un armario, daba la impresión de que un gigante le había aplastado la cara con el pulgar. El segundo, bajo y enjuto, con barba de chivo sobre un mentón huidizo, no paraba de juguetear con su escopeta mientras los observaba con hostilidad, como si se muriera de ganas por pegar un tiro en el acto a los tres a la vez.

–¡Vamos, vamos! ¡Fuera todos! –les gritó enfurecido cuando salieron dando trompicones y parpadeando a la clara luz del día.

Meggie intentó recordar si también había oído esa voz en la biblioteca de Elinor, pero no estaba segura. Capricornio tenía muchos secuaces.

Era una mañana cálida y hermosa. El cielo, de un azul sin nubes, se curvaba sobre el pueblo de Capricornio, y en un rosal silvestre que crecía entre las viejas casas gorjeaban unos pinzones como si en el mundo no hubiera nada amenazador salvo unos pocos gatos hambrientos. Cuando salieron al exterior, Mo agarró el brazo de su hija. Elinor tuvo que ponerse primero sus zapatos, y cuando el hombre de la barba de chivo intentó arrastrarla sin miramientos por no ser lo bastante rápida, ella apartó sus manos de un empellón y lo cubrió con una avalancha de insultos. Su actitud provocó la risa de ambos hombres, por lo que a continuación Elinor apretó los labios y se conformó con dirigirles miradas hostiles.

Los hombres de Capricornio tenían prisa. Los condujeron de vuelta por el mismo camino por el que Basta los había traído la noche anterior. El de la cara plana iba delante, el de la barba de chivo detrás, con la escopeta montada. Aunque arrastraba la pierna al andar, no dejaba de azuzarlos como si quisiera demostrar que a pie era más rápido que ellos.

El pueblo de Capricornio parecía sumido en un extraño abandono incluso de día, y esa impresión no sólo se debía a las numerosas casas vacías que a la luz del sol parecían más tristes si cabe. Por las calles apenas se veía un alma, salvo unos cuantos chaquetas negras, como los había bautizado Meggie en secreto, o chicos flacos que corrían tras ellos como perrillos. En dos ocasiones, Meggie vio pasar presurosa a una mujer. No vio ningún niño jugando o corriendo detrás de su madre, sólo gatos, negros, blancos, de un rojo herrumbroso, moteados, atigrados, en las cálidas cornisas de los muros, en los umbrales de las puertas y en los dinteles del tejado. Entre las casas del pueblo de Capricornio reinaba el silencio y los acontecimientos parecían desarrollarse con absoluto sigilo. Los hombres con escopetas eran los únicos que no se ocultaban. Holgazaneaban a la puerta y en las esquinas de las casas, cuchicheando entre ellos y apoyados amorosamente en sus armas. No había flores delante de las casas, como Meggie había visto en los pueblos de la costa. En lugar de eso, los tejados se habían desplomado y los arbustos en flor crecían asomando por los huecos vacíos de las ventanas. Algunos exhalaban un perfume tan embriagador que mareaba a Meggie.

Cuando llegaron a la plaza de la iglesia, Meggie pensó que los dos hombres los conducirían hasta la casa de Capricornio, pero la dejaron a la izquierda y los llevaron directamente al enorme pórtico de la iglesia. En el campanario parecía como si el viento y la intemperie hubieran roído con saña la obra de mampostería. La campana colgaba oxidada bajo el tejado puntiagudo, y apenas un metro más abajo una semilla arrastrada hasta allí por el viento se había convertido en un árbol delgado que ahora se aferraba a las piedras de color arena.

Sobre el pórtico de la iglesia se veían ojos pintados, estrechos ojos rojos, y a ambos lados de la entrada feos diablos de piedra de la altura de un hombre enseñaban los dientes como perros agresivos.

–Bienvenidos a la casa del diablo –dijo el hombre de la barba de chivo con una reverencia burlona antes de abrir la pesada puerta.

–¡Deja eso, Cockerell! –le increpó el de la cara plana y escupió tres veces a los polvorientos adoquines que pisaba–. Esas cosas traen desgracia.

El de la barba de chivo se limitó a reír y palmeó la oronda barriga de uno de los diablos de piedra.

–Venga, ya, Nariz Chata. Estás peor que Basta. No falta mucho para que tú también te cuelgues una hedionda pata de conejo al cuello.

–Soy cauteloso –gruñó Nariz Chata–. Se cuentan unas cosas...

–Sí. ¿Y quién las ha inventado? Nosotros, alcornoque.

–Algunas ya existían antes.

–Pase lo que pase –susurró Mo a Elinor y Meggie mientras los dos hombres discutían–, dejadme hablar a mí. Aquí una lengua mordaz puede ser peligrosa, creedme. Basta siempre tiene muy a mano su navaja, y además la utiliza.

–No es Basta el único que tiene navaja, Lengua de Brujo –le dijo Cockerell introduciendo a Mo en la oscura iglesia de un empujón. Meggie corrió deprisa tras él.

El interior de la iglesia estaba fresco y en penumbra. Por unas cuantas ventanas muy altas penetraba la luz de la mañana y dibujaba manchas pálidas en paredes y columnas. En el pasado seguramente fueron grises como las baldosas del suelo, pero ahora en la iglesia de Capricornio predominaba un color. Las paredes, las columnas, incluso el techo, todo era rojo, rojo bermejo como la carne cruda o la sangre reseca, y durante un instante a Meggie le embargó la sensación de que se adentraba en el interior de un monstruo.

Junto a la entrada, en un rincón, se veía la estatua de un ángel; tenía un ala rota y uno de los hombres de Capricornio había colgado su chaqueta negra de la otra. De su cabeza salían unos cuernos demoníacos, como los que los niños se sujetan en el pelo por carnaval, entre los que flotaba todavía el aura. El ángel debió de estar emplazado algún día sobre el zócalo de piedra, delante de la primera columna, pero tuvo que dejar sitio a otra figura. Su rostro delgado, cerúleo, contemplaba a Meggie desde arriba. El escultor no conocía bien su oficio, la cara estaba pintada como la de una muñeca de plástico, con extraños labios rojos y ojos azules que carecían del horror de los ojos incoloros con los que el verdadero Capricornio observaba el mundo. La estatua en cambio era como mínimo el doble de alta que su modelo, y todo aquel que pasara ante ella tenía que echar la cabeza hacia atrás para contemplar la palidez de su rostro.

–¿Se puede hacer eso, Mo? –preguntó Meggie en voz baja–. ¿Exponerse a uno mismo en una iglesia?

–¡Oh, ésa es una costumbre muy antigua! –contestó Elinor en susurros–. Las estatuas de las iglesias rara vez son las de los santos. Porque la mayoría de los santos no podía pagar a ningún escultor. En la catedral de...

Cockerell le propinó un empujón tan rudo en la espalda, que ella trastabilló.

–¡Andando! –gruñó–. Y la próxima vez que paséis ante él, os inclinaréis, ¿entendido?

–¿Inclinarnos? –Elinor intentó detenerse, pero Mo la obligó a seguir.

–¡Es imposible tomarse en serio un teatrucho como éste! –exclamó Elinor, indignada.

–Si no cierras el pico –le respondió Mo en voz baja–, te vas a enterar de lo seriamente que se habla aquí, ¿entendido?

Elinor observó el rasguño de su frente, y calló.

En la iglesia de Capricornio no había bancos como los que Meggie había visto en otras iglesias, sino dos largas mesas de madera con asientos a ambos lados de la nave. Encima había platos sucios, tazas manchadas de café, tablas de madera con restos de queso, cuchillos, embutidos, cestos de pan vacíos. Varias mujeres, ocupadas en retirarlo todo, levantaron brevemente la vista cuando Cockerell y Nariz Chata pasaron por delante de ellas con sus tres prisioneros; a continuación volvieron a concentrarse en su trabajo. A Meggie le parecieron pájaros que hundían la cabeza entre los hombros para que no se la cortasen.

Además de faltar los bancos, la iglesia de Capricornio también carecía de altar. Aún se distinguía su antiguo emplazamiento, en el que ahora se veía un sillón situado al final de la escalera que antaño desembocaba en el altar, una pieza pesada, tapizada en rojo, con abultadas tallas en patas y brazos.

Cuatro peldaños bajos conducían hasta el sillón, Meggie no acertó a saber por qué los contó. Una alfombra negra los cubría, y en el peldaño superior, a escasos pasos del sillón, se sentaba Dedo Polvoriento, el pelo rubio rojizo alborotado como siempre, sumido en sus pensamientos, mientras dejaba que Gwin subiera por su brazo estirado.

Cuando Meggie recorrió el pasillo central en compañía de Mo y de Elinor, alzó brevemente la cabeza. Gwin se le subió al hombro y enseñó sus dientecitos afilados semejantes a esquirlas de cristal, como si se apercibiese de la aversión que la niña sentía hacia su señor. Meggie sabía ahora por qué la marta tenía cuernos y su gemelo se pavoneaba en la página de un libro. Ahora lo sabía todo: por qué a Dedo Polvoriento este mundo le parecía demasiado frenético y ruidoso, por qué no entendía nada de coches y por qué tantas veces miraba como si se encontrara en otro lugar completamente distinto. Sin embargo, no sentía ni un ápice de compasión por él, como sí le sucedía a Mo. Su rostro surcado de cicatrices sólo le recordaba que le había mentido, que la había inducido con artimañas a acompañarlo, como el cazador de ratas del cuento. Había jugado con ella igual que con su fuego o con sus pelotitas de colores: «ven conmigo, Meggie»; «por aquí, Meggie»; «confía en mí, Meggie». Le habría gustado subir los peldaños de un salto y golpearlo en la boca, en su boca de embustero.

Dedo Polvoriento pareció adivinar sus pensamientos. Esquivó sus ojos y, en lugar de mirar a Mo o a Elinor, hundió la mano en el bolsillo del pantalón y sacó una cajita de cerillas. Con aire ausente, extrajo una, la encendió y, tras contemplar la llama sumido en sus cavilaciones, la atravesó con el dedo, casi como una caricia, hasta que se quemó la yema.

Meggie apartó la vista. Prefería no verlo. Deseaba olvidar que él estaba ahí. A su izquierda, al pie de la escalera, había dos bidones de hierro, de un marrón herrumbroso, que contenían astillas recién cortadas, apiladas unas sobre otras. Meggie se estaba preguntando cuál sería su finalidad, cuando resonaron pasos en la iglesia. Basta caminaba por el pasillo central con una lata de gasolina en la mano. Cockerell y Nariz Chata le cedieron el paso, enfurruñados, cuando pasó ante ellos.

–Vaya, vaya, de modo que Dedo Sucio está otra vez jugando con su mejor amigo, ¿eh? –preguntó mientras subía los bajos peldaños.

Dedo Polvoriento bajó la cerilla y se incorporó.

–Aquí tienes –dijo Basta poniendo la lata de gasolina a sus pies–. Otra cosa más para jugar. Haznos fuego. Eso es lo que más te gusta.

Dedo Polvoriento arrojó la cerilla consumida que sostenía entre los dedos y encendió otra.

–¿Y tú? –preguntó en voz baja mientras colocaba la maderita ardiendo delante del rostro de Basta–. A ti todavía sigue dándote miedo, ¿verdad?

De un manotazo, Basta le arrebató la cerilla.

–¡Oh, no deberías hacer eso! –exclamó Dedo Polvoriento–. Trae mala suerte. Ya sabes lo deprisa que se ofende el fuego.

Por un momento, Meggie creyó que Basta iba a pegarle, y es evidente que no fue la única que lo pensó. Los ojos de todos estaban fijos en ambos. Pero algo pareció proteger a Dedo Polvoriento. A lo mejor fue realmente el fuego.

–¡Tienes suerte de que haya acabado de limpiar mi navaja ahora mismo! –silabeó Basta–. Pero otro jueguecito de ésos y te rajaré un par de bonitos dibujos en tu fea cara. Y con tu marta me haré una estola de piel.

Gwin dejó oír un ronroneo débil, pero amenazador, y se pegó al cuello de Dedo Polvoriento. Éste se agachó, recogió las cerillas quemadas y volvió a guardarlas en la caja.

–Sí, eso seguro que te divertiría –contestó sin mirar a su interlocutor–. ¿Para qué he de encender fuego?

–¿Para qué? Tú obedece y calla. Después nos ocuparemos del alimento. Pero procura que sea grande y voraz, no tan manso como los fuegos con los que te gusta jugar.

Dedo Polvoriento cogió la lata y descendió despacio los escalones. Estaba justo delante de los bidones herrumbrosos, cuando el portón de la iglesia se abrió por segunda vez.

Al oír el crujido de las pesadas puertas de madera, Meggie giró la cabeza y vio a Capricornio aparecer entre las columnas rojas. Al pasar por delante, lanzó una breve ojeada a su efigie, a continuación recorrió a buen paso el pasillo. Llevaba un traje rojo, del mismo color que las paredes de la iglesia, sólo la camisa de debajo y la pluma de su solapa eran negras. Lo seguía al menos media docena de sus hombres, como las cornejas a un papagayo. Sus pasos parecían resonar hasta el techo.

Meggie agarró la mano de su padre.

–Ah, ya están aquí también nuestros invitados –dijo Capricornio cuando se detuvo ante ellos–. ¿Has dormido bien, Lengua de Brujo? –tenía unos labios extrañamente blandos y abultados, parecidos a los de una mujer. Al hablar se los acariciaba de vez en cuando con el meñique, como si quisiera retocarlos. Eran tan pálidos como el resto de su rostro–. ¿No fui muy amable al mandar que te llevaran a tu pequeña anoche? Al principio pensé esperar hasta hoy para darte una sorpresa, pero luego me dije: Capricornio, en realidad estás en deuda con la niña, pues te ha traído voluntariamente aquello que llevas buscando tanto tiempo.

Sostenía *Corazón de Tinta* en la mano. Meggie vio que su padre clavaba los ojos en el libro. Capricornio era alto, pero Mo le sacaba unos centímetros. Era evidente que ese hecho desagradaba a Capricornio, pues se mantenía tieso como una vela, como si quisiese compensar la diferencia de ese modo.

–Deja que Elinor regrese a casa con mi hija –rogó Mo–. Déjalas irse y te leeré en voz alta todo el tiempo que quieras, pero primero deja que se marchen.

¿Pero qué estaba diciendo? Meggie miró estupefacta a su padre.

–¡No! –exclamó–. ¡No, yo no quiero irme, Mo! –pero nadie le prestó atención.

–¿Dejar que se marchen? –Capricornio se volvió hacia sus hombres–. ¿Habéis oído eso? ¿Y por qué iba a cometer yo semejante estupidez, ahora que están aquí? –sus secuaces rieron, pero Capricornio volvió a dirigirse a Mo–. Sabes tan bien como yo que de ahora en adelante harás todo lo que te exija –anunció–. Ahora que ella está aquí, seguro que ya no te mostrarás tan obstinado y nos regalarás una demostración de tu arte.

Mo apretó con tanta fuerza la mano de su hija que le hizo daño en los dedos.

–Y por lo que respecta a este libro –Capricornio contempló *Corazón de Tinta* con gesto de reprobación como si acabara de morder sus dedos pálidos–, este libro tan desagradable, ridículo e indiscreto, puedo asegurarte que no tengo la menor intención de volver a dejarme encadenar a ese relato. Todos esos seres superfluos, esas hadas revoloteando con sus voces atipladas, ese rebullir, esa peste a piel y a estiércol... En la plaza del mercado tropezabas con los duendes de piernas torcidas, y cuando salías de cacería, los gigantes con sus pies torpes te ahuyentaban las presas. Los árboles susurraban, los estanques murmuraban... ¿acaso había algo que no hablase? Y encima aquellos interminables caminos fangosos hasta la ciudad vecina, si es que podía llamarse ciudad a aquello... la ilustrísima y bien vestida chusma principesca en sus castillos, los campesinos apestosos, tan pobres que no había nada que quitarles, los vagabundos y mendigos, a los que se les caían los piojos del pelo... ¡Qué harto estaba de todos ellos!

Capricornio hizo una señal y uno de sus hombres trajo una enorme caja de cartón. Por la forma de transportarla se notaba que debía de pesar mucho. Con un suspiro de alivio, la depositó sobre las baldosas grises delante de Capricornio. Éste entregó a Cockerell, que estaba a su lado, el libro que Mo le había ocultado durante tanto tiempo, y abrió la caja. Estaba abarrotada de libros.

–La verdad es que me ha costado un gran esfuerzo encontrarlos todos –explicó Capricornio mientras introducía la mano en la caja y sacaba dos ejemplares–. Parecen diferentes pero el contenido es el mismo. Que la historia fuera redactada en diferentes idiomas dificultó la búsqueda... una peculiaridad sumamente inútil de este mundo: tantas lenguas distintas. Era más sencillo en nuestro mundo, ¿no es cierto, Dedo Polvoriento?

El interpelado no contestó. Permanecía con la lata de gasolina en la mano mirando la caja fijamente. Capricornio se aproximó lentamente a él y arrojó los dos libros a uno de los bidones.

–¿Qué hacéis? –Dedo Polvoriento alargó la mano hacia los libros, pero Basta lo apartó de un empujón.

–Ésos se quedan donde están –dijo.

Dedo Polvoriento retrocedió y ocultó la lata a su espalda, pero Basta se la arrancó de las manos.

–Parece como si hoy nuestro escupefuego quisiera ceder a otros la tarea de encender la hoguera –se burló.

Dedo Polvoriento le lanzó una mirada que destilaba odio. Atónito, contempló cómo los hombres de Capricornio arrojaban cada vez más libros a los bidones. Más de dos docenas de ejemplares de *Corazón de Tinta* cayeron sobre la leña apilada, con las páginas dobladas, las pastas descuajeringadas como alas rotas.

–¿Sabes lo que en nuestro viejo mundo me enloquecía siempre, Dedo Polvoriento? –preguntó Capricornio mientras arrebataba la lata de gasolina de las manos de Basta–. El trabajo que costaba encender fuego. A ti no, claro, tú hasta podías hablar con él, seguro que te enseñó a hacerlo alguno de esos duendes gruñidores, pero para la gente como nosotros era una labor ardua: la madera siempre estaba húmeda o el viento revocaba el humo en la chimenea. Ya sé que te devora la nostalgia de los buenos viejos tiempos y que añoras a todos esos amigos tuyos alados de voz atiplada, pero yo no derramaré una sola lágrima por todo eso. Este mundo está infinitamente mejor organizado que aquel con el que tuvimos que contentarnos años y años.

Dedo Polvoriento no parecía escuchar las palabras de Capricornio. Clavaba sus ojos en la gasolina maloliente que derramaban sobre los libros. Las páginas la absorbían con avidez, como si diesen la bienvenida a su propio fin.

–¿De dónde han salido todos esos ejemplares? –balbució–. Siempre me dijiste que sólo quedaba uno, el de Lengua de Brujo.

–Sí, sí, algo te conté al respecto –Capricornio introdujo una mano en el bolsillo de su pantalón–. Eres un muchacho tan crédulo, Dedo Polvoriento. Contarte mentiras me divierte. Tu ingenuidad siempre me ha dejado estupefacto, pues al fin y al cabo tú mientes con sorprendente habilidad. Y es que simplemente te complace creer lo que te viene en gana, eso es. Bueno, pues ahora puedes creerme: estos de aquí –dijo golpeando suavemente con el dedo el montón de libros empapados en gasolina– son los últimos ejemplares de nuestra patria, negra como la tinta. Basta y todos los demás han precisado años para descubrirlos en sórdidas bibliotecas de préstamo y librerías de viejo.

Dedo Polvoriento clavaba sus ojos en los libros como un muerto de sed en el último vaso de agua.

–¡No puedes quemarlos! –balbució–. Me prometiste que me llevarías de vuelta si conseguía el libro de Lengua de Brujo. Por eso te revelé su paradero, por eso te traje a su hija...

Capricornio se limitó a encogerse de hombros y arrebató a Cockerell el libro de pastas de color verde pálido que Meggie y Elinor le habían traído tan solícitas, el libro por el cual había mandado traer a Mo hasta esos parajes y por el que Dedo Polvoriento los había traicionado.

–Te habría prometido la luna si me hubiera sido útil –dijo Capricornio mientras arrojaba *Corazón de Tinta* sobre el montón de sus congéneres con expresión aburrida–. Me encanta hacer promesas, sobre todo las que no puedo cumplir.

Acto seguido sacó un mechero del bolsillo del pantalón. Dedo Polvoriento intentó abalanzarse sobre él, quitárselo de golpe, pero Capricornio hizo una seña a Nariz Chata.

Nariz Chata era tan alto y tan corpulento que, a su lado, Dedo Polvoriento casi parecía un niño, y justo así lo agarró, como a un niño travieso. Gwin saltó del hombro de Dedo Polvoriento con la piel erizada, uno de los hombres de Capricornio intentó darle una patada cuando pasó rauda entre sus piernas, pero la marta escapó desapareciendo detrás de una de las columnas rojas. Los hombres se quedaron allí, riéndose de los desesperados intentos de Dedo Polvoriento por liberarse de la mano de Nariz Chata que lo atenazaba. A Nariz Chata le divertía mucho permitir que se acercara a los libros empapados en gasolina lo justo para acariciar los de arriba con los dedos.

Tamaña maldad sacaba de quicio a Meggie y Mo dio un paso adelante, como si pretendiera acudir en ayuda de Dedo Polvoriento, pero Basta se interpuso en su camino, empuñando la navaja. Su hoja era fina y reluciente y parecía muy afilada cuando se la puso a Mo en el cuello.

Elinor soltó un grito y cubrió a Basta con un torrente de insultos que Meggie no había oído jamás. La niña era incapaz de moverse. Se limitaba a permanecer quieta, mirando fijamente la hoja junto al cuello desnudo de su padre.

–¡Dame uno, Capricornio, sólo uno! –balbuceó su padre, y entonces Meggie comprendió que él no había querido ayudar a Dedo Polvoriento, sino que lo que le interesaba era el libro–. Te prometo que mis labios no pronunciarán una sola frase en la que aparezca tu nombre.

–¿A ti? ¿Estás loco? Tú eres el último a quien se lo daría –respondió Capricornio–. A lo mejor un buen día no puedes refrenar tu lengua y vuelvo a aterrizar en ese ridículo relato. No, gracias.

–¡Qué disparate! –exclamó Mo–. Yo no podría devolverte a tu mundo con la lectura aunque quisiera, ¿cuántas veces más he de repetírtelo? Pregunta a Dedo Polvoriento, se lo he explicado mil veces. ¡Ni yo mismo entiendo cómo y cuándo sucede, créeme!

Capricornio se limitó a sonreír.

–Lo siento, Lengua de Brujo, por principio no creo a nadie, deberías saberlo. Todos nosotros mentimos cuando nos beneficia.

Y tras estas palabras hizo brotar la llama del mechero y lo acercó a uno de los libros. Las páginas se habían vuelto casi transparentes debido a la gasolina, parecían pergamino, y se incendiaron en el acto. Incluso las tapas, fuertes y forradas de tela, ardieron enseguida. La tela se tiñó de negro bajo el beso de las llamas.

Cuando se incendió el tercer libro, Dedo Polvoriento le pegó una patada tan fuerte en la rótula a Nariz Chata que éste lo soltó con un alarido de dolor. Raudo como su marta, Dedo Polvoriento se escabulló de sus brazos poderosos y se acercó a los bidones dando traspiés. Hundió la mano entre las llamas sin vacilar, pero el libro que extrajo ardía como una tea. Dedo Polvoriento lo dejó caer al suelo y volvió a introducir la mano en el fuego, esta vez la otra, pero Nariz Chata había vuelto a agarrarlo por el cuello y lo sacudió con tal brutalidad que casi le cortó la respiración.

–¡Fijaos en este loco! –se burló Basta mientras Dedo Polvoriento se miraba fijamente las manos con la cara desfigurada por el dolor–. ¿Puede explicarme alguien aquí de qué siente tanta nostalgia? ¿Quizá de esas mujerzuelas feas y musgosas que te adoraban cuando jugueteabas con tus pelotas en la plaza del mercado? ¿O de los agujeros mugrientos en los que te alojabas con los demás vagabundos? Demonios, eran unos lugares más hediondos que la mochila donde lleva a esa marta apestosa.

Los hombres de Capricornio rieron mientras los libros se convertían poco a poco en ceniza. En la iglesia vacía el olor a gasolina era tan intenso que Meggie tosió. Mo le pasó el brazo alrededor de los hombros con gesto protector, como si Basta no lo hubiese amenazado a él, sino a ella. Pero ¿quién lo protegería a él?

Elinor observaba su cuello, preocupada, temerosa de que el cuchillo de Basta hubiera dejado alguna huella sangrienta en él.

–¡Estos individuos están locos de remate! –cuchicheó–. Seguro que conoces el dicho: donde se queman libros, pronto arderán también las personas. ¿Y si los siguientes en ir a parar a uno de esos montones de leña somos nosotros?

Basta la miró como si hubiera escuchado sus palabras. Tras lanzarle una mirada burlona, besó la hoja de su navaja. Elinor enmudeció como si se hubiera tragado la lengua.

Capricornio se sacó del bolsillo del pantalón un pañuelo blanco como la nieve y se limpió con él las manos con exquisito cuidado, como si quisiera eliminar de sus dedos incluso el recuerdo de *Corazón de Tinta.*

–Bien, esto ha quedado definitivamente zanjado –sentenció con una postrera mirada a la ceniza humeante.

Luego subió hasta el sillón que había sustituido al altar con aire satisfecho y con un profundo suspiro se acomodó en la tapicería de color rojo pálido.

–Dedo Polvoriento, que Mortola te cure las manos en la cocina –ordenó con voz de tedio–. Sin tus manos la verdad es que no sirves para nada.

Dedo Polvoriento dirigió una prolongada mirada a Mo antes de obedecer la orden. Pasó ante los hombres de Capricornio con paso inseguro y la cabeza gacha. El camino hasta la enorme puerta parecía no tener fin. Cuando Dedo

Polvoriento la abrió, la deslumbradora luz del sol penetró en el interior de la iglesia durante unos breves instantes. Después, las puertas se cerraron a sus espaldas, y Meggie, Mo y Elinor se quedaron solos con Capricornio y sus hombres... y el olor a gasolina y a papel quemado.

–¡Y ahora, ocupémonos de ti, Lengua de Brujo! –dijo Capricornio estirando las piernas.

Llevaba zapatos negros. Contempló el cuero brillante rebosante de satisfacción y se quitó de la punta del zapato un jirón de papel carbonizado.

–Hasta ahora, Basta, yo y el lastimoso Dedo Polvoriento somos la única prueba de que puedes extraer de las pequeñas letras negras cosas muy asombrosas. Ni siquiera tú mismo pareces confiar en tu don, si damos crédito a tus palabras... Pero, como ya he dicho, no es mi caso. Al contrario, creo que eres un maestro en tu especialidad, y ardo de impaciencia por comprobar al fin tu pericia. ¡Cockerell! –su voz sonó irritada–. ¿Dónde está el lector? ¿No te dije que lo trajeras aquí?

Cockerell se acarició, nervioso, la barba de chivo.

–Aún estaba ocupado escogiendo los libros –balbució–, pero lo traeré en seguida –y con una reverencia apresurada se alejó renqueando.

Capricornio comenzó a tamborilear con los dedos en el brazo de su sillón.

–Seguramente te habrán contado que me vi obligado a recurrir a los servicios de otro lector mientras te mantenías oculto de mí con tanto éxito –comentó a Mo–. Lo encontré hace cinco años, pero es un chapucero terrible. Basta con mirar el rostro de Nariz Chata –el aludido agachó la cabeza, abochornado, cuando todas las miradas confluyeron en él–. La cojera de Cockerell también hay que agradecérsela a él. Y tendrías que haber visto a las chicas que sacó para mí leyendo sus libros. Contemplarlas era una pesadilla. Al final sólo le permitía leer en voz alta cuando tenía ganas de divertirme con sus engendros, y busqué a mis hombres en este mundo. Sencillamente me los traje cuando aún eran jóvenes. En casi todos los pueblos hay algún chico solitario al que le gusta jugar con fuego –dijo contemplando sonriente las uñas de sus dedos igual que un gato que se examinara las garras con gesto de satisfacción–. Encargué al lector que escogiese los libros adecuados para ti. El pobre diablo es un verdadero experto en libros, vive de ellos como uno de esos gusanos pálidos que se alimentan de papel.

–¿Ah, sí, y qué debo traerte con la lectura de sus libros? –la voz de Mo destilaba amargura–. ¿Unos cuantos monstruos, unos cuantos espantajos humanos que hagan juego con esos de ahí? –señaló con la cabeza hacia Basta.

–¡Por los clavos de Cristo, no le des ideas! –susurró Elinor dirigiendo a Capricornio una mirada de preocupación.

Pero éste se limitó a limpiar unas motas de ceniza del pantalón con una sonrisa.

–No, gracias, Lengua de Brujo –contestó–. Tengo hombres de sobra, y por lo que respecta a los monstruos, quizá abordemos el asunto más tarde. De momento nos las arreglamos muy bien con los perros que Basta ha adiestrado y con las serpientes de esta región. Como obsequios mortíferos, son ideales. No, Lengua de Brujo, hoy exijo oro como prueba de tus poderes. No te puedes imaginar lo codicioso que soy. La verdad es que mis hombres hacen todo lo posible por exprimir cuanto ofrece esta comarca –al oír estas palabras, Basta acarició su navaja con ternura–. Pero no alcanza en modo alguno para comprar todas las cosas maravillosas de este mundo infinito.

Vuestro mundo tiene muchísimas páginas, Lengua de Brujo, casi una infinidad, y yo desearía escribir mi nombre en todas y cada una de ellas.

–¿Y con qué letras pretendes escribirlo? –preguntó Mo–. ¿Las cortará Basta en el papel con su navaja?

–Oh, Basta no sabe escribir –respondió Capricornio con tono de indiferencia–. Ninguno de mis hombres sabe escribir ni leer. Se lo he prohibido. Solamente hice que me lo enseñaran a mí, una de mis criadas. Sí, creo que me encuentro en una situación óptima para estampar mi sello en este mundo, y si algún día hay algo que escribir, el lector se encargará de ello.

Las puertas de la iglesia se abrieron de golpe, como si Cockerell aguardase esa señal. El hombre que traía con él hundía la cabeza entre los hombros y seguía a Cockerell sin mirar a su derecha ni a su izquierda. Era bajo y delgado y de una edad similar a la de Mo, pero encorvaba la espalda como un viejo y bamboleaba los miembros al andar como si no supiera qué hacer con ellos. Llevaba gafas que continuamente se subía con un gesto nervioso mientras caminaba; por encima de su nariz la montura estaba forrada de cinta adhesiva, como si se le hubiera roto en numerosas ocasiones. Con el brazo izquierdo estrechaba un montón de libros contra su pecho, tan fuerte como si le dispensaran protección contra las miradas que confluían sobre él desde todos los ángulos, y contra el inquietante lugar hasta el que lo habían conducido.

Cuando ambos llegaron por fin al pie de la escalera, Cockerell propinó a su acompañante un codazo en el costado y éste se inclinó con tal premura que dos de los libros se le cayeron al suelo. Tras recogerlos a toda prisa, volvió a inclinarse ante Capricornio por segunda vez.

–¡Te esperábamos, Darius! –exclamó Capricornio–. Espero que hayas encontrado lo que te encargué.

–Oh, sí, sí –tartamudeó Darius mientras lanzaba a Mo una mirada casi devota–. ¿Es él?

–Sí. Muéstrale los libros que has elegido.

Darius asintió y se inclinó, esta vez ante Mo.

–Todas éstas son historias donde aparecen grandes tesoros –balbució–. Encontrarlas no ha sido tan fácil como pensaba, pues finalmente –en su voz resonaba un levísimo reproche– no hemos hallado demasiados libros en este pueblo. Y por más que insisto no me traen ninguno nuevo, y cuando lo hacen, no sirve para nada. Pero de todos modos... aquí están. Creo que la selección te satisfará a pesar de todo –y arrodillándose en el suelo ante Mo, comenzó a extender sus libros sobre las losas de piedra, uno al lado del otro, hasta que todos los títulos quedaron a la vista.

Meggie sintió una punzada al leer el primero: *La isla del tesoro.* Miró intranquila a su padre. «¡Ése, no!», pensó. «Ése no, Mo». Pero su padre ya había elegido otro: *Las mil y una noches.*

–Creo que éste es el adecuado –opinó–. Seguro que hay bastante oro en su interior. Pero te lo repito: no sé qué sucederá. Nunca ocurre cuando yo quiero. Sé que todos me consideráis un mago, pero no lo soy. La magia procede de los libros, y yo conozco tan poco de su funcionamiento como tú o cualquiera de tus hombres.

Capricornio se reclinó en su butaca y examinó a Mo con rostro inexpresivo.

–¿No te cansas de contarme siempre lo mismo, Lengua de Brujo? –inquirió, aburrido–. Puedes repetirlo cuanto se te antoje, que no lo creeré. En el mundo cuyas puertas hemos cerrado hoy para siempre, tuve que vérmelas a veces con magos y con brujas, y enfrentarme con harta frecuencia a su terquedad. Basta te ha descrito con mucho énfasis cómo solemos quebrar nosotros la terquedad. Mas en tu caso, esos métodos dolorosos seguro que no serán necesarios ahora que tu hija es nuestra invitada –y tras estas palabras, Capricornio echó un breve vistazo a Basta.

Mo quiso sujetar a Meggie, pero Basta se le adelantó. De un tirón la atrajo a su lado y, colocándose detrás de ella, rodeó su cuello con el brazo.

–A partir de hoy, Lengua de Brujo –prosiguió Capricornio con indiferencia, como si hablara del tiempo–, Basta se convertirá en la sombra personal de tu hija. Eso la protegerá a ciencia cierta de serpientes y perros fieros, pero, como es natural, no del mismo Basta, que sólo se mostrará amable con ella mientras yo diga. Y esto dependerá a su vez de lo satisfecho que me dejen tus servicios. ¿Me he expresado con claridad?

Mo miró primero a Capricornio y después a su hija. Ésta se esforzaba con toda su alma por aparentar serenidad y convencer a su padre de que no había motivos de preocupación, al fin y al cabo ella siempre había sabido mentir mucho mejor que él. Pero en esta ocasión él no se lo creyó. Sabía que el miedo de su hija era tan grande como el que ella percibía en los ojos de él.

«¡A lo mejor esto también es un simple cuento!», pensaba Meggie desesperada, «y dentro de nada alguien cerrará el libro de golpe por lo terrible y abominable que es, y Mo y yo nos encontraremos de nuevo en casa y le prepararé un café...». Cerró los ojos con fuerza como si de ese modo pudiera hacer realidad sus pensamientos, pero cuando los entreabrió, parpadeando, Basta seguía detrás de ella y Nariz Chata se frotaba su nariz aplastada mientras contemplaba a Capricornio con su mirada perruna.

–De acuerdo –dijo Mo fatigado en medio del silencio–. Te leeré en voz alta. Pero Meggie y Elinor saldrán de aquí.

Meggie sabía perfectamente en qué pensaba: en su madre y en quién desaparecería en esta ocasión.

–Bobadas. Se quedarán aquí, por supuesto –la voz de Capricornio ya no sonaba tan indiferente–. Y tú empieza de una vez, antes de que ese libro se convierta en polvo entre tus dedos.

Mo cerró los ojos unos instantes.

–De acuerdo, pero Basta mantendrá la navaja en su funda –dijo con voz ronca–. Porque como se le ocurra tocar uno solo de los cabellos de Meggie o de Elinor, te juro que os leeré la peste a ti y a tus hombres.

Cockerell miró a Mo asustado y hasta el rostro de Basta se ensombreció. Capricornio, sin embargo, se limitó a echarse a reír.

–Te recuerdo que estás hablando de una enfermedad contagiosa, Lengua de Brujo –le advirtió–. Y que no se detiene en modo alguno ante las niñas pequeñas. Así que, déjate de amenazas hueras y empieza a leer. Ahora mismo. En el acto. En primer lugar me gustaría escuchar algo de ese libro.

Señaló el que Mo había apartado a un lado.

La isla del tesoro.

18

LENGUA DE BRUJO

El caballero Trelawney, el doctor Livesey y los demás gentileshombres me han pedido que relate los pormenores de lo que aconteció en la isla del tesoro, del principio al final y sin omitir nada excepto la posición de la isla [...]; cojo, pues, la pluma en el año de gracia de 17... y me remonto a la época en que mi padre regentaba la posada del almirante Benbow, y el viejo lobo de mar con la cara tostada y marcada con un chirlo de sable vino a hospedarse bajo nuestro techo.

Robert L. Stevenson, *La isla del tesoro*

Así fue como Meggie, por primera vez después de nueve años, oyó leer a su padre en voz alta dentro de una iglesia, y todavía muchos años después, en cuanto abría alguno de los libros que él leyó aquella mañana, el olor a papel quemado hería su nariz.

Meggie también recordaría más tarde que en la iglesia de Capricornio hacía frío, a pesar de que en el exterior seguro que el sol ya estaba alto y calentaba cuando Mo inició la lectura. Se sentó sencillamente en el suelo, con las piernas cruzadas, un libro en el regazo y los demás a su lado. Meggie se arrodilló junto a él antes de que Basta pudiera sujetarla.

–¡Vamos, todos a la escalera! –ordenó Capricornio a sus hombres–. Nariz Chata, coge a la mujer. Sólo Basta se quedará donde está.

Elinor se resistió, pero Nariz Chata se limitó a agarrarla por el pelo y la arrastró con él. Los hombres de Capricornio se sentaron en los peldaños, uno al lado del otro, a los pies de su señor. Elinor, entre ellos, parecía una paloma con las plumas erizadas en medio de una bandada de cornejas rapaces.

El único que parecía perdido era el lector delgado, que había tomado asiento al final de la negra fila y seguía tocándose las gafas sin parar.

Mo abrió el libro que tenía en su regazo y, frunciendo el ceño, empezó a pasar las hojas, como si buscase entre esas páginas el oro que tenía que extraer para Capricornio leyendo en voz alta.

–¡Cockerell, rebánale la lengua a cualquiera que ose hacer ruido, por leve que sea, mientras lee Lengua de Brujo! –ordenó Capricornio, y Cockerell extrajo el cuchillo del cinto y recorrió la fila con la mirada, como si estuviese escogiendo a su primera víctima. En la iglesia pintada de rojo se hizo un silencio sepulcral, y Meggie creyó oír la respiración de Basta a sus espaldas. Pero a lo mejor se debía al miedo.

A juzgar por su expresión, los hombres de Capricornio no parecían sentirse a gusto dentro de su pellejo y observaban a Mo con una mezcla de hostilidad y miedo. Meggie lo entendía de sobra. A lo mejor uno de ellos desaparecía muy pronto dentro del libro que con tanta indecisión hojeaba su padre. ¿Les habría contado Capricornio lo que podía suceder? ¿Lo sabría él mismo? ¿Qué ocurriría si los temores de su padre se confirmaban y desaparecía ella misma? ¿O Elinor?

–Meggie, agárrate a mí como puedas, ¿vale? –le dijo su padre en voz baja como si hubiera adivinado sus pensamientos.

Ella asintió y se aferró con una mano a su jersey. ¡Como si eso sirviera de algo!

–Creo que he encontrado el pasaje adecuado –dijo Mo en medio del silencio.

Lanzó una última mirada a Capricornio, se giró de nuevo hacia Elinor, carraspeó... e inició la lectura.

Todo desapareció. Las paredes rojas de la iglesia, los rostros de los hombres de Capricornio y hasta el mismo Capricornio en su sillón. Ya sólo quedaba la voz de Mo y las imágenes que se iban formando a partir de las letras como un tapiz en el telar. Si Meggie hubiera podido odiar más aun a Capricornio, lo habría hecho ahora. Al fin y al cabo, era el culpable de que su padre no le hubiera leído en voz alta ni una sola vez a lo largo de todos esos años. ¡Qué no hubiera sido capaz de traer por arte de magia a su habitación con su voz, que confería un sabor diferente a cada palabra y una melodía distinta a cada frase! Hasta Cockerell se olvidó de su cuchillo y de las lenguas que debía cortar, y escuchaba atento con la mirada perdida. Nariz Chata miraba arrobado al infinito, como si un barco pirata con las velas desplegadas cruzase por una de las ventanas de la iglesia. Todos callaban.

No se oía el menor ruido excepto la voz de Mo, que despertaba a la vida letras y palabras.

Sólo uno de los presentes parecía inmune al embrujo. Con rostro inexpresivo y sus pálidos ojos fijos en Mo, Capricornio permanecía sentado, esperando el melodioso tintineo de las monedas, en cajas de madera húmeda pesadas por el oro y la plata.

No necesitó esperar mucho tiempo. Ocurrió mientras Mo leía lo que Jim Hawkins, un muchacho apenas mayor que Meggie, vio dentro de una cueva oscura cuando vivió sus terribles aventuras:

Monedas de oro inglesas, francesas, españolas, portuguesas, jorges, luises, doblones y dobles guineas, moedas y cequíes, con las efigies de todos los reyes de Europa de los últimos cien años, extraños ejemplares orientales con marcas que parecían briznas de cuerda o trocitos de telaraña, monedas redondas y cuadradas, y perforadas en el centro como para llevarlas colgadas del cuello..., creo que casi todas las variedades de moneda que existen en el mundo se encontraban representadas en aquella colección; y en cuanto a su número, estoy seguro de que eran tantas como las hojas del otoño, de modo que me dolía la espalda de estar agachado, y los dedos, de contarlas.

Las criadas limpiaban las últimas migajas de las mesas cuando, de repente, las monedas comenzaron a rodar sobre la madera lustrosa. Las mujeres trastabillaron hacia atrás, dejaron caer los trapos y se apretaron las manos delante de la boca mientras las monedas caían a sus pies, monedas doradas, plateadas, cobrizas, que resonaban en el suelo de piedra y se amontonaban tintineando debajo de los bancos, cada vez en mayor número. Algunas rodaron hasta delante de los escalones. Los hombres de Capricornio se levantaron de un salto, se agacharon hacia los objetos relucientes que chocaban contra sus botas... y retiraron las manos. Ninguno de ellos se atrevió a tocar el dinero embrujado. Pues ¿qué era si no? Oro hecho con papel, Tinta de imprenta... y el sonido de una voz humana.

La lluvia de oro cesó en el mismo momento en que Mo cerró el libro. Meggie vio entonces que tanto brillo resplandeciente aparecía mezclado aquí y allá con un poco de arena. Un par de escarabajos de un fulgor azulado se alejaban de allí a toda prisa, y por entre una montaña de monedas diminutas asomó su cabeza un lagarto verde esmeralda, que acechó a su alrededor con ojos fijos. La lengua bailaba delante de su hocico anguloso. Basta le lanzó su cuchillo, intentando quizá ensartar junto con el lagarto el pánico que los había embargado a todos, pero Meggie profirió un grito de aviso y el lagarto se escabulló tan deprisa que la hoja golpeó contra las piedras su afilada nariz. Basta, de un salto, recogió su navaja y apuntó amenazador a la niña.

Capricornio, sin embargo, se levantó de su sillón, el rostro tan inexpresivo como si nada digno de mención hubiera sucedido, y aplaudió altanero con las manos cuajadas de anillos.

–¡No está mal para empezar, Lengua de Brujo! –exclamó–. ¡Fíjate bien, Darius! Esto es oro, y no las baratijas herrumbrosas y deformes que me trajiste con tu lectura. Acabas de oír cómo se hace, y confío en que hayas aprendido algo por si vuelvo a necesitar tus servicios.

Darius no contestó. Miraba con tanta admiración a Mo, que a Meggie no le habría sorprendido verlo arrojarse a los pies de su padre. Cuando se incorporó, se dirigió vacilante hacia Mo.

Los hombres de Capricornio seguían inmóviles con la vista clavada en el oro, como si no supieran qué hacer con él.

–¿Qué hacéis ahí parados mirando embobados como las vacas en el prado? ¡Recogedlo!

–Ha sido maravilloso –le cuchicheó Darius a Mo, mientras los secuaces de Capricornio empezaban de mala gana a llenar de monedas sacos y cajas. Tras las gafas, sus ojos brillaban como los de un niño al que alguien ha hecho un regalo largo tiempo ansiado–. He leído ese libro muchas veces –dijo con voz insegura–, pero nunca lo he visto con tanta claridad como hoy. Y no sólo lo he visto... he olido la sal, y la brea, y ese olor a podrido suspendido sobre la endiablada isla...

–¡*La isla del tesoro!* Cielos, casi me lo hago en los pantalones de miedo –Elinor apareció detrás de Darius y lo empujó bruscamente hacia un lado. Por lo visto, Nariz Chata la había olvidado por el momento–. «Enseguida aparecerá», me decía, «enseguida aparecerá el viejo Silver y nos molerá a palos con su muleta».

Mo se limitó a asentir, pero Meggie vio el alivio reflejado en su rostro.

–Aquí lo tiene –dijo a Darius entregándole el libro–. Confío en no tener que volver a leer una sola línea más. No conviene desafiar mucho a la suerte.

–Pronunciaste su nombre mal todas las veces –le dijo Meggie en susurros.

Su padre le acarició la nariz con ternura.

–¡Vaya, de modo que te has dado cuenta! –musitó–. Sí, pensé que quizá sirviera de ayuda. A lo mejor ese pirata viejo y cruel no se sentía aludido de ese modo y se quedaba en el lugar al que pertenece. ¿Por qué me miras así?

–Bueno, ¿y qué te figuras? –inquirió Elinor–. ¿Que por qué mira a su padre con tanta admiración? Porque nadie ha leído nunca así, aunque no hubiera sucedido lo de las monedas. Lo he visto todo ante mis ojos: el mar, la isla, todo, como si pudiera tocarlo, y a tu hija le habrá sucedido lo mismo.

Mo no pudo evitar una sonrisa. Apartó con el pie unas monedas que yacían en el suelo. Uno de los hombres de

Capricornio las recogió y se las guardó furtivamente en el bolsillo. Al mismo tiempo dirigió a Mo una mirada de inquietud como si temiera que chasqueando la lengua lo transformase en una rana o en uno de los escarabajos que se arrastraban por entre las monedas.

–¡Te temen, Mo! –musitó Meggie.

El miedo se percibía incluso en la faz de Basta, aunque se esforzaba con todas sus fuerzas por ocultarlo, fingiendo cara de aburrimiento.

Capricornio era el único que aparentaba completa indiferencia por lo que acababa de suceder. Observaba a sus hombres con los brazos cruzados mientras recogían las últimas monedas.

–¿Cuánto tiempo durará esto todavía? –gritó al fin–. Dejad la calderilla y sentaos. Y tú, Lengua de Brujo, coge el libro siguiente.

–¿El siguiente? –a Elinor casi se le quebró la voz por la furia–. ¿Qué significa esto? El oro que sus hombres recogen a paletadas bastaría al menos para dos vidas. ¡Ahora nos vamos a casa!

Quiso dar media vuelta, pero Nariz Chata se acordó de ella y la agarró por el brazo con brusquedad.

Mo levantó la vista hacia Capricornio.

Basta, con una sonrisa maligna, puso la mano en el hombro de Meggie.

–¡Empieza de una vez, Lengua de Brujo! –le ordenó–. Ya lo has oído. Ahí hay un montón de libros.

Mo miró largamente a su hija antes de agacharse para coger el libro que ya había tenido antes entre las manos: *Las mil y una noches.*

–El libro interminable –murmuró mientras lo abría–. Meggie, ¿sabías que los árabes dicen que nadie es capaz de leerlo hasta el final?

Meggie negó con la cabeza mientras volvía a sentarse a su lado sobre las frías baldosas. Basta lo consintió, pero se sentó muy cerca, a sus espaldas. Meggie no sabía demasiado de *Las mil y una noches.* Tan sólo que el libro se componía en realidad de muchos volúmenes. El ejemplar que Darius había entregado a Mo sólo podía ser un pequeño compendio. ¿Incluiría los cuentos de los cuarenta ladrones y de Aladino y su lámpara? ¿Qué leería su padre?

En esta ocasión, Meggie creyó vislumbrar en los rostros de los hombres de Capricornio dos sentimientos encontrados: miedo a lo que Mo fuera a despertar a la vida, y al mismo tiempo el deseo casi devorador de que su voz volviera a transportarlos muy lejos de allí, a un lugar en el que pudieran olvidarse de todo, incluso de la propia existencia.

Cuando Mo comenzó a leer ya no olía a sal y a ron. La iglesia de Capricornio se tornó más cálida. A Meggie comenzaron a escocerle los ojos y cuando se los frotó se le adhirió arena a los nudillos. Los hombres de Capricornio escucharon nuevamente la voz de Mo, que los mantenía en vilo como si los hubiera transformado en estatuas de piedra. Y de nuevo fue Capricornio el único que pareció no percibir el embrujo. Sus ojos, sin embargo, demostraban que también él se sentía fascinado. Inmóviles como los ojos de una serpiente, estaban pendientes de la cara de Mo. El traje rojo hacía parecer aun más incoloras sus pupilas. Su cuerpo denotaba tensión, igual que el de un perro que ventea su presa.

Pero esa vez, Mo lo decepcionó. Las palabras no liberaron los cofres del tesoro, ni las perlas y los sables cuajados de piedras preciosas que su voz hacía fulgurar y relampaguear, hasta el punto de que los hombres de Capricornio creían poder atraparlos en el vacío. Algo diferente salió de las páginas, algo que respiraba, de carne y hueso.

Un chico apareció de repente entre los bidones todavía humeantes en los que Capricornio había mandado quemar los libros. Meggie fue la única que lo vio. Todos los demás estaban demasiado enfrascados en el relato. Ni siquiera Mo lo vio, tan lejos estaba, en algún lugar entre la arena y el viento, mientras sus ojos recorrían a tientas el bosque de letras.

El chico debía de tener tres o cuatro años más que Meggie. El turbante que rodeaba su cabeza estaba sucio, en su tez morena el miedo ensombrecía sus ojos. Se pasó la mano por ellos como si quisiera borrar esa imagen falsa, ese lugar falso. Escudriñó a su alrededor la iglesia vacía. Daba la impresión de que nunca había visto un edificio igual. Y además ¿cómo? En su historia seguro que no había iglesias de torres afiladas, ni colinas verdes como las que lo esperaban fuera. Vestía ropas hasta los pies que despedían un brillo azulado como si fueran un pedazo de cielo dentro de la iglesia en penumbra.

«¿Qué pasará si lo ven?», pensó Meggie. «Seguro que no es lo que Capricornio espera».

Pero en ese momento también lo descubrió él.

–¡Alto! –gritó con tal dureza, que Mo se interrumpió en plena frase y levantó la cabeza.

Los hombres de Capricornio retornaron a la realidad abruptamente y a disgusto. Cockerell fue el primero en reaccionar.

–Eh, ¿de dónde ha salido éste? –gruñó.

El chico se encogió, miró a su alrededor con la cara petrificada de miedo y echó a correr, haciendo quiebros como un conejo. Pero no llegó lejos. Tres hombres salieron en el acto tras él y lo cogieron a los pies de la estatua de Capricornio.

Mo dejó el libro a su lado sobre las losas y enterró la cara entre las manos.

–¡Eh, Fulvio ha desaparecido! –gritó uno de los secuaces de Capricornio–. Se ha desvanecido en el aire.

Todos clavaron la mirada en Mo. El miedo se reflejó de nuevo en sus caras, pero esta vez no se mezclaba con admiración, sino con rabia.

–¡Haz que se largue el chico, Lengua de Brujo! –ordenó irritado Capricornio–. Me sobra gente como él. Y devuélveme a Fulvio.

Mo apartó las manos de su rostro y se irguió.

–Te lo he dicho una y mil veces: ¡no puedo traer a nadie de vuelta! –exclamó–. Y esto no se convierte en una mentira por el mero hecho de que tú no lo creas. No puedo hacerlo. No está en mi mano decidir quién o qué viene o se va.

Meggie se cogió de su mano. Unos cuantos hombres de Capricornio se aproximaron, dos de ellos agarraban al chico estirando sus brazos como si quisieran partirlo en dos. Con los ojos dilatados por el pánico, él clavaba la mirada en aquellos desconocidos.

–¡Volved a vuestros puestos! –gritó Capricornio a sus enfurecidos secuaces: unos cuantos ya se habían acercado a Mo con gesto amenazador–. ¿A qué viene tanta agitación? ¿Habéis olvidado acaso las tonterías de Fulvio durante la última misión? La policía estuvo a punto de echarnos el guante. Así que le ha tocado justo al indicado. Y ¿quién sabe? A lo mejor ese chico lleva dentro un incendiario de talento. A pesar de todo ahora me gustaría ver perlas, oro, joyas. Al fin y al cabo esta historia no trata de otra cosa, de manera que ¡manos a la obra!

Entre los hombres se elevó un murmullo de inquietud. A pesar de todo, la mayoría regresó a la escalera y se sentó de nuevo en los desgastados peldaños. Sólo tres seguían plantados delante de Mo, mirándolo con hostilidad. Uno de ellos era Basta.

–¡Bien, de acuerdo, Fulvio sobra! –gritó sin quitar la vista de encima a Mo–. Pero ¿quién será el próximo al que el maldito brujo hará desvanecerse en el aire? ¡No quiero terminar en una historia del desierto tres veces maldita, correteando de un lado a otro con un turbante!

Los hombres que estaban con él asintieron dándole la razón y dirigían a Mo una mirada tan sombría que a Meggie le cortó la respiración.

–Basta, no lo repetiré dos veces –la voz de Capricornio sonaba tranquila, pero amenazadora–. ¡Dejad que prosiga con la lectura! Y si a alguno de vosotros le castañetean los dientes de miedo, será mejor que se largue fuera y ayude a las mujeres a lavar la ropa.

Algunos de los hombres miraron con nostalgia el pórtico de la iglesia, pero ninguno se atrevió a marcharse. Al final incluso los dos que habían apoyado a Basta se dieron la vuelta sin decir palabra y se sentaron junto a los demás.

–¡Por Fulvio que me las pagarás! –le susurró Basta a Mo antes de situarse nuevamente detrás de Meggie.

¿Por qué no había desaparecido él?

El chico seguía sin pronunciar palabra.

–Encerradlo, ya veremos luego si puede sernos útil –ordenó Capricornio.

El chico no se resistió ni siquiera cuando Nariz Chata lo arrastró consigo. Lo siguió dando trompicones como si estuviese anestesiado e intentase recobrar la lucidez. ¿Cuándo comprendería que ese sueño no tendría fin?

Cuando se cerró la puerta tras los dos, Capricornio regresó a su butaca.

–Continúa leyendo, Lengua de Brujo –ordenó–. El día es muy largo.

Mo echó una ojeada a los libros que tenía a sus pies y negó con la cabeza.

–¡No! –replicó–. Ha vuelto a suceder, tú lo has visto. Estoy cansado. Date por satisfecho con lo que te he traído de la isla del tesoro. Esas monedas valen una fortuna. Quiero irme a casa y no volver jamás a ver tu rostro –su voz sonó más ronca de lo habitual, como si hubiera leído demasiado.

Capricornio le dirigió una fugaz mirada de desdén. Después examinó los sacos y cajas que sus hombres habían llenado de monedas, como si calculase mentalmente durante cuánto tiempo le endulzarían la vida.

–Tienes razón –dijo al fin–. Continuaremos mañana. Si no, es posible que el próximo en aparecer sea un camello maloliente u otro chico medio muerto de hambre.

–¿Mañana? –Mo dio un paso hacia él–. ¿Qué significa eso? ¡Date por satisfecho! ¡Ya ha desaparecido uno de tus hombres! ¿Quieres ser tú el siguiente?

–Asumiré ese riesgo –repuso Capricornio sin inmutarse.

Cuando se levantó de su asiento y bajó despacio los peldaños del altar, sus hombres se irguieron de un salto. Allí estaban como escolares, a pesar de que algunos eran más altos que Capricornio, con las manos cruzadas a la espalda, temerosos de que a su jefe le diese por inspeccionar la limpieza de sus uñas. Meggie no pudo evitar recordar lo que había contado Basta: lo joven que era cuando se unió a Capricornio. Y se preguntó si aquellos hombres agachaban la cabeza por miedo o por admiración.

Capricornio se había detenido delante de unos sacos llenos hasta los topes.

–Créeme, aún albergo muchos proyectos para ti, Lengua de Brujo –le comunicó mientras metía la mano en el saco y deslizaba las monedas entre sus dedos–. Lo de hoy sólo ha sido el principio. Al fin y al cabo tenía que convencerme primero con mis propios ojos y oídos de tu don, ¿no es cierto? La verdad es que todo este oro me vendrá al pelo, pero mañana me conseguirás algo distinto con tu lectura.

Se acercó lentamente hacia las cajas que habían contenido los libros, ahora reducidos a ceniza y a unos cuantos jirones de papel quemado, e introdujo la mano en su interior.

–¡Sorpresa! –anunció sonriente mostrando un libro.

Era completamente distinto del que le habían traído Meggie y Elinor. Todavía tenía una sobrecubierta de papel, de colores, con un dibujo encima que de lejos Meggie no acertó a distinguir.

–¡Sí, aún me queda uno! –exclamó Capricornio mientras contemplaba, complacido, sus atónitos rostros–. Mi ejemplar de uso personal, cabría decir, y mañana, Lengua de Brujo, lo leerás en voz alta. Como ya dije, este mundo me encanta, pero dentro de ese libro queda un amigo de los viejos tiempos al que echo de menos. A tu sustituto jamás le he permitido ensayar su arte con él, me preocupaba demasiado que lo trajese sin cabeza o sin una pierna, pero ahora te tengo a ti... y tú eres una eminencia en tu especialidad.

Mo contemplaba el libro que Capricornio sostenía en su mano con tanta incredulidad como si esperase que se disolviera en el aire de un momento a otro.

–Descansa, Lengua de Brujo –le aconsejó Capricornio–. Cuida tu valiosa voz. Tendrás mucho tiempo para eso, pues he de marcharme y no regresaré hasta mañana a mediodía. ¡Devolvedlos a los tres a su alojamiento! –ordenó a sus hombres–. Dadles comida suficiente y unas mantas para pasar la noche. Ah, sí, y que Mortola se encargue de que le lleven té, que por lo visto obra milagros con la ronquera y la voz cansada. Darius, ¿no has asegurado siempre que lo mejor es el té con miel? –preguntó a su antiguo lector.

El interpelado asintió y miró a Mo lleno de compasión.

–¿A su alojamiento? ¿Se refiere usted acaso al cuchitril en que nos ha metido la última noche su hombre de la navaja? –el rostro de Elinor se tiñó de manchas rojas, Meggie no acertó a vislumbrar si de horror o de furia–. ¡Lo que está haciendo con nosotros es detención ilegal! ¡Qué va, secuestro! Sí, secuestro. ¿Sabe usted con cuántos años de cárcel está penado?

–¡Detención ilegal...! –Basta paladeó las palabras–. Suena bien. De veras.

Capricornio le sonrió. Luego contempló a Elinor como si la viese por vez primera.

–Basta, ¿nos sirve para algo esta dama? –inquirió.

–No, que yo sepa –respondió el interpelado sonriendo como un chico al que acaban de autorizar a destrozar un juguete.

Elinor palideció e intentó retroceder, pero Cockerell se interpuso en su camino sujetándola.

–¿Qué hacemos normalmente con las cosas inútiles, Basta? –preguntó Capricornio en voz baja.

El aludido seguía sonriendo.

–¡Acabad de una vez con eso! –increpó Mo a Capricornio–. Dejad inmediatamente de atemorizarla o no leeré ni una palabra más.

Capricornio le dio la espalda con expresión de aburrimiento. Y Basta sonrió.

Meggie vio cómo Elinor se tapaba los labios temblorosos con la mano. Rápidamente se situó a su lado.

–No es una inútil. Es una experta en libros, la mejor del mundo –dijo mientras apretaba la mano de Elinor.

Capricornio se volvió. La mirada de sus ojos produjo escalofríos a la niña: le pareció que alguien le pasaba los dedos gélidos por la espalda. Sus pestañas eran claras como las telarañas.

–Seguro que Elinor conoce más historias de tesoros que tu flaco lector –tartamudeó–. Sin la menor duda.

Elinor apretó los dedos de Meggie con tal fuerza que casi se los aplastó. Los suyos estaban húmedos por el sudor.

–Sí, claro que sí. Seguro –balbució con voz ronca–. Seguro que se me ocurren otras más.

–¡Vaya, vaya! –repuso Capricornio torciendo sus bien formados labios–. En fin, ya veremos.

Acto seguido hizo una señal a sus hombres, que empujaron a Elinor, Meggie y Mo por delante de ellos. Tras pasar junto a las mesas, la estatua de Capricornio y las columnas rojas, atravesaron la pesada puerta, que gimió al empujarla para abrirla.

La iglesia proyectaba su sombra sobre la plaza. Olía a verano y el sol lucía en un cielo sin nubes, como si nada hubiera ocurrido.

19

SOMBRÍAS PERSPECTIVAS

Kaa agachó la cabeza y la colocó suavemente sobre el hombro de Mowgli.
–Un corazón valiente y una lengua cortés –alabó–. Con eso llegarás lejos en la selva, niño humano. Pero ahora márchate enseguida con tus amigos. Échate a dormir, porque ya se está poniendo la luna y lo que viene a continuación no está destinado a tus ojos.

Rudyard Kipling, *El libro de la selva*

La verdad es que les trajeron comida en abundancia. Hacia el mediodía, una mujer les llevó pan y aceitunas, y al anochecer, pasta que olía a romero fresco. Eso no acortó las horas, que se les hicieron eternas, ni tampoco la barriga llena disipó el miedo a lo que podía depararles el día siguiente. Eso no lo habría logrado ni siquiera un libro, pero era inútil pensarlo. Allí no había libros, sino paredes sin ventanas y una puerta cerrada. Al menos del techo colgaba una bombilla nueva, así no tuvieron que matar el tiempo sentados a oscuras. Meggie escudriñaba sin cesar la rendija de debajo de la puerta para comprobar si se hacía de noche. Se imaginaba a los lagartos tumbados fuera al sol. Había visto unos cuantos en la plaza de la iglesia. El de color verde esmeralda que había salido serpenteando de entre las monedas ¿habría acertado a salir al exterior? ¿Qué habría sido del chico? Cada vez que Meggie cerraba los ojos, veía su cara de consternación.

Se preguntaba si a Mo le pasarían por la cabeza los mismos pensamientos. Desde que habían vuelto a encerrarlos apenas había pronunciado palabra. Se había dejado caer sobre el lecho de paja con la cara vuelta hacia la pared. Elinor no se mostraba más locuaz.

–¡Cuánta generosidad! –se había limitado a murmurar después de que Cockerell echase el cerrojo de la puerta tras ellos–. Nuestro anfitrión nos ha obsequiado con otros dos montones de paja mohosa.

Tras sentarse en un rincón con las piernas estiradas, empezó a examinar con expresión sombría primero sus rodillas y después la pared mugrienta.

–¿Mo? –preguntó Meggie cuando el silencio le resultó insoportable–. ¿Qué crees que harán con el chico? ¿Y cuál es ese amigo que tienes que sacar del libro para Capricornio?

–No lo sé, Meggie –contestó su padre sin volverse.

Lo dejó, pues, en paz, se construyó una cama de paja a su lado y caminó despacio a lo largo de las paredes desnudas. ¿Se encontraba el chico desconocido detrás de alguna de ellas? Pegó la oreja a la pared. No se oía el menor ruido. Alguien había grabado su nombre en el revoque: Ricardo Bentone, 19/5/96. Meggie recorrió las letras con el dedo. Dos palmos más allá halló un segundo nombre, y un tercero. Meggie se preguntó qué habría sido de ellos, de Ricardo, de Ugo y de Bernardo... «A lo mejor también yo debería grabar el mío», pensó la niña, «por si acaso...». Por precaución se negó a concluir la frase en su mente.

Detrás de ella, Elinor se estiró en su lecho de paja suspirando. Cuando Meggie se volvió hacia ella, le sonrió.

–¡Qué no daría yo ahora por un peine! –dijo apartando los cabellos de su frente–. Jamás habría osado imaginar que en una situación semejante echaría de menos un peine, pero así es. Cielos, ya me he quedado sin horquillas. Debo de parecer una bruja o un cepillo de fregar que ha conocido tiempos mejores.

–Qué va, la verdad es que tienes muy buen aspecto. Y de todos modos, las horquillas se te caían siempre –dijo Meggie–. Hasta creo que pareces más joven.

–¿Más joven? Hmm, si tú lo dices... –Elinor contempló su cuerpo. Su jersey gris ratón estaba muy sucio y sus medias tenían nada menos que tres carreras–. ¡Cómo me has ayudado en la iglesia...! –dijo, estirándose el borde de la falda sobre las rodillas–. Has sido muy amable. Tenía miedo de que se me doblaran las piernas como si fuesen de goma. No sé qué me pasa. Me siento distinta, como si la buena y vieja Elinor hubiera vuelto a casa dejándome aquí sola –sus labios empezaron a temblar y por un instante Meggie creyó que estaba a punto de llorar, pero por lo visto la vieja Elinor aún seguía allí–. ¡Sí, en eso se nota otra vez! –prosiguió–. En la necesidad de demostrar de qué pasta está hecha una. Yo siempre pensé que estaba hecha de roble, pero por lo visto ha resultado ser más bien madera de peral o de cualquier otra clase blanda como la mantequilla. Basta con que uno de esos bribones juguetee con su cuchillo delante de mis narices para que empiecen a saltar virutas.

Ahora sí que se desató el llanto, por mucho que Elinor intentó contenerlo. Se pasó el dorso de la mano por los ojos, irritada.

–Creo que te estás portando bien, Elinor –Mo seguía con la cara vuelta hacia la pared–. Creo que las dos os estáis portando bien. Y yo debería retorcerme el pescuezo con mis propias manos por haberos metido en todo este embrollo.

–¡Bobadas! ¡Si hubiera que retorcerle el pescuezo a alguien, sería al tal Capricornio! –exclamó Elinor–. Y a ese fulano llamado Basta. Ay, Dios mío, jamás habría osado imaginar que sentiría un placer ilimitado al asesinar a otra persona. Sin embargo, estoy segura de que si alguna vez pudiera rodear el cuello de Basta con mis dedos...

Cuando reparó en la mirada estupefacta de Meggie, enmudeció con aire culpable, pero la niña se limitó a encogerse de hombros.

–A mí me pasa lo mismo –murmuró y empezó a raspar una M en la pared con la llave de su bicicleta. ¡Increíble! ¡Aún conservaba la llave en el bolsillo del pantalón! Como un recuerdo de otra vida.

Elinor pasó el dedo por una de las carreras de sus medias y Mo se puso boca arriba y clavó la vista en el techo.

–Cuánto lo siento, Meggie –dijo de pronto–. Cuánto siento haberme dejado arrebatar el libro.

Meggie raspó una E mayúscula en la pared.

–Bueno, de todos modos eso no cambia nada –dijo dando un paso atrás. Las ges de su nombre parecían oes mordisqueadas–. Lo más seguro es que nunca hubieras conseguido traerla de vuelta.

–Sí, seguramente –murmuró Mo, fijando de nuevo los ojos en el techo.

–No es culpa tuya, Mo –le dijo Meggie.

«Lo importante es que estés conmigo», quiso añadir. «Lo importante es que Basta jamás vuelva a poner su navaja en tu garganta. Yo no me acuerdo de ella, sólo la conozco por un puñado de fotos...»

Pero se calló, porque sabía que sus palabras, en lugar de consolar a su padre, lo entristecerían todavía más. Meggie intuyó por primera vez lo mucho que él añoraba a su esposa. Y durante un instante enloqueció... de celos.

Raspar una I en el revoque fue fácil... A continuación apartó la llave de la bicicleta.

Unos pasos se aproximaban por el exterior.

Cuando se detuvieron, Elinor se apretó la boca con la mano. Basta abrió la puerta de golpe. Le seguía una mujer; Meggie reconoció a la vieja que había visto en casa de Capricornio. Con cara avinagrada pasó pegada a Basta y colocó un vaso y un termo en el suelo.

–¡Como si no tuviera bastante quehacer! –gruñó antes de salir–. Ahora tenemos que alimentar encima a estos señoritos. Al menos obligadlos a trabajar, ya que tenéis que retenerlos aquí.

–Eso díselo a Capricornio –se limitó a responder Basta.

Después sacó su navaja, sonrió a Elinor y limpió la hoja en su chaqueta. Fuera anochecía, y su camisa blanca como el jazmín brillaba a la luz del crepúsculo.

–Que te aproveche el té, Lengua de Brujo –dijo mientras se deleitaba con el miedo que traslucía el rostro de Elinor–. Mortola ha echado tanta miel en el termo que con el primer trago a lo mejor se te pega la boca, pero seguro que mañana tu garganta estará como nueva.

–¿Qué habéis hecho con el chico? –quiso saber Mo.

–Oh, creo que lo han metido justo al lado. Cockerell lo someterá mañana a la prueba de fuego, tras la cual sabremos si nos servirá para algo.

Mo se incorporó.

–¿La prueba de fuego? –preguntó; su voz sonó amarga y burlona al mismo tiempo–. Bueno, seguro que tú no la has superado. Hasta las cerillas de Dedo Polvoriento te asustan.

–¡Vigila tu lengua! –le siseó Basta–. Una palabra más y te la corto, por valiosa que sea.

–Ni se te ocurra –advirtió Mo mientras se levantaba. Se tomó tiempo para llenarse el vaso de té humeante.

–Eso ya se verá –Basta bajó la voz, como si tuviera miedo de que lo oyeran–. Pero tu hijita también tiene lengua, y la suya no es tan valiosa como la tuya.

Mo le arrojó el vaso con el té caliente, pero Basta cerró la puerta tan deprisa que el recipiente se hizo añicos al chocar contra ella.

–¡Te deseo felices sueños! –gritó desde fuera mientras echaba el cerrojo–. Mandaré que te traigan otro vaso. Volveremos a vernos mañana.

Tras su marcha, ninguno de ellos pronunció palabra. Durante un buen rato guardaron silencio.

–Mo, cuéntame algo –susurró Meggie.

–¿Qué quieres que te cuente? –preguntó su padre pasándole el brazo por los hombros.

–Que estamos en Egipto –le rogó en voz baja–, buscando tesoros y soportando tormentas de arena y escorpiones y todos esos espantosos espíritus que se alzan de sus tumbas para vigilar sus tesoros.

–¡Ah, ese cuento! –dijo Mo–. ¿No me lo inventé por tu octavo cumpleaños? Por lo que recuerdo es bastante tenebroso.

–¡Sí, mucho! –afirmó Meggie–. Pero termina bien. Todo termina bien y regresamos cargados de riquezas.

–Yo también quiero oírlo –dijo Elinor con voz temblorosa. Seguro que todavía pensaba en el cuchillo de Basta.

Mo comenzó la narración, sin el crujido de las páginas, sin el interminable laberinto de las letras.

–Mo, al narrar nunca ha salido nada, ¿verdad? –preguntó Meggie preocupada.

–No –respondió su padre–. Para eso se requiere un poco de tinta de imprenta y una cabeza ajena que haya inventado la historia.

A continuación prosiguió su relato, y Meggie y Elinor escucharon atentamente hasta que su voz las trasladó lejos, muy lejos. Y se durmieron.

A todos ellos los despertó el mismo ruido. Alguien manipulaba la cerradura de la puerta. Meggie creyó oír una maldición ahogada.

–¡Oh, no! –cuchicheó Elinor, que fue la primera en ponerse de pie–. ¡Ahora vienen a por mí! La vieja los ha convencido. ¿Para qué alimentarnos? A ti, quizá –dijo lanzando una mirada nerviosa a Mo–, pero a mí, ¿para qué?

–Colócate junto a la pared, Elinor –le aconsejó Mo mientras colocaba a Meggie tras él–. Permaneced ambas lejos de la puerta.

Se escuchó el chasquido sordo de la cerradura y alguien abrió la puerta lo justo para deslizarse por ella. Era Dedo Polvoriento. Tras echar un vistazo al exterior, volvió a cerrar tras él y apoyó la espalda en la puerta.

–¡He oído decir que has vuelto a hacerlo, Lengua de Brujo! –musitó–. Dicen que el pobre chico aún no ha proferido una palabra. Lo comprendo perfectamente. Créeme, es una sensación horrible ir a parar de repente a otra historia.

–¿Qué busca usted aquí? –le preguntó Elinor con tono grosero.

La visión de Dedo Polvoriento hizo desvanecerse en el acto el miedo en su rostro.

–¡Déjalo, Elinor! –Mo la apartó a un lado y se dirigió hacia Dedo Polvoriento–. ¿Qué tal tus manos? –le preguntó.

Dedo Polvoriento se encogió de hombros.

–Me las han embadurnado con no sé qué ungüento, pero la piel sigue tan roja como las llamas que la lamieron.

–¡Pregúntale qué ha venido a buscar aquí! –siseó Elinor–. Y si la única razón es contarnos que no tiene la culpa del embrollo en que estamos metidos, entonces, por favor, retuércele el gaznate a ese embustero.

Por toda respuesta, Dedo Polvoriento le lanzó un manojo de llaves.

–¿A qué cree usted que he venido? –repuso enfurecido mientras apagaba la luz–. No ha sido fácil robarle las llaves del coche a Basta, y tal vez sería conveniente darme las gracias, pero, en fin, eso lo dejaremos para más tarde. Ahora deberíamos largarnos de aquí sin tardanza –abrió la puerta con cautela y aguzó los oídos–. Arriba, en el campanario, monta guardia un centinela –susurró–, pero se limita a vigilar las colinas, no el pueblo. Los perros están en la perrera, y en caso de que tuviéramos que vérnoslas con ellos, a mí por fortuna me quieren más que a Basta.

–¿Por qué hemos de creerle? –susurró Elinor–. ¿Qué pasaría si ocultara algún plan diabólico?

–¡Tenéis que llevarme con vosotros! Eso es lo único que oculto –bufó Dedo Polvoriento–. ¡No tengo nada que hacer aquí! Capricornio me ha engañado. ¡Ha convertido en humo la pizca de esperanza que aún me quedaba! Cree que conmigo puede hacerlo, que Dedo Polvoriento no es más que un perro al que se puede patear sin que te muerda, pero se equivoca. Él quemó el libro, así que yo le arrebato el lector que le traje. Y por lo que se refiere a usted –señaló el pecho de Elinor con su enhiesto dedo quemado–, vendrá con nosotros porque tiene coche. Es imposible huir a pie de este pueblo, de los hombres de Capricornio y menos aun de las serpientes que reptan por las colinas. Yo no sé conducir, de manera que...

–¡Ah, claro, lo sabía! –Elinor olvidó bajar la voz–. Él sólo quiere salvar su propio pellejo. ¡Por eso nos ayuda! ¡No porque le remuerda la conciencia! ¡Oh, claro! ¿Por qué habría de remorderle?

–A mí me da igual por qué nos ayude, Elinor –intervino Mo impaciente–. Lo principal es salir de aquí. Pero nos llevaremos a otra persona más.

–¿Sí? ¿A quién? –Dedo Polvoriento le miró intranquilo.

–Al chico a quien he deparado el mismo destino que a ti –respondió Mo, mientras pasaba a su lado para salir al exterior–. Basta dijo que estaba encerrado aquí al lado, y para tus hábiles dedos una cerradura no supone un obstáculo.

–Estos dedos hábiles me los he quemado hoy –silabeó enfadado Dedo Polvoriento–. Pero en fin, como quieras. Tu blando corazón nos costará el cuello.

Cuando Dedo Polvoriento llamó a la puerta 5 golpeándola con los nudillos, se oyó un suave crujido.

–Por lo visto pretenden dejarlo con vida –susurró mientras comenzaba a manipular la cerradura–. A los condenados a muerte los encierran en la cripta situada debajo de la iglesia. Desde que le gasté una broma contándole que el fantasma de una Mujer Blanca se pasea entre los sarcófagos de piedra, Basta se pone más pálido que un gusano del pan cada vez que Capricornio le ordena bajar allí.

Al recordarlo soltó una risita ahogada, como si fuese un escolar que ha conseguido gastar una jugarreta muy buena.

Meggie miró hacia la iglesia.

–¿Matan a gente con frecuencia? –preguntó en voz baja.

Dedo Polvoriento se encogió de hombros.

–No tanto como antes. Pero a veces ocurre...

–¡Deja de contar esas historias! –le increpó Mo enfurecido.

Ni él ni Elinor apartaban la vista de la torre de la iglesia. El centinela estaba sentado muy arriba, encima del muro, justo al lado de la campana. Meggie se mareaba sólo con alzar la vista.

–¡No son historias, Lengua de Brujo, es la pura verdad! ¿Es que ya no la reconoces cuando la ves? Cierto: es una chica fea y no es agradable mirarla a la cara –Dedo Polvoriento se apartó de la puerta e hizo una reverencia–. Por favor. La cerradura está abierta. Podéis sacarlo de ahí.

–¡Entra tú! –dijo Mo a su hija en voz muy baja–. Seguro que le das menos miedo.

Al otro lado de la puerta estaba oscuro como boca de lobo, pero cuando se adentró en aquellas tinieblas, Meggie oyó otro crujido... como si un animal se moviera entre la paja.

Dedo Polvoriento introdujo el brazo por la puerta y entregó a la niña una linterna. Cuando Meggie la encendió, el rayo de luz cayó sobre el rostro oscuro del chico. La paja que le habían echado era aun más mohosa que aquella sobre la que había dormido Meggie, pero el chico tenía pinta de no haber pegado ojo desde que Nariz Chata lo había encerrado. Se agarraba las piernas como si fueran su único asidero.

A lo mejor seguía esperando a que finalizase aquella pesadilla.

–¡Ven! –le susurró Meggie alargando la mano–. ¡Queremos ayudarte! ¡Te llevaremos lejos de aquí!

Él no se movió. Se limitaba a mirarla con fijeza, los ojos entornados de desconfianza.

–¡Date prisa, Meggie! –susurró Mo desde la puerta.

El chico la miró y retrocedió hasta que su espalda chocó con el muro.

–¡Por favor! –musitó Meggie–. ¡Tienes que acompañarnos! Ésos te harán cosas horribles.

Él seguía mirándola. Después se incorporó vacilante, sin apartar los ojos de la niña. Era casi un palmo más alto que ella.

Y de improviso saltó hacia la puerta abierta. Empujó a Meggie apartándola de su camino con tal brusquedad que la tiró al suelo, pero no logró pasar junto a Mo.

–¡Eh, eh! –exclamó éste en voz baja–. ¿Tranquilo, vale? Queremos ayudarte, de veras, pero tienes que hacer lo que te digamos, ¿entendido?

El chico le dedicó una mirada hostil.

–¡Todos vosotros sois diablos! –musitó–. Diablos o demonios –así que entendía su idioma. ¿Y por qué no? Su historia se contaba en todos los idiomas del mundo.

Meggie volvió a ponerse en pie y se palpó la rodilla. Seguro que se había hecho sangre al golpeársela contra el suelo de piedra.

–Si quieres ver unos cuantos diablos, no tienes más que quedarte aquí –susurró mientras pasaba pegada al chico que ¡retrocedió ante ella! Como si fuera una bruja.

Mo tiró de él.

–¿Ves a ese centinela ahí arriba? –le dijo cuchicheando mientras señalaba hacia la torre de la iglesia–. Si nos descubre, nos matará.

El chico alzó la vista hacia el vigilante.

Dedo Polvoriento se puso a su lado.

–¡Vámonos de una vez! –cuchicheó–. Si no quiere acompañarnos, que se quede aquí. Y los demás quitaos los zapatos –añadió mirando los pies desnudos del chico–. O haréis más ruido que un rebaño de cabras.

Elinor gruñó, pero obedeció. El chico los siguió, aunque vacilante. Dedo Polvoriento caminaba presuroso en cabeza, como si pretendiera huir de su propia sombra. Meggie tropezaba sin parar, tan empinado era el callejón por el que él los conducía cuesta arriba. Elinor mascullaba una maldición en voz baja cada vez que se golpeaba los dedos de los pies contra el irregular empedrado. Entre las casas, muy pegadas unas a otras, reinaba la oscuridad. Los arcos de mampostería se apoyaban en los edificios como si tuvieran que impedir que se desplomasen. Los faroles oxidados proyectaban sombras fantasmales. Cada gato que se deslizaba por una puerta sobresaltaba a Meggie.

Sin embargo, el pueblo de Capricornio dormía. Sólo en una ocasión pasaron junto a un centinela que fumaba en un callejón lateral apoyado en la pared. Dos gatos luchaban en algún lugar de los tejados y el guardián se agachó a coger una piedra para tirársela.

Dedo Polvoriento aprovechó la ocasión. Meggie se alegró mucho de que los hubiera hecho descalzarse, pues se deslizaron junto al vigilante con absoluto sigilo. Él continuaba dándoles la espalda, pero Meggie no se atrevió a respirar hasta que doblaron la siguiente esquina. De nuevo le llamaron la atención las numerosas casas vacías, las ventanas muertas y las puertas medio podridas. ¿Qué había destruido las casas? ¿Sólo la acción del tiempo? ¿Habían huido sus moradores de Capricornio o el pueblo ya estaba abandonado antes de que se instalase allí con sus hombres? ¿No había contado Dedo Polvoriento algo parecido?

Éste se había detenido. Alzó una mano y se puso un dedo sobre los labios a modo de advertencia. Habían llegado a las afueras del pueblo. Ante ellos se extendía el aparcamiento. Dos farolas iluminaban el asfalto agrietado. A la izquierda se alzaba una alta valla de tela metálica.

–¡Ahí detrás está el lugar donde Capricornio celebra sus fiestas! –susurró Dedo Polvoriento–. Antaño los jóvenes del pueblo debieron de jugar al fútbol en él, pero ahora Capricornio lo utiliza para sus fiestas infernales: fuego, aguardiente, unos tiros al aire, unos cuantos cohetes, rostros pintados de negro y ya está preparada la farsa para el vecindario.

Volvieron a calzarse los zapatos antes de seguir a Dedo Polvoriento hasta el aparcamiento. Meggie observaba sin cesar la valla de alambre. Fiestas infernales. La niña creía ver el fuego, los rostros pintados de negro...

–¡Ven de una vez, Meggie! –musitó su padre mientras tiraba de ella.

En algún lugar de la oscuridad se oía el rumor del agua y Meggie recordó el puente que habían cruzado durante el camino de ida. ¿Qué pasaría si esta vez se topaban con un centinela?

En la plaza había varios coches aparcados, incluyendo el de Elinor, algo alejado de los demás. Tras ellos, la torre de la iglesia se erguía por encima de los tejados: nada los protegía ya de los ojos del centinela que montaba guardia. Meggie no podía distinguirlo a esa distancia, pero seguro que continuaba sentado allí. Vistos desde arriba debían de parecer escarabajos negros reptando por el tablero de una mesa. ¿Y si disponía de unos prismáticos?

–¡Date prisa, Elinor! –susurró Mo al ver que ésta tardaba una eternidad en abrir la puerta de su coche.

–¡Ya, ya! –gruñó ella–. Es que no tengo las manos tan ágiles como nuestro amigo de dedos polvorientos.

Mo pasó el brazo por los hombros de su hija mientras acechaba preocupado a su alrededor, pero nada se movió, ni en la plaza ni entre las casas, salvo un par de gatos errabundos. Tranquilizado, empujó a Meggie al asiento trasero.

El chico vaciló un instante y contempló el coche como si fuera un animal extraño del que desconocía si era manso o lo devoraría. Por fin acabó subiendo al vehículo.

Meggie le dirigió una mirada poco amistosa y se apartó lo más posible de él. Aún le dolía la rodilla.

–¿Dónde está el comecerillas? –musitó Elinor–. Maldita sea, no me digáis que ese tipo ha vuelto a desaparecer.

Meggie fue la primera en descubrir a Dedo Polvoriento deslizándose alrededor de los demás coches.

Elinor aferró el volante, como si le costara resistir la tentación de marcharse sin él.

–¿Qué se propone ese muchacho? –cuchicheó.

Ninguno de ellos supo contestar. Dedo Polvoriento permaneció lejos un tiempo dolorosamente largo, y a su regreso cerró una navaja.

–¿Y eso a qué ha venido? –le dijo Elinor en tono brusco mientras Dedo Polvoriento se apretaba junto al chico en el asiento trasero–. ¿No ha dicho usted que había que darse prisa? ¿Qué diablos ha estado haciendo con la navaja? No habrá usted abierto a nadie en canal, ¿eh?

–¿Acaso me llamo Basta? –replicó enfurecido Dedo Polvoriento mientras comprimía las piernas detrás del asiento del conductor–. Les he rajado las ruedas, eso es todo. Por precaución –explicó todavía con la navaja en la mano.

Meggie la contempló inquieta.

–Es la navaja de Basta –murmuró.

Dedo Polvoriento sonrió cuando la deslizó de nuevo en el bolsillo de su pantalón.

–Ya no lo es. Me habría encantado robarle también su ridículo amuleto, pero lo lleva colgado del cuello incluso de noche, y eso me pareció demasiado peligroso.

En ese momento empezó a ladrar un perro. Mo bajó su ventanilla y asomó la cabeza preocupado.

–Lo creáis o no, los que organizan ese escándalo infernal son sapos –explicó Elinor, pero lo que también Meggie oyó resonar de pronto a través de la noche no fue el canto de un sapo, y cuando miró, asustada, por la luneta trasera, vio descender a un hombre de uno de los coches aparcados, una camioneta de reparto blanca, polvorienta y sucia. Era uno de los secuaces de Capricornio, Meggie ya lo había visto en la iglesia. Acechó a su alrededor con cara de sueño.

Cuando Elinor puso el motor en marcha, se arrancó la escopeta de la espalda y se dirigió a trompicones hacia su coche. Por un momento a Meggie casi le dio pena, tan aturdido y adormilado parecía. ¿Qué haría Capricornio con un centinela que dormía en lugar de vigilar? Pero después apuntó con la escopeta y disparó. Meggie agachó la cabeza detrás del respaldo cuanto pudo, mientras Elinor aceleraba.

–¡Maldita sea! –gritó a Dedo Polvoriento–. ¿Es que no ha visto usted a ese tipo cuando merodeaba alrededor de los coches?

–¡No, no lo he visto! –vociferó a su vez Dedo Polvoriento–. ¡Y ahora, conduzca! ¡Por *ese* camino no! El que desemboca en la carretera es el de ahí delante.

Elinor giró el volante en una maniobra brusca. El chico se acurrucaba al lado de Meggie. A cada disparo entornaba los ojos y se tapaba los oídos con las manos. ¿Habría armas de fuego en su historia? Seguro que no, y coches, menos. Él y Meggie se golpeaban las cabezas entre sí, tan violentamente botaba el vehículo de Elinor al descender por el pedregoso camino. Cuando finalmente desembocó en la carretera, apenas se notó mejoría.

–¡Ésta no es la carretera por la que vinimos! –exclamó Elinor.

El pueblo de Capricornio colgaba por encima de ellos como una fortaleza. Las casas no parecían disminuir de tamaño.

–¡Sí, es la misma! Pero a nuestra llegada, Basta nos recibió mucho más arriba –Dedo Polvoriento se agarraba al asiento con una mano mientras con la otra sujetaba la mochila. De ella salían gruñidos furiosos y el chico lanzó una mirada de horror a la mochila.

Meggie creyó reconocer el lugar donde habían encontrado a Basta cuando pasaron por delante, la colina desde la que había divisado el pueblo por primera vez. Después las casas desaparecieron de repente, engullidas por la noche, como si el pueblo de Capricornio no hubiera existido jamás.

En el puente no había centinelas, ni tampoco junto a la verja herrumbrosa que cerraba la carretera que conducía hasta el pueblo. Meggie volvió la vista atrás hasta que se perdió en la noche. «Ya ha terminado», pensaba. «Ya ha terminado todo, de verdad».

La noche era clara. Meggie nunca había visto tantas estrellas. El cielo se tensaba sobre las negras colinas igual que un paño bordado con diminutas perlas. El mundo parecía componerse exclusivamente de colinas, lomos de gato delante de la faz de la noche, sin personas, sin casas. Sin miedo.

Mo se volvió y apartó el pelo de la frente de su hija.

–¿Va todo bien? –le preguntó.

Ella asintió y cerró los ojos. De repente sólo deseaba dormir... siempre que su corazón desbocado se lo permitiera.

–¡Esto es un sueño! –murmuró alguien a su lado con voz cansina–. Nada más que un sueño. ¿Qué si no?

Meggie se volvió. El chico no la miraba.

–¡Tiene que ser un sueño! –insistió mientras asentía fuerte con la cabeza intentando infundirse valor a sí mismo–. Todo parece falso, adulterado, una locura, como en los sueños precisamente, y ahora –señaló el exterior con un movimiento de cabeza–, ahora encima volamos. O la noche vuela pasando a nuestro lado. Cualquiera sabe.

Meggie estuvo a punto de sonreír.

«Esto no es un sueño», quiso decirle, pero estaba demasiado cansada para explicar aquella historia tan complicada. Contempló a Dedo Polvoriento, que acariciaba la tela de su mochila, seguramente con la intención de tranquilizar a su enfurecida marta.

–No me mires así –dijo al reparar en la mirada de la niña–. No seré *yo* quien se lo explique. Esa tarea le corresponde a tu padre. Al fin y al cabo es el responsable de su pesadilla.

Mo llevaba escrito en la frente el remordimiento cuando se giró hacia el chico.

–¿Cómo te llamas? –preguntó–. Tu nombre no figuraba en... –se interrumpió.

El chico lo contempló con desconfianza, después agachó la cabeza.

–Farid –respondió con voz apagada–. Me llamo Farid, pero creo que hablar en sueños trae la desgracia. Uno nunca encuentra el camino de vuelta –apretaba con fuerza sus labios, mientras fijaba los ojos en el infinito como si no quisiera centrarlos en nadie.

Enmudeció. ¿Tendría padres en su historia? Meggie no lo recordaba. Allí sólo se hablaba de un chico, de un chico sin nombre que servía a una banda de ladrones.

–¡Es un sueño! –susurró él de nuevo–. Sólo un sueño. Saldrá el sol y todo se desvanecerá. Eso es.

Mo lo miraba apenado y sin saber qué hacer, como alguien que ha tocado una cría de pájaro y presencia cómo los padres la expulsan del nido por eso. «Pobre Mo», pensó Meggie. «Pobre Farid». Sin embargo, otro pensamiento la avergonzaba. La asaltaba desde que el lagarto había aparecido en la iglesia de Capricornio en medio de las monedas de oro. «A mí también me gustaría ser capaz de hacerlo», musitaba desde entonces, muy bajito, pero sin parar. Ese deseo había anidado en su corazón como un cuclillo, se acomodaba y se esponjaba, por mucho que ella se esforzase por desterrarlo. «A mí también me gustaría poder hacerlo», susurraba. «Me gustaría poder tocar todas esas figuras. Quiero que todas esas figuras maravillosas se proyecten fuera de las páginas y se sienten a mi lado, quiero que me sonrían, quiero, quiero, quiero...»

Fuera seguía tan oscuro como si la mañana no existiese.

–¡No pienso parar! –exclamó Elinor–. Conduciré de un tirón hasta llegar a la puerta de mi casa.

De repente, muy por detrás de ellos aparecieron unos faros como si fueran dedos que tanteaban el camino en medio de la noche.

20

Serpientes y espinas

Los Borribles se volvieron y allí, justo al comienzo del puente, vieron un círculo chillón de luz blanca que se abría en la zona inferior del cielo oscuro. Eran los faros de un coche que se situaba en posición al norte del puente, en la zona que los fugitivos habían abandonado apenas unos minutos antes.

Michael de Larrabeiti, *Los Borribles,* tomo 2:
«En el laberinto de los Wendel»

Los faros se aproximaban por mucho que Elinor pisase el acelerador.

–A lo mejor es un coche cualquiera –opinó Meggie, aunque sabía que era muy improbable.

Sólo había un pueblo junto a la carretera accidentada y llena de baches por la que transitaban desde hacía casi una hora, y era el pueblo de Capricornio. Sus perseguidores únicamente podían proceder de allí.

–Y ahora, ¿qué? –gritó Elinor; conducía haciendo eses de puro nerviosismo–. No volveré a dejarme encerrar en ese agujero. No, no y mil veces no –y a cada negación golpeaba el volante con la palma de la mano–. ¿No dijo usted que les había pinchado las ruedas? –reprochó, iracunda, a Dedo Polvoriento.

–¡Por supuesto! –replicó el aludido furioso–. Es evidente que habían previsto semejante eventualidad, ¿o acaso no ha oído hablar usted de las ruedas de repuesto? ¡Pise el acelerador! Pronto deberíamos llegar a una población. Ya no puede estar muy lejos. Si logramos alcanzarla...

–¡Si lo logramos...! –exclamó Elinor golpeando con el dedo el indicador del nivel de combustible–. La gasolina se agotará dentro de diez, veinte kilómetros a lo sumo.

No llegaron tan lejos. Una de las ruedas delanteras reventó en una curva cerrada. Elinor tuvo el tiempo justo de dar un volantazo antes de que el coche derrapase y se saliera de la carretera. Meggie gritó y se cubrió el rostro con las manos. Durante un instante atroz pensó que se despeñarían por la empinada pendiente que se perdía en la oscuridad a la izquierda de la carretera. Pero la furgoneta derrapó hacia la derecha y rozó con la aleta el muro de piedras que apenas alcanzaba la altura de la rodilla y bordeaba el campo del lado contrario de la carretera. Luego exhaló el último suspiro y se detuvo bajo las ramas inferiores de una encina que se inclinaban sobre la carretera deseando tocar el asfalto.

–¡Oh, maldición! ¡Maldita sea! –masculló Elinor mientras se soltaba el cinturón de seguridad–. ¿Estáis todos bien?

–Ya sé por qué nunca he confiado en los coches –murmuró Dedo Polvoriento abriendo su puerta de un empujón.

Meggie permanecía sentada, temblando de los pies a la cabeza.

Su padre la sacó del coche y la miró de hito en hito, preocupado.

–¿Estás bien?

Ella asintió.

Farid salió por el lado de Dedo Polvoriento. ¿Seguiría creyendo que era un sueño?

Dedo Polvoriento, de pie en la carretera y con la mochila al hombro, aguzaba los oídos. En la lejanía, en medio de la noche, se oía el ronroneo de un motor.

–Hay que retirar el coche de la carretera –advirtió.

–¿Qué? –Elinor lo miró estupefacta.

–Tenemos que empujarlo ladera abajo.

–¿Mi coche? –repuso Elinor casi a gritos.

–Tiene razón, Elinor –reconoció Mo–. A lo mejor así logramos quitárnoslos de encima. Empujaremos el vehículo por la pendiente. Seguramente, en la oscuridad ni siquiera lo verán. Y en caso de que lo vean, pensarán que nos hemos salido de la carretera. Mientras tanto, nosotros seguiremos ascendiendo por la ladera y de momento nos ocultaremos entre los árboles.

Elinor lanzó una mirada vacilante hacia arriba.

–¡Pero está demasiado empinado! ¿Y qué me decís de las serpientes?

–Basta seguro que ha conseguido otra navaja –dijo Dedo Polvoriento.

Elinor le dedicó una mirada sombría. Después, sin decir palabra, se situó detrás de su coche y echó un vistazo al maletero.

–¿Dónde está nuestro equipaje? –preguntó.

Dedo Polvoriento la miró divertido.

–Basta debió de repartirlo entre las criadas de Capricornio. Le gusta ganarse sus simpatías.

Elinor lo miró como si no creyera una palabra. Acto seguido cerró el maletero, apoyó los brazos en el coche y empezó a empujar.

No lo consiguieron.

Por mucho que lo movieron y empujaron, el coche de Elinor rodó fuera de la carretera, pero apenas resbaló más de dos metros terraplén abajo antes de que el morro se atascase entre los matorrales y se quedara inmóvil. El ruido de otro motor, sin embargo, sonaba en esa región despoblada, dejada de la mano de Dios, extraño, amenazador y cercano. Empapados en sudor, subieron de nuevo a la carretera –tras propinar Dedo Polvoriento una última patada al testarudo vehículo–, escalaron el muro, cuyas piedras parecían tener más de mil años de antigüedad, y emprendieron la esforzada ascensión cuesta arriba. Ante todo había que alejarse de la carretera. Mo tiraba de Meggie y Dedo Polvoriento ayudaba a Farid. Elinor bastante tenía consigo misma. La ladera estaba cubierta de muros, denodados intentos de arrancar a la escasa tierra campos y huertos diminutos, para unos olivos, unas vides, cualquier planta que diese fruto en ese suelo. Los árboles, sin embargo, se habían asilvestrado hacía tiempo y la tierra estaba cubierta de frutos que nadie había recogido, pues la gente se había marchado para encontrar en otra parte una vida menos dura.

–¡Agachad la cabeza! –exclamó jadeando Dedo Polvoriento mientras se acurrucaba con Farid detrás de uno de los muros derrumbados–. ¡Ya vienen!

Mo tiró de Meggie hasta situarse debajo del árbol más cercano. Los bardales que crecían entre las raíces nudosas tenían la altura justa para ocultarlos.

–¿Y las serpientes? –susurró Elinor mientras los seguía dando traspiés.

–¡Ahora hace demasiado frío para ellas! –musitó Dedo Polvoriento desde su escondite–. ¿Es que no ha aprendido nada de todos sus inteligentes libros?

Elinor tenía la respuesta en la punta de la lengua, pero Mo le tapó la boca con la mano. El coche apareció debajo de ellos. Era la camioneta de la que había salido el centinela adormilado. El vehículo pasó junto al lugar desde el que habían empujado la furgoneta de Elinor cuesta abajo sin aminorar la marcha, y desapareció tras la siguiente curva de la carretera. Meggie, aliviada, quiso asomar la cabeza por encima de las espinas, pero Mo volvió a apretársela hacia abajo.

–¡Todavía no! –susurró, aguzando el oído.

Era la noche más silenciosa que Meggie había conocido en su vida. Parecía como si se escuchara la respiración de los árboles, de la hierba y de la misma noche.

Vieron aparecer los faros de la camioneta de reparto al otro lado, en la pendiente de la siguiente colina: dos dedos de luz que tanteaban la oscuridad a lo largo de una carretera invisible. Pero de repente se quedaron inmóviles.

–¡Dan la vuelta! –musitó Elinor–. Ay, Dios mío. ¿Y ahora, qué?

Intentó incorporarse, pero Mo se lo impidió.

–¿Te has vuelto loca? –le susurró–. Es demasiado tarde para continuar la ascensión. Nos verían.

Mo tenía razón. La camioneta regresaba a gran velocidad. Meggie vio cómo se detenía a escasos metros del lugar por el que habían empujado el coche de Elinor fuera de la carretera. Oyó abrirse de golpe las puertas del vehículo y vio bajar a dos hombres. Les daban la espalda, pero cuando uno de ellos se volvió, Meggie creyó reconocer el rostro de Basta, a pesar de que apenas era una mancha clara en la oscuridad de la noche.

–¡Ahí está el coche! –exclamó el otro.

¿Era Nariz Chata? Al menos tenía su altura y su corpulencia.

–Comprueba si están dentro.

Sí, era Basta. Meggie habría distinguido su voz entre mil.

Nariz Chata descendió por la ladera con la pesadez de un oso. Meggie lo oía mascullar maldiciones, a las espinas, a los pinchos, a la oscuridad y a la maldita gentuza que lo obligaba a vagar dando trompicones en plena noche. Basta continuaba en la carretera. Cuando encendió el mechero para prender un cigarrillo, su rostro se ensombreció. El humo ascendió hasta ellos como un bailarín blanquecino y Meggie incluso creyó olerlo.

–¡No están aquí! –gritó Nariz Chata–. Tienen que haber seguido a pie. Maldita sea, ¿crees que debemos seguirlos?

Basta se acercó al borde de la carretera y miró hacia abajo. Después se giró y observó la pendiente en la que Meggie, con el corazón palpitante, se acurrucaba al lado de su padre.

–No pueden andar muy lejos –comentó–. Pero en la oscuridad será difícil encontrar su rastro.

–¡Tú lo has dicho! –Nariz Chata jadeaba cuando apareció de nuevo en la carretera–. A fin de cuentas no somos unos malditos indios, ¿no es cierto?

Basta no contestó. Se limitaba a permanecer inmóvil, al acecho, dando caladas a su cigarrillo. Acto seguido, susurró algo a Nariz Chata. Meggie contuvo el aliento.

Nariz Chata miró, preocupado, a su alrededor.

–¡No, es mejor que regresemos por los perros! –le oyó decir Meggie–. Aunque se hayan escondido por estos parajes, ¿cómo vamos a saber si han ido cuesta arriba o cuesta abajo?

Basta echó una ojeada a los árboles, miró carretera abajo y apagó su pitillo de un pisotón. A continuación regresó a la camioneta y sacó dos escopetas.

–Primero probaremos a bajar –dijo lanzando una de las armas a Nariz Chata–. Seguro que la gorda prefiere ir cuesta abajo.

Y sin añadir más desapareció en la negrura. Nariz Chata lanzó una mirada nostálgica a la camioneta y, refunfuñando, echó a andar detrás de Basta.

En cuanto ambos quedaron fuera del alcance de la vista, Dedo Polvoriento, sigiloso como una sombra, se incorporó y señaló pendiente arriba. Meggie notaba los latidos desbocados de su corazón mientras lo seguían. Se deslizaban ligeros de un árbol a otro, de un arbusto a otro, acechando siempre a sus espaldas. Meggie se sobresaltaba con cada rama que se partía bajo sus pies, pero por suerte también Basta y Nariz Chata hacían ruido mientras avanzaban monte abajo por entre la espesura.

En cierto momento dejaron de divisar la carretera. A pesar de todo, el miedo a que Basta hubiera dado media vuelta y los persiguiera monte arriba no los abandonaba. Sin embargo, en cuanto se detenían y escuchaban con atención sólo oían su propia respiración.

–No tardarán mucho en darse cuenta de que han elegido la ruta equivocada –susurró Dedo Polvoriento–. Y entonces volverán a por los perros. Tenemos suerte de que no los hayan traído. Basta no los estima demasiado, y desde luego tiene razón: los he alimentado muchas veces con queso. Eso embota el olfato de los canes. A pesar de todo, tarde o temprano regresará con ellos, porque ni siquiera Basta se atreve a presentarse ante Capricornio con malas noticias.

–¡Entonces apretemos el paso! –aconsejó Mo.

–¿Adónde vamos? –inquirió Elinor jadeando.

Dedo Polvoriento miró en torno suyo. Meggie se preguntó para qué. Sus ojos apenas lograban percibir algo en medio de aquellas tinieblas.

–Tenemos que dirigirnos al sur –dijo Dedo Polvoriento–, hacia la costa. Lo único que puede salvarnos es mezclarnos con la gente. Allí abajo las noches son claras y nadie cree en el diablo.

Farid caminaba al lado de Meggie. El chico escudriñaba con tanto esfuerzo la noche como si fuera capaz de traer la mañana con sus ojos o descubrir en medio de tanta negrura a las personas de las que hablaba Dedo Polvoriento. Pero en la oscuridad no se distinguía una sola luz salvo la maraña de estrellas que titilaban, frías y lejanas, en el cielo. Por un momento le parecieron a Meggie ojos delatores y creyó oír sus cuchicheos: «¡Pero míralos, Basta, van corriendo por ahí abajo! ¡Vamos, atrápalos de una vez!».

Siguieron avanzando a trompicones, muy juntos, para no perderse. Dedo Polvoriento había sacado a Gwin de la mochila y cogió a la marta por la cadena antes de hacerla andar. Al animal no parecía gustarle demasiado. Dedo Polvoriento tenía que caminar todo el rato tirando de ella para sacarla de entre la maleza, alejándola de todos los olores prometedores que permanecían ocultos al olfato humano. Entre bufidos y chillidos malhumorados, mordía la cadena y daba tirones.

–¡Maldita sea, voy a acabar tropezando y cayéndome encima de esa bestezüela! –rezongó Elinor–. ¿No podría tener más consideración con mis pies desollados? Os aseguro que en cuanto estemos entre personas elegiré la mejor habitación de hotel que pueda pagar y dejaré reposar mis pobres pies encima de un gran almohadón mullido.

–¿Aún te queda dinero? –preguntó Mo incrédulo–. A mí me lo quitaron todo en el acto.

–Oh, Basta también me arrebató el monedero –informó Elinor–, pero soy una mujer precavida. Mi tarjeta de crédito está a buen recaudo.

–¿Existe algún lugar seguro ante Basta? –Dedo Polvoriento tiró de Gwin obligándola a bajar del tronco de un árbol.

–Por supuesto que sí –respondió Elinor–. Ningún hombre tiene prisa por registrar a mujeres gordas y viejas. Eso constituye una ventaja. Algunos de mis libros más valiosos los he... –se interrumpió bruscamente y carraspeó cuando su mirada cayó sobre Meggie, pero la niña simuló que no había oído esa última frase o al menos no había comprendido su significado.

–Pues tampoco estás tan gorda –comentó–. Y lo de vieja me parece una exageración –¡cuánto le dolían los pies!

–Muchas gracias, tesoro –repuso Elinor–. Creo que te compraré a tu padre para que me digas esas cosas tan amables tres veces al día. ¿Cuánto pides por ella, Mo?

–Tendré que pensármelo –respondió el aludido–. ¿Qué te parecerían tres tabletas de chocolate diarias?

Mientras mantenían esta charla, las voces apenas más altas que un murmullo, se abrían paso con esfuerzo a través de la piel espinosa de las colinas. Su charla carecía de importancia porque los cuchicheos sólo tenían una finalidad: mantener a raya el miedo y el cansancio, que lastraba los miembros de todos ellos. Poco a poco se fueron alejando, con la esperanza de que Dedo Polvoriento supiera adónde los conducía. Meggie se mantuvo todo el rato pegadita a su padre. Su espalda le ofrecía al menos protección contra las ramas espinosas que se enganchaban sin cesar en su ropa y arañaban su rostro, como animales malignos que acechan en la oscuridad con garras puntiagudas como agujas.

En cierto momento desembocaron en un sendero y lo siguieron. Lo bordeaban cartuchos vacíos, tirados por cazadores que habían traído la muerte a esos parajes silenciosos. Por la tierra pisada era más fácil caminar, a pesar de que Meggie, de puro cansancio, era casi incapaz de levantar los pies. Cuando tropezó por segunda vez, muerta de sueño, contra los talones de su padre, éste se la cargó a la espalda y la llevó como había hecho tantas veces en el pasado, cuando ella aún era incapaz de seguir el ritmo de sus largas zancadas. «Pulga» la llamaba entonces, «niña pluma» o «Campanilla», por el hada de *Peter Pan.* Aún le daba esos apelativos en algunas ocasiones.

Fatigada, Meggie apoyó la cara en sus hombros e intentó pensar en Peter Pan para ahuyentar de su mente las serpientes o los hombres con navajas. Pero esta vez su propia historia era demasiado poderosa para que la inventada la desplazase de su mente.

Farid llevaba un buen rato silencioso. La mayoría del tiempo caminaba a trancas y barrancas detrás de Dedo Polvoriento. Parecía haberse aficionado a Gwin, pues cada vez que la cadena de la marta se enredaba en algo, Farid acudía presuroso a liberarla, aunque el animal chillara y le lanzase mordiscos a los dedos. Una vez clavó los dientes tan profundamente en el pulgar del chico, que empezó a sangrar.

–¿Sigues creyendo que esto es un sueño? –le preguntó sarcástico Dedo Polvoriento mientras Farid se limpiaba la sangre.

El chico no contestó. Se limitaba a contemplar su pulgar herido. A continuación se lo chupó y escupió.

–¿Y qué es si no? –inquirió.

Dedo Polvoriento miró a Mo, pero éste parecía tan sumido en sus pensamientos que no reparó en su mirada.

–¿Qué te parecería otro cuento? –le preguntó Dedo Polvoriento.

Farid se echó a reír.

–Otro cuento. Eso me gusta. Siempre me han gustado los cuentos.

–¿Ah, sí? ¿Y qué opinas de éste?

–Demasiadas espinas, y la verdad es que poco a poco bien podría amanecer, pero con todo y con eso, aún no he tenido que trabajar. Algo es algo.

Meggie no pudo contener la risa.

Un pájaro pió a lo lejos. Gwin se detuvo y levantó el hocico venteando. La noche pertenece a los ladrones. Siempre les ha pertenecido. En casa, protegido por la luz y fuertes muros, uno lo olvida con facilidad. La noche protege a los cazadores, permitiéndoles acercarse con sigilo a su presa. Meggie recordó las palabras de uno de sus libros favoritos: *porque las horas nocturnas son horas de poder para colmillo, garra y pata.*

Apoyó la cara en el hombro de su padre. «Tal vez fuese preferible que volviera a caminar», pensó. «Ya lleva mucho rato cargando conmigo». Pero después se adormiló sobre su espalda.

21

Basta

Me imaginé que en aquel sendero que ahora se veía tan apacible habrían retumbado los gritos; e incluso llegué a creer que los oía todavía.

Robert L. Stevenson, *La isla del tesoro*

Cuando su padre se detuvo, Meggie se despertó. Habían alcanzado casi la cresta de la colina. Aún estaba oscuro, pero la noche palidecía y a lo lejos levantaba ya su falda para el nacimiento de una nueva mañana.

–Tenemos que descansar, Dedo Polvoriento –oyó decir Meggie a su padre–. El chico se tambalea, los pies de Elinor seguro que precisan un poco de reposo, y si quieres saber mi opinión, este lugar es tan bueno como cualquier otro.

–¿Qué pies? –preguntó Elinor dejándose caer al suelo con un gemido–. ¿Te refieres a esos muñones doloridos situados al final de mis piernas?

–Exacto –contestó Mo mientras la ayudaba a levantarse–. Pero todavía hay que caminar unos metros más. Descansaremos ahí enfrente.

A unos cincuenta metros a su izquierda, en la cima de la colina, se veía entre los olivos una casa, suponiendo que mereciese ese nombre. Meggie se descolgó por la espalda de su padre antes de emprender la ascensión. Los muros parecían construidos a toda prisa, como si alguien se hubiese limitado a apilar las piedras unas encima de otras, el tejado se había desplomado y en el lugar donde debía de haber existido una puerta, ahora bostezaba un agujero negro.

Mo necesitó agacharse mucho para atravesarlo. Las ripias rotas del tejado cubrían el suelo; en un rincón se veía un saco vacío, fragmentos de cerámica, quizá de un plato o de una fuente, y unos huesos, pulcramente roídos.

Mo suspiró.

–No es un sitio muy confortable, Meggie –le dijo–, pero imagínate que te encuentras en el escondite de los niños perdidos o...

–En el barril de Huckleberry Finn –Meggie miró a su alrededor–. Creo que, pese a todo, prefiero dormir fuera.

Elinor entró. El alojamiento tampoco a ella pareció gustarle demasiado.

Mo le dio un beso a su hija y se encaminó hacia la puerta.

–¡Creedme, aquí dentro estamos más seguros! –aseveró.

Meggie lo miró intranquila.

–¿Adónde vas? Tú también necesitas dormir.

–¡Qué va, no estoy cansado! –pero la expresión de su rostro desmentía sus palabras–. Ahora, a dormir, ¿de acuerdo? –y acto seguido desapareció en el exterior.

Elinor apartó las ripias rotas con los pies.

–Ven –le dijo despojándose de la chaqueta y extendiéndola sobre el suelo–. Vamos a intentar instalarnos bien cómodas juntas. Tu padre tiene razón, nos imaginaremos que estamos en otro lugar. ¿Por qué las aventuras resultan mucho más divertidas cuando las lees? –murmuró mientras se tumbaba en el suelo.

Meggie se tendió, vacilante, a su lado.

–Al menos no llueve –constató Elinor con una mirada al techo derrumbado–. Y tenemos las estrellas por encima de nosotros, aunque ya palidecen. A lo mejor debería mandar que me abrieran un par de agujeros en el tejado de mi casa –con un ademán impaciente indicó a Meggie que apoyara la cabeza en su brazo–. Para que no te entren arañas en los oídos mientras duermes –precisó cerrando los ojos–. Ay, Señor –la oyó murmurar Meggie–. Creo que tendré que comprar un par de pies nuevos. Éstos no tienen salvación –y dichas estas palabras, se durmió...

Meggie, sin embargo, yacía con los ojos muy abiertos y los oídos prestos. Oyó a su padre hablar en voz baja con Dedo Polvoriento. ¿De qué? No logró entenderlo. En una ocasión creyó oír el nombre de Basta. Farid también se había quedado fuera. Pero del chico no se oía ni chispa.

Elinor empezó a roncar al cabo de pocos minutos. Meggie, sin embargo, no lograba conciliar el sueño por más que lo intentaba, así que se levantó con absoluto sigilo y salió al exterior. Su padre permanecía despierto. Sentado con la espalda apoyada en un árbol, contemplaba cómo la mañana ahuyentaba a la noche por encima de las colinas circundantes. Dedo Polvoriento se había alejado unos metros. Cuando Meggie abandonó la choza, él levantó fugazmente la cabeza. ¿Pensaría en el fuego y en los duendes? Farid yacía a su lado, enroscado como un perro, y Gwin se acurrucaba a sus pies mordisqueando algo. Meggie apartó deprisa la vista.

El alba se apoderaba de las colinas, conquistando una cima tras otra. Meggie descubrió casas a lo lejos, diseminadas como juguetes por las laderas verdes. En algún lugar de allí detrás debía de estar el mar. La niña colocó la cabeza en el regazo de su padre y alzó los ojos hacia su rostro.

–¿Aquí ya no nos encontrarán, verdad? –preguntó.

–No, seguro que no –respondió su padre, pero la expresión de su rostro denotaba mucha más preocupación que su voz–. ¿Por qué no duermes con Elinor?

–Ronca –murmuró Meggie.

Su padre sonrió. Acto seguido volvió a acechar con el ceño fruncido pendiente abajo, al lugar por donde, oculto por jaras, aulagas y hierba alta, discurría el camino que los había conducido hasta allí.

Tampoco Dedo Polvoriento quitaba ojo del sendero. La visión de los dos hombres vigilantes tranquilizó a Meggie y pronto se sumió en un sueño tan profundo como el de Farid... como si ante la casa en ruinas la tierra no estuviera cubierta de zarzas, sino de edredones de pluma. Cuando su padre la despertó sacudiéndola y le tapó la boca con la mano, lo juzgó una pesadilla.

Su padre se puso un dedo sobre los labios a modo de advertencia. Meggie oyó crujidos en la hierba y los gañidos de un perro. Mo la ayudó a levantarse y los condujo a ella y a Farid hacia la protectora oscuridad de la choza. Elinor continuaba roncando. La luz que la mañana en ciernes derramaba sobre su rostro la hacía parecer una chica joven, pero en cuanto Mo la despertó, el cansancio, las preocupaciones y el miedo se abatieron sobre ella.

Mo y Dedo Polvoriento se situaron junto a la abertura de la puerta con la espalda pegada al muro, uno a la izquierda, otro a la derecha. Unas voces masculinas rompían el silencio de la mañana. Meggie creyó oír el jadeo de los perros y deseó disolverse en el aire, en aquel aire inodoro e invisible. Farid estaba a su lado, con los ojos abiertos como platos. Meggie reparó por vez primera en que eran casi negros. Nunca había visto unos ojos tan negros, de pestañas largas como las de una chica.

Elinor, apoyada en la pared de enfrente, se mordía los labios de miedo. Dedo Polvoriento hizo una señal a Mo, y antes de que Meggie comprendiera lo que ambos se proponían, salieron al exterior. Los olivos tras los que se ocultaron tenían el tronco corto y sus ramas enmarañadas pendían hasta el suelo, como si el peso de las hojas los abrumara. Un niño habría podido ocultarse con facilidad detrás de ellas, pero ¿ofrecían también protección suficiente para dos adultos?

Meggie acechaba por la abertura de la puerta, ahogada casi por los latidos de su propio corazón. Fuera, el sol iba ascendiendo en el cielo. La luz del día penetraba en cada valle, bajo cada árbol y, de repente, Meggie deseó que llegara de nuevo la noche. Mo se había arrodillado para que no se divisara su cabeza por encima de la maraña de ramas. Dedo Polvoriento se apretaba contra el tronco encorvado y allí, muy cerca, a veinte pasos a lo sumo de ambos, vieron a Basta ascendiendo por la ladera entre los cardos y las hierbas que le llegaban a la altura de la rodilla.

–¡Ésos estarán ya abajo, en el valle! –oyó Meggie que decía una voz gruñona, y al instante siguiente Nariz Chata apareció junto a Basta. Traían consigo dos perros de mala catadura. Meggie vio cómo sus poderosas cabezas olfateaban la hierba.

–¿Con los dos niños y la gorda? –Basta meneó la cabeza y escudriñó en torno suyo.

Farid atisbó por delante de Meggie... y, al divisar a los dos hombres, retrocedió como si algo le hubiera mordido.

–¿Basta? –los labios de Elinor dibujaron su nombre sin pronunciarlo.

Meggie asintió y Elinor palideció más aún si cabe.

–Maldita sea, Basta, ¿cuánto tiempo pretendes seguir pateando estos parajes? –la voz de Nariz Chata resonó muy lejos en el silencio de las colinas–. Dentro de poco se animarán las serpientes, y tengo hambre. Contaremos que se han despeñado con el coche hasta el valle. Si le damos un empujón más a ese trasto, nadie descubrirá la mentira. Seguro que las serpientes acabarán con ellos de todos modos. Y si no, se perderán, se morirán de hambre, sufrirán una insolación, qué sé yo. Sea como fuere, no volveremos a verlos jamás.

–¡Les ha dado queso! –Basta, enfurecido, tiraba con violencia de los perros–. El maldito comefuego los alimentó con queso para arruinar su olfato. Pero nadie quiso creerme. No es de extrañar que aúllen de alegría cada vez que ven su horrenda cara.

–Les pegas demasiado –gruñó Nariz Chata–. Por eso no se esfuerzan. A los perros no les gusta que les peguen.

–Bobadas. Hay que pegarles, pues te muerden. Por eso quieren al comefuego, porque es igual que ellos, un llorica taimado y mordedor.

Uno de los perros se tumbó en la hierba y se lamió las patas. Iracundo, Basta le propinó una patada en el flanco y lo levantó de un tirón.

–Tú puedes regresar al pueblo –rugió a Nariz Chata–. Pero yo le echaré el guante al comefuego y le cortaré los dedos uno por uno. Ya veremos si después sigue siendo tan hábil con sus pelotas. Siempre he dicho que no se puede confiar en él, pero al jefe sus jueguecitos con el fuego le parecían taaaan entretenidos.

–Vale, vale, todo el mundo sabe que nunca lo has tragado –la voz de Nariz Chata sonaba aburrida–. Pero a lo mejor no tiene nada que ver con la desaparición de los otros. Ya sabes que él siempre ha venido y se ha marchado cuando le ha venido en gana, a lo mejor aparece cualquier día de estos y resulta que no sabe nada de nada.

–Sí, sería capaz –gruñó Basta; siguió andando y con cada paso se acercaba más a los árboles tras los que se ocultaban Mo y Dedo Polvoriento–. Pero la llave del coche de la gorda la cogió Dedo Polvoriento de debajo de mi almohada, ¿verdad? No, esta vez de nada le servirá la mejor de las excusas. Porque además se ha llevado algo que me pertenece.

Dedo Polvoriento se echó la mano al cinto en un gesto involuntario, como si temiera que la navaja de Basta fuese capaz de llamar a su dueño. Uno de los perros alzó la cabeza venteando y tiró con fuerza de Basta en dirección a los árboles.

–¡Ha olfateado algo! –Basta bajó la voz, ronca por la excitación–. ¡Este estúpido animal ha olido algo!

Le quedaban unos diez pasos, puede que menos todavía, para llegar a los árboles. ¿Qué hacer? ¿Qué podían hacer?

Nariz Chata caminaba pesadamente tras Basta con expresión de desconfianza.

–Deben de haber olfateado un jabalí –le oyó decir Meggie–. Hay que tener cuidado con esas bestias, te derriban sin vacilar. Ay, maldita sea, creo que ahí hay una serpiente. Una de las negras. Llevas el antídoto en el coche, ¿no?

Tieso como un palo, sin moverse un ápice del sitio, clavaba los ojos delante de sus pies. Basta no le prestaba atención. Seguía al perro que olisqueaba. Unos pasos más y Mo podría tocarlo con la mano. Basta se quitó la escopeta del hombro y se detuvo, aguzando el oído. Los perros dieron un tirón hacia la izquierda y saltaron aullando hacia una de las ramas del árbol.

Gwin estaba agazapada entre las ramas.

–¿Qué te dije? –exclamó Nariz Chata–. ¡Han olido una marta! Esos bichos apestan tanto que hasta yo sería capaz de seguir su rastro.

–Ésa no es una marta corriente –silabeó Basta–. ¿No la reconoces? –inquirió clavando sus ojos en la choza derruida.

Mo aprovechó la ocasión y, saltando desde detrás del árbol, agarró a Basta e intentó arrancarle la escopeta de las manos.

–¡Atacad! ¡Atacadlo, asquerosos perros falderos! –bramó Basta.

Esa vez los canes obedecieron la orden y se abalanzaron sobre Mo enseñando los dientes amarillentos.

Antes de que Meggie pudiera correr hacia su padre para ayudarle, Elinor la sujetó igual que había hecho en su casa, a pesar de la resistencia de la niña.

Pero esta vez alguien echó una mano a Mo. Antes de que los perros llegaran a morderlo, apareció Dedo Polvoriento. Cuando los apartó tirando de sus collares, Meggie pensó que lo destrozarían, pero en lugar de eso lamieron sus manos, saltaron hacia él como si fuera un viejo amigo y estuvieron a punto de derribarlo mientras Mo le tapaba la boca a Basta con la mano para evitar que volviera a llamarlos.

Sin embargo, aún quedaba Nariz Chata. Por fortuna no era muy rápido de entendederas. Ese instante fugaz en el que se limitó a quedarse quieto mirando de hito en hito a Basta, que se retorcía entre los brazos de Mo, los salvó.

Dedo Polvoriento condujo a los perros hasta el árbol más próximo y, mientras ataba las correas al tronco rugoso, Nariz Chata salió de su estupefacción.

–¡Suéltalos! –gritó apuntando a Mo con la escopeta.

Dedo Polvoriento soltó a los perros maldiciendo entre dientes, pero la piedra que arrojó Farid fue más rápida y acertó a Nariz Chata en plena frente. Era un objeto de tamaño insignificante, pero el gigante se desplomó sobre la hierba, justo a los pies de Dedo Polvoriento, como un árbol recién talado.

–¡Quítame a los perros de encima! –gritó Mo, mientras Basta intentaba utilizar su escopeta.

Uno de los perros mordía con tesón la manga de Mo. Ojalá fuera sólo la manga.

Elinor intentó sujetar a Meggie, pero ésta echó a correr hacia la fiera y la agarró por el collar mellado. El perro no soltaba su presa por más tirones que le daba. Meggie vio sangre en la manga de su padre y por poco le ponen en la cabeza el cañón de la escopeta.

Dedo Polvoriento intentó llamar de nuevo a los perros, que en un principio le obedecieron y al menos soltaron a Mo. Sin embargo, en el ínterin Basta consiguió liberarse.

–¡Atacad! –vociferó, y los perros se quedaron gruñendo indecisos entre obedecer a Basta o a Dedo Polvoriento.

–¡Falderos del diablo! –rugió Basta apuntando con la escopeta al pecho de Mo, pero en ese preciso momento Elinor le puso en la cabeza la boca del cañón de la escopeta de Nariz Chata.

Le temblaban las manos y tenía la cara enrojecida, como siempre que se excitaba, pero parecía decidida a utilizar el arma.

–¡Baja la escopeta! –ordenó con voz temblorosa–, y ay de ti si vuelves a decir una mala palabra a los perros. Puede que no haya sostenido nunca un arma entre las manos, pero te garantizo que conseguiré apretar el gatillo.

–¡Apartaos! –ordenó Dedo Polvoriento a los perros.

Los animales dirigieron una mirada insegura a Basta, pero cuando éste calló, se tumbaron en la hierba y dejaron que Dedo Polvoriento los amarrase al árbol más cercano.

La manga de Mo se iba empapando de sangre. Al verla, Meggie notó que se mareaba.

Dedo Polvoriento vendó la herida con un pañuelo de seda rojo que embebía la sangre, ocultándola.

–No es ni la mitad de grave de lo que aparenta –explicó a la niña cuando se acercó con las rodillas temblorosas.

–¿Tienes algo en la mochila con que podamos atar a ése? –preguntó Mo señalando con la cabeza a Nariz Chata, que seguía inconsciente.

–Este navajero también necesita que lo empaquetemos –advirtió Elinor.

Basta la miró con una expresión rebosante de odio.

–¡No me mires así! –le ordenó ella poniéndole el cañón de la escopeta en el pecho–. Un arma de éstas puede hacer el mismo daño que un cuchillo, y, créeme, me pasan por la cabeza unas ideas perversas.

Basta torció la boca con desprecio, pero no quitaba ojo al índice de Elinor, que no se apartaba del gatillo.

En la mochila de Dedo Polvoriento hallaron una cuerda, no muy gruesa, pero sí fuerte.

–No bastará para los dos –constató Dedo Polvoriento.

–¿Por qué queréis atarlos? –preguntó Farid–. ¿Por qué no los matáis? ¡Eso es lo que ellos pretendían hacer con nosotros!

Meggie lo miró desilusionada, pero Basta se echó a reír.

–¡Qué cosas! –se burló–. ¡No nos habría venido mal este chico! Pero ¿quién dice que deseábamos mataros? Capricornio os quiere vivos. Los muertos no leen.

–¿Ah, sí? Y tú ¿no pretendías cortarme unos cuantos dedos? –preguntó Dedo Polvoriento mientras ceñía la cuerda alrededor de las piernas de Nariz Chata.

Basta se encogió de hombros.

–¿Desde cuándo se muere uno por eso?

Elinor se desquitó atizándole tan fuerte en las costillas con el cañón de la escopeta, que retrocedió dando un traspié.

–¿Habéis oído eso? Creo que el chico tiene razón. Quizá deberíamos pegarles un tiro a estos tipos.

Pero no lo hicieron, claro.

En la mochila de Nariz Chata encontraron otra cuerda, y Dedo Polvoriento comenzó a atar a Basta con visible satisfacción. Farid le echó una mano. Era evidente que conocía el oficio.

Condujeron a sus dos prisioneros a la casa derruida.

–Muy amable por nuestra parte, ¿no es cierto? Aquí, de momento, las serpientes os dejarán en paz –informó Dedo Polvoriento mientras introducían a Basta por la estrecha puerta–. Como es lógico, a mediodía hará mucho calor, pero quizá os hayan encontrado para entonces. A los perros, los soltaremos. Si son listos, no regresarán corriendo al pueblo, aunque esos animales suelen ser tontos... de modo que toda la banda os estará buscando esta tarde.

Nariz Chata no se despertó hasta que estuvo tirado junto a Basta bajo el tejado agujereado. Sus ojos giraban furiosos en las órbitas y se puso más colorado que la grana, pero no fue capaz de proferir palabra, ni Basta tampoco, pues Farid los había amordazado a ambos, con mucha profesionalidad también.

–Un momento –dijo Dedo Polvoriento antes de abandonar a ambos a su suerte–. Nos queda una tarea pendiente que resolver, algo que siempre he deseado hacer.

Meggie, horrorizada, lo vio sacar la navaja de Basta del cinturón y acercarse con ella a los prisioneros.

–¿Qué significa esto? –le preguntó Mo interponiéndose en su camino.

Era obvio que pensaba lo mismo que Meggie. Dedo Polvoriento, sin embargo, se limitó a sonreír.

–Tranquilo, no voy a trazar en su cara el mismo dibujo con el que él embelleció la mía –le comunicó–. Sólo quiero atemorizarlo un poco.

Y, agachándose, cortó de un tajo la cinta de cuero que Basta llevaba al cuello. De ella colgaba una bolsita cerrada con una cinta roja. Dedo Polvoriento se inclinó sobre Basta y balanceó la bolsa de un lado a otro por encima de su rostro.

–Me llevo tu suerte, Basta –dijo en voz baja mientras se incorporaba–. Ahora nada te protege del mal de ojo, ni de los espíritus y demonios, ni de las maldiciones, ni de los gatos negros, ni de cualquier otra cosa que pueda aterrorizarte.

Basta intentó propinarle patadas con las piernas atadas, pero Dedo Polvoriento las esquivó sin dificultad.

–¡Hasta nunca, Basta! –exclamó–. Y si nuestros caminos vuelven a cruzarse, recuerda que tengo esto –anudó la cinta de cuero debajo de su nuca–. ¿Seguro que contiene un mechón de tu cabello, eh? ¿No? Pues quizá sería conveniente que me llevase uno. ¿No provoca unos efectos espantosos exponer al fuego el pelo de otra persona?

–¡Déjalo ya! –dijo Mo tirando de él–. Vámonos. Quién sabe si Capricornio los echará en falta. ¿Te he contado que no quemó todos los libros? Aún queda un ejemplar de *Corazón de Tinta*.

Dedo Polvoriento se detuvo en seco, como si lo hubiera mordido una serpiente.

–Pensé que debías saberlo –Mo lo miró pensativo–. Aunque acaso te haga discurrir ideas estúpidas.

Dedo Polvoriento se limitó a asentir. Acto seguido se alejó en silencio.

–¿Por qué no nos llevamos su coche? –propuso Elinor cuando regresaron al sendero por el que habían llegado–. Seguro que lo han dejado aparcado en la carretera.

–Es demasiado peligroso –contestó Dedo Polvoriento–. Quién sabe lo que nos aguarda en la carretera. Además, nos llevaría más tiempo volver que llegar al próximo pueblo, y un coche así es fácil de encontrar. ¿Quieres acaso poner a Capricornio tras nuestra pista?

Elinor suspiró.

–Era una simple idea –murmuró masajeándose sus doloridos tobillos.

No se apartaron del camino, pues entre la hierba alta ya rebullían las serpientes. En una ocasión, una de ellas, negra y delgada, se arrastró ante sus ojos por la tierra amarillenta. Dedo Polvoriento introdujo un palo bajo su cuerpo escamoso y la devolvió al zarzal del que procedía. Meggie se imaginaba a las serpientes más grandes, pero Elinor le aseguró que las más peligrosas eran las pequeñas. Elinor cojeaba, aunque hacía todo lo posible por no retrasar a los demás. También Mo caminaba más despacio de lo habitual. Intentaba disimularlo, pero la mordedura del perro le molestaba.

Meggie iba muy cerca de él, observando con preocupación una y otra vez el pañuelo rojo que Dedo Polvoriento había anudado alrededor de la herida. No tardaron en llegar a una carretera asfaltada. Un camión cargado de bombonas de gas herrumbrosas venía hacia ellos. Estaban demasiado cansados para ocultarse y además venía en dirección contraria al pueblo de Capricornio; Meggie vio cómo el hombre sentado tras el volante los observaba asombrado al cruzarse con ellos. Debían de ofrecer un aspecto deplorable, con sus ropas sucias, empapadas de sudor y desgarradas por los numerosos zarzales que habían sorteado con esfuerzo.

Al poco rato divisaron las primeras casas. Cada vez había más colgadas de las laderas, enlucidas de colores y con flores delante de la puerta. Pronto llegaron a las afueras de una población de considerable tamaño. Meggie vio edificios de muchos pisos, palmeras con hojas polvorientas y de repente, en la lejanía y plateado por el sol, el mar.

–¡Dios mío, espero que nos permitan entrar en algún banco! –exclamó Elinor–. Tenemos pinta de haber sido atacados por una cuadrilla de bandidos.

–Bueno, eso es lo que nos ha pasado –replicó Mo–. ¿O no?

22

A SALVO

Los días se fueron deslizando perezosamente y cada uno iba dejando detrás, un poco aligerado, el peso de esas preocupaciones.

Mark Twain, *Las aventuras de Tom Sawyer*

A pesar de sus medias desgarradas, a Elinor le permitieron la entrada en un banco. Pero antes desapareció en el lavabo de señoras del primer café que encontraron en la calle. Meggie nunca supo dónde solía ocultar sus objetos de valor, pero, a su regreso, Elinor se había lavado la cara, se había quitado del pelo las briznas de hierba y blandía una tarjeta de crédito dorada con aire triunfal. A continuación encargó un desayuno para todos.

Les pareció extraño encontrarse de repente en un café, comiendo y observando el trajín de la calle, poblada de seres humanos corrientes y molientes que acudían al trabajo, compraban o se habían detenido a charlar. A Meggie le resultaba casi increíble lo sucedido hacía dos noches en el pueblo de Capricornio y le sorprendía que el tráfago cotidiano de ahí fuera no se hubiera detenido durante ese lapso de tiempo.

A pesar de todo, algo había cambiado. Desde que Meggie había visto a Basta apretar su navaja contra el cuello de su padre, parecía como si el mundo tuviera una mancha, una fea quemadura negruzca que se propagaba devastadora, hedionda y chisporroteante.

Hasta las cosas más inocentes mostraban de repente una sombra sucia. Una mujer sonrió a Meggie y luego se detuvo ante los escaparates de una carnicería. Un hombre arrastraba tras de sí a un niño con tanta impaciencia que éste tropezó y se frotó sollozando la rodilla abierta. Y a aquel tipo de allí, ¿por qué se le abombaba la chaqueta por encima del cinturón? ¿Llevaría una navaja como Basta?

Daba la impresión de que la paz era irreal, falsa. A Meggie la huida en plena noche y el miedo sufrido en la choza derruida le parecían más reales que la limonada que Elinor colocaba ante sus narices.

Farid no tocaba su vaso. Tras olfatear el contenido amarillo, dio un sorbo y después se limitó a observar por la ventana. Sus ojos apenas lograban decidir en quién o en qué detenerse primero. Su cabeza se movía de un lado a otro, como si siguiera un juego invisible cuyas reglas intentaba comprender, sumido en la desesperación.

Después de desayunar, Elinor preguntó en la barra por el mejor hotel de la ciudad. Mientras pagaba la cuenta con su tarjeta de crédito, Meggie contemplaba con su padre todas las exquisiteces colocadas en el expositor de la barra, y cuando se dieron la vuelta, Dedo Polvoriento y Farid habían desaparecido. A Elinor aquello le inquietó sobremanera, pero Mo aplacó su preocupación.

–No puedes atraer a Dedo Polvoriento con el señuelo de una cama de hotel. A él no le gusta dormir bajo un techo sólido –explicó–. Siempre ha seguido su propio camino. A lo mejor desea marcharse, o tal vez se plante en la próxima esquina para ofrecer su espectáculo a los turistas. Créeme, con Capricornio no volverá, te lo aseguro.

–¿Y Farid? –a Meggie no le cabía en la cabeza que hubiera desaparecido por las buenas con Dedo Polvoriento.

Su padre se limitó a encogerse de hombros.

–Durante todo este tiempo no se ha separado de él –respondió–. Aunque no sé si es por Dedo Polvoriento o por Gwin.

El hotel que los empleados del café habían recomendado a Elinor estaba ubicado en una plaza cercana a la calle principal que, flanqueada por palmeras y tiendas, cruzaba el pueblo. Elinor alquiló dos habitaciones en el último piso, desde cuyos balcones se divisaba el mar. Era un hotel grande. Abajo, junto a la entrada, había un hombre con un extraño atuendo que, aunque pareció sorprenderse por su carencia de equipaje, pasó por alto la suciedad de sus ropas con una amable sonrisa. Las camas eran tan mullidas y blancas que lo primero que hizo Meggie fue enterrar el rostro en el embozo. A pesar de todo, la sensación de irrealidad no la abandonaba. Una parte de ella seguía en el pueblo de Capricornio, tropezando entre los zarzales y temblando en la choza derruida mientras Basta se aproximaba desde el exterior. A Mo parecía sucederle algo parecido. Siempre que lo miraba tenía una expresión ausente, y en lugar del alivio que ella quizá esperaba tras todo lo acontecido, sólo descubrió tristeza... y un ensimismamiento que la atemorizó.

–Oye, por casualidad, ¿no estarás pensando en regresar, eh? –le preguntó al volver a ver esa expresión en su rostro. Lo conocía tan bien...

–¡Oh, no te preocupes! –contestó él acariciando sus cabellos. Pero ella no le creyó.

A Elinor parecía asaltarle el mismo temor que a Meggie. En varias ocasiones habló con voz insistente y muy seria con Mo –en el pasillo del hotel delante de su habitación, durante el desayuno, durante la comida–, pero en cuanto Meggie se acercaba, callaba bruscamente. Elinor llamó a un médico para que curase el brazo de Mo, a pesar de que éste lo juzgaba innecesario, y compró para todos ropa nueva, en compañía de Meggie, pues, como dijo:

–Si yo te escojo algo, no te lo pondrás.

Además, hizo numerosas llamadas telefónicas. Telefoneaba sin parar y visitó todas las librerías de la localidad. Al tercer día, mientras desayunaban, declaró de repente que pensaba regresar a casa.

–Ya no me duelen los pies, la añoranza de mis libros acabará matándome, y como vea a un turista más en bañador, gritaré –le comunicó a Mo–. He alquilado un coche. Pero antes de irme, me gustaría entregarte esto.

Y, tras estas palabras, deslizó por encima de la mesa una nota para Mo. En ella figuraban un nombre y una dirección, escritos con la letra grande y ampulosa de Elinor.

–Te conozco, Mortimer –le dijo–. Sé que *Corazón de Tinta* no se te va de la cabeza. Por eso te he conseguido la dirección de Fenoglio. Créeme, no ha sido fácil, pero existen grandes posibilidades de que aún conserve algún ejemplar. Prométeme que irás a visitarlo, vive cerca de aquí, y que desterrarás para siempre de tu mente el libro del pueblo maldito.

Mo contempló la dirección con detenimiento, como si quisiera grabarla a fuego en su memoria. A continuación introdujo la nota en su monedero recién comprado.

–Tienes razón, merece la pena intentarlo –reconoció–. ¡Muchas gracias, Elinor! –parecía casi feliz.

Meggie no entendía una palabra. Sólo sabía una cosa: Elinor llevaba razón. Su padre seguía pensando en *Corazón de Tinta,* se negaba a aceptar que lo había perdido.

–¿Fenoglio? ¿Quién es ése? –preguntó la niña con voz insegura–. ¿Algún librero? –el nombre le resultaba conocido, pero no acertaba a recordar por qué.

Su padre no contestó. Se limitaba a mirar fijamente por la ventana.

–¡Vámonos con Elinor, Mo! –rogó Meggie–. ¡Por favor!

Aunque era hermoso acudir por las mañanas a la orilla del mar y las casas de colores le encantaban, ardía en deseos de marcharse. Cada vez que divisaba las colinas que se alzaban detrás del pueblo, su corazón latía más deprisa, y una y otra vez creía descubrir entre la gente que deambulaba por las calles los rostros de Basta o de Nariz Chata. Deseaba regresar a casa o al menos a la de Elinor. Quería contemplar cómo su padre confeccionaba nuevos ropajes para los libros de Elinor, cómo estampaba con sus sellos en la piel delicados motivos de oro, cómo seleccionaba el papel para las guardas, removía la cola y apretaba con energía la prensa. Deseaba que todo volviera a ser como antes de la noche en que apareció Dedo Polvoriento.

Su padre sacudió la cabeza.

–Primero he de hacer esa visita, Meggie, antes de regresar a casa de Elinor –le informó–. Nos iremos pasado mañana a más tardar.

Meggie clavó los ojos en su plato. Qué desayunos tan increíbles te servían en un hotel caro... Sin embargo, no tenía apetito para tomar barquillos frescos con fresas.

–Bien, entonces os veré dentro de dos días. ¡Dame tu palabra de honor, Mortimer! –imposible soslayar la preocupación que latía en la voz de Elinor–. Vendrás aunque no tengas éxito con Fenoglio. ¡Prométemelo!

Mo sonrió.

–Palabra de honor, Elinor –aseguró.

Elinor respiró aliviada y mordisqueó el panecillo depositado en su plato.

–No me preguntes cómo he conseguido la dirección –dijo con la boca llena–. Ese hombre no reside lejos de aquí. En coche seguro que apenas tardas una hora en llegar. Qué raro que Capricornio y él vivan tan cerca uno del otro, ¿verdad?

–Sí, es muy raro –murmuró Mo sin dejar de mirar por la ventana.

El viento acariciaba las palmeras del jardín del hotel.

–Casi todos sus relatos transcurren en esta zona –prosiguió Elinor–, pero por lo que sé, vivió mucho tiempo en el extranjero y regresó hace pocos años –hizo una seña a una camarera para que le sirviera otro café.

Cuando la camarera le preguntó si deseaba algo más, Meggie negó con la cabeza.

–¡Mo, quiero irme de aquí! –musitó–. No me apetece visitar a nadie. Quiero irme a casa. O al menos a la de Elinor.

Su padre cogió su taza de café. Aún torcía el gesto al mover el brazo izquierdo.

–Haremos esa visita mañana mismo, Meggie –anunció–. Ya has oído que no queda muy lejos de aquí. Y pasado mañana por la noche como muy tarde estarás durmiendo en la cama gigante de Elinor, donde cabría un curso escolar entero.

Pretendía hacerla reír, pero su hija no estaba de humor. Contemplaba las fresas de su plato. Qué rojas eran.

–Tendré que alquilar un coche, Elinor –le dijo Mo–. ¿Puedes prestarme dinero? Te lo devolveré en cuanto lleguemos a tu casa.

Elinor asintió y dirigió una larga mirada a la niña.

–¿Sabes una cosa, Mortimer? Creo que de momento tu hija odia los libros. Recuerdo esa sensación. Cada vez que mi padre se enfrascaba en uno, los demás nos tornábamos invisibles. En esas ocasiones me habría encantado hacerlo trizas con unas tijeras. ¿Y hoy? Hoy estoy tan loca como mi padre. ¿A que es curioso? En fin –dobló su servilleta y echó su silla hacia atrás–, prepararé el equipaje y tú cuéntale a tu hija quién es Fenoglio.

Acto seguido se marchó. Meggie se quedó sola en la mesa con su padre. Él pidió otro café, a pesar de que solía contentarse con una sola taza.

–¿Qué pasa con tus fresas? –le preguntó–. ¿No te apetecen?

Meggie negó con la cabeza.

Mo cogió una suspirando.

–Fenoglio es el autor de *Corazón de Tinta* –explicó–. Es probable que conserve algún ejemplar. Casi seguro incluso.

–¡Bah! –exclamó Meggie despectiva–. Seguro que Capricornio se los robó hace tiempo. ¡Los robó todos, lo viste con tus propios ojos!

Su padre meneó la cabeza.

–Creo que se olvidó de Fenoglio. Sabes, esto de los escritores es un asunto extraño. La mayoría de la gente no se imagina que los libros los escriben personas que no son muy distintas a ellos. Se supone que los escritores llevan mucho tiempo muertos, pero no que puedas encontrártelos en la calle o haciendo la compra. Se conocen sus obras, pero no su nombre y menos aun sus facciones. Y a la mayoría de los escritores eso les gusta... Ya has oído decir a Elinor que le resultó muy difícil averiguar la dirección de Fenoglio. Es muy probable que Capricornio no tenga ni la más remota idea de que su creador vive apenas a dos horas de distancia de él.

Meggie no estaba tan segura. Meditabunda, hizo dobleces con el mantel y luego volvió a estirar la tela amarillo pálido.

–A pesar de todo preferiría marcharme a casa de Elinor –insistió–. El libro... –se interrumpió, pero acabó concluyendo la frase–, no entiendo por qué te empeñas en conseguirlo a toda costa. No sirve de nada.

«Ella se ha ido», pensó, «tú intentaste traerla de vuelta, pero es imposible. Vámonos a casa...».

Mo cogió otra fresa de su hija, la más diminuta.

–Las más pequeñas son siempre las más dulces –dijo mientras se la metía en la boca–. A tu madre le encantaban las fresas. Nunca se hartaba de ellas, y cuando en primavera llovía tanto que se enmohecían en el bancal, se enfadaba muchísimo.

Una sonrisa afloró a sus labios mientras miraba de nuevo por la ventana.

–Sólo este intento más, Meggie –le dijo–. Sólo uno más y pasado mañana regresaremos a casa de Elinor. Te lo prometo.

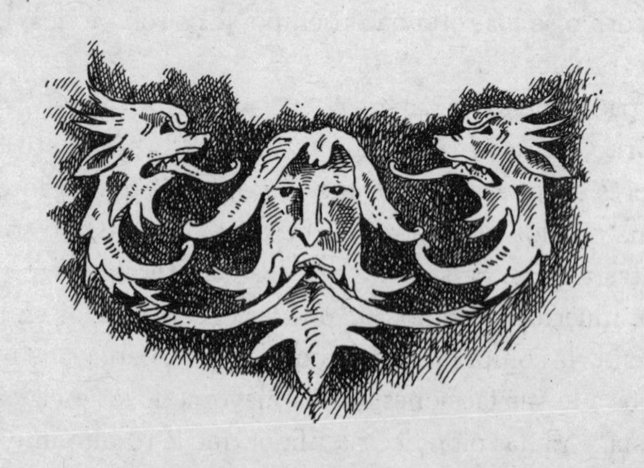

23

UNA NOCHE REBOSANTE DE PALABRAS

¿Qué niño no habrá imaginado, cuando no podía conciliar el sueño en una tibia noche de verano, que veía en el cielo el velero de Peter Pan?
Quiero enseñarte a ver ese barco.

Roberto Cotroneo, *Si una mañana de verano un niño*

Meggie permaneció en el hotel mientras su padre se encaminaba a la empresa de alquiler de coches. Tras acercar una silla al balcón, contempló por encima de la barandilla pintada de blanco el mar, que centelleaba como un cristal azulado más allá de las casas, e intentó dejar la mente en blanco. El ruido del tráfico que ascendía hasta sus oídos era tan intenso que estuvo a punto de no oír a Elinor llamar a la puerta.

Se alejaba ya por el pasillo, cuando Meggie abrió de repente.

–Ah, todavía sigues aquí –dijo Elinor, dándose la vuelta confundida. Ocultaba algo a su espalda.

–Sí, Mo ha ido a recoger el coche alquilado.

–Te he comprado un regalo de despedida –Elinor sacó un paquetito plano de detrás de la espalda–. No ha sido fácil encontrar un libro sin malvados, pues deseaba uno que tu padre pudiera leerte en voz alta sin causar daño. Creo que con éste nada sucederá.

Meggie desenvolvió el papel floreado. Sobre la tapa se veían dos niños con un perro, arrodillados en un estrecho trozo de roca o piedra, mirando preocupados el abismo que se abría debajo de ellos.

–Son poemas –explicó Elinor–. No sé si te gustan, pero se me ha ocurrido que si tu padre te los lee, seguro que sonarán de maravilla.

Meggie abrió el libro.

–*Nunca borraré mi sombra, por muy larga que sea* –leyó.

Las palabras parecieron susurrarle una suave melodía desde sus páginas. Volvió a cerrar el libro con cuidado.

–Gracias, Elinor –le dijo–. Yo... siento no tener nada para ti.

–No importa, pero espera, creo que tengo algo mejor –repuso Elinor sacando de su bolso otro paquetito recién comprado–. ¿Qué va a hacer una devoralibros como tú con un solo libro? –inquirió–. Pero éste es preferible que lo leas tú sola. Hay un montón de bribones dentro. A pesar de todo, creo que te gustará. Al fin y al cabo, en el extranjero no hay nada mejor que las consoladoras páginas de un libro, ¿verdad?

Meggie asintió.

–Mo me ha prometido que nos iremos pasado mañana –le informó–. Te despedirás de él antes de marcharte, ¿no?

Colocó el primer obsequio de Elinor sobre la cómoda emplazada junto a la puerta y abrió el segundo. Era un libro gordo, ¡magnífico!

–¡Qué va! Encárgate tú de eso –contestó Elinor–. Las despedidas no se me dan bien. Además, volveremos a vernos muy pronto... Ya le he dicho que cuide de ti. Nunca dejes los libros abiertos –le advirtió antes de volverse–, se rompe el lomo. Pero eso seguro que tu padre te lo ha repetido mil veces.

–Bastantes, sí –repuso Meggie, pero Elinor ya había desaparecido.

Poco después, Meggie oyó arrastrar una maleta hasta el ascensor, pero no salió al pasillo para comprobar si se trataba de Elinor. A ella tampoco le gustaban las despedidas.

Durante el resto del día permaneció muy silenciosa. A última hora de la tarde, su padre y ella salieron a cenar a un pequeño restaurante, a escasas bocacalles de allí. Anochecía cuando volvieron a salir. La gente se aglomeraba en las calles cada vez más oscuras. En una plaza la aglomeración era especialmente densa, y cuando Meggie se abrió paso con su padre en medio del gentío, observó que la gente se apiñaba alrededor de un escupefuego.

Cuando Dedo Polvoriento dejó que la antorcha ardiendo lamiera sus brazos desnudos, reinaba un silencio sepulcral. Mientras se inclinaba y los espectadores aplaudían, Farid les presentaba una pequeña escudilla de plata, que era lo único que desentonaba un poco en aquel lugar. Farid no parecía muy distinto a los chicos que haraganeaban en la playa y se daban codazos cuando pasaba una chica. Su piel quizá fuese algo más oscura y su pelo más negro, pero seguro que al verlo nadie se habría figurado que procedía de un relato en el que las alfombras volaban, las montañas se abrían y una lámpara satisfacía los deseos. Ya no vestía su atuendo azul hasta los pies, sino pantalón y camiseta. Con ellos parecía mayor. Dedo Polvoriento debía de haberle comprado ambas prendas, al igual que las zapatillas, con las que caminaba cauteloso, como si sus pies aún no se hubieran acostumbrado a ellas. Al descubrir a

Meggie entre la multitud, esbozó una tímida inclinación de cabeza y se alejó a buen paso.

Dedo Polvoriento escupió una última bola de fuego al aire, cuyo tamaño hizo retroceder incluso a los espectadores más valientes; después apartó las antorchas y cogió las pelotas. Las lanzaba a tal altura que los espectadores tenían que echar la cabeza hacia atrás para no perderlas de vista. Acto seguido las atrapaba y volvía a proyectarlas hacia arriba con la rodilla. Subían rodando por sus brazos como si fuesen arrastradas por hilos invisibles, luego aparecían detrás de su espalda como si hubieran salido de la nada. Esos pequeños objetos bailarines saltaban contra su frente, contra su barbilla, con tanta facilidad, tan ingrávidos... Todo habría parecido simple, liviano, tan sólo un bonito juego... de no haber sido por la expresión de Dedo Polvoriento. Permanecía serio tras las pelotas remolineantes, como si aquellas manos danzarinas, aquella habilidad, aquella despreocupada ligereza no tuvieran nada que ver con él. Meggie se preguntó si aún le dolerían los dedos. Parecían enrojecidos, pero quizá se debía solamente al resplandor del fuego.

Cuando Dedo Polvoriento se agachó para guardar sus pelotas en la mochila, los espectadores se dispersaron poco a poco, hasta que al final sólo quedaron Mo y Meggie. Farid, en cuclillas sobre el empedrado, contaba el dinero que había reunido. Parecía satisfecho... como si llevase toda la vida haciendo lo mismo.

–¿Aún sigues aquí? –preguntó Mo.

–¿Por qué no?

Dedo Polvoriento recogía sus pertenencias, las dos botellas que ya había utilizado en el jardín de Elinor, las antorchas consumidas, la escupidera, cuyo contenido derramó con despreocupación sobre los adoquines de la calle. Había comprado una bolsa nueva, la vieja debía de haberse quedado en el pueblo de Capricornio. Meggie se acercó despacio a la mochila, pero Gwin no estaba dentro.

–Esperaba que te hubieras marchado hace tiempo a cualquier lugar donde Basta no pudiese encontrarte.

Dedo Polvoriento se encogió de hombros.

–Primero he de reunir algo de dinero. Además, prefiero este clima, la gente se para más. También se muestran generosos, ¿verdad, Farid? ¿Qué tal ha ido hoy la recaudación?

El chico se sobresaltó cuando Dedo Polvoriento se giró hacia él. Había dejado a un lado la escudilla con el dinero y se disponía a meterse en la boca una cerilla encendida. La apagó con los dedos a toda prisa. Dedo Polvoriento reprimió una sonrisa.

–Está empeñado en aprender a jugar con el fuego. Le he enseñado a entrenarse con pequeñas antorchas, pero es muy impaciente y tiene siempre los labios llenos de ampollas.

Meggie miró con disimulo a Farid. Aunque simulaba no prestarles atención mientras empaquetaba de nuevo en la bolsa los objetos de Dedo Polvoriento, la niña estaba segura de que oía cada palabra que pronunciaban. Dos veces captó su mirada sombría, y a la segunda, él se volvió tan bruscamente que estuvo a punto de caérsele una de las botellas de Dedo Polvoriento.

–Eh, eh, cuidadito con eso, ¿vale?

–Supongo que no existe ninguna otra razón para que continúes aquí –dijo Mo cuando Dedo Polvoriento se volvió hacia él.

–¿Qué quieres decir? –Dedo Polvoriento esquivó su mirada–. Ah, eso. Crees que podría regresar otra vez, por el libro. Me sobrevaloras. Soy un cobarde.

–Tonterías –replicó Mo, malhumorado–. Elinor regresa a casa hoy –le informó.

–Me alegro por ella –Dedo Polvoriento observó con gesto inexpresivo el rostro de su interlocutor–. ¿Y tú? ¿No la acompañas?

Mo contempló las casas circundantes y meneó la cabeza.

–Antes quiero visitar a alguien.

–¿Aquí? ¿A quién? –Dedo Polvoriento se puso una camisa de manga corta, una prenda grande, floreada, que desentonaba un poco con su rostro surcado de cicatrices.

–A alguien que tal vez posea un ejemplar. Ya sabes...

El rostro de Dedo Polvoriento permaneció hierático, pero sus dedos lo delataron. De repente le costaba introducir los botones de su camisa en los ojales.

–¡No puede ser! –exclamó con voz ronca–. Seguro que a Capricornio no se le pasó por alto ninguno.

Mo se encogió de hombros.

–Quizá. A pesar de todo, lo intentaré. El hombre al que me refiero no es un librero corriente. Seguro que Capricornio ni siquiera conoce su existencia.

Dedo Polvoriento acechó a su alrededor. Alguien cerró los postigos de una de las casas cercanas, y al otro lado de la plaza unos niños jugaban entre las sillas de un restaurante hasta que el camarero los expulsó. Olía a comida caliente y a los juegos de Dedo Polvoriento con el fuego, y entre los edificios no se divisaba a ningún hombre vestido de negro, excepto el camarero que colocaba las sillas con cara de aburrimiento.

–¿Y quién es ese misterioso desconocido? –Dedo Polvoriento bajó la voz hasta que se convirtió en un susurro.

–El hombre que escribió *Corazón de Tinta.* Vive no lejos de aquí.

Farid se acercó despacio a ellos con la escudilla de plata que contenía el dinero.

–Gwin no regresa –le comunicó a Dedo Polvoriento–. Y no nos queda nada para atraerla. ¿Compro unos huevos?

–No, ya se las arreglará sola –Dedo Polvoriento recorrió con el dedo una de sus cicatrices–. Guarda el dinero que hemos recaudado en la bolsa de cuero, ya sabes, la de mi mochila –le dijo a Farid.

Su voz sonaba impaciente. Si su padre le hubiera hablado en ese tono, Meggie le habría dirigido una mirada llena de reproches, pero a Farid no pareció importarle. Solícito, se alejó de un salto.

–Creía que todo había acabado, que no había posible vuelta atrás, que nunca... –Dedo Polvoriento se interrumpió y alzó los ojos hacia lo alto.

Un avión con luces parpadeantes cruzaba el cielo nocturno. También Farid levantó la vista. Había guardado el dinero y estaba esperando junto a la mochila. Algo peludo corrió, veloz, por la plaza hacia él, se aferró con las garras a las perneras de su pantalón y trepó hasta su hombro. Sonriendo, Farid se llevó la mano al bolsillo del pantalón y ofreció a Gwin un pedazo de pan.

–¿Qué ocurriría si de verdad quedase un libro? –Dedo Polvoriento se apartó sus largos cabellos de la frente–. ¿Me concederías una segunda oportunidad? ¿Intentarías devolverme a mi mundo leyendo en voz alta? ¿Una sola vez? –en su voz latía tal añoranza que Meggie se conmovió.

Sin embargo, la expresión de su padre era de rechazo.

–¡No puedes volver, al menos a ese libro! –exclamó–. Ya sé que no quieres oír ni una palabra al respecto, pero así es. Acéptalo de una vez. A lo mejor puedo ayudarte algún día. Se me ha ocurrido una idea; es bastante disparatada, pero... –se interrumpió meneando la cabeza y le dio una patada a una caja de cerillas vacía que estaba tirada sobre los adoquines.

Meggie lo miró desconcertada. ¿De qué idea hablaba? ¿Era cierto o intentaba tan sólo consolar a Dedo Polvoriento? En caso afirmativo, no había logrado su propósito. Dedo Polvoriento lo contemplaba con la vieja hostilidad.

–Te acompañaré –anunció. Al acariciarse la cicatriz, sus dedos dejaron un rastro de tizne en su rostro–. Te acompañaré a visitar a ese hombre, y después, ya veremos.

Tras ellos resonaron unas ruidosas carcajadas. Dedo Polvoriento se volvió. Gwin intentaba trepar a la cabeza de Farid, y el chico reía complacido al notar las puntiagudas garras de la marta sobre su cuero cabelludo.

–¡Él no siente nostalgia! –murmuró Dedo Polvoriento–. Se lo he preguntado. ¡Ni un ápice! Todo esto –señaló con la mano en torno suyo– le gusta. Hasta el ruido y el hedor de los coches. Se alegra de estar aquí. A él, por lo visto, le has hecho un favor –la mirada que dirigió a Mo al pronunciar esas palabras estaba tan cargada de reproches que Meggie aferró instintivamente la mano de su padre.

Gwin había saltado del hombro de Farid y olfateaba los adoquines con curiosidad. Uno de los niños que jugaba entre las mesas se agachó y contempló, incrédulo, los diminutos cuernos. Sin embargo, antes de que alargase la mano hacia el animal, Farid se interpuso de un salto, agarró a la marta y volvió a colocársela en el hombro.

–¿Y dónde vive ese...? –Dedo Polvoriento se interrumpió en mitad de la frase.

–A cosa de una hora de aquí.

Dedo Polvoriento guardó silencio. En el cielo se veía el brillo intermitente de las luces de otro avión.

–A veces, por la mañana temprano, cuando ibas a lavarte a la fuente –musitó–, revoloteaban por encima del agua esas hadas diminutas, apenas mayores que vuestras libélulas y de una tonalidad azulada como las violetas. Les gustaba revolotear por el pelo, a veces hasta te escupían en la cara. No se mostraban muy amables, pero por la noche relucían como luciérnagas. A veces capturaba una y la encerraba en un frasco. Si la soltabas antes de dormirte, tenías unos sueños maravillosos.

–Capricornio afirmó que los duendes y los gigantes existen –dijo Meggie en voz baja.

Dedo Polvoriento la contempló pensativo.

–Sí, es cierto –admitió–. Duendes, mujercitas de musgo, gentes de cristal... A Capricornio ninguno de esos seres le gustaba demasiado. Le habría encantado matarlos a todos. Mandaba darles caza, él cazaba todo lo que pudiera huir.

–Debe de ser un mundo peligroso –Meggie intentaba imaginárselo, los gigantes, los duendes... y las hadas. Mo le había regalado un libro sobre hadas.

Dedo Polvoriento se encogió de hombros.

–Sí, es peligroso, ¿y qué? También es peligroso éste, ¿o no?

Le dio bruscamente la espalda a Meggie, se acercó a su mochila y se la echó al hombro. A continuación hizo una seña al chico. Farid recogió la bolsa con las pelotas y las antorchas y lo siguió, diligente. Dedo Polvoriento se aproximó de nuevo a Mo.

–¡No te atrevas a hablarle de mí a ese hombre! –exclamó–. No quiero verlo. Esperaré en el coche. Sólo quiero saber si le queda algún ejemplar, ¿entendido? Porque el de Capricornio no lo conseguiré jamás.

Mo se encogió de hombros.

–Como gustes...

Dedo Polvoriento contempló sus dedos enrojecidos y se acarició la piel tensa.

–Tal vez me contase cómo termina la historia –murmuró.

Meggie lo miró incrédula.

–¿Es que no lo sabes?

Dedo Polvoriento sonrió. A Meggie su sonrisa seguía sin gustarle. Siempre le parecía falsa.

–¿Qué hay de especial en eso, princesa? –preguntó en voz baja–. ¿Acaso lo sabes tú?

La niña no supo qué contestar.

Dedo Polvoriento le guiñó un ojo y se dio la vuelta.

–¡Mañana temprano estaré en el hotel! –exclamó.

Luego, se alejó sin volverse ni una sola vez. Farid lo seguía con la pesada bolsa, feliz como un perro vagabundo que por fin ha encontrado un amo.

Aquella noche la luna colgó del cielo redonda y anaranjada como una fruta. Mo descorrió las cortinas antes de irse a la cama para contemplarla: un farolillo veneciano en medio de las estrellas blanquecinas.

Ninguno de los dos lograba conciliar el sueño. Mo había comprado unos libros de bolsillo, de aspecto ajado como si hubieran pasado por muchas manos. Meggie leyó el de los malvados que le había regalado Elinor. Le gustaba, pero en cierto momento los párpados se le cerraron de sueño. Se durmió en seguida, con Mo a su lado leyendo sin parar, mientras fuera la luna de color naranja colgaba de un cielo extraño.

Cuando se despertó sobresaltada de un sueño caótico, Mo seguía erguido en la cama, el libro abierto en la mano. La luna hacía mucho que había continuado su camino y por la ventana sólo se divisaba la oscuridad de la noche.

–¿Es que no puedes dormir? –le preguntó Meggie incorporándose.

–Ay, ese estúpido perro me mordió el brazo izquierdo y ya sabes que suelo dormir de ese lado. Además, me rondan demasiadas cosas por la cabeza.

–A mí también –Meggie cogió de la mesilla de noche el libro de poemas que le había regalado Elinor. Acarició sus tapas, pasó la mano por el lomo abombado y siguió con el índice las letras que figuraban en la cubierta.

–¿Sabes una cosa, Mo? –dijo vacilante–. Creo que a mí también me gustaría ser capaz de hacerlo.

–¿Qué?

Meggie acarició nuevamente las tapas del libro. Creyó oírlo susurrar. Muy bajito.

–Leer así –contestó–. Leer como tú. De forma que todo cobre vida.

Su padre la miró.

–¡Estás loca! –le dijo–. Todos nuestros disgustos proceden de ahí.

–Lo sé.

Mo cerró su libro, el dedo entre las páginas.

–¡Léeme algo, Mo! –rogó su hija en voz baja–. Por favor, sólo una vez –le ofreció el libro de poemas–. Elinor me lo ha regalado. Afirmó que con él poco podía pasar.

–¿De veras? ¿Eso dijo? –su padre abrió el libro–. ¿Y si a pesar de todo ocurre? –inquirió mientras hojeaba las suaves páginas.

Meggie acercó su almohada hasta colocarla pegadita a la de su padre.

–¿Es verdad que se te ha ocurrido una idea para devolver a Dedo Polvoriento a su mundo leyendo en voz alta? ¿O le has mentido?

–¡Qué disparate! Ya sabes que las mentiras no se me dan bien.

–Cierto –Meggie sonrió–. ¿Y en qué consiste?

–Te lo diré cuando sepa si funciona.

Mo continuaba hojeando el libro de Elinor. Con el ceño fruncido leía una página, pasaba la hoja y proseguía.

–¡Por favor, Mo! –Meggie se le acercó mucho–. Sólo una poesía. Una muy cortita. Por favor. Para mí.

Su padre suspiró.

–¿Una sola?

Meggie asintió.

En el exterior el ruido del tráfico había enmudecido. El mundo estaba tan silencioso como si fuese una mariposa que se hubiera fabricado un capullo para salir de él a la mañana siguiente, rejuvenecido y nuevecito.

–¡Por favor, Mo, lee! –suplicó Meggie.

Su padre comenzó a alimentar el silencio con palabras. Las extraía de las páginas, como si hubieran estado esperando su voz... Palabras largas y cortas, de nariz puntiaguda y blandas, palabras que ronroneaban y zureaban. Palabras que bailaban por la habitación, dibujaban imágenes cristalinas multicolores y cosquilleaban la piel. Meggie seguía escuchándolas incluso cuando se adormiló, a pesar de que su padre había cerrado el libro hacía rato. Eran palabras que le explicaban el mundo, la cara oscura y la luminosa, y levantaban un muro contra las pesadillas. Esa noche no la asaltó ninguna.

A la mañana siguiente un pájaro aleteaba sobre la cama de Meggie, de un color rojo anaranjado semejante a la luz de la luna de la noche anterior. Ella intentó cogerlo, pero voló hacia la ventana, tras la que lo esperaba el cielo azul. Se estrelló contra el cristal invisible, chocó una y otra vez con su cabecita contra él hasta que su padre abrió la ventana y lo dejó escapar volando.

–Bueno, ¿aún sigues deseando hacerlo? –le preguntó su padre después de que Meggie siguiera con la vista al pájaro hasta que se confundió con el azul.

–Era maravilloso –musitó la niña.

–Sí, ¿pero le gustará esto? –preguntó Mo–. ¿Y quién lo habrá sustituido en su lugar de procedencia?

Meggie se quedó sentada junto a la ventana mientras su padre bajaba a pagar la cuenta. Recordaba con absoluta nitidez la última poesía que le había leído la noche anterior. Cogió el libro de su mesilla de noche, vaciló un momento... y lo abrió.

Hay un lugar donde la acera termina
antes de que empiece la calle
y allí crece la hierba, mullida y blanca,
y abrasa el sol, rojo, púrpura y caliente
y allí duerme el pájaro de la luna tras un largo viaje
en el fresco viento mentolado.

Meggie susurró las palabras de Shel Silverstein mientras las leía, pero ningún pájaro lunar salió volando de la lámpara. Y seguro que el olor a menta fue imaginación suya.

24

FENOGLIO

No sabéis quién soy como no hayáis leído un libro titulado *Las aventuras de Tom Sawyer,* pero eso no importa. Ese libro lo hizo el señor Mark Twain, y en él dijo la verdad poco más o menos. Exageró algunas cosas; pero, en general, dijo la verdad. Eso no es nada. Jamás he conocido a nadie que no mintiera alguna vez.

Mark Twain, *Las aventuras de Huckleberry Finn*

Cuando salieron del hotel, Dedo Polvoriento aguardaba ya en el aparcamiento en compañía de Farid. Sobre las cercanas colinas se cernían nubes de lluvia; un viento bochornoso las impulsaba poco a poco hacia el mar. Todo parecía gris aquel día, incluso las casas enfoscadas de colores y los arbustos floridos al borde de la playa. Mo tomó la carretera de la costa de la que había hablado Elinor, construida por los romanos, y la siguió en dirección poniente.

Durante todo el viaje el mar quedó a su izquierda, agua hasta el horizonte, a veces oculta por las casas, otras por los árboles. Aquella mañana, sin embargo, no parecía ni la mitad de invitador que el día en que Meggie llegó de las montañas en compañía de Elinor y de Dedo Polvoriento. El gris del cielo se reflejaba apático en las olas y la espuma se encrespaba como agua de fregar sucia. Meggie se sorprendía cada vez más al dirigir la vista hacia la derecha, hacia las colinas entre las que se escondía el pueblo de Capricornio. En una ocasión creyó incluso percibir la torre pálida de la iglesia en un pliegue oscuro, y el corazón se le encogió a pesar de saber que era muy improbable que se tratase de la iglesia de Capricornio. Sus pies aún recordaban con precisión aquel camino interminable.

Mo conducía más deprisa de lo habitual, mucho más deprisa. Era evidente que ardía de impaciencia por llegar a su destino. Una hora después, se desviaron de la carretera de la costa para tomar una ruta estrecha y sinuosa que atravesaba un valle de casas grisáceas. Los invernaderos tapizaban las colinas, los cristales encalados en blanco orientados al sol, que ese día se ocultaba detrás de las nubes. Cuando la carretera ascendió, ambos lados recobraron el verdor. Los prados silvestres suplantaron a los muros y los olivos se encorvaban al borde de la carretera. Ésta se bifurcó un par de veces y Mo se vio obligado a consultar el mapa que había adquirido. Al fin vislumbraron el nombre que buscaban en un letrero de la carretera.

Se adentraron en un pueblecito, compuesto por una plaza, un par de docenas de casas y una iglesia muy parecida a la del pueblo de Capricornio. Cuando Meggie descendió del coche, divisó el mar allí abajo. Incluso desde lejos se percibía la cresta espumosa de las olas, tan agitadas estaban las aguas en ese día gris. Mo aparcó en la plaza, justo al lado del monumento a los muertos de dos guerras pasadas. Para ser un lugar tan pequeño, la lista de nombres era larga; a Meggie le pareció que contenía casi tantos como casas albergaba el pueblo.

–¡Tranquilo, deja el coche abierto, yo lo vigilaré! –exclamó Dedo Polvoriento cuando Mo se dispuso a cerrar el vehículo.

Tras echarse la mochila al hombro, cogió a la adormilada Gwin por la cadena y se sentó en los peldaños de acceso al monumento. Farid se sentó a su lado sin mediar palabra. Meggie, sin embargo, siguió a su padre.

–¡Recuerda que prometiste no hablar nada de mí! –le gritó Dedo Polvoriento cuando se alejaban.

–¡Sí, sí, de acuerdo! –respondió Mo.

Farid estaba jugando de nuevo con las cerillas, Meggie lo pilló haciéndolo cuando giró la cabeza. Ya había aprendido a apagar en la boca el palito ardiendo, pero a pesar de todo Dedo Polvoriento le arrebató las cerillas y Farid se miró las manos vacías con aire desdichado.

Debido a la profesión de su padre Meggie había conocido a numerosas personas que amaban los libros, los vendían, los coleccionaban, los imprimían o, como su progenitor, los preservaban de la destrucción. Sin embargo nunca había conocido a nadie que escribiera las frases, que llenase las páginas. En algunos de sus libros preferidos desconocía el nombre de sus autores, y no digamos su aspecto. Ella solamente se había fijado en los personajes que salían a su encuentro desde las palabras, nunca en la persona que los había inventado. Mo tenía razón: a los escritores te los imaginas casi siempre muertos o muy, muy viejos. Sin embargo, el hombre que les abrió la puerta después de que Mo llamase dos veces al timbre no era ninguna de las dos cosas. Bueno, viejo sí que era, bastante, al menos a los ojos de Meggie, sesenta años como mínimo o tal vez más. Su cara estaba arrugada como la de una tortuga, pero su pelo era negro sin el menor matiz grisáceo (más tarde averiguaría que se lo teñía), y tampoco denotaba fragilidad. Al contrario, se plantó con tal decisión ante ellos en el umbral de la puerta que a Meggie se le paralizó la lengua en el acto.

A Mo por suerte no le sucedió lo mismo.

–¿Señor Fenoglio? –preguntó.

–¿Sí?

Su expresión de desagrado se incrementó. Sus arrugas denotaban rechazo. Pero a Mo no pareció impresionarlo.

–Mortimer Folchart –se presentó–. Ésta es mi hija Meggie. Me ha traído hasta aquí uno de sus libros.

Un niño pequeño apareció junto a Fenoglio en la puerta. Contaría unos cinco años. Una niña se deslizó al otro lado del dintel. La pequeña examinó con curiosidad primero a Mo y luego a Meggie.

–Pippo ha sacado el chocolate del pastel –la oyó susurrar Meggie mientras alzaba la vista hacia Mo, preocupada.

Cuando éste le guiñó un ojo, desapareció con una risita ahogada tras la espalda de Fenoglio, que seguía con cara de pocos amigos.

–¿Todo el chocolate? –gruñó–. Voy en seguida. Ve a decirle a Pippo que le costará un disgusto.

La niña asintió y salió corriendo; era obvio que la regocijaba ser la portadora de tan malas noticias. El chico aferraba la pierna de Fenoglio.

–Se trata de un libro muy concreto –prosiguió Mo–. *Corazón de Tinta.* Usted lo escribió hace mucho tiempo y por desgracia ya es imposible adquirirlo.

Meggie se admiraba de que a su padre no se le quedasen las palabras pegadas a los labios con la sombría mirada que se posaba sobre él.

–Ah, ése. ¿Y bien? –Fenoglio se cruzó de brazos; la niña reapareció a su izquierda.

–Pippo se ha escondido –susurró.

–De nada le servirá –constató Fenoglio–. Siempre doy con él.

La niña volvió a salir disparada. Meggie oyó cómo dentro de la casa llamaba a gritos al ladrón de chocolate.

Fenoglio se dirigió de nuevo a Mo.

–¿Qué desea? Si pretende hacerme unas cuantas preguntas sesudas sobre el libro, olvídelo. No tengo tiempo para eso. Además, como usted mismo acaba de decir, lo escribí hace una eternidad.

–No, no tengo preguntas al respecto, salvo una. Me gustaría saber si posee algún ejemplar y puedo adquirirlo.

La hostilidad del viejo cedió.

–¡Vaya! El libro ha debido de embelesarlo de veras. A pesar de que... –su rostro volvió a ensombrecerse–. ¿No será usted uno de esos locos que coleccionan libros raros precisamente por su escasez, eh?

Mo no pudo evitar una sonrisa.

–¡No! –respondió–. Me encantaría leerlo. Eso es todo.

Fenoglio apoyó un brazo en el marco de la puerta y contempló la casa de enfrente, como si le preocupase que estuviera a punto de derrumbarse. El callejón en el que vivía era tan estrecho, que Mo habría podido abarcarlo estirando los brazos. Muchas de las casas habían sido construidas con piedras toscas de color gris arenoso, similares a las del pueblo de Capricornio, pero aquí había flores delante de las ventanas y en las escaleras, y muchos de los postigos parecían recién pintados. Delante de una de las viviendas se veía un cochecito de niño, y en otra una motocicleta. Por las ventanas abiertas salían voces al callejón. «En otro tiempo», pensó Meggie, «el pueblo de Capricornio debió de ser igual».

Una anciana pasó a su lado y observó a los forasteros con desconfianza. Fenoglio la saludó con una inclinación de cabeza, murmuró una escueta frase y aguardó a que desapareciera tras la puerta verde de una casa.

–*Corazón de Tinta* –murmuró–. De eso hace mucho tiempo. Me extraña que usted pregunte precisamente por él.

La niña regresó. Tiró de la manga de Fenoglio y le cuchicheó algo al oído. La cara de tortuga de Fenoglio se deformó en una sonrisa. A Meggie le gustó más.

–Sí, ahí se esconde siempre, Paula –informó a la niña en voz baja–. A lo mejor puedes aconsejarle que pruebe a buscar un escondrijo mejor.

Paula salió corriendo por tercera vez, no sin antes dirigir a Meggie una intensa mirada de curiosidad.

–Bien, pasen ustedes –les rogó Fenoglio.

Les hizo una seña para que entraran. Los precedió por un pasillo estrecho y oscuro cojeando, pues el niño seguía colgado de su pierna como un monito. Luego abrió de un empujón la puerta de la cocina donde se veía un pastel en ruinas sobre la mesa. La costra marrón estaba agujereada como la encuadernación de un libro roído por la carcoma desde hacía años.

–¡Pippo! –Fenoglio gritó tan fuerte que hasta Meggie se sobresaltó a pesar de no sentirse culpable de nada–. Sé que me estás oyendo. Te lo advierto: por cada agujero de este pastel te haré un nudo en la nariz. ¿Entendido?

Meggie escuchó una risita. Parecía proceder del armario situado junto a la nevera. Fenoglio partió un pedazo del pastel agujereado.

–Paula, dale un trozo a esta niña –ordenó–, si no le molestan los agujeros, claro.

Paula salió de debajo de la mesa y miró interrogante a Meggie.

–No me molestan –respondió ésta.

Paula, con un cuchillo formidable, cortó un pedazo de pastel igual de formidable y se lo puso sobre el mantel.

–Pippo, saca un plato rosa –dijo Fenoglio, y por la puerta del armario asomó una mano con un plato en los dedos manchados de chocolate.

Meggie lo cogió presurosa antes de que se cayera al suelo, y colocó el trozo de pastel encima.

–¿Usted también? –preguntó Fenoglio a Mo.

–Preferiría el libro –respondió Mo, muy pálido.

Fenoglio se quitó de la pierna al pequeño y se sentó.

–Rico, búscate otro árbol –le aconsejó. Luego miró a Mo, pensativo–. No puedo dárselo –anunció–. No me queda ni un solo ejemplar. Los robaron. Los cedí para una exposición de libros infantiles antiguos ahí al lado, en Génova. Entre ellos figuraba una edición especial profusamente ilustrada, otro con una dedicatoria firmada por el ilustrador, los dos ejemplares pertenecientes a mis hijos con todas sus anotaciones garabateadas (yo les pedía siempre que subrayasen lo que más les gustaba), y finalmente mi ejemplar personal. Todos fueron robados dos días después de inaugurarse la exposición.

Mo se pasó la mano por la cara, como si de ese modo pudiera borrar la decepción.

–¡Robados! –exclamó–. Claro.

–¿Claro? –Fenoglio entornó los ojos y contempló a Mo lleno de curiosidad–. Eso tiene usted que explicármelo. No lo dejaré abandonar esta casa antes de que me cuente por qué se interesa por ese libro concreto. Le azuzaré a los niños, y no es nada agradable.

Mo intentó esbozar una sonrisa, pero no lo consiguió del todo.

–El mío también me lo robaron –dijo al fin–. Y era otro ejemplar muy especial.

–Asombroso –Fenoglio enarcó las cejas que se asemejaban a orugas velludas posadas encima de sus ojos–. Vamos, cuente, cuente.

Había desaparecido de su rostro cualquier asomo de hostilidad. La curiosidad había tomado las riendas, la pura curiosidad. Meggie descubrió en los ojos de Fenoglio la misma hambre insaciable de cuentos que la invadía a ella al contemplar cualquier libro nuevo.

–No hay mucho que referir –Meggie notó en la voz de su padre que no tenía intención de revelar la verdad al anciano–. Soy restaurador de libros. Vivo de ellos. Encontré el suyo hace unos años en una librería de libros viejos. Pretendía encuadernarlo de nuevo para venderlo a continuación, pero me gustó tanto que me lo quedé. Ahora me lo han robado e intento comprar otro, pero en vano. Finalmente, una amiga que es una gran experta en conseguir libros raros me sugirió que lo intentase con el propio autor. Fue ella la que me proporcionó su dirección. Por ese motivo he viajado hasta aquí.

Fenoglio limpió de la mesa unas migas de pastel.

–Muy bien –comentó–. Pero la historia no acaba ahí.

–¿Qué quiere decir?

El viejo contempló el rostro de Mo hasta que éste giró la cabeza para atisbar por la estrecha ventana de la cocina.

–Que huelo las buenas historias a muchas millas de distancia, así que no intente usted ocultarme una. Suéltela de una vez. Además, recibirá un trozo de este fabuloso pastel horadado.

Paula se subió al regazo de Fenoglio a base de tesón. Deslizó la cabeza debajo de su barbilla y observó a Mo con la misma expectación que el viejo.

Pero Mo sacudió la cabeza.

–No, creo que es mejor olvidarlo. De todos modos, no creería una palabra.

–¡Oh, yo creo las cosas más disparatadas! –lo contradijo Fenoglio mientras cortaba un pedazo de pastel–. Creo cualquier historia con tal de que me la cuenten bien.

La puerta del armario se entreabrió y Meggie vio asomar la cabeza de un niño.

–¿Qué pasa con mi castigo? –preguntó.

Debía de tratarse de Pippo, a juzgar por sus dedos manchados de chocolate.

–Más tarde –le espetó Fenoglio–. Ahora tengo otras cosas que hacer.

Pippo se deslizó fuera del armario, decepcionado.

–Has dicho que me harías nudos en la nariz.

–Dobles nudos, nudos de marinero, nudos de mariposa, lo que quieras, pero antes tengo que oír esta historia. Así que dedícate a hacer el tonto un rato más.

Pippo, enfurruñado, adelantó el labio inferior y desapareció en el pasillo. El niño pequeño salió deprisa tras él.

Mo permanecía callado mientras empujaba las migas de pastel del mellado tablero de la mesa y con el índice dibujaba formas invisibles en la madera.

–En ella aparece alguien de quien he prometido no decir palabra –dijo al fin.

–*Una mala promesa no se torna buena por el hecho de cumplirla* –sentenció Fenoglio–. Al menos eso afirma uno de mis libros favoritos.

–No sé si fue una mala promesa –Mo suspiró y miró al techo, como si pudiera encontrar allí la respuesta–. De acuerdo –decidió–. Se lo contaré. Pero si se entera Dedo Polvoriento, me matará.

–¿Dedo Polvoriento? Una vez llamé así a uno de mis personajes. ¡Claro! A uno de los saltimbanquis de *Corazón de Tinta*. En el penúltimo capítulo lo hice morir y mientras lo escribía lloré, tan conmovedor me resultaba.

Meggie estuvo a punto de atragantarse con el trozo de pastel que acababa de engullir, pero Fenoglio prosiguió impasible.

–No he dado muerte a muchos de mis personajes, pero a veces sucede, eso es todo. Las escenas de muerte no son fáciles de escribir, te quedan cursis con harta frecuencia, pero la de Dedo Polvoriento me salió perfecta.

Meggie miró consternada a su padre.

–¿Que muere? Pero... ¿tú lo sabías?

–Claro, Meggie, he leído la historia de cabo a rabo.

–¿Y por qué no se lo dijiste?

–Él se negaba a oírlo.

Fenoglio seguía el cruce de palabras con cara de no entender ni gota... y con enorme curiosidad.

–¿Y quién lo mata? –preguntó Meggie–. ¿Basta?

–¡Ah, Basta! –Fenoglio chasqueó la lengua y cada una de sus arrugas rebosó vanidad–. Uno de los mejores canallas que he inventado jamás. Un perro rabioso, pero ni la mitad de malo que otro de mis héroes siniestros: Capricornio. Basta se dejaría arrancar el corazón por él, pero a Capricornio las pasiones le son ajenas. Él no siente nada, nada en absoluto, ni siquiera su propia crueldad le divierte. Sí, en *Corazón de Tinta* se me ocurrieron unos personajes tenebrosos, y luego, además, la Sombra, el perro de Capricornio como yo lo llamaba siempre.

Pero, por supuesto, ésta es una descripción demasiado banal y no hace justicia a ese monstruo.

–¿La Sombra? –la voz de Meggie era apenas un susurro–. ¿Mata ella a Dedo Polvoriento?

–No, no. Perdona, había olvidado por completo tu pregunta. Y es que una vez que empiezo a hablar de mis personajes, no hay quien me pare. No, el asesino de Dedo Polvoriento es uno de los secuaces de Capricornio. De veras, la escena me salió bien. Dedo Polvoriento tenía una marta domesticada, y uno de los hombres de Capricornio quiere matarla porque le complace mucho dar muerte a pobres animalitos. Total, que Dedo Polvoriento intenta salvar a su peluda amiga... y muere por ella.

Meggie calló. «Pobre Dedo Polvoriento», pensaba. «Pobre, pobre Dedo Polvoriento». No se le iba ese pensamiento de la mente.

–¿Y de qué hombre de Capricornio se trata? –quiso saber–. ¿Nariz Chata? ¿O Cockerell?

Fenoglio la miró, admirado.

–¡Qué barbaridad! ¿Te acuerdas de todos los nombres? Yo suelo olvidarlos poco después de haberlos creado.

–No es ninguno de esos dos, Meggie –contestó su padre–. En el libro ni siquiera se menciona el nombre del asesino. Es toda una turba de hombres de Capricornio la que persigue a Gwin, y uno de ellos asesta una cuchillada a Dedo Polvoriento. Uno que seguramente todavía está esperándolo.

–¿Esperando? –Fenoglio miró desconcertado a Mo.

–¡Eso es horrendo! –susurró Meggie–. Me alegro de no haber seguido leyendo.

–¿Y eso qué significa, eh? ¿Estás hablando por casualidad de mi libro? –la voz de Fenoglio sonaba ofendida.

–Sí –contestó Meggie–. Por supuesto –miró a su padre interrogante–. ¿Y Capricornio? ¿Quién mata a Capricornio?

–Nadie.

–¿Nadie?

Meggie dirigió a Fenoglio tal mirada de recriminación que éste, abochornado, se frotó la nariz. Una nariz de considerables proporciones.

–¿Por qué me miras así? –inquirió–. Le permito que se salve. Es uno de mis mejores rufianes. ¿Por qué habría tenido que matarlo? En la vida real sucede lo mismo: los grandes asesinos se salvan y viven felices hasta el fin de sus días, mientras que los buenos, y en ocasiones los mejores, mueren. Así es la vida. ¿Por qué tiene que ser diferente en los libros?

–¿Y Basta? ¿También sobrevive?

Meggie recordó lo que Farid había dicho en la choza: «¿Por qué no los matáis? ¡Eso es lo que ellos pretendían hacer con nosotros!».

–En efecto, también queda con vida –respondió Fenoglio–. Por aquel entonces sopesé seriamente la posibilidad de escribir una continuación de *Corazón de Tinta,* y no quería renunciar a ninguno de los dos. ¡Me sentía orgulloso de ellos! Bueno, la Sombra tampoco me quedó mal, justo es reconocerlo, pero yo siempre les tengo el máximo apego a mis personajes humanos. ¿Sabes?, si me preguntaras de cuál de los dos me sentía más orgulloso, de Basta o de Capricornio... no sabría decírtelo.

Mo atisbó de nuevo por la ventana. Luego miró a Fenoglio.

–¿Le gustaría encontrarse con ambos? –preguntó.

–¿Con quién? –Fenoglio lo observaba sorprendido.

–Con Capricornio y con Basta.

–¡Demonios, no! –Fenoglio rió tan alto que Paula, asustada, le tapó la boca.

–Bueno, pues nosotros sí nos hemos topado con ellos –dijo Mo con tono cansino–. Meggie y yo... y Dedo Polvoriento.

25

UN FALSO FINAL

Un cuento, una historia, una novela son cosas que se parecen a seres vivientes, y acaso lo sean. Tienen su cabeza, sus piernas, su circulación de la sangre y su traje como verdaderas personas.

Erich Kästner, *Emilio y los detectives*

Después de que Mo hubiera finalizado su historia, Fenoglio guardó un prolongado silencio. Paula había emprendido hacía rato la búsqueda de Pippo y Rico. Meggie los oyó corretear por el suelo de madera del piso de arriba, de acá para allá, saltando, resbalando, riéndose y gritando. Sin embargo, en la cocina de Fenoglio reinaba tal silencio que se escuchaba el tictac del reloj colgado de la pared, junto a la ventana.

–Tiene esas cicatrices en la cara, ya sabe, ¿no...? –miró interrogante a Mo.

Éste asintió.

Fenoglio se limpió con la mano unas migas del pantalón.

–Se las hizo Basta –explicó–. Porque a los dos les gustaba la misma chica.

Mo asintió.

–Sí, lo sé.

Fenoglio miró por la ventana.

–Las hadas curaron los cortes –informó–. Por eso quedaron sólo unas sutiles arrugas, apenas tres rayas pálidas en la piel, ¿no es así? –el viejo se volvió hacia Mo en demanda de respuesta.

Éste asintió. Fenoglio volvió a dirigir la vista hacia el exterior. Por la ventana abierta de la casa de enfrente se oía discutir a una mujer con un niño.

–En realidad ahora debería sentirme orgulloso, muy orgulloso –murmuró Fenoglio–. Todo escritor desea que sus personajes estén llenos de vida, y los míos han salido directamente de su libro.

–Mi padre los sacó leyendo en voz alta –explicó Meggie–. Y puede hacer lo mismo con otras obras.

–Ah, ya –Fenoglio asintió–. Me alegra que me lo recuerdes. Si no, puede que me considerara un diosecillo, ¿no es cierto? Siento mucho lo de tu madre. Aunque, bien mirado, en realidad tampoco es culpa mía.

–Es peor para mi padre –afirmó la niña–. Yo no me acuerdo de ella.

Mo la miró sorprendido.

–Es natural. Tú eras más joven que mis nietos –dijo Fenoglio meditabundo acercándose a la ventana–. La verdad es que me gustaría verlo –reconoció–. A Dedo Polvoriento, quiero decir. Claro que ahora me da pena haber endosado al pobre hombre un final tan desgraciado. Pero en cierto modo le pegaba. Como dice Shakespeare y dice bien: *Cada uno interpreta su papel, y el mío es triste* –observó la calle; en el piso de arriba se rompió algo, pero a Fenoglio no pareció importarle demasiado.

–¿Son sus hijos? –preguntó Meggie señalando hacia el techo.

–Dios me libre, no. Mis nietos. Una de mis hijas vive también en el pueblo. Vienen continuamente a verme y les cuento historias. Se las cuento a medio pueblo, pero ya no me apetece escribirlas. ¿Dónde está ahora? –preguntó Fenoglio a Mo.

–¿Dedo Polvoriento? No puedo decírselo. Él se niega a verlo.

–Cuando mi padre le habló de usted se llevó un susto de muerte –explicó Meggie.

«Sin embargo, Dedo Polvoriento tiene que enterarse de lo que le sucederá», pensó ella, «tiene que enterarse. Entonces comprenderá por qué no puede volver. A pesar de todo seguirá sintiendo nostalgia. Para siempre...».

–¡Necesito verlo! Aunque sólo sea una vez. ¿Es que no lo entiende? –Fenoglio miró suplicante a Mo–. Podría seguirlos a escondidas. ¿Cómo va a reconocerme él? Sólo quiero asegurarme de que es tal como me lo imaginé.

Mo sacudió la cabeza.

–Creo que es mejor que lo deje en paz.

–¡Bobadas! Puedo mirarlo cuando se me antoje. Al fin y al cabo es una de mis criaturas.

–Pero lo mató –añadió Meggie.

–Bueno, sí –Fenoglio levantó las manos con aire desvalido–. Quería aumentar la emoción. ¿No te gustan las historias emocionantes?

–Sólo si terminan bien.

–¡Terminan bien! –Fenoglio soltó un resoplido de desdén... y aguzó los oídos.

En el piso superior algo o alguien había caído bruscamente sobre el entarimado; un llanto ruidoso siguió al batacazo. Fenoglio se encaminó a toda velocidad hacia la puerta.

–Esperen aquí. Vuelvo enseguida –gritó mientras desaparecía en el pasillo.

–Mo –cuchicheó Meggie–. ¡Tienes que contárselo a Dedo Polvoriento! ¡Tienes que insistirle en que no puede regresar!

Su padre negó con la cabeza.

–Se niega a escucharme, créeme. Lo he intentado más de una docena de veces. A lo mejor no es mala idea reunirlo con Fenoglio. Seguramente dará más crédito a su creador que a mí –suspirando, limpió unas migajas de pastel de la mesa–. Había un dibujo en *Corazón de Tinta* –murmuró mientras pasaba la palma de la mano por el tablero de la mesa, como si con ese gesto pudiera reproducir la ilustración por arte de magia–. En él se veía a un grupo de mujeres suntuosamente ataviadas bajo el arco de un portón. Daba la impresión de que se dirigían a una fiesta. Una de ellas tenía el pelo tan claro como tu madre. En el dibujo no se distingue su rostro, pues da la espalda al observador, pero yo siempre me he imaginado que era tu madre. ¿Qué locura, verdad?

Meggie colocó la mano sobre la suya.

–Mo, prométeme que no regresarás a ese pueblo –le rogó–. Por favor, prométeme que no intentarás recuperar el libro.

El segundero del reloj de cocina de Fenoglio fue cortando el tiempo en rebanadas dolorosamente finas hasta que Mo contestó por fin.

–Te lo prometo –anunció.

–¡Mírame mientras lo dices!

Él obedeció.

–Te lo prometo –repitió–. Sólo queda un asunto que deseo discutir con Fenoglio. A continuación regresaremos a casa y nos olvidaremos del libro. ¿Satisfecha?

Meggie asintió, aunque se preguntaba qué les quedaba por discutir.

Fenoglio regresó con un Pippo lloroso a la espalda. Los otros dos niños seguían a su abuelo, compungidos.

–Agujeros en el pastel y ahora encima uno en la frente, creo que debería mandaros a todos a casa –refunfuñaba Fenoglio mientras sentaba a Pippo en una silla.

Acto seguido rebuscó en el gran armario hasta encontrar una tirita y se la pegó a su nieto en la frente herida sin demasiados miramientos.

Mo apartó su silla y se levantó.

–Lo he pensado mejor –anunció–. Le traeré a Dedo Polvoriento.

Fenoglio giró la cabeza, sorprendido.

–A lo mejor puede *usted* explicarle de una vez por todas por qué no debe regresar a su mundo –prosiguió Mo–. Si no, cualquiera sabe lo que hará a continuación. Temo que resulte peligroso... Además, se me ha ocurrido una idea. Es disparatada, pero me gustaría discutirla con usted.

–¿Más disparatada que lo que ya he escuchado? Eso es casi imposible, ¿no cree? –los nietos de Fenoglio habían vuelto a desaparecer dentro del armario y cerraron las puertas riéndose en voz baja–. La oiré –dijo Fenoglio–. ¡Pero antes quiero ver a Dedo Polvoriento!

Mo miró a su hija. Él no solía quebrantar una promesa, y era evidente que en esta ocasión no le resultaba precisamente grato. Meggie lo entendía de sobra.

–Está esperando en la plaza –dijo Mo con voz vacilante–. Pero déjeme hablar antes con él.

–¿En la plaza? –los ojos de Fenoglio se agrandaron–. ¡Eso es maravilloso! –en un santiamén se plantó ante el pequeño espejo que colgaba junto a la puerta de la cocina, y se pasó los dedos por sus oscuros cabellos, temeroso quizá de que a Dedo Polvoriento le decepcionara el aspecto de su creador–. Fingiré que no lo veo hasta que usted me llame –anunció–. Sí, así lo haremos.

En el armario se formó un tremendo barullo y Pippo salió trastabillando, vestido con una chaqueta que le llegaba a los tobillos. En la cabeza portaba un sombrero tan grande que casi ocultaba sus cejas.

–¡Claro! –Fenoglio arrebató a Pippo el sombrero y se lo puso él–. Eso es. Me llevaré a los niños. Un abuelo con tres nietos no es una visión inquietante, ¿me equivoco?

Mo se limitó a asentir y guió a Meggie por el estrecho pasillo. Cuando bajaban por el callejón que desembocaba en la plaza donde estaba su coche, Fenoglio los seguía a unos metros de distancia. Sus nietos saltaban a su alrededor como tres cachorros de perro.

26

UN ESTREMECIMIENTO Y UN PRESENTIMIENTO

Sólo entonces colocó ella su libro. Y me miró.
–*La vida no es justa,* Bill –dijo–. Contamos a nuestros hijos que lo es, pero es una maldad. No es una simple mentira, sino una mentira cruel. La vida ni es justa, ni lo ha sido, ni lo será.

William Goldman, *La princesa prometida*

Dedo Polvoriento estaba sentado en los fríos escalones de piedra, esperando. Se sentía agarrotado por el miedo. De qué, ni siquiera él mismo lo sabía. Tal vez el monumento situado a su espalda le recordase demasiado la muerte. Siempre había temido a la muerte. Se la imaginaba fría, como una noche sin fuego. En cualquier caso, con el paso del tiempo casi había llegado a temerle más a otra cosa, y era a la tristeza. Desde que Lengua de Brujo lo había traído a este mundo, lo seguía como si fuese su sombra. Una tristeza que lastraba sus miembros y tornaba el cielo gris.

A su lado, el chico subía los escalones a saltos. Subía y bajaba, incansable, ligero y con expresión satisfecha, como si Lengua de Brujo lo hubiera traído derechito al paraíso. ¿Qué lo hacía tan feliz? Dedo Polvoriento acechó a su alrededor;

examinó las casas estrechas, de color amarillo pálido, rosa, melocotón, los postigos verde oscuro de las ventanas y los techos cubiertos de tejas de un rojo herrumbroso, la adelfa de ramas llameantes que florecía ante un muro, los gatos que rondaban por los muros cálidos. Farid se acercó sigiloso a uno de ellos, lo agarró por la piel grisácea y se lo puso en el regazo a pesar de que le hundió las garras en el muslo.

–¿Sabes lo que hacen aquí para que los gatos no se multipliquen demasiado? –Dedo Polvoriento estiró las piernas y entrecerró los ojos por el sol–. En cuanto llega el invierno, la gente mete en casa a sus propios gatos y coloca delante de la puerta escudillas con comida envenenada para los vagabundos.

Farid acariciaba las orejas puntiagudas del gato gris. En el rostro hierático del chico no quedaba ni rastro de la alegría ronroneante que lo había hecho parecer tan dichoso unos momentos antes. Dedo Polvoriento desvió deprisa los ojos. ¿Por qué había dicho eso? ¿Le había molestado la felicidad que se reflejaba en el rostro del chico?

Farid dejó que el gato se alejase corriendo y subió los escalones del monumento.

Cuando regresaron los otros dos, continuaba sentado allí arriba, sobre el muro, las piernas encogidas. Lengua de Brujo no llevaba ningún libro en la mano. Parecía tenso... y tenía los remordimientos escritos en la frente.

¿Por qué? ¿Por qué le remordía la conciencia a Lengua de Brujo? Dedo Polvoriento lo miró con desconfianza, sin saber qué buscaba. A Lengua de Brujo siempre se le notaban sus sentimientos en la cara, era un libro siempre abierto cuyas páginas podía leer cualquier desconocido. Su hija era diferente. Resultaba mucho más difícil descifrar lo que sucedía en su interior. Pero ahora, cuando se dirigía hacia él, Dedo

Polvoriento creyó vislumbrar un asomo de preocupación en sus ojos, quizá incluso de compasión. ¿Sería por él? ¿Qué le había contado ese escritorzuelo de tres al cuarto para que la niña lo mirase de ese modo?

Se incorporó sacudiéndose el polvo de los pantalones.

–Ya no le quedaba ningún ejemplar, ¿verdad? –inquirió cuando los dos se plantaron ante él.

–Así es. Se los robaron todos –respondió Lengua de Brujo–. Ya hace años.

Su hija no quitaba ojo a Dedo Polvoriento.

–¿Por qué me miras con tanta fijeza, princesa? –le espetó a Meggie con tono grosero–. ¿Sabes acaso algo que yo ignoro?

Había dado en el blanco. Sin querer. No había pretendido acertar, y menos aun que fuese verdad. La niña se mordió los labios, sin dejar de observarlo con esa mezcla de piedad y preocupación.

Dedo Polvoriento se pasó las manos por la cara; las cicatrices dibujadas en su rostro le parecieron una postal: demasiados recuerdos de Basta. Ni un solo día lograba olvidar al perro rabioso de Capricornio, por mucho que se esforzara. «Para que en el futuro les gustes aun más a las chicas», le había cuchicheado Basta al oído antes de limpiar la sangre de su navaja.

–¡Oh, maldita sea! ¡Maldita sea! –Dedo Polvoriento le propinó una patada tan iracunda al muro más próximo que el pie le dolió durante varios días–. ¡Le has hablado de mí a ese escritorzuelo! –increpó a Lengua de Brujo–. ¡Y ahora hasta tu hija sabe más de mí que yo mismo! Bueno, pues suéltalo. Yo también deseo saberlo. Cuéntamelo. Siempre has querido contármelo. Basta me ahorca, ¿es eso? Me estira el cuello, me estrangula hasta dejarme más tieso que un palo, ¿verdad? Pero

¿qué puede importarme eso? Ahora Basta está aquí. ¡La historia ha cambiado, tiene que haber cambiado! Basta no puede hacerme nada si me devuelves al lugar al que pertenezco.

Dedo Polvoriento dio un paso hacia Lengua de Brujo. Deseaba agarrarlo, agitarlo, pegarle, por todo lo que le había hecho, pero la niña se interpuso.

–¡Quieto! ¡No es Basta! –gritó, mientras lo obligaba a retroceder–. Es alguno de los secuaces de Capricornio que te está esperando. Ellos quieren matar a Gwin, pero tú intentas ayudarla y te matan a ti. ¡Nada ha cambiado al respecto! Sucederá, es así de simple, y no puedes hacer nada para evitarlo. ¿Lo entiendes? Por eso *tienes* que quedarte aquí, no puedes volver, ¡bajo ninguna circunstancia!

Dedo Polvoriento clavaba sus ojos en la niña como si de ese modo pudiera obligarla a callar, pero ella aguantó su mirada. Intentó incluso coger su mano.

–¡Alégrate de estar aquí! –balbució mientras se apartaba de ella–. Aquí puedes esquivarlos. Y marcharte lejos, muy lejos, y... –su voz enmudeció.

A lo mejor había visto las lágrimas en los ojos de Dedo Polvoriento. Enfadado, él se las enjugó con la manga. Acechó en torno suyo, como un animal que ha caído en una trampa y busca una salida. Pero no había ninguna. Ni hacia adelante y, lo que era mucho peor, tampoco hacia atrás.

Enfrente, en la parada del autobús, tres mujeres los observaban muertas de curiosidad. Dedo Polvoriento solía atraer las miradas sobre su persona, todos notaban que no pertenecía a este mundo. Sería un extranjero para siempre.

Al otro lado de la plaza tres niños y un viejo jugaban al fútbol con una lata. Farid los miró. La mochila de Dedo Polvoriento colgaba de sus hombros delgados y tenía pelos grises de gato adheridos a sus pantalones. Profundamente sumido en sus cavilaciones, introducía los dedos desnudos de sus pies entre los adoquines. Acostumbraba a quitarse las deportivas que le había comprado Dedo Polvoriento para caminar descalzo incluso por el asfalto caliente, las zapatillas atadas a la mochila como si fueran su botín.

Lengua de Brujo también contemplaba a los niños jugando. ¿No le había hecho una seña el viejo? El anciano abandonó a los niños y se les acercó. Dedo Polvoriento retrocedió y un estremecimiento recorrió su espalda.

–Mis nietos llevan un rato admirando la marta domesticada que ese chico sujeta con la cadena –dijo el viejo al llegar a su lado.

Dedo Polvoriento volvió a retroceder. ¿Por qué lo miraba así aquel hombre? Lo escudriñaba con una mirada muy distinta a la de las mujeres de la parada.

–Los niños dicen que la marta hace malabarismos y que el chico come fuego. ¿Podemos aproximarnos y contemplarlo todo de cerca?

Dedo Polvoriento se estremeció, a pesar de que el sol le quemaba la piel. El viejo lo miraba como a un perro que se te ha escapado hace mucho tiempo y por fin ha regresado, quizá con el rabo entre las piernas y la piel llena de garrapatas, aunque desde luego es el mismo.

–¡Bobadas, no hay malabarismos que valgan! –balbució–. Aquí no hay nada que ver –al retroceder tropezó, pero el viejo lo seguía... como si los uniera una cinta invisible.

–¡Lo siento! –dijo levantando la mano, intentando rozar las cicatrices de su rostro.

La espalda de Dedo Polvoriento chocó contra un coche aparcado. Ahora el viejo estaba justo frente a él. De qué forma lo miraba...

–¡Lárguese! –Dedo Polvoriento lo empujó con rudeza hacia atrás–. ¡Farid, recoge mis cosas!

El chico se colocó a su lado, Dedo Polvoriento le arrancó la mochila de la mano, agarró a la marta y la introdujo dentro, sin prestar atención a sus dientes afilados ni a sus mordiscos. El viejo miraba de hito en hito los cuernos de Gwin. Con dedos ágiles, Dedo Polvoriento se colgó la mochila al hombro e intentó pasar por delante de él.

–Por favor, sólo quiero conversar contigo –el viejo se interpuso en su camino agarrándolo del brazo.

–Pero yo no.

Dedo Polvoriento intentó liberarse. Aquellos dedos huesudos tenían una fuerza sorprendente, pero él aún poseía la navaja de Basta. Tras sacarla del bolsillo, la abrió de golpe y se la puso al viejo en el gaznate. Su mano temblaba; nunca le había gustado amenazar a nadie con un cuchillo, pero el viejo lo soltó.

Dedo Polvoriento echó a correr.

No prestó atención a los gritos de Lengua de Brujo. Huía, como se había visto obligado a hacer en el pasado con harta frecuencia. Confiaba en sus piernas, aunque no supiera adónde lo llevarían. Tras dejar el pueblo y la carretera a sus espaldas, se abrió paso bajo los árboles, a través de la hierba silvestre. La retama amarillo mostaza lo engulló, y las hojas plateadas de los olivos lo ocultaron... Ante todo tenía que alejarse de las zonas habitadas y de los caminos pavimentados. Las regiones despobladas siempre le habían ofrecido protección.

Cuando comenzó a respirar con dificultad, Dedo Polvoriento se arrojó sobre la hierba, detrás de una cisterna perdida en la que croaban las ranas y el sol evaporaba el agua de lluvia que se había acumulado en ella. Yació allí jadeando, mientras escuchaba con atención los latidos de su propio corazón y alzaba la vista hacia el cielo.

–¿Quién era ese viejo?

Dio un respingo. El chico apareció ante él. Lo había seguido.

–¡Lárgate! –le espetó Dedo Polvoriento.

El chico se sentó entre las flores silvestres que crecían por todas partes, azules, amarillas, rojas. Los capullos proliferaban entre la hierba como si fuesen salpicaduras de pintura.

–¡No te necesito! –añadió con tono grosero Dedo Polvoriento.

El chico cortó una orquídea silvestre en silencio y la contempló. Parecía un abejorro sujeto a un tallo.

–¡Qué flor tan rara! –murmuró el muchacho–. Nunca había visto una igual.

Dedo Polvoriento se sentó con la espalda apoyada en la pared de la cisterna.

–Si continúas siguiéndome, lo lamentarás –le advirtió–. Voy a regresar. Ya sabes dónde.

Tras pronunciar esas palabras supo que la decisión estaba tomada. Hacía mucho. Regresaría. Dedo Polvoriento, el cobarde, retornaría a la guarida del león, dijera lo que dijera Lengua de Brujo o su hija... Sólo anhelaba una cosa. La había anhelado siempre. Y ya que no podía conseguirla enseguida, al menos confiaba en que tarde o temprano acabaría haciéndose realidad.

El chico seguía sentado.

–Lárgate de una vez. ¡Vuelve con Lengua de Brujo! Él se ocupará de ti.

Farid permaneció impasible, rodeándose con los brazos, las piernas encogidas.

–¿Vas a regresar al pueblo?

–¡Sí! Al lugar donde habitan los diablos y los demonios. Créeme, a un chico como tú lo matarían antes de desayunar y después el café les sabría el doble de bien.

Farid se acarició las mejillas con la orquídea. Cuando las hojas cosquillearon su piel, hizo una mueca.

–Gwin desea salir –anunció.

Tenía razón. La marta, tras mordisquear la tela de la mochila, asomó el hocico. Dedo Polvoriento desató las correas y la dejó libre.

Gwin parpadeó mirando al sol, chilló enfadada, seguramente por lo inadecuado de la hora, y corrió veloz hacia el chico.

Farid se la subió al hombro y miró a Dedo Polvoriento con expresión grave.

–Nunca he visto flores como éstas –insistió–. Ni colinas tan verdes, ni una marta tan lista. Sin embargo, conozco muy bien a esos hombres de los que hablas. Son iguales en todas partes.

Dedo Polvoriento meneó la cabeza.

–Éstos son especialmente malvados.

–No lo son.

La terquedad en la voz de Farid provocó la risa de Dedo Polvoriento, ni él mismo supo por qué.

–Podríamos marcharnos a cualquier otro sitio –sugirió el chico.

–Imposible.

–¿Por qué? ¿Qué pretendes hacer en el pueblo?

–Robar algo –contestó Dedo Polvoriento.

El chico asintió como si robar fuera el propósito más natural del mundo, e introdujo la orquídea en un bolsillo de su pantalón con suma cautela.

–Y antes ¿me enseñarás algo más sobre el fuego?

–¿Antes?

Dedo Polvoriento no pudo evitar una sonrisa. Ese muchacho era un chico inteligente, sabía que seguramente no habría un después.

–Seguro –afirmó–. Te enseñaré todo lo que sé. Antes...

27

UNA SIMPLE IDEA

–Es posible que todo eso sea verdad –dijo el espantapájaros–. Pero lo prometido es deuda, y las promesas hay que cumplirlas.

L. Frank Baum, *El mago de Oz*

Tras la marcha de Dedo Polvoriento, no viajaron a casa de Elinor.

–Meggie, ya sé que te prometí que iríamos a casa de Elinor –dijo su padre cuando estaban parados, algo perdidos, en la plaza, delante del monumento–. Pero me gustaría retrasar nuestra partida hasta mañana. Ya te he dicho que tengo que discutir un asunto con Fenoglio.

El viejo seguía en el mismo lugar donde había hablado con Dedo Polvoriento, mirando calle abajo. Sus nietos tiraban de él y le hablaban con insistencia, pero parecía no reparar en ellos.

–¿De qué quieres hablar con él?

Mo se sentó en los peldaños del monumento y estrechó a Meggie contra su cuerpo.

–¿Ves esos nombres? –preguntó señalando las letras cinceladas que hablaban de personas ya desaparecidas–. Detrás de cada nombre hay una familia, una madre o un padre, hermanos, acaso una esposa. Si uno de ellos averiguase que es capaz de despertar esas letras a la vida, que podría volver a ser de carne y hueso lo que ahora es únicamente un nombre, ¿no crees que él o ella harían todo lo posible por conseguirlo?

Meggie examinó la larga lista de nombres. A continuación del primero, alguien había pintado un corazón, y sobre las piedras situadas delante del monumento reposaba un ramo de flores secas.

–Nadie puede resucitar a los muertos, Meggie –prosiguió su padre–. A lo mejor es verdad que con la muerte comienza una nueva vida, pero el libro en el que está escrita aún no lo ha leído nadie y su autor seguro que no vive en un pueblecito de la costa y se dedica a jugar al fútbol con sus nietos. El nombre de tu madre no figura en una piedra como ésa, se esconde entre los pasajes de un libro y yo tengo una vaga idea de cómo cambiar lo que aconteció hace nueve años.

–¡Quieres volver!

–No, no. Te he dado mi palabra. ¿La he roto alguna vez?

Meggie negó con la cabeza. «La palabra que le diste a Dedo Polvoriento», pensó, «sí que la has roto». Pero silenció ese pensamiento.

–Lo comprendes, ¿no? –inquirió su padre–. Quiero hablar con Fenoglio, ésa es la única razón por la que deseo quedarme aquí.

Meggie contempló el mar. El sol se había abierto paso a través de las nubes y de repente el agua comenzó a brillar y a relucir como si acabaran de teñirla.

–No está lejos de aquí –murmuró la niña.

–¿Qué?

–El pueblo de Capricornio.

Su padre miró hacia el este.

–Así es. Qué raro que al final haya sentado sus reales precisamente en estos parajes, ¿verdad? Como si hubiese buscado un lugar parecido al país en el que se desarrolla su historia.

–¿Y qué ocurrirá si nos encuentra?

–¡Pamplinas! ¿Sabes cuántos pueblos hay en esta costa?

Meggie se encogió de hombros.

–Ya te encontró una vez, y entonces estabas muy, pero que muy lejos.

–Fue gracias a Dedo Polvoriento, y éste seguro que no le ayuda de nuevo –su padre se levantó y la ayudó a ponerse en pie–. Acompáñame, preguntaremos a Fenoglio dónde podemos pasar la noche. Además, tiene pinta de necesitar compañía.

Fenoglio no les reveló si Dedo Polvoriento tenía el aspecto que él se había imaginado. Mientras lo acompañaban hasta su casa, se mostró muy lacónico. Sin embargo cuando Mo le comunicó que les gustaría quedarse allí un día más, su rostro se iluminó. Hasta les ofreció para pasar la noche en una casa que de vez en cuando alquilaba a los turistas.

Mo aceptó agradecido.

El anciano y él conversaron hasta el anochecer, mientras los nietos de Fenoglio perseguían a Meggie por aquella casa llena de recovecos. Los dos hombres se sentaron en el despacho de Fenoglio. Estaba ubicado justo al lado de la cocina, y Meggie intentó escuchar pegando la oreja a la puerta, pero Pippo y Rico la sorprendían siempre y, agarrándola con sus manitas mugrientas, la arrastraban hasta la escalera cercana antes de que hubiera logrado oír unas cuantas palabras seguidas.

Al final desistió. Dejó que Paula le enseñara los gatitos que holgazaneaban con su madre en el diminuto jardín trasero de la vivienda, y siguió a los tres hacia la casa donde vivían sus padres. Permanecieron en ella el tiempo necesario para convencer a su madre de que los dejase quedarse a cenar con su abuelo.

Tomaron pasta con salvia. Pippo y Rico, con cara de asco, apartaban de la pasta esa hierba de sabor acre, pero a Meggie y a Paula las hojas churruscantes les gustaban.

Después de la cena, Mo y Fenoglio se bebieron una botella entera de vino tinto, y cuando el anciano condujo finalmente a Meggie y a su padre hasta la puerta, se despidió con estas palabras:

–Entonces, de acuerdo, Mortimer. Tú te ocupas de mis libros y yo me pongo a trabajar mañana mismo.

–¿De qué trabajo habla, Mo? –le preguntó su hija mientras recorrían juntos las callejuelas mal iluminadas. La noche apenas había refrescado. Un viento extraño y desconocido recorría el pueblo, caliente y arenoso, como si procediera del desierto situado más allá del mar.

–Preferiría que no le dieras más vueltas a ese asunto –repuso su padre–. Deja que durante unos días nos comportemos como unos simples turistas. Creo que todo esto tiene pinta de lugar de vacaciones, ¿no te parece?

Meggie contestó con una inclinación de cabeza. Sí, la verdad era que su padre la conocía al dedillo; con harta frecuencia adivinaba sus pensamientos antes de que se los comunicase, pero de vez en cuando se olvidaba de que ella ya no tenía cinco años y que ahora precisaba algo más que unas palabras amables para ahuyentar sus preocupaciones.

«¡De acuerdo!», pensaba mientras seguía en silencio a su padre por el pueblo dormido. «Si no me quiere contar lo que Fenoglio pretende, le preguntaré a cara de tortuga en persona.

Y si él tampoco me lo revela, uno de sus nietos lo averiguará para mí...»

Meggie ya no podía esconderse debajo de una mesa sin ser vista, pero Paula aún tenía el tamaño justo para convertirse en espía.

28

EN CASA

Y yo, pobre de mí... mis libros eran mi ducado.
William Shakespeare, *La tempestad*

Era casi medianoche cuando Elinor vio aparecer por fin el portón al borde de la carretera. Abajo, en la orilla del lago, se alineaban las luces como una caravana de luciérnagas, reflejándose temblorosas en el agua negra. Le encantaba estar de nuevo en casa. Un viento familiar acarició su rostro al descender del coche para abrir el portón. Todo le resultaba familiar, el aroma de los setos, de la tierra, del aire, mucho más fresco y húmedo que en el sur. Desde hacía un rato tampoco olía a sal. «Tal vez eche de menos ese olor», pensó Elinor. El mar siempre la llenaba de nostalgia, ignoraba por qué.

El portón de hierro soltó un suave quejido cuando lo empujó para abrirlo, como si le diese la bienvenida.

–¡Qué idea tan ridícula, Elinor! –murmuró irritada mientras montaba de nuevo en el coche–. Te saludarán tus libros. Creo que eso será suficiente.

Durante el viaje la había asaltado uno de esos extraños presentimientos. Se había tomado tiempo para el regreso; había viajado por carreteras secundarias y había pasado la noche en una localidad diminuta, emplazada en las montañas, cuyo nombre ya había olvidado. Había disfrutado mucho con la soledad, al fin y al cabo estaba acostumbrada a ella, pero de repente el silencio de su coche la molestó, y se sentó en el café de una pequeña ciudad somnolienta que ni siquiera contaba con una librería, únicamente para escuchar otras voces. Pasó poco tiempo allí, sólo el necesario para tomar un café a toda prisa, irritada consigo misma.

–¿Qué significa esto, Elinor? –murmuró cuando subió de nuevo al coche–. ¿Desde cuándo añoras la compañía de otros seres humanos? Lo cierto es que va siendo hora de que regreses al hogar antes de que te vuelvas más rara de lo que ya eres.

Cuando se dirigía hacia su casa, la vio tan oscura y abandonada que sintió una curiosa extrañeza. Sólo el aroma de su jardín disipó un poco el malestar, mientras ascendía los escalones hasta la puerta de entrada. La lámpara situada encima, que solía estar encendida por la noche, no lucía y a Elinor le costó lo suyo introducir la llave en la cerradura. Mientras abría y entraba a trompicones en el vestíbulo, oscuro como boca de lobo, despotricó en voz baja contra el hombre que, en su ausencia, solía echar un vistazo a la casa y al jardín. Antes de su partida había intentado telefonearle en tres ocasiones, pero seguro que se había marchado a visitar a su hija. ¿Por qué nadie entendía que aquella casa albergaba tesoros de un valor incalculable? Si hubiesen sido de oro... pero como eran de papel, de tinta de imprenta y papel...

Reinaba un silencio sepulcral, y por un instante Elinor creyó escuchar la voz de Mortimer, llenando de vida la cocina pintada de rojo. Cien años habría podido escucharlo, qué digo cien, doscientos. Por lo menos.

–Cuando venga, lo obligaré a leerme en voz alta –murmuró mientras liberaba de los zapatos sus fatigados pies–. Algún libro habrá que pueda leer sin peligro.

¿Cómo no había reparado nunca en lo silenciosa que estaba su casa? Reinaba un silencio absoluto, y la alegría que Elinor confiaba sentir al hallarse entre sus cuatro paredes no fue tan grande como se imaginaba.

–¡Hola, aquí estoy de nuevo! –gritó en medio del silencio mientras tanteaba la pared en busca del interruptor de la luz–. ¡Pronto volveré a quitaros el polvo y a colocaros en vuestro sitio, tesoros míos!

La luz del techo se encendió y Elinor retrocedió dando un traspié, tan asustada que se desplomó sobre su propio bolso de mano depositado en el suelo.

–¡Cielo santo! –susurró mientras se erguía de nuevo–. ¡Válgame Dios, no!

Las estanterías de la pared, hechas a medida y fabricadas a mano, estaban vacías, y los libros que tan bien custodiados, lomo junto a lomo, habían poblado los estantes, yacían en montones desordenados sobre el suelo, arrugados, manchados, pisoteados, como si unas pesadas botas hubieran bailado encima de ellos una danza salvaje. Elinor empezó a temblar de los pies a la cabeza. Anduvo a trompicones entre sus tesoros mancillados como si estuviese atravesando un estanque cenagoso. Los apartaba a un lado, cogía uno y lo dejaba caer. Recorrió como una sonámbula el largo pasillo que conducía a su biblioteca.

El pasillo no ofrecía mejor aspecto. Los libros se apilaban a tal altura que Elinor apenas consiguió abrirse paso en medio de tanta destrucción. Al llegar ante la puerta de la biblioteca, la encontró entornada. Se quedó inmóvil, con las rodillas temblorosas durante unos instantes que se le hicieron eternos antes de atreverse por fin a empujar la puerta.

Su biblioteca estaba vacía.

No quedaban libros, ni uno solo, ni en las estanterías ni en las vitrinas, que mostraban los cristales rotos. Tampoco se veía ninguno por el suelo. Todos habían desaparecido. Y colgando del techo se bamboleaba un gallo rojo, muerto.

Al verlo, Elinor se tapó la boca con la mano. Su cabeza colgaba hacia abajo, con la cresta tapando los ojos yertos. Las plumas aún brillaban, como si la vida se hubiera refugiado en ellas, en el fino plumaje marrón rojizo del pecho, en las alas jaspeadas de oscuro y en las largas plumas de la cola, verde oscuras y relucientes como la seda.

Una de las ventanas estaba abierta. Alguien había pintado con hollín en el alféizar blanco una flecha negra, apuntando hacia el exterior. Elinor avanzó tambaleándose hasta la ventana, los pies entumecidos por el miedo. La noche no era lo bastante oscura como para ocultar lo que había sobre la hierba: un informe montón de ceniza, de un gris blancuzco a la luz de la luna, grisáceo como alas de polilla, como el papel quemado.

Allí estaban sus libros más valiosos. O lo que quedaba de ellos.

Elinor se arrodilló sobre el entarimado cuya madera había elegido con tanto esmero. Encima de ella, por la ventana abierta, penetró el viento, un viento familiar que olía casi igual que el aire de la iglesia de Capricornio. Elinor quiso gritar, maldecir, despotricar, enfurecerse, pero ningún sonido salió de su boca. Sólo era capaz de llorar.

29

UN BUEN LUGAR ANTIGUO Y ADECUADO PARA QUEDARSE

–Yo no tengo mamá –dijo él. No sólo no tenía mamá sino que no sentía ningún deseo de tenerla. Peter Pan pensaba que las mamás eran unas personas pasadas de moda.

James M. Barrie, *Peter Pan*

La casa que alquilaba Fenoglio se encontraba apenas a dos calles de distancia de la suya. Se componía de un cuarto de baño diminuto, una cocina y dos habitaciones. Como estaba en un bajo era algo oscura, y las camas crujían al tumbarse en ellas, pero a pesar de todo Meggie durmió bien, mucho mejor que encima de la paja húmeda de Capricornio o en la choza del tejado derrumbado.

Mo no durmió bien. La primera noche, Meggie se despertó tres veces asustada porque fuera, en la callejuela, se peleaban los gatos, y en esas ocasiones vio tumbado a su padre con los ojos abiertos, los brazos cruzados detrás de la cabeza y los ojos fijos en la ventana oscura.

A la mañana siguiente se levantó muy temprano y compró lo que necesitaban para desayunar en la pequeña tienda emplazada al final de la calle. Los panecillos todavía estaban calientes, y la verdad es que a Meggie casi le dio la sensación de estar de vacaciones cuando Mo viajó con ella hasta la localidad vecina, más grande, para comprar las herramientas imprescindibles: pincel, cuchillo, tela, cartón duro... y un helado gigantesco que se zamparon juntos en un café a la orilla del mar. Meggie aún conservaba su sabor en el paladar cuando llamaron a la puerta de la casa de Fenoglio. El viejo y su padre se tomaron un café en su cocina pintada de verde, luego subieron con Meggie al desván, donde Fenoglio guardaba sus libros.

–¡Esto no es serio! –exclamó su padre, enfadado, cuando se plantó ante las estanterías cubiertas de polvo–. ¡Tendrían que expropiártelos todos en el acto! ¿Cuándo has estado aquí arriba por última vez? Se podría rascar el polvo de las páginas con una espátula.

–Tuve que alojarlos aquí –se defendió Fenoglio mientras sus arrugas ocultaban su mala conciencia–. Abajo, con tantos estantes, se desperdiciaba mucho espacio, y además mis nietos no paraban de manosearlos.

–Bueno, los niños habrían causado menos daño que la humedad y el polvo –replicó Mo con voz tan irritada que Fenoglio bajó al piso inferior–. Pobre niña. ¿Tu padre es siempre tan severo? –preguntó a Meggie mientras descendían por la empinada escalera.

–Sólo cuando se trata de libros –contestó ella.

Fenoglio desapareció en el despacho antes de que ella pudiera preguntarle. Sus nietos estaban en la escuela y en el jardín de infancia, así que cogió los libros que le había regalado Elinor y se sentó con ellos en la escalera que bajaba hasta el pequeño jardín de Fenoglio. En él crecían rosales silvestres, tan espesos que apenas se podía dar un paso sin que sus ramas arañasen las piernas, y desde el escalón superior se divisaba el mar en la lejanía, aunque parecía muy cercano.

Meggie volvió a abrir el libro de poemas. El sol, esplendoroso, le daba en la cara obligándola a entornar los ojos, y antes de empezar a leer miró por encima del hombro, para asegurarse de que Mo no bajaba de nuevo por casualidad. No quería que la sorprendiese haciendo lo que se proponía. Su propósito la avergonzaba, pero la tentación era demasiado grande.

Cuando tuvo la completa certeza de que no venía nadie, respiró hondo, carraspeó... y comenzó su labor. Formaba cada palabra con los labios, igual que había visto hacer a Mo, casi con ternura, como si cada letra fuera una nota musical y pronunciar una sin cariño distorsionase la melodía. Sin embargo pronto se dio cuenta de que si se concentraba en cada palabra la frase dejaba de sonar, y las imágenes que encerraba se perdían si sólo se fijaba en el tono y no en el sentido. Era difícil. Muy difícil. Y el sol la adormecía, hasta que acabó cerrando el libro para exponer su rostro a los cálidos rayos. De todos modos era una tontería intentarlo. Una tontería supina...

A última hora de la tarde llegaron Pippo, Paula y Rico, y Meggie callejeó con ellos por el pueblo. Compraron en la tienda que Mo había visitado esa mañana, se sentaron juntos en un muro situado a las afueras del pueblo, observaron a las hormigas arrastrando agujas de pino piñonero y semillas de flores por las piedras rugosas, y contaron los barcos que surcaban el lejano mar.

Así transcurrió el segundo día. De vez en cuando, Meggie se preguntaba dónde se habría metido Dedo Polvoriento, si Farid seguiría a su lado, y qué sería de Elinor, si se extrañaría al ver que no llegaban.

No podía responder a ninguna de esas preguntas, y Meggie tampoco conseguía averiguar a qué se dedicaba Fenoglio tras la puerta de su despacho.

«Está mordiendo su lápiz», informó Paula una vez que consiguió esconderse debajo de su escritorio. «Muerde su lápiz y camina de un lado a otro».

–Mo, ¿cuándo iremos a casa de Elinor? –preguntó Meggie la segunda noche, al darse cuenta de que su padre seguía sin conciliar el sueño; se sentó al borde de la cama de él, que chirriaba igual que la suya.

–Pronto –contestó–. Pero ahora sigue durmiendo.

–¿La echas de menos? –Meggie no supo por qué hizo esa pregunta tan inesperada. De repente afloró a sus labios y salió sin poderlo remediar.

Su padre tardó mucho en responder.

–A veces –contestó al fin–. Por la mañana, a mediodía, por la tarde, por la noche. Casi siempre.

Meggie notó cómo los celos hundían sus diminutas garras en su corazón. Conocía esa sensación; la asaltaba cada vez que Mo tenía una nueva novia. Pero ¿sentirse celosa de su propia madre?

–Háblame de ella –le rogó en voz baja–. Pero no se te ocurra contarme historias inventadas como solías hacer antes.

A veces ella había buscado una madre adecuada en sus libros, pero en sus obras favoritas apenas aparecía alguna: ¿Tom Sawyer? No tenía madre. ¿Huck Finn? Tampoco. ¿Peter Pan, los niños perdidos? No había ninguna madre a la vista. Jim Botón, huérfano de madre... y en los cuentos tan sólo hallaba madrastras malvadas, madres descastadas, celosas... la lista era interminable. Antes eso solía consolar a Meggie.

Carecer de madre no parecía un fenómeno muy desacostumbrado, al menos en sus relatos preferidos.

–¿Qué puedo contarte? –su padre miró por la ventana. Fuera volvían a pelearse los gatos. Sus gritos sonaban como los de los niños pequeños–. Tú te pareces a ella más que a mí, por fortuna. Ella se ríe como tú, y se muerde un mechón de pelo mientras lee, justo igual que tú. Es corta de vista, pero demasiado presumida para llevar gafas...

–Lo comprendo.

Meggie se sentó a su lado. El brazo ya casi no le dolía, el mordisco del perro de Basta casi se había curado. Sin embargo quedaría una cicatriz, clara como la que el cuchillo de Basta le había dejado nueve años atrás.

–¿Cómo que lo comprendes? A mí me gustan las gafas –repuso su padre.

–Pues a mí no. ¿Y qué más...?

–Le gustan las piedras planas redondeadas y pulidas que acarician la mano. Siempre lleva una o dos en el bolsillo. Además tiene la costumbre de colocarlas encima de sus libros, sobre todo de los de bolsillo, porque no le gusta que se levanten las tapas. Pero tú siempre cogías las piedras y las hacías rodar por el suelo de madera.

–Y se enfadaba.

–¡Qué va! Te hacía cosquillas en tu cuellecito regordete hasta que las soltabas –Mo se volvió hacia ella–. ¿De verdad que no la echas de menos, Meggie?

–No lo sé. Sólo cuando estoy furiosa contigo.

–O sea, más o menos una docena de veces al día.

–¡Qué tontería! –Meggie le dio un codazo en el costado.

Escucharon juntos los ruidos nocturnos. La ventana estaba entreabierta; en el exterior reinaba el silencio. Los gatos habían enmudecido, seguro que se dedicaban a lamerse sus heridas. Delante de la tienda solía sentarse uno con una oreja desgarrada. Por un instante, Meggie creyó oír el rumor lejano del mar, pero tal vez se tratase de la autopista cercana.

–¿Dónde crees que ha ido Dedo Polvoriento?

La oscuridad la envolvía como un paño suave. «Echaré de menos el calor», pensó. «Sí, en serio».

–No lo sé –respondió su padre con voz ausente–. Confío en que muy lejos, pero no estoy seguro.

No, Meggie tampoco lo estaba.

–¿Crees que el chico sigue con él? –Farid, le gustaba su nombre.

–Supongo que sí. Lo seguía como un perro.

–Porque lo quiere. ¿Crees que Dedo Polvoriento lo querrá también?

Su padre se encogió de hombros.

–No sé qué o a quién quiere Dedo Polvoriento.

Meggie reclinó la cabeza contra su pecho, como acostumbraba hacer en casa cuando él le contaba un cuento.

–¿Sigue deseando poseer el libro, verdad? –le dijo en susurros–. Basta lo cortará en lonchas con su navaja como lo pille. Seguro que hace mucho tiempo que tiene una navaja nueva.

Fuera, alguien caminaba por la estrecha callejuela. Una puerta se abrió y se cerró de golpe. Se oyeron los ladridos de un perro.

–Si tú no existieras –dijo Mo–, yo también volvería.

30

PIPPO, EL PARLANCHÍN

–Te han informado mal –le dijo Buttercup–. No hay ninguna aldea en varios kilómetros a la redonda.

–Entonces nadie os oirá gritar –replicó el siciliano, y le saltó encima con pasmosa agilidad.

William Goldman, *La princesa prometida*

A la mañana siguiente, a eso de las diez, Elinor telefoneó a Fenoglio. Meggie estaba arriba, con Mo, observando cómo libraba a un libro de su encuadernación enmohecida con exquisito cuidado, igual que si estuviese liberando de una trampa a un animal herido.

–¡Mortimer! –gritó Fenoglio desde la escalera–. Tengo al teléfono a una mujer histérica gritándome al oído cosas incomprensibles. Afirma ser amiga tuya.

Mo dejó a un lado el libro desnudo y bajó. Fenoglio le tendió el auricular con expresión sombría. La voz de Elinor escupía furia y desesperación en el tranquilo despacho. A Mo le costó trabajo formarse una idea clara de lo que ella gritaba, rabiosa, en su oído.

–¿Cómo sabía él...? Ah, sí, claro... –le oía decir Meggie–. ¿Quemados? ¿Todos? –se pasó la mano por la cara y miró a su hija, pero ésta tuvo la sensación de que sus ojos la traspasaban–. Está bien –murmuró–. Sí, seguro, a pesar de que me temo que aquí tampoco te creerán una palabra. Y en cuanto a lo sucedido a tus libros, la policía de aquí no tiene competencias... sí, de acuerdo. Por supuesto... iré a recogerte. Claro...

A continuación, colgó.

Fenoglio no podía disimular su curiosidad. Venteaba una nueva historia.

–¿Qué ha pasado? –preguntó con impaciencia mientras Mo permanecía hierático, con la vista clavada en el teléfono.

Era sábado. Rico colgaba como un monito de la espalda de Fenoglio, pero los otros dos niños aún no habían hecho acto de presencia.

–Mortimer, ¿qué te ocurre? ¿Es que no vas a contarnos nada? ¡Mira a tu padre, Meggie! Se ha quedado petrificado.

–Era Elinor –dijo Mo–. La tía de la madre de Meggie. Ya te he hablado de ella. Los hombres de Capricornio han irrumpido en su casa. Han sacado los libros de sus estantes, los han diseminado por toda la casa y los han utilizado como felpudos. Y los de su biblioteca... –vaciló un momento antes de continuar–, los más valiosos, los han amontonado y los han quemado en el jardín. Lo único que ha encontrado Elinor en su biblioteca ha sido un gallo muerto.

Fenoglio descolgó a su nieto de su espalda.

–¡Rico, ve a ver a los gatitos! –le ordenó–. Esto no es para tus oídos –Rico protestó, pero su abuelo lo empujó sin miramientos fuera de la habitación y cerró la puerta tras él–. ¿Por qué estás tan seguro de que Capricornio está detrás de todo esto? –preguntó volviéndose de nuevo hacia Mo.

–¿Quién si no? Además el gallo rojo, por lo que acierto a recordar, es su distintivo. ¿Has olvidado tu propia narración?

Fenoglio calló agobiado.

–No lo recuerdo –murmuró.

–Y Elinor ¿cómo está? –Meggie aguardaba con el corazón desbocado la respuesta de su padre.

–Por suerte aún no había llegado a casa, se tomó tiempo para regresar. Gracias a Dios. Pero puedes figurarte cómo se siente. Sus libros más hermosos, Dios mío...

Fenoglio recogía de la alfombra unos soldados de juguete con dedos torpes.

–Sí, a Capricornio le encanta el fuego –dijo con voz ronca–. Si de verdad ha sido él, ya puede alegrarse vuestra amiga de que no la quemara también a ella.

–Se lo diré –Mo cogió una caja de cerillas depositada sobre el escritorio de Fenoglio, la abrió y volvió a cerrarla muy despacio.

–¿Y qué ha ocurrido con mis libros? –preguntó Meggie temerosa–. Mi caja... La escondí debajo de la cama.

Mo volvió a depositar las cerillas sobre el escritorio.

–Ésa es la única buena noticia –informó–. A tu caja no le ha pasado nada. Continúa debajo de la cama. Elinor lo ha comprobado.

Meggie soltó un suspiro de alivio. ¿Habría incendiado Basta los libros? No, el fuego le daba miedo. Meggie recordaba perfectamente cómo Dedo Polvoriento le había tomado el pelo con eso. Pero en resumidas cuentas daba igual cuál de los chaquetas negras hubiese sido el autor. Los tesoros de Elinor se habían volatilizado, y ni siquiera Mo sería capaz de devolvérselos.

–Elinor viene hacia aquí en avión, tengo que ir a recogerla –informó su padre–. Se le ha metido en la cabeza azuzar a la policía contra Capricornio. Le he comentado que, en mi opinión, no existe la menor probabilidad de éxito. Aunque pudiera demostrar que fueron sus hombres los que irrumpieron en su casa, ¿cómo piensa probar que la orden la dio él? Pero, en fin, ya conoces a Elinor.

Meggie asintió con expresión sombría. Sí, conocía a Elinor... y la comprendía a la perfección.

Fenoglio se echó a reír.

–¡La policía! ¡A Capricornio no le asusta la policía! –exclamó–. Él dicta sus propias normas, sus propias leyes...

–¡Cállate de una vez! ¡Esto no es uno de esos libros que escribes! –le interrumpió Mo con tono desabrido–. Te parecerá muy divertido inventarte un personaje como Capricornio, pero, créeme, no tiene la menor gracia encontrártelo. Me voy al aeropuerto, dejo aquí a Meggie. Cuida bien de ella.

Antes de que a su hija le diese tiempo a protestar, salió por la puerta. Meggie corrió tras él, pero Paula y Pippo venían por la calle hacia ella. La sujetaron y la arrastraron con ellos. Querían jugar al sacamantecas, a la bruja, al monstruo de seis brazos... personajes de las historias de su abuelo que poblaban su mundo y sus juegos. Cuando Meggie consiguió por fin sacudirse sus manitas, hacía rato que su padre se había ido. El sitio que ocupaba el coche alquilado estaba vacío y Meggie se encontró en la plaza, sola con el monumento a los muertos y unos cuantos viejos que contemplaban el mar con las manos hundidas en los bolsillos de los pantalones.

Indecisa se acercó lentamente a los escalones del monumento y se sentó. No le apetecía perseguir por la casa a los nietos de Fenoglio o jugar con ellos al escondite. Prefería esperar sentada el regreso de Mo. El viento cálido que había soplado por el pueblo la noche anterior, dejando un rastro de fina arena sobre los alféizares de las ventanas, había seguido su camino. El ambiente era más fresco que en días pasados. Sobre el mar, el cielo aún estaba claro, pero desde las colinas se acercaban unos nubarrones grises, y cada vez que el sol desaparecía tras ellos sobre los tejados del lugar se proyectaba una sombra que hacía estremecer a Meggie.

Un gato se deslizó hacia ella, con las patas rígidas y el rabo muy tieso. Era un animalito gris, pequeño y flaco, lleno de garrapatas y con unas costillas que se dibujaban como estrías bajo el fino pelaje. Meggie lo atrajo en voz baja hasta que introdujo la cabeza bajo su brazo y ronroneó pidiéndole caricias. Parecía un gato sin dueño; no llevaba collar, ni mostraba un solo gramo de grasa que proclamara la existencia de algún propietario cuidadoso. Meggie le rascó las orejas, la barbilla, el lomo, mientras miraba la calle, que descendía por el pueblo y desaparecía detrás de las casas tras describir una curva cerrada.

¿Qué distancia habría hasta el aeropuerto más cercano? Meggie apoyó su rostro en las manos. En el cielo se iban acumulando nubes cada vez más amenazadoras, que se acercaban poco a poco, densas y preñadas de lluvia.

El gato frotaba el lomo contra su rodilla, y mientras los dedos de Meggie acariciaban su piel sucia, una nueva pregunta acudió de pronto a su mente. ¿Qué pasaría si Dedo Polvoriento no se había limitado a informar a Capricornio del emplazamiento de la casa de Elinor? ¿Y si también le había contado dónde estaba la *suya* y de Mo? ¿Hallarían otro montón de ceniza en el patio? No quería ni pensarlo. «¡Él no lo sabe!», murmuraba. «No sabe una palabra. Dedo Polvoriento no se lo ha contado». Musitaba estas frases sin parar, a modo de conjuro.

En cierto momento notó una gota de lluvia en la mano, luego otra. Alzó la vista hacia el cielo. Ya no se distinguía ni una manchita azul. ¡Qué deprisa cambiaba el tiempo a orillas del mar! «Bueno, pues esperaré en la casa», se dijo. A lo mejor quedaba un poco de leche para el gato. El pobre animalito apenas pesaba más que un pañuelo seco. Meggie tuvo miedo de romperle algún hueso al cogerlo.

La casa estaba oscura como una cueva. Mo había cerrado los postigos esa mañana para que el sol no calentara el ambiente. Cuando penetró en el fresco dormitorio mojada por la lluvia fina y pulverulenta, Meggie tiritaba. Depositó al gato sobre la cama deshecha, se puso el jersey de su padre, que le quedaba demasiado grande, y corrió a la cocina. La bolsa de leche estaba casi vacía, pero mezclada con un poco de agua caliente alcanzó justo para un platito.

Meggie le puso la leche junto a la cama y el gato se acercó tan deprisa que casi tropezó con sus propias patas. Fuera, la lluvia arreciaba. La niña oía las gotas estrellándose contra los adoquines. Se aproximó a la ventana y abrió los postigos. La franja de cielo entre los tejados estaba tan oscura como si el sol estuviera a punto de ponerse. Meggie caminó despacio hasta el lecho de su padre y se sentó encima. El gato seguía lamiendo el platito, pasaba la lengua con avidez por el esmalte con dibujo de flores para no perder ni una gota de aquel manjar. Meggie oyó pasos fuera, en el callejón, y a continuación unos golpes en la puerta. ¿Quién sería? Era imposible que Mo hubiera regresado. ¿Se habría olvidado algo? El gato había desaparecido; seguro que se había escondido debajo de la cama.

–¿Quién es? –gritó Meggie.

–Meggie –llamó una voz infantil.

Pues claro, Paula o Pippo. Sí, seguro que era Pippo. A pesar de la lluvia quizá deseaban que los acompañase a observar a las hormigas. De debajo de la cama asomó una zarpa gris que tiró del cordón de su zapato. Meggie salió al corto pasillo.

–¡Ahora no tengo tiempo para jugar! –gritó a través de la puerta cerrada.

–¡Por favor, Meggie! –suplicó la voz de Pippo.

Meggie abrió la puerta con un suspiro... y se encontró frente a frente con Basta.

–Caramba, pero ¿a quién tenemos aquí? –preguntó con tono amenazador mientras sus dedos se cerraban alrededor del delgado cuello de Pippo–. ¿Qué tienes que decir a esto, Nariz Chata? No tiene tiempo para jugar.

Basta empujó con rudeza a Meggie obligándola a retroceder y entró con Pippo. Como es natural, acompañado por Nariz Chata. Su orondo trasero casi no cabía por la puerta.

–¡Suéltalo! –increpó Meggie a Basta con voz temblorosa–. Le estás haciendo daño.

–¿De veras? –Basta bajó la vista hacia la pálida cara de Pippo–. No es muy amable por mi parte después de habernos revelado tu paradero –y al pronunciar las últimas palabras apretó con más fuerza el cuello de Pippo–. ¿Sabes cuánto tiempo permanecimos en esa choza mugrienta? –le siseó a Meggie.

La niña retrocedió.

–¡Muuuuuucho! –Basta alargó la palabra y acercó tanto su cara de zorro a la de Meggie que ella se vio reflejada en sus ojos–. ¿No es verdad, Nariz Chata?

–Las malditas ratas estuvieron a punto de devorar los dedos de mis pies –gruñó el gigante–. Me encantaría retorcerle la nariz a esta pequeña bruja hasta dejársela del revés.

–Quizá más tarde –Basta empujó a Meggie hasta el oscuro dormitorio–. ¿Dónde está tu padre? –preguntó–. Este pequeño –soltó el cuello de Pippo y le atizó un golpe tan fuerte en la espalda que lo proyectó contra la niña– nos ha dicho que se ha marchado. ¿Adónde?

–A comprar –Meggie contuvo la respiración, aterrorizada–. ¿Cómo nos has encontrado? –susurró.

«Dedo Polvoriento», se respondió en su mente. Claro. ¿Quién si no? Pero ¿por qué los habría traicionado esta vez?

–Dedo Polvoriento –contestó Basta como si le hubiera leído el pensamiento–. No hay muchos chalados en este mundo que vagabundeen por ahí, escupan fuego y tengan una marta domesticada, y además con cuernos. Así que nos bastó preguntar un poco por ahí, y en cuanto descubrimos su rastro dimos también con el de tu padre. Seguro que ya os habríamos hecho una visita si este cretino –le dio un codazo tan fuerte en el estómago a Nariz Chata que éste profirió un gruñido de dolor– no os hubiera perdido de vista en el trayecto hacia aquí. Hemos registrado una docena de pueblos, nos hemos desollado los labios preguntando y los talones a fuerza de andar hasta que por fin llegamos aquí y uno de los viejos que se pasan el día mirando al mar recordó las cicatrices de Dedo Polvoriento. Y ése ¿dónde anda? ¿Se ha ido también a la compra? –Basta esbozó una mueca sarcástica.

Meggie negó con la cabeza.

–Se ha marchado –respondió con voz inexpresiva–. Ya hace mucho.

Así pues, Dedo Polvoriento no los había traicionado. Al menos esta vez. Y había escapado de las manos de Basta. Meggie estuvo a punto de sonreír.

–¡Habéis quemado los libros de Elinor! –exclamó mientras estrechaba contra ella a Pippo, que seguía mudo por el miedo–. Eso lo lamentaréis.

–¿De veras? –Basta exhibió una sonrisa maligna–. ¿Se puede saber por qué? Seguro que Cockerell se divirtió una barbaridad haciéndolo. Y ahora, basta de charlas, no disponemos de toda la eternidad. Este chico –Pippo retrocedió ante Basta como si su índice fuera un cuchillo– nos ha contado un par de cosas muy curiosas acerca de un abuelo que escribe libros, y de un libro que interesa mucho a tu padre.

Meggie tragó saliva. Pippo imbécil. Imbécil, charlatán e indiscreto Pippo.

–¿Te ha comido la lengua el gato? –inquirió Basta–. ¿O tengo que volver a apretar el flaco pescuezo al pequeño?

Pippo se echó a llorar con la cara apretada contra el jersey de Mo, que Meggie aún llevaba puesto. La niña le acarició el pelo rizado para consolarlo.

–¡El libro en el que estás pensando ya no lo tiene su abuelo! –replicó furiosa a Basta–. ¡Vosotros se lo robasteis hace ya mucho tiempo!

Su voz destilaba odio y sus propios pensamientos la ponían enferma. Deseaba patear a Basta, pegarle, clavarle su cuchillo en la barriga, la navaja nuevecita que llevaba al cinto.

–Robado, hay que ver qué cosas pasan –Basta dirigió una sonrisa sardónica a Nariz Chata–. De eso preferimos convencernos con nuestros propios ojos, ¿verdad?

Nariz Chata asintió con aire ausente y miró en torno suyo.

–¿Eh, oyes eso?

Debajo de la cama se oían arañazos. Nariz Chata se arrodilló, apartó la sábana que colgaba y hurgó debajo del lecho con el cañón de su escopeta. El gato gris salió de su escondite bufando, y cuando Nariz Chata intentó agarrarlo, le clavó las garras en su horrenda cara. Nariz Chata se puso de pie con un alarido de dolor.

–¡Voy a retorcerle el pescuezo! –vociferó–. ¡Voy a abrirlo en canal!

Se abalanzó sobre el gato y Meggie quiso interponerse en su camino pero Basta se le adelantó.

–¡Quieto! –rugió a Nariz Chata mientras el gato gris desaparecía debajo del armario–. Es de mal agüero matar gatos. ¿Cuántas veces más tendré que repetírtelo?

–¡Majaderías! ¡Supersticiones tontas! Ya he retorcido el pescuezo a un montón de bestias de ésas –repuso enfurecido Nariz Chata mientras se apretaba la mano contra la mejilla ensangrentada–. ¿Acaso por eso he tenido menos suerte que tú? Hay que reconocer que a veces enloqueces a la gente con tu cháchara. No pises esa sombra de ahí, que trae mala suerte... ¡Eh, que te has puesto primero la bota izquierda, mala suerte...! ¡Ahí ha bostezado uno! ¡Demonios, mañana estaré muerto!

–¡Cállate! –rugió Basta–. Si aquí alguien se va de la lengua, eres tú. Lleva a los niños a la puerta.

Pippo se aferró a Meggie cuando Nariz Chata los empujó hacia el pasillo.

–¿A qué viene ese llanto? –le gruñó–. Ahora vamos a visitar a tu abuelo.

Mientras caminaban a trompicones detrás de Nariz Chata, Pippo no soltó la mano de Meggie ni una sola vez. Se aferraba a ella con tanta fuerza que sus uñas cortas se clavaban en la carne de Meggie. «¿Por qué no me escucharía Mo?», pensaba. «Ojalá nos hubiéramos marchado a casa...»

Continuaba lloviendo con fuerza. Las gotas corrían por la cara de Meggie y resbalaban por su espalda. Las callejuelas estaban vacías y no se veía ni un alma que pudiera ayudarlos. Basta los seguía pegado a ellos. La niña lo oía maldecir la lluvia en voz baja. Cuando llegaron a casa de Fenoglio, Meggie tenía los pies empapados y Pippo los rizos pegados a la cabeza. «¡A lo mejor no está en casa!», se dijo Meggie esperanzada. Se estaba preguntando qué haría Basta en esa eventualidad cuando la puerta pintada de rojo se abrió y Fenoglio apareció en el umbral.

–¿Acaso habéis perdido el juicio? ¿A quién se le ocurre corretear por la calle con este tiempo? –gritó furioso–. Ahora mismo me disponía a salir en vuestra busca. Pasad, pero deprisita.

–¿Podemos pasar nosotros también?

Basta y Nariz Chata se habían colocado justo al lado de la puerta, con la espalda pegada a la pared, para que Fenoglio no los descubriera, pero en ese momento Basta apareció detrás de Meggie y le puso las manos sobre los hombros. Mientras Fenoglio lo miraba asombrado, Nariz Chata se adelantó y puso el pie en la puerta abierta. Pippo, ágil como una comadreja, pasó disparado a su lado y desapareció en el interior de la vivienda.

–¿Quién está ahí? –Fenoglio dirigió a Meggie una mirada de reproche como si los dos desconocidos hubieran venido por voluntad suya–. ¿Son amigos de tu padre?

Meggie se limpió la lluvia de la cara y le devolvió la mirada.

–¡En realidad tú deberías conocerlos mejor que yo! –contestó.

–¿Conocerlos? –Fenoglio la miró sin comprender. Después escudriñó a Basta... y se quedó petrificado–. ¡Por el amor de Dios! –murmuró–. ¡Esto es imposible!

Tras su espalda asomó Paula.

–Pippo está llorando –anunció–. Se ha escondido en el armario.

–¡Ve con él! –le ordenó Fenoglio sin quitar la vista de encima a Basta–. En seguida voy.

–¿Cuánto tiempo hemos de permanecer todavía aquí fuera, Basta? –gruñó Nariz Chata–. ¿Hasta que encojamos?

–¡Basta! –repitió Fenoglio sin apartarse.

–Sí, así me llamo, viejo –los ojos de Basta se estrechaban siempre que se reía–. Estamos aquí porque tienes algo que nos interesa, un libro...

Claro. Meggie estuvo a punto de soltar una carcajada. ¡Él no se enteraba de nada! Basta ignoraba quién era Fenoglio. ¿Y por qué iba a saberlo? ¿Por qué iba a saber que ese anciano había creado con tinta y papel su rostro, su navaja y su maldad?

–¡Déjate de rollos! –gruñó Nariz Chata–. Que me está entrando el agua en las orejas.

Apartó a Fenoglio de un manotazo como si fuera un moscardón y entró en la vivienda pasando a su lado. Basta lo siguió con Meggie. En la cocina, Pippo seguía sollozando dentro del armario. Paula, delante de la puerta cerrada, le hablaba para tranquilizarlo. Cuando Fenoglio irrumpió en la cocina con aquellos desconocidos, se volvió y observó preocupada a Nariz Chata. Tenía el rostro sombrío, como de costumbre, y es que sencillamente no parecía estar hecho para la sonrisa.

Fenoglio se sentó a la mesa y le hizo una seña a Paula para que fuera con él.

–Bueno, ¿dónde está?

Basta buscó con la mirada en torno suyo, pero Fenoglio estaba demasiado absorto en la contemplación de sus dos criaturas para responder. Era Basta el que atraía todo su interés, como si no diera crédito a lo que estaba viendo.

–Ya te lo he dicho: ¡aquí ya no queda ninguno! –contestó Meggie.

Basta se comportó como si no la hubiera oído y le hizo una seña impaciente a Nariz Chata.

–¡Búscalo! –ordenó, y Nariz Chata obedeció refunfuñando.

Meggie lo oyó subir armando ruido por la estrecha escalera de madera que conducía al desván.

–¡Vamos, habla de una vez, pequeña bruja! ¿Cómo disteis con el viejo? –Basta le propinó un empujón en la espalda–. ¿Cómo supisteis que aún conservaba un ejemplar?

Meggie dirigió una mirada de advertencia a Fenoglio, pero por desgracia tenía la lengua tan suelta como Pippo.

–¿Que cómo dieron conmigo? ¡Yo escribí el libro! –proclamó el anciano henchido de orgullo.

A lo mejor esperaba que Basta cayese en el acto de hinojos ante él, pero éste se limitó a torcer los labios en una sonrisa compasiva.

–¡No faltaba más! –replicó sacando su navaja del cinturón.

–¡Lo escribió de verdad! –exclamó Meggie, incapaz de contenerse.

Quería ver en la cara de Basta el mismo miedo que hizo palidecer a Dedo Polvoriento cuando se enteró de la existencia de Fenoglio, pero Basta se limitó a reír y empezó a tallar muescas en la mesa de la cocina de Fenoglio.

–¿Y quién se inventó esa historia? –preguntó–. ¿Tu padre? ¿Crees que tengo cara de tonto, eh? Todo el mundo sabe que las historias impresas son viejísimas y que fueron escritas por personas desconocidas que llevan mucho tiempo muertas y enterradas.

Clavó la hoja de la navaja en la madera, volvió a sacarla y la hundió por segunda vez. Por encima de sus cabezas, Nariz Chata caminaba ruidosamente de un lado a otro.

–Muertas y enterradas, interesante –Fenoglio se sentó a Paula en el regazo–. ¿Has oído eso, Paula? Este joven cree que todos los libros han sido escritos en un pasado remoto, por personas muertas que captaron las historias en algún lugar prodigioso. ¿A lo mejor las recogieron del aire?

Paula no pudo contener una risita. En el armario reinaba el silencio. Seguramente Pippo escuchaba detrás de la puerta conteniendo la respiración.

–Yo no le veo la gracia –Basta se incorporó como una serpiente a la que hubieran pisado la cola.

Fenoglio no se fijó en él. Contemplaba sus manos sonriendo, como si recordase el día en que habían comenzado a escribir la historia de Basta. Acto seguido miró a su personaje.

–Tú... llevas siempre manga larga, ¿verdad? –le preguntó–. ¿Quieres que te diga por qué?

Basta entornó los ojos y lanzó un vistazo al techo.

–¡Maldita sea!, ¿por qué necesitará ese idiota tanto tiempo para encontrar un libro?

Fenoglio lo contemplaba con los brazos cruzados.

–Muy sencillo: no sabe leer –musitó–. Y tú tampoco, ¿o has aprendido mientras tanto? Ni uno solo de los hombres de Capricornio sabe leer, ni siquiera el mismo Capricornio.

Basta clavó tan hondo la navaja en el tablero de la mesa, que le costó trabajo sacarla.

–Pues claro que sabe leer, ¿de qué hablas? –se inclinó con gesto amenazador encima de la mesa–. No me gusta tu cháchara, viejo. ¿Qué pasaría si te hago unas cuantas arrugas más en tu cara?

Fenoglio sonreía. A lo mejor pensaba que Basta no podía causarle daño porque lo había inventado. Meggie no estaba tan segura de ello.

–Llevas manga larga –prosiguió Fenoglio despacio, como si quisiera darle tiempo a Basta para entender sus palabras– porque a tu señor le gusta jugar con fuego. Te quemaste los dos brazos, hasta los hombros, cuando incendiaste la casa de un hombre que se había atrevido a negarle su hija a Capricornio. Desde entonces, el fuego lo prende otro y tú te limitas a jugar con la navaja.

Basta saltó tan bruscamente que Paula se escurrió del regazo de Fenoglio y se escondió debajo de la mesa.

–¡Conque te gusta jugar al sabelotodo! –gruñó mientras colocaba la navaja debajo de la barbilla de Fenoglio–. Pero sólo has leído ese maldito libro. Bueno, ¿y qué?

Fenoglio lo miró a los ojos. El cuchillo bajo su barbilla no parecía asustarlo ni la mitad que a Meggie.

–Lo sé todo sobre ti, Basta –le dijo–. Sé que darías tu vida por Capricornio y que día tras día anhelas una alabanza suya. Sé que eras más joven que Meggie cuando sus hombres te recogieron y que desde entonces lo consideras una especie de padre. Pero ¿quieres que te revele algo? Capricornio te considera un estúpido y te desprecia por ello. Os desprecia a todos vosotros, sus leales hijos, a pesar de que él en persona se ha encargado de que sigáis siendo tontos. Y denunciaría sin vacilar a la policía a cualquiera de vosotros con tal de que le reportase alguna utilidad. ¿Te queda claro?

–¡Cierra tu sucia boca, viejo! –la navaja de Basta se situó amenazadoramente cerca del rostro de Fenoglio; por un instante Meggie pensó que le iba a rajar la nariz–. Tú no sabes nada de Capricornio. Sólo lo que has leído en tu estúpido libro. Creo que ahora debería cortarte el cuello.

–¡Espera!

Basta se volvió hacia Meggie.

–¡Tú no te metas! De ti me encargaré más tarde, sabandija –le advirtió.

Fenoglio se había apretado las manos contra el cuello y miraba a Basta desconcertado. Era obvio que había comprendido al fin que frente a su navaja no estaba seguro.

–¡En serio! ¡No puedes matarlo –gritó Meggie– o...!

Basta acarició con el pulgar la hoja de su navaja.

–¿O qué?

Meggie buscó, desesperada, las palabras adecuadas. ¿Qué debía responder? ¿Qué?

–O... o también morirá Capricornio –balbució–. ¡Sí! ¡Justo! Todos vosotros moriréis, tú, y Nariz Chata, y Capricornio... ¡Si matas al viejo, moriréis todos, porque él os ha creado!

Basta esbozó una mueca burlona, pero apartó la navaja. Y durante un instante Meggie creyó descubrir en sus ojos algo parecido al miedo.

Fenoglio lo miró, aliviado.

Basta retrocedió, observó con detenimiento la hoja de su navaja como si hubiera descubierto alguna mancha, y la frotó con el pico de su americana negra.

–¡No creo una sola palabra, que os quede claro! –exclamó–. La historia es tan disparatada que a lo mejor también le gusta escucharla a Capricornio. Por eso –lanzó una última mirada a la navaja reluciente, la cerró y volvió a metérsela en el cinto– no sólo nos llevaremos el libro y a la niña, sino también a ti, viejo.

Meggie oyó resoplar a Fenoglio y le entró tal miedo que sintió que se le paralizaba el corazón. Basta pensaba llevársela. «¡No!», se dijo. «De ninguna manera».

–¿Llevar? ¿Adónde? –preguntó Fenoglio.

–Que te lo cuente la niña –Basta señaló con una mueca de burla hacia Meggie–. Ella y su padre ya han tenido el honor de ser nuestros invitados. Alojamiento, comida, todo incluido.

–¡Pero eso es una locura! –exclamó Fenoglio–. ¡Creía que lo importante era el libro!

–Pues te has equivocado. Nosotros ni siquiera sabíamos que quedaba uno. Sólo teníamos que llevar de vuelta a Lengua de Brujo. A Capricornio no le gusta que sus invitados se vayan sin despedirse, y Lengua de Brujo es un invitado muy especial, ¿verdad, tesoro? –Basta guiñó un ojo a Meggie–. Pero no está aquí y yo tengo cosas mejores que hacer que esperarlo. En consecuencia, me llevaré a su hija y de ese modo él nos seguirá por propia voluntad aunque sea a trompicones –Basta se acercó a Meggie y le colocó el pelo detrás de las orejas–. ¿A que es un señuelo precioso? –preguntó–. Créeme, viejo, con la pequeña en nuestro poder, tenemos a su padre agarrado por el aro de la nariz como a un oso de feria.

Meggie apartó su mano de un manotazo. Temblaba de rabia.

–¡No vuelvas a hacerlo! –le susurró Basta al oído.

Meggie se alegró de que en ese momento Nariz Chata bajase con estrépito por la escalera. Apareció sin aliento en la puerta de la cocina con un montón de libros debajo del brazo.

–¡Toma! –exclamó mientras los descargaba encima de la mesa–. Todos empiezan con ese medio círculo, y después viene siempre el redondel. Tal como tú lo dibujaste.

Colocó un papel pringoso junto a los libros. Sobre él estaban garabateadas una C desmañada y una O. Las letras parecían haber sido trazadas por una mano que se había tenido que esforzar mucho porque no sabía escribir.

Basta extendió los libros sobre la mesa y los separó con la navaja.

–Falsos –dijo empujando dos hacia el borde de la mesa hasta que aterrizaron en el suelo con las páginas dobladas–. Y éstos también –otros dos fueron a parar al suelo, y finalmente Basta también empujó los restantes fuera de la mesa–. ¿Estás completamente seguro de que no queda ninguno? –preguntó a Nariz Chata.

–¡Sí!

–Ay de ti si te equivocas. Créeme, no seré yo quien se busque problemas, sino tú.

Nariz Chata lanzó una mirada inquieta a los libros caídos a sus pies.

–Ah, sí, otro pequeño cambio: ¡también nos llevamos a éste! –Basta señaló con su navaja a Fenoglio–. Para que le cuente al jefe sus bonitas historias. Créeme, son muy interesantes. Y por si acaso guarda algún libro escondido, en casa tendremos tiempo de sobra para preguntárselo. Tú no pierdas de vista al viejo, yo vigilaré a la pequeña.

Nariz Chata asintió y tiró de Fenoglio, levantándolo de su silla. Basta agarró a Meggie por el brazo. Volver con Capricornio... Mientras Basta la arrastraba hacia la puerta de la cocina de Fenoglio, se mordió los labios para no echarse a llorar. No. Basta no la vería derramar ni una sola lágrima, no le daría ese gusto. «¡Al menos no han cogido a Mo!», pensó. Y de repente la asaltó otro pensamiento: ¿qué sucedería si se cruzase con ellos antes de abandonar el pueblo? ¿Qué pasaría si saliera a su encuentro en compañía de Elinor?

De pronto le entró muchísima prisa por marcharse, pero Nariz Chata se había detenido en la puerta abierta.

–¿Qué hacemos con la cría y con el llorón del armario? –inquirió.

El lloroso Pippo enmudeció y Fenoglio se quedó más blanco que la camisa de Basta.

–Bueno, viejo, ¿qué crees que voy a hacer con esos dos? –le preguntó Basta sarcástico–. No te será difícil adivinarlo, ya que presumes de saberlo todo sobre mí.

Fenoglio no lograba proferir palabra. Seguramente le pasaban por la cabeza todas las atrocidades que había inventado para su personaje.

Durante unos exquisitos minutos, Basta disfrutó del pavor que se reflejó en su rostro; luego se giró hacia Nariz Chata.

–Los niños se quedan aquí –le advirtió–. Con una mocosa es suficiente.

Fenoglio recuperó la voz a duras penas.

–¡Paula, marchaos a casa! –gritó mientras Nariz Chata lo obligaba a caminar por el pasillo–. ¿Me oís? ¡Marchaos a casa ahora mismo! Decidle a vuestra madre que estaré de viaje un par de días. ¿Entendido?

–Pasaremos de nuevo por tu casa –ordenó Basta en cuanto salieron a la calle–. He olvidado dejar a tu padre una nota. Al fin y al cabo tiene que saber dónde estás, ¿no te parece?

«¿Qué nota será ésa, si tú casi no sabes escribir bien dos letras seguidas?», pensó Meggie, pero evidentemente no lo dijo. Durante todo el trayecto la aterrorizó que pudieran encontrarse con Mo. Pero cuando llegaron a la puerta de casa, solamente una anciana bajaba por la callejuela.

–¡Una sola palabra y doy media vuelta y les retuerzo el pescuezo a los dos niños! –susurró Basta a Fenoglio cuando la mujer aminoró el paso.

–Hola, Rosalía –saludó Fenoglio con voz ronca–. Ya he encontrado otros inquilinos para mi casa, ¿qué te parece?

La desconfianza desapareció del rostro de Rosalía, y unos instantes después desapareció al final del callejón. Meggie abrió la puerta y dejó entrar por segunda vez a Basta y a Nariz Chata a la casa donde ella y Mo se habían sentido tan seguros.

En el pasillo recordó al gato gris. Escudriñó a su alrededor buscándolo, preocupada, pero no logró descubrirlo por ninguna parte.

–También tiene que salir el gato –dijo cuando se adentraron en el dormitorio–. De lo contrario se morirá de hambre.

Basta abrió la ventana.

–Ahora saldrá –anunció.

Nariz Chata soltó un resoplido desdeñoso, pero esta vez no hizo el menor comentario sobre las supersticiones de Basta.

–¿Puedo coger algo que ponerme? –preguntó Meggie.

Nariz Chata se limitó a soltar un gruñido. Fenoglio bajó los ojos mirándose con aire desdichado.

–Yo también necesitaría algo que ponerme –dijo, pero nadie le prestó atención.

Basta estaba ocupado dejando su nota. Con sumo cuidado, la punta de la lengua entre los dientes, grabó con la navaja su nombre en el armario. BASTA. Mo entendería de sobra el aviso.

Meggie guardó a toda prisa unas cuantas prendas en su mochila. Se dejó puesto el jersey de Mo. Cuando quiso meter los libros de Elinor entre la ropa, Basta se los arrebató de las manos con un gesto brusco.

–¡Éstos se quedan aquí! –vociferó.

No se toparon con Mo mientras se dirigían al coche de Basta. Ni tampoco durante el resto de aquel trayecto interminable.

31

EN LAS ALFOMBRADAS COLINAS

–Déjalo en paz –aconsejó Merlín–. A lo mejor no quiere hacerse amigo tuyo hasta que te conozca mejor. Con los búhos no da resultado la arrogancia.

T. H. White, *Camelot*

Dedo Polvoriento contempló el pueblo de Capricornio. Parecía al alcance de la mano. El cielo se reflejaba en algunas ventanas y en uno de los tejados uno de los chaquetas negras cambiaba un par de tejas rotas. Dedo Polvoriento lo vio limpiarse el sudor de la frente. Esos cretinos no se quitaban las chaquetas ni siquiera con ese calor. Por lo visto, sin su uniforme negro tenían miedo de desmoronarse. En fin, tampoco las cornejas se quitaban las plumas al sol, y ¿qué eran ellos sino una bandada de cornejas, de ladrones, de carroñeros, que hundían, complacidos, sus picos afilados en la carne muerta?

En un principio al chico le inquietó lo cerca que estaba del pueblo el escondite elegido por Dedo Polvoriento, pero éste le había explicado por qué en ningún paraje de las colinas circundantes estaban más seguros que allí. Los muros carbonizados apenas se vislumbraban ya. La lechetrezna, la retama y el tomillo silvestre se habían aferrado a las piedras ennegrecidas por el hollín, ocultando con sus ramas verdes el dolor y la desgracia. Los secuaces de Capricornio habían incendiado la casa poco después de haber tomado posesión del pueblo abandonado. La anciana que vivía en ella se había negado a marcharse, pero Capricornio no toleraba ojos curiosos tan cerca de su nueva guarida. Así que había soltado a sus cornejas, a los hombres negros, y éstos habían prendido fuego al gallinero y a la casa, que se componía de una única habitación. Tras pisotear los bancales plantados con esfuerzo, le habían pegado un tiro al burro, que era casi tan viejo como su dueña. Habían llegado al amparo de la oscuridad, como siempre. La luna alumbraba con especial claridad aquella noche, según refirió a Dedo Polvoriento una de las criadas de Capricornio. La anciana salió tropezando de la casa, llorando y chillando. Después los maldijo a todos ellos, pero mientras lo hacía sólo miraba a uno, a Basta, que se había mantenido algo apartado porque le tenía pánico al fuego, con su camisa inmaculada a la luz de la luna. Quizá sospechaba que ocultaba una cierta inocencia o un buen corazón. Obedeciendo a una indicación de Basta, Nariz Chata le había tapado la boca mientras los otros reían... y de repente cayó muerta. Yació sin vida entre sus bancales pisoteados, y desde aquel día a ningún lugar de las colinas temía tanto Basta como a aquellos muros carbonizados que asomaban por encima de la lechetrezna. Cierto, no había un lugar mejor para observar el pueblo de Capricornio.

Dedo Polvoriento solía sentarse en una de las encinas que en el pasado quizá habían proporcionado sombra a la anciana cuando se sentaba delante de su casa. Las ramas lo protegían de cualquier mirada curiosa que se perdiera ladera arriba. Hora tras hora se acurrucaba allí, inmóvil, para observar con los prismáticos el aparcamiento y las casas. Había ordenado a Farid que permaneciera siempre un poco más lejos, en la hondonada situada detrás de la casa. El chico había obedecido a regañadientes. Le gustaba pegarse como una lapa a los talones de Dedo Polvoriento. La casa quemada le resultaba inquietante.

«Seguro que su espíritu sigue aquí», solía repetir, «el de la vieja, quiero decir. ¿Qué pasaría si era una bruja?».

Dedo Polvoriento, sin embargo, se limitaba a reírse de él. En este mundo no había espíritus. Al menos no se dejaban ver. La hondonada estaba tan protegida que la noche anterior se había arriesgado incluso a encender una hoguera. El chico había cazado un conejo; colocaba los lazos con habilidad y era más despiadado que Dedo Polvoriento. Cuando éste cazaba un conejo no se acercaba hasta estar seguro de que el pobre animal había dejado de patalear. Farid desconocía esa compasión. Quizá había pasado hambre con demasiada frecuencia.

Con qué admiración contemplaba a Dedo Polvoriento cuando encendía fuego con un par de delgadas ramitas. El muchacho ya se había quemado todos los dedos jugueteando con las llamas. El fuego había mordido su nariz y sus labios, y a pesar de todo Dedo Polvoriento siempre lo sorprendía fabricando antorchas con algodón y ramitas, o jugando con las cerillas. En una ocasión había incendiado la hierba seca, y Dedo Polvoriento lo agarró y lo sacudió como a un perro desobediente hasta que al muchacho se le saltaron las lágrimas.

–¡Escúchame, porque no volveré a repetírtelo! ¡El fuego es un animal peligroso! –gritó enfadado–. No es tu amigo. Si lo tratas mal te matará y con el humo te delatará a tus enemigos.

–¡Pero es tu amigo! –balbució el chico con un deje de obstinación en la voz.

–¡Bobadas! Lo que ocurre es que tengo cuidado. ¡Yo presto atención al viento! Te lo he repetido cientos de veces: no enciendas fuego cuando haga viento. Y ahora, lárgate a buscar a Gwin.

–Digas lo que digas, ¡es tu amigo! –murmuró el chico antes de marcharse–. En cualquier caso te obedece más que la marta.

En eso tenía razón. Lo que no significaba gran cosa, porque una marta sólo se obedece a sí misma, y tampoco el fuego obedecía a Dedo Polvoriento en este mundo ni la mitad de bien que en el otro. Allí las llamas adoptaban la forma de flores cuando él quería. Se ramificaban como árboles en medio de la noche y proyectaban sobre él una lluvia de chispas. Gritaban y susurraban con voz crepitante, y bailaban con él. Aquí las llamas eran dóciles y testarudas al mismo tiempo, unos animales taciturnos y extraños que de vez en cuando mordían la mano que les daba de comer. A veces, en las noches frías, cuando el fuego era lo único que ahuyentaba la soledad, creía oír sus cuchicheos, pero no entendía sus palabras.

A pesar de todo, el muchacho seguramente tenía razón. El fuego era su amigo, pero también tenía la culpa de que Capricornio hubiera mandado que lo condujeran a su presencia en su otra vida.

«Enséñame a jugar con el fuego», le había dicho después de que sus hombres arrastrasen hasta él a Dedo Polvoriento, y éste había obedecido.

Hoy aún lamentaba lo que le había enseñado, pues a Capricornio le gustaba soltar las riendas al fuego y no volver a refrenarlo hasta que se había hartado de engullir cosechas, establos, casas, todo lo que no pudiera escapar con bastante rapidez.

–¿Aún sigue ausente? –Farid se apoyaba en la corteza rugosa del árbol.

El chico era sigiloso como una serpiente. Dedo Polvoriento aún se sobresaltaba cada vez que aparecía tan de improviso.

–Sí –contestó–. La suerte nos sonríe.

El día de su llegada, el coche de Capricornio estaba en el aparcamiento, pero por la tarde dos de sus chicos habían empezado a abrillantar la pintura plateada hasta que se reflejaron en ella, y poco antes de oscurecer se había marchado en él. Capricornio solía ordenar que lo llevaran de paseo en coche a los pueblos costeros, o a una de sus bases, como solía llamarlas a pesar de que muchas veces eran míseras chozas en medio del bosque con uno o dos hombres aburridos. Capricornio, al igual que Dedo Polvoriento, no sabía conducir un vehículo, pero algunos de sus hombres dominaban ese arte, aunque casi ninguno poseía carné de conducir, pues para eso era preciso saber leer.

–Sí, esta noche volveré a deslizarme a hurtadillas hasta allí –anunció Dedo Polvoriento–. No permanecerá fuera mucho tiempo y seguro que Basta también regresará pronto.

A su llegada el coche de Basta no estaba en el aparcamiento. ¿Continuarían él y Nariz Chata amarrados en las ruinas?

–¡Bien! ¿Cuándo nos ponemos en marcha? –a juzgar por el tono, Farid ardía de impaciencia por salir a la carrera–. ¿En cuanto se ponga el sol? Entonces se reunirán todos en la iglesia para cenar.

Dedo Polvoriento espantó una mosca de sus prismáticos.

–Iré solo. Tú te quedarás aquí a cuidar de nuestras pertenencias.

–¡No!

–Sí. Porque será peligroso. Quiero visitar a alguien, y para eso tendré que introducirme a escondidas en el patio situado detrás de la casa de Capricornio.

El chico lo miró asombrado. Sus ojos negros a veces daban la impresión de haber presenciado demasiadas cosas.

–¿Qué, te asombra, verdad? –Dedo Polvoriento reprimió una sonrisa–. ¿A que no te figurabas que tengo amigos en casa de Capricornio?

El chico se encogió de hombros y contempló el pueblo. Un vehículo penetró en el aparcamiento, un camión polvoriento. Sobre la plataforma abierta se veían dos cabras.

–¡Algún campesino se ha desprendido de sus cabras! –murmuró Dedo Polvoriento–. Muy inteligente por su parte entregarlas, pues de lo contrario esta noche a más tardar se habría encontrado una nota pegada en la puerta de su establo.

Farid lo miró inquisitivo.

–«Mañana cantará el gallo rojo», diría la nota. Es la única frase que los hombres de Capricornio saben escribir. En ocasiones se limitan a colgar un gallo muerto encima de la puerta. Eso lo entiende todo el mundo.

–¿Un gallo rojo? –el chico sacudió la cabeza–. ¿Es una maldición o algo por el estilo?

–¡No! ¡Demonios, vuelves a parecerte a Basta! –Dedo Polvoriento se rió en voz baja.

Los hombres de Capricornio descendieron del vehículo. El más bajo de ellos transportaba dos bolsas de plástico repletas, el otro tiró de las cabras obligándolas a descender de la plataforma.

–El gallo rojo es el símbolo del fuego con el que incendian sus establos o sus olivos. A veces el gallo también canta debajo del tejado o, si alguien se ha mostrado demasiado obstinado, en la habitación de los niños. Casi todo el mundo posee algo por lo que, en el fondo de su corazón, siente gran apego.

Los hombres arrastraron a las cabras hasta el pueblo. Uno de ellos era Cockerell. Dedo Polvoriento lo reconoció por su cojera. Siempre se había preguntado si Capricornio estaba al corriente de esos pequeños negocios o si sus hombres trabajaban también de vez en cuando en su propio beneficio.

Farid atrapó un saltamontes y lo observaba en el hueco de la mano entreabriendo los dedos.

–A pesar de todo iré –insistió.

–De eso, nada.

–¡No tengo miedo!

–Peor aun.

Después de la fuga de sus prisioneros, Capricornio había mandado instalar proyectores delante de la iglesia, en el tejado de su casa y en el aparcamiento. Eso no facilitaba precisamente el anonimato. La primera noche Dedo Polvoriento se había deslizado por el pueblo tras haber ennegrecido con hollín su cara surcada por las cicatrices, pues sus facciones eran muy fáciles de reconocer.

Capricornio había reforzado asimismo los centinelas que montaban guardia, seguramente debido a los tesoros proporcionados por Lengua de Brujo. Como es natural, habían desaparecido hacía mucho en los sótanos de su casa, a buen recaudo en las pesadas cajas de caudales que Capricornio había mandado instalar allí abajo. No le gustaba gastar su oro. Lo atesoraba como los dragones de los cuentos. A veces se adornaba los dedos con un anillo o colgaba un collar del cuello de la criada que le gustase en ese momento. O enviaba a Basta a comprarle una nueva escopeta de caza.

–¿A quién quieres ver?

–Eso a ti no te importa.

El chico soltó al saltamontes. El insecto se alejó saltando apresuradamente sobre sus desgarbadas patas de color verde oliva.

–Es una mujer –le informó Dedo Polvoriento–. Una de las criadas de Capricornio. Ya me ha ayudado en un par de ocasiones.

–¿Es la de la foto de la mochila?

Dedo Polvoriento bajó los prismáticos.

–¿Y tú cómo sabes lo que contiene mi mochila?

El chico se encogió de hombros, como alguien que está acostumbrado a recibir palos por cada palabra inoportuna.

–Buscaba las cerillas.

–Si vuelvo a pillarte hurgando en mi mochila, le diré a Gwin que te arranque los dedos de un mordisco.

El chico sonrió.

–Gwin nunca me muerde.

Tenía razón. La marta sentía pasión por él.

–¿Y dónde se ha metido ese animal veleidoso? –Dedo Polvoriento atisbó entre las ramas–. Llevo sin verlo desde ayer.

–Creo que ha descubierto una hembra –Farid hurgaba con una rama entre las hojas secas.

Abundaban por debajo de los árboles y de noche delatarían a cualquiera que intentase acercarse furtivamente a su campamento.

–Si esta noche no me llevas contigo –dijo el chico sin mirar a Dedo Polvoriento–, te seguiré a escondidas.

–Como se te ocurra hacerlo, te zurraré la badana.

Farid agachó la cabeza y se miró los dedos de sus pies desnudos con rostro inexpresivo. Después contempló los restos de los muros tras los que habían instalado su campamento.

–¡Y ahora no me vengas otra vez con lo del espíritu de la anciana! –exclamó Dedo Polvoriento malhumorado–. ¿Cuántas veces tendré que repetírtelo? El peligro reside ahí enfrente, en esas casas. Si tienes miedo a la oscuridad, enciende una hoguera en la hondonada.

–Los espíritus no le temen al fuego –la voz del chico apenas era un susurro.

Dedo Polvoriento descendió de su atalaya suspirando. La verdad es que el chico era casi tan supersticioso como Basta. No temía las maldiciones, ni a las escaleras ni a los gatos negros, pero veía espíritus por doquier, y no sólo el de la anciana, que dormía enterrada en alguna zona de aquella dura tierra. No, Farid veía además otros espíritus, un tropel de ellos: criaturas malvadas, casi todopoderosas, que arrancaban el corazón del pecho a pobres chicos mortales para comérselo. Sencillamente se negaba a creer a Dedo Polvoriento cuando afirmaba que no habían llegado con él, que los había dejado atrás, en un libro, junto con los bandidos que le habían golpeado y pateado. Si se quedaba allí, solo, esa noche, seguramente se moriría de miedo.

–Bien, entonces acompáñame –accedió Dedo Polvoriento–. Pero no se te ocurra rechistar, ¿entendido? Porque esos de ahí abajo no son espíritus, sino hombres de carne y hueso armados con navajas y escopetas.

Farid, agradecido, lo rodeó con sus escuálidos brazos.

–¡Vale, vale, ya está bien! –rezongó Dedo Polvoriento con aspereza mientras lo apartaba–. Vamos, enséñame si has aprendido a sostenerte sobre una mano.

El chico obedeció en el acto. Con la cara muy colorada se balanceó primero sobre el brazo derecho, luego sobre el izquierdo, estirando sus piernas desnudas hacia arriba. Tres segundos después, aterrizó entre las duras hojas de una jara, pero volvió a incorporarse en el acto y lo intentó de nuevo.

Dedo Polvoriento se sentó debajo de un árbol.

Ya iba siendo hora de librarse del chico. Pero ¿cómo? A un perro podías espantarlo a pedradas, pero a un chico... ¿Por qué no se habría quedado con Lengua de Brujo? A él se le daban mejor los cuidados. Y al fin y al cabo, él lo había traído. Pero no, el chico había preferido seguirlo a él.

–Voy a intentar encontrar a Gwin –dijo Dedo Polvoriento, levantándose.

Farid trotó detrás de él sin decir palabra.

32

De nuevo allí

Ella habló con el rey con la secreta esperanza de que prohibiese a su hijo la excursión. Pero el monarca dijo:
–Bueno, amor mío, es cierto que las aventuras son de gran utilidad incluso para los más pequeños. Las aventuras pueden conquistar el corazón de una persona, aunque más tarde no tenga el más remoto recuerdo de haberlas vivido.

Eva Ibbotson, *El secreto del andén 13*

La verdad es que el pueblo de Capricornio no parecía un lugar peligroso aquel día gris y velado por la lluvia en que Meggie volvió a verlo. Las míseras casas sobresalían entre el verdor de las colinas. Ningún rayo de sol embellecía su decrepitud, y a Meggie le resultó casi increíble que fuesen las mismas casas que tan ominosas le habían parecido la noche de su huida.

–¡Qué interesante! –susurró Fenoglio cuando Basta se adentró con el coche en el aparcamiento–. ¿Sabes que este lugar se parece muchísimo a uno de los escenarios que inventé para *Corazón de Tinta?* Bueno, no tiene castillo, pero el paisaje de los alrededores es casi el mismo, y la vetustez del pueblo también se aproxima mucho. ¿Sabes que *Corazón de Tinta* se desarrolla en una época muy similar a nuestra Edad Media? Bueno, como es lógico añadí algunas cosas, las hadas y los gigantes, por ejemplo, y omití otras, pero...

Meggie no siguió escuchándolo. Le venía a la memoria la noche en que huyeron de los cobertizos de Capricornio. Entonces confiaba en no volver a ver jamás el aparcamiento, ni la iglesia, ni esas colinas.

–¡Vamos, muévete! –gruñó Nariz Chata abriendo de golpe la puerta del coche–. Supongo que recordarás el camino, ¿no?

Claro que Meggie lo recordaba, aunque en ese momento todo le parecía distinto. Fenoglio escudriñaba aquellas calles estrechas con ojos de turista.

–¡Yo conozco este pueblo! –dijo en voz baja a Meggie–. Es decir, he oído hablar de él. Se cuenta más de una historia triste al respecto. La del terremoto acaecido en el siglo pasado, y después, en la última guerra...

–¡Reserva tu lengua para más tarde, escritorzuelo! –lo interrumpió Basta–. No me gustan los cuchicheos.

Fenoglio le lanzó una mirada de irritación y enmudeció. Ya no abrió la boca hasta que se encontraron delante de la iglesia.

–Vamos, abrid la puerta. ¿A qué esperáis? –gruñó Nariz Chata.

Meggie y Fenoglio abrieron el pesado portón de madera. El aire fresco que azotó sus rostros desprendía el mismo olor rancio que el día en que ella se había adentrado en la iglesia en compañía de su padre y de Elinor. El interior apenas había cambiado. Ese día nublado las paredes rojas parecían aun más amenazadoras, y la expresión de la cara de muñeca de la estatua de Capricornio más maligna que nunca. Los bidones donde habían ardido los libros seguían en el mismo sitio, pero el sillón de Capricornio emplazado en lo alto de la escalera había desaparecido. Dos de sus hombres se disponían en ese momento a subir las escaleras con uno nuevo. Los acompañaba la vieja con pinta de urraca, a la que Meggie recordaba con desazón, dándoles indicaciones con tono impaciente.

Basta empujó a un lado a dos mujeres arrodilladas en el pasillo central que fregaban el suelo, y caminó pavoneándose hacia la escalera del altar.

–¿Dónde está Capricornio, Mortola? –gritó a la vieja desde lejos–. Traigo novedades para él. De suma importancia.

La vieja ni siquiera giró la cabeza.

–¡Más a la derecha, cretinos! –ordenó a los dos hombres que se esforzaban con el pesado sillón–. Lo veis, ya queda poco.

Después se volvió hacia Basta con cara de aburrimiento.

–Esperábamos antes tu regreso –le reprochó.

–¿Qué quieres decir? –la voz de Basta subió de tono, pero Meggie reparó en su inseguridad. Parecía tenerle miedo a la vieja–. ¿Sabes cuántos pueblos hay en esta costa maldecida por Dios? Además, ni siquiera estábamos seguros de que Lengua de Brujo se hubiera quedado en la región. Pero yo confío en mi olfato y he cumplido mi misión –concluyó señalando con la cabeza a Meggie.

–¿Ah, sí? –la mirada de la Urraca soslayó a Basta para posarse en el grupo formado por Meggie, Fenoglio y Nariz Chata–. Sólo veo a la chica y a un viejo. ¿Dónde está su padre?

–No estaba, pero vendrá. La pequeña es el mejor cebo.

–¿Y cómo va a saber que ella está aquí?

–Le he dejado un aviso.

–¿Desde cuándo sabes escribir?

Meggie vio cómo los hombros de Basta se tensaban por la irritación.

–He dejado mi nombre, no hacen falta más palabras para revelarle el paradero de su preciosa hijita. Comunica a

Capricornio que voy a encerrarla en una de las jaulas –y tras estas palabras dio media vuelta y regresó muy ufano junto a Meggie y a Fenoglio.

–¡Capricornio no está y no sé cuándo volverá! –le gritó Mortola mientras se alejaba–. Pero hasta su vuelta, aquí mando yo, y opino que en los últimos tiempos no estás cumpliendo tus encargos según lo esperado.

Basta se volvió como si lo hubiera mordido una serpiente, pero Mortola prosiguió su parlamento sin inmutarse.

–Primero permites que Dedo Polvoriento te robe unas llaves; después pierdes nuestros perros y nos obligas a buscarte por las montañas, y ahora esto. Dame tus llaves –la Urraca extendió la mano.

–¿Cómo? –Basta palideció como un chico castigado a recibir una tunda delante de toda la clase.

–Me has entendido de sobra. Voy a quedarme con las llaves: las de las mazmorras, las de la cripta y la del depósito de gasolina. Entrégamelas.

Basta permaneció inmóvil.

–¡No tienes ningún derecho! –silabeó–. Me las confió Capricornio y sólo él puede quitármelas –concluyó dándose la vuelta.

–¡Y te las quitará! –vociferó Mortola–. Espera tu informe en cuanto vuelva. A lo mejor él entiende mejor que yo por qué no has traído a Lengua de Brujo.

Basta guardó silencio. Tras agarrar a Meggie y a Fenoglio por el brazo, los arrastró hasta la puerta de entrada. La Urraca vociferó algo más, pero Meggie no lo entendió. Basta ni siquiera se molestó en girar la cabeza.

Los encerró a ella y a Fenoglio en el cobertizo número cinco, el mismo que había ocupado Farid.

–¡Adentro, esperaréis ahí el regreso de tu padre! –dijo antes de empujar a Meggie al interior.

La niña creía estar viviendo la misma pesadilla por segunda vez. Con una diferencia: ahora no había paja mohosa sobre la que sentarse y la bombilla del techo no funcionaba. En cambio, por un estrecho agujero del muro penetraba un rayo de luz del día.

–¡Espléndido! –dijo Fenoglio sentándose con un suspiro sobre el frío suelo–. Una cuadra. Qué falta de imaginación. La verdad es que esperaba que Capricornio dispusiera al menos de una mazmorra como es debido para sus prisioneros.

–¿Cuadra? –Meggie apoyó la espalda contra la pared. Oía el repiqueteo de la lluvia contra la puerta cerrada.

–Pues claro. ¿Qué te figurabas que era esto? Antes siempre construían las casas así: debajo iba el ganado, arriba las personas. En algunos pueblos de las montañas siguen cobijando de ese modo a sus cabras y asnos. Por la mañana, una vez han llevado el ganado a los pastos, las calles aparecen cubiertas de montones humeantes que pisoteas cuando vas a comprar panecillos –Fenoglio se arrancó un pelo de la nariz, lo observó como si no diera crédito a que algo tan hirsuto creciera en su nariz, y lo arrojó chasqueando los dedos–. La verdad es que resulta un poco fantasmagórico –murmuró–. Justo así me imaginé a la madre de Capricornio... con esa nariz, esos ojos ceñudos, incluso esa forma de cruzar los brazos y proyectar la barbilla hacia adelante.

Meggie lo miró, incrédula.

–¿La madre de Capricornio? ¿La Urraca?

–¡La Urraca! ¿Así la llamas? –Fenoglio rió en voz baja–. Es justo el apodo que le doy en mi historia. Es realmente asombroso. Guárdate de ella. Tiene muy mal carácter.

–Creía que era su ama de llaves.

–Hmm, seguramente también lo es. En fin, por el momento procura guardar nuestro pequeño secreto, ¿de acuerdo?

Meggie asintió, aunque no entendía ni gota. De todos modos, la identidad de la vieja le importaba un bledo. Todo daba igual. Esta vez no contaban con Dedo Polvoriento para abrirles la puerta por la noche. Todo había sido en vano... Era como si nunca hubieran escapado. Dio una patada a la puerta cerrada y apretó las manos contra ella.

–¡Mo vendrá! –murmuró–. Y entonces nos encerrarán aquí para siempre.

–¡Bueno, bueno! –Fenoglio, tras incorporarse, se aproximó a ella. La estrechó contra su pecho y apretó la cara de Meggie contra su chaqueta. La tela era tosca y olía a tabaco de pipa–. Ya se me ocurrirá algo –le dijo a Meggie en susurros–. Al fin y al cabo estos canallas son invención mía. Sería para morirse de risa que no pudiera erradicarlos de nuevo de este mundo. A tu padre se le ocurrió una idea, pero...

Meggie alzó la cara, humedecida por las lágrimas, y lo miró esperanzada, pero el anciano meneó la cabeza.

–Más tarde. Ahora explícame primero a qué se debe el interés de Capricornio por tu padre. ¿Tiene que ver con su arte como lector?

Meggie asintió y se enjugó las lágrimas.

–Quiere que Mo lea en voz alta para traer a alguien, a un viejo amigo...

Fenoglio le ofreció un pañuelo. Cuando la niña se limpió la nariz, unas cuantas hebras de tabaco se desprendieron de él.

–¿Un amigo? Capricornio no tiene amigos –el anciano frunció el ceño. Después Meggie oyó que soltaba una exclamación ahogada.

–¿De quién se trata? –preguntó ella, pero Fenoglio se limitó a limpiarle una lágrima de la mejilla.

–De alguien a quien ojalá sólo encuentres entre las páginas de un libro –respondió esquivo. Luego se volvió y comenzó a pasear arriba y abajo–. Capricornio retornará pronto –anunció–. Tengo que meditar cómo presentarme ante él.

Pero Capricornio no acudía. Fuera oscureció y nadie fue a sacarlos de su encierro. Ni siquiera les dieron de comer. Cuando el aire nocturno penetró por el agujero del muro, refrescó y se acurrucaron en el duro suelo pegaditos el uno al otro para darse calor mutuamente.

–¿Sigue siendo Basta tan supersticioso? –preguntó Fenoglio al cabo del rato.

–Sí, mucho –contestó Meggie–. A Dedo Polvoriento le encanta tomarle el pelo con eso.

–Bien –murmuró Fenoglio. Luego, enmudeció.

33

La criada de Capricornio

Como no conocí ni a mi padre ni a mi madre, ni vi jamás un retrato de ninguno de ellos –ya que vivieron mucho antes del tiempo de las fotografías–, mis primeras sensaciones acerca de su parecido las obtuve, ilógicamente, de sus piedras sepulcrales. La forma de las letras de la de mi padre me hicieron forjarme una extraña idea de que fue un hombre ancho, grueso, moreno y de pelo rizado. Por el carácter y la forma de la inscripción «También Georgina, esposa del arriba citado», llegué a la pueril conclusión de que mi madre era una muchacha endeble y llena de pecas.

Charles Dickens, *Grandes esperanzas*

Dedo Polvoriento partió siendo noche cerrada. El cielo seguía cubierto de nubes y no se divisaba ni una sola estrella. La luna aparecía de vez en cuando entre las nubes, tísica y depauperada, como una rodajita de limón en medio de un mar de tinta.

Dedo Polvoriento agradecía tanta oscuridad, pero el chico se sobresaltaba en cuanto una rama rozaba su rostro.

–¡Maldición, debería haberte dejado con la marta! –lo increpó Dedo Polvoriento–. Tu castañeteo de dientes acabará delatándonos. Mira hacia delante. ¡Ahí hay algo que sí debería asustarte! No son espíritus, sino escopetas.

Ante sus ojos, a tan solo unos pasos de distancia, apareció el pueblo de Capricornio. Los proyectores recién instalados vertían una luz clara como la del día sobre las casas grises.

–¡Y que encima haya gente que diga que la electricidad es una bendición! –musitó Dedo Polvoriento mientras se deslizaban por el borde de la plaza.

Un vigilante vagaba aburrido entre los vehículos estacionados. Bostezando, se apoyó en el camión con el que Cockerell había traído las cabras esa misma tarde, y se puso los auriculares sobre las orejas.

–¡Magnífico! Podría aproximarse todo un ejército y él no lo oiría –susurró Dedo Polvoriento–. Si Basta estuviera aquí, encerraría a ese tipo tres días sin un mendrugo de pan en las cuadras de Capricornio.

–¿Qué te parece si vamos por encima de los tejados?

El miedo había desaparecido del rostro de Farid. El centinela armado no inquietaba al muchacho ni la mitad que sus fantasmas imaginarios. Dedo Polvoriento se limitaba a menear la cabeza ante tamaña insensatez. Sin embargo, lo de los tejados no era una idea descabellada. Por una de las casas colindantes al aparcamiento trepaba una parra. Hacía años que no la podaban. En cuanto el vigilante se encaminó despacio al otro lado del aparcamiento, balanceándose al compás de la música que inundaba sus oídos, Dedo Polvoriento ascendió por las ramas leñosas. El chico trepaba aun mejor que él. Al llegar a lo alto del tejado le tendió la mano, henchido de orgullo. Continuaron sigilosos como gatos vagabundos, pasando junto a chimeneas, antenas y los proyectores de Capricornio que dirigían su luz hacia abajo, dejando tras de sí una oscuridad protectora. Una teja se desprendió bajo las botas de Dedo

Polvoriento, pero él logró agarrarla a tiempo antes de que se estrellara contra el suelo del callejón.

Cuando llegaron a la plaza donde se ubicaban la iglesia y la casa de Capricornio, descendieron por un canalón. Dedo Polvoriento se agachó durante unos tensos instantes tras una pila de cajas de fruta vacías y buscó al centinela con la vista. La plaza y el estrecho callejón lateral junto al que se alzaba la casa de Capricornio estaban bañados en una luz diáfana como el día. Un gato negro se acurrucaba junto a la fuente situada delante de la iglesia. Su visión habría paralizado el corazón de Basta, pero a Dedo Polvoriento le inquietaban bastante más los centinelas apostados ante la vivienda de Capricornio. Nada menos que dos haraganeaban delante de la entrada. Uno de ellos, un individuo alto y fornido, había descubierto hacía cuatro años a Dedo Polvoriento, arriba, en el norte, en una ciudad en la que se disponía a ofrecer su última representación. Junto con otros dos se lo había llevado, y Capricornio había preguntado a Dedo Polvoriento, a su especialísimo modo, por el paradero de Lengua de Brujo y del libro.

Ambos hombres discutían. Estaban tan enfrascados en la conversación que Dedo Polvoriento, haciendo de tripas corazón y caminando con presteza, desapareció en la calleja que pasaba junto a la casa de Capricornio. Farid lo siguió, sigiloso como una sombra. La vivienda era un enorme edificio macizo. En el pasado quizá fuera el ayuntamiento del pueblo, un convento o una escuela. Por sus ventanas no se filtraba luz alguna, ni en la calleja se veían centinelas. Dedo Polvoriento, sin embargo, se mantuvo alerta. Sabía que a los guardias les gustaba apoyarse en los oscuros quicios de las puertas, invisibles con sus trajes negros cual cuervos en la noche. Sí, Dedo Polvoriento lo sabía casi todo sobre el pueblo de

Capricornio. Había vagado por aquellas callejuelas desde que Capricornio lo había mandado traer hasta allí para buscar a Lengua de Brujo y el libro. Cada vez que enloquecía de nostalgia, se acercaba hasta allí, junto a sus viejos enemigos, movido por la única finalidad de desembarazarse de esa sensación de extrañeza. Ni siquiera el miedo a la navaja de Basta había conseguido mantenerlo lejos.

Dedo Polvoriento cogió una piedra plana, hizo una seña a Farid para que se acercase y arrojó la piedra callejón abajo. Nada se movió. El centinela hacía su ronda acostumbrada, y Dedo Polvoriento escaló rápidamente el alto muro tras el que se encontraba el huerto de Capricornio: tablas de hortalizas, árboles frutales, arbustos de plantas aromáticas protegidos por un muro del viento frío que a veces soplaba desde las montañas vecinas. Dedo Polvoriento había entretenido muchas veces a las criadas mientras cavaban los bancales. En el huerto no había focos, ni guardias (¿a quién se le ocurre robar verdura?). Una puerta enrejada, que permanecía cerrada por la noche, conducía desde el patio a la casa. La perrera, situada justo detrás del muro, estaba vacía, según comprobó Dedo Polvoriento elevándose por encima del muro. Los perros no habían regresado de las colinas. Habían sido más listos de lo que pensaba y por lo visto Basta aún no se había procurado otros. Había sido una torpeza por su parte. Basta era un estúpido.

Dedo Polvoriento hizo señas al chico para que lo siguiera y corrió por los bancales, cuidados con esmero, hasta llegar ante la puerta trasera enrejada. El chico lo miró interrogante al ver la pesada reja, pero Dedo Polvoriento se limitó a colocarse un dedo sobre los labios y a alzar la vista hacia una de las ventanas del segundo piso. Los postigos, negros en la oscuridad, estaban abiertos. Dedo Polvoriento soltó un maullido tan auténtico que al punto le respondieron varios gatos, pero tras la ventana nada se movió. Dedo Polvoriento, maldiciendo entre dientes, acechó un momento en la oscuridad... e imitó el grito estridente de un ave rapaz. Farid se sobresaltó y se apretó contra el muro de la casa. Esta vez algo se movió tras la ventana. Una mujer se asomó. Cuando Dedo Polvoriento la saludó con la mano, ella le devolvió el saludo antes de desaparecer nuevamente.

–¡No pongas esa cara! –susurró Dedo Polvoriento al reparar en la mirada de preocupación de Farid–. Podemos confiar en ella. Muchas de las mujeres aborrecen a Capricornio y a sus secuaces; algunas están aquí en contra de su voluntad. Pero todas ellas temen perder su trabajo, que prenda fuego al tejado que cobija a sus familias si hablan de él y de lo que sucede aquí, o que envíe a Basta con su navaja... A Resa esas preocupaciones le son ajenas, pues no tiene familia –«ya no», añadió en su mente.

La puerta situada detrás de la reja se abrió y Resa, la mujer de la ventana, apareció, inquieta, detrás de los barrotes. Sus cabellos rubio oscuro acentuaban su palidez.

–¿Qué tal? –Dedo Polvoriento se acercó a la reja y deslizó la mano entre los barrotes.

Resa estrechó sus dedos con una sonrisa y señaló al muchacho con un ademán.

–Es Farid –Dedo Polvoriento bajó la voz–. Cabría decir que ha salido a mi encuentro. Puedes confiar en él. Capricornio le gusta tan poco como a mí.

Resa asintió dirigiéndole una mirada cargada de reproches, y meneó la cabeza.

–Sí, ya lo sé, no ha sido una medida inteligente haber regresado. ¿Te has enterado de lo sucedido? –Dedo Polvoriento no pudo evitar que en su voz resonase un timbre de orgullo–. Ellos se han creído que lo aguanto todo, pero se equivocan. Todavía queda un libro y pienso llevármelo. No me mires así. ¿Sabes dónde lo guarda Capricornio?

Resa sacudió la cabeza. Tras ellos se oyó un rumor. Dedo Polvoriento se volvió sobresaltado, pero era un simple ratón que correteaba, veloz, por el tranquilo patio. Resa sacó del bolsillo de su bata un lápiz y una hoja de papel. Escribió despacio y con esmero, sabedora de que a Dedo Polvoriento le resultaba más fácil leer las mayúsculas. Fue Resa la que le había enseñado a leer y a escribir para que ambos pudieran entenderse.

Como siempre, pasó un rato hasta que las letras adquirieron sentido para Dedo Polvoriento. Se sentía orgulloso de sí mismo cada vez que aquellos signos semejantes a patas de araña se combinaban al fin para formar palabras a las que él podía arrancar su secreto.

–«Echaré un vistazo» –leyó en voz baja–. Bien, pero ten cuidado. No quiero que arriesgues tu precioso cuello –volvió a inclinarse sobre el papel–. ¿A qué te refieres con que «La Urraca tiene ahora las llaves de Basta»?

Le devolvió la nota. Farid observaba, fascinado, la mano de Resa escribiendo como si se encontrase ante una maga.

–Creo que también tendrás que enseñarle a él –cuchicheó Dedo Polvoriento a través de la reja–. ¿Te fijas cómo te mira?

Resa alzó la cabeza y sonrió a Farid. Éste, confundido, apartó la vista. Resa se pasó el dedo alrededor de la cara.

–¿Que te parece un chico guapo? –Dedo Polvoriento torció el gesto en una mueca burlona mientras Farid, avergonzado, no sabía adonde mirar–. ¿Y qué hay de mí? ¿Que soy guapo como la luna? Hmm, no sé qué pensar de ese piropo. ¿Te refieres a que tengo casi las mismas cicatrices?

Resa se tapó la boca con la mano. Era fácil hacerla reír, se reía como una niña pequeña. Pero entonces se la oía.

Unos disparos rasgaron la noche. Resa aferró la reja y Farid se acurrucó al pie del muro, amedrentado. Dedo Polvoriento volvió a levantarlo.

–¡No es nada! –musitó–. Son los centinelas que andan otra vez disparando a los gatos. Es su forma de matar el tiempo.

El chico lo miró con incredulidad, pero Resa siguió escribiendo.

–«Ella se las quitó» –leyó Dedo Polvoriento–. «Como castigo». Bueno, a Basta no le habrá gustado ni pizca. Con esas llaves se pavoneaba como si fuese el guardián de las posesiones más preciadas de Capricornio.

Resa hizo ademán de sacarse un cuchillo del cinturón con una expresión tan siniestra que Dedo Polvoriento estuvo a punto de soltar una carcajada. Miró deprisa en torno suyo, pero el patio permanecía tranquilo como un cementerio entre los altos muros.

–Oh, sí, me imagino la rabia de Basta –musitó–. Hace lo imposible por agradar a Capricornio, raja caras y gargantas, y luego se lo pagan así.

Resa volvió a coger el papel. Transcurrió un buen rato hasta que Dedo Polvoriento logró descifrar sus claras letras.

–Bueno, de modo que has oído hablar de Lengua de Brujo. ¿Quieres saber quién es? En fin, de no haber sido por mí, aún seguiría en los establos de Capricornio. ¿Qué más? Pregúntale a Farid. Él sacó al muchacho de su historia como quien coge una manzana madura. Por fortuna no trajo a ninguno de los espíritus devoradores de carne de los que el chico menciona en su desatino. Sí, es un lector excelente, mucho mejor que

Darius. Compruébalo: Farid no cojea, su cara debió de ser siempre así, y conserva incluso su voz... aunque por el momento no lo parezca.

Farid le dirigió una mirada furibunda.

–¿Que qué aspecto tiene Lengua de Brujo? Basta todavía no le ha adornado la cara, te lo aseguro.

Por encima de ellos crujió el postigo de una ventana. Dedo Polvoriento se apretó contra los barrotes de la verja. «Es el viento», pensó al principio. Farid clavaba en él sus ojos dilatados por el miedo. El crujido debía de recordarle a uno de esos demonios, pero el ser que se asomó a la ventana por encima de ellos era de carne y hueso: Mortola, la Urraca, como la llamaban a sus espaldas. Todas las criadas obedecían sus órdenes, nada estaba a salvo de sus ojos y oídos, ni siquiera los secretos que las mujeres se contaban de noche cuchicheando en sus dormitorios. Hasta las cajas de caudales de Capricornio estaban mejor alojadas que sus criadas. Todas ellas dormían en casa de Capricornio, siempre cuatro por habitación, excepto las que se habían emparejado con alguno de sus secuaces y vivían con él en una de las casas abandonadas.

La Urraca se apoyó en el alféizar y respiró el aire fresco de la noche. Mantuvo la nariz fuera de la ventana durante un tiempo interminable. A Dedo Polvoriento le habría encantado retorcerle el pescuezo, pero al final pareció llenar de aire fresco cada rincón de sus pulmones y volvió a cerrar la ventana.

–Tengo que irme, pero regresaré mañana por la noche. A lo mejor para entonces has averiguado algo sobre el libro –Dedo Polvoriento volvió a estrechar la mano de Resa; sus dedos estaban ásperos de tanto lavar y limpiar–. Te lo he repetido infinidad de veces: ten cuidado y mantente lejos de Basta.

Resa se encogió de hombros. ¿Qué otra cosa podía hacer ante un consejo tan inútil? Casi todas las mujeres del pueblo se mantenían lejos de Basta, era él quien se acercaba a ellas.

Dedo Polvoriento aguardó ante la puerta enrejada hasta que Resa regresó a su habitación y le hizo una señal desde la ventana con una vela.

El guardián del aparcamiento seguía con los auriculares puestos. Bailaba entre los coches sumido en sus cavilaciones, la escopeta entre las manos estiradas, como si abrazara a una chica. Cuando miró hacia el lugar donde se encontraban, hacía un buen rato que la noche había engullido a Dedo Polvoriento y a Farid.

De regreso a su escondrijo no se toparon con nadie, salvo un zorro de ojos hambrientos que se escabulló deprisa. Gwin se estaba zampando un pájaro entre los muros de la casa quemada. Sus plumas relucían en la oscuridad.

–¿Siempre ha sido muda? –preguntó el chico cuando Dedo Polvoriento se tendió a dormir bajo los árboles.

–Desde que la conozco –contestó Dedo Polvoriento dándole la espalda.

Farid se tumbó a su lado. Había actuado así desde el principio, y por más que Dedo Polvoriento se apartase... al despertar siempre encontraba al chico pegado a él.

–La foto de tu mochila es de ella –le informó.

–¿Y?

El muchacho calló.

–En caso de que le hayas echado el ojo –repuso Dedo Polvoriento sarcástico–, olvídalo. Es una de las criadas preferidas de Capricornio. Puede que le lleve el desayuno e incluso lo ayude a vestirse.

–¿Cuánto tiempo lleva con él?

–Cinco años –respondió Dedo Polvoriento–. Y durante ese período Capricornio no la ha autorizado a abandonar el pueblo ni una sola vez. Sólo le permite abandonar la casa en contadas ocasiones. Se escapó dos veces, pero no llegó lejos. Una de ellas la mordió una serpiente. Ella nunca me ha contado el castigo que le infligió Capricornio, pero sé que desde entonces jamás ha vuelto a intentar escaparse.

Tras ellos sonó un rumor; Farid se incorporó asustado, pero era Gwin. La marta saltó sobre la barriga del chico relamiéndose el hocico. Riendo, Farid le quitó una pluma de la piel. Gwin, presa de una enorme agitación, olfateó su barbilla, su nariz, como si hubiera echado de menos al chico, y a continuación volvió a desaparecer en la noche.

–¡La verdad es que es una marta muy simpática! –susurró Farid.

–De eso, nada –replicó Dedo Polvoriento estirando la fina manta hasta su barbilla–. Seguramente le gustas porque hueles como una chica.

Farid contestó con un prolongado silencio.

–Ella se le parece –murmuró cuando Dedo Polvoriento estaba a punto de quedarse dormido–. La hija de Lengua de Brujo, quiero decir. Tiene la misma boca y los mismos ojos, y hasta se ríe como ella.

–¡Qué disparate! –repuso Dedo Polvoriento–. No se parecen en nada. Ambas tienen los ojos azules, eso es todo. Es bastante frecuente aquí. Y ahora duérmete de una vez.

El chico obedeció. Tras envolverse en el jersey que le había entregado Dedo Polvoriento, le dio la espalda. Pronto su respiración se tornó regular como la de un bebé. Dedo Polvoriento, sin embargo, pasó la noche entera en vela, mirando absorto la oscuridad.

34

SECRETOS

–Si me armasen caballero –dijo Wart contemplando el fuego con aire soñador–, le pediría... a Dios que enviase toda la maldad del mundo sólo sobre mí. Si la venciera, ya no quedaría nada, y si fuese vencido, sólo yo sufriría por ello.

–Sería una tremenda temeridad por tu parte –replicó Merlín–. Serías vencido y tendrías que pagar por ello.

T. H. White, *Camelot*

Capricornio recibió a Meggie y a Fenoglio en la iglesia, con una docena de sus secuaces a su alrededor. Se sentaba en el nuevo sillón de piel, negro como el hollín, que habían colocado siguiendo las indicaciones de Mortola. Esta vez su traje, para variar, no era rojo, sino amarillo pálido como la luz matutina que se filtraba por las ventanas. Los había mandado venir muy temprano. En el exterior la niebla aún estaba suspendida sobre las colinas y el sol nadaba dentro como una pelota en el agua turbia.

–¡Por las letras del alfabeto! –susurró Fenoglio cuando recorrió junto a Meggie el pasillo central de la iglesia, con Basta pegado a sus talones–. Es como una gota de agua, justo como me lo imaginé. «Blanquecino como un vaso de leche»... sí, creo que lo expresé así.

Empezó a caminar más deprisa, como si ardiera de impaciencia por contemplar de cerca a su criatura. Meggie apenas podía seguir su paso, pero Basta lo hizo retroceder de un tirón antes de que alcanzase la escalinata.

–¡Eh! Pero ¿qué es esto? –dijo con furia contenida–. No tan deprisa, y haz el favor de inclinarte, ¿entendido?

Fenoglio se limitó a dirigirle una mirada de desprecio y permaneció tieso como una vela. Basta levantó la mano, pero Capricornio sacudió la cabeza de un modo casi imperceptible y Basta dejó caer la mano como un niño pillado en falta. Junto al sillón de Capricornio, los brazos cruzados a la espalda como si fueran alas, se encontraba Mortola.

–La verdad, Basta, sigo preguntándome en qué estarías pensando para no traer también a su padre –dijo Capricornio mientras fijaba sus ojos en Meggie y luego en Fenoglio.

–No estaba allí, ya os lo he explicado –la voz de Basta sonaba ofendida–. ¿Tenía que sentarme como una rana junto a la charca para esperarlo? ¡Muy pronto entrará aquí a trompicones y por su propia voluntad! Todos hemos visto el amor ciego que profesa a esta mocosa. Me apuesto mi navaja: hoy, mañana a más tardar, aparecerá por aquí.

–¿Tu navaja? Ya la perdiste una vez, y no hace mucho.

El tono sarcástico de Mortola hizo que Basta apretara los labios.

–Me estás fallando, Basta –afirmó Capricornio–. La cólera te nubla las ideas. Pero pasemos a tu otra aportación.

Fenoglio no había apartado ni una sola vez la vista de Capricornio. Lo observaba igual que un artista que, tras largos años, vuelve a contemplar el cuadro que había pintado, y a juzgar por su expresión, lo que veía le gustaba. Meggie no distinguió en sus ojos ni un atisbo de miedo, sino tan sólo una incrédula curiosidad y... satisfacción. Y orgullo de sí mismo. Meggie también notó que a Capricornio le disgustaba esa mirada. No estaba acostumbrado a que lo mirasen sin el menor asomo de temor, como el anciano.

–Basta me ha contado un par de cosas curiosas sobre usted, señor...

–Fenoglio.

Meggie observaba la expresión de Capricornio. ¿Habría leído alguna vez el nombre que figuraba justo encima del título en la tapa de *Corazón de Tinta*?

–¡Hasta su voz suena como había imaginado! –le susurró Fenoglio.

A ella le pareció tan entusiasmado como un niño pequeño delante de la jaula de los leones... con la diferencia de que Capricornio no estaba en una jaula. A un gesto suyo, Basta propinó un codazo tan brutal en la espalda del anciano, que éste jadeó intentando coger aire.

–No me gusta que cuchicheen en mi presencia –declaró Capricornio mientras Fenoglio seguía intentando recuperar el aliento–. Como iba diciendo, Basta me ha contado una historia misteriosa: que usted afirma ser el hombre que escribió cierto libro... ¿cómo se llama?

–*Corazón de Tinta* –Fenoglio se frotó la espalda dolorida–. Se titula *Corazón de Tinta* porque trata de alguien cuyo corazón es negro por la maldad. El título me sigue gustando.

Capricornio enarcó las cejas... y sonrió.

–Vaya, ¿cómo debo interpretar eso? ¿Quizá como un cumplido? Al fin y al cabo usted está hablando de mi propia historia...

–No, eso no es cierto. Es mía. Tú sólo eres un personaje más.

Meggie vio cómo Basta dirigía una inquisitiva mirada a Capricornio, pero éste sacudió casi inadvertidamente la cabeza, con lo que de momento la espalda de Fenoglio quedó a salvo.

–Vaya, vaya, qué interesante. Así que insistes en tus mentiras –Capricornio descruzó las piernas y se levantó de su sillón.

Descendió por la escalera con ritmo pausado.

Fenoglio sonrió a Meggie como un conspirador.

–¿De qué te ríes? –la voz de Capricornio se tornó incisiva como la navaja de Basta y se detuvo justo delante de Fenoglio.

–Ay, estaba recordando que la vanidad es uno de los rasgos de los que te doté. Vanidad y... –Fenoglio hizo una pausa efectista antes de proseguir su parlamento– algunas otras debilidades que, sin embargo, será mejor no mencionar delante de tus hombres, ¿no crees?

Capricornio lo escudriñó en silencio durante unos instantes que se hicieron eternos. Luego sonrió. Fue una sonrisa tenue, lívida, que se dibujó en las comisuras de los labios mientras sus ojos vagaban por la iglesia como si se hubiera olvidado por completo de Fenoglio.

–Eres un insolente, anciano –le espetó–. Y además un mentiroso. Pero si esperas impresionarme con tu desfachatez y con tus embustes, como has conseguido hacer con Basta, me veo en la obligación de desilusionarte. Tus afirmaciones son ridículas, lo mismo que tú, y por parte de Basta ha sido una estupidez supina traerte hasta aquí, porque ahora tendremos que librarnos de ti de un modo u otro.

Basta palideció. Se acercó con premura a Capricornio, la cabeza hundida entre los hombros.

–¿Y si no miente? –oyó Meggie que le decía en voz baja a Capricornio–. Esos dos sostienen que todos nosotros moriremos si tocamos al viejo.

Capricornio le dirigió tal mirada de desprecio que Basta retrocedió trastabillando, como si lo hubiera golpeado.

Fenoglio, sin embargo, tenía pinta de estar divirtiéndose de lo lindo. A Meggie le daba la impresión de que observaba todo aquello como si fuese una obra de teatro representada ex profeso para él.

–¡Pobre Basta! –le reprochó a Capricornio–. Vuelves a ser muy injusto con él, pues tiene razón. ¿Qué pasa si no miento? ¿Si os he creado de verdad a ti y a Basta? ¿Os desvaneceréis sin más en el aire si me hacéis algo? Todo habla en mi favor.

Capricornio soltó una carcajada, pero Meggie se dio cuenta de que sopesaba las palabras de Fenoglio y le inquietaban... aunque se esforzaba por ocultarlo tras una máscara de indiferencia.

–Puedo demostrarte que soy quien afirmo ser –dijo Fenoglio en voz tan baja que sólo Capricornio, Basta y Meggie escucharon sus palabras–. ¿He de hacerlo aquí, delante de tus hombres y de las mujeres? ¿Debo hablarles de tus padres?

En la iglesia se había hecho el silencio. Nadie se movía: ni Basta, ni los demás secuaces, que esperaban ante los peldaños. Hasta las mujeres que estaban fregando el suelo por debajo de las mesas se incorporaron para mirar a Capricornio y a aquel viejo desconocido. Mortola seguía de pie junto al sillón, con el mentón proyectado hacia adelante, como si de ese modo pudiera oír mejor lo que susurraban allí abajo.

Capricornio contemplaba en silencio los botones de sus puños. Parecían gotas de sangre sobre su camisa clara. Luego fijó sus ojos blanquecinos en el rostro de Fenoglio.

–¡Di lo que se te antoje, viejo! Pero si aprecias en algo tu vida, procura que sólo lo escuche yo.

Aunque hablaba en voz baja, Meggie percibió en su voz una furia reprimida a duras penas. Nunca había sentido tal terror.

Capricornio hizo una seña a Basta, y éste retrocedió unos pasos de mala gana.

–¿Supongo que la pequeña sí podrá oírlo, verdad? –Fenoglio puso su mano encima del hombro de Meggie–. ¿O también le tienes miedo a ella?

Capricornio no se dignó mirar a la niña. Sólo tenía ojos para el anciano que lo había inventado.

–¡Bueno, habla de una vez aunque no tengas nada que decir! No eres el primero que intenta salvar el pellejo en esta iglesia recurriendo a una sarta de mentiras, pero si continúas diciendo tonterías ordenaré a Basta que te ponga una bonita y pequeña víbora alrededor del cuello. Siempre guardo un par de ejemplares en casa para ocasiones como ésta.

A Fenoglio tampoco le impresionó sobremanera esta amenaza.

–De acuerdo –dijo lanzando una mirada en torno suyo, como si lamentara la carencia de público–. ¿Por dónde empiezo? Primero una precisión fundamental: un narrador de historias jamás escribe todo lo que sabe de sus personajes. Los lectores no necesitan enterarse de todo. Es preferible que algunas cosas sigan siendo un secreto que el narrador comparte con sus criaturas. Por ejemplo, siempre supe de él –señaló a Basta– que era un chico muy desdichado antes de que tú lo recogieras. ¿Cómo son esas bellas palabras de un libro admirable? *Es sumamente fácil convencer a los niños de que son odiosos.* Basta estaba convencido de ello. ¡No es que tú le abrieses los ojos, qué va! ¿Por qué ibas a hacerlo? Pero de repente había alguien hacia el que su corazón sentía apego, alguien que le decía lo que tenía que hacer... Había encontrado un dios, Capricornio, y aunque tú también lo tratabas mal, ¿quién dice que todos los dioses son benévolos? La mayoría son severos y crueles, ¿no es cierto? Yo no describí todo esto en el libro. Sabía que era suficiente. Pero olvidemos a Basta y centrémonos en ti.

Capricornio no apartaba la vista de Fenoglio. Su rostro estaba tan hierático como si estuviera tallado en madera.

–Capricornio.

Al pronunciar ese nombre, en la voz de Fenoglio se percibió un deje de ternura. Miraba por encima del hombro de Capricornio, como si hubiera olvidado que aquel de quien hablaba estaba justo delante de él y había abandonado su mundo, un mundo oculto entre las dos tapas de un libro.

–Como es lógico, tiene también otro nombre, pero ni siquiera él mismo lo recuerda. Se llama Capricornio desde que tenía quince años, por el signo del zodíaco bajo el que nació. Capricornio, el hermético, el impenetrable, el insaciable, el que gusta de poner una vela a Dios y otra al diablo, según convenga. Pero ¿tiene madre el diablo? –por primera vez, Fenoglio volvió a mirar cara a cara a Capricornio–. Tú la tienes.

Meggie alzó la vista hacia la Urraca. Ésta se había acercado al borde de la escalinata, las manos huesudas cerradas, pero Fenoglio hablaba muy bajito.

–Tú has propalado por ahí que ella provenía de noble estirpe –continuó–. Sí, a veces incluso te complace contar que era hija de un rey. Tu padre, según tus afirmaciones, fue armero en la corte de su padre. Una bonita historia, de veras. ¿Quieres que te cuente mi versión?

Por primera vez Meggie vio reflejarse en el rostro de Capricornio algo parecido al temor, un temor sin nombre, infinito, y tras él, como una gigantesca sombra negra, se elevó el odio. Meggie estaba segura: en ese instante a Capricornio le habría encantado matar a golpes a Fenoglio, pero el miedo lo atenazaba, aumentando su odio más aun si cabe.

¿Lo percibiría también Fenoglio?

–Sí, venga, relata tu historia. ¿Por qué no? –los ojos de Capricornio permanecieron fijos como los de una serpiente.

Fenoglio esbozó una sonrisa pícara, semejante a la de sus nietos.

–Bien, sigamos. Lo del armero desde luego es mentira.

A Meggie le daba la impresión de que el anciano se divertía de lo lindo. Se comportaba como si estuviera jugando con un gatito joven. ¿Tan poco sabía de su propia criatura?

–El padre de Capricornio era un sencillo herrador –prosiguió Fenoglio sin dejarse intimidar por la frialdad y la rabia que percibía en los ojos de Capricornio–. Mandaba jugar a su hijo con carbones ardiendo y a veces lo golpeaba casi con la misma fuerza que al hierro que forjaba. En lugar de compadecerse de él, lo molía a palos en cuanto lloraba y decía: «No puedo hacerlo» o «No lo consigo». «¡La fuerza es lo que cuenta!», fue la idea que inculcó a su hijo. «Sólo el más fuerte dicta las reglas, de manera que procura dictarlas tú». También para la madre de Capricornio ésa era la única verdad irrefutable del mundo. Y le contaba a su hijo, un día sí y otro también, que alguna vez llegaría a ser el más fuerte. Ella no era una princesa, sino una criada de manos y rodillas ásperas que seguía a su hijo como una sombra, incluso cuando él comenzó a avergonzarse de ella y se inventó una nueva madre y un nuevo padre. Su madre lo admiraba por su crueldad, le gustaba ver el miedo que provocaba a su alrededor. Y amaba su corazón negro como la tinta. Sí, tu corazón es una piedra, Capricornio, una piedra negra, tan compasivo como un trozo de carbón, y tú te sientes muy, pero que muy orgulloso de ello.

Capricornio volvía a jugar con el botón de su puño, lo giraba y lo contemplaba absorto en sus pensamientos, fingiendo que concentraba toda su atención en el pequeño trozo de metal y no en las palabras de Fenoglio. Cuando el anciano enmudeció, Capricornio estiró con cuidado la manga de la chaqueta sobre su muñeca y se quitó una pelusa de la manga. Parecía haber ahuyentado de sí la furia, el odio y el miedo. Ninguno de esos sentimientos se vislumbraba ya en su mirada indiferente, pálida.

–Una historia realmente sorprendente, viejo –dijo en voz baja–. Me gusta. Mientes muy bien y por eso te mantendré aquí. Por el momento. Hasta que me harte de tus historias.

–¿Mantenerme aquí? –Fenoglio se irguió más tieso que una vela–. ¡No tengo la menor intención de permanecer aquí! ¿Qué...?

Pero Capricornio le tapó la boca con la mano.

–Ni una palabra más –le dijo en un murmullo–. Basta me ha informado de la existencia de tus tres nietos. Si me causas disgustos o cuentas tus mentiras a mis hombres, le pediré a Basta que envuelva unas cuantas víboras jóvenes en papel de regalo y las ponga delante de la puerta de tus nietos. ¿Me he expresado con claridad, viejo?

Fenoglio dejó caer la cabeza como si Capricornio lo hubiera desnucado con esas frases mascculladas en voz baja. Cuando alzó de nuevo la cabeza, el miedo anidaba en cada arruga de su rostro.

Capricornio deslizó las manos en los bolsillos de su pantalón, sonriendo satisfecho.

–¡Ay! Siempre hay algo a lo que vuestros blandísimos corazones sienten apego –dijo–. Hijos, nietos, hermanos, padres, perros, gatos, canarios... Campesinos, terratenientes, policías incluso, todos tienen familia, o al menos un perro. ¡No tienes más que fijarte en su padre! –Capricornio señaló tan de repente a Meggie, que ésta se sobrecogió–. Vendrá a pesar de saber que no volveré a dejarlo marchar ni a él ni a su hija. Y sin embargo vendrá. Este mundo es maravilloso, ¿no te parece?

–Sí –murmuró Fenoglio–. Maravilloso.

Y por primera vez observó a su criatura no con admiración, sino con aversión. A Capricornio eso pareció agradarle aun más.

–¡Basta! –llamó haciéndole señas de que se acercara. El aludido se aproximó caminando con acentuada lentitud. Todavía tenía cara de ofendido–. Lleva al viejo a la habitación donde tuvimos encerrado a Darius –le ordenó Capricornio–. Y aposta un centinela delante de la puerta.

–¿Quieres que lo lleve a tu casa?

–Sí, ¿por qué no? Al fin y al cabo afirma que es mi padre. Además, sus historias me divierten.

Basta se encogió de hombros y agarró del brazo a Fenoglio. Meggie miró asustada al anciano. En seguida se quedaría completamente sola entre unos muros sin ventanas, encerrada en la cuadra de Capricornio. Fenoglio la cogió de la mano antes de que Basta lograra llevárselo.

–Deja que la niña se quede conmigo –rogó a Capricornio–. No puedes volver a encerrarla en ese agujero, más sola que la una.

Capricornio le dio la espalda con indiferencia.

–Como desees. De todos modos su padre pronto llegará.

«Sí, Mo vendrá». Meggie no pensaba en otra cosa mientras Fenoglio se la llevaba pasándole el brazo por los hombros como si de verdad pudiera protegerla de Capricornio, de Basta y de todos los demás. Pero no podía. ¿Podría su padre? Claro que no. «¡Por favor!», pensó Meggie. «¡A lo mejor no encuentra el camino! No puede presentarse aquí». Y sin embargo era lo que más deseaba en el mundo.

35

DISTINTAS METAS

Faber olisqueó el libro.

–¿Sabía que los libros huelen a nuez moscada o a alguna otra especia de una tierra lejana? De niño me encantaba olerlos.

Ray Bradbury, *Fahrenheit 451*

Farid descubrió el coche.

Cuando subía por la carretera, Dedo Polvoriento yacía bajo los árboles. Intentaba reflexionar, pero desde que conocía el regreso de Capricornio los pensamientos se atropellaban en su mente. Capricornio había vuelto y él todavía ignoraba dónde buscar el libro. Las hojas dibujaban sombras sobre su cara, el sol lo pinchaba con blancos alfileres calientes a través de las ramas y notaba su frente febril. Basta y Nariz Chata también estaban allí, por supuesto, ¿qué se figuraba? ¿Que permanecerían lejos para siempre?

–¿Por qué te inquietas, Dedo Polvoriento? –susurró dirigiéndose a la zona superior del follaje–. No tendrías que haber vuelto aquí. Sabías que era peligroso –oyó aproximarse pasos, unos pasos precipitados.

–¡Un coche gris! –Farid jadeaba cuando se arrodilló en la hierba a su lado, tan deprisa había corrido–. ¡Creo que es Lengua de Brujo!

Dedo Polvoriento se levantó de un salto. El chico sabía lo que decía. Era capaz de diferenciar esos apestosos escarabajos de hojalata. Él nunca lo había conseguido.

Siguió, presuroso, a Farid hasta el lugar desde el que se divisaba el puente. A partir de éste, la carretera que conducía al pueblo de Capricornio se convertía en una serpiente perezosa. No les quedaba mucho tiempo si querían interceptar el paso a Lengua de Brujo. Bajaron la cuesta a toda velocidad. Farid fue el primero en saltar sobre el asfalto. Dedo Polvoriento siempre se había sentido orgulloso de su agilidad, pero el chico lo superaba, era veloz como un corzo, con las piernas igual de delgadas. También comenzaba a jugar con el fuego, y se quedaba tan embelesado como un chico con su perro.

Lengua de Brujo frenó en seco al ver a Dedo Polvoriento y a Farid parados en la carretera. Parecía exhausto, como si llevase muchas noches durmiendo mal. Elinor iba a su lado. ¿De dónde venía? ¿No había regresado a su casa, a aquel mausoleo abarrotado de libros?

Al divisar a Dedo Polvoriento, el rostro de Lengua de Brujo se ensombreció de golpe y descendió del coche.

–¡Claro! –vociferó mientras se encaminaba hacia él–. ¡*Tú* le contaste dónde estábamos! ¿Quién si no? ¿Qué te ha prometido Capricornio esta vez?

–¿Pero qué dices? –Dedo Polvoriento retrocedió–. ¡Yo no he contado nada a nadie! Pregúntale al chico.

Lengua de Brujo no le dedicó a Farid ni una breve ojeada. La devoralibros también había bajado y permanecía junto al vehículo con cara de pocos amigos.

–¡El único que ha contado algo aquí has sido tú! –balbució Dedo Polvoriento–. Tú le hablaste al viejo de mí, a pesar de prometerme que no lo harías.

Lengua de Brujo se detuvo. Qué fácil era provocarle remordimientos de conciencia.

–Deberíais ocultar el coche bajo los árboles –Dedo Polvoriento señaló hacia el borde de la carretera–. En cualquier momento puede pasar por aquí uno de los hombres de Capricornio y no les gusta nada toparse con coches desconocidos por esta zona.

Lengua de Brujo se volvió y miró carretera abajo.

–No se te ocurra creerle –bramó Elinor–. Pues claro que os delató él, ¿quién si no? Ese hombre miente en cuanto abre la boca.

–Basta se ha llevado a Meggie –las palabras de Lengua de Brujo sonaban inexpresivas, distintas de otras veces, como si junto con su hija le hubieran arrebatado también su timbre de voz–. Además, ayer por la mañana, mientras me dirigía al aeropuerto para recoger a Elinor, secuestraron a Fenoglio. Desde entonces estamos buscando este maldito pueblo. No tenía ni idea de la cantidad de puebluchos abandonados que hay por estas colinas. Sólo cuando atravesamos la barrera estuve seguro de que al fin nos encontrábamos en la ruta correcta.

Dedo Polvoriento calló y miró al cielo. Unos cuantos pájaros se dirigían al sur, negros como los secuaces de Capricornio. Él no los había visto traer a la niña, pero al fin y al cabo tampoco se había pasado el día entero con la vista clavada en el aparcamiento.

–Basta ha permanecido ausente varios días. Me figuré que os estaba buscando –dijo–. Tienes suerte de que no te pillase también a ti.

–¿Suerte? –Elinor continuaba junto al coche–. ¡Dile que se aparte del camino! –gritó a Mortimer–. ¡O lo atropellaré yo misma! Ha estado conchabado desde el principio con esos asquerosos incendiarios.

Lengua de Brujo seguía observando a Dedo Polvoriento como si no acertara a decidir si creerle o no.

–Los hombres de Capricornio han irrumpido en casa de Elinor –informó al fin–. Han quemado en el jardín todos los libros de su biblioteca.

Dedo Polvoriento sintió una momentánea pizca de satisfacción. ¿Qué se había creído esa chiflada por los libros? ¿Que Capricornio se olvidaría de ella por las buenas? Se encogió de hombros y miró a Elinor con rostro inexpresivo.

–Era de esperar –afirmó.

–¿Que era de esperar?

A Elinor casi se le quebró la voz y cargó contra Dedo Polvoriento con la belicosidad de un bullterrier. Farid se interpuso en su camino, pero lo apartó tan rudamente que cayó sobre el asfalto caliente.

–Al chico quizá puedas liarlo con el fuego y con tus pelotas de colores, comecerillas –increpó a Dedo Polvoriento–, pero eso no funciona conmigo. ¡Los libros de mi biblioteca han quedado reducidos a un contenedor de cenizas! La policía se mostró asombradísima de la maestría de los incendiarios. «Al menos no han prendido fuego a su casa, señora Loredan. Ni siquiera su jardín ha sufrido daños, excepto esa zona de césped quemada». ¿Y qué me importa a mí la casa? ¿Qué me importa el maldito césped? ¡Han reducido a cenizas mis libros más valiosos!

Dedo Polvoriento vio las lágrimas en sus ojos a pesar de que ella giró deprisa la cabeza hacia un lado, y de pronto sintió brotar en su interior algo parecido a la compasión. A lo mejor Elinor se le parecía más de lo que pensaba: también su patria se componía de papel y de tinta de imprenta. Era, pues, similar a la suya. Seguro que ella se sentía tan extraña en el mundo real como él. Pero no dejó que Elinor percibiera su compasión, la ocultó tras la burla y la indiferencia, del mismo modo que ella escondía su desesperación tras la rabia.

–¿Qué se creía? Capricornio sabe dónde vive. Después de que usted se escapara, era de prever que enviaría a sus secuaces. Él siempre ha sido muy rencoroso.

–¿Ah, sí? ¿Y quién le ha contado dónde vivo? ¡Tú! –Elinor alzó la mano con el puño cerrado, pero Farid le sujetó el brazo.

–¡Él no ha revelado nada! –vociferó–. ¡Nada de nada! Sólo está aquí para robar algo.

Elinor dejó caer el brazo.

–¡De modo que es cierto! –Lengua de Brujo se situó junto a ella–. Estás aquí para llevarte el libro. ¡Es una locura!

–Bueno, y tú ¿qué te propones? –Dedo Polvoriento lo miró con desprecio–. ¿Pretendes llegar tan tranquilo a la iglesia de Capricornio y pedirle que te devuelva a tu hija?

Lengua de Brujo calló.

–¡Sabes que no te la entregará! –prosiguió Dedo Polvoriento–. Ella sólo es el cebo, y en cuanto hayas picado el anzuelo, vosotros dos os convertiréis en prisioneros de Capricornio, seguramente hasta el fin de vuestros días.

–¡*Yo* quería traer a la policía! –Elinor, irritada, liberó su brazo de las manos morenas de Farid–. Pero Mortimer se ha negado.

–Muy inteligente por su parte. Capricornio habría mandado conducir a Meggie a las montañas y jamás habríais vuelto a verla.

Lengua de Brujo miró más allá de las colinas, a la zona donde destacaban, oscuras, las cercanas montañas.

–Espera a que haya robado el libro –le aconsejó Dedo Polvoriento–. Esta misma noche regresaré furtivamente al pueblo. No podré liberar a tu hija como la última vez, porque Capricornio ha triplicado la vigilancia y de noche el pueblo está más iluminado que el escaparate de una joyería. No obstante, a lo mejor me entero de dónde la han encerrado. Con esa información puedes hacer luego lo que te plazca. Y en agradecimiento a mis esfuerzos intentarás devolverme de nuevo a mi mundo leyendo en voz alta. ¿Qué me dices?

Su propuesta le pareció muy razonable, pero Lengua de Brujo, tras reflexionar unos instantes, negó con la cabeza.

–No –contestó–. Lo siento, no puedo esperar más. Meggie se estará preguntando dónde estoy. Me necesita –y dicho esto, dio media vuelta y se dirigió hacia su coche.

Dedo Polvoriento le cerró el paso antes de que pudiera subir a él.

–Yo también lo siento –dijo mientras abría de golpe la navaja de Basta–. Ya sabes que no me gustan estos chismes, pero a veces es preciso proteger a la gente de su propia estupidez. No permitiré que entres en ese pueblo como un conejo en el lazo, sólo para que Capricornio te encierre a ti y a tu maravillosa voz. Eso de nada le servirá a tu hija, y a mí, menos.

A una señal de Dedo Polvoriento, Farid también desenfundó la navaja que aquél había comprado a un chico en un pueblo costero. Era un objeto ridículo y diminuto pero Farid lo situó con tal decisión junto al costado de Elinor, que ésta torció el gesto.

–Santo cielo, ¿quieres rajarme acaso, pequeño criminal? –le espetó colérica.

El chico retrocedió sobresaltado, aunque no apartó el cuchillo.

–Retira el coche de la carretera, Lengua de Brujo –ordenó Dedo Polvoriento–, y no se te ocurra hacer ninguna tontería: el chico mantendrá la navaja en el pecho de esa amiga tuya enamorada de los libros hasta que vuelvas a reunirte con nosotros.

Lengua de Brujo obedeció. ¿Qué otra cosa podía hacer? Los ataron bien fuerte a ambos a los árboles que crecían justo detrás de la casa quemada, a pocos metros de su campamento provisional. Elinor despotricó todavía más fuerte que Gwin cuando la sacaban de la mochila agarrándola por el rabo.

–¡Cállese de una vez! –le increpó Dedo Polvoriento–. A ninguno de nosotros le servirá de nada que los hombres de Capricornio nos descubran.

La amenaza surtió efecto y Elinor enmudeció en el acto. Lengua de Brujo había apoyado la cabeza en el tronco del árbol y cerró los ojos.

Farid revisó con cuidado todos los nudos hasta que Dedo Polvoriento le hizo una seña para que se acercara.

–Tú vigilarás a esos dos cuando me encamine al pueblo esta noche –le dijo en voz muy baja–. Y no me vengas otra vez con la cantinela de los espíritus. A fin de cuentas, ya no estás solo.

El chico lo miró tan herido como si acabara de exponer su mano al fuego.

–¡Pero si están atados! –protestó–. ¿Qué es lo que hay que vigilar? Nadie ha conseguido todavía desatar mis nudos, palabra de honor. Por favor, quiero ir contigo. Puedo encargarme de montar guardia o de distraer a los centinelas. Puedo incluso entrar a hurtadillas en casa de Capricornio. ¡Soy más sigiloso que Gwin!

Dedo Polvoriento, sin embargo, sacudió la cabeza.

–¡No! –replicó con aspereza–. Hoy iré solo. Y cuando necesite a alguien que vaya pisándome los talones, buscaré un perro.

Y dejó plantado al chico.

Era un día caluroso. Sobre las colinas, el cielo azul no mostraba una sola nube. Faltaban horas para que anocheciera.

36

En casa de Capricornio

He caminado a veces en sueños por casas oscuras desconocidas. Casas ignotas, oscuras, atroces. Habitaciones negras que me envolvían hasta impedirme respirar...

Astrid Lindgren, *Mío, mi pequeño mío*

Una litera con dos estrechas camas de metal, arrimada a una pared pintada de blanco, un armario, una mesa delante de la ventana, una silla, un anaquel vacío sobre el que reposaba una mísera vela. Meggie confiaba en que desde la ventana se divisara la calle o al menos el aparcamiento, pero sólo se veía el patio. Algunas criadas de Capricornio se inclinaban sobre los bancales para eliminar malas hierbas, y en un rincón del corral cercado con alambre picoteaban unas gallinas. El muro que rodeaba el patio era alto, como el de una cárcel.

Fenoglio, sentado en la cama de abajo, contemplaba el suelo polvoriento con expresión sombría. El entarimado crujía al pisarlo. Fuera, Nariz Chata despotricaba junto a la puerta.

–¿Que haga qué? ¡No, búscate a otro, maldita sea! Prefiero entrar sin ser visto en el pueblo más próximo, colocar a alguien trapos con gasolina delante de la puerta o colgar un gallo muerto en una ventana. Por mí, como si tengo que ponerme a dar saltos con una máscara de demonio delante de las ventanas, igual que Cockerell el mes pasado. Pero no pienso pasarme la vida vigilando a un viejo y a una cría. Llama a alguno de los chicos, ésos se alegran de hacer algo distinto que lavar coches.

Pero Basta no admitió réplica.

–Te relevarán después de la cena –le comunicó antes de marcharse.

Meggie oyó alejarse sus pasos por el largo pasillo. Había cinco puertas hasta la escalera, y al pie de ésta, a la izquierda, estaba la puerta de entrada... Había retenido el camino en la memoria. Pero ¿cómo iba a sortear a Nariz Chata? Al asomarse de nuevo a la ventana, sintió vértigo. No, no podía descolgarse hasta ahí abajo. Se rompería la crisma.

–Deja la ventana abierta –le aconsejó Fenoglio detrás de ella–. Aquí dentro hace tanto calor que acabaremos derritiéndonos.

Meggie se sentó a su lado en la cama.

–Voy a escaparme –le dijo en un susurro–. En cuanto oscurezca.

El anciano la miró con incredulidad; luego, meneó con energía la cabeza.

–¿Te has vuelto loca? ¡Es demasiado peligroso!

Fuera, en el pasillo, Nariz Chata seguía mascullando entre dientes.

–Le diré que necesito ir al cuarto de baño –Meggie estrechó su mochila contra ella–. Y luego echaré a correr.

Fenoglio la agarró por los hombros.

–¡No! –volvió a susurrar con firmeza–. ¡De eso nada! Ya se nos ocurrirá algo. Mi profesión consiste en inventar, ¿acaso lo has olvidado?

Meggie apretó los labios.

–¡Bien, vale, de acuerdo! –murmuró; luego se levantó y se acercó lentamente a la ventana.

Fuera estaba oscureciendo.

«A pesar de todo lo intentaré», pensó mientras detrás de ella Fenoglio se tendía en su cama suspirando. «¡No pienso servir de cebo! Me escaparé antes de que atrapen a Mo».

Y mientras esperaba la llegada de la oscuridad ahuyentó por enésima vez las preguntas que la asediaban:

¿Dónde se habrá metido Mo?

¿Por qué no había venido todavía?

37

Imprudencia

–¿Creéis entonces que se trata de una trampa? –preguntó el conde.
–Siempre creo que todo es una trampa hasta que se prueba lo contrario –replicó el príncipe–. Razón por la que sigo con vida.

William Goldman, *La princesa prometida*

Después de ponerse el sol, el calor persistía. En la oscuridad no se movía ni una brizna de aire y las luciérnagas bailaban sobre la hierba agostada cuando Dedo Polvoriento volvió a dirigirse hacia el pueblo de Capricornio con absoluto sigilo.

Aquella noche dos centinelas deambulaban por la plaza del aparcamiento, y ninguno de ellos llevaba auriculares, así que Dedo Polvoriento decidió aproximarse a la vivienda de Capricornio por otra ruta. Al otro lado del pueblo había callejuelas que el terremoto, además de ahuyentar a sus últimos moradores, había demolido hasta los cimientos hacía más de cien años. Capricornio no las había reconstruido. Esas callejas estaban bloqueadas por los escombros de muros derrumbados, era peligroso trepar por allí. Los derrumbes se sucedían incluso después de tantos años, y los hombres de Capricornio rehuían esa parte del pueblo, donde, tras las puertas podridas, la vajilla sucia de los moradores desaparecidos tiempo atrás seguía aún sobre alguna que otra mesa. Allí no había proyectores y los guardianes visitaban poco esa zona.

En la calleja por la que se metió Dedo Polvoriento se apilaban las ripias, las tejas y las piedras hasta más arriba de la rodilla y resbalaron bajo sus pies cuando acechaba en la oscuridad de la noche. Preocupado porque el ruido hubiera atraído a alguien hasta allí, vio aparecer a un centinela entre las casas derrumbadas. Mientras se acurrucaba tras el muro más cercano, notó su boca reseca por el miedo. Había nidos de golondrina pegados uno junto a otro. El centinela tarareaba algo mientras se aproximaba. Dedo Polvoriento lo conocía, llevaba ya muchos años con Capricornio. Lo había reclutado Basta en otro pueblo del extranjero. Capricornio no siempre había morado entre esas colinas. Había sentado sus reales en otros lugares, en pueblos apartados como éste, en casas, en granjas abandonadas; en una ocasión, incluso en un castillo. Pero, tarde o temprano, siempre llegaba el día en el que la red de temor que Capricornio sabía tejer con tanta habilidad se rompía, despertando el interés de la policía. Allí también sucedería lo mismo.

El centinela se detuvo y encendió un cigarrillo. El humo llegó a la nariz de Dedo Polvoriento. Apartó la cabeza... y divisó un gato, un animalito blanco y delgado, sentado entre las piedras. Permaneció quieto, mirándolo con sus ojos verdes. «Chissst», le hubiera gustado susurrar. «¿Acaso parezco peligroso? No, pero ése de ahí fuera primero te descerrajará un tiro a ti y luego me tocará el turno a mí». Los ojos verdes lo miraban fijamente. La cola blanca empezó a moverse de un lado a otro. Dedo Polvoriento contempló sus botas llenas de polvo, un trozo torcido de hierro entre las piedras, cualquier cosa menos el gato. A los animales no les gusta que los miren a los ojos. Gwin siempre enseñaba sus dientes, sutiles como alfileres, cuando lo hacía.

El centinela comenzó a tararear de nuevo sin quitarse el cigarrillo de los labios. Luego, por fin, cuando Dedo Polvoriento pensaba ya que iba a tener que acurrucarse para el resto de su vida entre los muros derrumbados, el centinela dio media vuelta y se alejó despacio de allí. Dedo Polvoriento no se atrevió a moverse hasta que se extinguió el eco de sus pasos. Cuando se incorporó con las piernas rígidas, el gato, con un bufido, se alejó de un salto, y él permaneció un buen rato entre las casas muertas, esperando a que se serenasen los latidos de su corazón.

No encontró a ningún otro centinela hasta que saltó la tapia de Capricornio. Un aroma a tomillo salió a su encuentro, denso como el que se cernía en el aire durante el día. En esa noche tórrida todo exhalaba su perfume, incluso las tomateras y las lechugas. Las plantas venenosas crecían en el bancal situado justo delante de la casa. Las cuidaba la Urraca en persona. Ya alguna que otra muerte en el pueblo había desprendido cierto tufillo a adelfa o a beleño.

La ventana del cuarto donde dormía Resa estaba abierta, como de costumbre. Dedo Polvoriento imitó el chillido furioso de Gwin y una mano le hizo una seña por la ventana abierta antes de desaparecer nuevamente. Esperó, apoyado en la puerta enrejada. El cielo, tachonado de estrellas, daba la impresión de que apenas dejaba espacio a la noche. «Seguro que sabe algo», pensó, «¿pero qué ocurrirá si ella me cuenta que Capricornio ha guardado el libro en una de sus cajas fuertes?».

La puerta tras la verja se abrió. Siempre crujía como si se quejase de los molestos visitantes nocturnos. Dedo Polvoriento se volvió y contempló el rostro de una desconocida. Era una chica joven, quizá de quince o dieciséis años de edad. Sus mejillas aún eran mofletudas como las de una niña.

–¿Dónde está Resa? –Dedo Polvoriento aferró la reja–. ¿Qué le ha sucedido?

La chica parecía petrificada de espanto. Clavaba la vista en sus cicatrices como si nunca hubiera visto una cara igual.

–¿Te ha enviado ella? –a Dedo Polvoriento le habría encantado introducir las manos entre las rejas para sacudir a esa pequeña pavisosa–. Suéltalo de una vez. No dispongo de toda la noche –no habría debido pedir ayuda a Resa. Debería habérselas arreglado solo. ¿Cómo había sido capaz de ponerla en peligro?–. ¿La han encerrado? ¡Habla de una vez!

La chica miró aterrada por encima de su hombro y retrocedió. Dedo Polvoriento se volvió sobresaltado para seguir la dirección de su mirada... y se topó cara a cara con Basta.

¿Cómo no lo había oído llegar? Basta era tristemente célebre por su andar sigiloso, pero Nariz Chata, que lo acompañaba, no era precisamente un maestro de la discreción. Con Basta venía una tercera persona: Mortola. Así que la última noche no había asomado la cabeza por la ventana únicamente para respirar aire fresco. «¿Me habrá denunciado Resa?» Ese pensamiento le resultaba muy doloroso.

–¡En serio, jamás habría osado imaginar que te atreverías a volver! –ronroneó Basta mientras lo empujaba con la mano abierta contra la reja.

Dedo Polvoriento sintió la presión de los barrotes en su espalda.

Nariz Chata exhibía una sonrisa de oreja a oreja, como un niño en Navidad. Así sonreía siempre que podía asustar a alguien.

–¿Qué tienes tú que ver con nuestra hermosa Resa? –Basta abrió su navaja, y la sonrisa de Nariz Chata se ensanchó aun más al ver brotar gotas de sudor en la frente de Dedo Polvoriento–. Bueno, siempre lo he dicho –prosiguió Basta mientras deslizaba despacio la navaja por el pecho de Dedo Polvoriento–. El comefuego está enamorado de Resa, se la come con los ojos, pero los demás se niegan a creerme. Aun así... mira que atreverte a venir hasta aquí, con lo estúpido que eres.

–Es que está enamorado –repuso Nariz Chata soltando una carcajada.

Basta se limitó a mover la cabeza.

–No, Dedo Sucio no habría venido por amor, es un tipo demasiado frío para eso. Está aquí por el libro, ¿a que sí? Siempre has sentido nostalgia de las hadas aleteantes y de los duendes hediondos –Basta acariciaba con su navaja la garganta de Dedo Polvoriento casi con ternura.

Éste contuvo la respiración.

–¡Vuelve a tu habitación! –ordenó la Urraca, encolerizada, a la chica–. ¿Qué haces ahí como un pasmarote?

Dedo Polvoriento oyó el frufrú de un vestido, luego el sonido de la puerta cerrándose a sus espaldas.

La navaja de Basta seguía en su cuello, pero cuando éste se disponía a subir la punta hacia la barbilla, la Urraca sujetó su brazo.

–¡Se acabó! –le espetó con rudeza–. Déjate de jueguecitos, Basta.

–Sí, el jefe ha dicho que tenemos que llevárselo sano y salvo –el tono de Nariz Chata revelaba lo poco que le agradaba esa orden.

Basta recorrió por última vez el cuello de Dedo Polvoriento con la punta de su navaja. Después la cerró, rápido como el rayo.

–¡Es una verdadera lástima! –exclamó Basta.

Dedo Polvoriento sintió desde la ventana su aliento en la piel, que desprendía un olor fresco e intenso a menta. Al parecer una chica a la que pretendió besar en cierta ocasión le había dicho que su aliento apestaba. A la chica no le benefició esa observación, pero desde entonces Basta masticaba hojas de menta de la mañana a la noche.

–Contigo siempre se ha podido jugar bien, Dedo Polvoriento –añadió Basta con la navaja cerrada en la mano.

–¡Llevadlo a la iglesia! –ordenó Mortola–. Yo avisaré a Capricornio.

–¿Sabes que el jefe está muy enfadado con tu muda amiguita? –inquirió Nariz Chata en voz baja mientras Basta y él lo colocaban en medio de ambos–. Ella siempre ha sido la niña de sus ojos.

Durante un instante Dedo Polvoriento se sintió a gusto.

Así pues, Resa no lo había delatado.

A pesar de todo, no debería haberle pedido ayuda. Bajo ninguna circunstancia.

38

PALABRAS QUEDAS

Las lágrimas rodaron por la mejilla de Peter Pan y esto le gustó tanto a Campanilla que extendió el lindo dedito y dejó que las lágrimas corrieran por él.
La voz del hada era tan débil que, al principio, el niño no podía entender sus palabras; después las comprendió. Decía Campanilla que acaso podría salvarse si los niños creyeran en las hadas.

James M. Barrie, *Peter Pan*

Meggie lo intentó de verdad.

En cuanto oscureció, aporreó la puerta con el puño. Fenoglio despertó de su sueño sobresaltado, pero antes de que pudiera detenerla, Meggie ya le había gritado al centinela situado ante la puerta que necesitaba ir al lavabo. El hombre que había relevado a Nariz Chata era un tipo paticorto con orejas de soplillo que mataba el aburrimiento abatiendo con papirotazos del periódico las polillas que habían entrado en la casa por error. Cuando dejó salir a Meggie al pasillo, ya había más de una docena pegadas a la pared blanca.

–¡Yo también tengo ganas! –gritó Fenoglio.

Quizá pretendía disuadir de ese modo a Meggie de su propósito, pero el vigilante le dio con la puerta en las narices.

–Uno detrás de otro –gruñó al anciano–. Y si no te puedes aguantar, mea por la ventana.

Se llevó el periódico mientras conducía a Meggie hasta el retrete. Por el camino mató otras tres polillas más y una mariposa que aleteaba sin descanso entre las paredes desnudas. Al final abrió de un empujón la última puerta antes de la escalera que conducía hacia el piso inferior. «¡Unos pasos más!», pensó Meggie. «Seguro que bajo saltando los escalones mejor que él».

–¡Escucha, Meggie, si has pensado escapar, olvídalo! –le había repetido al oído Fenoglio en numerosas ocasiones–. Te perderás. Ésta es una región despoblada en muchos kilómetros a la redonda. Tu padre te sacudiría una buena tunda si se enterase de tus propósitos.

«No lo haría», pensó Meggie. Pero cuando se encontró en la pequeña habitación en la que no había más que una taza de retrete y un cubo, su valor casi se esfumó. Estaba tan oscuro fuera, tan en tinieblas. Y hasta la puerta de entrada de la casa de Capricornio había un largo trecho.

–¡He de intentarlo! –musitó antes de abrir la puerta de golpe–. ¡Tengo que hacerlo!

El centinela la atrapó en el quinto escalón y la arrastró como si fuera un saco de patatas.

–¡La próxima vez te llevaré ante el jefe! –le dijo al devolverla a su cuarto de un empujón–. Seguro que conoce un buen castigo para ti.

Meggie se pasó casi media hora sollozando, mientras Fenoglio se sentaba a su lado con cara de pena.

–¡Ya está bien! –murmuraba él sin parar, pero, qué va, las cosas no estaban bien, ni muchísimo menos.

–¡Ni siquiera tenemos una lámpara! –sollozó la niña al cabo de un rato–. Y también me han quitado mis libros.

Fenoglio metió la mano debajo de su almohada y le puso una linterna de bolsillo en el regazo.

–La he encontrado debajo del colchón –susurró–. Junto con unos libros. Parece como si alguien los hubiera escondido a propósito.

Darius, el lector. Meggie aún recordaba al hombre bajo y delgado que caminaba presuroso por la iglesia de Capricornio con su montón de libros. ¿Cuánto tiempo lo habría tenido preso Capricornio en aquel cuartucho desnudo?

–En el armario también había una manta de lana, te la he colocado en la cama de arriba –musitó Fenoglio–. Yo no puedo subir ahí. Al intentarlo, la litera se ha bamboleado como un barco en alta mar.

–De todos modos, yo prefiero dormir arriba –Meggie se pasó la manga por el rostro. Se le habían pasado las ganas de llorar, y además era inútil.

Junto con la manta, Fenoglio había dejado sobre el jergón unos cuantos libros de Darius. Meggie los colocó con cuidado uno al lado del otro. Casi todos eran de mayores: una novela policíaca desgastada de tanto leerla, un libro sobre serpientes, otro sobre Alejandro Magno, la *Odisea*. Una recopilación de cuentos y *Peter Pan* eran los únicos libros infantiles... y *Peter Pan* ya se lo había leído por lo menos media docena de veces.

Fuera, el vigilante seguía atizando golpes con el periódico, y debajo de ella Fenoglio se revolvía inquieto en la estrecha cama. Meggie sabía que no lograría conciliar el sueño. Ni siquiera lo intentó. Examinó de nuevo los libros desconocidos. Un montón de puertas cerradas. ¿Cuál de ellas debería traspasar? ¿Cuál le ayudaría a olvidarse de todo, de Basta, de Capricornio, de *Corazón de Tinta* y hasta de sí misma? Apartó la novela policíaca, el libro de Alejandro Magno, vaciló, y cogió la *Odisea*. Era un tomito desgastado, a Darius debía de gustarle mucho. Incluso tenía líneas subrayadas, una con tanta fuerza que el lápiz casi había desgarrado el papel: *Mas no salvó a los amigos, por mucho que lo intentó*. Meggie, tras hojear indecisa las páginas sobadas, volvió a cerrar el libro y lo apartó. No. Conocía la historia de sobra. Esos héroes le daban casi tanto miedo como los secuaces de Capricornio. Se limpió una lágrima que seguía colgada de su mejilla, y acarició los demás libros. Cuentos. No le gustaban mucho los cuentos, pero el libro parecía precioso. Las páginas crujieron a medida que Meggie las pasaba. Eran finas, casi transparentes, cubiertas de letras diminutas. Tenían unas ilustraciones magníficas de enanos y hadas, y los relatos hablaban de criaturas poderosas, gigantescas, fuertes como osos, incluso inmortales, pero todas eran perversas: los gigantes devoraban a las personas, los enanos sentían avidez por el oro y las hadas eran maliciosas y rencorosas. No. Meggie dirigió la linterna hacia el último libro. *Peter Pan*.

El hada de allí dentro tampoco le resultaba muy simpática, pero el mundo que la esperaba en las páginas de ese libro le resultaba familiar. En una noche tan oscura como ésa quizá fuese lo más adecuado. Fuera un mochuelo rompió el silencio que reinaba en el pueblo de Capricornio. Fenoglio murmuró algo en sueños y empezó a roncar. Meggie se introdujo bajo la manta rasposa, sacó de su mochila el jersey de Mo y se lo puso debajo de la cabeza.

–¡Por favor! –musitó mientras abría el libro–. Por favor, transpórtame lejos de aquí, sólo durante una hora o dos, pero te lo ruego, llévame lejos, muy lejos.

Fuera, el guardián farfulló algo entre dientes. Seguramente se aburría. El suelo de madera crujía bajo sus pies mientras caminaba de un lado a otro, siempre por delante de la puerta cerrada.

–¡Lejos de aquí! –susurró Meggie–. ¡Llévame lejos, por favor!

Recorrió las líneas deslizando su dedo por el papel áspero como la arena, mientras sus ojos seguían las letras hacia otro lugar, más frío, hacia otra época, a una casa sin puertas cerradas ni hombres vestidos de negro.

–*Un momento después de la entrada del hada, la ventana se abrió de un soplo dado por las pequeñas estrellas* –susurró Meggie; podía oír su chirrido– *y Peter Pan entró dentro de la habitación. Había llevado a Campanilla de Cobre durante una parte del camino y en su mano veíanse todavía vestigios del polvillo de las alas del hada.*

«Hadas», pensó Meggie. «Comprendo que Dedo Polvoriento añore a las hadas». Pero ahora este pensamiento estaba prohibido. No quería pensar en Dedo Polvoriento, sino sólo en Campanilla, y en Peter Pan, y en Wendy, acostada en su cama y sin saber todavía nada del extraño chico que había entrado volando en su cuarto vestido de hojas y telarañas.

–*«Campanilla de Cobre», llamó muy bajito después de asegurarse de que los niños estaban dormidos. «¿Campanilla de Cobre, dónde estás?» En aquel momento el hada estaba dentro de un jarro, lo que le resultaba intensamente grato pues en su vida había estado en un lugar semejante.*

Campanilla. Meggie susurró el nombre nada menos que dos veces. Siempre le había gustado pronunciarlo, con la «p» deslizándose como un beso sobre los labios y luego ese pequeño empujón de la lengua contra los dientes.

–*«Vamos, sal de ese jarro y dime si sabes dónde han puesto mi sombra». Un encantador tintinear de campanillas de oro fue la respuesta. Ése es el lenguaje de las hadas. Vosotros, queridos niños, no podéis escucharlas habitualmente, pero si las oyerais comprenderíais que antes las habíais oído ya alguna vez.*

«Si pudiera volar como Campanilla», pensó Meggie, «treparía al alféizar de la ventana y saldría volando. No tendría que preocuparme de las serpientes y encontraría a Mo antes de que viniera. Debe de haberse perdido. Sí. Eso es. Pero ¿y si le hubiera ocurrido algo...?». Meggie sacudió la cabeza como si con ese gesto lograra ahuyentar los pensamientos que la asediaban.

–*Campanilla dijo que la sombra estaba en la caja grande* –musitó–. *Quería decir en el arcón antiguo y Peter saltó al mueble y lo abrió, esparciendo su contenido en el suelo con ambas manos...*

Meggie se detuvo. En la habitación se vislumbraba cierta claridad. Apagó la linterna, pero la luz seguía allí... *mil veces más luminosa que las luces nocturnas.*

–*Y cuando se detuvo durante un segundo* –susurró Meggie–, *lo has visto: Era un...* –no pronunció la palabra.

Siguió con la vista la luz, que aleteaba de un lado a otro, presurosa, más rápida que una luciérnaga y mucho más grande.

–¡Fenoglio!

Al guardián del otro lado de la puerta ya no se lo oía. A lo mejor se había dormido. Meggie se inclinó sobre el borde de la cama hasta que tocó el hombro de Fenoglio con los dedos.

–¡Mira, Fenoglio! –sacudió al anciano hasta que al fin abrió los ojos.

¿Qué pasaría si salía volando por la ventana?

Meggie se deslizó fuera del lecho. Cerró la ventana tan deprisa que por poco pilla una de las alas irisadas. El hada se alejó aleteando, despavorida. Meggie creyó escuchar unos improperios cantarines.

Fenoglio, muerto de sueño, contemplaba aquel ser que revoloteaba.

–¿Qué es eso? –preguntó con voz ronca–. ¿Una luciérnaga mutante?

Meggie volvió a la cama sin apartar la vista del hada. Revoloteaba cada vez más deprisa por el estrecho recinto igual que una mariposa perdida; ascendía hasta el techo, retornaba a la puerta y luego a la ventana. Una y otra vez a la ventana. Meggie colocó el libro en el regazo de Fenoglio.

–*Peter Pan* –él contempló el libro, luego el hada, y nuevamente el libro.

–¡Yo no he querido hacerlo! –susurró Meggie–. ¡De veras que no! ¡No! –exclamó corriendo hacia ella–. ¡No puedes salir por ahí! ¿No lo entiendes?

Era un hada apenas mayor que su mano, pero crecería más. Era una niña y se llamaba Campanilla, elegantemente vestida con una hoja estriada.

–¡Viene alguien! –Fenoglio se incorporó de improviso, golpeándose la cabeza contra la litera superior.

Tenía razón. Fuera, por el pasillo, se acercaban pasos rápidos y decididos. Meggie retrocedió hasta la ventana. ¿Qué significaba eso? En plena noche. «¡Ha venido Mo!», pensó. «Está aquí», y su corazón dio un vuelco de alegría a pesar de que no deseaba alegrarse.

–¡Escóndela! –le aconsejó Fenoglio en voz baja–. ¡Deprisa, escóndela!

Meggie lo miró confundida. Claro. El hada. Ellos no debían descubrirla. Meggie intentó cogerla, pero el hada se le escurrió entre los dedos y voló hacia el techo. Allí se quedó, como una luz de cristal e invisible.

Los pasos sonaban ya muy próximos.

–¿Llamas a esto montar guardia? –era la voz de Basta.

Meggie oyó un gemido sordo, seguramente había despertado al centinela de una patada.

–¡Abre de una vez, vamos, no dispongo de toda la noche!

Alguien introdujo una llave en la cerradura.

–¡Ésa no, estúpido dormilón! Capricornio espera a la cría, ya le informaré de por qué ha tenido que esperar tanto.

Meggie se subió a la cama, que osciló amenazadora al ponerse en pie.

–¡Campanilla! –susurró–. Ven, por favor.

Pero pese al cuidado con que alargó la mano hacia ella, el hada retrocedió volando hasta la ventana... y Basta abrió la puerta.

–¿Eh, de dónde ha salido ésta? –preguntó mientras se quedaba inmóvil en el umbral–. Hacía años que no veía uno de esos seres voladores.

Meggie y Fenoglio callaron. Sobraban las palabras.

–No os figuréis que vais a libraros de contestar –Basta se quitó la chaqueta, la cogió con la mano izquierda y caminó despacio hacia la ventana–. Tú ponte en la puerta por si se me escapa –ordenó al guardián–. Si la dejas pasar, te rebano las orejas.

–¡Déjala! –Meggie se deslizó deprisa fuera de la cama, pero Basta fue más rápido.

Lanzó su chaqueta y la luz de Campanilla se extinguió como la de una vela ante un soplido. Cuando la chaqueta cayó al suelo la tela negra se contraía débilmente. Basta la levantó con cuidado, la sujetó cerrándola igual que un saco y se detuvo con ella ante Meggie.

–¡Vamos, tesoro, suéltalo! –le dijo con voz tranquila, pero amenazadora–. ¿De dónde ha salido esta hada?

–¡No lo sé! –balbuceó Meggie sin mirarlo–. De... de repente apareció ahí.

Basta echó un vistazo al guardián.

–¿Has visto alguna vez por estos contornos algo parecido a un hada? –preguntó.

El guardián levantó el periódico con unas sangrientas alas de polilla adheridas, y lo estrelló contra el marco de la puerta mientras esbozaba una amplia sonrisa.

–No, pero si la viera, sabría qué hacer con ella –contestó.

–Sí, esos seres diminutos son pertinaces como los mosquitos. Pero por lo visto dan suerte –Basta volvió a dirigirse a Meggie–. ¡Venga, suéltalo de una vez! ¿De dónde ha salido? No volveré a preguntártelo.

Sin poder evitarlo, los ojos de Meggie se dirigieron al libro que había dejado caer Fenoglio. Basta siguió su mirada y recogió el libro.

–¡Hay que ver! –murmuró mientras contemplaba el dibujo de la portada.

El ilustrador había reflejado a Campanilla a la perfección. En la realidad era algo más pálida que en el dibujo y también una chispa más pequeña, pero a pesar de todo Basta la reconoció. Tras soltar un suave silbido entre dientes, colocó el libro delante de las narices de Meggie.

–¡Y ahora no me vengas con el cuento de que la ha traído el viejo leyendo! –dijo–. Has sido tú. Me apuesto mi navaja. ¿Te enseñó tu padre o has heredado ese don de él? Bueno, da igual

–se introdujo el libro en la pretina del pantalón y agarró a Meggie por el brazo–. Ven, vamos a contárselo a Capricornio. A decir verdad sólo venía a buscarte para que te encontraras con un viejo conocido, pero seguro que a Capricornio le alegrará conocer unas novedades tan emocionantes.

–¿Ha venido mi padre? –Meggie se dejó conducir fuera de la habitación sin oponer resistencia.

Basta sacudió la cabeza y la observó con sorna.

–¡No, aún no ha aparecido! –informó–. Es evidente que aprecia más su propio pellejo que el tuyo. Si yo fuera tú, estaría que trino con él.

Meggie percibía dos sensaciones al mismo tiempo: desilusión, aguzada como un pincho, y alivio.

–Admito que también a mí me ha decepcionado –prosiguió Basta–. Al fin y al cabo me había apostado el cuello a que vendría, pero ahora ya no lo necesitamos para nada, ¿no es cierto? –sacudió su chaqueta, y Meggie creyó oír un quedo tintineo desesperado.

–¡Encierra de nuevo al viejo! –ordenó Basta al guardián–. ¡Y ay de ti como te encuentre roncando a mi regreso!

Después arrastró a Meggie por el pasillo.

39

Un castigo para los traidores

–¿Y tú? –quiso saber Lobosch–. Tú, Krabat, ¿no tienes miedo?
–Más de lo que imaginas –respondió Krabat–. Y no sólo por mí.

Otfried Preussler, *Krabat*

Meggie cruzó con Basta la plaza de la iglesia con su propia sombra pisándole los talones como un espíritu de mal agüero. La luz chillona de los reflectores convertía la luna en un farolillo veneciano que ha cumplido con creces su tiempo de servicio.

En el interior de la iglesia no había ni la mitad de luz. La lívida estatua de Capricornio miraba hacia abajo desde las tinieblas, casi tragada por las sombras, y entre las columnas reinaba una oscuridad total, como si la noche se hubiera refugiado allí huyendo de los reflectores. Sobre el asiento de Capricornio colgaba una lámpara solitaria. Él se reclinaba aburrido en su sillón, vestido con una bata de seda que brillaba como el plumaje de un pavo. También en esta ocasión estaba la Urraca tras él, aunque a la escasa luz apenas se percibían sus facciones pálidas y su vestido negro. En uno de los bidones situados al pie de la escalinata ardía un fuego. El humo hizo que a Meggie le escocieran los ojos, y la luz convulsa que arrojaban las llamas bailoteaba en las paredes y columnas como si la iglesia entera fuese pasto de las llamas.

–¡Colocad el trapo ante la ventana de sus hijos como última advertencia! –la voz de Capricornio llegó a oídos de Meggie a pesar de que no hablaba alto–. Empapadlo en gasolina hasta que gotee –ordenó a Cockerell que estaba con otros dos hombres al pie de la escalera–. Cuando el olor hiera la nariz de ese majadero por la mañana, a lo mejor comprende de una vez que se me ha agotado la paciencia.

Cockerell aceptó la orden con una inclinación de cabeza, giró sobre sus talones e hizo señas a los otros dos para que lo siguieran. Sus rostros estaban ennegrecidos por el hollín y los tres llevaban una pluma roja de gallo en el ojal.

–Ah, la hija de Lengua de Brujo –gruñó con sorna Cockerell al pasar cojeando por delante de Meggie–. Así que tu padre todavía no ha venido a buscarte, ¿eh? No parece que su añoranza sea muy grande que digamos.

Los otros dos rieron, y Meggie no pudo evitar que la sangre se agolpara en su rostro.

–¡Bueno, por fin! –exclamó Capricornio cuando Basta se detuvo con la niña ante la escalinata–. ¿Por qué habéis tardado tanto?

En el rostro de la Urraca se dibujó algo parecido a una sonrisa. Había adelantado un poco el labio inferior, lo que otorgaba a su rostro enjuto una expresión de enorme satisfacción. Esa satisfacción inquietaba a Meggie mucho más que la expresión sombría que solía exhibir la madre de Capricornio.

–El guardián no encontraba la llave –respondió Basta irritado–. Y después encima tuve que capturar esto.

Al levantar la chaqueta, el hada volvió a agitarse. Sus intentos desesperados por liberarse abombaban la tela.

–¿Y eso qué es? –la voz de Capricornio sonaba impaciente–. ¿Acaso te dedicas ahora a capturar murciélagos?

Basta apretó los labios enojado, pero se contuvo. Sin decir palabra introdujo la mano debajo de la tela negra y con un juramento ahogado sacó al hada.

–¡Que el diablo se lleve a estas criaturas voladoras! –renegó–. Había olvidado por completo sus poderosos mordiscos.

Campanilla aleteaba desesperada con un ala, pues Basta la sujetaba con los dedos de la otra. Meggie no era capaz de mirar. Le avergonzaba lo indecible haber sacado de su libro a ese ser diminuto y frágil.

Capricornio observó al hada con expresión de hastío.

–¿De dónde ha salido ésa? ¿Y de qué variedad es? Nunca había visto a ninguna con esas alas.

Basta se sacó el libro de Peter Pan del cinturón y lo depositó sobre los peldaños.

–Creo que procede de aquí –explicó–. Mira el dibujo de la tapa, dentro también hay imágenes suyas. Y ahora, adivina quién la ha sacado leyendo.

Y mientras colocaba una mano sobre el hombro de Meggie, apretó tan fuerte a Campanilla con la otra que el hada boqueó intentando respirar. Intentó sacudirse sus dedos, pero Basta la agarró con más fuerza todavía.

–¿La pequeña? –la voz de Capricornio revelaba incredulidad.

–Sí, y por lo visto es tan buena como su padre. ¡Fíjate en esta hada! –Basta agarró a Campanilla por sus delgadas piernas y la levantó en el aire–. Parece perfecta, ¿no crees? Es capaz de volar, de despotricar y de tintinear, en fin, de todo lo que saben hacer estas estúpidas criaturas.

–Interesante, sí señor, muy interesante.

Capricornio se levantó de su sillón, se ciñó más fuerte el cinturón de su bata y descendió por las escaleras hasta detenerse junto al libro que Basta había dejado sobre los peldaños.

–Así que es cosa de familia –murmuró mientras se agachaba para coger el libro. Examinó la tapa con el ceño fruncido–. *Peter Pan* –leyó–. Pero si éste es uno de los libros que más estimaba mi antiguo lector. Sí, lo recuerdo, me lo leyó una vez. Tenía que sacar para mí a uno de esos piratas, pero le salió fatal. Peces apestosos es lo que trajo a mi dormitorio y... un gancho de abordaje oxidado. ¿No lo obligamos a comerse los peces como castigo?

Basta se echó a reír.

–Sí, pero lamentó mucho más que tú ordenases quitarle los libros. Éste debió de esconderlo.

–Sí, seguramente.

Capricornio se acercó a Meggie con expresión meditabunda. A ella le habría encantado morderle los dedos cuando le colocó la mano bajo la barbilla y le giró la cara obligándola a contemplar sus pálidos ojos.

–¿Te fijas en cómo me mira, Basta? –inquirió sarcástico–. Tan testaruda como siempre, igual que su padre. Sería mejor que reservaras esa mirada para él, pequeña. Seguro que estás muy furiosa con tu padre, ¿verdad? Bueno, de ahora en adelante su paradero me importará un bledo. Desde hoy te tengo a ti. Serás mi nueva lectora porque tienes un talento formidable, pero tú... tú tienes que odiarlo por haberte dejado en la estacada, ¿a que sí? No te avergüences de ello. El odio puede dar alas. Yo tampoco quise nunca a mi padre.

Cuando Capricornio le soltó por fin la barbilla, Meggie giró la cabeza. Su rostro ardía de vergüenza y de rabia. Aún sentía sus dedos en la piel como una mancha.

–¿Te ha contado Basta la razón por la que te ha traído aquí a una hora tan intempestiva?

–Al parecer tengo que encontrarme con alguien.

Meggie intentó que su voz sonara firme y serena, pero no lo consiguió. El sollozo que pugnaba por salir de sus labios se convirtió en un susurro.

–¡Cierto!

Capricornio hizo una seña a la Urraca. Con una inclinación de cabeza, ésta bajó las escaleras y desapareció en la oscuridad, detrás de las columnas. Poco después sonó un crujido por encima de la cabeza de Meggie, y cuando ésta, asustada, alzó la vista hacia el techo, vio descender algo de la oscuridad: una red, no, dos redes, como las que había visto en las barcas de pesca, quedaron colgando a unos cinco metros del suelo, justo por encima de Meggie. En ese momento se dio cuenta de que había personas dentro de las toscas mallas, igual que pájaros atrapados en las redes de un árbol frutal. Meggie se mareaba al mirar hacia lo alto, así que ¿cómo se sentirían los que se bamboleaban allí arriba, sujetos sólo por un par de cabos?

–Bueno, qué, ¿reconoces a tu viejo amigo? –Capricornio hundió las manos en los bolsillos de su bata.

Basta seguía sujetando con sus dedos a Campanilla, como si fuera una muñequita rota. El único sonido que se oía era su vacilante tintineo.

–¡Sí! –era imposible pasar por alto la satisfacción que rezumaba la voz de Capricornio–. Esto es lo que les sucede a los sucios traidores que roban llaves y liberan prisioneros.

Meggie no se dignó mirarlo siquiera. Sólo tenía ojos para Dedo Polvoriento. Porque se trataba de Dedo Polvoriento.

–Hola, Meggie –le gritó él desde arriba–. Estás muy pálida.

Se notaba su tremendo esfuerzo por aparentar despreocupación, pero Meggie percibió el miedo en su voz. Ella era una experta en voces.

–Tu padre te envía muchos saludos. Me ha encargado que te diga que vendrá muy pronto a buscarte. Y no lo hará solo.

–¡Si sigues así, comefuego, acabarás convirtiéndote en un verdadero narrador de cuentos! –le gritó Basta–. Pero esa historia ni siquiera la pequeña se la tragará. Tienes que inventar algo mejor.

Meggie miraba a Dedo Polvoriento de hito en hito. Deseaba tanto creerle...

–Eh, Basta, suelta de una vez a la pobre hada –gritó a su viejo enemigo–. Mándamela aquí arriba, que llevo demasiado tiempo sin ver ninguna.

–¡Qué más quisieras! No, ésta me la quedo –respondió Basta tocando con un dedo la diminuta nariz de Campanilla–. He oído decir que las hadas mantienen lejos la desgracia si las colocas en tu habitación. A lo mejor la meto en una de esas botellas de vino grandes. Tú siempre has sido un gran amigo de las hadas. ¿Qué diablos comen? ¿Moscas?

Campanilla empujaba con los brazos sus dedos y, desesperada, intentaba liberar su otra ala. Lo consiguió, pero Basta seguía sujetándola por las piernas y, por más que aleteaba, no conseguía liberarse. Al final renunció con un pequeño tintineo. Apenas lucía más que una vela a punto de consumirse.

–¿Sabes por qué he mandado traer a la niña, Dedo Polvoriento? –gritó Capricornio a su prisionero–. Ella tenía que convencerte de que nos contaras algo sobre su padre y su paradero... suponiendo que sepas algo al respecto, cosa que dudo. Pero ahora ya no necesito esa información. La hija ocupará el lugar del padre. Ha llegado justo en el momento oportuno. Para castigarte se nos ha ocurrido algo muy especial. ¡Algo impresionante, inolvidable! Al fin y al cabo es lo que merece un traidor, ¿no crees? ¿Adivinas ya dónde quiero ir a parar? ¿No? Entonces, deja que te eche una mano. Mi nueva lectora nos leerá en tu honor *Corazón de Tinta.* A fin de cuentas es tu libro favorito, aunque por supuesto no se puede afirmar que te gustará el ser que ella ha de traer a este mundo. Su padre me habría traído hace mucho tiempo a ese viejo amigo si tú no le hubieras ayudado a escapar, pero su hija se encargará ahora de esa tarea. ¿Te imaginas a qué amigo me refiero?

Dedo Polvoriento apoyó contra la red su mejilla surcada por las cicatrices.

–Oh, sí. Es inolvidable para mí –dijo en voz tan baja que Meggie a duras penas logró entenderle.

–¿Qué hacéis hablando del castigo del escupefuego? –la Urraca había vuelto a surgir de entre las columnas–. ¿Acaso os habéis olvidado de nuestra muda palomita Resa? Su traición ha sido por lo menos tan grave como la de él –y alzó una mirada rebosante de desprecio hacia la segunda red.

–¡Claro, claro, por supuesto! –la voz de Capricornio sonaba apesadumbrada–. Es un derroche, pero inevitable.

Meggie no pudo distinguir el rostro de la mujer que se bamboleaba en la segunda red detrás de Dedo Polvoriento.

Sólo vio el pelo rubio oscuro, un vestido azul y unas manos delgadas que se aferraban a las cuerdas.

Capricornio exhaló un profundo suspiro.

–¡Ay, es una auténtica vergüenza! –dijo dirigiéndose a Dedo Polvoriento–. ¿Por qué tuviste que escogerla precisamente a ella? ¿No pudiste haber convencido a cualquier otra de que espiase para ti? Desde que Darius, ese tarugo, la trajo leyendo a este mundo, sentía auténtica debilidad por ella. Nunca me importó que eso le costara la voz. No, de veras que no. Supuse, tonto de mí, que por esa razón podía depositar toda mi confianza en ella. ¿Sabías que antes su pelo era como hilos de oro?

–Sí, lo recuerdo –respondió Dedo Polvoriento con voz ronca–. Pero se ha oscurecido en tu presencia.

–¡Idioteces! –Capricornio, irritado, frunció el ceño–. A lo mejor debíamos probar con polvo de hada. Espolvoreando polvo de hada por encima dicen que hasta el latón parece oro. ¿Funcionará también con el pelo de las mujeres?

–No merece la pena intentarlo –dijo la Urraca con tono burlón–. A no ser que quieras que esté bellísima el día de su ejecución.

–Bah –de pronto Capricornio dio media vuelta y se dirigió hacia las escaleras.

Meggie apenas se fijó. Miraba hacia arriba, a la mujer desconocida. Las palabras de Capricornio habían penetrado muy hondo en su mente: cabellos como hilos de oro... el tarugo del lector... No, no, era imposible. Miraba fijamente hacia lo alto, entornando los ojos para distinguir mejor el rostro detrás de las cuerdas, pero las tinieblas lo ocultaban.

–Bien –con un profundo suspiro, Capricornio se hundió en su sillón–. ¿Cuánto tiempo precisaremos para los preparativos? No olvidemos que todo debe acontecer en el marco adecuado.

–Dos días –la Urraca subió las escaleras y ocupó de nuevo su lugar tras él–. Suponiendo que quieras que asistan los hombres de las otras bases.

Capricornio frunció el ceño.

–Claro. ¿Por qué no? Ya va siendo hora de dar otro pequeño escarmiento. En los últimos tiempos la disciplina ha dejado mucho que desear –y al pronunciar estas palabras miró a Basta, que agachó la cabeza como si todos los errores de los días anteriores gravitaran como una losa sobre sus hombros–. Pasado mañana entonces... –prosiguió Capricornio–. En cuanto se haga de noche. Antes, Darius deberá intentar una prueba con la chica. Que lea algo en voz alta, sólo quiero asegurarme de que el hada no ha sido fruto de la casualidad.

Basta había vuelto a envolver a Campanilla en su chaqueta. A Meggie le habría gustado taparse los oídos con las manos para no escuchar el tintineo desesperado del hada. Apretó los labios para que dejaran de temblar y alzó la vista hacia Capricornio.

–¡No leeré para ti! –dijo, y su voz resonó en la iglesia como la voz de una extraña–. ¡Ni una sola palabra! ¡No te traeré oro leyendo y menos aun un... verdugo! –le espetó a Capricornio.

Éste se limitó a juguetear con el cinturón de su bata.

–¡Devolvedla a su habitación! –ordenó a Basta–. Es tarde. La niña necesita dormir.

Basta propinó a Meggie un empujón en la espalda.

–Vamos. Ya lo has oído. Muévete.

Meggie dirigió una postrera mirada a Dedo Polvoriento y luego recorrió el pasillo caminando delante de Basta con paso vacilante. Cuando se situó debajo de la segunda red, volvió a mirar hacia lo alto. El rostro de la mujer desconocida seguía en tinieblas, pero creyó distinguir sus ojos, su nariz fina... y, con un poco más de imaginación, su pelo rubio...

–¡Vamos, sigue! –le increpó Basta.

Meggie obedeció sin dejar de mirar hacia atrás.

–¡No lo haré! –vociferó cuando casi había alcanzado el pórtico–. ¡Lo prometo! No leeré para traer a nadie hasta aquí. ¡Jamás!

–No prometas nada que no puedas cumplir –le dijo Basta en voz baja mientras abría el portón empujándolo.

Acto seguido, la obligó a salir de nuevo a la plaza intensamente iluminada.

40

El caballo negro de la noche

Él se agachó y sacó a Sofía del bolsillo de su chaleco. Allí estaba ella con su camisoncito y los pies descalzos. Temblando, miró en torno suyo hacia los jirones de niebla que los envolvían y los vapores que ondeaban fantasmagóricos.

–¿Dónde estamos? –preguntó ella.

–En el país de los sueños –dijo el GGB–. En el lugar del que proceden los sueños.

Roald Dahl, *El Gran Gigante Bonachón*

Fenoglio estaba tumbado en la cama cuando Basta empujó a Meggie por la puerta.

–¿Qué le habéis hecho? –increpó a Basta mientras se levantaba a toda prisa–. ¡Está blanca como la tiza!

Pero Basta había vuelto a cerrar la puerta.

–¡Dentro de dos horas llegará el relevo! –oyó Meggie que le decía al guardián. Luego, se marchó.

Fenoglio apoyó las manos sobre los hombros de la niña y la miró preocupado.

–¿Y bien? ¡Cuéntame! ¿Qué querían de ti? ¿Has visto a tu padre?

Meggie negó con la cabeza.

–Han capturado a Dedo Polvoriento –informó–. Y a una mujer.

–¿A una mujer? Cielos, estás aturdida –Fenoglio la condujo hasta la cama. Meggie se sentó a su lado.

–Creo que es mi madre –musitó la niña.

–¿Tu madre? –Fenoglio la miró estupefacto. Tenía unas profundas ojeras debido a la noche pasada en vela.

Meggie se alisó su vestido con aire ausente. La tela estaba sucia y arrugada. No era de extrañar, llevaba días durmiendo con él.

–Su pelo es más oscuro –balbució–. Y la foto que tiene Mo data de hace más de nueve años... Capricornio la ha metido dentro de una red, igual que a Dedo Polvoriento. Quiere ejecutarlos a ambos dentro de dos días y para ello tengo que sacar leyendo de *Corazón de Tinta* a no sé quién, a ese amigo, como lo llama Capricornio, ya te lo conté. También pretendía que lo trajese Mo. Tú te negaste a revelarme quién era, pero ahora no te queda más remedio que hacerlo –dirigió una mirada suplicante a Fenoglio.

El anciano cerró los ojos.

–¡Válgame el cielo! –murmuró.

Fuera seguía estando oscuro. La luna colgaba justo delante de la ventana. Una nube semejante a un vestido hecho jirones pasó flotando a su lado.

–Te lo contaré mañana –le aseguró Fenoglio–. Te lo prometo.

–¡No! ¡Ahora!

Él la contempló meditabundo.

–No es una historia para contar de noche. Después tendrás pesadillas.

–¡Cuéntamela! –insistió Meggie.

Fenoglio suspiró.

–¡Ay, señor! Conozco esa mirada por mis nietos –dijo–. Está bien –la ayudó a subir a su cama, le colocó el jersey de su padre por debajo de la cabeza y le subió la manta hasta la barbilla–, te la contaré tal como figura en *Corazón de Tinta* –musitó–. Me sé esas frases de memoria; por aquel entonces me sentía muy orgulloso de ellas... –carraspeó antes de susurrar las palabras en la oscuridad–. *Pero había uno al que la gente temía aun más que a los hombres de Capricornio. Lo llamaban la Sombra. Sólo aparecía cuando Capricornio lo convocaba. A veces era rojo como el fuego, otras grisáceo como la ceniza en que se convierte todo lo que devora. Salía flameando de la tierra como la llama de la madera. Sus dedos traían la muerte, incluso su aliento. Se alzaba ante los pies de su señor, mudo y sin rostro, como un perro que ventea su presa, esperando a que su señor le señalase la víctima* –Fenoglio se pasó la mano por la frente y miró hacia la ventana. Tardó un rato en hablar, como si necesitase volver a evocar en su memoria las palabras escritas hacía tantos años–. *Se decía* –prosiguió al fin en voz baja– *que Capricornio había encargado a un duende o a los enanos, que son expertos en todo lo que procede del fuego y del humo, que creasen a la Sombra con la ceniza de sus víctimas. Nadie se sentía a salvo, pues se decía que Capricornio había ordenado matar a los creadores de la Sombra. Pero todos sabían una cosa: que era un ser inmortal, invulnerable y tan despiadado como su señor.*

Fenoglio calló.

Meggie contemplaba la noche con el corazón desbocado.

–Sí, Meggie –prosiguió Fenoglio en voz muy queda–. Creo que tienes que traerle a la Sombra. Y que Dios nos asista si lo consigues. En este mundo abundan los monstruos; la mayoría son humanos, y desde luego mortales. No querría ser culpable de que un monstruo inmortal propague en el futuro el terror y el espanto en este planeta. A tu padre se le había ocurrido una idea cuando vino a verme, ya te lo he comentado, acaso sea nuestra única posibilidad, pero ignoro aún si funcionará. Necesito reflexionar, pues nos queda poco tiempo. Tú deberías dormir. ¿Qué has dicho? ¿Qué todo tendrá lugar pasado mañana?

Meggie asintió.

–En cuanto oscurezca –musitó.

Fenoglio, cansado, se pasó la mano por la cara.

–No debes preocuparte por la mujer –le dijo–. No sé si te gustará oírlo, pero creo que es imposible que sea tu madre, por mucho que lo desees. ¿Cómo puede haber llegado hasta aquí?

–¡Darius! –Meggie hundió la cara en el jersey de Mo–. El mal lector. Capricornio lo dijo: él la trajo y eso le costó perder la voz. Ella ha vuelto, estoy segura, y Mo no sabe una palabra al respecto. Cree que sigue dentro del libro y...

–Bueno, si tienes razón, me gustaría que continuase en él –dijo Fenoglio suspirando mientras cubría los hombros de la niña con la manta–. Creo que te equivocas, pero piensa lo que te apetezca. Ahora, a dormir.

Meggie, sin embargo, no conseguía conciliar el sueño. Yacía con la cara vuelta hacia la pared, escuchando su interior. La preocupación y la alegría se mezclaban en su corazón como dos colores. En cuanto cerraba los ojos veía las redes y detrás de las cuerdas los dos rostros, el de Dedo Polvoriento y el otro, desvaído como una foto antigua. Pero por mucho que se esforzase en captar los detalles, volvía a desdibujarse una y otra vez.

Cuando al fin se durmió alboreaba, pero la noche no arrastra consigo los peores sueños. En ese período gris entre la noche y el día, las pesadillas crecen con enorme rapidez y tejen los segundos convirtiéndolos en una eternidad. En el sueño de Meggie se deslizaron gigantes de un solo ojo y arañas gigantes, cancerberos, brujas devoradoras de niños, todos los personajes pavorosos con los que se había topado alguna vez en el reino de las letras. Salían arrastrándose de la caja que su padre le había fabricado y se esforzaban por salir de las páginas de sus libros favoritos. Los monstruos brotaban incluso de los libros ilustrados que le había regalado su padre cuando las letras aún no tenían sentido para ella. Peludos y de colores chillones, bailoteaban por el sueño de Meggie y sonreían con sus bocas demasiado anchas, enseñando sus dientecitos afilados. Ahí estaba el gato sardónico de Cheshire que siempre le había dado tanto miedo, y por allí venían los wildekerle que le gustaban tanto a su padre que tenía un cuadro de ellos en su taller. ¡Qué dientes tan grandes exhibían! Dedo Polvoriento desaparecería entre ellos como el pan recién horneado. Pero justo cuando uno, el de los ojos grandes como platos, estiraba las garras, emergió de la nada gris una nueva figura, crepitante como una llama, gris como la ceniza y carente de rostro, agarró al wildekerle y lo desgarró convirtiéndolo en un montón de jirones de papel.

–¡Meggie!

Los monstruos se desvanecieron y el sol alumbró la cara de Meggie.

Fenoglio estaba junto a su cama.

–Has soñado.

La niña se incorporó.

A juzgar por su expresión, el anciano no debía de haber pegado ojo en toda la noche, pues parecía tener unas cuantas arrugas más.

–¿Dónde está mi padre, Fenoglio? –le preguntó–. ¿Por qué no viene?

41

Farid

Porque aquellos ladrones solían acechar en los caminos y vagar por los pueblos y ciudades atormentando a sus habitantes. Y en cuanto habían saqueado una caravana o asaltado un pueblo, trasladaban su botín a aquel lugar apartado y oculto que estaba lejos de las miradas de los hombres.

Alí Babá y los cuarenta ladrones

Farid contempló, absorto, las tinieblas hasta que le dolieron los ojos, pero Dedo Polvoriento no regresaba. A veces, Farid creía percibir su rostro surcado por las cicatrices entre las ramas bajas. Otras le parecía oír sus pasos sigilosos por las hojas secas, pero siempre se equivocaba. Farid estaba acostumbrado a acechar en la oscuridad. Había pasado así muchas noches interminables, y de ese modo había aprendido a dar más crédito a sus oídos que a sus ojos. Antaño, en la otra vida, cuando el mundo a su alrededor no era verde, sino amarillo y marrón, sus ojos lo habían dejado alguna que otra vez en la estacada, pero siempre había confiado en sus oídos.

No obstante, aquella noche, la más larga de todas las noches, Farid acechaba en vano. Dedo Polvoriento no regresaba. Cuando alboreaba sobre las colinas, Farid se acercó a los dos prisioneros, les dio agua, unos mendrugos de pan seco y unas aceitunas.

–¡Vamos, Farid, desátanos! –le rogó Lengua de Brujo cuando le introducía el pan entre los labios–. Dedo Polvoriento debería haber regresado hace mucho, y tú lo sabes.

Farid callaba. Sus oídos amaban la voz de Lengua de Brujo. Era la voz que lo había arrancado de su otra vida mísera, pero amaba más a Dedo Polvoriento, sin saber por qué... y Dedo Polvoriento le había encargado que vigilase a los prisioneros. Nada le había dicho de soltarlos.

–Escúchame, eres un chico inteligente –le dijo la mujer–. Así que utiliza la cabeza, ¿de acuerdo? ¿Quieres quedarte aquí sentado hasta que vengan los hombres de Capricornio y nos encuentren? Daremos un bonito espectáculo: un chico vigilando a dos personas atadas que no pueden mover ni un dedo para ayudarle. Se partirán de risa.

¿Cómo se llamaba? Eli-nor. Farid tenía dificultades para articular su nombre. Le pesaba en la lengua como si fuese de plomo. Le parecía el de una maga de un lugar remoto, muy remoto. Esa mujer le resultaba inquietante, lo miraba como un hombre, sin vergüenza, sin miedo, y su voz podía subir de tono y tornarse furiosa como la de un león...

–¡Tenemos que bajar al pueblo, Farid! –decía Lengua de Brujo–. Tenemos que averiguar el destino que ha corrido Dedo Polvoriento... y el paradero de mi hija.

Ah, claro, la niña... la niña de los ojos claros, esos pequeños trozos de cielo caídos y encerrados entre unas pestañas oscuras. Farid hurgaba en la tierra con un palo. Una hormiga pasó junto a los dedos de sus pies transportando una miga de pan más grande que ella misma.

–A lo mejor no nos entiende –aventuró Elinor.

Farid levantó la cabeza y le lanzó una mirada furibunda.

–¡Lo entiendo todo!

Lo había entendido desde el primer momento. Daba la impresión de que jamás había escuchado otro idioma. No pudo evitar pensar en la iglesia rojiza. Dedo Polvoriento le había explicado que había sido una iglesia. Farid nunca había visto antes un edificio semejante. También se acordaba del hombre de la navaja. En su antigua vida había visto muchos hombres similares. Les encantaban sus navajas y cometían atrocidades con ellas.

–Si te desato, te irás –Farid miró inseguro a Lengua de Brujo.

–De ninguna manera. ¿Piensas acaso que voy a dejar a mi hija ahí abajo? ¿Con Basta y Capricornio?

Basta y Capricornio. Sí, así se llamaban. El hombre de la navaja y el hombre de los ojos pálidos como el agua. Un ladrón y un asesino... Farid lo sabía todo sobre él. Dedo Polvoriento le había referido muchas cosas cuando se sentaban de noche junto al fuego. Habían intercambiado historias tenebrosas, a pesar de que ambos añoraban las luminosas.

Ahora la suya se tornaba más lóbrega cada día.

–Es mejor que vaya solo –Farid clavó tan fuerte el palo en la tierra que se partió–. Estoy acostumbrado a deslizarme por pueblos extraños, por palacios, por casas ajenas... era mi tarea, antes. Tú ya lo sabes.

Lengua de Brujo asintió.

–Siempre me enviaban a mí –prosiguió Farid–. ¿Quién teme a un chico delgado? Podía fisgonear por todas partes sin levantar sospechas. Cuándo cambiaban las guardias. Cuál era el mejor camino para huir. Dónde vivía el hombre más rico del lugar. Si todo iba bien, me entregaban suficiente comida. Si las cosas se torcían, me apaleaban como a un perro.

–¿Quiénes? –preguntó Elinor.

–Los ladrones –respondió Farid.

Los dos adultos callaron. Dedo Polvoriento aún no había regresado. Farid miraba hacia el pueblo, observando cómo los primeros rayos del sol se proyectaban sobre los tejados.

–Bien. Quizá tengas razón –aventuró Lengua de Brujo–. Baja solo y averigua lo que necesitamos saber, pero antes suéltanos. Sólo así podremos ayudarte si ellos te atrapan. Además, tampoco me gustaría estar aquí sentado y atado cuando pase reptando la primera serpiente.

La mujer miró en torno suyo aterrorizada, como si ya estuviera oyendo crujidos entre las hojas secas. Farid, sin embargo, observaba pensativo el rostro de Lengua de Brujo, intentando averiguar si sus ojos también confiaban en él. Sus oídos lo hacían de todos modos. Al final, se levantó sin decir palabra, sacó del cinto la navaja que le había regalado Dedo Polvoriento y liberó a ambos.

–¡Ay, Dios mío, no me volveré a dejar atar en los días de mi vida! –exclamó Elinor mientras se frotaba brazos y piernas–. Noto el cuerpo insensible como si me hubiera convertido en una muñeca de trapo. ¿Qué tal te encuentras tú, Mortimer? ¿Todavía sientes tus pies?

Farid la miraba con curiosidad.

–Tú... no pareces su mujer. ¿Eres su madre? –preguntó señalando con la cabeza a Lengua de Brujo.

A Elinor le salieron más manchas que a una seta matamoscas.

–¡Por todos los santos, claro que no! ¿Cómo se te ha ocurrido semejante idea? ¿Tan vieja me crees? –contempló su propio cuerpo y asintió–. Sí, seguramente. A pesar de todo, no soy su madre. Ni tampoco la de Meggie, por si se te ocurre insinuarlo. Todos mis hijos eran de papel y tinta, y ése de ahí –señaló el lugar donde, a través de los árboles, relucían los tejados del pueblo de Capricornio– ha mandado asesinar a muchos de ellos. Lo lamentará, te lo aseguro.

Farid la miró, dubitativo. No le cabía en la cabeza que Capricornio se asustara de una mujer, y menos aun de una que se quedaba sin aliento al ascender por una ladera y a la que le aterrorizaban las serpientes. No, si al hombre de los ojos pálidos le asustaba algo, debía de ser lo que asusta a la mayoría... la muerte. Elinor no tenía pinta de saber una palabra del oficio de matar. Y Lengua de Brujo tampoco.

–La chica... ¿Dónde está su madre? –le preguntó Farid titubeando.

Lengua de Brujo se acercó a la hoguera apagada y cogió un pedazo de pan tirado entre las piedras ennegrecidas por el hollín.

–Se marchó hace mucho tiempo –informó–. Meggie contaba apenas tres años. ¿Y la tuya?

Farid se encogió de hombros y alzó la vista hacia el cielo. Estaba tan azul como si la noche jamás hubiera existido.

–Ahora es preferible que me vaya –anunció mientras volvía a envainar el cuchillo y cogía la mochila de Dedo Polvoriento.

Gwin dormía a pocos pasos, enroscada entre las raíces de un árbol. Farid cogió al animal y lo introdujo en la mochila. La marta protestó adormilada, pero Farid le rascó la cabeza y cerró la mochila.

–¿Por qué te llevas a la marta? –preguntó Elinor asombrada–. Su mal olor te delatará.

–Podría serme útil –respondió Farid, deslizando dentro de la mochila la punta del espeso rabo de Gwin–. Es lista. Más inteligente que un perro y por supuesto que un camello. Entiende lo que se le dice y a lo mejor encuentra a Dedo Polvoriento.

–Farid –Lengua de Brujo rebuscó en sus bolsillos hasta que extrajo un trozo de papel–. No sé si podrás averiguar dónde tienen presa a Meggie –dijo mientras garabateaba deprisa con un lápiz–, pero si es posible, ¿podrías encargarte de que reciba esta nota?

Farid cogió el trozo de papel y lo miró.

–¿Qué pone? –preguntó.

Elinor lo tomó entre sus dedos.

–Demonios, Mortimer, ¿qué significa esto? –preguntó.

Lengua de Brujo sonrió.

–Meggie y yo nos hemos intercambiado a menudo mensajes secretos con esta escritura, ella domina este arte mucho mejor que yo. ¿No la reconoces? Procede de un libro. He escrito: «Estamos muy cerca. No te preocupes. Iremos pronto a buscarte. Mo, Elinor y Farid». Meggie leerá el recado, pero nadie más.

–¡Ajajá! –murmuró Elinor mientras devolvía la nota a Farid–. Muy bien, si cae en manos equivocadas es mejor así, porque igual resulta que alguno de esos incendiarios sabe leer.

Farid dobló la nota hasta reducirla al tamaño de una moneda y se la guardó en el bolsillo del pantalón.

–Regresaré cuando el sol esté encima de esa colina –informó–. De lo contrario...

–Iré yo a buscarte –concluyó Lengua de Brujo.

–Y yo también, por supuesto –añadió Elinor.

A Farid no le pareció buena idea, pero se calló.

Tomó el mismo camino que Dedo Polvoriento cuando desapareció la noche anterior, como si lo hubieran engullido los espíritus que acechan en la oscuridad.

42

PIEL SOBRE EL ALFÉIZAR

Solamente el lenguaje nos protege del espanto de las cosas sin nombre.

Toni Morrison, Discurso de aceptación del premio Nobel 1993

Esa mañana Nariz Chata trajo a Meggie y Fenoglio para desayunar pan, unas cuantas aceitunas, una cesta con fruta y un plato lleno de bollitos dulces. Sin embargo, a Meggie la sonrisa con que les sirvió no le gustó ni un pelo.

–Todo para ti, princesa –gruñó dándole un pellizco en la mejilla con sus rechonchos dedos–. Para que tu vocecita cobre más fuerza. Desde que Basta ha ido contando por ahí lo de la ejecución, reina un enorme revuelo. Bueno, no me canso de repetirlo: la vida no se reduce a colgar gallos muertos y matar gatos a tiros.

Fenoglio contempló a Nariz Chata asqueado, como si le resultara increíble que semejante criatura hubiera salido de su pluma.

–Sí, de veras. ¡Hace una eternidad que no disfrutamos de una bonita ejecución! –prosiguió Nariz Chata mientras retrocedía hasta la puerta–. Demasiada atención, se decía siempre. Y cuando alguien tenía que desaparecer... ¡Cuidado, cuidado, que parezca un accidente! ¿Es eso divertido? No. No era como antes, que había comida y bebida y baile y música en abundancia, como debe ser. Esta vez por fin lo haremos igual que en los viejos tiempos.

Fenoglio, al tomar un sorbo del café solo que había traído Nariz Chata, se atragantó.

–¿Cómo? ¿No te divierten esas cosas, viejo? –observó Nariz Chata sarcástico–. Créeme, las ejecuciones de Capricornio son muy especiales.

–¡A quién se lo dices! –murmuró Fenoglio con aire desdichado.

En ese momento llamaron a la puerta. Nariz Chata la había dejado entreabierta, y Darius, el lector, asomó la cabeza.

–¡Perdón! –dijo con un hilo de voz mirando a Nariz Chata con la inquietud de un pájaro que tiene que acercarse a un gato hambriento–. Yo... ejem... tengo que hacer que la niña lea algo. Órdenes de Capricornio.

–¿Ah, sí? Bueno, ojalá que esta vez saque algo útil con su lectura. Basta me enseñó el hada. Ni siquiera tiene polvo de hada, por más que la sacudas –en la mirada que Nariz Chata dirigió a Meggie se mezclaban la antipatía y el respeto; a lo mejor la consideraba una especie de bruja–. Llama a la puerta cuando desees salir –gruñó mientras pasaba frente a Darius.

Éste asintió y permaneció inmóvil unos instantes antes de sentarse a la mesa, confundido, junto a Meggie y a Fenoglio. Miró con ansiedad la fruta hasta que Fenoglio le acercó la cesta. Vacilante, cogió un albaricoque. Se lo metió en la boca con enorme devoción, como si no esperase volver a catar en su vida algo tan exquisito.

–¡Cielos, un albaricoque! –se burló Fenoglio–. No es precisamente una fruta muy rara que digamos por estos pagos.

Darius escupió tímidamente el hueso en su mano.

–Siempre que me encerraban en esta habitación –explicó con voz insegura–, me daban tan solo pan seco. También me quitaron mis libros, pero logré esconder algunos, y cuando el hambre arreciaba, contemplaba las ilustraciones. La más bonita era una de albaricoques. A veces me pasaba horas acurrucado mirando esas frutas pintadas mientras se me hacía la boca agua. Desde entonces, no puedo contenerme cuando los veo.

Meggie cogió otro albaricoque de la cesta y se lo puso entre sus flacos dedos.

–¿Te encerraban con frecuencia? –preguntó.

El hombrecillo enjuto se encogió de hombros.

–Cuando no sacaba algo perfecto con mi lectura –respondió elusivo–. Es decir, siempre. Llegó un momento en el que renunciaron al darse cuenta de que mi lectura no mejoraba precisamente debido al miedo que me daban. Al contrario... A Nariz Chata, por ejemplo –bajó la voz y dirigió una mirada nerviosa hacia la puerta–, a Nariz Chata lo saqué leyendo mientras Basta me amenazaba con su navaja. En fin... –se encogió de hombros, apesadumbrado.

Meggie lo miró llena de compasión. Después preguntó con voz vacilante:

–¿Y también has sacado leyendo a mujeres?

Fenoglio le dirigió una mirada inquieta.

–¡Claro que sí! –respondió Darius–. ¡Traje a Mortola! Ella afirma que más vieja y desvencijada, como una silla mal encolada, pero creo que en su caso no me equivoqué demasiado, de verdad. Por suerte Capricornio compartió mi opinión.

–¿Y más jóvenes? –insistió Meggie sin mirar ni a Fenoglio ni a Darius–. ¿Has sacado de algún libro a mujeres más jóvenes?

–¡Oh, no me acuerdo! –Darius suspiró–. Fue el mismo día en que traje a Mortola. Por aquel entonces Capricornio seguía viviendo en el norte, en una granja solitaria y medio derruida en las montañas, y en esa región escaseaban las chicas. Yo vivía no muy lejos de allí, en casa de mi hermana. Trabajaba de maestro, pero en mi tiempo libre a veces leía en voz alta... en librerías y colegios, en fiestas infantiles y a veces, en las cálidas noches de estío, incluso en alguna plaza o en un café. Me gustaba leer en voz alta... –su mirada se concentró en la ventana, como si desfilasen por ella esos días felices, olvidados hacía tanto tiempo–. Basta se fijó en mí cuando leía en la fiesta de un pueblo, creo que era *Doctor Dolittle,* y de repente apareció allí aquel pájaro. Al regresar a casa, Basta me cazó como a un perro callejero y me llevó con Capricornio. Al principio me hizo sacar oro leyendo, igual que a tu padre –sonrió a Meggie con tristeza–. Después tuve que traerle a Mortola y más tarde a sus criadas. Fue espantoso –Darius se levantó las gafas con los dedos temblorosos–. Sentía un pánico atroz. En esas condiciones es imposible leer bien. Me obligó a intentarlo tres veces. ¡Ay, me daban tanta pena, no quiero hablar de eso! –ocultó el rostro entre las manos, huesudas como las de un anciano.

Meggie creyó oír sus sollozos y durante unos momentos dudó si plantearle su próxima pregunta.

–Esa criada a quien llaman Resa ¿también apareció entonces? –inquirió con un nudo en la garganta.

Darius apartó las manos de su rostro.

–Sí, salió por pura casualidad, su nombre ni siquiera figuraba en el libro –contestó con la voz empañada por el llanto–. En realidad, Capricornio había solicitado otra, pero de pronto apareció Resa, y al principio pensé que esa vez no me había equivocado. Parecía tan bella, de una belleza tan irreal, con sus cabellos de oro y sus ojos tristes. Pero luego nos dimos cuenta de que era muda. Bueno, a Capricornio aquello no le importó, creo incluso que le agradó –rebuscó en el bolsillo de su pantalón y sacó un pañuelo arrugado–. ¡Lo cierto es que yo sabía hacerlo mejor! –se sorbió los mocos–. Pero ese eterno miedo... ¿Puedo? –con una sonrisa de pena cogió otro albaricoque y le dio un mordisco. Luego se limpió el jugo de fruta de los labios con la manga, carraspeó y miró a Meggie. Tras los gruesos cristales de sus gafas, sus ojos parecían extrañamente grandes.

–En la... ejem... fiesta que proyecta Capricornio –dijo bajando la vista y pasando con timidez el dedo por el borde de la mesa–, tienes que leer en voz alta *Corazón de Tinta,* como ya debes de saber. Hasta ese momento el libro se guarda en un lugar secreto. Sólo Capricornio lo conoce. Por eso no podrás verlo hasta la... ejem... celebración. Para la última prueba de tu talento que exige Capricornio, utilizaremos otro libro. Por suerte en este pueblo hay más libros, no muchos, pero en cualquier caso me han encomendado la tarea de elegir el adecuado –volvió a levantar la cabeza y dirigió a Meggie una tenue sonrisa–. Menos mal que esta vez no he tenido que buscar oro ni nada por el estilo. Capricornio sólo desea una prueba de tus habilidades, y por eso –colocó un librito encima de la mesa– he elegido éste.

Meggie se inclinó sobre la tapa.

–*Cuentos completos* de Hans Christian Andersen –leyó en voz alta. Miró a Darius–. Son preciosos.

–Sí –suspiró éste–. Tristes, pero muy, muy bellos.

Él levantó la mano por encima de la mesa y abrió el libro por donde había unos cuantos tallos de hierba adheridos a las páginas amarillentas.

–Primero pensé en mi cuento favorito, el de la alondra, ¿lo conoces?

Meggie asintió.

–Sí, pero al hada que sacaste leyendo ayer no le va nada bien en el jarro donde Basta la ha encerrado –prosiguió Darius–. Se me ocurrió, pues, que acaso sea mejor intentarlo con el soldadito de plomo.

El soldadito de plomo. Meggie calló. El valiente soldado de plomo en su barquito de papel... Se lo imaginó plantado de repente junto a la cesta de fruta.

–¡No! –respondió la niña–. De ninguna manera. Ya se lo dije a Capricornio. No le traeré nada leyendo, ni siquiera como prueba. Dile que ya no soy capaz. Dile simplemente que lo he intentado y no he sacado nada del libro.

Darius la miró compasivo.

–¡Qué más quisiera! –musitó–. De verdad. Pero la Urraca... –se tapó la boca con los dedos como si lo hubieran pillado en falta–. Oh, perdón, me refiero al ama de llaves, a la señora Mortola, claro está... Tienes que leer para ella en voz alta. Yo me he limitado a escoger el texto.

La Urraca. Meggie recordó sus ojos de pájaro. «¿Qué pasaría si me mordiese la lengua?», pensaba la niña. «Bien fuerte...» Ya le había sucedido un par de veces sin querer y en una de ellas se le hinchó tanto que tuvo que pasarse dos días hablando por señas con su padre. Miró a Fenoglio en demanda de ayuda.

–¡Hazlo! –le dijo éste para su sorpresa–. Léele en voz alta a la vieja, pero con una condición: que te permita quedarte con el soldado de plomo. Cuéntale cualquier cosa... que quieres jugar con él porque te aburres como una ostra... Y luego pídele otra cosa más: unas cuantas hojas de papel y un bolígrafo. Dile que te apetece dibujar. ¿Entendido? Si acepta, ya veremos.

Meggie no entendió una palabra, pero antes de que pudiera preguntar qué se proponía Fenoglio, se abrió la puerta y la Urraca entró en la estancia.

Al verla, el lector se puso de pie con un salto tan repentino que tiró de la mesa el plato de Meggie.

–¡Oh, perdón, perdón! –balbució mientras recogía los fragmentos con sus dedos huesudos; con el último se hizo un corte tan grande en el pulgar que la sangre goteó sobre el entarimado.

–¡Levántate, cabeza hueca! –le ordenó Mortola con tono grosero–. ¿Le has enseñado el libro que tiene que leer?

Darius asintió y contempló, apenado, el corte en su dedo.

–Bien, entonces lárgate. Puedes ayudar a las mujeres en la cocina. Hay que pelar gallinas.

Darius torció el gesto, asqueado, pero desapareció con una reverencia por el pasillo, no sin antes lanzar otra mirada compasiva a Meggie.

–Bueno –dijo la Urraca esbozando una impaciente inclinación de cabeza–. Empieza a leer... y esfuérzate.

Meggie trajo al soldadito de plomo. Fue como si sencillamente cayera del techo. Fue una caída terrible. Quedó clavado de cabeza entre los adoquines, con la pierna estirada y la bayoneta hacia abajo.

La Urraca lo cogió antes que Meggie y lo escudriñó como si fuera un objeto de madera pintada mientras miraba a la niña con ojos de espanto. Acto seguido lo introdujo en el bolsillo de su chaqueta de lana toscamente tejida.

–Por favor, ¿puedo quedármelo? –balbució Meggie cuando la Urraca llegaba a la puerta.

Fenoglio se situó tras ella, como si quisiera cubrirle las espaldas, pero la Urraca se limitó a dirigir a Meggie una mirada gélida de pájaro.

–A usted... a usted no le sirve para nada –continuó tartamudeando Meggie–, y yo me aburro. Por favor...

La Urraca la miró sin mover ni un solo músculo de su cara.

–Te lo devolveré cuando lo haya visto Capricornio –dijo antes de desaparecer.

–¡El papel! –exclamó Fenoglio–. ¡Te has olvidado del papel y del bolígrafo!

–Lo siento –murmuró Meggie.

No se había olvidado, simplemente no se había atrevido a pedir más cosas a la Urraca. Sentía un nudo en la garganta.

–Bueno, entonces tendré que conseguirlo por otros medios –musitó Fenoglio–. El problema es cómo.

La niña se acercó a la ventana, apoyó la frente contra el cristal y miró abajo, al huerto, donde un par de criadas de Capricornio se afanaban en las tomateras. «¿Qué diría Mo si supiera que yo también puedo hacerlo?», pensaba. «¿A quién has sacado leyendo, Meggie? ¿A la pobre Campanilla y al pertinaz soldadito de plomo?»

–Sí –musitó Meggie mientras dibujaba con el dedo una M invisible en el cristal.

Pobre hada, pobre soldadito, pobre Dedo Polvoriento y... de nuevo le vino a la memoria la mujer de cabellos oscurecidos.

–Resa –susurró.

Su madre se llamaba Teresa.

Se disponía a abandonar la ventana cuando vio por el rabillo del ojo que por encima del alféizar asomaba un hociquito peludo. Meggie retrocedió asustada, dando un traspié. ¿Trepaban las ratas por los muros de las casas? Pues claro que sí. Pero eso no era una rata, tenía la cabeza demasiado chata. Volvió a acercarse al cristal.

Gwin.

La marta, sentada sobre el estrecho alféizar, la observaba con ojos somnolientos.

–¡Basta! –murmuraba Fenoglio a su espalda–. Sí, Basta me conseguirá el papel. Es una idea.

Meggie abrió la ventana muy despacio, para que Gwin no se asustara y se precipitase al vacío. A esa altura, incluso una marta se rompería todos los huesos al estrellarse contra el empedrado del patio. Alargó muy despacio la mano hacia afuera. Al acariciar el lomo de Gwin, sus dedos temblaban. Luego agarró al animal antes de que le soltara un mordisco con sus diminutos dientes. Miró hacia abajo preocupada, pero ninguna criada había notado nada. Todas ellas se inclinaban sobre los bancales, con los vestidos empapados de sudor por el ardiente sol que caía sobre sus espaldas.

Debajo del collar de Gwin había una nota, sucia, con cien dobleces y atada con un trozo de cinta.

–¿Por qué has abierto la ventana? El aire exterior es aun más caliente. Nosotros... –Fenoglio se interrumpió y clavó los ojos en el animal que Meggie sostenía entre sus brazos, pasmado.

La niña se puso un dedo en la boca a modo de advertencia. Después apretó contra su pecho a la pataleante Gwin y sacó la nota que llevaba debajo del collar. La marta soltó un chillido amenazador mientras le lanzaba un bocado a los dedos. No le gustaba nada que la sujetasen mucho rato. Mordía incluso a Dedo Polvoriento cuando éste lo intentaba.

–¿Qué tienes ahí, una rata? –Fenoglio se acercó. Meggie soltó a la marta, que volvió a saltar enseguida al alféizar.

–¡Una marta! –exclamó Fenoglio atónito–. ¿De dónde ha salido?

Meggie miró asustada hacia la puerta, pero evidentemente el guardián no había oído nada. Fenoglio se tapó la boca con la mano y contempló a Gwin tan asombrado, que Meggie estuvo a punto de soltar una carcajada.

–¡Tiene cuernos! –susurró él.

–Claro, porque tú la creaste así –le contestó Meggie en susurros.

Gwin seguía sentada en el alféizar, mirando, molesta, al sol. En realidad no le gustaba la luz diurna, se pasaba el día durmiendo. ¿Cómo había llegado hasta allí?

Meggie asomó la cabeza por la ventana, pero abajo, en el patio, solamente estaban las criadas. Retrocedió de prisa al centro de la habitación y desdobló la nota.

–¿Alguna noticia? –Fenoglio se inclinó sobre su hombro–. ¿Es de tu padre?

Meggie asintió. Reconoció la letra enseguida, aunque no era tan regular como de costumbre. El corazón empezó a bailarle en el pecho. Siguió las letras con mirada nostálgica como si fueran un camino al final del cual la esperaba su padre.

–¿Pero qué demonios dice ahí? ¡No entiendo ni gota! –exclamó Fenoglio en voz baja.

Meggie sonrió.

–Es letra élfica –cuchicheó–. Mo y yo la empleamos en secreto desde que leí *El Señor de los Anillos,* pero él parece desentrenado. Ha cometido muchas faltas.

–Bueno, ¿y qué dice?

Meggie se lo leyó.

–Farid... ¿Quién es ése?

–Un chico. Mo lo trajo leyendo *Las mil y una noches,* pero ésa es otra historia. Tú lo viste, estaba con Dedo Polvoriento cuando éste huyó de ti.

Meggie volvió a doblar la nota y acechó por la ventana. Una de las criadas se había incorporado. Mientras se limpiaba la tierra de las manos, miraba hacia el alto muro, como si soñase con alejarse volando por encima de él. ¿Quién habría traído a Gwin? ¿Mo? ¿O la marta había encontrado sola el camino hasta allí? Esta posibilidad era muy remota. Seguro que no andaba correteando de día sin que alguien la hubiera ayudado.

Meggie se guardó la nota en la manga de su vestido. Gwin continuaba sentada en el alféizar. Estiró el cuello somnolienta y olfateó el muro. A lo mejor olía las palomas que a veces se posaban en la ventana.

–Dale pan para que no se escape –rogó Meggie a Fenoglio en voz baja. Luego, corrió hacia la cama y cogió su mochila.

¿Dónde estaba el lápiz? Porque ella tenía uno. Lo encontró. Estaba casi gastado, reducido a una miserable punta. Pero ¿de dónde iba a sacar el papel? Extrajo uno de los libros de Darius de debajo del colchón y separó con cuidado el papel de la guarda. Nunca había arrancado una hoja de un libro. Pero ahora no quedaba otro remedio.

Arrodillada en el suelo, empezó a escribir con la misma letra entrelazada con la que Mo había redactado su nota. Habría trazado las letras incluso dormida: «Estamos bien. ¡Yo también sé, Mo! He sacado leyendo a Campanilla, y mañana, cuando oscurezca, tengo que traer a la Sombra de *Corazón de Tinta* para Capricornio, para que mate a Dedo Polvoriento». De Resa no dijo nada. Tampoco le comentó que creía haber visto a su madre, ni que a ésta, si dependía de Capricornio, le quedaban apenas dos días de vida. No se podía confiar una noticia de ese calibre a un trozo de papel, por muy grande que fuera.

Gwin mordisqueaba con avidez el pan que le ofrecía Fenoglio. Meggie dobló el papel de la guarda y se lo ató al collar.

–¡Ten mucho cuidado! –susurró a Gwin, luego tiró el resto de pan al patio de Capricornio.

La marta descendió rauda por el muro, como si fuera lo más natural del mundo. Una de las criadas soltó un chillido cuando pasó corriendo entre sus piernas, y gritó algo a las otras mujeres. Seguramente temía por las gallinas de Capricornio, pero Gwin ya había desaparecido detrás del muro.

–¡Bien, muy bien, así que ya ha venido tu padre! –musitó Fenoglio mientras se colocaba a su lado junto a la ventana abierta–. Debe de andar por ahí fuera. Estupendo. Y te devolverán el soldadito de plomo. Todo va saliendo a pedir de boca, quién lo diría –se masajeó la punta de la nariz y parpadeó al contemplar la deslumbrante luz del sol–. Lo más inmediato –murmuró luego– es sacar provecho de la superstición de Basta. Cómo me alegro de haberlo dotado de esa pequeña debilidad. ¡Una medida muy inteligente!

Meggie no entendía de qué hablaba, pero le daba igual. Sólo podía pensar en una cosa: «Mo está aquí».

43

UN SITIO OSCURO

–Jim, muchacho –dijo éste por fin, dirigiéndose a su pequeño amigo; hablaba despacio y con voz ronca, sin preocuparse de los escribientes ni de los bonzos–, ha sido un viaje muy corto. Siento que tengas que compartir mi suerte.

Jim tragó saliva.

–¡Pero somos amigos! –contestó en voz baja, mordiéndose el labio inferior para que no le temblara.

Michael Ende, *Jim Botón y Lucas el maquinista*

Dedo Polvoriento suponía que Capricornio dejaría que Resa y él se bamboleasen en las malditas redes hasta su ejecución, pero sólo pasaron allí una noche, que se les hizo eterna. A la mañana siguiente, apenas el sol dibujó manchas claras en las rojas paredes de la iglesia, Basta mandó que los bajaran. Durante unos segundos atroces, Dedo Polvoriento pensó que Capricornio había decidido eliminarlos con rapidez y discreción, y cuando volvió a sentir el suelo firme bajo sus pies no supo si el temblor de sus rodillas se debía al miedo o a la noche pasada en la red. En cualquier caso, apenas podía mantenerse en pie.

Basta lo tranquilizó por el momento, aunque seguro que no era su intención.

–Me habría gustado dejarte ahí arriba bamboleándote un rato más –comunicó a Dedo Polvoriento mientras sus hombres lo sacaban de la red–. Pero, por alguna razón, Capricornio ha decidido encerraros en la cripta el resto de vuestra miserable vida.

Dedo Polvoriento se esforzó con toda su alma por ocultar su alivio. La muerte aún no estaba cerca.

–Seguro que a Capricornio le molesta tener oyentes cuando discute con vosotros sus sucios planes –comentó–. O quizá desea simplemente que subamos al cadalso por nuestro propio pie.

Una noche más en la red y Dedo Polvoriento ni siquiera habría sabido si tenía piernas. Le dolían tanto los huesos después de esa noche que, cuando Basta los condujo a la cripta, se movía como un anciano. Resa tropezó un par de veces en la escalera. Ella parecía sentirse peor, pero no se quejó, y cuando Basta la sujetó por el brazo después de resbalar en un escalón, se soltó y le dirigió una mirada tan gélida que el secuaz de Capricornio la dejó proseguir sola.

La cripta, situada debajo de la iglesia, era un lugar húmedo y frío, incluso cuando el sol, como ese día, derretía las tejas en los tejados. En las entrañas de la vieja iglesia olía a moho y a caca de ratón, y a otras cosas cuyo nombre Dedo Polvoriento prefería ignorar. Poco después de su llegada al pueblo abandonado, Capricornio había provisto de rejas las estrechas cámaras en cuyos sarcófagos de piedra dormían el sueño eterno sacerdotes olvidados.

–¿Hay algo más adecuado que obligar a los condenados a muerte a dormir encima de los sarcófagos? –había comentado entonces con una sonrisa. Tenía un sentido del humor muy peculiar.

Basta los empujó con impaciencia por los últimos peldaños. Tenía prisa por salir a la luz del día, alejarse de los muertos y de sus espíritus. Al colgar su linterna de un gancho y abrir la reja de la primera celda, su mano temblaba. Allí abajo no había luz eléctrica. Tampoco calefacción u otros adelantos de este mundo, sólo sarcófagos mudos y ratones que correteaban veloces por las desconchadas losas de piedra.

–¿Qué, no te apetece hacernos compañía? –preguntó Dedo Polvoriento cuando Basta los introdujo en la celda de un empellón. Tuvieron que encoger la cabeza. Casi no podían mantenerse erguidos bajo las viejas bóvedas–. Podríamos contarnos historias de fantasmas, he conocido algunas nuevas.

Basta gruñó como un perro.

–¡Para ti no necesitaremos sarcófago, Dedo Sucio! –exclamó mientras cerraba la reja.

–¡Cierto! Una urna quizá, un frasco de mermelada, pero seguro que sarcófago no –Dedo Polvoriento se apartó un paso de la reja, quedando fuera del alcance de la navaja de Basta–. ¡Veo que llevas otro amuleto! –gritó. Basta ya casi había alcanzado la escalera–. ¿Otra pata de conejo? ¿No te he dicho que esos chismes atraen a las Damas Blancas? En nuestro viejo mundo se las podía ver, pero aquí esa ventaja práctica ha desaparecido. A pesar de todo siguen estando aquí, con sus cuchicheos y sus dedos helados.

Basta seguía en la escalera, los puños apretados, dándole la espalda. Dedo Polvoriento siempre se asombraba de lo fácil que resultaba aterrorizarlo con unas cuantas palabras.

–¿Recuerdas cómo se llevan a sus víctimas? –prosiguió en voz baja–. Susurran tu nombre: «Bastaaa», y al momento notas un escalofrío y luego...

–¡Pronto susurrarán el tuyo, Dedo Sucio! –lo interrumpió Basta con voz temblorosa–. Sólo el tuyo.

Acto seguido subió los peldaños a toda velocidad, como si las Damas Blancas lo persiguieran.

El eco de sus pasos se extinguió y Dedo Polvoriento se quedó solo... con el silencio, con la muerte y con Resa. Evidentemente eran los únicos presos. A veces Capricornio mandaba encerrar en la cripta a algún pobre diablo para asustarlo, pero la mayoría de los que iban a parar allí y escribían sus nombres sobre los sarcófagos desaparecían en una noche oscura y nadie volvía a verlos jamás.

Su despedida de este mundo sería bastante más espectacular.

«Mi última función, como quien dice», pensó Dedo Polvoriento. «Quién sabe si en esta ocasión compruebo que todo esto no es más que una pesadilla y que era preciso morir para volver a casa...» Una hipótesis grata, si hubiera sido capaz de creer en ella.

Resa se había sentado en el sarcófago. Era un sencillo féretro de piedra. La tapa estaba rota y el nombre que algún día había figurado encima era ya ilegible. A Resa la cercanía de los muertos no parecía atemorizarla.

A Dedo Polvoriento le sucedía lo contrario. No temía a los espíritus, ni a las Damas Blancas, como Basta. Si hubiera aparecido alguno lo habría saludado con educación. No. Él temía a la muerte. Creía oír su respiración profunda allí abajo arrebatándole el aire. Sentía una tremenda opresión en el pecho como si se le hubiera sentado encima un animal enorme y horrible. A lo mejor no había sido tan malo estar allí arriba, en la red. Al menos podía respirar.

Notó que Resa lo miraba. Le hacía una seña para que se acercase a ella, golpeando la tapa del sarcófago. Vacilante, se sentó a su lado. Ella hundió la mano en el bolsillo de su vestido, sacó una vela y la sostuvo ante su rostro. Dedo Polvoriento no pudo evitar una sonrisa. Sí, claro que tenía cerillas. Ocultar a Basta y a esos estúpidos algo tan pequeño como unas cerillas era un juego de niños.

Resa echó unas gotas de cera sobre la tumba y pegó la vela tremolante. Le gustaban las velas encendidas y las piedras. Siempre llevaba ambas cosas en los bolsillos... además de otros objetos. Pero a lo mejor sólo había encendido la vela para él, sabedora de que el fuego le encantaba.

–Lo siento, habría debido buscar el libro solo –dijo pasando el dedo por la llama clara–. Perdóname.

Resa le tapó la boca. Seguramente su gesto significaba que no había nada que perdonar. Qué mentira tan simpática y muda. Ella volvió a apartar la mano y Dedo Polvoriento carraspeó.

–Tú... tú no lo encontraste, ¿verdad?

Eso carecía ya de importancia, pero le apetecía saberlo.

Resa negó con la cabeza y levantó los hombros como si lo lamentase.

–Bueno, me lo figuraba –repuso él con un suspiro.

Ese silencio le resultaba atroz, peor que miles de voces.

–¡Cuéntame una historia, Resa! –musitó aproximándose más a ella.

«Por favor», añadió en su mente. «Ahuyenta mi miedo. Me oprime el pecho. Trasladémonos a otro lugar mejor».

Resa conocía infinidad de historias. Nunca le había revelado dónde las había aprendido, pero él lo sabía, como es natural. Sabía de sobra quién se las había leído antes, no en vano había reconocido el rostro femenino en cuanto lo vio en casa de Capricornio. Lengua de Brujo le había enseñado su fotografía en numerosas ocasiones.

Resa sacó un trozo de papel de sus insondables bolsillos. Ocultaba en ellos no sólo cadenas y piedras. Si él llevaba siempre algo para encender fuego, Resa siempre guardaba papel y lápiz, su lengua de madera lo denominaba ella; un cabo de vela, un lápiz y unos trozos de papel sucio... Era obvio que ninguno de esos objetos le había parecido a Capricornio tan peligroso como para quitárselo.

Cuando relataba una de sus historias, a veces se limitaba a escribir media frase para que Dedo Polvoriento la terminase. Así corría más y la narración tomaba a veces derroteros sorprendentes. Pero esta vez se negaba a contarle una, a pesar de que él la necesitaba más que nunca.

«¿Quién era esa niña?», escribió Resa.

Claro. Meggie. ¿Debía mentirle? ¿Por qué no? Pero no lo hizo, ni él mismo supo por qué.

–Es la hija de Lengua de Brujo. ¿Que cuántos años tiene? Doce, creo.

La respuesta apropiada. Lo vio en sus ojos. Eran los ojos de Meggie. Quizá algo más cansados.

–¿Que cómo es Lengua de Brujo? Creo que ya me lo preguntaste una vez. Él no tiene cicatrices como yo.

Dedo Polvoriento intentó esbozar una sonrisa, pero Resa permaneció seria. La luz de la vela titilaba sobre su rostro. «Tú conoces sus facciones mejor que las mías», pensó Dedo Polvoriento, «pero no te lo diré. Él me arrebató mi mundo, de modo que ¿por qué no podría quitarle yo la mujer?».

Resa se levantó y se puso la mano un poco más arriba de la cabeza.

–Sí. Es alto. Más que nosotros dos –¿por qué no le mentía?–. Sí, su pelo es oscuro, ¡pero ahora no me apetece hablar de él! –se dio cuenta de la irritación que dejaba traslucir su voz–. ¡Por favor! –la atrajo de nuevo a su lado, cogiéndola de la mano–. Es mejor que me cuentes algo. La vela pronto se consumirá, y la luz que nos ha dejado Basta alcanzará para ver estos malditos sarcófagos, pero no para descifrar las letras.

Ella lo miró meditabunda, como si quisiera adivinar sus pensamientos, hallar las palabras que él callaba. Pero Dedo Polvoriento podía tornarse más hermético incluso que Lengua de Brujo, mucho más. Podía hacerse impenetrable: un escudo para proteger su corazón de miradas demasiado curiosas. ¿Qué importaba su corazón a los demás?

Resa volvió a inclinarse sobre el papel y empezó a escribir.

Calla, presta atención y escucha; porque esto acaeció y sucedió y aconteció y tuvo lugar, mi queridísimo querido, cuando los animales mansos eran salvajes. El perro era salvaje y el caballo era salvaje y la vaca era salvaje y la oveja era salvaje y el cerdo era salvaje –tan salvaje como quepa imaginar–, y todos ellos caminaban salvajes por los vastos bosques salvajes. Pero el más salvaje de todos los animales salvajes era el gato. Estaba solo y para él cualquier lugar era bueno. Resa sabía siempre qué historia necesitaba él en cada momento. Era una extraña en ese mundo, igual que él. No le cabía en la cabeza que perteneciera a Lengua de Brujo.

44

El informe de Farid

–Bien –dijo Zoff–. He de decir lo siguiente: quien crea tener un plan mejor, que lo revele.

Michael de Larrabeiti, *Los Borribles*, tomo 2: «En el laberinto de los Wendel»

Cuando regresó Farid, Lengua de Brujo lo estaba esperando. Elinor dormía bajo los árboles, el rostro enrojecido por el calor del mediodía, pero Lengua de Brujo seguía en el mismo sitio en el que lo había dejado Farid. Al verlo subir por la colina, respiró aliviado.

–Hemos oído disparos –le gritó a Farid–. Creía que no volveríamos a verte.

–Disparan a los gatos –respondió Farid dejándose caer sobre la hierba.

La preocupación de Lengua de Brujo lo desconcertaba. No estaba acostumbrado a que se preocupasen por él. «¿Por qué has tardado tanto? ¿Dónde te habías metido?» A esos recibimientos estaba acostumbrado. Dedo Polvoriento, por lo general, se mostraba huraño, reservado e inabordable como una puerta cerrada a cal y canto. Lengua de Brujo, sin embargo, llevaba sus sentimientos escritos en la cara: preocupación, alegría, enfado, dolor, amor... por más que intentase ocultarlos. Ahora, por ejemplo, intentaba plantear la pregunta que sin duda le corroía desde la partida de Farid.

–Tu hija está bien –le informó–. Ha recibido tu nota, a pesar de que la han encerrado en el piso superior de la casa de Capricornio. Sin embargo, Gwin es una magnífica escaladora, superior incluso a Dedo Polvoriento, lo cual no es moco de pavo.

Oyó el suspiro de alivio de Lengua de Brujo... Parecía haberle quitado un gran peso de encima.

–He recibido su respuesta –Farid dejó salir a Gwin de la mochila, la agarró por el rabo y cogió del collar la nota de Meggie.

Lengua de Brujo desdobló el papel con sumo cuidado como si temiera difuminar las letras con sus dedos.

–Papel para guardas –murmuró–. Tiene que haberlo arrancado de un libro.

–¿Qué dice?

–¿Has intentado leerlo?

Farid negó con la cabeza y sacó un trozo de pan del bolsillo del pantalón. Gwin se había ganado un premio. La marta, sin embargo, había desaparecido. Debía de estar intentando recuperar el sueño diurno tan largamente añorado.

–¿No sabes leer, verdad?

–No.

–Bueno, pocos serían capaces de entender esta escritura. Es la misma que utilicé yo. Ya has visto que ni siquiera Elinor logró descifrarla –Lengua de Brujo alisó el papel, era amarillo mate, como la arena del desierto, leyó... y alzó bruscamente la cabeza–. ¡Cielos! –murmuró–. Lo que faltaba.

–¿Qué ocurre? –el propio Farid mordió el pan que había guardado para la marta. Estaba duro, pronto tendría que robar más.

–¡Meggie también tiene el don! –Lengua de Brujo meneaba la cabeza con incredulidad mientras clavaba los ojos en el papel que sostenía en la mano.

Farid apoyó el codo en la hierba.

–Ya lo sé, está en boca de todos... Yo espié. Dicen que sabe hacer magia como tú, y que ahora Capricornio ya no necesita esperarte. Que ya no le haces falta.

Lengua de Brujo lo miró como si no le hubiera venido a las mientes esa idea.

–Cierto –murmuró–. Ahora nunca la dejará libre. Al menos por su propia voluntad.

Contempló las letras escritas por su hija. A Farid le parecían huellas de serpiente en la arena.

–¿Qué más dice?

–Que han capturado a Dedo Polvoriento y que mañana mismo por la noche tiene que leer para traer a alguien que lo matará –dejó caer el papel y se pasó la mano por el pelo.

–Sí, eso también lo oí –Farid arrancó un tallo de hierba y lo desmenuzó en trocitos–. Al parecer lo han encerrado en la cripta de la iglesia. ¿Y qué más dice la nota? ¿No cuenta tu hija a quién tiene que traer para Capricornio?

Lengua de Brujo negó con la cabeza, pero Farid notó que sabía más de lo que le revelaba.

–Sé franco conmigo. ¿Es un verdugo, verdad? Alguien que sabe cortar cabezas.

Lengua de Brujo callaba como si no hubiera oído sus palabras.

–Ya he presenciado acontecimientos parecidos –explicó Farid–. Así que puedes contármelo con toda tranquilidad. Si el verdugo maneja bien la espada, todo sucede muy deprisa.

Lengua de Brujo lo miró, atónito, después negó con la cabeza.

–No es un verdugo –aclaró–. Al menos no tiene espada. Ni siquiera es humano.

Farid palideció.

–¿Que no es humano?

Lengua de Brujo sacudió la cabeza. Transcurrió un rato hasta que prosiguió.

–Lo llaman la Sombra –dijo con voz inexpresiva–. Ya no recuerdo con exactitud las palabras con las que se lo describe en el libro, sólo sé que me lo imaginé como una figura de ceniza abrasadora, gris, ardiente, sin rostro.

Farid no le quitaba los ojos de encima. Por un instante deseó no haber preguntado.

–Ellos... todos ellos esperan ansiosos la ejecución –siguió contando atropelladamente–. Los chaquetas negras están de un humor excelente. También desean matar a la mujer que se reunió con Dedo Polvoriento. Porque intentó encontrar el libro para entregárselo.

Hundía en el suelo los dedos desnudos de los pies. Dedo Polvoriento había intentado acostumbrarlo a las zapatillas, por las serpientes, pero con ellas tenía la sensación de que al caminar alguien le agarraba los dedos de los pies, por eso acabó tirándolas al fuego.

–¿De qué mujer hablas? ¿Una de las criadas de Capricornio? –Lengua de Brujo le dirigió una mirada inquisitiva.

Farid asintió. Se frotó los dedos de los pies. Estaban llenos de picaduras de hormiga.

–Ella no habla, es muda como un pez. Dedo Polvoriento lleva una foto suya en la mochila. Al parecer esa mujer ya le ha ayudado en otras ocasiones. Además, creo que está enamorado de ella.

No le había resultado difícil echar un vistazo por el pueblo. Allí había muchos chicos de su edad. Se encargaban de lavar los coches a los chaquetas negras, limpiar sus botas y sus armas, llevar recados de amor... Él también había tenido que entregar cartas de amor, antaño, en su otra vida. Botas no había tenido que limpiar, pero armas sí... y había paleado excrementos de camello. Seguro que era más agradable sacar brillo a los coches.

Farid alzó la vista hacia el cielo. Pasaban nubes diminutas, blancas como plumas de garza, esponjosas cual flores de acacia. Ese cielo solía estar nublado. A Farid le gustaba. En el mundo del que procedía siempre estaba raso.

–Mañana mismo... –musitó Lengua de Brujo–. ¿Qué voy a hacer? ¿Cómo voy a sacarla de casa de Capricornio? A lo mejor consigo irrumpir a escondidas por la noche. Necesitaría uno de esos trajes negros...

–Te he traído uno –Farid sacó de la mochila primero la chaqueta y después el pantalón–. Los robé de una cuerda de tender la ropa. ¡Y tengo un vestido para Elinor!

Lengua de Brujo lo observó con tan indisimulada admiración que Farid se ruborizó.

–¡Eres un verdadero demonio! Quizá debería preguntarte a *ti* cómo puedo sacar a Meggie de ese pueblo.

Farid sonrió, avergonzado, y se miró los dedos de los pies. ¿Preguntarle a él? Nadie le había pedido todavía su opinión. Siempre había sido el perro sabueso, el espía. Eran otros los que urdían los planes: incursiones hostiles, ataques por sorpresa, acciones de venganza. Al perro no se le consultaba. Al perro se le pegaba si desobedecía.

–Nosotros sólo somos dos, y ahí abajo hay por lo menos veinte –le informó–. No será fácil...

Lengua de Brujo miró hacia su campamento y a la mujer que dormía bajo los árboles.

–¿Acaso no cuentas a Elinor? Pues haces mal. Es mucho más belicosa que yo y en estos momentos está muy, pero que muy furiosa.

Farid no pudo evitar una sonrisa.

–Bueno. Entonces, tres –rectificó–. Tres contra veinte.

–Sí, no suena bien, lo sé –Lengua de Brujo se levantó suspirando–. Ven, contemos a Elinor tus averiguaciones –dijo, pero Farid permaneció sentado en la hierba.

Agarró una de las ramas secas. Una leña de primera calidad. Allí abundaba. En su antigua vida habrían tenido que recorrer grandes distancias para encontrar una leña como ésa. La habrían pagado a precio de oro. Farid contempló la madera, acarició con el dedo la corteza rugosa y miró hacia el pueblo de Capricornio.

–Podríamos recurrir al fuego –sugirió.

Lengua de Brujo le miró sin comprender.

–¿A qué te refieres?

Farid recogió los palos. Apiló aquellos vástagos que los árboles tiraban al suelo como si les sobrasen.

–Dedo Polvoriento me enseñó a domesticar el fuego, que es como Gwin: si no sabes cogerlo, muerde; pero si lo tratas bien, hace lo que tú quieras. Así me lo enseñó Dedo Polvoriento. Si lo utilizamos en el momento oportuno y en el lugar adecuado...

Lengua de Brujo se agachó, cogió una de las ramas y la acarició.

–¿Y cómo quieres volver a dominarlo una vez que le hayas dado rienda suelta? Hace mucho que no llueve. Antes de darte cuenta, arderán las colinas.

Farid se encogió de hombros.

–Sólo si el viento es desfavorable.

Lengua de Brujo negó con la cabeza.

–No –dijo decidido–. En estas colinas sólo jugaré con fuego si no se me ocurre otra idea. Esta noche entraremos a escondidas en el pueblo. Quizá consigamos sortear a los centinelas. Quizá se conozcan tan mal entre ellos que me tomen por uno de los suyos. A fin de cuentas ya conseguimos huir de sus garras una vez. Quizá lo logremos de nuevo.

–Demasiados quizás –dijo Farid.

–Lo sé –respondió Lengua de Brujo–. Lo sé.

45

Unas cuantas mentiras para Basta

–¡Mira! –volvió a exclamar–. ¡Escupo en el suelo y maldigo a ese hombre! Negra será su caída. Si ves al amo, dile lo que me has oído; dile que con ésta son ya mil doscientas diecinueve las veces que Jennet Clouston lo maldice a él y a su casa, a sus establos y cuadras, hombres y huéspedes, amo y esposa, hijos e hijas... ¡Negra, negra será su caída!

Robert L. Stevenson, *Secuestrado*

Fenoglio sólo precisó un par de frases para convencer al centinela apostado delante de la puerta de que necesitaba hablar inmediatamente con Basta. El anciano era un mentiroso redomado. Urdía historias de la nada a mayor velocidad que una araña su red.

–¿Qué deseas, viejo? –preguntó Basta cuando apareció en el umbral; traía consigo el soldadito de plomo–. ¡Aquí tienes, pequeña bruja! –le dijo al entregárselo–. Yo lo habría tirado al fuego, pero ya nadie me hace caso.

El soldadito de plomo se estremeció al oír la palabra «fuego», su bigotito se erizó y sus ojos miraron con tal desesperación que Meggie se conmovió. Cuando lo encerró con gesto protector entre sus manos, creyó escuchar los latidos de su corazón.

Recordó el final de su historia: *A su vez, el soldadito se fundió, quedando reducido a una pequeña masa informe; cuando, al día siguiente, la criada sacó las cenizas de la estufa, no quedaba de él más que un trocito de plomo.*

–Sí, yo opino lo mismo, ¡ya nadie te hace caso! –Fenoglio contempló a Basta compasivo, como un padre a su hijo... y en cierto modo lo era–. Justo por esa razón deseaba hablar contigo –bajó la voz con aire de conspirador–. Te ofrezco un trato.

–¿Un trato? –Basta lo miró con una mezcla de miedo y orgullo.

–Sí, un trato –repitió Fenoglio en voz baja–. ¡Me aburro! Soy un escritorzuelo, como certeramente me calificaste, necesito papel para vivir igual que otros necesitan pan y vino o cualquier otra cosa. Tráeme papel, Basta, y te ayudaré a recuperar las llaves. Ya sabes, las que la Urraca te ha arrebatado.

Basta sacó su navaja. La abrió de golpe y el soldadito de plomo comenzó a temblar tanto que la bayoneta se le escurrió de sus diminutas manos.

–Explícate –le espetó Basta mientras se limpiaba las uñas con la punta de la navaja.

Fenoglio se inclinó hacia él.

–Te escribiré un pequeño sortilegio dañino. Uno que obligue a Mortola a guardar cama durante semanas y te dé tiempo a demostrarle a Capricornio que eres el auténtico dueño y señor de las llaves. Por supuesto, un embrujo de éstos no surte efecto enseguida, sino que necesita tiempo, pero créeme, una vez que actúa... –Fenoglio enarcó las cejas en un gesto sugerente.

Basta, sin embargo, arrugó la nariz, desdeñoso.

–Ya lo he intentado con arañas, con perejil y con sal. No hay quien pueda con la vieja.

–¡Perejil y arañas! –Fenoglio soltó una risita–. Eres tonto, Basta. No estoy hablando de magia para niños, sino de letras. Nada es más poderoso que las letras, tanto para bien como para mal, créeme –Fenoglio bajó la voz hasta convertirla en un susurro–. ¡También a ti te creé con letras, Basta! ¡A ti y a Capricornio!

Basta retrocedió. El odio es hermano del miedo y Meggie vio ambos sentimientos reflejados en el rostro de Basta. Pero aun captó algo más: creía al anciano. Creía cada una de sus palabras.

–¡Eres un hechicero! –balbució–. Tú y la niña. Habría que quemaros a los dos, igual que a esos malditos libros, y de paso, también a su padre –y escupió deprisa tres veces a los pies del anciano.

–Bah. ¿De qué te sirve escupir contra el mal de ojo? –se burló Fenoglio–. Lo de quemarnos no es una idea muy innovadora, pero tú nunca has sido muy amigo de las innovaciones. En fin, ¿cerramos el trato?

Basta miraba fijamente el soldadito de plomo hasta que Meggie lo ocultó detrás de la espalda.

–¡De acuerdo! –gruñó–. Pero revisaré todos los días lo que hayas garabateado, ¿entendido?

«¿Y cómo piensas hacerlo?», pensó Meggie. «Si no sabes leer...» Basta la miró como si hubiera adivinado sus pensamientos.

–Conozco a una de las criadas –contestó–. Ella me lo leerá, de manera que nada de trucos, ¿entendido?

–Seguro –Fenoglio asintió con energía–. Ah, sí, tampoco me vendría mal un bolígrafo. Negro, a ser posible.

Basta trajo el bolígrafo y un montón de folios blancos. Fenoglio se sentó a la mesa con expresión trascendente, colocó delante la primera hoja, la dobló y luego la partió en nueve trozos. En cada uno de ellos escribió cinco letras, llenas de florituras y casi ilegibles, pero siempre las mismas. Acto seguido dobló con pulcritud las notitas, escupió sobre cada una de ellas y se las entregó a Basta, explicándole dónde tenía que esconderlas.

–Tres de ellas donde duerme, tres donde come y tres donde trabaja. Y sólo así, tras tres días y tres noches, surtirán el efecto deseado. Pero si la condenada llegase a encontrar una de las notas, el sortilegio se volvería contra ti.

–¿Qué quieres decir? –Basta miraba las notas de Fenoglio como si fuesen portadoras de la peste.

–¡Pues que has de esconderlas donde no las encuentre! –respondió Fenoglio mientras lo conducía hacia la puerta.

–Como no surta efecto, viejo –gruñó Basta antes de cerrar la puerta a sus espaldas–, adornaré tu cara igual que la de Dedo Sucio –y dicho esto se marchó.

Fenoglio se apoyó contra la puerta sonriendo satisfecho.

–¡Pero no dará resultado! –cuchicheó Meggie.

–Bueno, ¿y qué? Tres días es mucho tiempo –contestó Fenoglio sentándose de nuevo a la mesa–. Espero que no los necesitemos. A fin de cuentas queremos impedir una ejecución mañana por la noche, ¿no?

El resto del día se lo pasó mirando al infinito o escribiendo como un poseso. Llenaba cada vez más folios blancos con su letra grande, consumido por la impaciencia.

Meggie no lo molestó. Sentada junto a la ventana con su soldadito de plomo, se limitó a mirar las colinas preguntándose en qué lugar de esa maleza de hojas y ramas se ocultaba su padre. El soldadito de plomo estaba a su lado, una pierna estirada hacia delante, contemplando con ojos asustados ese mundo que desconocía por completo. A lo mejor pensaba en la bailarina de papel de la que había estado tan enamorado, o tenía la mente en blanco. No pronunció palabra.

46

DESPIERTOS EN PLENA NOCHE

Los criados también traían flores cada mediodía. Enormes ramos de flores de roble y de retama y de reina de los prados, las más bellas y finas que podían recoger en el bosque y en el campo.

Evangeline Walton, *Las cuatro ramas de Mabinogi*

Fuera ya había oscurecido, pero Fenoglio continuaba escribiendo. Bajo la mesa yacían las hojas arrugadas o rotas. Eran muchas más que las que apartaba a un lado con suma cautela, como si las letras corriesen peligro de resbalar por el papel. Cuando una de las criadas, una moza bajita y delgada, les trajo la cena, Fenoglio ocultó los folios debajo de la manta de la cama. Basta no se presentó aquella noche. A lo mejor estaba demasiado atareado escondiendo las notas mágicas de Fenoglio.

Meggie no se acostó hasta que en el exterior estuvo todo tan negro que las colinas se fundieron con el cielo. Dejó la ventana abierta.

–¡Buenas noches! –susurró en dirección a la oscuridad, como si su padre pudiera escucharla.

Después cogió su soldadito de plomo, subió a su cama y lo colocó junto a su almohada.

–Créeme, tú has tenido más suerte que Campanilla –le dijo en voz muy baja–. Ella está con Basta porque él cree que las hadas dan buena suerte y, ¿sabes una cosa?, si algún día salimos de aquí, te prometo que crearé una bailarina para ti igual a la de tu historia.

Él tampoco ahora comentó nada. Se limitaba a mirarla con tristeza, y después asintió con una ademán casi imperceptible. «¿Habrá perdido la voz?», se preguntó Meggie, «¿o es que nunca ha podido hablar?». La verdad es que su boca parecía no haberse abierto jamás. «Si tuviera el libro», se decía, «podría volver a leerlo, o intentaría traer a la bailarina». Pero el libro se lo había confiscado la Urraca, junto con todos los demás.

El soldadito de plomo se apoyó contra la pared y cerró los ojos. «¡No, la bailarina le rompería el corazón!», pensó Meggie antes de quedarse dormida. Lo último que oyó fue el bolígrafo de Fenoglio deslizándose sobre el papel, de letra en letra, veloz como la lanzadera de un telar que va creando una imagen espléndida a partir de hilos negros...

Aquella noche Meggie no soñó con monstruos. Ni siquiera una araña pobló sus sueños. Estaba en su casa, eso lo sabía, aunque su cuarto era igual al de la casa de Elinor. También estaba Mo, y su madre. Sus facciones se parecían a las de Elinor, pero Meggie sabía que era la mujer que colgaba en la iglesia al lado de Dedo Polvoriento. En sueños se aprenden muchas cosas, sobre todo a desconfiar de tus propios ojos. Sabes las cosas sin más. Se disponía a sentarse al lado de su madre, en el viejo sofá situado entre las estanterías de Mo, cuando de pronto alguien susurró su nombre:

–¡Meggie!

Una y otra vez.

–¡Meggie!

Ella se negaba a oírlo, deseando que el sueño no tuviera fin, pero la voz siguió llamándola sin compasión. Meggie la conocía. Abrió los ojos a regañadientes.

Fenoglio estaba junto a su cama, los dedos negros de tinta, como la noche que se cernía fuera, más allá de la ventana abierta.

–¿Qué pasa? Quiero dormir.

Meggie le volvió la espalda. Quería recuperar su sueño. A lo mejor todavía seguía ahí, oculto detrás de sus párpados cerrados. A lo mejor aún conservaba una pizca de felicidad pegada a las pestañas, como polvo de oro. ¿Acaso en los cuentos los sueños no ocultaban a veces algo? El soldadito de plomo también dormía, la cabeza caída sobre el pecho.

–¡He terminado! –Fenoglio susurraba a pesar de que los tremebundos ronquidos del guardián penetraban a través de la puerta.

Sobre la mesa, a la luz trémula de la vela, se veía un delgado montón de hojas escritas.

Meggie se incorporó bostezando.

–Tenemos que intentarlo esta noche –musitó Fenoglio–. Hay que comprobar si es posible modificar los relatos con tu voz y mis palabras. Intentaremos devolver a tu soldadito a su mundo –cogió a toda prisa las páginas escritas y se las colocó en el regazo–. No es ventajoso probarlo con una historia que no ha salido de mi pluma, pero ¿qué le vamos a hacer? No tenemos nada que perder.

–¿Devolverlo a su mundo? ¡Me niego! –exclamó Meggie desilusionada–. Se morirá. El niño lo tira a la estufa y se funde.

Y la bailarina se quema. *De la bailarina, en cambio, había quedado la estrella de oropel, carbonizada y negra.*

–¡No, no! –Fenoglio golpeó, impaciente, las hojas que la niña tenía en el regazo–. He reescrito la historia y tiene un final feliz. *Ésa* era la idea de tu padre: ¡cambiar los relatos! A él sólo le interesaba traer de regreso a tu madre, reescribir *Corazón de Tinta* para devolverla a su mundo. Pero si esa idea funcionase de verdad, Meggie, si se pudiera modificar una historia impresa añadiendo palabras, entonces tendríamos la posibilidad de cambiarlo todo: quién se va, quién viene, cómo termina, a quién hace feliz y a quién infeliz. ¿Lo entiendes? Es una simple prueba, Meggie. Pero si el soldadito de plomo desaparece, créeme, entonces también seremos capaces de cambiar *Corazón de Tinta.* ¿Cómo? Eso aún he de pensarlo, pero ahora lee. ¡Por favor! –Fenoglio sacó la linterna de bolsillo de debajo de la almohada y la puso en la mano de Meggie.

Vacilante, ella dirigió el rayo de luz sobre la primera página cubierta de apretadas letras. De repente notó los labios resecos.

–¿De verdad que acaba bien? –se pasó la lengua por los labios y miró al soldadito de plomo dormido. Le pareció escuchar unos suaves ronquidos.

–Sí, sí, he escrito un final tan feliz que resulta empalagoso –Fenoglio asintió, impaciente–. Acude con la bailarina a un palacio y allí viven felices hasta el fin de sus días... Nada de corazones derretidos, ni papel quemado, sólo pura felicidad amorosa.

–Tu letra es muy difícil de entender.

–¿De veras? ¡Si me he esforzado muchísimo!

–Pues no lo parece.

El anciano suspiró.

–Bueno –accedió Meggie–. Lo intentaré.

«¡Cada letra, cada una de ellas, es fundamental!», pensó Meggie. «Haz que resuenen, haz que tamborileen, haz que cuchicheen, y susurren, y rueden...» Y comenzó la lectura.

A la tercera frase el soldadito de plomo se enderezó, poniéndose más tieso que una vela. Meggie lo vio por el rabillo del ojo. Por un momento estuvo a punto de perder el hilo, se atascó en una palabra y volvió a leerla. Después ya no se atrevió a mirar de nuevo al soldadito... hasta que Fenoglio le puso la mano encima del brazo.

–¡Se ha ido! –susurró–. ¡Meggie, se ha ido!

Tenía razón. La cama estaba vacía.

Fenoglio apretó su brazo con tal fuerza que le hizo daño.

–¡Eres de verdad una pequeña maga! –musitó–. Pero yo tampoco he estado mal, ¿no te parece? No, desde luego que no.

Contempló, admirado, sus dedos embadurnados de tinta. Después palmoteó y bailó por la estrecha habitación como un oso viejo. Cuando volvió a detenerse junto a la cama de Meggie, estaba casi sin aliento.

–Nosotros dos le daremos una desagradable sorpresa a Capricornio –dijo bajito, mientras una sonrisa anidaba en cada una de sus arrugas–. ¡Me pondré a trabajar ahora mismo! ¡Oh, sí! Recibirá lo que tanto ansía: tú le traerás leyendo a la Sombra. Pero su viejo amigo habrá cambiado, de eso me encargo yo. Yo, Fenoglio, el maestro de las palabras, el mago de la tinta, el brujo del papel. Yo he creado a Capricornio y lo borraré de la faz de la tierra como si nunca hubiera existido... lo que, he de reconocerlo, habría sido muchísimo mejor. ¡Pobre Capricornio! Le sucederá lo mismo que al mago que le hizo a su sobrino una mujer de flores. ¿Conoces el cuento, verdad?

Meggie no apartaba la vista del lugar que había ocupado el soldadito de plomo. Lo echaba de menos.

–No –murmuró–. ¿Qué mujer de flores?

–Es una historia muy antigua. Te contaré la versión abreviada. La larga es más bonita, pero pronto amanecerá. Bueno... Érase una vez un mago llamado Gwydion que tenía un sobrino al que quería más que a nada en el mundo, pero su madre había echado una maldición al chico.

–¿Por qué?

–Eso nos llevaría demasiado lejos. El caso es que lo había maldecido. En cuanto tocase a una mujer, moriría. Al mago aquello le partió el corazón. ¿Por qué su sobrino predilecto tenía que estar condenado para siempre a la soledad más desoladora? No. ¿Qué clase de mago sería él? Se encerró, pues, durante tres días y tres noches en su laboratorio y creó una mujer de flores, con reina de los prados, con retama y con flores de roble para ser exactos. Nunca había existido una mujer más hermosa, y el sobrino de Gwydion se enamoró de ella en el acto. Pero Blodeuwedd, que así se llamaba, fue su perdición. Se enamoró de otro y juntos asesinaron al sobrino del mago.

–¡Blodeuwedd! –Meggie saboreó el nombre como si fuese una fruta exótica–. Qué triste. ¿Y qué le sucedió a ella? ¿También la mató el mago como castigo?

–No. Gwydion la transformó en un búho, y desde entonces el canto de los búhos suena como el llanto de las mujeres hasta el día de la fecha.

–¡Qué bonito! Qué triste y qué bonito –musitó Meggie. ¿Por qué las historias tristes eran siempre tan bonitas? En la vida real era diferente–. Bueno, ahora conozco la historia de la mujer de flores –comentó–. Pero ¿qué tiene que ver eso con Capricornio?

–Bueno, Blodeuwedd no hizo lo que se esperaba de ella. Y así obraremos nosotros: tu voz y mis palabras, unas palabras hermosas y nuevecitas, se encargarán de que la Sombra de Capricornio *no* haga lo que se espera de ella.

Fenoglio parecía tan satisfecho como una tortuga que ha encontrado una hoja fresca de lechuga y, encima, en un lugar por completo inesperado.

–¿Y qué va a *hacer* exactamente?

Fenoglio frunció el ceño. Su satisfacción se había esfumado.

–Estoy trabajando en eso todavía –dijo irritado dándose golpecitos en la frente–. Justo aquí. Y requiere tiempo.

Fuera se alzaron voces masculinas. Procedían del otro lado del muro. Meggie saltó fuera de la cama a toda velocidad y corrió hacia la ventana abierta. Oyó pasos presurosos, de alguien que tropezaba y huía... y después tiros. Se asomó tanto a la ventana que estuvo a punto de caerse, pero, como es lógico, no logró ver nada. El ruido parecía provenir de la plaza de la iglesia.

–¡Eh, eh, ten cuidado! –cuchicheó Fenoglio sujetándola por los hombros.

Se escucharon más tiros. Los hombres de Capricornio se gritaban algo unos a otros. Sus voces sonaban furiosas, excitadas. ¿Por qué no podía entender sus palabras? Miró a Fenoglio muerta de miedo. A lo mejor él había entendido algo de todo ese griterío, alguna palabra, algún nombre...

–Sé lo que estás pensando, pero seguro que no era tu padre –la tranquilizó–. No está tan loco como para introducirse de noche en la guarida de Capricornio –la apartó con suavidad de la ventana.

Las voces se extinguieron y la noche volvió a quedar en calma, como si nada hubiera sucedido.

Meggie trepó de nuevo a su litera con el corazón palpitante. Fenoglio la ayudó.

–¡Haz que mate a Capricornio! –susurró–. ¡Haz que la Sombra lo mate! –ella misma se asustó de sus palabras. Pero no las retiró.

Fenoglio se frotó la frente.

–Sí, creo que tendré que hacerlo –murmuró.

Meggie cogió el jersey de su padre y lo apretó contra ella. En algún lugar de la casa se oyeron portazos y pisadas aproximándose. Después volvió a reinar el silencio. Un silencio amenazador. «Un silencio sepulcral», pensó Meggie. Esa frase ya no se le iba de la cabeza.

–¿Qué ocurrirá si la Sombra tampoco te obedece a ti? –preguntó–. Como en el cuento de la mujer de flores. ¿Qué pasará entonces?

–Es preferible no pensarlo –contestó Fenoglio muy despacio.

47

Sola

–¿Por qué, oh por qué habré dejado mi agujero-hobbit? –decía el pobre señor Bolsón, mientras se sacudía hacia arriba y hacia abajo sobre la espalda de Bombur.

J. R. R. Tolkien, *El hobbit*

Al oír los disparos, Elinor se levantó de un salto tan repentino en medio de la oscuridad que tropezó con su propia manta y cayó cuan larga era sobre una hierba que parecía rastrojo. Cuando se apoyó en ella para incoporarse, le pinchó las manos.

–¡Ay, Dios mío, Dios mío, los han cogido! –balbució, mientras trastabillaba de un lado a otro en plena noche buscando el maldito vestido que el muchacho había robado para ella.

Estaba tan oscuro que apenas acertaba a distinguir sus propios pies.

–Eso es lo que han conseguido –musitaba–. ¿Por qué no me llevasteis con vosotros, malditos estúpidos? Habría podido montar guardia, me habría encargado de vigilar.

Cuando al fin encontró el vestido y se lo metió por la cabeza con manos temblorosas, se quedó petrificada.

Qué silencio. Un silencio mortal.

«¡Los han matado a tiros!», decía una vocecita en su interior. «Por eso reina este silencio. Están muertos. Tiesos. Yacen sangrando en esa plaza, delante de la casa, los dos, ay, Dios mío. ¿Qué hacer?» Empezó a sollozar. «Vamos, Elinor, déjate de llantos. ¿A qué viene esto? Ve a buscarlos, deprisa...»

Echó a andar a trompicones. ¿Era la dirección correcta?

–¡Tú no puedes venir con nosotros, Elinor! –le había dicho Mortimer.

Tenía un aspecto tan distinto con el traje que Farid había robado para él que parecía uno de los secuaces de Capricornio, pero al fin y al cabo ése era el objetivo de la mascarada. El chico le había conseguido hasta una escopeta.

–¿Por qué? –había replicado ella–. Incluso me pondré ese ridículo vestido.

–Una mujer llamaría la atención, Elinor. Tú misma lo viste. Allí ninguna mujer vaga por la calle en plena noche. Sólo los centinelas. Pregúntale al chico.

–¡Ni lo sueñes! ¿Por qué no me robó un traje? En ese caso podría haberme disfrazado de hombre.

Ellos no habían sabido responderle.

–Elinor, por favor, necesitamos a alguien que se quede junto a nuestras cosas.

–¿Nuestras cosas? ¿Te refieres a esta mugrienta mochila de Dedo Polvoriento? –le soltó una patada de rabia.

¡Qué listos se creían! Pero su mascarada había sido inútil. ¿Quién los habría reconocido? ¿Basta, Nariz Chata, el cojo?

–Regresaremos al amanecer, Elinor. Con Meggie.

¡Mentiroso! Ella percibió en su voz que ni él mismo se lo creía. Elinor tropezó con la raíz de un árbol, agarró con las manos algo espinoso y se dejó caer de rodillas sollozando. Asesinos. Asesinos e incendiarios. ¿Qué iba a hacer ella con semejante gentuza? Ojalá lo hubiera sabido cuando Mortimer se presentó de improviso ante su puerta pidiéndole que escondiera el libro. ¿Por qué no se negó? ¿No había pensado en el acto que el comecerillas les causaría problemas? Pero el libro... Claro, el libro. Como es natural, había sido una tentación irresistible...

«¡Se han llevado a esa marta apestosa!», pensó mientras se incorporaba. «Pero a mí no. Y ahora están muertos».

«Acudamos a la policía». ¡Cuántas veces lo había repetido! Pero la respuesta de Mortimer había sido siempre la misma. «No, Elinor, Capricornio haría desaparecer a Meggie en cuanto el primer policía pusiera el pie en el pueblo. Y la navaja de Basta es más rápida que todos los policías del mundo entero, te lo aseguro». Y mientras hablaba en su entrecejo se formó aquella arruguita vertical. Conocía lo suficiente a Mortimer para saber su significado.

¿Qué iba a hacer ahora? Estaba tan sola...

«¡No seas tan quejica, Elinor!», se reprochó. «Tú siempre has estado sola, ¿lo has olvidado? Pon tu mente a trabajar. Tienes que ayudar a la niña, al margen de lo que le haya sucedido a su padre. Tienes que sacarla de ese pueblo tres veces maldito; ya nadie puede hacerlo salvo tú. ¿O es que quieres que acabe convertida en una de esas criadas acoquinadas que apenas se atreven a levantar la cabeza y se limitan a fregar y a cocinar para sus finos señores? A lo mejor de vez en cuando podría leerle algo en voz alta a Capricornio, siempre que a éste le apeteciera, y después, con el paso del tiempo... se convertiría en una mujercita preciosa y...»

Elinor se sintió mal.

–Necesito una escopeta –susurró–, o un cuchillo, un cuchillo grande y afilado... Irrumpiré con él en casa de

Capricornio. ¿Quién va a reconocerme con este vestido indescriptible?

Mortimer siempre había creído que Elinor sólo se las apañaba con el mundo situado entre las pastas de un libro, ¡pero ella le enseñaría de lo que era capaz!

«¿Cómo?», susurró una voz en su interior. «Él se ha ido, Elinor, se ha ido igual que tus libros...»

Soltó un sollozo tan fuerte que ella misma, asustada, se tapó la boca con la mano. Una rama se quebró bajo sus pies, y detrás de una ventana del pueblo de Capricornio se apagó la luz. Tenía razón. El mundo era terrible, cruel, despiadado, ominoso como un mal sueño. No era un buen lugar para vivir. Los libros eran el único sitio en el que había hallado compasión, consuelo, felicidad... y amor. Los libros amaban a todo aquel que los abría, dispensaban recogimiento y amistad sin exigir nada a cambio, nunca se marchaban, nunca, aunque los tratasen mal. *Amor, verdad, belleza, sabiduría y consuelo ante la muerte.* ¿Quién lo había dicho? Algún otro chalado por los libros cuyo nombre no acertaba a recordar, pero sí sus palabras. Las palabras son inmortales... salvo que llegue alguien y las queme. Pero incluso entonces...

Siguió avanzando a trompicones. La luz lívida del pueblo de Capricornio se proyectaba sobre la noche como agua lechosa. Tres de los asesinos cuchicheaban en la plaza del aparcamiento, entre los coches.

–¡Hablad, sí, hablad! –murmuró Elinor–. Fanfarronead con vuestras manos manchadas de sangre y vuestros corazones negros como el carbón. Lamentaréis haberlos matado.

¿Qué era mejor? ¿Introducirse enseguida a hurtadillas o esperar al alba? Ambas opciones eran una locura, no llegaría ni a la próxima esquina. Uno de los tres hombres miró en torno suyo y, durante unos segundos, Elinor pensó que acabaría descubriendo su presencia. Retrocedió dando un traspié y resbaló, pero logró asirse a una rama antes de volver a perder el equilibrio. Entonces oyó un rumor a su espalda y antes de que pudiera volverse, una mano le tapó la boca. Intentó gritar, pero no pudo, tan fuerte apretaban sus labios aquellos dedos.

–Con que estabas aquí. ¿Sabes cuánto tiempo llevo buscándote?

Era imposible. Estaba segura de que jamás volvería a oír esa voz.

–¡Disculpa, pero sabía que gritarías! ¡Ven! –Mortimer retiró la mano de su boca y le hizo una seña para que lo siguiera.

Ella no estaba segura de qué habría preferido: si echarle los brazos al cuello o darle una paliza.

Cuando los árboles ocultaron las casas del pueblo de Capricornio, se detuvo.

–¿Por qué no te has quedado en el campamento? Mira que andar dando tropezones en la oscuridad... ¿Sabes los peligros que entraña?

Era el colmo. Elinor jadeaba todavía, tan deprisa había caminado él.

–¿Peligros? –era difícil hablar en voz baja sintiéndose tan furiosa–. ¿Hablas tú de peligros? ¡He oído los disparos y los gritos! ¡Pensaba que estabais muertos! ¡Que os habían agujereado, cosido a balazos...!

Él se pasó la mano por la cara.

–Qué va, ninguno de ellos tiene buena puntería –comentó–. Por fortuna.

A Elinor le habría gustado sacudirle un sopapo por afectar tal indiferencia.

–¿Ah, sí? ¿Y qué me dices del chico?

–Está bien, excepto un rasguño en la frente. Cuando sonaron los tiros, la marta se le escapó y él la siguió. Mientras lo hacía, recibió un disparo de rebote. Lo he dejado arriba, en el campamento.

–¿La marta? ¿Vuestra única preocupación es esa marta feroz y maloliente? ¡Esta noche he envejecido diez años! –Elinor levantó la voz, pero enseguida bajó el tono–. Me he puesto este horrible vestido –silabeó–. Os vi ante mis ojos heridos y cubiertos de sangre... ¡Sí, hombre, y tú tan tranquilo! –le espetó furiosa–. Es un milagro que no hayáis muerto. No debí hacerte caso. Tendríamos que haber acudido a la policía... Esta vez no les quedará más remedio que creernos, nosotros...

–Ha sido pura mala suerte, Elinor –la interrumpió Mo–. Créeme. El tal Cockerell estaba de guardia delante de la casa. Los demás no me habrían reconocido.

–¿Y qué pasará mañana? ¡A lo mejor entonces será Basta o Nariz Chata! ¿De qué le servirás a tu hija muerto?

Mortimer le dio la espalda.

–Pero estoy vivo, Elinor –replicó–. Y sacaré a Meggie de ahí antes de que protagonice una ejecución.

Cuando llegaron a su campamento, Farid ya dormía. El pañuelo ensangrentado que Mortimer le había atado alrededor de la cabeza se asemejaba al turbante que llevaba cuando surgió de detrás de las columnas de la iglesia de Capricornio.

–Parece más grave de lo que es en realidad –susurró Mo–. Pero, créeme, si no llego a sujetarlo habría perseguido a esa marta por medio pueblo. Y de no habernos pillado, seguro que además se habría introducido a escondidas en la iglesia para buscar a Dedo Polvoriento.

Elinor se limitó a asentir y se envolvió en su manta. La noche era tibia, en otras zonas seguramente la habrían calificado de apacible.

–¿Cómo les disteis esquinazo? –preguntó.

Mortimer se sentó junto al muchacho. Sólo entonces vio Elinor que llevaba consigo la escopeta que Farid había robado para él. Se la descolgó del hombro para depositarla a su lado sobre la hierba.

–No nos han seguido durante mucho tiempo –respondió–. Además, ¿para qué? Ellos saben que regresaremos. No tienen más que esperar.

«Y Elinor estará presente», se juró a sí misma. Jamás quería volver a sentirse como aquella noche, tan abandonada por todo y por todos.

–¿Qué os proponéis hacer a continuación? –quiso saber.

–Farid ha sugerido que provoquemos un incendio. Hasta ahora lo he juzgado demasiado peligroso, pero el tiempo se acaba.

¿Un incendio? A Elinor le pareció que esa palabra le quemaría la lengua. Desde que había encontrado sus libros reducidos a ceniza, la visión de una simple cerilla la sumía en un estado de pánico.

–Dedo Polvoriento ha enseñado al chico algunas cosas al respecto; además, hasta el mayor tarugo sabe prender una hoguera. Si pegamos fuego a la casa de Capricornio...

–¿Te has vuelto loco? ¿Qué pasará si se propaga a las colinas?

Mo agachó la cabeza y acarició con la mano el cañón de la escopeta.

–Lo sé –reconoció–. Pero no veo otra posibilidad. El fuego provocará agitación, los hombres de Capricornio estarán ocupados apagándolo y aprovecharé la confusión para intentar acercarme a Meggie. Farid se ocupará de Dedo Polvoriento.

–¡Es una locura!

Esta vez Elinor no pudo evitarlo, su voz subió de tono. Farid murmuró algo en sueños, se llevó la mano, inquieto, a la venda de su cabeza y luego se giró hacia el otro lado.

Mo le enderezó la manta y volvió a apoyarse en el tronco del árbol.

–A pesar de todo lo haremos así, Elinor –le comunicó–. Me he devanado los sesos hasta creer que iba a volverme loco. No existe otra salida. Y si nada de esto sirve, le prenderé fuego también a su maldita iglesia. Fundiré su oro y reduciré su maldito pueblo a cenizas. Quiero recuperar a mi hija.

Elinor ya no replicó. Se tumbó y simuló dormir, aunque no logró pegar ojo. Al romper el día, convenció a Mortimer de que se tumbase a dormir un rato y le confiara la vigilancia a ella. Poco tiempo después se quedó dormido. En cuanto su respiración se tornó tranquila y regular, Elinor se despojó del estúpido vestido, se puso su ropa, se peinó sus desgreñados cabellos y le escribió una nota. «Voy a buscar ayuda. Volveré a eso del mediodía. Por favor, no hagas nada hasta mi regreso. Elinor».

Puso la nota en su mano entreabierta para que la encontrase al despertar. Cuando se deslizaba junto al chico, comprobó que la marta había regresado. Enroscada al lado del muchacho, se lamía las patas. Cuando Elinor se inclinó sobre Farid para enderezarle el vendaje, clavó en Elinor sus ojos negros. Jamás podría encariñarse con esa bestezuela inquietante, pero el chico la adoraba como a un perro. Se incorporó de nuevo, suspirando.

–Cuida de los dos, ¿entendido? –susurró, y después emprendió el camino.

Su automóvil seguía en el mismo lugar, oculto bajo los árboles. Era un buen escondite, ella misma pasó de largo una vez, tropezando, tan espeso era el follaje. El motor se encendió en el acto. Elinor, preocupada, acechó unos momentos, pero no se oía nada salvo el canto de los pájaros que saludaban el día alborozados, como si fuera el último.

El pueblo más cercano, por el que Mortimer y ella habían pasado, distaba apenas media hora en coche. Allí seguro que hallaría una comisaría de policía.

48

La Urraca

Pero lo despertaron con palabras, esas armas agudas, deslumbradoras.

T. H. White, *El libro de Merlín*

Aún era muy temprano cuando Meggie oyó la voz de Basta fuera, en el pasillo. No había probado el desayuno que le había traído una de las criadas. Le había preguntado qué había sucedido esa noche, qué significaban los disparos, pero la criada se había limitado a mirarla despavorida y sacudió la cabeza antes de salir a toda prisa. Seguro que la consideraba una bruja.

Fenoglio tampoco había desayunado. Escribía sin descanso. Llenaba hoja tras hoja, rompía lo que había escrito, comenzaba de nuevo, dejaba un folio al lado y empezaba con el siguiente, fruncía el ceño, lo arrugaba... y volvía a empezar. Llevaba horas así y lo único que había preservado de la destrucción eran tres hojas. Sólo tres. Al sonar la voz de Basta las ocultó deprisa bajo su colchón y empujó con el pie las arrugadas debajo de la cama.

–¡Rápido, Meggie, ayúdame a recogerlas! –susurró–. No debe encontrar ni una sola de esas páginas.

Meggie obedeció, pero sólo pensaba en una cosa: «¿A qué viene Basta? ¿Desea comunicarme algo? ¿Quiere verme la cara cuando me comunique que ya no necesito esperar más tiempo a Mo?».

Al abrirse la puerta, Fenoglio ya se había sentado nuevamente a la mesa, con una hoja vacía ante sí en la que garabateaba deprisa unas frases.

Meggie contuvo la respiración, como si de ese modo pudiera refrenar también las palabras... esas palabras que estaban a punto de brotar de la boca de Basta para destrozarle el corazón.

Fenoglio soltó el bolígrafo y se situó a su lado.

–¿Qué sucede? –preguntó.

–Vengo a buscarla –anunció Basta–. Mortola desea verla –su voz sonaba enojada, como si considerase indigno de su rango cumplir un cometido tan banal.

¿Mortola? ¿La Urraca? Meggie miró a Fenoglio. ¿Qué significaría eso? Pero el anciano se limitó a encogerse de hombros, desconcertado.

–La palomita tiene que echar un vistazo a lo que leerá esta noche –explicó Basta–. Para que no tartamudee como Darius y lo eche todo a perder –con gesto impaciente indicó a Meggie que se acercase–. Vamos, ven de una vez.

Meggie dio un paso hacia él, pero después se detuvo.

–Antes quiero saber qué ha pasado esta noche –dijo–. He oído disparos.

–¡Ah, ya! –Basta sonrió; sus dientes eran casi tan blancos como su camisa–. Creo que tu padre pretendía visitarte, pero Cockerell no le ha permitido la entrada.

Meggie seguía petrificada. Basta la cogió del brazo y la arrastró con rudeza. Fenoglio intentó seguirlos, pero Basta le dio con la puerta en las narices. El anciano gritó, pero Meggie no consiguió entenderle. Le zumbaban los oídos y escuchaba el curso acelerado de su propia sangre en las venas.

–Logró escapar, si eso te consuela –dijo Basta mientras la empujaba hacia la escalera–. Aunque bien pensado, eso no significa gran cosa. Los gatos también suelen hacerlo cuando Cockerell les dispara, pero al final acaban encontrándolos muertos en cualquier esquina.

Meggie le propinó una patada en la espinilla con toda su fuerza. A continuación echó a correr escalera abajo. Basta no tardó en alcanzarla. Con el rostro desfigurado por el dolor, la agarró por el pelo y tiró de ella hasta situarla a su lado.

–¡No vuelvas a intentarlo, tesoro! –silabeó–. Puedes estar contenta de ser la atracción principal de nuestra fiesta de esta noche, porque de lo contrario te retorcería tu escuálido pescuezo ahora mismo.

Meggie no volvió a intentarlo. Aunque hubiera querido, ya no tenía la menor posibilidad. Basta no volvió a soltarle el pelo. Tiró de ella como si de un perro desobediente se tratara. El dolor hizo que se le saltaran las lágrimas, pero giró la cara para que Basta no la viera.

La condujo al sótano. Ella no había pisado nunca esa zona de la casa de Capricornio. El techo era aun más bajo que el de la cuadra donde los habían encerrado al principio a Mo, a Elinor y a ella. Las paredes estaban encaladas en blanco como en los pisos superiores, y también había muchas puertas. La mayoría parecía no haberse abierto desde hacía mucho tiempo. De algunas colgaban pesados candados. Meggie recordó las cajas de caudales de las que había hablado Dedo Polvoriento, y el oro que Mo había traído para Capricornio en la iglesia. «¡No le han acertado!», pensó. «Seguro que no. El cojo tiene mala puntería».

Al final se detuvieron delante de una puerta. Había sido fabricada con una madera diferente a la de las demás; sus vetas tenían la belleza de la piel de un tigre. A la luz de las bombillas desnudas que iluminaban el sótano la madera despedía un brillo rojizo.

–¡Créeme! –susurró Basta a Meggie antes de llamar a la puerta–. Como te permitas con Mortola las mismas frescuras que conmigo, te meterá en una de las redes de la iglesia hasta que roas las cuerdas de hambre. Comparado con su corazón, el mío es blando como uno de esos animalitos de tela que les ponen en la cama a las niñas pequeñas para que se duerman –su aliento mentolado rozó la cara de Meggie.

Jamás comería algo que oliera a menta.

La habitación de la Urraca era tan grande que se habría podido organizar un baile dentro de ella. Las paredes, rojas como los muros de la iglesia, casi no se veían, pues estaban cubiertas de fotos en marcos dorados de casas y de personas. Se apiñaban en la pared igual que una multitud en una plaza demasiado pequeña. En el centro, ribeteado en oro como los demás, pero mucho más grande, pendía un retrato de Capricornio. Fuera quien fuese su autor, era tan poco ducho en su arte como el que había esculpido la estatua de la iglesia. En el cuadro el rostro de Capricornio era más redondo y ajado que en la realidad, y su extraña boca femenina parecía una fruta exótica debajo de una nariz algo corta y ancha. El pintor sólo había captado con fidelidad sus ojos. Unos ojos inexpresivos como en la vida real que contemplaban a Meggie desde lo alto como un hombre a una rana a la que se dispone a abrir en canal para averiguar lo que esconde dentro. En el pueblo de Capricornio había aprendido que no existe nada más pavoroso que un rostro despiadado.

La Urraca estaba sentada con extraña rigidez en un sillón de orejas de terciopelo verde, emplazado justo debajo del retrato de su hijo. Daba la impresión de no tener costumbre de hacerlo, de ser una mujer perpetuamente atareada y a la que desagradaba la calma. Pero a lo mejor obligaba a veces a su cuerpo a adaptarse a ese sillón desproporcionado que parecía descomunal para su figura enjuta... Meggie observó que las piernas de la vieja estaban hinchadas por encima de los pies. Se abombaban de manera informe por debajo de las afiladas rodillas. Al reparar en su mirada, la Urraca se estiró el borde de la falda.

–¿Le has contado por qué está aquí?

Le costaba trabajo levantarse. Meggie vio cómo se apoyaba con la mano en una mesita apretando los labios. A Basta esa muestra de debilidad pareció gustarle, y en sus labios se dibujó una sonrisa hasta que la Urraca se apercibió y la borró con una mirada gélida. Con un ademán impaciente indicó a la niña que se aproximara. Al comprobar que Meggie no se movía, Basta le dio un empujón en la espalda.

–Ven, quiero enseñarte algo.

La Urraca se dirigió, con pasos lentos pero firmes, hacia una cómoda que parecía demasiado pesada para sus patas de elegante curvatura. Sobre la cómoda, entre dos lámparas de color amarillo pálido, reposaba un cofre de madera, adornado a su alrededor con un dibujo de diminutos agujeros.

Cuando la Urraca levantó la tapa, Meggie retrocedió asustada. El cofre contenía dos serpientes, delgadas como lagartijas y apenas más largas que su antebrazo.

–Mantengo siempre bien calentita mi habitación para que estas dos no se adormezcan demasiado –explicó la Urraca mientras abría el cajón superior de la cómoda para sacar un guante.

Era de cuero negro fuerte y tan tieso que tuvo que esforzarse para introducir su delgada mano en él.

–Tu amigo Dedo Polvoriento le jugó una mala pasada a la pobre Resa encargándole que buscara el libro –prosiguió mientras introducía la mano en el cofre y agarraba con firmeza a una de las serpientes por detrás de su cabeza plana.

–¡Vamos! ¿A qué esperas? –le dijo con tono rudo a Basta tendiéndole el ofidio que se retorcía.

Meggie percibió su resistencia, aunque él acabó aproximándose para coger la serpiente. Mantuvo lejos de sí su cuerpo escamoso que giraba y se retorcía.

–Como verás, a Basta no le gustan mis serpientes –constató la Urraca con una sonrisa–. Nunca le han gustado, pero eso carece de importancia. Por lo que sé, Basta nunca ha sentido apego a nada, salvo a su navaja. Además, cree que las serpientes traen desgracia, lo que, por supuesto, es un completo disparate.

Mortola entregó a Basta la segunda serpiente. Cuando la víbora abrió la boca, Meggie vio los diminutos dientes del veneno. Por un momento, Basta casi le dio pena.

–Bueno, ¿qué me dices? ¿No es un buen escondite? –preguntó la Urraca metiendo la mano por tercera vez en el cofrecillo.

En esta ocasión sacó un libro. Meggie no necesitó reconocer las tapas de colores para saber cuál era.

–Suelo guardar objetos valiosos en este cofre –prosiguió la Urraca–. Nadie sabe nada de él ni de su contenido, salvo Basta y Capricornio. La pobre Resa es una mujer valiente y buscó el libro por numerosas dependencias, pero no descubrió mi cofre. Y sin embargo las serpientes le gustan, aunque ya le han mordido alguna vez, conozco a pocas personas que no les tengan miedo. ¿No es verdad, Basta? –la Urraca se quitó el guante y le dirigió una mirada sarcástica–. A Basta le gusta atemorizar con una serpiente a las mujeres que lo rechazan. Con Resa, sin embargo, cosechó un fracaso rotundo. ¿Por qué? Basta, ¿no te la colocó ella delante de la puerta?

El aludido calló. Las serpientes seguían retorciéndose en sus manos. Una había enroscado la cola alrededor de su brazo.

–¡Mételas dentro! –le ordenó la Urraca–. Pero con cuidado –luego volvió al sillón con el libro–. ¡Siéntate! –le dijo a Meggie señalando el escabel situado junto al sillón.

Meggie obedeció. Miró a su alrededor con disimulo. La habitación de Mortola le parecía uno de esos arcones del tesoro repleto hasta los bordes. Había de todo en exceso... demasiados candelabros de oro, demasiadas lámparas, alfombras, cuadros, demasiados jarrones, figuras de porcelana, flores de seda, campanitas doradas.

La Urraca le dirigió una mirada burlona. Estaba allí sentada con su insignificante vestido negro como un cuco aposentado en el nido de otro pájaro.

–¿Una habitación soberbia para una criada, verdad? –afirmó henchida de orgullo–. Capricornio sabe lo útil que le resulto.

–¡Te deja vivir en el sótano! –respondió Meggie–. A pesar de ser su madre.

¿Por qué no podrá uno tragarse las palabras... cazarlas y devolverlas enseguida a la garganta? La Urraca la contempló con tal odio, que Meggie sentía ya sus dedos huesudos en la garganta. Mortola, sin embargo, continuaba sentada, mirándola fijamente con sus ojos inexpresivos de pájaro.

–¿Quién te ha contado eso? ¿El viejo brujo? –preguntó la Urraca con aspereza.

Meggie apretó los labios y miró a Basta. Seguramente ocupado en devolver al cofre la segunda serpiente, no había escuchado una sola palabra. ¿Conocería el pequeño secreto de Capricornio? Antes de que pudiera seguir reflexionando sobre el particular, Mortola depositó el libro en su regazo.

–Una palabra al respecto a cualquiera de los presentes o en otro lugar –le susurró la Urraca– y yo misma te prepararé tu próxima comida. Un poco de extracto de acónito, un par de puntas de tejo o quizá algunas semillas de cicuta en la salsa, ¿qué tal te sabría? Créeme, esa comida no te sentaría bien. Y ahora, empieza a leer.

Meggie clavó los ojos en el libro que tenía en el regazo. Cuando Capricornio lo cogió en la iglesia, no había podido distinguir la imagen de la sobrecubierta, que en ese momento contemplaba de cerca. El fondo era un paisaje que se asemejaba a una reproducción algo ajena a las colinas reales que rodeaban el pueblo de Capricornio. En primer plano se veía un corazón, un corazón negro rodeado de llamas rojas.

–¡Ábrelo de una vez! –le rugió la Urraca.

Meggie obedeció... y lo abrió por la página que comenzaba con la N en la que se acurrucaba la marta con cuernos. ¿Cuánto tiempo había transcurrido desde su estancia en la biblioteca de Elinor donde contempló por primera vez esa misma página? ¿Una eternidad? ¿Toda una vida?

–¡No es ahí! Sigue pasando las hojas –le ordenó la Urraca–, hasta llegar a la que tiene la esquina doblada.

Meggie obedeció sin rechistar. La página no contenía ilustración alguna, ni tampoco la contigua. Sin pensar, alisó con la uña del pulgar la esquina doblada. Su padre odiaba las páginas dobladas de los libros.

–¿Pero qué haces? ¿Pretendes acaso que no vuelva a encontrar el sitio? –se burló la Urraca–. Comienza por el segundo párrafo, pero no se te ocurra leer en voz alta. No me apetece ver aparecer de improviso a la Sombra en mi habitación.

–¿Y hasta dónde? ¿Hasta dónde tengo que leer esta noche?

–¡Y yo qué sé! –la Urraca se inclinó hacia delante para frotarse la pierna izquierda–. ¿Cuánto tiempo precisas habitualmente para traer a tus hadas y a tus soldaditos de plomo o lo que sea?

Meggie agachó la cabeza. Pobre Campanilla.

–Es imposible decirlo –murmuró–. Varía mucho. A veces acontece deprisa; otras, al cabo de muchas páginas o incluso nunca.

–Bien, en ese caso léete el capítulo entero, creo que con eso bastará. Y no quiero volver a oír la palabra «nunca» –la Urraca se frotó la otra pierna, llevaba las dos vendadas, según dejaban traslucir sus medias oscuras–. ¿Qué estás mirando? –dijo con tono grosero a Meggie–. ¿Puedes leerme algo contra esto? Pequeña bruja, ¿conoces por casualidad alguna historia que contenga una receta contra la vejez y la muerte?

–No –susurró Meggie.

–Pues deja de mirarme como un pasmarote y concéntrate en el libro. Fíjate en las palabras, una a una. Esta noche no quiero escuchar ni un solo tartamudeo, ni un balbuceo, ni la menor equivocación, ¿entendido? Esta vez Capricornio ha de obtener exactamente lo que desea. De eso me encargo yo.

Meggie dejó resbalar sus ojos por las letras. No entendía ni una palabra de lo que leía, sólo podía pensar en Mo y en los disparos nocturnos. Pero simuló que continuaba leyendo, mientras Mortola no le quitaba ojo de encima. Por fin, levantó la cabeza y cerró el libro.

–Terminé –dijo.

–¿Tan deprisa? –la Urraca la miró, incrédula.

Meggie no contestó. Vio a Basta apoyado en el sillón de Mortola con cara de aburrimiento.

–No pienso leer esta noche –afirmó la niña–. Anoche habéis matado a tiros a mi padre. Basta me lo ha dicho. No estoy dispuesta a leer ni una palabra.

La Urraca se volvió hacia Basta.

–¿Qué significa esto? –le preguntó irritada–. ¿Acaso crees que la pequeña leerá mejor si le rompes su estúpido corazón? Dile que errasteis el tiro, vamos, díselo ya.

Basta bajó la mirada, como un chico al que su madre ha pillado en falta.

–Ya se lo he dicho –gruñó–. Cockerell tiene mala puntería. Su padre no ha sufrido el menor daño.

Meggie, aliviada, cerró los ojos. Se sentía contenta y a las mil maravillas. Todo estaba bien, o lo estaría pronto.

La felicidad la volvió temeraria.

–Hay algo más –dijo.

¿Por qué tener miedo? La necesitaban. Sólo ella podía traerles con su lectura a esa Sombra, nadie más... salvo Mo, y aún no lo habían capturado. Ni lo capturarían jamás.

–¿Qué más? –la Urraca se acarició el pelo recogido en un severo moño.

¿Qué aspecto habría tenido antes, cuando contaba los mismos años de Meggie? ¿Serían entonces sus labios igual de finos?

–Sólo leeré si puedo ver otra vez a Dedo Polvoriento. Antes de que... –se interrumpió en medio de la frase.

–¿Para qué?

«Porque quiero decirle que intentaré salvarlo», pensó Meggie, «y porque creo que mi madre está con él». Pero, como es natural, silenció estos pensamientos.

–Deseo decirle que lo siento mucho –respondió en cambio–. Al fin y al cabo, nos ayudó.

Mortola torció la boca en una mueca burlona.

–¡Qué conmovedor! –exclamó.

«Sólo quiero verla de cerca una vez», pensaba Meggie. «A lo mejor no es ella. A lo mejor...»

–¿Y qué pasará si me niego? –la Urraca la observó como un gato que juega con un ratón joven e inexperto.

Pero Meggie esperaba esa pregunta.

–Entonces me morderé la lengua –respondió–. Me morderé tan fuerte que se me hinchará y no podré leer esta noche.

La Urraca se reclinó en su sillón y se echó a reír.

–¿Has oído eso, Basta? La pequeña no tiene un pelo de tonta.

Basta se limitó a asentir con un gesto.

Mortola observaba a Meggie casi con simpatía.

–Voy a decirte una cosa: satisfaré tu ridículo deseo. Pero, por lo que respecta a tu lectura de esta noche, querría que contemplases mis fotos.

Meggie miró a su alrededor.

–Obsérvalas con atención. ¿Ves todos esos rostros? Cada uno de ellos fue un enemigo de Capricornio, y de ninguno se ha vuelto a oír nada. Las casas que ves en las fotos tampoco existen ya, ni una sola de ellas, todas fueron devoradas por el fuego. Recuerda las fotos esta noche mientras lees, pequeña bruja. Como empieces a tartamudear o se te ocurra la majadería de mantener la boca cerrada, tu rostro figurará muy pronto en un marco de oro tan bonito como éstos. Pero si cumples bien tu cometido, te permitiremos regresar junto a tu padre. ¿Por qué no? Lee como un ángel esta noche y volverás a verlo. Me han dicho que su voz transforma cada palabra en terciopelo y seda, en carne y sangre. Así leerás también tú, sin temblar ni balbucear como ese mentecato de Darius. ¿Me has comprendido?

Meggie la miró.

–Sí –repuso en voz baja, aunque sabía perfectamente que la Urraca mentía.

Ellos jamás la dejarían regresar junto a Mo. Él tendría que venir a buscarla.

49

El orgullo de Basta y la astucia de Dedo Polvoriento

–Me pregunto sin embargo si algún día apareceremos en las canciones y en las leyendas. Estamos envueltos en una, por supuesto; pero quiero decir si la pondrán en palabras para contarla junto al fuego, o para leerla en un libraco con letras rojas y negras, muchos, muchos años después. Y la gente dirá: «¡Oigamos la historia de Frodo y el Anillo!». Y dirán: «Sí, es una de mis historias favoritas...».

J. R. R. Tolkien, *El señor de los anillos*

Basta no cesaba de mascullar maldiciones mientras conducía a Meggie hasta la iglesia.

–Morderse la lengua. ¿Desde cuándo la vieja se traga ese anzuelo? ¿Y quién tiene que llevar a la mocosa a la cripta? Basta, claro, ¿quién si no? Pero ¿qué soy aquí en realidad? ¿La única criada masculina?

–¿Cripta? –Meggie se figuraba que los prisioneros seguían metidos en las redes, pero cuando entraron en la iglesia no se veía ni rastro de ellos y Basta la empujó con impaciencia por entre las columnas.

–¡Sí, la cripta! –le bufó–. El depósito de los muertos y de los que están a punto de serlo. Por ahí se baja. Camina, que hoy tengo cosas más importantes que hacer que jugar a ser la niñera de la señorita Lengua de Brujo.

La escalera que le indicaba descendía, empinada, hacia la oscuridad. Los peldaños, desgastados por el uso, eran de altura tan irregular que Meggie tropezaba a cada paso. Abajo estaba tan oscuro que al principio no notó que la escalera se había terminado y tanteó con el pie buscando el próximo peldaño hasta que Basta la empujó con rudeza hacia delante.

–¿A qué viene esto? –le oyó maldecir–. ¿Por qué volverá a estar apagada la maldita linterna? –Basta encendió una cerilla y su rostro surgió de las tinieblas.

–Tienes visita, Dedo Polvoriento –anunció burlón mientras encendía la linterna–. La hijita de Lengua de Brujo quiere despedirse de ti. Su padre te trajo a este mundo y su hija quiere velar para que vuelvas a abandonarlo esta noche. Yo no habría permitido su visita, pero la vejez está ablandando a la Urraca. La pequeña parece sentir auténtico cariño por ti. ¿Será por tu cara bonita? –la espantosa risa de Basta resonó entre las húmedas paredes.

Meggie se acercó a la reja tras la que se encontraba Dedo Polvoriento. Después de dedicarle una mirada fugaz, atisbó por encima de su hombro. La criada de Capricornio estaba sentada sobre un sarcófago de piedra. La linterna que había encendido Basta difundía una luz mezquina, pero bastaba para distinguir su rostro. Era el mismo de la foto de Mo, aunque el pelo que lo rodeaba se había oscurecido y no se vislumbraba el menor asomo de sonrisa.

Cuando Meggie se acercó a la reja, su madre alzó la cabeza y la miró de hito en hito, como si fuera la única persona del mundo.

–¿Que Mortola la ha dejado venir? –se sorprendió Dedo Polvoriento–. Resulta difícil de creer.

–La cría amenazó con morderse la lengua –Basta continuaba junto a la escalera, jugueteando con la pata de conejo que llevaba colgada del cuello como amuleto.

–Deseaba disculparme –Meggie dirigía sus palabras a Dedo Polvoriento, pero no dejaba de mirar a su madre, que seguía sentada encima del sarcófago.

–¿Por qué? –inquirió Dedo Polvoriento esbozando su extraña sonrisa.

–Por lo que sucederá esta noche. Por leer.

¿Cómo podría contarles a los dos el plan de Fenoglio? ¿Cómo?

–Bueno, ya te has disculpado –exclamó Basta con impaciencia–. Vámonos o el aire de aquí abajo enronquecerá tu vocecita.

Pero Meggie, en lugar de darse la vuelta, se aferró a los barrotes de la reja con toda su fuerza.

–No –insistió–, quiero quedarme un poco más –a lo mejor se le ocurría alguna idea, un par de frases poco sospechosas...–. Con la lectura he traído algo más –informó a Dedo Polvoriento–. Un soldadito de plomo.

–Ajá –Dedo Polvoriento volvió a sonreír, aunque en esta ocasión su sonrisa no era enigmática ni arrogante–. En ese caso, esta noche todo saldrá bien, ¿no crees?

La miró pensativo y Meggie intentó decirle con los ojos: «Os salvaremos. Todo saldrá distinto a lo que espera Capricornio. ¡Créeme!».

Dedo Polvoriento seguía observándola, intentando comprender. Enarcó las cejas, inquisitivo. Después miró a Basta.

–Eh, Basta, ¿qué tal el hada? –preguntó–. ¿Vive todavía o la ha matado tu compañía?

Meggie observó que su madre se encaminaba hacia ella, vacilante, como si anduviera sobre cristales rotos.

–¡Todavía vive! –contestó Basta enfurruñado–. Anda por ahí tintineando, y no hay manera de pegar ojo. Si esto sigue así, le diré a Nariz Chata que le retuerza el pescuezo, como suele hacer con las palomas que se cagan en su coche.

Meggie vio a su madre sacar un trozo de papel del bolsillo de su vestido y deslizarlo a hurtadillas en la mano de Dedo Polvoriento.

–Eso os acarrearía a ambos diez años de desgracias como mínimo –replicó Dedo Polvoriento–. Créeme. Ya sabes, soy un experto en hadas. Eh, fíjate, hay algo detrás de ti...

Basta se volvió asustado, como si lo hubieran mordido en la nuca.

Rápida como el rayo, la mano de Dedo Polvoriento se introdujo por las rejas y entregó la nota a Meggie.

–¡Maldita sea tu estampa! –juró Basta–. No vuelvas a intentarlo, ¿entendido? –se volvió justo cuando los dedos de Meggie se cerraban en torno al papel–. ¡Una nota, qué casualidad!

Meggie intentó en vano mantener el puño cerrado, pero Basta abrió sus dedos sin esfuerzo. Luego, contempló las diminutas letras escritas por su madre.

–¡Vamos, lee! –gruñó sosteniendo la nota delante de sus ojos. Meggie negó con la cabeza–. ¡Que leas! –la voz de Basta adoptó un tono más grave y amenazador–. ¿O quieres que te raje en la cara un dibujo tan bonito como el de tu amigo?

–Léela, Meggie –le recomendó Dedo Polvoriento–. De todos modos, el bastardo sabe lo loco que estoy por echar un buen trago.

–¿Vino? –Basta se echó a reír–. ¿Que la cría tiene que traerte vino? ¿Y cómo piensa hacerlo?

Meggie miró la nota. Grabó cada palabra en su mente hasta aprendérselas de memoria: «Nueve años es mucho tiempo. He celebrado todos tus cumpleaños. Eres aun más bella de lo que imaginaba».

Oyó la risa de Basta.

–Sí, es muy propio de ti, Dedo Polvoriento –dijo–. Crees que puedes ahogar tu miedo en vino. Pero para eso ni siquiera una cuba entera sería suficiente.

Dedo Polvoriento se encogió de hombros.

–Valía la pena intentarlo.

Pero su voz denotaba demasiada satisfacción.

Basta frunció el ceño y contempló, meditabundo, su cara llena de cicatrices.

–Por otra parte –dijo despacio–, has sido siempre un perro tunante. Y para pedir una botella de vino hay demasiadas letras. ¿Qué opinas tú, tesoro? –volvió a mostrar la nota a Meggie–. ¿Quieres leérmela o se la enseño a la Urraca?

Meggie la agarró deprisa y la ocultó a su espalda mientras Basta seguía mirándose sus dedos vacíos.

–¡Dámela ahora mismo, bestezuela! –silabeó–. Venga esa nota o te corto los dedos.

Meggie retrocedió hasta que su espalda chocó contra la reja.

–¡No! –balbució, aferrándose con una mano a la reja mientras con la otra introducía la nota. Dedo Polvoriento comprendió en el acto. La niña notó cómo le arrebataba el papel.

Basta la abofeteó con tanta fuerza, que su cabeza se estrelló contra la reja. Una mano acarició su cabeza y cuando, atontada, escudriñó a su alrededor, vio el semblante de su madre. «Enseguida se dará cuenta», pensó, «pronto lo sabrá todo...». Pero Basta sólo tenía ojos para Dedo Polvoriento que, tras la reja, agitaba de un lado a otro la nota como si fuera un gusano delante del pico de un pájaro hambriento.

–Bueno, ¿qué? –inquirió Dedo Polvoriento retrocediendo–. ¿Te atreves a entrar aquí conmigo o prefieres seguirle pegando a la pobre niña?

Basta se había quedado paralizado, como un niño al que alguien ha soltado una bofetada súbita e inesperada. De pronto agarró el brazo de Meggie y la atrajo hacia él de un tirón. La niña sintió algo frío en su cuello. No necesitaba verlo para saber qué era.

Su madre chilló y tiró de la mano de Dedo Polvoriento, pero éste se limitó a blandir la nota con insistencia.

–¡Lo sabía! –exclamó–. Eres un cobarde, Basta. Prefieres poner tu navaja en la garganta de una niña antes que atreverte a entrar aquí. Claro que si ahora estuviera a tu lado Nariz Chata, con sus anchas espaldas y sus gruesos puños... Pero no está. ¡Ven de una vez, tú tienes la navaja! Yo sólo mis manos y sabes de sobra lo que me disgusta profanarlas con luchas.

Meggie notó cómo Basta aflojaba la presión. La hoja ya no tocaba su piel. Tragó saliva y se palpó el cuello. Esperaba sentir sangre caliente, pero no la encontró. Basta la apartó con tal violencia que tropezó y cayó al suelo húmedo y frío. Acto seguido, Basta hundió la mano en un bolsillo de su pantalón y sacó un manojo de llaves. Jadeaba de rabia, igual que un hombre que ha corrido a toda velocidad durante un buen rato. Introdujo una llave en la cerradura con dedos temblorosos.

Dedo Polvoriento lo contemplaba, hierático. Con una seña, indicó a la madre de Meggie que se apartara de la reja y él también retrocedió con la agilidad de un bailarín. Su rostro no revelaba miedo, aunque las cicatrices parecían más oscuras de lo habitual.

–¿A qué viene eso? –dijo cuando Basta irrumpió en la celda blandiendo la navaja–. Guarda ese chisme. Si me matas, le aguarás la fiesta a Capricornio, y no te lo perdonaría.

Sí, tenía miedo. Meggie lo percibía en su voz, las palabras brotaban de sus labios con demasiada premura.

–¿Y quién habla de matar? –farfulló Basta cerrando tras de sí la puerta de la celda.

Dedo Polvoriento retrocedió hasta el sarcófago de piedra.

–Vaya, ¿de modo que deseas adornarme la cara todavía más? –preguntó casi en susurros. Ahora, sin embargo, su voz traslucía algo diferente: odio, aversión, furia–. No creas que esta vez te va a resultar tan fácil –musitó–. Con el correr del tiempo he aprendido un par de cosas prácticas.

–¿De veras? –Basta estaba apenas a un paso de distancia–. ¿Y de qué se trata? Tu amigo, el fuego, no está aquí para echarte una mano. Ni siquiera te acompaña esa marta apestosa.

–¡Pensaba más bien en palabras! –Dedo Polvoriento colocó la mano sobre el sarcófago–. ¿Aún no te lo he contado? Las hadas me han enseñado a echar mal de ojo. Conociendo mi escaso talento para la lucha, se compadecieron de mi cara rajada. Yo te maldigo, Basta, por los huesos del muerto que descansa en este sarcófago. Apuesto a que hace mucho que ya no yace en él ningún clérigo, sino alguno de los que vosotros hicisteis desaparecer, ¿me equivoco?

Basta no respondió, pero su silencio fue más elocuente que cualquier palabra.

–Claro que no. Un viejo sarcófago como éste es un magnífico escondite –Dedo Polvoriento acarició con los dedos la tapa partida, como si quisiera resucitar al muerto con el calor de su mano–. ¡Que su espíritu te aflija, Basta! –exclamó a modo de conjuro–. Que te susurre mi nombre al oído a cada paso que des...

Meggie vio cómo la mano de Basta se aproximaba hacia la pata de conejo.

–¡De nada te servirá ese objeto! –la mano de Dedo Polvoriento seguía posada sobre el sarcófago–. ¡Pobre Basta! ¿No sientes ya un cierto calor? ¿No comienzan a temblar tus miembros?

Basta le lanzó un navajazo, pero Dedo Polvoriento esquivó la hoja con agilidad.

–¡Entrégame la nota que le pasaste a escondidas! –vociferó Basta, pero Dedo Polvoriento se guardó el papel en el bolsillo del pantalón.

Meggie permaneció inmóvil como una estatua. Por el rabillo del ojo vio a su madre introducir la mano en el bolsillo de su vestido. Al sacarla, empuñaba una piedra gris, apenas mayor que un huevo de pájaro.

Dedo Polvoriento acarició con las manos la tapa del sarcófago y las alargó hacia Basta.

–¿Quieres que te roce con ellas? –preguntó–. ¿Qué pasa si uno toca el sarcófago donde yace un asesinado? Dímelo. Tú eres un experto en ese tipo de cuestiones –dio otro paso hacia un lado, como el bailarín que rodea a su oponente.

–Si intentas tocarme, te rebanaré tus asquerosos dedos –gritó Basta, el rostro enrojecido de furia–. Uno por uno, y tu lengua, también.

Le lanzó otra cuchillada. La hoja reluciente rasgó el aire, pero Dedo Polvoriento la esquivó. Saltaba alrededor de Basta cada vez más deprisa, agachándose, retrocediendo y avanzando, pero de repente se metió en un callejón sin salida con su baile temerario. Tras él sólo estaba el muro desnudo, a su derecha, la reja... y Basta lo acometió.

En ese momento, la madre de Meggie alzó la mano. La piedra acertó a Basta en la cabeza. Se volvió desconcertado, la miró intentando recordar quién era y se apretó la mano contra la cabeza ensangrentada. Meggie no supo cómo lo logró Dedo Polvoriento, pero de pronto empuñaba la navaja de Basta. Éste miraba esa hoja tan familiar estupefacto, como si no acertara a comprender su deslealtad al dirigirse contra su pecho.

–Vaya, ¿qué se siente, eh? –Dedo Polvoriento acercó despacio la punta de la navaja a la barriga de Basta–. ¿Notas lo blanda que es tu carne? El cuerpo es frágil y no puedes procurarte uno nuevo. ¿Qué hacíais con los gatos y las ardillas? A Nariz Chata le encantaba contarlo...

–Yo no cazo ardillas.

La voz de Basta sonaba ronca. Intentaba no mirar la hoja, distante apenas un palmo de su camisa blanca como la nieve.

–Ah, sí, es verdad. Lo recuerdo. Eso te divierte menos que a los demás.

Basta estaba lívido. El rubor de la ira había desaparecido de su rostro. El miedo no es rojo. El miedo es pálido como un cadáver.

–¿Qué te propones? –balbució; respiraba pesadamente como si estuviera a punto de ahogarse–. ¿Crees que saldrás vivo del pueblo? Os matarán a tiros antes de cruzar la plaza.

–Bueno, prefiero eso a encontrarme con la Sombra –respondió Dedo Polvoriento–. Además, ninguno de vosotros es un buen tirador.

La madre de Meggie, tras situarse a su lado, simuló que escribía en el aire con el dedo. Dedo Polvoriento se metió la mano en el bolsillo del pantalón y le entregó la nota. Basta siguió el papel con los ojos, como si pudiera atraparlo con la mirada. Resa escribió algo y se lo devolvió a Dedo Polvoriento. Éste leyó con el ceño fruncido lo que ella había escrito.

–¿Esperar a que oscurezca? No, me niego a esperar. Sin embargo, quizá sería mejor que la niña se quedase aquí –opinó mirando a Meggie–. Capricornio no le hará daño. Al fin y al cabo, ella es su nueva Lengua de Brujo y tarde o temprano su padre vendrá a buscarla.

Dedo Polvoriento volvió a guardarse la nota y recorrió con la punta de la navaja los botones de la camisa de Basta. Al rozarlos el metal, tintineaban.

–Ve hacia la escalera, Resa –le advirtió–. Yo acabaré esto, y después nos alejaremos despacio cruzando la plaza de Capricornio como si fuéramos una inocente pareja de enamorados.

Resa, vacilante, abrió la puerta de la celda. Se situó ante la reja y cogió la mano de Meggie. Sus dedos, fríos y algo ásperos, eran los dedos de una desconocida, pero su cara le resultaba muy familiar, aunque en la foto pareciera más joven y despreocupada.

–¡Resa, no podemos llevarla con nosotros! –Dedo Polvoriento agarró el brazo de Basta y lo empujó con la espalda contra la pared–. Su padre me matará si le pegan un tiro ahí fuera. Y ahora vuélvete y tápale los ojos, no querrás que presencie cómo... –la navaja temblaba en su mano. Resa lo miró asustada y sacudió la cabeza con energía, pero Dedo Polvoriento hizo caso omiso.

–Tienes que empujar fuerte, Dedo Polvoriento –siseó Basta mientras apretaba las manos contra la piedra que tenía detrás–. Matar no es fácil. Es preciso entrenarse para hacerlo bien.

–¡Bobadas! –Dedo Polvoriento lo agarró por la chaqueta y le puso el cuchillo debajo de la barbilla, igual que había hecho Basta con Mo en la iglesia–. Cualquier cretino es capaz de matar. Es fácil, tan fácil como arrojar un libro al fuego, abrir una puerta de una patada o asustar a un niño.

Meggie empezó a temblar, ignoraba por qué. Su madre dio un paso hacia la reja, pero al ver el rostro petrificado de Dedo Polvoriento, se detuvo. Después se volvió, atrajo el rostro de Meggie hacia su pecho y la estrechó con fuerza entre sus brazos. A Meggie su olor le resultó familiar, como si recuperase un recuerdo olvidado hacía mucho tiempo, y cerró los ojos intentando no pensar en nada: ni en Dedo Polvoriento, ni en la navaja ni en la cara lívida de Basta. Y entonces, durante unos instantes atroces, la acometió un deseo... ver a Basta muerto en el suelo, inmóvil como una muñeca fea y estúpida a la que uno siempre había temido... La navaja estaba apenas a un dedo de distancia de la camisa blanca de Basta, pero de pronto Dedo Polvoriento le metió la mano en el bolsillo del pantalón, sacó el manojo de llaves y retrocedió.

–Pues sí, tienes razón, no soy un experto en el arte de matar –reconoció mientras salía de la celda de espaldas–. Y no pienso aprender contigo.

En el rostro de Basta se dibujó una amplia sonrisa de burla, pero Dedo Polvoriento no se fijó en ella. Tras cerrar la puerta de la celda, cogió de la mano a Resa y la arrastró hacia la escalera.

–¡Suéltala! –apremió al ver que ella seguía sujetando a Meggie–. Créeme, no le sucederá nada, y nosotros no podemos llevárnosla.

Resa, sin embargo, se limitó a sacudir la cabeza de un lado a otro y pasó un brazo por los hombros de la niña.

–¡Eh, Dedo Polvoriento! –gritó Basta–. Sabía que no ibas a clavármela. Devuélveme mi navaja. ¡No sabes qué hacer con ella!

Dedo Polvoriento no le prestaba atención.

–Si te quedas aquí, te matarán –le dijo a Resa, soltando su mano.

–¡Eh, los de arriba! –vociferaba Basta–. ¡Venid aquí! ¡Alarma! ¡Los prisioneros se escapan!

Meggie miró asustada a Dedo Polvoriento.

–¿Por qué no lo has amordazado?

–¿Con qué, princesa? –le bufó Dedo Polvoriento.

Resa atrajo a Meggie junto a sí y acarició sus cabellos.

–Un tiro, un tiro, os pegarán un tiro –Basta soltó un gallo–. ¡Eeeeh, alarma! –volvió a gritar mientras zarandeaba la reja.

Arriba se oyeron pasos.

Dedo Polvoriento lanzó una última ojeada a Resa. Acto seguido masculló una palabrota en voz baja, se volvió y ascendió a saltos los desgastados escalones.

Meggie no pudo oír si una vez arriba abrió la puerta de un empujón. Las voces de Basta resonaban en sus oídos y sin saber qué hacer corrió hacia él deseando pegarle a través de la reja, abofetear su cara vociferante. Oyó más pasos, gritos amortiguados... ¿qué iban a hacer ahora? Alguien bajaba con estrépito por la escalera. ¿Regresaba Dedo Polvoriento? Pero no fue él quien surgió de la oscuridad, sino Nariz Chata. Otro de los secuaces de Capricornio lo seguía bajando a trompicones por la escalera. Parecía muy joven, el rostro redondo y barbilampiño, pero apuntó en el acto a Meggie y a su madre con la escopeta.

–Eh, Basta, pero ¿qué haces detrás de la reja? –preguntó pasmado Nariz Chata.

–¡Abre de una vez, maldito cabeza hueca! –le gritó Basta, enfurecido–. Dedo Polvoriento se ha escapado.

–¿Dedo Polvoriento? –Nariz Chata se pasó la manga por la cara–. Entonces este chico tenía razón. Hace poco ha venido a decirme que había visto al escupefuego arriba, detrás de una columna.

–¿Y no has salido tras él? ¿De verdad eres tan estúpido como aparentas? –Basta apretó la cabeza contra los barrotes, como si quisiera atravesarlos.

–Eh, eh, mucho cuidado con lo que dices, ¿está claro? –Nariz Chata se acercó a la reja y contempló a Basta con visible satisfacción–. Así que el Dedo Sucio ha vuelto a tomarte el pelo. Eso no le gustará a Capricornio ni pizca.

–¡Manda a alguien tras él! –vociferó Basta–. O le diré al jefe que lo has dejado escapar.

Nariz Chata sacó un pañuelo del bolsillo del pantalón y se sonó ruidosamente.

–¿Ah, sí? ¿Y quién está detrás de la reja, tú o yo? No llegará muy lejos. En el aparcamiento hay dos centinelas; en la plaza, otros tres, y su cara es fácil de reconocer, de eso te encargaste tú, ¿verdad? –su risa se asemejaba a los ladridos de un perro–. Sabes, a esta visión podría acostumbrarme sin problemas. Tu cara queda favorecida detrás de los barrotes. Ahí no puedes ponerte chulo y blandir la navaja ante las narices de nadie.

–¡Abre de una vez la maldita puerta! –gritó Basta–. O te rebanaré tu horrenda nariz.

Nariz Chata se cruzó de brazos.

–No puedo abrir –afirmó, aburrido–. Dedo Sucio se llevó las llaves. ¿O acaso las ves por alguna parte? –preguntó volviéndose hacia el chico que aún apuntaba a Meggie y a su madre con la escopeta. Cuando éste negó con la cabeza, una sonrisa de satisfacción asomó al rostro deforme de Nariz Chata–. Pues no, él tampoco las ve por ningún sitio. Bien, en ese caso iré a ver a Mortola. A lo mejor tiene una llave de repuesto.

–¡Deja de reírte! –chilló Basta–. O borraré esa sonrisa de tus labios.

–Qué cosas dices. Pero si no veo tu navajita... ¿Acaso ha vuelto a robártela Dedo Polvoriento? Si esto sigue así, conseguirá hacer una colección –Nariz Chata volvió la espalda a Basta y señaló la celda contigua–. Encierra ahí a la mujer y vigílala hasta que regrese con las llaves –le ordenó–. Yo conduciré de vuelta a la pequeña Lengua de Brujo.

Cuando tiró de ella, Meggie se resistió, pero Nariz Chata la levantó sin más preámbulos y se la echó al hombro.

–¿Qué hacía aquí abajo la pequeña? –preguntó–. ¿Lo sabe Capricornio?

–¡Pregúntale a la Urraca! –rugió Basta.

–Me cuidaré mucho de hacerlo –gruñó Nariz Chata mientras se dirigía con paso firme hacia la escalera.

Meggie pudo ver todavía al chico empujando a su madre con el cañón de la escopeta dentro de la otra celda; después sus ojos sólo vislumbraron los escalones, la iglesia y la plaza polvorienta por la que Nariz Chata la transportaba como si fuera un saco de patatas.

–Bueno, ojalá tu vocecita no sea tan fina como tú –gruñó cuando volvió a dejarla de pie delante de la habitación en la que la habían encerrado a ella y a Fenoglio–, o la Sombra será estrecha de pecho cuando aparezca esta noche.

Meggie no respondió.

En cuanto Nariz Chata abrió la puerta, pasó junto a Fenoglio sin decir palabra, trepó a su litera y enterró la cabeza en el jersey de su padre.

50

MALA SUERTE PARA ELINOR

Entonces Charley le describió la situación exacta de la policía y le proporcionó además numerosas indicaciones de cómo tenía que atravesar la puerta y adentrarse luego en el patio a mano derecha y subir las escaleras y cruzar la puerta, y le dijo que tenía que quitarse el sombrero cuando entrase en la oficina. Después le indicó que siguiera solo y le prometió esperarlo allí donde se despedían.

Charles Dickens, *Oliver Twist*

Elinor tardó más de una hora en encontrar un pueblo con comisaría de policía. El mar todavía estaba lejos, pero las colinas comenzaban a suavizarse y en las laderas crecían viñas en lugar de la tupida espesura que rodeaba el pueblo de Capricornio. Iba a ser un día muy caluroso, más aun que los precedentes, eso era obvio. Cuando Elinor se apeó del coche, oyó retumbar un trueno en la lejanía. El cielo sobre las casas era azul, pero de una tonalidad oscura como las aguas profundas. Preñado de desgracias...

«¡No seas ridícula, Elinor!», pensó mientras se dirigía hacia la casa enfoscada en amarillo claro donde se ubicaba la comisaría. «Se acerca una tormenta, eso es todo, ¿o es que vas a volverte ahora tan supersticiosa como el maldito Basta?»

Al entrar en la estrecha oficina, Elinor vio a dos funcionarios. Habían colgado en las sillas las chaquetas de sus uniformes. A pesar del enorme ventilador que pendía del techo, el aire era tan espeso que se podía cortar.

El más joven de los dos, ancho y de nariz chata como un dogo, se rió de Elinor mientras ésta refería su historia, y le preguntó si esa cara tan colorada se debía a su excesivo amor al vino de la región. Elinor lo habría tirado de la silla si el otro no la hubiera tranquilizado. Éste era un tipo enjuto y alto, de mirada melancólica y cabello oscuro que clareaba ya por encima de la frente.

–¡Cállate! –reprendió al otro–. Déjala al menos que acabe de relatar su historia.

Escuchó, impasible, mientras Elinor hablaba del pueblo de Capricornio y de sus hombres de negro. Cuando ella mencionó los incendios y los gallos muertos, frunció el ceño, y cuando empezó a hablar de Meggie y de la proyectada ejecución, enarcó las cejas. Nada mencionó, como es natural, del libro y de la forma en que iba a desarrollarse dicha ejecución. Al fin y al cabo tan sólo dos semanas antes ella misma no hubiera creído una palabra del asunto.

Al concluir su informe, su interlocutor calló unos momentos. Ordenó los lápices de su escritorio, amontonó unos papeles y por fin la miró, meditabundo.

–He oído hablar de ese pueblo –dijo al fin.

–¡Pues claro, todo el mundo ha oído hablar de él! –se burló el otro–. El pueblo del diablo, el pueblo maldito que hasta las serpientes evitan. Las paredes de la iglesia están pintadas con sangre y hombres de negro, que en realidad son espíritus de muertos y llevan fuego en sus bolsillos, vagan por sus callejuelas. En cuanto te acercas, te disuelves en el aire. ¡Puff! –alzó las manos y dio una palmada por encima de su cabeza.

Elinor le dirigió una mirada gélida. Su colega sonrió, pero después se levantó suspirando, se puso la chaqueta con mucha parsimonia e indicó a Elinor con una seña que le siguiera.

–Voy a echar un vistazo –dijo por encima del hombro.

–¡Si no tienes nada mejor que hacer! –le gritó el otro mientras se marchaba y soltó tal carcajada que a Elinor le dieron ganas de volver sobre sus pasos y tirarlo de verdad al suelo.

Poco después se acomodó en el asiento delantero de un coche de policía. Ante sus ojos serpenteaba por las colinas la misma carretera llena de curvas que la había conducido hasta allí. «¿Ay, Dios mío, por qué no lo habré hecho antes?», se repetía continuamente. «Ahora todo se arreglará, todo. Nadie será tiroteado o ejecutado, Meggie recuperará a su padre y Mortimer a su hija...» ¡Sí, todo se arreglaría! ¡Gracias a Elinor! Le habría gustado cantar y bailar (aunque no se le daba muy bien que digamos). En toda su vida no se había sentido tan satisfecha. A ver quién osaba decir ahora que no sabía enfrentarse al mundo real.

El policía conducía en silencio. Se limitaba a mirar a la carretera, tomaba curva tras curva a una velocidad que aceleraba los latidos del corazón de Elinor, y de cuando en cuando se frotaba con aire ausente el lóbulo de su oreja derecha. Parecía conocer el camino. No vaciló una sola vez en los cruces, ni se equivocó en ninguna bifurcación. Elinor no pudo evitar recordar el tiempo interminable que Mo y ella se habían pasado buscando el pueblo, y de repente la asaltó un pensamiento inquietante.

–¡Son muchos! –dijo con voz insegura cuando estaban tomando de nuevo una curva a tal velocidad que el abismo situado a su izquierda se aproximó, amenazador–. Ese tal Capricornio dispone de numerosos hombres. Y están armados, aunque no tienen muy buena puntería. ¿No debería usted pedir refuerzos?

Así sucedía siempre en las películas, en esas ridículas películas de delincuentes y policías. En ellas siempre pedían refuerzos.

El policía se pasó la mano por su pelo ralo y asintió como si ya se le hubiese ocurrido hace rato una idea tan obvia.

–Claro, claro –dijo mientras cogía con aire ausente la radio–. Los refuerzos nunca están de más en estos casos, pero deberán mantenerse en segundo plano. A fin de cuentas lo primero es hacer unas cuantas preguntas.

Solicitó por radio cinco hombres. No era mucho contra los chaquetas negras de Capricornio en opinión de Elinor, pero menos era nada... y desde luego mucho más que un padre desesperado, un chico árabe y una bibliófila algo pasada de kilos.

–¡Ése es! –exclamó cuando apareció a lo lejos el pueblo de Capricornio, gris e insignificante en medio del verdor oscuro.

–Sí, lo suponía –contestó el policía y a partir de ese momento enmudeció.

Cuando se limitó a saludar con una breve inclinación de cabeza al guardián del aparcamiento, Elinor no quiso pensar mal. Sin embargo, cuando estuvieron en presencia de Capricornio y el policía se la entregó como si fuera un objeto perdido que ahora devolvía a su legítimo propietario, no le quedó más remedio que reconocer... que nada se iba a arreglar. Ahora sí que todo estaba perdido. ¡Qué idiota había sido! ¡Qué imbécil!

–Va por ahí contando unas cosas horribles sobre vosotros –oyó decir al policía, que evitaba mirarla–. Ha hablado de secuestro de niños. Eso es muy diferente a los incendios...

–¡Y además un disparate! –concluyó Capricornio con tono de aburrimiento–. Me gustan los niños... siempre que no se me acerquen demasiado. De lo contrario, sólo son un estorbo para los negocios.

El policía asintió y se miró las manos con aire desdichado.

–También ha contado algo sobre una ejecución...

–¿De veras? –Capricornio contemplaba a Elinor como si su fértil imaginación le sorprendiera–. Bueno, tú sabes que no lo necesito. La gente obedece mis órdenes sin necesidad de recurrir a medidas más drásticas.

–¡Por supuesto! –murmuró el policía–. ¡Por supuesto!

Tenía mucha prisa por regresar. Cuando se extinguió el eco de sus pasos apresurados, abruptos, Cockerell, que había permanecido todo el rato sentado en los escalones, soltó una carcajada.

–¿Tiene tres críos pequeños, verdad? Sí, hombre, sí, habría que exigir a todos los policías que tuvieran hijos pequeños. Con éste fue la mar de fácil. Basta sólo tuvo que plantarse dos veces delante de la escuela. ¿Qué opinas? ¿Le hacemos por precaución otra visita a su casa? ¿Para refrescarle la memoria? –interrogó con la mirada a Capricornio, pero éste meneó la cabeza.

–No, creo que no será necesario. Pensemos mejor en lo que vamos a hacer con nuestra invitada, que va por ahí contando tales atrocidades de nosotros.

Cuando sus pálidos ojos se posaron en ella, a Elinor le temblaron las piernas. «Si Mortimer me ofreciera ahora trasladarme con su lectura a un libro cualquiera, aceptaría. Ni siquiera me andaría con escrúpulos».

A sus espaldas tenía tres o cuatro chaquetas negras, así que era absurdo echar a correr. «Ahora no te queda más remedio que resignarte a tu destino con dignidad, Elinor», se dijo a sí misma.

Pero era más fácil leer algo así que ponerlo en práctica.

–¿La cripta o las cuadras? –preguntó Cockerell mientras se aproximaba despacio a ella.

«¿La cripta?», pensó Elinor. ¿No dijo Dedo Polvoriento algo al respecto? Y no era muy halagüeño...

–¿La cripta? ¿Y por qué no? Hemos de librarnos de ella, quién sabe a quién podría traer la próxima vez –Capricornio alzó la mano para ocultar un bostezo–. Bien, en ese caso la Sombra tendrá esta noche más quehacer. Eso le gustará.

Elinor quiso decir algo, algo atrevido, heroico, pero su lengua estaba entumecida dentro de la boca. Era incapaz de pronunciar palabra. Cockerell la había arrastrado ya hasta la estatua, cuando Capricornio lo llamó de nuevo.

–Me había olvidado por completo de preguntarle por Lengua de Brujo –le dijo–. Averigua si conoce por casualidad su paradero actual.

–¡Vamos, suéltalo ya! –gruñó Cockerell agarrándola por la nuca, como si quisiera arrancarle las palabras a la fuerza–. ¿Dónde está?

Elinor apretó los labios con energía. «¡Deprisa, deprisa, Elinor, busca una buena respuesta!», pensaba, y de pronto su lengua volvió a soltarse.

–¿A qué viene eso? –le gritó a Capricornio que seguía sentado en su sillón, tan pálido como si lo hubieran lavado demasiado o el sol que ardía sobre la plaza lo hubiera descolorido–. De sobra conoces la respuesta. Está muerto. Tus hombres mataron a tiros a él y al chico.

«¡Míralo a los ojos, Elinor!», se decía. «Con mucha seguridad, igual que mirabas a tu padre cuando te pillaba con el libro equivocado. Unas lagrimitas tampoco vendrían mal. Vamos, mujer, recuerda tus libros, todos reducidos a cenizas. Piensa en la noche pasada, en el miedo, en la desesperación... y si todo eso no sirve, ¡pellízcate!»

Capricornio la observaba meditabundo.

–¿Lo ves? –le dijo Cockerell–. ¡Sabía que le habíamos dado!

Elinor seguía mirando a Capricornio. El velo de sus falsas lágrimas difuminó su imagen.

–Bueno, ya veremos –contestó éste despacio–. De todos modos mis hombres registran las colinas en busca de un prisionero fugado. Supongo que no querrás revelarme dónde deben buscar a los dos muertos, ¿eh?

–Yo misma los enterré, pero por supuesto no te revelaré el lugar –Elinor sintió que una lágrima rodaba por su nariz.

«¡Por todos los alfabetos del universo, Elinor!», pensó. «¡Qué gran actriz ha perdido el mundo contigo!»

–Enterrados... vaya, vaya –Capricornio jugueteaba con los anillos de su mano izquierda. Llevaba nada menos que tres. Se los enderezó con el ceño fruncido, como si hubieran abandonado su lugar sin permiso.

–¡Por eso acudí a la policía! –exclamó–. Para vengarlos, a ellos y a mis libros.

Cockerell se echó a reír.

–¿Pero a tus libros no tuviste que enterrarlos, verdad? Ardieron mejor que la leña, y sus páginas... temblaban como deditos blancos –levantó la mano, imitando el movimiento.

Elinor le golpeó el rostro con toda su fuerza, que no era poca. La sangre brotó de la nariz de Cockerell. Se la limpió con la mano y la contempló como si le sorprendiera que de su interior pudiera fluir algo tan rojo.

–¡Fíjate en esto! –dijo mostrando a Capricornio los dedos manchados de sangre–. Ya verás, ésta le dará a la Sombra más trabajo que Basta.

Se la llevó con él. Elinor caminaba a su lado con la cabeza muy alta. Sin embargo, al ver la escalera cuyos empinados peldaños desaparecían en un pozo negro sin fondo, perdió momentáneamente el valor. La cripta, claro. Ahora caía: el lugar de los condenados a morir. En cualquier caso, desprendía olor a moho y a humedad, igual que el perfume de la muerte.

Al principio, cuando divisó la delgada figura de Basta apoyada contra los barrotes de la reja, Elinor no daba crédito a sus ojos. Creía haber escuchado mal la última frase de Cockerell, pero allí estaba Basta, encerrado como un animal en una jaula, el mismo miedo, la misma desesperación en sus ojos. Ni siquiera la visión de Elinor lo animó. Taladró a ambos con la mirada como si fueran dos de los espíritus a los que tanto temía.

–¿Y éste qué hace aquí? –preguntó Elinor–. ¿Es que ahora también os encerráis unos a otros?

Cockerell se encogió de hombros.

–¿Se lo digo? –preguntó a Basta, pero no obtuvo respuesta, sino la misma mirada vacía–. Primero se le escapó Lengua de Brujo y ahora también Dedo Polvoriento. Es la mejor manera de enemistarse con el jefe, aunque uno se considere su favorito. Pero bueno, ya hacía años que eras incapaz de prenderle fuego a algo –la mirada que dirigió a Basta rebosaba una alegría maligna.

«Señora Loredan, ya va siendo hora de pensar en hacer testamento», se dijo Elinor mientras Cockerell la obligaba a avanzar a empujones. «Si Capricornio ordena matar ahora a su perro más fiel, seguro que no vacilará conmigo».

–¡Eh, tú, alegra esa cara! –gritó Cockerell a Basta mientras extraía del bolsillo de su chaqueta el manojo de llaves–. Al fin y al cabo tienes a dos mujeres para hacerte compañía.

Basta apoyó la frente contra las rejas.

–¿Todavía no habéis cogido al comefuego? –preguntó con voz apagada, como si hubiera enronquecido de tanto gritar.

–No, pero la gorda ésta afirma que hemos liquidado a Lengua de Brujo. Al parecer está más tieso que una momia. Según parece, Nariz Chata dio por fin en el blanco. Bueno, bastante se había entrenado ya con los gatos.

Tras la puerta enrejada, que Cockerell abrió para ella, se agitó algo. Había una mujer sentada en la oscuridad, con la espalda apoyada en algo que tenía un sospechoso parecido con un sarcófago de piedra. Al principio Elinor no acertó a distinguir su rostro. Pero después, ella se incorporó.

–Tienes compañía, Resa –gritó Cockerell mientras empujaba a Elinor por la puerta abierta–. Ahora vosotras dos podréis charlar un ratito.

Y soltó una carcajada estrepitosa mientras se alejaba a grandes zancadas.

Elinor no sabía si reír o llorar. Le habría gustado reunirse con su sobrina predilecta en cualquier otro sitio menos en aquél.

51

Por los pelos

–No sé qué es –contestó Quinto, con tristeza–. En este momento no hay ningún peligro aquí. Pero se acerca... se acerca.

Richard Adams, *La colina de Watership*

Farid oyó pasos, justo cuando estaban preparando las antorchas.

Tenían que ser más robustas y grandes que las que Dedo Polvoriento empleaba en sus representaciones. Al fin y al cabo debían arder durante mucho tiempo. También había cortado el pelo a Lengua de Brujo a cepillo con la navaja que le había regalado Dedo Polvoriento. El corte alteraba un poco su aspecto. Farid le había enseñado asimismo con qué tierra tenía que frotarse la cara para que su tez pareciera más oscura. Esta vez nadie debía reconocerlos, nadie... De repente oyó pasos. Y voces: una despotricaba, la otra rió y gritó algo. Estaban todavía demasiado lejos para entender sus palabras.

Lengua de Brujo recogió a toda prisa las antorchas y Gwin lanzó una tarascada a los dedos de Farid cuando éste la embutió con rudeza en la mochila.

–¿Adónde, Farid, adónde? –susurró Lengua de Brujo.

–¡Sígueme! –el muchacho se echó la mochila al hombro y lo arrastró hacia los carbonizados restos del muro.

Trepó por las piedras ennegrecidas, allí donde una vez hubo una ventana, saltó a la hierba agostada situada detrás del muro y se agachó. La plancha de metal que arrastró a un lado estaba deformada por el fuego y tapizada de canastillo de oro. Sus diminutas flores ocultaban la chapa. Farid había descubierto la plancha al saltar sobre ella durante las largas horas que había pasado allí con Dedo Polvoriento, con el silencioso y siempre huraño Dedo Polvoriento. Había saltado del muro a la hierba para ahuyentar el silencio y el aburrimiento, y al hacerlo, había descubierto la oquedad bajo la plancha. Le llamó la atención que debajo sonase a hueco. Quizá aquel agujero subterráneo fuese en sus orígenes un lugar para guardar las provisiones que se echan a perder con facilidad, pero al menos una vez ya había servido también de escondrijo.

Lengua de Brujo retrocedió asustado al rozar el esqueleto en la oscuridad. Parecía demasiado pequeño para pertenecer a un adulto; yacía en aquella reducida estancia subterránea, acurrucado como si se hubiera tumbado a dormir. A lo mejor no le inspiraba miedo a Farid por la calma que emanaba. Si allí abajo había un espíritu –y eso lo creía a machamartillo–, sería una figura triste y pálida de la que no había por qué asustarse.

Estaban muy apretados cuando Farid volvió a correr la plancha sobre el agujero. Lengua de Brujo era grande, casi demasiado para aquel reducto, pero su cercanía resultaba tranquilizadora aunque su corazón latía casi tan deprisa como el de Farid. Mientras permanecían acurrucados tan juntos, el chico sentía los latidos mientras ambos aguzaban los oídos.

Las voces se aproximaron, pero se escuchaban confusas, la tierra las amortiguaba como si procedieran de otro mundo. En una ocasión, un pie pisó la chapa, y Farid clavó los dedos en el brazo de Lengua de Brujo. No volvió a soltarlo hasta que se hizo el silencio sobre sus cabezas. Transcurrió una eternidad hasta que confiaron en el silencio, un tiempo tan interminable que Farid volvió un par de veces la cabeza creyendo que el esqueleto se movía.

Cuando Lengua de Brujo levantó con cautela la chapa y atisbó fuera, los visitantes habían desaparecido. Los grillos cantaban incansables, y desde el muro carbonizado levantó el vuelo un pájaro asustado.

Se lo habían llevado todo, sus mantas, el jersey de Farid en el que se había introducido por la noche como un caracol en su concha, incluso las vendas manchadas de sangre que Lengua de Brujo había ceñido alrededor de su frente la noche que estuvieron a punto de matarlos a tiros.

–¿Qué importa? –dijo Lengua de Brujo cuando se encontraron junto a su hoguera apagada–. Esta noche no necesitaremos nuestras mantas –y después, pasándole la mano a Farid por sus negros cabellos, añadió–: ¿Qué haría yo sin ti, maestro en sigilos, cazador de conejos, descubridor de escondrijos?

Farid se miró los dedos de sus pies descalzos y sonrió.

52

UN SER TAN FRÁGIL

Y cuando ella expresó una dudosa esperanza de que Campanilla se alegrara de verla, nuevamente dijo él:
–¿Quién es Campanilla?
–¡Pero Peter! –dijo ella extrañada. Mas, aun después de habérselo explicado, él no la pudo recordar.
–Hay tantas como ella –dijo el niño–, que supongo que ya no existirá.
Y de fijo que tendría razón, ya que las hadas no viven mucho tiempo, pues como son tan pequeñitas un corto espacio de tiempo les parece largo.

James M. Barrie, *Peter Pan*

Los hombres de Capricornio buscaban a Dedo Polvoriento en el lugar equivocado, pues no había salido del pueblo. Ni siquiera lo había intentado. Dedo Polvoriento se había guarecido en casa de Basta.

Estaba situada en un callejón, justo detrás del patio de Capricornio, rodeada de viviendas vacías donde sólo moraban gatos y ratas. A Basta no le gustaban los vecinos, ni la compañía ajena, salvo que se tratase de Capricornio. Dedo Polvoriento estaba convencido de que Basta habría dormido en el umbral de la puerta de Capricornio si éste se lo hubiera permitido, pero ninguno de sus hombres residía en la casa principal. Se limitaban a montar guardia. Comían en la iglesia y dormían en una de las numerosas casas vacías del pueblo, esa regla era inviolable. La mayoría se mudaban continuamente, pues en cuanto salían goteras, se trasladaban a otra. Sólo Basta residía en el mismo lugar desde su llegada al pueblo. Dedo Polvoriento sospechaba que había escogido aquella vivienda porque junto al umbral crecía hierba de san juan. Al fin y al cabo ninguna otra planta tenía tanta fama de mantener alejado el mal... prescindiendo, claro está, del que anidaba en el corazón de Basta.

Era una casa de piedra gris, como casi todas las del pueblo, con los postigos de las ventanas pintados de negro, que Basta mantenía casi siempre cerrados y en los que había trazado signos que en su opinión mantenían alejada la desgracia, igual que las flores amarillas de la hierba de san juan. A veces Dedo Polvoriento creía que el constante miedo de Basta al mal de ojo y a las desgracias repentinas se debía a que temía su propio carácter tenebroso y deducía de ello que el resto del mundo debía de ser de la misma condición.

Dedo Polvoriento podía considerarse afortunado por haber conseguido llegar hasta la casa de Basta. En cuanto salió a trompicones de la iglesia, cayó en medio de una pandilla de secuaces de Capricornio. Como es natural lo reconocieron en el acto. De eso se había encargado Basta para siempre jamás. Dedo Polvoriento aprovechó su desconcierto para desaparecer por una de las callejuelas. Por fortuna Dedo Polvoriento conocía todos los rincones del pueblo maldito. Primero intentó abrirse paso hasta el aparcamiento para alcanzar desde allí las colinas, pero de pronto recordó la casa vacía de Basta. Pasó a duras penas por los agujeros de los muros, atravesó sótanos arrastrándose y se agachó tras las barandillas de balcones nunca utilizados. Cuando se trataba de ocultarse, ni siquiera Gwin lo aventajaba, y ahora le vino como anillo al dedo esa extraña curiosidad suya que lo había impulsado siempre a investigar los rincones recoletos y olvidados de cualquier lugar.

Llegó a la casa de Basta sin aliento. Éste era seguramente la única persona del pueblo de Capricornio que cerraba con llave la puerta, pero la cerradura no supuso el menor obstáculo. Dedo Polvoriento se escondió en el desván hasta que se apaciguaron los latidos de su corazón, aunque allí el entarimado de madera estaba tan podrido que temía que se rompiera a cada paso. En la cocina halló suficiente comida; el hambre le roía ya como un gusano las paredes del estómago. Ni él ni Resa habían probado bocado desde que los habían metido en las redes, de modo que llenarse la barriga con las provisiones de Basta constituyó un doble placer.

Cuando se hubo saciado, abrió una rendija en una de las contraventanas para oír si se aproximaban pasos, pero el único sonido que llegó a sus oídos fue un tintineo débil y casi inaudible. Reparó entonces en el hada que Meggie había traído con su lectura a este mundo carente de hadas.

La encontró en el dormitorio de Basta. Allí no había más que una cama y una cómoda sobre la que se alineaban con pulcritud ladrillos cubiertos de hollín. Por el pueblo corría el rumor de que Basta, aunque le temía al fuego, se traía una piedra de cada una de las casas que Capricornio mandaba incendiar. No cabía duda de que la historia era cierta. Sobre uno de los ladrillos había un jarro de cristal del que salía una lucecita mate, casi tan tenue como la que desprenden las luciérnagas. El hada yacía en el fondo, enrollada como una mariposa que acaba de salir del capullo. Basta había colocado un plato sobre la boca de la jarra, pero aquella criatura frágil no parecía disponer de fuerzas suficientes para volar.

Cuando Dedo Polvoriento retiró el plato, el hada ni siquiera levantó la cabeza. Dedo Polvoriento introdujo la mano en la cárcel de cristal y sacó con cuidado al ser diminuto. Sus miembros eran tan delicados que tuvo miedo de partírselos con los dedos. Las hadas que él conocía tenían otro aspecto, eran más pequeñas pero más vigorosas, con la piel de color violeta y cuatro alas tornasoladas. Ésta tenía el mismo color que una persona muy pálida, y sus alas no se parecían a las de una libélula, sino más bien a las de una mariposa. Su comida favorita ¿sería la misma que la de las hadas que él conocía? Merecía la pena intentarlo, pues parecía a punto de morir.

Dedo Polvoriento cogió la almohada de la cama de Basta, la colocó sobre la lustrosa mesa de la cocina (todo en casa de Basta estaba limpio e inmaculado como su camisa) y acostó encima al hada. Acto seguido llenó un platito de leche y lo depositó sobre la mesa, junto a la almohada. El hada abrió inmediatamente los ojos... Así pues, en lo referente al olfato finísimo y a la preferencia por la leche, no parecían existir diferencias con las hadas que él conocía. Dedo Polvoriento hundió el dedo en la leche y dejó caer una gota sobre los labios del hada, que la lamió como un gatito hambriento. Fue dejando caer una gota tras otra en su boca hasta que se incorporó y agitó débilmente las alas. Su rostro había vuelto a adquirir cierto color, pero Dedo Polvoriento no entendió ni palabra de lo que dijo al fin con su tenue tintineo, a pesar de que dominaba tres de los lenguajes de las hadas.

–Qué lástima –musitó mientras ella abría las alas y aleteaba hasta el techo con cierta inseguridad–. Porque no puedo preguntarte si puedes hacerme invisible o tan pequeño que seas capaz de transportarme hasta el lugar de la fiesta de Capricornio.

El hada lo miró desde arriba, tintineó algo incomprensible para sus oídos y se sentó en el canto de un armario de cocina.

Dedo Polvoriento se acomodó en la única silla que había en la estancia y la miró.

–A pesar de todo –dijo–, reconforta volver a ver al fin a alguien como tú. Si en este mundo el fuego tuviera algo más de sentido del humor y de vez en cuando asomase entre los árboles la cabeza de un duende o de un hombre de cristal... bueno, entonces quizá lograría acostumbrarme al resto, al ruido, a las prisas, a las aglomeraciones, a la omnipresencia de las personas... y a las noches más claras...

Permaneció un buen rato en la cocina de su más encarnizado enemigo, contemplando el revoloteo del hada por la estancia para inspeccionarlo todo (las hadas son curiosas, y evidentemente ésta no era una excepción). Sorbía leche sin parar y tuvo que llenarle el platito por segunda vez. En un par de ocasiones se aproximaron pasos, pero siempre pasaron de largo. Era magnífico que Basta no tuviera amigos. Por la ventana entraba un aire sofocante que lo adormeció, y la estrecha franja de cielo sobre las casas aún permanecería clara durante muchas horas. Tiempo suficiente para meditar si debía acudir o no a la fiesta de Capricornio.

¿Por qué ir? Podía buscar el libro más tarde, en cualquier momento, cuando en el pueblo se hubiera calmado la agitación y las aguas hubieran vuelto a su cauce. ¿Y qué le ocurriría a Resa? Pues que se la llevaría la Sombra. Eso no tenía remedio. Nadie podía remediarlo, ni siquiera Lengua de Brujo, suponiendo que estuviera de verdad tan loco como para intentarlo. Pero no sabía nada de ella, y por su hija no había que preocuparse. Al fin y al cabo, se había convertido en el juguete favorito de Capricornio. Él no permitiría que la Sombra le hiciera el menor daño.

«No, no iré», pensó Dedo Polvoriento, «¿para qué? No puedo ayudarlos. Me ocultaré aquí durante algún tiempo. Mañana Basta habrá dejado de existir, lo cual no es poco. A lo mejor entonces me marcho para siempre lejos de aquí...». No. Sabía de sobra que no lo haría. Al menos mientras el libro continuase allí.

El hada había volado hasta la ventana. Atisbó, curiosa, el callejón.

–Olvídalo. ¡Quédate aquí! –le aconsejó Dedo Polvoriento–. Ese mundo de ahí fuera no es para ti, te lo aseguro.

Ella le dirigió una mirada inquisitiva. Después plegó las alas, se arrodilló en el alféizar y allí se quedó, como si no fuera capaz de optar entre la habitación asfixiante y la desconocida libertad que se le ofrecía ahí fuera.

53

LAS FRASES CORRECTAS

Esto era lo más terrible. Que el limo de la tumba articulara gritos y voces, que el polvo gesticulara y pecara, que lo que estaba muerto y carecía de forma usurpara las funciones de la vida.

Robert L. Stevenson, *El Dr. Jekyll y Mr. Hyde*

Fenoglio escribía sin parar, pero las hojas que ocultaba bajo el colchón no aumentaban demasiado. Una y otra vez las sacaba, tachaba cosas, rompía una y añadía otra.

–No, no, no –le oía Meggie despotricar en voz baja–. ¡No es así, no!

–Dentro de unas horas anochecerá –comentó la niña preocupada–. ¿Qué ocurrirá si no terminas?

–¡Ya he terminado! –le espetó enfurecido–. Ya he terminado una docena de veces, pero no estoy satisfecho –bajó la voz hasta convertirla en un susurro antes de seguir hablando–. Surgen tantas preguntas: ¿Qué pasará si la Sombra se abalanza sobre ti, o sobre mí, o sobre los prisioneros después de haber matado a Capricornio? Y... ¿matar a Capricornio es la única solución? ¿Qué ocurrirá después con sus hombres? ¿Qué hago con ellos?

–¿Pues qué vas a hacer? ¡La Sombra tiene que matarlos a todos! –susurró Meggie a su vez–. ¿Cómo si no regresaremos a casa o salvaremos a mi madre?

A Fenoglio le disgustó la contestación.

–¡Cielos, qué despiadada eres! –musitó–. ¡Matarlos a todos! ¿No te has fijado en lo jóvenes que son algunos? –sacudió la cabeza–. No, a fin de cuentas no soy un asesino múltiple, sino un escritor. Supongo que se me ocurrirá una solución menos cruenta.

Y volvió a empezar a escribir... y a tachar... y a reescribir, mientras en el exterior el sol se hundía cada vez más en el horizonte, hasta que sus rayos dotaron a las cumbres de las colinas de un nimbo dorado.

Cada vez que se acercaban pasos fuera, en el pasillo, Fenoglio escondía debajo de su colchón todo lo que había escrito, pero a nadie le interesaba lo que el anciano garabateaba con tanto afán en los folios, pues Basta estaba encerrado en la cripta.

Los centinelas que montaban guardia aburridos delante de su puerta recibieron frecuentes visitas aquella tarde. Es evidente que también los hombres de las demás bases de Capricornio habían acudido al pueblo para presenciar la ejecución. Meggie pegó la oreja a la puerta para intentar captar sus conversaciones: se reían mucho y sus voces sonaban excitadas. Todos se alegraban de lo que les esperaba. Ni uno solo parecía sentir compasión por Basta; al contrario, el hecho de que el antiguo favorito de Capricornio fuera a morir esa noche parecía aumentar el atractivo del espectáculo. También hablaban de ella, por supuesto. La llamaban la pequeña bruja, la aprendiz de maga, pero no todos parecían convencidos de sus poderes.

Respecto al verdugo de Basta, Meggie no se enteró de nada más, salvo lo que le había contado Fenoglio y algunas cosas que había retenido en la memoria cuando la Urraca la había obligado a leer. No era mucho, pero las voces que resonaban al otro lado de la puerta dejaban traslucir el miedo y el respetuoso horror que embargaba a todos al mencionar el nombre del innombrable. No todos conocían a la Sombra, sólo quienes, como Capricornio, procedían del libro de Fenoglio, pero era obvio que todos habían oído hablar de ella... y se la imaginaban con los colores más sombríos abalanzándose sobre los prisioneros. Respecto al modo exacto de matar a sus víctimas existían opiniones muy diversas, pero las sospechas que escuchó se tornaban más horrendas a medida que se aproximaba la noche. Meggie, incapaz de seguir escuchando, se sentó junto a la ventana tapándose los oídos con las manos.

Eran las seis –el reloj de la torre de la iglesia comenzaba a dar las campanadas– cuando Fenoglio soltó de pronto el bolígrafo y contempló con expresión satisfecha lo que había trasladado al papel.

–¡Ya lo tengo! –susurró–. Sí, así es. Así sucederá. Será maravilloso –y ardiendo de impaciencia indicó a Meggie que se acercase, colocando la hoja ante sus ojos.

–¡Lee! –cuchicheó dirigiendo una mirada nerviosa hacia la puerta.

Al otro lado, Nariz Chata se pavoneaba de haber envenenado las provisiones de aceite de oliva de un campesino.

–¿Eso es todo? –Meggie contempló con incredulidad la hoja escrita.

–¡Claro! Ya verás, no hace falta más. Sólo se necesitan las frases correctas. Pero ¡lee de una vez!

Meggie obedeció.

En el exterior los hombres reían y le costaba trabajo concentrarse en las frases de Fenoglio. Al final lo consiguió. Pero apenas había terminado la primera frase, se hizo un repentino silencio fuera y la voz de la Urraca resonó por el pasillo:

–Pero ¿qué es esto, una reunión de damiselas tomando café?

Fenoglio agarró a toda prisa la valiosa hoja y la deslizó debajo del colchón. Estaba alisando la colcha cuando la Urraca abrió la puerta de un empujón.

–Tu cena –le dijo a Meggie colocando un plato humeante sobre la mesa.

–¿Y qué hay de la mía? –preguntó Fenoglio con voz ronca.

El colchón había resbalado un poco cuando ocultó el papel debajo, y él se apoyaba contra el lecho para evitar que lo viera Mortola, pero por suerte ésta no se dignó mirarlo. Lo consideraba un mentiroso, nada más, de eso Meggie estaba segura, y era muy posible que la irritara que Capricornio no coincidiera con ella en ese punto.

–¡Cómetelo todo! –ordenó a Meggie–. Y después cámbiate de ropa. Tus vestidos son horribles y además están mugrientos.

Hizo una seña a una criada que la acompañaba. Era una chica joven, cuatro o cinco años mayor que Meggie como mucho. No había duda de que los rumores sobre los supuestos poderes de brujería de Meggie también habían llegado a sus oídos. Portaba un vestido blanco como la nieve colgado del brazo, y evitó mirar a la niña cuando pasó a su lado para colgarlo en el armario.

–¡No quiero vestidos! –bufó Meggie a la Urraca–. Me pondré esto –y cogió de su cama el jersey de Mo, pero Mortola se lo arrancó de las manos.

–Tonterías. Capricornio pensará que te hemos metido en un saco. Él ha escogido este vestido para ti, y te lo pondrás. O lo haces tú misma o lo hacemos nosotras. En cuanto oscurezca, vendré a buscarte. Lávate y péinate, que pareces un gato callejero.

La chica volvió a pasar encogida junto a Meggie con cara de preocupación, como si temiera quemarse con el roce. La Urraca la empujó con impaciencia hasta el pasillo y la siguió.

–¡Cierra la puerta! –ordenó con tono rudo a Nariz Chata–. Y ordena a tus amigos que se marchen. Tú tienes que montar guardia.

Nariz Chata se acercó a la puerta despacio con expresión de tedio. Meggie vio cómo hacía una mueca a la Urraca a sus espaldas antes de cerrar la puerta de la estancia.

Después se acercó al vestido y acarició la inmaculada tela.

–¡Blanco! –murmuró–. No me gusta el blanco. La muerte tiene perros blancos. Mo me contó una historia sobre ellos.

–Oh, sí, los perros blancos con ojos rojos de la muerte –Fenoglio se situó detrás de ella–. También los fantasmas son blancos y los antiguos dioses saciaban su sed de sangre con animales blancos, como si la inocencia les resultara exquisita. ¡Oh, no, no! –añadió deprisa al ver la mirada despavorida de Meggie–. No, créeme, Capricornio no pensaba en nada de eso cuando te envió el vestido, te lo aseguro. ¿Cómo va a conocer él semejantes historias? Blanco es también el color del principio y del final, y nosotros dos –bajó la voz–, tú y yo, nos encargaremos de que éste sea el fin de Capricornio y no el nuestro.

Con delicadeza condujo a Meggie junto a la mesa y la obligó a sentarse en la silla. El olor de carne asada llegó hasta la nariz de la niña.

–¿Qué carne es ésta? –preguntó ella.

–Parece ternera. ¿Por qué?

Meggie apartó el plato.

–No tengo hambre –murmuró.

Fenoglio la contempló, compasivo.

–¿Sabes, Meggie? –le dijo–. Creo que lo próximo que haré será escribir una historia sobre ti, de cómo nos salvaste a todos con sólo tu voz. Seguramente sería la mar de emocionante...

–Pero ¿acabaría bien?

Meggie miró por la ventana. Dentro de una hora, dos a lo sumo, oscurecería. ¿Qué pasaría si también Mo acudía a la fiesta? ¿Si intentaba liberarla de nuevo? Porque él ignoraba lo que ella y Fenoglio se proponían. ¿Y si volvían a dispararle? ¿Si esa última noche daban en el blanco? Meggie cruzó los brazos sobre la mesa y se tapó la cara.

Notó cómo Fenoglio acariciaba sus cabellos.

–Todo saldrá bien, Meggie –musitó–. Créeme, mis historias siempre acaban bien. Cuando yo quiero.

–El vestido tiene unas mangas estrechísimas –apuntó la niña en voz baja–. ¿Cómo voy a sacar de ahí la hoja sin que lo note la Urraca?

–Yo la distraeré. Confía en mí.

–¿Y los demás? Todos me verán sacarla.

–Bobadas. Lo conseguirás –Fenoglio le puso la mano bajo la barbilla–. ¡Todo saldrá bien, Meggie! –repitió mientras le limpiaba una lágrima de la mejilla con el índice–. No estás sola, aunque te lo parezca. Yo estoy contigo y Dedo Polvoriento deambulará por algún lugar de ahí fuera. Créeme, lo conozco y sé que vendrá, aunque sólo sea para ver el libro, acaso para recuperarlo... y además está tu padre... y ese chico que te miraba tan transido de amor en la plaza, cuando me encontré con Dedo Polvoriento.

–¡No digas eso! –Meggie le dio un codazo en la barriga, pero no pudo evitar reírse, a pesar de que las lágrimas seguían difuminándolo todo, la mesa, sus manos y el rostro arrugado de Fenoglio. Le parecía como si en las últimas semanas hubiera gastado todas las lágrimas de su vida.

–¿Por qué? Es un chico muy guapo. Yo no vacilaría en interceder en su favor ante tu padre.

–¡Que calles te digo!

–Sólo si comes algo –Fenoglio volvió a colocarle el plato delante–. Y esa amiga vuestra... ¿cómo se llama?

–Elinor.

Meggie se introdujo una aceituna en la boca y la mordió hasta sentir el hueso entre los dientes.

–Justo. A lo mejor también está ahí fuera, con tu padre. Dios mío, bien mirado somos casi mayoría.

Meggie casi se atragantó con el hueso de aceituna. Fenoglio sonreía satisfecho de sí mismo. Cada vez que Mo conseguía hacerla reír, enarcaba las cejas y ponía cara de asombro, como si no acertase a comprender ni con su mejor voluntad de qué se reía su hija. Su rostro se dibujó con tal claridad ante sus ojos que Meggie estuvo a punto de alargar la mano para tocarlo.

–¡Pronto volverás a ver a tu padre! –le dijo muy bajito Fenoglio–. Y entonces le contarás que has encontrado a tu madre y la has salvado de Capricornio. ¿Algo es algo, no?

Meggie se limitó a asentir.

La ropa le picaba en el cuello y en los brazos. No parecía el vestido de una niña, sino más bien el de una persona adulta, y a Meggie le quedaba un poco grande. Al dar unos pasos con él puesto, se pisó el bajo. Aunque las mangas eran estrechas, logró deslizar dentro sin dificultad la hoja de papel, fina como el ala de una libélula. Lo intentó unas cuantas veces: meter, sacar. Al final la dejó dentro. Cuando movía las manos o levantaba el brazo, crujía un poco.

La luna pendía, pálida, sobre la torre de la iglesia. Cuando la Urraca regresó a buscar a Meggie, la noche exhibía su resplandor como un velo sobre el rostro.

–¡No te has peinado! –constató, enojada.

Esta vez la acompañaba otra criada, una mujer baja de cara colorada y manos enrojecidas que a todas luces no mostraba el menor temor a los poderes mágicos de Meggie. Pasó el peine por el pelo de la niña con tal tenacidad que casi la hizo gritar.

–¡Zapatos! –exclamó la Urraca cuando vio asomar los dedos de los pies desnudos por debajo del vestido–. ¿Es que nadie ha pensado en los zapatos?

–Bien podría ponerse ésos –la criada señaló unas deportivas desgastadas–. El vestido es bastante largo y no se le verán. Además, ¿las brujas no van siempre descalzas?

La Urraca le lanzó una mirada que le provocó un escalofrío.

–¡Exacto! –afirmó Fenoglio que había estado todo el rato observando con mirada burlona cómo ambas mujeres adecentaban a Meggie–. Siempre van descalzas. Y yo ¿he de cambiarme también para tan señalada y festiva ocasión? ¿Qué se suele llevar en una ejecución como ésta? Supongo que me sentaré al lado de Capricornio, ¿no?

La Urraca adelantó el mentón. Era tan blando y pequeño que parecía proceder de un rostro distinto, más dulce.

–Tú puedes quedarte como estás –contestó mientras colocaba en el pelo de Meggie un prendedor cubierto de perlas–. Los prisioneros no necesitan cambiarse –sus sardónicas palabras destilaban veneno.

–¿Prisioneros? ¿Qué significa eso? –Fenoglio corrió un poco su silla hacia atrás.

–Sí, prisioneros. ¿Qué otra cosa sois si no? –la Urraca retrocedió para observar a Meggie–. Ya está –afirmó, tras apreciarla con la mirada–. Qué raro, con el pelo suelto me recuerda a alguien –Meggie agachó deprisa la cabeza, y antes de que la Urraca pudiera reflexionar con más detenimiento sobre esa observación, Fenoglio atrajo su atención.

–¡Yo no soy un prisionero corriente, señora mía, eso vamos a dejarlo bien claro de una vez! –exclamó escandalizado–. Sin mí, todo esto no existiría, incluyendo su persona, que no me resulta precisamente grata.

La Urraca proyectó sobre él una postrera mirada de desprecio y agarró el brazo de Meggie, por fortuna no aquel cuya manga ocultaba las preciadas frases de Fenoglio.

–El guardián vendrá a buscarte cuando llegue la hora –anunció mientras arrastraba a la niña hacia la puerta.

–¡Piensa en lo que te dijo tu padre! –gritó Fenoglio cuando Meggie estaba ya en el pasillo–. Las palabras no adquieren vida hasta que las saboreas en tu boca.

La Urraca propinó a Meggie un empujón en la espalda.

–¡Vamos, continúa! –ordenó cerrando la puerta tras ellas.

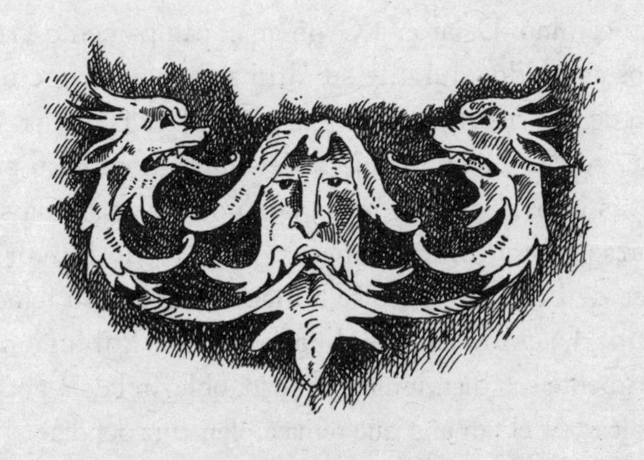

54

FUEGO

Pero entonces Bagheera saltó de repente.

–¡No! ¡Ya lo tengo! Corre raudo al valle, a las cabañas de los hombres, y coge la Flor Roja que ellos plantan allí. Entonces, cuando llegue tu hora, tendrás un amigo más poderoso que Baloo, yo, o cualquier otro de un grupo que te quiera. ¡Coge la Flor Roja!

Al hablar de la Flor Roja, Bagheera se refería al fuego; nadie en la selva lo llamaba por su nombre, pues todos lo temían tanto como a la muerte.

Rudyard Kipling, *El libro de la selva*

Cuando la oscuridad se abatió sobre las colinas, se pusieron en camino. Dejaron a Gwin en el campamento. Tras los sucesos acaecidos durante su última excursión nocturna al pueblo de Capricornio, hasta Farid comprendía que era mejor así. Lengua de Brujo lo dejó ir delante. Ignoraba su pavor a espíritus u otros fantasmas nocturnos, Farid había sabido ocultárselo bien, mucho mejor que a Dedo Polvoriento. Lengua de Brujo tampoco se burlaba de él por su temor a la oscuridad, como había hecho Dedo Polvoriento, y curiosamente eso disminuía el miedo, obligándolo a encogerse hasta alcanzar el tamaño que tenía a plena luz del día.

Cuando Farid descendía por la empinada pendiente, con paso firme pero cauteloso, oía susurrar a los espíritus en los árboles y matorrales al igual que todas las noches, pero no se acercaban. De repente parecían temerle y obedecer sus órdenes, igual que el fuego obedecía las de Dedo Polvoriento.

El fuego. Habían decidido prenderlo justo al lado de la casa de Capricornio. Así no alcanzaría tan deprisa las colinas, pero amenazaría lo que era más caro a Capricornio: sus tesoros.

Esa noche el pueblo no estaba tan tranquilo ni solitario como en las noches pasadas. Zumbaba como un avispero. En la plaza del aparcamiento patrullaban nada menos que cuatro guardianes armados, y alrededor de la verja de malla metálica que rodeaba el campo de fútbol se veía una hilera de coches aparcados. Sus faros proyectaban sobre el campo una luz deslumbradora. El asfalto parecía un paño claro que alguien había extendido con la llegada de la oscuridad.

–Así que el espectáculo se celebrará allí –susurró Lengua de Brujo mientras se aproximaban a las casas–. ¡Pobre Meggie!

En el centro de la plaza habían erigido una especie de estrado, y frente a él había una jaula, quizá para el monstruo que la hija de Lengua de Brujo tenía que traer leyendo en voz alta, o para los prisioneros. En el borde izquierdo del campo, con la valla de tela metálica y el pueblo a la espalda, habían colocado largos bancos de madera; algunos chaquetas negras ya se habían acomodado en ellos como cuervos que hubieran encontrado un lugar diáfano y calentito para pasar la noche.

Por un momento pensaron en adentrarse en el pueblo cruzando el aparcamiento. Entre tantos forasteros, nadie repararía en ellos; pero luego optaron por dar un rodeo amparados por la oscuridad. Farid iba a la cabeza, cauteloso.

Ocultándose detrás de los troncos de los árboles, procuraba mantenerse siempre por encima de las casas, hasta que surgió a sus pies la zona deshabitada del pueblo, que parecía haber sido pisoteada por un gigante. Aquella noche patrullaban por allí más centinelas que de costumbre, y continuamente se veían obligados a buscar cobijo entre las sombras de un portón, acurrucarse detrás de un muro o trepar por una ventana para esperar allí, conteniendo el aliento, a que pasara de largo la guardia. Por fortuna, en el pueblo de Capricornio abundaban los rincones oscuros, y los centinelas caminaban por las callejuelas aburridos y seguros de que no los amenazaba ningún peligro.

Farid llevaba consigo la mochila de Dedo Polvoriento con todo lo necesario para provocar un fuego rápido y devorador. Lengua de Brujo transportaba la leña que habían reunido por si las llamas no hallaban suficiente alimento entre las piedras. Además, contaban con las provisiones de gasolina de Capricornio. Farid todavía conservaba su olor en la nariz desde la noche en que lo habían encerrado. Los bidones apenas se vigilaban, pero quizá no los necesitasen.

Era una noche sin viento: las llamas arderían sin prisa pero sin pausa. Farid recordaba muy bien la advertencia de Dedo Polvoriento: «Jamás prendas fuego si hay viento. El viento se meterá dentro y el fuego te olvidará, pues el soplo del aire, avivándolo, lo abatirá sobre ti y te morderá hasta consumir tu carne hasta los huesos».

Pero esa noche el viento dormía y el aire inmóvil llenaba las callejuelas igual que el agua caliente un cubo.

Confiaban en encontrar desierta la plaza situada ante la casa de Capricornio, pero cuando avanzaron, cautelosos, desde una de las callejas situadas enfrente, se toparon con media docena de sus secuaces plantados delante de la iglesia.

–¿Qué hacen éstos aquí? –susurró Farid mientras Lengua de Brujo lo arrastraba hasta la sombra protectora de una puerta–. Si la fiesta está a punto de empezar...

De casa de Capricornio salieron dos criadas, cada una con una pila de platos. Los transportaban a la iglesia, donde al parecer se celebraría el banquete después de la ejecución. Los hombres silbaron al pasar las criadas. Una de las mujeres estuvo a punto de dejar caer la vajilla cuando uno de ellos intentó levantarle la falda con el cañón de la escopeta. Era el mismo tipo que había reconocido a Lengua de Brujo la última noche que se habían acercado a escondidas hasta allí. Farid se llevó la mano a la frente, todavía sangrante, y profirió contra él las peores maldiciones que conocía. Le deseó que contrajera la peste bubónica, la sarna... ¿por qué tenía que estar precisamente allí? Aunque pasasen a su lado sin que los reconociera... ¿cómo iban a prender el fuego mientras los demás seguían patrullando por esa zona?

–¡Tranquilo! –le susurró Lengua de Brujo–. Ya se irán. Primero tenemos que averiguar si Meggie ha abandonado la casa.

Farid asintió y contempló la enorme vivienda situada al otro lado. Detrás de dos ventanas se veía luz, pero eso no significaba nada.

–Bajaré a escondidas hasta la plaza para comprobar si la niña se encuentra allí –le susurró a Lengua de Brujo.

A lo mejor habían sacado ya a Dedo Polvoriento de la iglesia, o tal vez lo hubiesen encerrado en la jaula que habían instalado y podía decirle en voz baja que habían traído a su mejor amigo, el fuego, para que lo salvara.

La noche inundaba de sombras numerosos rincones entre las casas, a pesar de aquellas enormes lámparas brillantes, y Farid se disponía a marcharse protegido por ellas cuando la puerta de la casa de Capricornio se abrió y salió la vieja con cara de buitre. Tiraba de la hija de Lengua de Brujo. Con aquel largo vestido blanco, casi no la reconoció. Tras ellas apareció en el umbral el hombre que les había disparado, empuñando la escopeta. Miró a su alrededor, luego sacó del bolsillo un manojo de llaves, cerró la puerta y con un ademán indicó a uno de los hombres apostados delante de la iglesia que se acercara. Sin duda le ordenó que vigilase la casa. Eso significaba que uno de los guardianes se quedaría allí mientras los demás acudían a la fiesta.

Farid notó cómo todos los músculos de Lengua de Brujo, que estaba a su lado, se tensaban... a punto de echar a correr hacia su hija, tan pálida como su vestido. Farid le agarró el brazo previniéndolo, pero Lengua de Brujo parecía haberse olvidado de él. ¡Abandonar la protección de las sombras sería una imprudencia!

–¡No! –Farid, preocupado, tiró de él hacia atrás... en la medida de sus fuerzas, pues al fin y al cabo apenas le llegaba al hombro.

Por suerte los hombres de Capricornio no miraban en aquella dirección, sino que seguían con la vista a la vieja mientras cruzaba la plaza tan deprisa que la niña tropezó un par de veces con el bajo del vestido.

–¡Qué pálida está! –musitó Lengua de Brujo–. Cielos, ¿has visto qué miedo tiene? A lo mejor mira hacia aquí y podemos hacerle una seña...

–¡No! –Farid seguía sujetándolo con ambas manos–. Tenemos que prender el fuego. Eso es lo único que la ayudará. ¡Por favor, Lengua de Brujo, pueden verte!

–Deja ya de llamarme Lengua de Brujo. Me pone fuera de mí.

La vieja desapareció con Meggie entre las casas. Nariz Chata las seguía, embutido en un traje negro, caminando pesadamente como un oso, seguido por todos los demás. Desaparecieron riendo en el callejón, rebosantes de alegría anticipada por lo que la noche les deparaba: muerte adobada con terror... y la llegada de nuevas atrocidades al pueblo maldito.

Sólo seguía allí el centinela apostado ante la casa de Capricornio. Con expresión sombría siguió con la vista a los demás, dio una patada a una cajetilla de tabaco vacía y golpeó el muro con el puño. Él sería el único que se perdería la diversión. El centinela de la torre de la iglesia podía al menos presenciarla desde lejos, pero él...

Ellos habían contado con la presencia de un centinela montando guardia ante la casa. Farid había explicado a Lengua de Brujo cuál era la mejor manera de librarse de él, y Lengua de Brujo había asentido, ratificando que así lo harían. Cuando los pasos de los hombres de Capricornio se extinguieron y sólo llegaba a sus oídos el barullo procedente del aparcamiento, abandonaron las sombras y, fingiendo que salían en ese momento del callejón, caminaron codo con codo hacia el centinela. Éste los miró con desconfianza, se apartó del muro donde se apoyaba y descolgó la escopeta de su hombro. El arma los inquietó. Farid volvió a tocarse la frente sin querer, pero al menos el guardián no era uno de los hombres que podía reconocerlos, como el cojo, Basta, o cualquier otro de los perros sanguinarios de la guardia personal de Capricornio.

–¡Eh, échanos una mano! –le gritó Lengua de Brujo sin prestar atención a la escopeta–. Esos cretinos han olvidado el sillón de Capricornio. Tenemos que trasladarlo ahí abajo.

El centinela sostenía la escopeta delante del pecho.

–¿No me digas? Lo que faltaba. El peso de ese cachivache te parte el espinazo. ¿De dónde venís? –escudriñaba el rostro de Lengua de Brujo como si quisiera recordar si lo había visto antes. A Farid no le prestaba la menor atención–. ¿Sois del norte? He oído que por allí tenéis la diversión asegurada...

–Cierto, así es –Lengua de Brujo se acercó tanto al centinela que éste retrocedió–. Y ahora acompáñanos, ya sabes que a Capricornio no le gusta esperar.

El centinela asintió malhumorado.

–Vale, vale, de acuerdo –rezongó mirando hacia la iglesia–. De todos modos es absurdo montar guardia. ¿Qué se creen? ¿Que el escupefuego va a deslizarse hasta aquí para robar el oro? Ese tipo siempre ha sido un cobarde, y hace mucho que habrá puesto pies en polvorosa...

Lengua de Brujo lo golpeó en la cabeza con la culata de la escopeta mientras el guardián miraba hacia la iglesia, y a continuación lo arrastró detrás de la casa de Capricornio, donde las tinieblas eran negras como el carbón.

–¿Has oído lo que ha dicho? –Farid ataba al centinela inconsciente una cuerda alrededor de las piernas; de nudos sabía más que Lengua de Brujo–. ¡Dedo Polvoriento ha escapado! ¡Sólo podía referirse a él! Ha dicho que ha puesto pies en polvorosa.

–Sí, lo he oído. Y me alegro tanto como tú, pero mi hija aún sigue aquí.

Lengua de Brujo le puso la mochila en los brazos y acechó a su alrededor. La plaza seguía tan tranquila y abandonada como si no quedara ni un alma en el pueblo salvo ellos. El centinela del campanario no daba señales de vida. Seguro que aquella noche el campo de fútbol vivamente iluminado centraría toda su atención.

Farid sacó dos antorchas de la mochila de Dedo Polvoriento y la botella de alcohol de quemar. «¡Se les ha escapado!», pensaba. «¡Se les ha escapado de entre las manos!» Estuvo a punto de soltar una carcajada.

Lengua de Brujo regresó corriendo a la vivienda de Capricornio, atisbó por las ventanas y al final rompió una. Para ello, se quitó la chaqueta y la apretó contra el vidrio con el fin de amortiguar el ruido de los cristales al quebrarse. De la plaza del aparcamiento subían carcajadas y música.

–¡Las cerillas! ¡No las encuentro! –Farid rebuscó entre las pertenencias de Dedo Polvoriento hasta que Lengua de Brujo le arrebató la mochila de las manos.

–¡Trae! –susurró–. Tú ve preparando las antorchas.

Farid obedeció. Empapó el algodón en el alcohol de olor acre con sumo cuidado. «Dedo Polvoriento volverá a buscar a Gwin», pensaba, «y entonces me llevará con él...». De uno de los callejones salían voces masculinas. Durante unos instantes atroces les pareció que se aproximaban, pero luego volvieron a apagarse, engullidas por la música procedente del aparcamiento que inundaba la noche como un olor hediondo.

Lengua de Brujo seguía buscando las cerillas.

–¡Qué asco! –maldijo entre dientes sacando la mano de la mochila.

Tenía excrementos de marta adheridos al pulgar. Se los limpió contra el muro más próximo, volvió a hundir la mano en la mochila y arrojó a Farid una caja de cerillas. Acto seguido sacó otra cosa más... el librito que Dedo Polvoriento guardaba en un bolsillo lateral que estaba cosido a la mochila. Farid lo había hojeado en numerosas ocasiones. Contenía dibujos pegados, dibujos recortados de hadas y brujas, de duendes, ninfas y árboles viejísimos... Lengua de Brujo los miró mientras Farid embebía la segunda antorcha. Luego contempló la fotografía introducida entre las páginas, la foto de la criada de Capricornio que esa noche pagaría con la muerte su ayuda a Dedo Polvoriento. ¿Se habría escapado ella también? Lengua de Brujo clavaba los ojos en la foto como si no hubiera nada más en el mundo.

–¿Qué pasa? –Farid acercó la cerilla a la antorcha goteante. La llama se inflamó, siseante y hambrienta. ¡Qué bonita era! Farid se chupó el dedo y lo deslizó a través de ella–. ¡Vamos, cógela! –tendió la antorcha a Lengua de Brujo; era preferible que la tirara él por la ventana, a fin de cuentas era más alto.

Pero Lengua de Brujo continuaba mirando la foto, petrificado.

–Es la mujer que ayudó a Dedo Polvoriento –explicó Farid–. Y también la han apresado. Creo que está enamorado de ella. ¡Toma! –alargó de nuevo la antorcha a Lengua de Brujo–. ¿A qué esperas?

Lengua de Brujo lo miró como si acabara de despertar de un profundo sueño.

–Vaya, vaya, conque enamorado, ¿eh? –murmuró mientras cogía la antorcha.

Luego se introdujo la foto en el bolsillo de la pechera de su camisa, echó otro vistazo a la plaza vacía y arrojó la antorcha al interior de la casa de Capricornio por el cristal roto.

–¡Aúpame! ¡Quiero ver cómo arde!

Lengua de Brujo lo complació. La habitación parecía un despacho. Farid vio papel, un escritorio y un cuadro de Capricornio en la pared. Eso significaba que allí había alguien que sabía escribir. La antorcha cayó ardiendo entre las hojas escritas y comenzó a relamerse y a chasquear la lengua, crepitando de dicha por aquella mesa tan opípara. Después cobró fuerza, saltó de la mesa a las cortinas de la ventana y ascendió devorando con avidez la tela oscura. Todo el cuarto se tiñó de rojo y amarillo. Por los cristales rojos brotó humo que escoció los ojos de Farid.

–¡Tengo que irme!

Lengua de Brujo volvió a ponerlo bruscamente sobre sus pies. La música había enmudecido. De repente se hizo un silencio sepulcral. Lengua de Brujo echó a correr hacia el callejón que desembocaba en la plaza del aparcamiento.

Farid lo siguió con la mirada. Él tenía otro cometido. Aguardó a que las llamas salieran por la ventana y entonces empezó a gritar:

–¡Fuego! ¡Fuego en casa de Capricornio! –su voz resonaba en la plaza vacía.

Con el corazón desbocado corrió hasta la esquina de la enorme casa y miró al campanario de la iglesia. El guardián se había puesto en pie de un salto. Farid encendió la segunda antorcha y la tiró delante del portón de la iglesia. El aire empezó a oler a humo. El centinela se quedó petrificado, se volvió y al fin tocó la campana.

Farid se marchó corriendo en pos de Lengua de Brujo.

55

TRAIDORES, INDISCRETOS Y ESTÚPIDOS

Y entonces dijo él:

–Pereceré, de eso no hay duda; ¡no existe otro camino para liberarme de esta angosta prisión!

Alí Babá y los cuarenta ladrones

Elinor opinaba que estaba dando muestras de auténtica valentía. Bien es verdad que aún no sabía lo que se le avecinaba –caso de que su sobrina conociese más detalles, no se los había revelado–, pero no cabía la menor duda de que no era nada bueno.

Tampoco Teresa dio a los hombres que la sacaron de la cripta la alegría de contemplar sus lágrimas. De todos modos no podía maldecirlos o insultarlos. Su voz había desaparecido como una prenda inservible. Por suerte había conservado al menos las dos notas, unos objetos arrugados y sucios, demasiado pequeños para atesorar todas las palabras acumuladas a lo largo de nueve años, pero menos es nada. Las había llenado hasta los bordes con una letra diminuta, hasta que ya no cupo una sola palabra más. No quiso contar nada de sí misma o de las experiencias que había vivido y, cuando Elinor se lo pedía susurrando, rechazaba su pretensión con un gesto de impaciencia. No, lo que anhelaba era plantear preguntas, preguntas y más preguntas... sobre su hija y su marido. Y Elinor le contestaba al oído, en voz muy baja, para que Basta no se enterase de que las dos mujeres condenadas a morir con él se conocían desde que la más joven había aprendido a andar entre aquellas estanterías infinitas y por entonces abarrotadas.

Basta no se encontraba bien. Siempre que lo miraban veían sus manos aferradas a los barrotes de la verja, los nudillos blancos bajo la piel tostada por el sol. En una ocasión Elinor creyó oír sus sollozos, pero cuando los sacaron de las celdas tenía el rostro inexpresivo como el de un cadáver. En cuanto los encerraron en aquella jaula indescriptible se acurrucó en un rincón y se quedó inmóvil como una muñeca con la que ya no juega nadie.

La jaula olía a perros y a carne cruda, y de hecho parecía una perrera. Algunos de los hombres de Capricornio pasaban los cañones de sus escopetas por los barrotes de color grisáceo antes de sentarse en los bancos dispuestos para ellos. Basta, sobre todo, tuvo que sufrir tales mofas y escarnios que ni siquiera diez hombres los habrían soportado. El hecho de que no moviera ni un solo músculo denotaba su honda desesperación.

No obstante, Elinor y Teresa se mantuvieron lejos de él, en la medida en que la jaula lo permitía. También permanecieron lejos de las rejas, de los dedos que las atravesaban, de las muecas que les hacían, de los cigarrillos encendidos que les arrojaban. Estaban muy juntas, alegres y al mismo tiempo tristes por haberse reunido al fin.

En uno de los extremos de la plaza, justo a la entrada, cuidadosamente separadas de los hombres, se sentaban las mujeres que trabajaban para Capricornio. Allí no se vislumbraba la alegre excitación que reinaba entre los hombres. La mayoría de los rostros parecían deprimidos y continuamente miraban a Teresa, llenas de temor... y de compasión.

Capricornio llegó cuando los largos bancos estuvieron ocupados hasta el último asiento. Para los chicos no había sitio, y se acomodaron en el suelo delante de los chaquetas negras. Capricornio avanzó con paso solemne, gesto hierático y sin fijarse en ellos, como si fueran una bandada de cuervos que se había congregado por orden suya. Sólo aminoró el paso al pasar frente a la jaula que albergaba a sus tres prisioneros, para contemplar a cada uno de ellos con una mirada fugaz y rebosante de orgullo. Cuando su antiguo señor y maestro se detuvo ante la reja, Basta regresó a la vida durante una fracción de segundo, alzó la cabeza y miró a Capricornio implorante como el perro que pide perdón a su amo, pero su jefe prosiguió su camino sin dirigirle la palabra. Tras tomar asiento en su sillón de piel negro, Cockerell se situó, esparrancado, tras él. Por lo visto era el nuevo favorito.

–¡Cielos, deja ya de mirarlo así! –le espetó Elinor al darse cuenta de que tenía los ojos prendidos en Capricornio–. Se dispone a ofrecerte como pienso, como una mosca a una rana. No estaría mal que mostrases indignación. Tú siempre tenías preparadas esas bonitas amenazas: voy a cortarte la lengua, te haré rebanadas... ¿Qué ha sido de todas ellas?

Basta se limitó a bajar la cabeza para clavar la vista en el suelo, entre sus botas. A Elinor le parecía una ostra a la que hubieran sorbido la carne y la vida.

Cuando Capricornio se sentó y la música que había atronado hasta ese momento paró, la plaza enmudeció, entonces trajeron a Meggie. Le habían puesto un vestido horroroso, pero caminaba con la cabeza alta, y la vieja a la que todos llamaban la Urraca necesitó todas sus fuerzas para arrastrarla hasta el estrado que los chaquetas negras habían erigido en el centro del campo. La silla solitaria que se veía encima daba la impresión de haber sido olvidada allí arriba. Elinor creía que una horca y una soga habrían sido más adecuadas. Cuando la Urraca la obligó a subir por la escalera de madera, Meggie las miró.

–¡Hola, tesoro! –gritó Elinor cuando los asustados ojos de Meggie se posaron en ella–. No te preocupes, estoy aquí porque no quería perderme tu lectura.

A la llegada de Capricornio se había hecho tal silencio que la voz de Elinor resonó por todo el campo. Sonaba valiente y sin miedo. Por fortuna nadie pudo oír con qué fuerza martilleaba su corazón contra las costillas. Nadie percibió su temor, pues se había puesto su coraza, su impenetrable y útil coraza que la había defendido siempre en las épocas de calamidad. Cada pena la había endurecido un poco, y penas había bastantes en la vida de Elinor.

Algunos de los chaquetas negras rieron al escuchar sus palabras, y hasta en el rostro de Meggie se dibujó una fugaz y leve sonrisa. Elinor pasó el brazo por los hombros de Teresa y la estrechó contra sí.

–¡Mira a tu hija! –le susurró–. Valiente como... como... –quiso comparar a Meggie con el héroe de alguna historia, pero todos los que le venían a la mente eran hombres, y además ninguno le parecía lo bastante arrojado para rivalizar con la niña que, tiesa como una vela, miraba orgullosa a los chaquetas negras de Capricornio.

La Urraca, además de a Meggie, también había traído a un anciano. Elinor sospechaba que era la persona que los había metido en todo ese fregado: Fenoglio, el inventor de Capricornio, Basta y todos los demás seres terroríficos, incluyendo el monstruo que iba a arrebatarles la vida aquella noche. Elinor siempre había estimado más a los libros que a sus autores, y contempló al anciano con escasa simpatía cuando Nariz Chata lo condujo por delante de la jaula. Había una silla dispuesta para él a poca distancia del sillón de Capricornio. Elinor se preguntó si eso significaba que Capricornio se había ganado un nuevo amigo, pero cuando Nariz Chata se plantó con expresión feroz detrás del anciano, dedujo que se trataba más bien de un prisionero más.

En cuanto el anciano se sentó a su lado, Capricornio se levantó. Sin decir palabra recorrió con la vista las largas filas de sus hombres, despacio, como si evocase qué servicios le había prestado cada uno y qué errores había cometido. El silencio estaba preñado de miedo. Las risas habían enmudecido, no se oía ni siquiera un susurro.

–A la mayoría de vosotros –comenzó a decir Capricornio alzando la voz– no tengo que explicaros por qué van a ser castigados los tres prisioneros. Para el resto bastará si digo que son traidores, indiscretos y estúpidos. Cabe dudar de que la estupidez sea un delito merecedor de la muerte. Yo creo que sí, pues sin duda puede desencadenar las mismas consecuencias que la traición.

Tras esta última frase se desató la inquietud en los bancos. Elinor pensó que la habían provocado las palabras de Capricornio, pero de repente oyó la campana. Incluso Basta alzó la cabeza cuando su tañido resonó en medio de la noche. A una señal de Capricornio, Nariz Chata indicó a cinco hombres que lo siguieran y se alejó con ellos a grandes zancadas. Los que se quedaron comenzaron a cuchichear intranquilos, y algunos incluso se levantaron de un salto mirando hacia el pueblo. Capricornio, sin embargo, alzó la mano para poner fin a los murmullos.

–¡No es nada! –estas palabras, pronunciadas en voz alta y cortante, impusieron de nuevo el silencio–. Un simple incendio. A fin de cuentas, nosotros somos expertos en eso, ¿no es cierto?

Se oyeron carcajadas, pero algunos, mujeres y hombres, seguían mirando desasosegados hacia las casas.

Así que habían puesto en práctica su plan. Elinor se mordió los labios hasta hacerse daño. Mortimer y el chico habían provocado un incendio. Aún no se veía humo sobre los tejados, y pronto todos los rostros se volvieron de nuevo hacia Capricornio, que hablaba sobre la traición y la perfidia, sobre la disciplina y la peligrosa negligencia, pero Elinor apenas escuchaba. Miraba sin cesar hacia las casas, aun sabiendo que era una imprudencia.

–¡Basta de hablar de nuestros prisioneros! –exclamó Capricornio–. Digamos unas palabras sobre los que se han fugado...

Cockerell cogió un saco depositado detrás del sillón de Capricornio y se lo entregó. Capricornio, sonriendo, hundió la mano en él y extrajo un trozo de tela, procedente de una camisa o de un vestido, roto y cubierto de sangre.

–¡Están muertos! –gritó Capricornio a la concurrencia–. Como es natural, yo habría preferido verlos aquí, mas por desgracia fue inevitable matarlos a tiros durante su huida. Bueno, no lo lamento por el traidor escupefuego, a quien casi todos conocéis, y, por fortuna, Lengua de Brujo ha dejado una hija que ha heredado sus poderes.

Teresa miró a Elinor, los ojos petrificados de espanto.

–¡Miente! –le susurró Elinor, aunque no podía apartar la vista de los harapos manchados de sangre–. ¡Se está aprovechando de mis mentiras! Eso no es sangre, es pintura, o tinte... –pero vio que su sobrina no le creía.

Ella creía en los paños cubiertos de sangre, igual que su hija. Elinor lo notó en la expresión de Meggie. Le habría gustado gritarle que Capricornio mentía, pero deseaba que éste siguiera creyéndolo durante un rato... que creyera que todos ellos estaban muertos y que nadie podía perturbar su hermosa fiesta.

–¡Sí, vanaglóriate con un trapo ensangrentado, miserable incendiario! –le gritó a través de la reja–. Puedes sentirte orgulloso de ello. Además, ¿para qué necesitas otro monstruo? ¡Todos vosotros lo sois! ¡Todos los que estáis ahí sentados! ¡Asesinos de libros, raptores de niños!

Nadie le prestó atención. Un par de chaquetas negras rieron y Teresa se acercó a la reja, aferró con los dedos los delgados alambres y miró hacia Meggie.

Capricornio dejó la tela manchada de sangre sobre el reposabrazos de su sillón. «¡Yo conozco esos andrajos!», pensó Elinor con obstinación. «Los he visto en alguna parte. Ellos no han muerto. ¿Quién si no ha provocado el fuego? ¡El comecerillas!», musitaba en su interior, pero se negó a escucharlo. No, la historia tenía que acabar bien. Era de justicia. A ella nunca le habían gustado las historias con un final desgraciado.

56

La Sombra

Mi cielo es de latón, mi tierra de hierro, mi luna un pedazo de barro,
mi sol pestilencia, ardiente al mediodía, y un vapor yerto en la noche.

William Blake, «El lamento de Enion»,
en *Vala* o *Los cuatro zoas*

Suelen decir los libros que el odio es cálido al tacto, pero en la fiesta de Capricornio Meggie aprendió que era frío, una mano gélida como el hielo que congela el corazón, presionándolo contra las costillas como un puñetazo. El odio le producía escalofríos pese al aire templado que la acariciaba, como si quisiera hacerle creer que el mundo seguía incólume y bueno, a pesar del paño sangriento sobre el que un sonriente Capricornio posaba su mano cuajada de anillos.

–Bien, esto es todo –exclamó–. Pasemos a lo que en realidad nos ha traído aquí. Esta noche no sólo queremos castigar a unos traidores, sino también celebrar el reencuentro con un viejo amigo. Seguro que algunos de vosotros aún lo recordaréis, y los demás, os lo prometo, jamás olvidaréis la primera vez que lo visteis.

Cockerell esbozó una torva sonrisa en su cara macilenta. Era evidente que no le alegraba mucho ese reencuentro, y en otros rostros se vislumbró el pánico al escuchar las palabras de Capricornio.

–Bien, basta de charlas. Hagamos que nos lean algo.

Capricornio se reclinó en su sillón y le hizo una inclinación de cabeza a la Urraca.

Mortola dio una palmada y Darius cruzó la plaza presuroso con el cofre que Meggie había visto en la habitación de la Urraca. No cabía duda de que conocía su contenido. Su rostro parecía más afilado de lo habitual cuando abrió el cofre y se lo ofreció a la Urraca con la cabeza gacha y gesto humilde. Las serpientes parecían somnolientas, pues en esta ocasión Mortola no se puso guante alguno para cogerlas. Incluso se las colgó sobre los hombros mientras sacaba el libro del cofre. Acto seguido las depositó en su sitio, con delicadeza, como si fueran valiosas alhajas, cerró la tapa y devolvió el cofre a Darius. Éste se quedó parado sobre el estrado con expresión de perplejidad. Meggie captó su mirada compasiva cuando la Urraca la condujo hasta la silla y colocó el libro en su regazo.

Ahí estaba de nuevo ese objeto funesto con su vistoso vestido de papel. ¿Qué color tendría debajo? Meggie levantó con el dedo la sobrecubierta y vio una tela rojo oscuro, como las llamas que rodeaban su corazón negro. Todo lo acontecido había comenzado entre las páginas de ese libro, y sólo su autor podía traerles ahora la salvación. Meggie acarició la tapa, como hacía siempre antes de abrir un libro. Lo había aprendido de Mo. Desde que tenía memoria recordaba ese movimiento suyo... esa forma de tomar un libro entre sus manos, acariciando casi con ternura la tapa antes de abrirlo, como si abriera una caja llena hasta el borde de tesoros nunca vistos. Como es lógico, a veces la tapa no ocultaba las maravillas que uno esperaba y volvía a cerrar el libro, malhumorado por la promesa incumplida, pero *Corazón de Tinta* no era una de esas obras. Las malas historias no despiertan a la vida. No hay ningún Dedo Polvoriento en ellas, ni tampoco un Basta.

–¡Tengo que advertirte algo! –el vestido de la Urraca olía a lavanda. El aroma cercó a Meggie como una amenaza–. Si no cumples la misión por la que estás aquí, si se te ocurre la idea de equivocarte a propósito o deformar las palabras para que no acuda el invitado que Capricornio espera, Cockerell –Meggie sintió el aliento de Mortola en la mejilla al inclinarse sobre ella– le rebanará el pescuezo a ese anciano. Capricornio quizá no lo ordene, porque da crédito a las estúpidas mentiras del viejo, pero yo no las creo, y Cockerell hará lo que yo diga. ¿Me has entendido, angelito? –y pellizcó con sus dedos macilentos la mejilla de la niña.

Meggie los apartó de un manotazo y miró a Cockerell. Éste se situó detrás de Fenoglio y, tras dirigir una sonrisa a la niña, pasó la mano por la garganta del escritor.

Fenoglio le propinó un empujón y dirigió a Meggie una mirada de aliento y consuelo al mismo tiempo y esbozó una sonrisa muda sobre los horrores que les rodeaban. De él dependía que funcionase su plan, sólo de él y de sus escritos.

Meggie notó el papel en su manga, rascándole la piel. Mientras pasaba las hojas, sus manos le resultaban ajenas. Debía comenzar por un pasaje señalado con una esquina doblada, pero además entre las hojas había un marcapáginas negro como la madera carbonizada. «¡Retírate el pelo de la frente!», le había dicho Fenoglio. «Ésa será mi señal».

Pero justo cuando levantaba la mano izquierda, la inquietud se desató de nuevo en los bancos.

Nariz Chata regresaba con la cara tiznada de hollín. Se dirigió presuroso hasta Capricornio y le comunicó algo en voz baja. Capricornio miró hacia las casas frunciendo el ceño. Meggie descubrió dos columnas de humo, justo al lado de la torre de la iglesia, que ascendían, lívidas, hacia el cielo.

Capricornio volvió a levantarse de su sillón. Intentó que sus palabras sonaran indiferentes, burlonas, como las de un hombre que se divierte con una chiquillada, pero su expresión denotaba otra cosa.

–Siento mucho tener que aguar la fiesta a algunos de vosotros, pero esta noche también canta en nuestra casa el gallo rojo. Es un canto débil, pero aun así hay que retorcerle el pescuezo. Nariz Chata, llévate otros diez hombres.

Nariz Chata obedeció y se alejó, marcial, con sus nuevos ayudantes. Ahora los bancos sí que parecían más vacíos.

–¡Y que ninguno de vosotros vuelva a asomar la nariz por aquí antes de que hayáis encontrado al incendiario! –vociferó Capricornio mientras se marchaban–. ¡Les enseñaremos aquí y ahora lo que significa prender fuego a la morada del diablo!

Se oyó una risa. La mayoría de los presentes, sin embargo, miraron hacia el pueblo, preocupados. Algunas de las criadas se habían levantado, pero la Urraca gritó con tono severo sus nombres y volvieron a sentarse enseguida entre las demás, como niños de escuela al recibir un palmetazo. A pesar de todo, la alarma no cedió. Casi nadie miraba a Meggie, pues le daban la espalda y señalaban el humo cuchicheando entre sí. Por la torre de la iglesia ascendía un resplandor rojizo, y el humo gris se acumulaba por encima de los tejados.

–¿Qué significa esto? ¿Qué hacéis mirando esa miserable humareda? –ya no se podía pasar por alto la furia que denotaba la voz de Capricornio–. Un poco de humo, unas simples llamas. Bueno, ¿y qué? ¿Vais a permitir que eso os amargue la fiesta? El fuego es nuestro mejor aliado, ¿ya lo habéis olvidado?

Meggie vio cómo los rostros se volvían de nuevo hacia ella vacilantes. Y entonces escuchó un nombre. Dedo Polvoriento. Lo había gritado una voz de mujer.

–¿A qué viene eso? –la voz de Capricornio se volvió tan cortante, que a Darius casi se le cayó de las manos el cofre con las serpientes–. Dedo Polvoriento ya no existe. Yace en las colinas, con la boca llena de tierra y su marta sobre el pecho. No quiero volver a oír su nombre. Está olvidado, como si no hubiera existido jamás...

–Eso es mentira –la voz de Meggie resonó con tal fuerza sobre la plaza que ella misma se asustó–. ¡Está aquí! –dijo levantando el libro–. No me importa lo que hagáis con él. Cualquiera que lea la historia, lo comprobará, incluso puede oírse su voz y su risa mientras escupe fuego.

En el campo de fútbol reinaba un silencio sepulcral. Sólo unos pies escarbaban inquietos sobre el rescoldo rojizo... y de repente Meggie oyó un ruido a su espalda. Detrás de ella sonaba un tictac, como el de un reloj, y sin embargo parecía diferente, como si lo imitase una lengua humana: tictac-tictac-tictac. El sonido procedía de los coches aparcados detrás de la valla metálica que la deslumbraban con la luz de sus faros. Meggie se volvió sin poder evitarlo, a pesar de la Urraca y de todas las miradas de desconfianza que se posaban en ella. Le habría gustado abofetearse por su estupidez. ¿Qué ocurriría si los demás también habían visto la figura, aquella figura delgada que se incorporó entre los coches y volvió a agacharse enseguida? Sin embargo nadie pareció fijarse en ella, ni tampoco en el tictac.

–¡Ha sido un bonito discurso! –dijo Capricornio lentamente–. Pero no estás aquí para pronunciar sermones fúnebres por los traidores muertos. Tienes que leer. ¡Y no volveré a repetirlo!

Meggie no pudo evitar echarle un vistazo. Ante todo, no mirar hacia los coches. ¿Y si había sido Farid? ¿Y si el tictac no había sido una figuración suya...?

La Urraca la miraba con desconfianza. A lo mejor también ella había oído aquel quedo tictac inofensivo, apenas una lengua entrechocando con los dientes. ¿Qué importancia podía tener? Salvo para los conocedores de la historia del capitán Hook y su miedo al cocodrilo con el tictac en la barriga. La Urraca seguro que la desconocía. Mo, sin embargo, sabía que Meggie comprendería su señal. La había despertado muchas veces con ese tictac muy cerca de su oído, tan cerca que le hacía cosquillas. «¡A desayunar, Meggie!», le susurraba entonces. «¡Ha llegado el cocodrilo!»

Sí, Mo sabía que ella reconocería el tictac, el tictac con el que Peter Pan se había introducido a escondidas en el barco de Hook para salvar a Wendy. No habría podido ofrecerle una señal mejor.

«¡Wendy!», pensó Meggie. ¿Cómo continuaba la historia? Por un momento casi olvidó dónde se encontraba, pero la Urraca se lo recordó golpeándole la cabeza con la palma de la mano.

–¡Empieza de una vez, pequeña bruja! –dijo con voz siseante.

Y Meggie obedeció.

Apartó a toda prisa el marcapáginas. Tenía que apresurarse, tenía que leer antes de que Mo cometiera cualquier tontería. Porque él ignoraba lo que Fenoglio y ella se proponían.

–¡Voy a empezar y no quiero que nadie me interrumpa! –gritó–. ¡Nadie! ¿Entendido?

«Por favor», pensaba, «por favor, no hagas nada...».

Algunos de los hombres se echaron a reír, pero Capricornio se reclinó en su asiento y cruzó los brazos, expectante.

–Recordad lo que acaba de decir la pequeña –exclamó–. Aquel que la moleste será entregado a la Sombra como regalo de bienvenida.

Meggie introdujo dos dedos debajo de su manga. Allí estaban las frases escritas por Fenoglio. Miró a la Urraca.

–¡*Ella* me molesta! –dijo en voz alta–. No puedo leer si la tengo a mis espaldas.

Capricornio, impaciente, hizo una señal a la Urraca. Mortola torció el gesto, como si le hubiera ordenado comer jabón, pero retrocedió dos o tres pasos con cierta vacilación, juzgando que era suficiente.

Meggie alzó la mano y se apartó el pelo de la frente.

La señal para Fenoglio.

Éste comenzó en el acto su representación.

–¡No, no, no! ¡Ella no leerá! –gritó dando un paso hacia Capricornio antes de que Cockerell lograra impedírselo–. ¡No puedo permitirlo! ¡Esa historia es invención mía y no la he escrito para que alguien la profane provocando la muerte y la destrucción!

Cockerell intentó taparle la boca con la mano, pero Fenoglio le mordió los dedos y lo esquivó con una agilidad de la que Meggie nunca lo hubiera creído capaz.

–¡Yo te he inventado! –bramaba, mientras Cockerell lo perseguía alrededor del sillón de Capricornio–. Y lo lamento, bestia infame con olor a azufre.

Acto seguido echó a correr hacia la plaza. Cockerell le dio alcance delante de la jaula de los prisioneros. Al escuchar las burlas que se desataron en los bancos, retorció a Fenoglio el brazo a la espalda con tanta fuerza que el anciano profirió un gemido de dolor. Sin embargo, cuando Cockerell lo arrastró hasta Capricornio, Fenoglio parecía satisfecho, muy satisfecho, pues sabía que con su gesto había concedido a Meggie el tiempo necesario. Lo habían ensayado muchas veces. Los dedos de la niña temblaban al sacar la hoja de su manga, pero nadie se apercibió de que la deslizaba entre las páginas del libro. Ni siquiera la Urraca.

–¡Pero qué fanfarrón es este viejo! –exclamó Capricornio–. ¿Tengo pinta de haber sido inventado por alguien así?

Se elevaron nuevas risotadas. El humo que flotaba sobre el pueblo parecía olvidado. Cockerell puso la mano en la boca de Fenoglio.

–¡Te lo repetiré una vez más, y espero que sea la última! –gritó Capricornio a Meggie–. ¡Empieza! Los prisioneros ya han esperado bastante al verdugo.

Volvió a reinar el silencio. El miedo se palpaba en el ambiente. Meggie se inclinó sobre el libro que tenía en el regazo.

Las letras parecían bailotar sobre las páginas.

«¡Sal!», pensaba Meggie. «Sal y sálvanos. Sálvanos a todos: a mi madre, a Elinor, a Mo, a Farid... Salva a Dedo Polvoriento si aún sigue por ahí, y por mí, incluso a Basta...»

Su lengua le parecía un animalito refugiado en su boca golpeando la cabeza contra los dientes.

–*Capricornio tenía muchos secuaces* –comenzó–. *Y cada uno de ellos era temido en los pueblos circundantes. Olían a humo frío, a azufre y a todo aquello que complace al fuego. Cuando uno de ellos aparecía en los campos o en las calles, las gentes cerraban las puertas y ocultaban a sus hijos. Los llamaban dedos de fuego, perros sanguinarios. Los secuaces de Capricornio tenían muchos nombres. Se los temía de día, y de noche se introducían a hurtadillas en los sueños, envenenándolos. Pero había uno al que la gente temía todavía más que a los hombres de Capricornio* –a Meggie le parecía como si su voz subiera de tono a cada palabra. Pareció crecer hasta invadirlo todo–. *Lo llamaban la Sombra.*

Le quedaban unas líneas para terminar la página y pasar a la hoja que contenía las frases escritas por Fenoglio. «¡Fíjate en esto, Meggie!» –le había susurrado cuando le enseñó la hoja. «¿No soy un artista? ¿Hay algo más hermoso en el mundo que las letras? Símbolos mágicos, voces de muertos, sillares de mundos maravillosos mejores que éstos, que dispensan consuelo, disipan la soledad, guardan los secretos, proclaman la verdad...»

«Saborea cada palabra, Meggie», susurraba en su interior la voz de su padre, «deja que se deshagan en tu lengua. ¿No saboreas los colores? ¿No saboreas el viento y la noche? ¿El miedo, la alegría y el amor? Saboréalas, Meggie, y todo despertará a la vida...».

–*Lo llamaban la Sombra. Sólo aparecía cuando Capricornio lo convocaba* –leyó. Cómo siseaba la s entre sus labios, con qué oscuridad se formaba en su boca la o–. *A veces era rojo como el fuego, otras grisáceo como la ceniza en que se convierte todo lo que devora. Salía flameando de la tierra como la llama de la madera. Sus dedos traían la muerte, incluso su aliento. Se alzaba ante los pies de su señor, mudo y sin rostro como un perro que ventea su presa, esperando a que su señor le señalase la víctima. Se decía que Capricornio había encargado a un duende o a los enanos, que son expertos en todo lo que procede del fuego y del humo, que creasen a la Sombra con la ceniza de sus víctimas. Nadie se sentía a salvo, pues se decía que Capricornio había ordenado matar a los que habían creado a la Sombra. Pero todos sabían una cosa: que era un ser inmortal, invulnerable y tan despiadado como su señor.*

La voz de Meggie se desvaneció, como si el viento se la hubiera tragado.

Algo se elevó de la gravilla que cubría la plaza y creció hacia lo alto, estirando sus miembros de color ceniza. La noche hedía a azufre. El olor hizo que a Meggie le escocieran tanto los ojos que las letras se difuminaron, pero tenía que proseguir la lectura mientras aquel ser inquietante crecía cada vez más, como si quisiera tocar el cielo con sus dedos sulfurosos.

–*Pero una noche, era una noche templada y estrellada, la Sombra no escuchó la voz de Capricornio cuando apareció, sino la de una niña, y cuando ésta pronunció su nombre, se acordó de todos aquellos de cuya ceniza había sido creada, de tanto dolor y de tanta tristeza...*

La Urraca agarró a Meggie por el hombro.

–¿Qué es eso? ¿Qué estás leyendo?

Meggie, sin embargo, se levantó de un salto y se apartó de ella antes de que pudiera arrebatarle la hoja.

–*Se acordó* –prosiguió en voz alta–, *y decidió tomar cumplida venganza de aquellos que eran la causa de tanta desdicha, de quienes envenenaban el mundo con su crueldad.*

–¡Que pare de leer!

¿Era la voz de Capricornio? Meggie casi tropezó al borde del estrado al intentar esquivar a la Urraca. Darius la miraba estupefacto con el cofre en la mano. Y de pronto, con sumo cuidado, como si tuviera todo el tiempo del mundo, depositó el cofre en el suelo y, por la espalda, rodeó con sus delgados brazos el pecho de la Urraca. Ella pataleó y despotricó, pero no la soltó. Meggie continuó leyendo, la mirada dirigida hacia la Sombra que la contemplaba desde lo alto. En verdad no tenía rostro, pero sí ojos, unos ojos horribles, rojizos como el resplandor que fosforecía enfrente, entre las casas, semejantes a las brasas de un fuego oculto.

–¡Quitadle el libro! –vociferaba Capricornio de pie delante de su sillón, inclinado como si temiera que sus piernas se negasen a sostenerlo si se atrevía a dar un paso en dirección a la Sombra–. ¡Quitádselo!

Pero ninguno de sus hombres se movió, ni uno solo de los jóvenes o de las mujeres acudió en su ayuda. Todos ellos se limitaban a mirar a la Sombra, que permanecía inmóvil escuchando con atención la voz de Meggie como si le estuviera contando una historia sepultada hasta entonces en el olvido.

–*Sí, quería vengarse* –prosiguió Meggie. Ojalá no le temblara tanto la voz, pero matar no era fácil, aunque lo hiciese otro en su lugar–. *De modo que la Sombra se acercó a su señor, alargando sus manos cenicientas hacia él...*

¡Con qué sigilo se movía aquella figura colosal y pavorosa!

Meggie contempló la próxima frase de Fenoglio: *Y Capricornio cayó de bruces, y su negro corazón se detuvo...*

No era capaz de pronunciar esas palabras.

Todo había sido en vano.

Entonces, de repente, alguien apareció a sus espaldas, alguien que había subido al estrado sin que ella se diese cuenta. El chico que lo acompañaba empuñaba una escopeta con la que apuntaba amenazador hacia los bancos... Pero nadie se movió. Nadie intentaba salvar a Capricornio. Mo arrebató a Meggie el libro de la mano, sus ojos recorrieron las líneas que Fenoglio había añadido, y con voz firme terminó de leer lo que el anciano había escrito.

–Y Capricornio cayó de bruces, y su negro corazón se detuvo, y todos los incendiarios y asesinos desaparecieron con él... cual ceniza arrastrada por el viento.

57

Un pueblo abandonado

«En los libros», escribió, «hallo a los muertos como si estuvieran vivos; en los libros preveo las cosas que sucederán; en los libros se ponen en marcha asuntos de guerra; de los libros surgen las leyes de la paz. Todas las cosas se corrompen y decaen con el tiempo; Saturno no deja de devorar a los hijos que engendra: toda la gloria del mundo quedaría enterrada en el olvido si Dios no hubiera proporcionado a los mortales el remedio de los libros».

Richard de Bury, citado por Alberto Manguel

Así murió Capricornio, justo como lo había descrito Fenoglio, y Cockerell desapareció en el mismo momento en que su señor se desplomaba al suelo, y con él más de la mitad de los hombres sentados en los bancos. El resto huyó de allí a la carrera, tanto los muchachos como las mujeres. Los hombres que Capricornio había enviado a apagar el fuego y los que tenían que haber buscado a los incendiarios se acercaban con los rostros manchados de hollín y presos del pánico, no por las llamas que devoraban la casa de Capricornio... pues habían conseguido apagarlas. No. Nariz Chata se había disuelto en la nada ante sus ojos, y con él habían desaparecido unos cuantos más tragados por la oscuridad, como si jamás hubieran existido, y quizá fuese así. Su creador los había eliminado de la misma forma que se borra un trazo defectuoso en un dibujo o las manchas en un papel en blanco. Habían desaparecido, y todos los demás que no habían nacido del relato de Fenoglio regresaban corriendo para informar de esos acontecimientos atroces a Capricornio. Pero éste yacía de bruces en el suelo, con la gravilla pegada a su traje rojo, y nadie volvería a informarle nunca más... ni del fuego, ni del humo, ni del miedo, ni de la muerte.

Sólo la Sombra permanecía allí, tan descomunal que los hombres que venían corriendo por el aparcamiento la vieron desde la lejanía, gris ante el negro cielo nocturno, sus ojos dos carbones ardiendo, y, olvidando lo que deseaban notificar, corrieron en tropel hacia los coches aparcados. Su único deseo era alejarse de allí antes de que el ser al que habían llamado como a un perro los devorase a todos.

Meggie fue la primera en recobrar la presencia de ánimo, cuando ya estuvieron lejos. Había metido la cabeza debajo del brazo de su padre, como hacía siempre que se negaba a ver, y él se había guardado el libro bajo la chaqueta, con la que casi parecía uno de los secuaces de Capricornio. Sujetó a su hija mientras todos corrían y chillaban a su alrededor y sólo la Sombra guardaba silencio. Permanecía muda como si matar a su señor le hubiera arrebatado toda su fuerza.

–Farid –oyó decir a Mo al fin–, ¿puedes abrir la jaula?

Sólo entonces sacó la cabeza y comprobó que la Urraca continuaba allí. ¿Por qué no había desaparecido? Darius seguía sujetándola, como si temiera soltarla. Pero ella ya no pataleaba ni se defendía. Se limitaba a mirar a Capricornio mientras las lágrimas corrían por su cara angulosa, por su pequeña barbilla blanda, goteando como lluvia por encima de su vestido.

Farid saltó del estrado con la agilidad de Gwin, y corrió hacia la jaula sin quitar ojo de encima a la Sombra.

Pero ésta continuaba inmóvil, como si ya no fuese capaz de recuperar la movilidad.

–Meggie –le dijo su padre en voz muy baja–, vamos a ver a los prisioneros, ¿eh? La pobre Elinor parece algo extenuada, y además me gustaría presentarte a alguien.

Farid ya estaba manipulando la puerta de la jaula y las dos mujeres los miraban desde dentro.

–No hace falta que me la presentes –dijo la niña apretando su mano–. Sé quién es. Lo sé desde hace mucho. Deseaba tanto decírtelo, pero no estabas. Ahora tendremos que leer algo más. Las últimas frases –sacó el libro de debajo de la chaqueta de Mo y pasó las hojas hasta encontrar la nota de Fenoglio entre las páginas–. Lo escribió por la otra cara, porque ya no le cabía –explicó–. Es incapaz de escribir con letra pequeña.

Fenoglio.

Dejó caer la nota y miró a su alrededor, pero no logró descubrirlo. ¿Se lo habrían llevado los hombres de Capricornio, o...?

–¡Mo, no está aquí! –exclamó consternada.

–En seguida iré a buscarlo –la tranquilizó su padre–. Pero ahora, lee, ¡deprisa! ¿O prefieres que lo haga yo?

–¡No!

La Sombra comenzó a moverse de nuevo, dio un paso hacia el cadáver de Capricornio, retrocedió tambaleándose y se giró con la torpeza de un oso amaestrado. Meggie creyó oír un gemido. Farid se acurrucó junto a la jaula cuando los ojos rojos se giraron hacia él. Elinor y su madre también retrocedieron. Pero Meggie leyó, con voz firme:

–A la Sombra le dolían tanto los recuerdos que casi la desgarraban. Escuchaba en su cabeza todos los gritos y lamentos, creía sentir las lágrimas sobre su piel grisácea. El miedo le escocía como el humo en los ojos. Y de repente sintió algo que la hizo desplomarse, obligándola a caer de rodillas, y su terrorífica figura se desintegró. De repente volvieron a aparecer todos aquellos de cuyas cenizas había sido creada: mujeres y hombres, niños, perros, gatos, duendes, hadas y muchos, muchos seres más.

Meggie vio cómo la plaza vacía se iba llenando poco a poco de gente que se apiñaba en el lugar donde se había desplomado la Sombra, mirando a su alrededor como si acabasen de despertar de un profundo sueño. Meggie leyó la última frase:

–Despertaron de su pesadilla y por fin todo terminó felizmente.

–¡Ha desaparecido! –exclamó Meggie cuando su padre tomó la hoja de Fenoglio para devolverla al libro–. Se ha marchado, Mo. Ha entrado en el libro. Lo sé.

Mo contempló el libro y volvió a guardarlo debajo de la chaqueta.

–Sí, creo que tienes razón –dijo–. Pero si es así, de momento no podemos cambiarlo.

Acto seguido se llevó a Meggie con él y bajaron del estrado, mezclándose con todas las personas y seres extraños que se arremolinaban en la plaza de Capricornio como si siempre hubieran estado allí. Darius los siguió, tras soltar a la Urraca, que permanecía al lado de la silla en la que se había sentado Meggie, las manos huesudas apoyadas en el respaldo, llorando en silencio, con el rostro inexpresivo y hecha un mar de lágrimas.

Cuando Meggie se dirigía en compañía de su padre hacia la jaula en la que estaban encerradas Elinor y su madre, un hada chocó aleteando contra su pelo; era un ser diminuto de piel azulada que se disculpó con mucha elocuencia. Después, un tipo peludo, medio hombre medio animal, tropezó delante de sus pies y, por último, estuvo a punto de pisar a un pequeño hombrecillo que parecía de cristal. El pueblo de Capricornio tenía unos cuantos habitantes nuevos y extraños.

Al llegar a la jaula, vieron que Farid intentaba abrir la cerradura hurgando en ella con expresión sombría, mientras murmuraba que Dedo Polvoriento se lo había enseñado y que esa cerradura era muy especial.

–¡Estupendo! –se burlaba Elinor apretando su rostro contra las rejas–. Nos hemos librado de que nos haya zampado la Sombra, pero, para desgracia nuestra, moriremos de hambre en una jaula. ¿Qué te ha parecido tu hija, Mo? ¿No es una jovencita muy valiente? Yo no habría sido capaz de pronunciar palabra, ni una sola. Dios mío, cuando esa vieja quiso arrebatarle el libro, casi se me paró el corazón.

Mo puso una mano en los hombros de su hija y sonrió, pero estaba mirando a otra persona. Nueve años es un tiempo muy largo.

–¡Ya lo tengo, ya lo tengo! –gritó Farid, abriendo de un empujón la puerta de la jaula.

Pero antes de que ambas mujeres pudieran dar un paso, en el rincón más oscuro de la jaula se alzó una figura que saltó hacia ellas y agarró a la primera que encontró en su camino... la madre de Meggie.

–¡Alto ahí! –ordenó Basta enfurecido–. ¡Alto, alto, no tan deprisa! ¿Adónde quieres ir, Resa? ¿Con tu querida familia? ¿Crees que no entendí todos esos cuchicheos abajo, en la cripta? Oh, sí, claro que los entendí.

–¡Suéltala! –vociferó Meggie–. ¡Suéltala!

¿Por qué demonios no se había fijado en el oscuro fardo que yacía inmóvil en un rincón? ¿Cómo había podido pensar que Basta había muerto al igual que Capricornio? Pero ¿por qué no lo estaba? ¿Por qué no había desaparecido, como Nariz Chata, Cockerell y todos los demás?

–¡Suéltala, Basta! –Mo hablaba en voz muy baja, como si las fuerzas lo hubieran abandonado–. No saldrás de aquí, y menos con ella. Nadie te ayudará, todos se han ido.

–¡Oh, sí, por supuesto que saldré! –replicó Basta con voz taimada–. Si no me dejas pasar, le retorceré el pescuezo. Le partiré su delgado cuello. Por cierto, ¿sabes que es muda? Es incapaz de proferir palabra, porque Darius la trajo a este mundo con su lectura chapucera. Es un pez mudo, un bonito pez mudo. Pero por lo que te conozco, deseas recuperarla a cualquier precio, ¿me equivoco?

Mo no contestó y Basta soltó una carcajada.

–¿Por qué no estás muerto? –le preguntó a gritos Elinor–. ¿Por qué no te has desplomado como tu señor o te has disuelto en el aire? ¡Suéltalo de una vez!

Basta se limitó a encogerse de hombros.

–¡Y yo qué se! –gruñó mientras rodeaba con su mano el cuello de Resa. Ella intentó propinarle una patada, pero él se limitó a apretar aun más su garganta–. A fin de cuentas la Urraca también sigue ahí, pero ella mandó siempre a los demás que realizaran el trabajo sucio, y por lo que se refiere a mí... a lo mejor me cuento ahora entre los buenos por haberme encerrado en la jaula. A lo mejor sigo aquí porque hace mucho que no prendo fuego a nada y porque a Nariz Chata le divertían los asesinatos mucho más que a mí. A lo mejor, a lo mejor, a lo mejor... Sea como fuere, sigo aquí... ¡y ahora, déjame pasar, devoradora de libros!

Elinor, sin embargo, permaneció quieta.

–No –contestó–. Sólo saldrás de aquí si la sueltas. Jamás se me habría ocurrido pensar que esta historia acabaría bien, pero así ha sido... y eso no vas a arruinarlo tú, criminal, en el último minuto. ¡Tan cierto como que me llamo Elinor Loredan! –y con expresión decidida se plantó delante de la puerta de la jaula–. ¡Esta vez no llevas una navaja! –le dijo enfurecida en voz baja y amenazadora–. Sólo te queda tu maligna labia, y eso, créeme, de nada te servirá ahora. ¡Húndele los dedos en los ojos, Teresa! ¡Patea, muerde a ese infame!

Pero antes de que Teresa pudiera obedecer, Basta la empujó contra Elinor, derribándolos a ella y a Mo, que se disponía a acudir en ayuda de ambas.

Basta saltó hacia la puerta abierta de la jaula, apartó de un empellón al atónito Farid y a Meggie... y salió corriendo hasta mezclarse con todos aquellos que vagaban sin rumbo, como sonámbulos, por la plaza donde Capricornio celebraba la fiesta. Antes de que Farid o Mo pudieran correr tras él, había desaparecido.

–¡Esto es fabuloso! –murmuró Elinor mientras abandonaba a trompicones la jaula en compañía de Teresa–. Ahora ese tipo me perseguirá en mis sueños, y cada vez que oiga por la noche algún rumor en mi jardín me figuraré que aprieta su navaja contra mi garganta.

Pero no sólo se marchó Basta, también la Urraca desapareció aquella noche sin dejar rastro. Y cuando, cansados, se dirigieron al aparcamiento de Capricornio para encontrar algún coche con el que abandonar el pueblo, todos habían desaparecido. En el aparcamiento, ahora oscuro, no se veía ni un solo vehículo.

–¡Oh, no, por favor, decidme que no es cierto! –gimió Elinor–. ¿Significa esto que tenemos que volver a recorrer a pie todo ese maldito camino cubierto de espinos?

–Como no lleves por casualidad un teléfono encima... –respondió Mo.

Desde la desaparición de Basta no se había apartado de Teresa. Había examinado preocupado su cuello –aún se distinguían las manchas rojizas provocadas por los dedos de Basta– y había deslizado entre sus dedos un mechón de sus cabellos diciendo que esa tonalidad oscura casi le gustaba más. Pero nueve años son ciertamente un tiempo muy largo, y Meggie observaba con cuánto cuidado se acercaban ambos, igual que las personas en un puente estrecho que sortea una nada infinita.

Como es natural, Elinor no llevaba teléfono. Capricornio había ordenado que se lo quitaran, y a pesar de que Farid se ofreció al instante a registrar la casa de Capricornio, tiznada de hollín, no intentaron recuperarlo.

Así que al final decidieron pasar la última noche en el pueblo, en compañía de todos aquellos que Fenoglio había rescatado de la muerte. Era una noche templada y maravillosa. Seguro que bajo los árboles descansarían muy a gusto.

Meggie proporcionó mantas a Mo, había de sobra en el pueblo ya abandonado. No entraron en la casa de Capricornio. Meggie se negaba a traspasar de nuevo el umbral, no por el acre olor a quemado que aún brotaba por las ventanas, ni por las puertas carbonizadas, sino por los recuerdos, pues en cuanto veía la casa creía que la atacaban animales feroces.

Cuando se sentó entre Mo y su madre bajo uno de los viejos alcornoques que rodeaban la plaza del aparcamiento, no pudo evitar pensar en Dedo Polvoriento y se preguntó si Capricornio le habría mentido y yacería muerto en algún paraje de las colinas. «Seguramente nunca sabré qué ha sido de Dedo Polvoriento», pensaba mientras una de las hadas azules se mecía por encima de ella en una rama con cara de perplejidad.

Aquella noche todo el pueblo parecía feliz. El aire se había llenado de murmullos, y las figuras que caminaban despacio por el aparcamiento parecían escapadas de sueños infantiles y de las palabras de un anciano. Aquella noche Meggie se preguntó una y otra vez: «¿Dónde estará Fenoglio? ¿Le gustará vivir su propia historia?». Se lo deseaba tanto... Sin embargo, sabía que echaría de menos a sus nietos y el juego del escondite en el armario de su cocina.

Antes de que se le cerraran los ojos, Meggie vio vagar a Elinor entre los duendes y las hadas con una expresión de dicha indecible. Sin embargo, a su izquierda y a su derecha se sentaban sus padres, y su madre escribía sin parar en las hojas de los árboles, en la tela de su vestido y en la arena. Tenía tanto que contar...

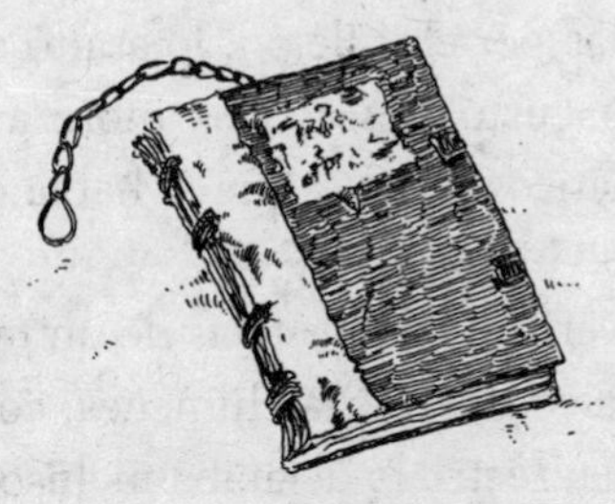

58

NOSTALGIA

Y, sin embargo, Bastian sabía que no podía marcharse sin el libro. Ahora se daba cuenta de que precisamente por aquel libro había entrado allí, de que el libro lo había llamado de una forma misteriosa porque quería ser suyo, porque, en realidad, ¡le había pertenecido siempre!

Michael Ende, *La historia interminable*

Dedo Polvoriento contemplaba el desarrollo de los acontecimientos desde un tejado, a la distancia justa del lugar de la fiesta para sentirse a salvo de la Sombra y no perder detalle de lo que sucedía... gracias a los prismáticos que había encontrado en casa de Basta. Al principio optó por permanecer en su escondite. Había visto matar a la Sombra demasiadas veces. Pero una extraña sensación, irracional como los amuletos de Basta, acabó por conducirlo hasta allí: la sensación de que podría proteger el libro con su mera presencia. Cuando se deslizó a hurtadillas por el callejón, lo asaltó otro sentimiento, que se confesó a disgusto: deseaba ver morir a Basta a través de los mismos prismáticos con los que él había observado tantas veces a sus futuras víctimas.

Se sentó, pues, encima de las tejas de un tejado agujereado, la espalda apoyada contra la fría chimenea, con la cara tiznada de hollín (porque su rostro lo delataba incluso de noche), y vio ascender hacia el cielo una columna de humo en el lugar donde estaba emplazada la casa de Capricornio. Vio cómo Nariz Chata acudía a apagarlo con algunos hombres, cómo emergía del suelo la Sombra, cómo desaparecía el anciano con una expresión de ilimitado asombro, y cómo Capricornio moría víctima del ser que él mismo había convocado. Basta por desgracia no murió, hecho que ciertamente lo irritaba. Dedo Polvoriento lo vio salir corriendo. Presenció asimismo la huida de la Urraca.

Lo vio todo: Dedo Polvoriento, el espectador.

Había sido muchas veces un mero espectador, y ésta no era su historia. ¡Qué le importaban a él Lengua de Brujo y su hija, el chico, la loca de los libros y la mujer que ahora volvía a pertenecer a otro! Habría podido huir con él, pero prefirió permanecer en la cripta, junto a su hija, así que él la había expulsado de su corazón, como hacía siempre que alguien pretendía anidar en él con voluntad de permanencia. Se alegró de que no se la llevase la Sombra, pero ya le traía sin cuidado. Desde entonces Resa volvería a contarle a Lengua de Brujo todas las historias maravillosas que ahuyentaban la soledad, y la nostalgia, y el miedo. ¡Qué le importaba a él!

¿Y las hadas y los duendes que de repente caminaban a tropezones por la plaza de Capricornio? Ellos tenían tan poco que ver con ese mundo como él y tampoco le permitirían olvidar que permanecía allí por una sola razón. Lo único que le interesaba era el libro, y cuando vio a Lengua de Brujo guardárselo debajo de la chaqueta, decidió recuperarlo.

Ese libro le pertenecería, sería suyo. Acariciaría sus páginas y, cerrando los ojos al mismo tiempo, volvería a sentirse como en casa.

Ahora estaba allí el viejo de la cara arrugada. Qué locura. «¡Por culpa de tu miedo, Dedo Polvoriento!», pensaba con amargura. «Eres y serás un cobarde. ¿Por qué no te pusiste *tú* al lado de Capricornio? ¿Por qué no te atreviste a bajar, a lo mejor entonces habrías desaparecido *tú* en lugar del viejo...?»

El hada de alas de mariposa y cara blanca como la leche le había seguido revoloteando. Era una presumida. Cada vez que veía su reflejo en alguna ventana, se detenía con una sonrisa extasiada, giraba y se contoneaba en el aire, se pasaba los dedos por el pelo y se contemplaba, fascinada por su propia belleza. Las hadas que él había conocido no eran muy presumidas; al contrario, a veces se divertían mucho embadurnándose sus caritas diminutas con barro o polen para preguntarle entre risas contenidas cuál de ellas se ocultaba tras esa suciedad.

«¿Y si atrapase alguna?», se preguntó Dedo Polvoriento. «Podría hacerme invisible...» Sería maravilloso volver a serlo. Y respecto a esos duendes... uno de ellos podría actuar con él. Todos creerían que era una simple persona bajita con un traje de piel. Nadie es capaz de hacer el pino tanto tiempo como un duende, ni tantas muecas, y luego, sus cómicos bailes retozones... Claro, ¿por qué no?

La luna había recorrido ya la mitad del cielo y Dedo Polvoriento seguía sentado encima del tejado. El hada de alas de mariposa se impacientó. Mientras revoloteaba a su alrededor, su tintineo sonaba estridente y furioso. ¿Qué querría? ¿Que la llevara de vuelta al lugar del que procedía, allí donde todas las hadas tienen alas de mariposa y entendían su lengua?

–Te equivocas de persona –le dijo en voz baja–. ¿Ves esa chica de ahí abajo y al hombre que está sentado al lado de la mujer del pelo rubio ceniza? Ésos son los indicados, pero te lo digo de antemano: son capaces de traerte desde tu mundo a éste, pero ignoran cómo devolverte a él. A pesar de todo, ¡inténtalo! ¡A lo mejor tienes más suerte que yo!

El hada se volvió, miró hacia abajo, le lanzó una última mirada ofendida y se alejó revoloteando. Dedo Polvoriento vio cómo su resplandor se mezclaba con el de las demás hadas, cómo se rodeaban volando y se perseguían por entre las ramas de los árboles. Eran tan olvidadizas. Ninguna pena duraba más de un día en sus cabecitas... y quién sabe, quizá el tibio aire de la noche les había hecho olvidar que ésta no era su historia.

Alboreaba cuando abajo todos se quedaron por fin dormidos. Sólo el chico montaba guardia. Era un muchacho desconfiado, siempre ojo avizor, siempre alerta, excepto cuando jugaba con el fuego. Dedo Polvoriento no pudo impedir una sonrisa al recordar su rostro vehemente, y cómo se chamuscó los labios cuando cogió a escondidas las antorchas de su mochila. El chico no sería ningún problema. No. Sin la menor duda.

Lengua de Brujo y Resa dormían debajo de un árbol; Meggie yacía entre ambos, resguardada como un pájaro joven en el nido acogedor. Un metro más allá dormitaba Elinor, sonriendo en sueños. Dedo Polvoriento nunca la había visto tan feliz. Sobre su pecho yacía una de las hadas, enroscada como una larva, Elinor la rodeaba con la mano. El rostro apenas era mayor que la yema de su pulgar, y la luz del hada brotaba entre los vigorosos dedos de Elinor como una estrella encerrada.

En cuanto vio acercarse a Dedo Polvoriento, Farid se incorporó. Empuñaba una escopeta, a buen seguro perteneciente a uno de los secuaces de Capricornio.

–¿No... no estás muerto? –preguntó incrédulo con un hilo de voz.

Seguía descalzo. No era de extrañar, se pisaba continuamente los cordones y atarse el lazo le causaba grandes problemas.

–No, no lo estoy –Dedo Polvoriento se detuvo junto a Lengua de Brujo y bajó la vista hacia él y hacia Resa–. ¿Dónde está Gwin? –le preguntó al muchacho–. ¡Espero que la hayas cuidado bien!

–Huyó cuando nos dispararon, pero después regresó –la voz del chico rezumaba orgullo.

–Vaya –Dedo Polvoriento se acuclilló junto a Lengua de Brujo–. Bueno, Gwin siempre ha sabido cuándo ha llegado el momento de escapar, igual que su amo.

–La última noche la dejamos en el campamento, arriba, en la casa quemada, porque sabíamos que sería muy peligroso –prosiguió el joven–. Pero pensaba salir en su busca en cuanto finalizase mi guardia.

–Bueno, yo me encargaré de eso. No te preocupes, seguro que está bien. Una marta sabe arreglárselas sola –Dedo Polvoriento alargó la mano y la introdujo bajo la chaqueta de Lengua de Brujo.

–¿Qué haces? –la voz del chico sonó inquieta.

–Sólo cojo lo que me pertenece –contestó Dedo Polvoriento.

Cuando extrajo el libro de la chaqueta, Lengua de Brujo no se movió. Dormía profundamente. ¿Qué podía perturbar ahora su sueño? Tenía cuanto anhelaba.

–No te pertenece.

–Sí.

Dedo Polvoriento se incorporó. Miró entre las ramas. Nada menos que tres hadas dormitaban allí arriba; siempre se había preguntado cómo eran capaces de dormir en los árboles sin caerse. Cogió con mucho cuidado dos de la delgada rama en la que yacían. Apenas abrieron los ojos bostezando, les sopló con suavidad en la cara y se las guardó en el bolsillo.

–Soplarles las adormece –explicó al chico–. Es un pequeño truco, por si alguna vez te las tienes que ver con ellas. Pero creo que sólo funciona con las azules.

No despertó a ningún duende. Eran un pueblo testarudo, le costaría mucho tiempo convencer a alguno de ellos de que lo acompañase, y seguro que Lengua de Brujo se despertaría antes.

–¡Llévame contigo! –el chico se interpuso en su camino–. ¡Mira, tengo tu mochila! –la sostuvo en alto, como si pretendiera comprar con ella la compañía de Dedo Polvoriento.

–No –Dedo Polvoriento se la arrebató y, tras colgársela del hombro, le dio la espalda.

–¡Oye! –el chico corrió tras él–. Tienes que llevarme contigo. ¿Qué dirá Lengua de Brujo cuando descubra que el libro ha desaparecido?

–Dile que te has quedado dormido.

–¡Por favor...!

Dedo Polvoriento se detuvo.

–¿Y ella, qué? –señaló a Meggie–. La chica te gusta. ¿Por qué no te quedas a su lado?

El chico se ruborizó. Dirigió una prolongada mirada a Meggie, como si quisiera grabar a fuego su imagen en la memoria. Después se giró de nuevo hacia Dedo Polvoriento.

–No soy uno de ellos.

–Tampoco eres de los míos.

Dedo Polvoriento lo dejó plantado, pero cuando había recorrido un buen trecho desde el aparcamiento, el chico seguía allí. Intentaba caminar despacio para que Dedo Polvoriento no lo oyera, y cuando éste se volvió, se quedó inmóvil como un ladrón pillado in fraganti.

–¿Qué significa esto? ¡De todos modos no permaneceré mucho tiempo aquí! –le espetó con rudeza Dedo Polvoriento–. Ahora que tengo el libro, me buscaré a alguien cuya lectura me devuelva a mi mundo, aunque sea un tartamudo como Darius y me envíe a casa cojo o con la cara aplastada. ¿Qué harás tú entonces? ¡Te habrás quedado solo!

El chico se encogió de hombros y lo miró con sus ojos negros como el hollín.

–He aprendido a escupir fuego de maravilla –anunció–. He ensayado mucho durante tu ausencia. Pero tragármelo todavía no me sale muy bien.

–Es más difícil. Te apresuras demasiado. Te lo he repetido mil veces.

Encontraron a Gwin junto a las ruinas de la casa quemada, adormilada, con plumas pegadas al hocico. Parecía alegrarse de ver a Dedo Polvoriento, incluso lamió su mano, pero después se marchó corriendo detrás del muchacho. Caminaron hasta que salió el sol, siempre hacia el sur, en dirección al mar. Luego descansaron y compartieron las provisiones de la despensa de Basta: chorizo, rojo y picante, un trozo de queso, pan y aceite de oliva. El pan estaba algo duro y lo mojaron en aceite. Comieron juntos en silencio, sentados sobre la hierba, y después reemprendieron la marcha. Entre los árboles florecía, azul y rosa pálido, la salvia silvestre. En el bolsillo de Dedo Polvoriento se agitaban las hadas... y el chico caminaba tras él como si fuese su sombra.

59

A CASA

Y navegó de vuelta saltándose un año
entrando y saliendo por las semanas
atravesando el día
hasta llegar a la noche misma de su propia habitación
donde su cena lo estaba esperando
y todavía estaba caliente.

Maurice Sendak, *Donde viven los monstruos*

Cuando Mo se dio cuenta por la mañana de que el libro había desaparecido, Meggie pensó que se lo había llevado Basta, y la posibilidad de que se hubiese deslizado hasta ellos mientras dormían la sobrecogió. Pero su padre albergaba otra sospecha.

–¡Farid también se ha ido, Meggie! –le dijo–. ¿Crees que se habría marchado con Basta?

No, por supuesto que no. Farid sólo podía haberse ido con una persona. Meggie se imaginaba sin dificultad a Dedo Polvoriento surgiendo de la oscuridad, igual que la noche en que todo había comenzado.

–Pero, ¿y Fenoglio? –preguntó ella.

Su padre suspiró.

–No sé si habría intentado traerlo de nuevo, Meggie –le comunicó–. Ya han salido demasiadas desgracias de ese libro, y yo no soy un escritor capaz de redactar las palabras que desea leer, sino una especie de médico de libros. Puedo proveerlos de nuevas pastas, rejuvenecerlos un poco, quitarles la carcoma e impedir que pierdan sus páginas con los años igual que un hombre el cabello. Pero seguir urdiendo historias, llenar nuevas páginas vacías con las palabras correctas, eso no sé hacerlo. Es un oficio muy diferente. Un famoso escritor dijo una vez: *Podemos considerar a un escritor tres cosas: un narrador de historias, un maestro o un mago... pero prevalece el mago, el brujo.* Siempre he pensado que tenía razón.

Meggie no supo qué contestar. Sólo sabía que echaba de menos a Fenoglio.

–¿Y Campanilla? –preguntó–. ¿Qué será de ella? ¿También tendrá que quedarse aquí?

Cuando se despertó, el hada yacía a su lado sobre la hierba. Ahora andaba revoloteando por allí en compañía de las demás hadas. Si no se prestaba mucha atención parecían un enjambre de polillas. Ni con su mejor voluntad acertaba Meggie a imaginar cómo había logrado escapar de Basta. ¿No había querido meterla en una jarra?

–Bueno, por lo que recuerdo, llegó un momento en que Peter Pan olvidó su propia existencia –dijo Mo–. ¿Me equivoco?

Sí, Meggie también lo recordaba.

–A pesar de todo –murmuró–, ¡pobre Fenoglio!

Pero en el mismo momento en que lo decía, su madre sacudió con energía la cabeza. Mo buscó papel en sus bolsillos. Tan sólo encontró la factura de una gasolinera y un rotulador. Teresa tomó ambas cosas en su mano con una sonrisa. Después, mientras Meggie se sentaba a su lado en la hierba, escribió: «No te apenes. No ha ido a parar a una historia mala».

–¿Sigue allí Capricornio? ¿Te encontraste alguna vez con él? –preguntó Meggie.

Cuántas veces se lo habían preguntado Mo y ella. Al fin y al cabo, *Corazón de Tinta* aún hablaba de él. Pero quizá detrás de la historia impresa había algo más, un mundo que se transformaba de día en día, igual que lo hacía éste.

«Yo sólo oí hablar de él», escribió su madre. «Parecía como si hubiera salido de viaje. Pero había otros tan malvados como él. Es un mundo lleno de espanto y belleza y», sus letras se hicieron tan pequeñas que Meggie apenas acertaba a descifrarlas, «yo siempre he comprendido la nostalgia de Dedo Polvoriento».

La última frase inquietó a Meggie, pero cuando miró preocupada a su madre, ésta rió y le cogió la mano. «De vosotros siempre he sentido más nostalgia, mucha más», le escribió en la palma de la mano, y Meggie cerró los dedos alrededor de esas palabras, como si de ese modo pudiera retenerlas. Durante el largo viaje hasta la casa de Elinor las leyó en numerosas ocasiones, y tardaron muchos días en borrarse.

Elinor se había negado a aceptar que tenía que volver a abrirse paso por aquellas colinas cubiertas de espinos e infestadas de serpientes.

–¿Estaré loca? –refunfuñaba–. Me duelen los pies sólo de pensarlo.

Así que ella y Meggie reemprendieron la búsqueda de un teléfono. Era una sensación extraña caminar por el pueblo abandonado de verdad, pasar frente a la casa ennegrecida de Capricornio y frente al portón medio carbonizado de la iglesia. La plaza estaba anegada. El cielo azul se reflejaba en el agua, dando la impresión de que se había convertido en un lago durante la noche. Las mangueras con las que los hombres de Capricornio habían salvado la casa de su señor se retorcían dentro como enormes serpientes. De hecho, el fuego sólo había devorado el piso de abajo, pero a pesar de todo Meggie no se atrevió a entrar y, tras buscar en vano en más de una docena de casas, Elinor cruzó la puerta quemada y desapareció sola en su interior. Meggie le había explicado la ubicación exacta de la habitación de la Urraca, y Elinor se llevó una escopeta por si a la vieja se le había ocurrido regresar para salvar algunos de los tesoros de su avariento hijo. Pero la Urraca había desaparecido, igual que Basta, y Elinor regresó con una sonrisa triunfal en los labios y un teléfono.

Llamaron un taxi. Les costó explicar al conductor que debía hacer caso omiso de la barrera con que se toparía, pero por fortuna no creía las historias diabólicas que corrían sobre el pueblo. Mo y Elinor lo esperaban en la carretera, para impedir que viera a los duendes y a las hadas. Mientras Meggie permanecía en el pueblo con su madre, ellos dos viajaron hasta la ciudad más cercana y unas horas después retornaron con dos coches de alquiler, microbuses para ser más exactos. En efecto, Elinor había decidido ofrecer su hogar a todos los seres extraños que habían ido a parar a su mundo.

–Asilo –precisaba ella–, pues nuestro mundo no tiene paciencia ni muestra excesiva comprensión hacia las personas que son diferentes. ¿Qué dirían entonces de unos seres azules que saben volar?

Pasó un rato hasta que todos comprendieron la oferta de Elinor, también dirigida, como es natural, a los humanos, pero la mayoría decidieron permanecer en el pueblo de Capricornio. Es evidente que les recordaba un hogar que la muerte casi les había hecho olvidar, y a continuación Meggie habló a los niños de los tesoros que aún debían guardar los sótanos de la casa de Capricornio. Seguramente bastarían para alimentar durante el resto de sus días a los nuevos moradores del pueblo de Capricornio. Los pájaros, perros y gatos que habían salido de la sombra no permanecieron allí, sino que desaparecieron enseguida por las colinas circundantes. Sin embargo, algunas hadas y dos de los hombrecillos de cristal, embriagados por las flores de retama, el perfume del romero y las estrechas callejuelas cuyas viejas piedras les susurraban viejas historias, optaron por convertir el pueblo antes maldito en su hogar.

A pesar de todo, al final cuarenta y tres hadas de piel azulada y alas de libélula entraron volando en los microbuses para sentarse en los asientos tapizados de gris. Era evidente que Capricornio había matado hadas igual que otros matan moscas. Campanilla fue una de las que decidieron quedarse, lo que no disgustó mucho a Meggie, pues había comprobado que el hada de Peter Pan era muy respondona y quería decir siempre la última palabra. Además, su tintineo le atacaba los nervios, y Campanilla tintineaba sin cesar en cuanto no conseguía lo que deseaba.

A los microbuses de Elinor subieron cuatro duendes, trece hombres y mujeres de cristal... y Darius, el desdichado lector tartamudo. A él ya nada lo retenía en el pueblo abandonado y vuelto a habitar. Atesoraba demasiados recuerdos dolorosos. Cuando ofreció a Elinor ayudarla a reconstruir su biblioteca, ella aceptó (Meggie abrigaba la ligera sospecha de que barajaba la secreta idea de conseguir que Darius volviera a leer en voz alta algún día ahora que la amenazadora presencia de Capricornio no le trababa la lengua).

Meggie continuó mirando un buen rato hacia atrás cuando dejaron el pueblo de Capricornio a sus espaldas. Sabía que nunca lo olvidaría, al igual que tampoco se olvidan algunas historias por mucho miedo que te hayan dado o quizá precisamente por eso.

Antes de partir, Mo había vuelto a preguntarle, preocupado, si también le apetecía dirigirse primero a casa de Elinor. A Meggie le encantó la idea. Curiosamente sentía más nostalgia de la casa de Elinor que de la vieja granja donde su padre y ella habían pasado los últimos años.

En la pradera trasera de la casa, aún se percibía la mancha provocada por el fuego en el lugar donde los hombres de Capricornio habían apilado los libros, pero Elinor había mandado retirar las cenizas... después de llenar un bote de mermelada con el fino polvo gris. Reposaba sobre su mesilla de noche, junto a su cama.

Muchos de los libros que los hombres de Capricornio habían arrancado de los estantes volvían a ocupar su lugar; otros esperaban sobre la mesa de trabajo de Mo a ser encuadernados de nuevo, pero las estanterías de la biblioteca seguían vacías, y Meggie vio lágrimas en los ojos de Elinor cuando ambas se plantaron delante... aunque se las limpió a toda prisa.

Durante las semanas siguientes Elinor se dedicó a comprar libros. Para ello viajó por toda Europa, acompañada siempre por Darius. A veces también se sumaba Mo. Meggie se quedó con su madre en la enorme casa. Sentadas juntas ante una de las ventanas, contemplaban el jardín, donde las hadas fabricaban sus nidos, unas formaciones redondas que colgaban como pelotas de las ramas de los árboles. Las criaturas de cristal se instalaron en el desván de Elinor, y los duendes horadaron cuevas entre los corpulentos y añosos árboles que tanto abundaban en el jardín de Elinor. Ella les recomendó encarecidamente a todos ellos que no abandonasen la finca en la medida de lo posible. Les previno con insistencia sobre los peligros del mundo que se extendía más allá de los setos, pero los enjambres de hadas no tardaron en bajar volando de noche al lago, los duendes se deslizaron por los pueblos dormidos emplazados en sus orillas y la gente de cristal desapareció en la hierba alta que tapizaba las laderas de las montañas limítrofes.

–No te preocupes demasiado –aconsejó Mo a Elinor cuando ésta se lamentaba de semejante falta de juicio–. El mundo del que proceden tampoco estaba exento de peligros.

–Pero era diferente –se limitó a contestar Elinor–. No había automóviles –¿qué pasaría si las hadas chocasen volando con un parabrisas?–, ni tampoco cazadores con escopetas que disparan a todo bicho viviente sólo por divertirse.

Para entonces, Elinor conocía todos los detalles sobre el mundo de *Corazón de Tinta*. La madre de Meggie había necesitado abundante papel para escribir sus recuerdos. Todas las noches Meggie le pedía que le contara algo, y, sentadas juntas, Teresa escribía y Meggie leía, y en ocasiones intentaba pintar lo que le había descrito su madre.

Los días pasaban y las estanterías de Elinor se iban llenando de libros nuevos y maravillosos. Algunos estaban en un estado lamentable, y Darius, que había comenzado a redactar un inventario de los tesoros impresos de Elinor, interrumpía su trabajo una y otra vez para observar a Mo mientras realizaba el suyo. Se sentaba a su lado con los ojos abiertos como platos mientras Mo liberaba a los libros de sus tapas gastadas, volvía a unir las páginas sueltas, pegaba los lomos y hacía todo lo necesario para prolongar la vida de los libros durante muchos años más.

Más tarde, Meggie no acertaba a recordar en qué momento decidieron quedarse para siempre con Elinor. Quizá fue muchas semanas después de su llegada, o puede que lo supieran desde el primer día. A Meggie le asignaron la habitación con la enorme cama bajo la que aún seguía su caja de libros. Le habría encantado leerle en voz alta a su madre sus libros favoritos, pero para entonces comprendía por qué Mo también se negaba a hacerlo salvo en muy raras ocasiones. Y una noche en que no podía conciliar el sueño porque había creído ver surgir la cara de Basta en la noche, se sentó a la mesa ante su ventana y comenzó a escribir, mientras las hadas brillaban en el jardín de Elinor y los duendes se deslizaban, raudos, entre los arbustos.

Meggie se había trazado un plan: quería aprender a urdir historias como Fenoglio. Deseaba aprender a reunir palabras que leer a su madre sin preocuparse de quién podía salir y mirarla con ojos enfermos de nostalgia. Sólo las palabras podían devolver a su mundo a todos aquellos que estaban hechos de letras, y por eso Meggie decidió que las palabras se convertirían en su oficio. Y ¿dónde podía aprenderlo mejor que en una casa en cuyo jardín anidaban las hadas y los libros susurraban de noche en las estanterías?

Como ya su padre le había dicho en cierta ocasión: escribir historias también guarda relación con la brujería.

PERSONAJES

¿Quién es quién?

En la primera parte
Corazón de Tinta:

Meggie: Hija de Resa y Mo; al igual que su padre, leyendo en voz alta puede hacer que vivan los personajes de los libros, «traerlos con la lectura». Meggie y sus padres viven desde hace algún tiempo con Elinor, tía abuela de Meggie.

Desde sus aventuras en el pueblo de Capricornio, Meggie abriga un deseo: escribir como Fenoglio para poder seguir sacando personajes de los libros, pero también enviarlos de vuelta a los mismos.

Mortimer Folchart, llamado Mo o Lengua de Brujo: Encuadernador, «médico de libros» lo llama su hija. Es capaz, como dice Meggie, de «dibujar imágenes en el aire sólo con su voz». Leyendo, Mo sacó de su libro a Capricornio, Basta y Dedo Polvoriento, y presenció cómo su esposa Resa desaparecía en el mismo libro. Desde entonces evita leer en voz alta.

Resa (Theresa): Esposa de Mo, madre de Meggie y sobrina predilecta de Elinor. Ha pasado varios años en el Mundo de Tinta. Darius volvió a sacarla de allí con la lectura, pero al hacerlo se quedó muda. Después fue criada durante años de Mortola y Capricornio; allí conoció a Dedo Polvoriento y le enseñó a leer y escribir.

Elinor Loredan: Tía de Resa, tía abuela de Meggie; coleccionista de libros, también llamada comelibros. Durante muchos años ha preferido la compañía de los libros a la de las personas. Pero con el paso del tiempo no sólo ha acogido en su casa a Meggie, Mo y Resa, sino también al lector Darius junto a un enjambre de hadas, duendes y hombrecillos de cristal.

Fenoglio: Poeta, narrador de historias; él escribió el libro en torno al que gira todo, *Corazón de Tinta,* e inventó además el correspondiente Mundo de Tinta. Basta, Capricornio y Dedo Polvoriento proceden de ese libro. También las palabras con las que Mo mató a Capricornio y Meggie invocó leyendo a la Sombra fueron escritas por Fenoglio. A cambio, esa misma noche, su autor desapareció en su propia historia.

Dedo Polvoriento: También llamado Bailarín o Domador del Fuego, vivió sin quererlo diez años en nuestro mundo porque Mo, leyendo, lo arrancó de su propia historia. Las tres largas cicatrices de su cara son obra del cuchillo de Basta. Va siempre acompañado de Gwin, su marta domesticada. Al final de *Corazón de Tinta,* roba a Mo el libro del que procede y al que intenta desesperadamente regresar. Por este deseo Dedo Polvoriento incluso se comprometió con Capricornio, su antiguo enemigo, y delató a Meggie y a su padre. Además ocultó a Mo durante años el paradero de su mujer desaparecida, y tampoco habló a Resa de Meggie ni de Mo, en venganza por todo lo que le había arrebatado la voz de Mo (y quizá también porque estaba enamorado de Resa).

Gwin: Marta con cuernos, acompañante de Dedo Polvoriento. En realidad Fenoglio le había asignado un mal papel: en la versión original de Corazón de Tinta, Dedo Polvoriento perdería la vida intentando salvar a Gwin de los secuaces de Capricornio.

Farid: Este chico árabe fue sacado sin querer por Mo leyendo de *Las mil y una noches.* Experto en aproximaciones sigilosas, en robar, espiar, atar y algunas otras artes del bandido. También discípulo inteligente de Dedo Polvoriento y muy fiel a él.

Capricornio: Jefe de una banda de incendiarios y chantajistas, Mo lo sacó leyendo de *Corazón de Tinta*. Durante casi diez años persigue al lector para aumentar con sus habilidades su propio poder y riqueza. Además, pretendía destruir todos los ejemplares de *Corazón de Tinta* para impedir que nunca más pudiera devolverlo nadie con la lectura al Mundo de Tinta. Por eso apresó a Meggie y la obligó a traer hasta nuestro mundo a la Sombra, su antiguo y mortífero servidor. Al final Capricornio murió gracias a la Sombra, a las palabras de Fenoglio y a la voz de Mo.

Mortola: También llamada la Urraca. Madre de Capricornio, envenenadora y durante años señora de la madre de Meggie. Su hijo siempre la hizo pasar por su ama de llaves porque se avergonzaba del humilde origen de ambos. Pero Mortola es más inteligente –y por desgracia también más mala– que algún príncipe malvado de esta historia.

Basta: Uno de los más fieles secuaces de Capricornio. Muy supersticioso y enamorado de su cuchillo, que lleva siempre consigo. Basta rajó en su día la cara de Dedo Polvoriento. Capricornio proyectaba alimentar con él a la Sombra, por haber dejado escapar de sus mazmorras a Dedo Polvoriento. La muerte de Capricornio salvó en principio a Basta. Se libró incluso de las nuevas palabras de Fenoglio, que hicieron desaparecer a muchos de los secuaces de Capricornio, quizá porque en ese momento era prisionero de su señor, o tal vez (según opina él mismo), porque su antigua historia siente tanta nostalgia de él que no lo deja perecer.

Darius: Antiguo lector de Capricornio, llamado por Basta Lengua Trabada. Ayuda a Elinor en su biblioteca. Como solía tener mucho miedo al leer en voz alta, las figuras que sacaba de los libros sufrían alguna mutilación (p. ej. Resa perdió el habla).

A éstos se añaden en la segunda parte,
Sangre de Tinta:

De nuestro mundo:

Orfeo: Poeta y lector, llamado también Cabeza de Queso por Farid.

Cerbero: El perro de Orfeo.

Azúcar: También el Armario; servidor de Mortola y más tarde de Orfeo.

De El Mundo de Tinta:

Titiriteros (el Pueblo Variopinto)

Bailanubes: Antiguo funámbulo, ahora mensajero; amigo de Dedo Polvoriento.

El Príncipe Negro: Lanzador de cuchillos, amigo del oso, rey de los titiriteros, el mejor amigo de Dedo Polvoriento.

El oso: Oso negro redimido por el Príncipe Negro de su vida como oso amaestrado.

Pájaro Tiznado: Tragafuego.

Baptista: Actor, fabricante de máscaras, desfigurado por la viruela.

En el bosque impenetrable

Ondinas: Viven en las charcas del Bosque Impenetrable.

Hadas azules: Añoradas por Dedo Polvoriento durante todos sus años de destierro en nuestro mundo.

Elfos de fuego: Elaboran la miel con la que se puede aprender el lenguaje del fuego.

Las Mujeres Blancas: Servidoras de la Muerte.

Arrendajo: Bandido legendario inventado por Fenoglio, que, al igual que Robin Hood en su día, enfurece a los príncipes y ayuda al pueblo llano.

En Umbra

Minerva: Casera de Fenoglio.

Despina: Hija de Minerva.

Ivo: Hijo de Minerva.

Cuarzo Rosa: Hombrecillo de cristal de Fenoglio.

En el castillo de Umbra

El Príncipe Orondo: Señor del castillo y la ciudad de Umbra; desde la muerte de su hijo Cósimo llamado también el Príncipe de los Suspiros.

Cósimo: También llamado Cósimo el Guapo; hijo fallecido del Príncipe Orondo.

Tullio: Paje del Príncipe Orondo; tiene el rostro cubierto de pelo.

Violante: También llamada Violante la Fea; hija de Cabeza de Víbora y viuda de Cósimo el Guapo.

Jacopo: Hijo de Cósimo y Violante.

Balbulus: Iluminador de libros; llevado por Violante a Umbra como «dote».

Brianna: Criada de Violante; hija de Roxana y Dedo Polvoriento.

Anselmo: Guardián de la puerta.

En la granja de Roxana

Roxana: Esposa de Dedo Polvoriento; antes era una juglaresa, después se volvió sedentaria; cultiva plantas medicinales y es una acreditada curandera.

Jehan: Hijo de Roxana y de su segundo marido fallecido.

Furtivo: Marta con cuernos.

Rosanna: Hija menor de Dedo Polvoriento y Roxana.

En el campamento secreto

Dosdedos: Titiritero, hábil flautista a pesar de tener sólo dos dedos en una mano.

Dedostorcidos: Titiritera de cierta edad, se opone a que los titiriteros alberguen a Resa en el Campamento Secreto.

Benedicta: Titiritera casi ciega.

Mina: Titiritera embarazada.

Ortiga: Curandera.

Y numerosos titiriteros anónimos más.

En la posada del bosque impenetrable

El posadero: Tristemente célebre por sus artes culinarias y notorio espía de Cabeza de Víbora.

La mujer de musgo: Curandera.

En la posada de los ratones

El molinero: Sucesor del molinero que fue antaño un adversario de Cabeza de Víbora.

El hijo del molinero: Muerto de miedo. ¿Por qué?

En el hospital de los incurables

Búho Sanador: Barbero; cuidó de Dedo Polvoriento cuando éste era un niño.

Bella: Vieja curandera, conoce a Dedo Polvoriento desde hace casi tanto tiempo como Búho Sanador.

Carla: Joven que ayuda en el Hospital de los Incurables.

En el castillo de la noche

Cabeza de Víbora: También llamado el Príncipe de Plata, cruel monarca del Mundo de Tinta.

La quinta esposa de Cabeza de Víbora: Ya le ha dado dos hijas a Cabeza de Víbora, vuelve a estar embarazada, esta vez, como espera Cabeza de Víbora, de un niño.

Rajahombres: Uno de los incendiarios de Capricornio; ahora servidor de Cabeza de Víbora.

Pífano: También llamado Nariz de Plata; antiguo juglar de Capricornio que ahora canta sus tenebrosas canciones para Cabeza de Víbora.

Zorro Incendiario: Sucesor de Capricornio, ahora heraldo de Cabeza de Víbora.

Tadeo: Bibliotecario del Castillo de la Noche.

La Hueste de Hierro: Soldados de Cabeza de Víbora.

En la tejonera

Birlabolsas: Ladrón, seguidor del Príncipe Negro.

Animales

Gwin: Marta con cuernos.

Furtivo: Joven marta con cuernos.

Cerbero: Perro de Orfeo.

Oso: Pertenece al Príncipe Negro.

NOTA BIBLIOGRÁFICA

Adams, Richard: *La colina de Watership,* traducción de Pilar Giralt Gorina y Encarna Quijada, Seix Barral, Barcelona 1998.

Alí Babá y los cuarenta ladrones, traducción del francés (según la traducción del árabe de Antoine Galland) de Pilar Ruiz, Altea, Madrid 1986.

Barrie, James M.: *Peter Pan,* traducción de María Luz Morales, Juventud, Barcelona 1973.

Bradbury, Ray: *Fahrenheit 451,* traducción de Alfredo Crespo, Plaza y Janés, Barcelona 1986.

Bury, Richard de, ver: **Manguel, Alberto**.

Dahl, Roald: *Las brujas,* traducción de Maribel de Juan, Santillana, Madrid 2001.

Ende, Michael: *Jim Botón y Lucas el maquinista,* traducción de Adriana Matons de Malagrida, Noguer, Barcelona 1998.

–: *La historia interminable,* traducción de Miguel Sáenz, Alfaguara, Madrid 1989.

Goldman, William: *La princesa prometida,* traducción de Celia Filipetto, Martínez Roca, Barcelona 1990.

Grahame, Kenneth: *El viento en los sauces,* traducción de Salustiano Masó, Altea, Madrid, 1989.

Kastner, Erich: *Emilio y los detectives,* traducción de José Fernández, Juventud, Barcelona 1988.

Kipling, Rudyard: *El libro de la selva,* traducción de Emilio Ortega, SM, Madrid 1988.

Manguel, Alberto: *Una historia de la lectura,* traducción de José Luis López Muñoz, Alianza, Madrid 2001.

Sendak, Maurice: *Donde viven los monstruos,* traducción de Agustín Gervás, Altea, Madrid, 2001.

Shakespeare, William: *La tempestad,* traducción de Manuel Ángel Conejero y Jenaro Talens, Cátedra, Madrid 1997.

Singer, Isaac B.: «Neftalí, el narrador, y su caballo Sus», en *Cuentos judíos,* traducción de Andrea Morales, Anaya, Madrid 1989.

Stevenson, Robert Louis: *Secuestrado,* traducción de María Eugenia Santidrián, Anaya, Madrid 1987.

–: *El Dr. Jekyll y Mr. Hyde,* traducción de Carmen Criado, Alianza Editorial, Madrid 1978.

–: *La isla del tesoro,* traducción de María Durante, Anaya, Madrid 1998.

Tolkien, J. R. R.: El señor de los anillos, traducciones de Matilde Horne, Luis Domènech y rubén Masera, Minotauro, Barcelona 1993.

–: *El hobbit,* traducción de Manuel Figueroa, Minotauro, Barcelona 1982.

Twain, Mark: *Las aventuras de Huckleberry Finn,* traducción de J. A. de Larrinaga, Círculo de Lectores, Barcelona 1999.

–: *Las aventuras de Tom Sawyer,* traducción de J. Torroba, Espasa-Calpe, Madrid 1998.

Cornelia Funke se ha convertido últimamente en una de las autoras de historias fantásticas más queridas por chicos y chicas. Sus grandes éxitos de ventas incluyen las novelas *El Señor de los Ladrones, El jinete del dragón* y *Corazón de Tinta.* Ella vive en California.